轉瞬為風

一瞬の風になれ　佐藤多佳子 著

丁雍、王蘊潔 譯

contents

第二部　預備。

第三部　跑！

第一部 { 就 定 位 。 }

序章

下個星期天我的球隊要遠征東京的駒澤公園比賽，我傳了簡訊告訴連，「我們要去東京嘍！」結果他只回了「太遠了啦！」幾個字。那傢伙總是嫌約會見面這類事麻煩透頂，他如果想來，時候到了自然會出現，我傳真了球場地圖給他就當作說定了。

比賽當天晴空萬里，桂花的香氣瀰漫在神奈川和東京的風中。雖然只是普通的友誼賽，而對手駒澤神奇小子隊實力也不強，可是一踏進球場，我的肚子還是一如往常咕嚕作響。健哥常說賽前緊張不是壞事，問題是，曾經身為日本U16〔註〕青少年足球代表隊候補球員的他，只須聽聽克莉絲朵・凱兒的歌，就能舒緩賽前的緊張，而我這個相模原跳躍隊隊員，每次賽前都要連跑三次廁所，我們的狀況可不能相提並論。雖然一開始比賽肚子就會安分下來，表現卻沒辦法穩定。

比賽結果糟透了。儘管我這個前鋒已經盡全力奔跑，努力防守，阻撓對方的控球後衛，想盡辦法製造得分機會，可惜我的停球和傳球技巧太爛，搭檔矢代沒辦法順利射門得分。我有三次射門機會，可惜有兩次時機絕佳我卻踢成高射砲，一次正中守門員下懷。結果最後比賽以一比一平手，我方拿到的那一分還是靠矢代罰球踢來的。

遜斃了，每次都這樣。

比賽一結束，我抬頭呆望著藍得令人討厭的天空，突然聽到有人高聲大喊「新——二」。是連來了。

連把背包當成枕頭，細長的雙腿交疊著躺在公園草地上，聽著MD，伸著細長的手臂逗弄來散步的迷你貴賓狗。他看到我出現也沒有起身的意思，只是咋了舌說：「反省會開那麼久很煩吧。」

他那輛破舊的登山越野車和主人一樣癱倒在地上。

「對不起啊，我剛剛被訓了半天。」我道歉著在連身旁坐下，把剛買的BOSS黑咖啡塞到他手裡。連雖然是垃圾食物大王，卻不愛吃甜食。

連對迷你貴賓狗和飼主老爺爺揮了揮手，終於坐起身來，拿下耳機。今天他穿著大一號的黑色T恤。他從小學就這樣，不管冬夏總是穿著寬鬆的素色長袖T恤。

「對了，我可能又會搬回去跟你當鄰居。」

連把玩著罐裝咖啡，突然這麼說。

「真的假的？」我被這突如其來的消息嚇了一跳，立刻反問。

「因為我媽說她可能會去米蘭。」連無奈地說。

「咦？去工作嗎？」

「有點關係，不過其實是為了男人。」連稍稍皺著眉頭說。「她和常去進貨的店家老闆勾搭上了，說要同居。唉，她每次都這樣。老姊說要跟著去，我可是一點也沒興趣。」

註：限由十六歲以下球員參賽。

連的母親是服裝和生活雜貨的批貨商，經常往國外跑。連還在念幼稚園的時候，他媽媽二度離婚，回到位於相模原的娘家，在他們搬到東京的中目黑之前整整七年的時間，我和連成天膩在一起。現在回想起來真是不可思議，我們既不同班，我又有足球隊的練習和活動要忙，兩家的距離雖說不遠但也不近，可是我和連卻形影不離。即使連家搬去了東京，我們還是常常約時間見面。

「我會搬去和外婆住吧。」連說完嘆了口氣。「過著充滿納豆和醬菜臭味的生活。」

「你真的不想去披薩和義大利麵的國家嗎？」我笑著問。

「才不去咧。」連啐了一口輕聲說。

打從他小學的時候就是這樣，連的母親總是為了工作和戀愛在外奔波，陪在連的身邊的是他獨力經營小吃店的外婆，連可以說是他外婆帶大的。與其跟著母親去和她的外國男友生活，連會想跟外婆住也不奇怪。這點我也清楚。

「你什麼時候搬回來？」

「嗯，大概明年夏天吧！」

「那高中怎麼辦？」

「就找一間離家近，憑我的腦袋可以考得上的學校。」

「你可以靠田徑成績推薦入學吧？」

「我才不要。」

「為什麼？」

「頂著體育推薦生的名號入學，到時想退出也走不了。」

「你幹嘛退出啊？」話說到一半我改口問：「你又想退出了嗎？」

連沒有回答，算是默認了。小學的時候，我和連曾經一度在體操隊短暫待過一段時間。他柔軟的身軀和奇蹟般的運動神經深受眾人矚目，還被視為未來將奪下奧運金牌的明日之星。後來我因為忙著踢足球，很快就退出了體操隊，沒想到連竟然也跟著退出了。他應該沒有非退出不可的原因才對，問他也只回答：「因為很無聊嘛。」

中學時，連被學長們半強迫地拉進了田徑隊，今年夏天升上二年級時還參加了全國大賽。連在一百公尺短跑項目中跑進了決賽，記得他拿到了第七名，這可是很了不起的事，連卻一副與自己無關的樣子。

「你不是說喜歡跑步嗎？」我質問他。

連在運動會接力賽上的矯健丰采，遠比他在跳箱或單槓上的身影更令我印象深刻，我也還清楚記得那時自己從不曾跑贏他的屈辱。

「喜歡啊。」連笑嘻嘻地說。

他似乎比暑假見面時又曬黑了些，大眼睛直盯著我瞧。連的眼睛總是閃耀著敏銳的光芒，澄澈的眼神不時令我震懾。

「你也喜歡跑步吧？」

話題突然轉到自己身上，嚇了我一跳。

「剛才的比賽，我看你也跑得挺起勁嘛。」

「足球賽本來就是要跑來跑去的啊。」

「新二是裡面最會跑的，速度快，怎麼跑都不會累的樣子，很搶眼呢。」

「足球賽又不是光會跑就好！」

每次都只有跑得快這點被稱讚，其實還滿丟臉的。

「沒帶球的話，你會跑得更快的。」

聽到這種沒大腦的發言，我不禁傻眼。來看足球賽竟然說「沒帶球的話」，怎麼有笨蛋說得出這種話！

「全力衝刺的感覺很棒吧。」

連的眼神裡沒有一絲虛假，看不出一絲在考慮退出的猶豫，正因為這樣我才覺得糟糕，因為這代表他連喜歡的事物都能輕易放棄。

八成是他隊上發生了什麼麻煩事吧。我沒追問下去，反正他一定懶得向你詳細說明。

我在連身旁躺下，靜靜仰望著幾抹薄雲匆匆飄過蔚藍的天空。之後兩人好一段時間都沒說話，儘管很久沒見，但也沒什麼事得急著現在說的。比賽後的疲勞漸漸蔓延全身，我愛睏得差點閉上睛睛。

連打開罐裝咖啡喝了起來。

「冷掉了。」他抱怨。「也到了喝熱咖啡的季節了啊。」

瀰漫著桂花香的風已經透著些許寒意。

「比賽結果怎麼樣?」健哥看到我劈頭就這麼問。他像是剛洗過澡，一臉神清氣爽，頭髮還溼溼的。看著剛洗完澡的親哥哥竟然覺得「好帥」，我到底有什麼毛病啊?雖然有人曾說我深邃的眼鼻輪廓和哥哥很像，可是也只是「像」的程度，和哥哥根本沒得比。我只會被女生說「好可愛」，但哥哥可是「好性感」級的，特別是他頭髮溼漉漉的時候。

「嗯……一比一平手。」回答的我像在搜索久遠以前的記憶似的。和連見了面，比賽的事便全拋到腦後，回想起來那就像是三天前的事了。

「那你呢?」健哥滿心期待地問。

他的意思是指我對那一分有沒有貢獻。我怏怏地搖了搖頭，那分是矢代強行盤球突破中場時，對方的笨蛋控球後衛硬是犯規阻擋他的結果。

「健哥的比賽呢?」

別再問我的事情啦。

「贏啦。今天隊友狀況很好，我踢出一球不得了的中距離射門，足足有三十公尺遠喔。」

健哥的笑容燦爛得像要從臉上滿溢出來。平常一看見他那向日葵般的閃亮笑容，我總是忍不住跟著嘿嘿傻笑，替健哥高興，今天臉上的肌肉卻有些緊繃。為什麼呢?

神谷健一是個攻擊型的天才中場球員，他是中田英壽的球迷，不過他的盤球和傳球技巧都很不賴，說起來其實更接近小野伸二那型。從小，健哥就是我心目中的神。

老媽的話匣子又打開了，開始進行海嶺高中今日比賽的實況報導。如果要比播報她長子的比賽，沒人比老媽更厲害，甚至比船越播報員（註一）的實況轉播更精采，比風間八宏（註二）的解說

註一：船越雅史，前日本電視台播報員。
註二：前日本足球國家代表隊球員，現為球賽解說員。

更詳盡，實際上場的老哥和一起觀賽的老爸完全插不上話。真虧老媽能記得這麼巨細靡遺。她一邊說一邊不忘招呼大家吃晚餐，不時幫忙添飯、盛湯，幫老爸拿啤酒。我和連已經在麥當勞吃過了，可是回到家又餓扁了，蔬菜湯和炒肉絲我全吃得津津有味。

健哥小學念的是海嶺高中附屬小學，一路直升高中；海嶺高中是東京的私立明星男校，足球隊很強。那套仿照巴西隊制服的金絲雀黃制服，曾經是我憧憬的目標。「曾經」，沒錯，這已經是過去式了。海嶺的高中部不招募新生，國中部招生時我沒考上，硬著頭皮參加插班考試竟然又摃龜。健哥當初通過的小學部入學考其實是最佳良機，可惜當時我因為感冒臥病在床，沒能參加。

國中部入學考時沒考上就算了，兩個月前參加錄取率低得出奇的插班考試又落榜，才讓我大受打擊，當時感受到一股「這下全完了」的衝擊。跟健哥在同隊踢球，一直是我最大的夢想。接到健哥的傳球，射門得分——就像小時候在公園踢球時那樣——我一直夢想在正式比賽，在更大的舞台上重現這幕兒時情景。然而，這已經成了不可能的奢望。就算我考進海嶺高中，大我兩歲的哥哥也已經升上高三了，一年級的我根本不可能當上海嶺的正式球員，就算花上三年時間拚死練習，想當上海嶺的正式球員也不容易。不過我只求能和健哥同隊就好，我只希望能盡可能近一點看健哥踢球。

不知不覺，我又發起愣來。確定不能進海嶺後，我沒辦法再像從前一樣興致勃勃地聽健哥比賽的賽況了。因為那已不再是遙遠的憧憬，而是我永遠無法觸及的另一個世界，我並不後悔或難過，只是覺得很無力。最近的我也許是缺乏「燃料」，即使比賽失常也不再生氣自責，好像「咻」地洩了氣一樣，腦袋迷迷糊糊，身體懶洋洋的。

「小新，你睏了嗎？」

可能是看我沒反應，老媽突然停下球賽的話題，轉而問我。我含混地「嗯」了一聲。

「下次也去看看新二的比賽吧。」

老爸這麼說似乎是想讓我開心一點。

「不用來了啦！」

一不小心回答的口氣太衝了。對總是追著哥哥跑遍各場比賽的老媽來說，即便是我和哥哥的比賽撞期，她也會毫不猶豫選擇去看哥哥的比賽。倒是老爸意外注意這種小地方，偶爾會來看我的比賽。也許他是想表現出父母的愛是公平的吧，不過老實說，這樣我壓力很大，畢竟連我都不想看自己的比賽。

「沒有啦，只是最近狀況不太好……」

為了不讓大家以為我在鬧彆扭，先幫自己找了台階下。

「這種情況難免會發生。」健哥輕輕點著頭附和，安慰我。

才不是呢。健哥所謂的「情況」和我的情形根本不能相提並論。天才沒辦法了解凡人和自己的差別，這就是他們令人頭痛的地方。

「不管狀況好不好，只要勤加練習就沒問題。」健哥輕鬆地說。「你不用太在意低潮，只要努力總有一天看得到成果的。」

對健哥來說是這樣沒錯，他只要努力就一定能得到回報。而我，也只能這麼想來安慰自己了。

「新二明年就要考高中了啊。」老爸語重心長地說。

接著爸媽和健哥三人開始熱烈討論起我該上哪所高中比較好，各校足球隊的程度如何，學生的偏差值怎麼樣。我沒有加入他們，彷彿他們談的全和自己無關。

我想到連。想到那傢伙直盯著我的眼睛。

真想看看連跑步的樣子，印象中好像沒去看過他的比賽。他都特地來看我比賽了，我也想去探他的班。下次問問他好了。也不知道他是不是真的要退出田徑隊。

「小新，小新！真是的，大家可是在討論你的事耶！」

老媽一臉不高興，大概是有人問了我問題而我沒反應吧。算我求你們，就別再討論我的事了吧。

「我先去睡了。」

說完，我準備回房。我突兀地打破一家和樂融融的氣氛後，老爸和老媽都顯得有些錯愕。

「嗯，晚安啦。」健哥滿臉笑容地目送我。

我真的很喜歡健哥的笑容，看了總讓人放心，他的笑容裡充滿了對美好世界的信任，毫不懷疑只要努力就會換來美好的人生，總是朝氣蓬勃迎戰。

一直以來，我也由衷相信會有美好的未來等著我。

不過這份確信今天大概只剩百分之七十左右吧。

第一章　Track & Field（田徑賽）

1　體能測驗

剛過轉角往校門前進時，一輛腳踏車突然從後頭衝出來。正覺得不爽，就看到連轉過頭來衝著我笑。

「我的腳踏車簡直快成廢鐵啦。」

「買新的不就好了，你不是有打工嗎？」

「嗯，可是我想要的很貴。」

連說完打了個大呵欠。從腳踏車停車場到教室的路上，不時聽得到從操場方向傳來的社團晨間練習的吆喝聲。網球場和手球場對面是操場，棒球隊、田徑隊和足球隊都在那裡練習。我迅速地瞥了一眼，連則是完全視若無睹。

「我昨天碰到你老哥啦。」連懶洋洋地說。「我去橫濱玩，回來時碰巧在車站遇到，就一起騎車回家。我好像莫名其妙地被他討厭了。」

我暗吃一驚，忙問：「健哥說了什麼嗎？」

「嗯，他好像以為是我慫恿你到我外婆店裡打工，要你跟我念同一所高中的。」

「真的假的？抱歉啦，對不起。」

「你哥真的很帥呢。」連笑咪咪地說。「只不過，根本聽不進別人的話。」

當時的情景彷彿歷歷在目，我不禁捏了把冷汗。對於我沒去考私立的足球名校，老哥還是很不以為然。

「唉，健哥根本不知道他自己有多特別吧，以為每個人都跟他一樣厲害，怎麼跟他說都聽不懂。」我嘆著氣說。「對健哥來說，人只分成兩種，踢足球的人和不踢足球的人。」

「是喔。」連隨口應著，像是一點也不感到意外。

「我爸媽也是這樣，滿腦子都是足球，我家很奇怪吧。」

「你不是嗎？」連問。

「……現在不會了。」幾秒後，我才小聲回答。

我是從什麼時候開始不那麼熱中足球了呢？是因為熱情和希望都消磨殆盡了嗎？這一年來我一直在想這些問題，可惜怎麼想都想不出答案。

連側過頭盯著我，那雙銳利的大眼睛反常地蘊含著沉靜的光，彷彿可以看穿人心。

「無所謂啦，」我回答連無言的疑問。「這是我自己做的決定。」

選擇這所離家近、自己成績考得上的公立高中，我一點也不後悔。考前我沒有事先打聽學校足球隊的程度，還是老爸去調查的，聽到他的報告，全家人都強烈反對，特別是健哥，反應最激烈。不過何必為了別人的事那麼生氣呢？就算是親弟弟也是另外一個個體啊。或許健哥不能忍受的是「放棄」、「挫折」之類的事吧，特別是事關足球的時候。

因為大家七嘴八舌反對，我也耍起性子固執起來。這就叫遲來的反抗期嗎？不過老哥完全誤會了，我不是為了和連在一起才選這所學校的，那傢伙根本沒問過我，真的是我自己決定的。

我只是想讓腦袋放空一會兒，也就是所謂的讓腦袋「歸零」。老爸高中時曾參加全國大賽，是隊上的當家後衛，和老媽都是橫濱水手隊（註）的死忠球迷。出生在這種足球狂熱分子組成的家庭裡，我理所當然一直過著與足球為伍的生活。明明球技一點也沒進步，明明心裡清楚自己沒有才華，卻佯裝只是還不夠努力。一想到未來的高中三年還要繼續這樣垂死掙扎，我實在提不起勁。令健哥著迷不已的足球運動，曾幾何時，我變得一點也無法樂在其中。

我和四班的連分手，走進三班的教室。

暫時讓腦袋放空——而接下來要怎麼做才是問題所在。我並不想渾渾噩噩地混過三年。如果真的如健哥三番兩次強調的：你只是在逃避足球！那就太丟人了。

「神谷同學？」

「有事嗎？」

「啊，我叫根岸，根岸康行。」

下課時，班上一個長得像猴子、皮膚黝黑的男生找我聊天。嗯，與其說他像猴子，更像是

註：日本職業足球隊 Yokohama F. Marinos。

尼安德塔人吧？他的額頭很凸，眼睛凹陷，讓人不禁聯想到頭蓋骨標本。

「神谷同學，早上和你一起上學的那個人，是一之瀨連吧？」

「嗯。」

「真的是他？太酷了！你跟他很熟嗎？」

「嗯，算是吧。我們從小就認識了。」

「哇！好酷！」

這種反應我並不陌生。對足球有興趣的人，只要聽說我是神谷健一的弟弟，也常會出現這樣的反應。

「啊，對不起。我是田徑隊的……」

「連很出名嗎？」我忍不住插嘴問道。

「嗯，那是當然啦，畢竟他是參加過全國大賽的選手。」根岸邊說邊點頭。「不過我會知道他，是因為我們以前的指導教練交情很好，兩隊曾一起練習。我和他一起跑過兩百公尺，當時簡直是大受打擊，直到那一刻我才見識到什麼叫作『短距離選手』。一百公尺、兩百公尺這種短距離項目，說穿了還是得靠天分啊。」

我不時點頭附和，聽著根岸訴說往事。原來是這麼一回事啊……

「不過我想他應該不記得我了吧。」根岸若有所失地說。不過下一秒他又一臉認真地問：

「一之瀨同學後來為什麼要退出田徑隊呢？」

他眉毛下那對凹陷的眼睛直直地盯著我看。

「老實說我也不清楚。」我也問過連好幾次。「好像是和教練跟其他隊員有摩擦吧？連不會找人商量這種事的。」

「嗯，一之瀨同學中學的教練的確很嚴格，動不動就劈頭臭罵人，絕不會寬貸練習態度不佳的隊員。一之瀨同學感覺不像特別努力的人，偏偏比賽成績都不錯，結果反而使自己和隊上格格不入吧。」

根岸一邊分析，緩緩道來。

「可是，他總不會為了這種理由就輕易退出吧？為了這種無聊小事？話說回來，就算國中時和其他隊員不和，挑適合自己的高中不就好了？一之瀨同學那麼厲害，想必會有很多高中邀他入學才對，我們學校的老師在這方面很不積極，不像會花工夫遊說他……」

我點點頭。連三年級下學期從東京轉來我念的國中，印象中確實有兩、三所高中的老師來找過他。

「那傢伙就是沒耐性。」我忍不住喃喃說道，也不知這麼說是想數落他還是替他說話。

「他的字典裡才沒有忍耐這個詞。」

我突然想到，以健哥的標準來看，連大概是個很沒用的傢伙吧。

「真是浪費天分啊！」根岸發自內心深處呻吟著說。「這種人真不可原諒！」

也難怪根岸會有這種反應。不，一般人應該都會這麼想吧。因為連本來就是那樣的個性，所以我也習慣了，但是如果現在健哥跟我說因為教練很爛，決定不踢球了，我一定會揍他，絕對會的……

「我……我想試著邀他進田徑隊。」

根岸逐字清楚地說，顯示了絕不輕言放棄的決心。看到他對田徑的那份執著，我總覺得好羨慕。

「啊，對了，神谷同學，你決定參加什麼社團了嗎？」

根岸好像忽然想起什麼似的這麼問我。因為他的語調和表情變化太大，活像見錢眼開的生意人，害我忍不住笑了出來。

「不不不，我不是說你順便也……好吧，其實就是這樣。」根岸賊賊地笑著說。

他還真適合這種表情啊。

「我會慢慢考慮。」我回答道。

「你看起來也很能跑啊，不考慮進田徑隊嗎？」

根岸的臉上依舊掛著賊賊的笑容。

──沒有那顆球的話，你可以跑得更快。

我突然想起連那句沒頭沒腦的話來。

「看得出來嗎？」

「不，看不太出來，你比較像在玩搖滾樂團的。」

這時根岸突然伸出手，隔著制服摸了摸我的手臂和大腿。

「哦，有肌肉喔！你一直有在運動吧？」

因為被摸得很癢，我邊笑邊逃跑了。

「至少來看一次練習吧，沒帶一之瀨同學一起來也沒關係啦。」

這個根岸某某同學，還真是有趣的傢伙。

開學後過了一個星期，班上同學的臉和上課教室差不多都記住了，體育社團也大致參觀過一遍。只要實際去練習場地看一眼，差不多就能了解情況了。每天都有社團的招生部隊向新生進攻。國中時因為參加校外的足球隊，我沒有加入社團，看到這種情形感覺超新鮮的。有的社團充滿活力，有的就不怎麼樣，到處洋溢著歡迎新人的熱鬧氣氛，感覺挺不錯的。

唯一沒去看的就是足球隊。不過好像是以前和我念同一所國中的足球隊員走漏了消息，每天都有人熱情地來邀我參加足球隊，午休時間和放學後還會特地跑到教室找我，沒辦法斷然拒絕的我只好去參觀他們練習。一到球場，有種熱血沸騰的感覺突然湧上心頭，身體裡好像有什麼東西蠢蠢欲動。雖然沒有特別厲害的傢伙，但大家都踢得很高興的樣子。只是事到如今，我反而更沒辦法坦然面對，雖說運動本來就是玩得高興就好，但我實在沒辦法看得這麼單純。

連那邊也有田徑隊每天準時報到，聽說根岸和另一個二年級的學長經常去遊說他。不過連和我不一樣，不會優柔寡斷拒絕不了別人。搞得根岸跑來哭訴說，即使想拖他去操場看練習都沒辦法，還問我連有沒有什麼弱點和死穴，我還認真想了很久。我邀了連不下十次，「一起去看田徑隊練習吧！」結果反被他威脅：「再講一次我就勒死你！」實在沒辦法，我只好一個人去，看到只有我一個人去，根岸好像滿失望的。

社團活動跟我的體質不合——這是連的一貫說法，所以他哪個社團都沒參觀，每天一放學就回家了。連也不是那種會在電動玩具店或遊樂場流連忘返的人，大概就是隨便找個打工消磨消磨時間罷了。不知道為什麼，總讓人覺得很著急。每次看到連，腦海中總會閃過「得做些什麼」的念頭。什麼前進啦成長啦努力啦自我克制啦毅力之類的詞彙，碰到連的時候好像一個個被打上叉叉一樣。我每次遇到瓶頸時，只要和連見一面就能稍微喘口氣，我很喜歡這樣的連，只不過……

明明說喜歡跑步的嘛！還跟我說什麼盡情奔跑感覺很棒咧！說的時候那雙骨碌碌的眼睛還閃閃發亮呢！

真的沒有辦法了嗎？真的沒辦法讓那傢伙繼續奔跑嗎？

第一堂體育課，上的是五十公尺測速賽跑。體育課是男女分開、兩班合併上課，所以三班的我和四班的連一起上課。老師說要兩個兩個一起跑，叫大家按照身高排成兩列，結果連剛好排在我旁邊，讓我莫名興奮了一下。我和連一樣高，都是一百七十五公分，體重方面我是六十三，連則只有五十二公斤。準備考高中的一年裡我胖了兩公斤，連好像都沒變，明明老是吃漢堡之類的垃圾食物，他竟然沒變胖啊！

上一次和連一起跑，是小學五年級在運動會上跑接力賽最後一棒時的事了。我接到棒子時明明領先了四分之一圈，卻在跑到終點前被連超越了。

五十公尺，跑起來會差多少？全國第七名的速度究竟有多快？我既興奮又期待。

「你要盡力跑喔。」我對連說道。

「為什麼啊？」連有氣無力地反問我。

「我想知道你到底能跑多快啊。」

「為什麼？」

突然問我為什麼，我一時也答不出來。

「你不想知道嗎？如果有個跑得很快的高手在你面前，你不想知道他究竟有多快嗎？」我拚命想著理由。「你不想用身體感覺看看嗎？」

「說的也是。」連看著我的眼睛，然後緩緩說道：「記得你也跑得很快嘛。」

「呃，我嘛……」

我死命壓下心裡逐漸膨脹的自卑感。現在可不是退縮的時候，說什麼都不能漏接連此刻交過來的這根接力棒，現在可是決定性的重要關頭——搞不好是啦。

「……我其實跑得滿快的唷！」

我才說完，連卻「噗」一聲笑了出來。什麼嘛，笑什麼笑！我可是抱著必死的決心無比認真說出這些話的……

「五十公尺的勝負決定在起跑點唷。」連一派輕鬆地說。

他隨口說出的「勝負」兩個字聽起來格外有震撼力。

「那就來一決勝負吧！」我答道。儘管心裡知道這場比賽必輸無疑。

連再次盯著我的眼睛，他什麼也沒說，神情也不像在開玩笑。

泥土操場上用石灰粉畫出了白色間線的跑道。由同學來發起跑號令，帶體育課的吉野老師兩手各拿著一只碼表，站在終點計時。發起跑號令的同學舉起手表示「預備」，接著用力揮下表示「起跑」。起跑的姿勢不是雙手觸地的蹲踞式起跑，而是身體略往前傾的站立式。

從身高較矮的開始，兩個兩個往前跑。同學們普遍都跑出七秒多的成績，看到有跑出六秒五至七秒的人，擔任手球隊教練的吉野老師就會問他「是哪個社團的？」，企圖拉對方進手球隊。目前最好的成績是根岸跑出的六秒五，不愧是田徑隊的。國中時我的五十公尺好像是跑六秒二吧？不過好久沒有全力衝刺了，現在大概只有每天牽狗散步時會慢跑。啊啊，早知道就不說要一決勝負了。

連曲著膝抱著小腿坐在一旁，下巴靠在膝蓋上饒有興味看著大家跑。細瘦的手腳讓他小時候被取了個綽號叫「蜘蛛」，看起來沒什麼力氣，不過那樣才能長出適合跑步的細長肌肉吧。人體真是不可思議，而體內蘊含的力量和技巧更是不可思議啊。就拿我來說，不僅個子比中等個頭的健哥高，體能測驗的成績也全比健哥好，卻完全比不上他。上天造人真是愛開玩笑啊！

輪到我們了。兩人並肩站在起跑線上時，我用眼角餘光瞄到連的身影，他的姿勢簡直帥呆了。

「預備——起跑！」

接到起跑的指令，我沒命地往前衝，事後完全不記得自己是怎麼跑到終點的。我只記得連的背影，還有那股被他拋在身後的強烈挫敗感。

根本沒辦法體會連跑得有多快，因為我完全跟不上他，起跑時他早已遠遠跑在前頭，我只能看著他的背影越跑越遠，甚至連覺得「不甘心」的機會都沒有。

要一決勝負？差得遠了！

腦袋裡突然一片空白。

原來，我一點也不了解連啊！虧我還一直自認滿了解他的，原來他這麼厲害……

「唷！神谷同學。」根岸靠過來抓住我的肩膀。「你還真會裝蒜，居然跑得比我還快啊！」

「嗄？是嗎？」我的腦海裡仍是一片空白，只能茫然應著。

「幹嘛一副深受打擊的樣子啊？你不是緊追在一之瀨同學後面嗎？很厲害嘛！」

緊追在後？那樣叫緊追在後？我差一點就……

「你跑出五秒九耶，居然打破六秒的紀錄呢！體能測驗時很少有人能跑出這種好成績，雖然測出來的成績可能不是很準，不過你們這種平常沒在練習的人跑出這種成績，實在讓人忍不住怨恨老天不公啊！」根岸在一旁碎碎念了半天。

那連的成績呢？我尋找著連的身影，他正被五六個人包圍。那些是體育社團的人嗎？

我硬是擠了進去。

「喂！連！」我叫住他，揪住他運動服的前襟。「你這傢伙，給我進田徑隊去！」

我使勁揪著他，差點把他衣服給抓破了。

「你非進不可！」

耳中傳來「你想幹嘛？」的質問，不過發話的不是連，而是圍在一旁的同學。連的眼睛一開始露出訝異的神色，不一會兒便冷靜下來，直直地望著我。

「去跑吧！說不想跑是騙人的吧？」我說。

突然，連的眼睛笑了。「五十公尺，好短喔！」

聽到連吐出這句話，我鬆開了他的運動服。

「我還想多跑一會兒呢！」

忽然感到一陣無力，真想嘆氣。

「一之瀨同學！」根岸不知道什麼時候靠了過來，用快哭出來的聲音叫著連。

「跑一百公尺的話，應該會更有趣吧！」連對根岸說。「新二很有爆發力，應該是後來居上的類型吧？」

「神谷同學也讓我嚇了一跳。」根岸點了點頭。

「新二也要一起跑嗎？」連問我。

因為他問得太順口了，我一下子沒會意過來，下一秒領悟話中的含義時，突然覺得有股炙熱的強風吹進胸膛。

「嗯。」

那一刻有種命中註定的感覺，我卻愣了好久才反應過來。

放學後，我和連一起去觀摩田徑隊的練習，就這樣決定加入了。

2　春野台高中田徑隊

田徑隊的隊員目前有二十七人，男生二十個，女生七個。田徑隊經理從缺，目前熱烈招募中。一年級的十個隊員裡有兩個女生，練習項目有短距離及跳躍、中長距離、投擲（鉛球、鏈球、標槍之類比誰丟得遠的競賽）等三大項。依照根岸的說法，春野台高中雖然稱不上田徑名校，不過在公立高中的田徑隊中，算是實力可期的明日之星。

一年級的隊員裡除了我和練中長距離的橋本以外，以前都參加過田徑隊。而根岸、入江、溝井和鳥澤早在開學前的春假便參加過隊上宿營，已經像二年級隊員一樣熟悉環境了。田徑隊的練習時間是星期一、二、三、五、六的放學後，晨間練習可以自由參加。星期四休息一天，指導老師認為休養生息也很重要，所以星期四整個操場都被棒球隊包下了。

每天一放學我就直接到社團辦公室報到，不過地方實在是太小了，所以一年級新生都被趕到外面換衣服，聽說冬天時冷得要死。我在T恤、田徑緊身褲外面罩上學校的運動夾克，學長姊則穿著隊上訂作的印著「春野台高中田徑隊」的天藍色運動夾克。我們穿著運動鞋，提著釘鞋去操場。

釘鞋和緊身褲是拖著連去町田的B＆D買的。本來想請他幫我挑選合適的釘鞋，他卻只顧著看些超過兩萬日圓的高檔貨，在那裡自我陶醉。他既不想買也不想拿來炫耀，只是單純覺得很帥，直捧著釘鞋讚歎。我想他大概也不會給我什麼好意見，只好請店員幫忙介紹了入門的基本鞋款——一萬日圓上下的亞瑟士釘鞋。足球用的釘鞋我也一直穿他們家的。我東西買好了，連還在那裡東看看西瞧瞧。問他：「要買嗎？」他回答：「貴死了！」跟他說：「你不是有打工？」他又說：「這雙鞋看起來太囂張了，不行。」叫他「那就不要看！」又跟你說「可是好帥啊！」真是個無藥可救的笨蛋。不過他看起來像是真的很喜歡那雙釘鞋。連說國中的釘鞋還可以穿，不用買新的。聽到他沒有把釘鞋丟掉，我小小感動了一下。若是真的覺得以後用不到了，通常搬家的時候就丟掉了吧。

在神奈川縣的公立高中裡，春野台高中的操場據說算是大的了。由於手球隊和網球隊有各自專用的球場，操場原則上是田徑隊、棒球隊和足球隊共用。而操場入口附近的跑道一帶，就是田徑隊的領土。跑道一圈共兩百三十公尺。先用T型耙把泥土場地推平，再拿裝了石灰的畫線桶拉出跑道後，田徑隊就開始練習了。準備工作不一定由一年級生負責，先到的學長姊也會幫忙。多少也是因為人數不多，所以隊上沒有那麼嚴格而封建的上下關係。

練習場地整頓完後，隊長長谷部學長會叫大家集合。三年級的長谷部學長專攻投擲項目，是鉛球、鐵餅的強手。不過他不是那種肌肉型猛男，而是戴著一副眼鏡、看起來挺好相處的人。集合完畢後，負責指導的三輪老師才搖搖晃晃地出現。

三輪老師是三年級的導師，教授社會科，三十三歲，單身。學生大都喊他「阿三」。他頂著一頭鳥巢般的蓬鬆鬈髮，一雙垂眼看起來總是沒睡醒的樣子。聽說他是隊上的老學長，可是一點也看不出來他曾經是田徑選手。

剛進田徑隊的我和連去拜訪社團指導老師時，三輪老師帶著笑容輕鬆地對我們說：「你們要入隊啊！」老師不認識我是無所謂，可是連以前參加過比賽還小有名氣，這樣的反應實在乾脆得沒神經。與其說他喜怒不形於色，感覺更像是他天生個性如此。不過連倒是鬆了一口氣的樣子，他最怕人家敲鑼打鼓大肆宣揚了。

「聽說你以前踢足球啊？嗯，果然一副足球員的派頭，看你還染了頭黃毛呢。」三輪老師對我說。

我摸著自己剪成球員風不對稱髮型、還染成亮橘色的頭髮，縮了縮脖子。考上春野台高中那天，我碰巧在雜誌上看到這個髮型，就自己試著弄弄看。先梳理整齊，然後喀嚓喀嚓地剪短，漂成亮橘色……我自己覺得挺帥的，可是國中的老師和爸媽好像都以為我腦袋燒壞了，健哥則直接罵我「笨蛋」。如果考上的是別所學校，家裡的反應想必會不一樣吧。這是我第六次自己剪髮，第三次染髮，這次的成果我本人十分滿意，不過班導師好像頗有微詞，進了運動社團大概更行不通吧？況且隊上只有兩三個人染了不大顯眼的咖啡色，其他人都是黑髮。

「算了，也沒什麼不好。」三輪老師無所謂地說道。「我對學生的髮型沒有太多意見啦。如果你覺得染成金髮人生過得比較快樂的話，就保持那樣吧。我以前可是為了頭髮吃了不少苦頭呢！老是被問是不是去燙啦，有沒有染過啦，明明就是天生的。現在還是有人會說：『三輪老弟，你那頭髮不能好好整理一下嗎？』實在很想叫他們別多管閒事，對吧？」

「呃……」我聽得目瞪口呆。

「參加教職員甄選時我特地剪了頭髮，還燙直又染黑呢。結果新髮型根本不適合我，還被女朋友給甩了……唉，當然會被甩不止這原因啦。」

「嗯……」

「當時真是鬱卒啊！連照鏡子的心情也沒有。」老師一臉認真地說著。「從此我學到一個教訓，不管是人生中多麼重大的時刻，都不能偽裝自己。你以後就會懂了。」

搞不懂老師到底是贊成還是反對我的髮型，也不知道該怎麼反應，正想回答「哦……」的時候，「別老是嗯嗯啊啊的，感覺很差哩。」三輪先生伸出手拍了拍我的頭，咧嘴一笑。

真是個令人摸不透的老師啊！

我和連加入田徑隊的第二天，隊員集合時，教練要求新加入的成員自我介紹。大家一個個報上姓名和畢業的國中，參加過田徑隊的還介紹以前練過的項目。聽著根岸用那奸商般的語調、帶著狡黠的表情自我介紹，大家忍不住也跟著賊賊地笑了起來。

連討厭在大家面前說話，害羞得像幼稚園小朋友一樣嘟著嘴，不過歡迎他的掌聲倒是很熱烈，簡直像是他剛唱完一場大型演唱會，隨時會有歌迷大喊安可似的。

輪到我的時候，我說：「我第一次參加田徑隊，這個髮型是我自己弄的，如果有人覺得不妥當請舉手，超過三個人的話我就染回黑色。」結果大家都笑了。最後舉手的只有三年級練長距離的一個學長。正當我不知該如何收場手足無措時，三輪老師催促我：「還不快介紹你畢業的學校還有參加過的社團！」搞得大家又笑了。

自我介紹時最大方的要算是女子組的鳥澤圭子吧。她練的是中長距離，好像曾在市運會的一千五百公尺項目中得名。眼睛是魚板形的，笑起來眼角捲了進來，真是可愛啊！剪了一頭運動少女型的短髮，雖然不是特別漂亮，但很有魅力，有種爽朗的氣質。鳥澤的身邊總是聚集著許多人。

另外一個跑短距離的女生叫作谷口若菜，是和鳥澤完全相反的乖巧類型。白裡透紅的皮膚，又直又黑的妹妹頭，練習時會綁成兩束。每次看到她綁著兩撮好像橡皮筋隨時會鬆掉的髮束，還有其間露出細細的脖子，不知道為什麼，心裡就莫名有種小鹿亂撞的感覺。谷口自我介紹時的聲音很小，一直低著頭看著地上，好像隨時都會緊張得說不出話來。

「我……我的速度很慢……可是……很喜歡短跑，我會努力練習。」她的音量雖小卻十分清晰，說到最後猛地抬起頭來。

好一對黑白分明的大眼睛！像小孩一樣水汪汪的。

新成員自我介紹完畢後，三輪老師開口了。

「嗯，現在一年級成員也確定了，下個月初『全高運』預賽就要開始了，大家一起加油吧！練習時小心不要受傷，正式比賽時不能出場就慘了。寒假時勤加練習的人一定會有進步的，至於偷懶的人就死心吧，現在著急也沒用。自己的身體要自己顧好！懂了嗎？到時候出了問題可別怪在我頭上啊！」

學長姊們都竊竊地笑著。我實在搞不懂這個老師說的話到底哪些是認真的，哪些又是開玩笑。

「一年級的菜鳥們！」老師喊著。「有件事我先聲明。田徑隊裡沒有嚴格的上下關係，我也不會太過干涉你們，只有一件事希望大家遵守。」

老師停頓了一下，才緩緩宣布：「不准談戀愛。隊上禁止談戀愛，不許在隊上談情說愛。因為會影響其他隊員，絕對嚴禁！在人前卿卿我我的，老師看了就礙眼！」

話一說完，大家都笑翻了。

「阿三，你趕快結婚啦！」

不知是哪個三年級的學長不客氣地丟出這句話。大家笑得更大聲了。

「娶了老婆就不會老是吃學生的醋啦！」

「要你管！」三輪老師皺著眉頭，一副「你們要講幾次啊？」的模樣。

不能和隊員談戀愛啊，能和女生一起練習的體育社團可是很難得的耶。

「神谷！」三輪先生突然點到我。「你要特別注意！」

「嗄？」

因為這個發聲過於奇怪，引來隊員一陣爆笑。為什麼只針對我說啊？難道我心裡的想法全寫在臉上了嗎？鳥澤笑得眼睛都不見了，那谷口呢——啊！谷口也在笑！她淺淺地笑著。不知道為什麼，看到她的笑容讓我有股想繼續搞笑的衝動。

「第一站是城山體育場！」三輪老師大聲嘶喊著。「城山體育場就在小田原（註），是西區的預賽場地。你們給我注意聽了，一定要通過地區預賽，不然之後就沒戲唱了。每個項目都要打進縣賽！大家打起精神加緊練習吧！」

指導老師一副無精打采的樣子，嗓門倒是很大。學長姊們喊著「是！」或「噢！」，一年級的根岸、鳥澤和溝井也跟著應和。

「我先說明一下，免得有人不知道，『全高運』就是『全國高級中學綜合運動會』的簡稱，是高中最大型的田徑比賽。全高運預賽分成三次，第一次是各地區預賽，接著是縣賽，能在縣賽跑進前六強，就能進軍關東大賽。關東大賽又分為南北兩區，神奈川和東京、千葉、山梨屬於南關東。南關東大賽也就是全高運的最後預賽，要擠進前六強才能參加全國性的全高運。春野台高中的田徑隊成立五十多年至今，只有兩人跑進全高運。雖然這個夢想不容易實現，但我希望你們也能以此為目標。眼前先一步一步腳踏實地，歷經每場比賽的磨練後，你們才能充分發揮自己的實力。」

三輪老師看著一年級新生，詳細說明。

全高運預賽啊……隊上禁止談戀愛這件事此時早已從我的腦中飄走。全高運，真是個令人熱血沸騰的名詞，轉眼間我也是高中生了啊！

全高運預賽的東京都大賽——以前常去幫健哥加油。健哥去年不幸在都內決賽時敗北，當場哭得稀里嘩啦，前年倒是踢進了全國大賽的前四強。健哥一年級就當上了正式球員，他在球場上的英姿到現在還定格在我腦海裡，原來我已經和那時候的健哥一樣大了啊，而且我竟然還不踢足球了，真是不敢相信……唉，想起來還是難免會遺憾。

慢跑、熱身運動，讓身體舒展開來後，就開始分部練習了。學長姊集中練習地區預賽的參

註：小田原市，位於日本神奈川縣西南方。

賽項目。一年級的根岸、入江、溝井和鳥澤，這次也會參賽。

這次的比賽——也就是全高運的地區預賽，各校可針對各項目推派三名選手。儘管有些一年級新生已有參賽實力，如果沒在「全國高級中學體育聯盟」和比賽前完成登記，就沒辦法參加。由於來不及登記，連即使實力ＯＫ也沒辦法上場比賽。換句話說，能參加全高運的高一選手，往往都是從國中就開始練田徑，早就決定入隊，已經具備相當實力的人。

我和連沒有出場比賽的分，便在跑道內側做一種叫作「跨欄走」的練習，把五個障礙賽用的欄架併在一起，練習側身跨過。據說這種練習能奠定正確的跑步姿勢，目的在找出身體的軸心。

這是跑者不可或缺的練習，我們必須找出身體的軸心，讓自己保持在最佳平衡狀態，記住正確的姿勢和鍛鍊肌肉。三輪老師說理論知識陸續會和我們講解，總之先用身體記住感覺。他示範了一次給我們看。看著他有節奏地跨越著欄架，我總算相信他真的曾是田徑選手，他身上的運動夾克也不再只像是歐吉桑的休閒服了。

輪到我們練習時，我立刻就被老師大聲糾正。

「神谷！眼睛看前面！背脊挺直！眼睛直視前方！眼睛往下看就會駝背，記住背脊一定要挺直，隨時注意自己的身體是挺直的。這樣又太往後了，背脊往後彎也不行，腿要伸直，試著感覺腰部重心平穩地放在腿上。腳蹬地，利用地面的反作用力繼續下一個動作！蹬！跨！蹬！跨！就是這種感覺！」

由於欄架意外地高，膝蓋不抬高點還跨不過去。雖然速度不需要很快，但腳要先落回地面，再順勢跨過欄架，維持「蹬！跨！蹬！跨！」的節奏真不容易。

連卻做得很好。他說從沒做過這種練習，可是卻熟練得令人難以置信。看他輕盈地跨過來跨過去，抬腿時好像芭蕾舞者一樣輕鬆。看著連做，感覺好像很簡單，心裡想著原來如此，不過就是這樣而已嘛！可是自己做的時候卻做不好。真懊惱！

「神谷，慢慢來沒關係，不要急。」

每次開始一個新練習，不管是哪種項目我都做得比別人差，要花比較多時間才能融會貫通。

「一之瀨，每一步都要扎實踩到地面！」

這次連也被糾正了。

「抓住用力踏在地面的感覺，這項練習的重點就在於感受地面的反作用力，想像雙腳作用在地上的力量，感受來自地面的反作用力。很好！接下來換邊繼續練習。」

不知道做了多少次換邊練習、踮步雙向練習，正當膝蓋差不多快沒力時，老師才終於喊停，要我們去觀摩接力賽的練習。

接力賽有兩種，一種是四個人各跑一百公尺的四百公尺接力賽，另一種是四個人各跑四百公尺的一千六百公尺接力賽。四百公尺接力賽簡稱「四百接力」，一千六百公尺接力賽又叫「一千六百接力」。二年級專攻短距離的守屋學長兩場接力賽都會上場。

至於我，根本連田徑賽有什麼項目都還沒搞清楚，雖然暫時分在短距離組裡，和連一樣專攻短跑，但三輪老師也建議我可以多嘗試自己有興趣的項目。短距離主要是指一百公尺、兩百公尺之類的短距離項目，不過實際上並不限於一百、兩百公尺賽跑，也有其他隊員專攻跨欄、跳遠等跳躍項目，聽說也包括可以跑四百公尺的全能型跑者。

連總是說跑四百公尺會累死，堅決不跑，如果我不信可以跑跑看，他可是打死不跑超過兩百公尺的距離。不過根岸卻宣稱四百公尺就是他的人生。不管練習有多辛苦，多折磨人……

「四百公尺棒透了！翻開日本短跑史，二次大戰後高野進第一次跑進奧運決賽的項目，就是四百公尺。」根岸向我們炫耀著，凹陷的眼睛閃著興奮的光芒。

真期待這次的地區預賽，好想早點去現場看看各種田徑比賽的實況。

「神谷，你以前跑過接力賽嗎？」

三輪老師突然開口，害我愣了一下。

「學校運動會……的時候跑過。」

我不知道這樣回答到底好不好，只見老師把雙手交抱在胸前，視線飄向天空，好像在思考什麼。「接棒的動作，你要仔細看清楚喔！」丟下這句話，老師就小跑步過去學長那邊了。

在老師的指示下，學長們傳接棒的速度比剛才更快了。我們站在一旁看學長練習，這跟我以前參加的運動會等級差太多了。速度不同，傳接棒方法不同，根本不能相提並論。

「好想試試看喔！」連自言自語著。

「什麼？」

「接力。」

「可是沒事先登記不是不能參加比賽嗎？」我話才剛說出口，連就理所當然地回說：「不過還有縣賽啊。」

縣賽？他是說如果學長們在地區預賽中勝出，而連在時間內完成登記的話，就可以參加縣賽的意思？可是接力賽靠的是團隊合作，培養默契也需要時間，即使連真的跑得很快，也不可能臨時換剛加入的新生上場吧？

「新二也要參加。」

連的話聽得我瞠目結舌。「我也要參加？」

「你跑得比他們快，快很多。」

他是說我跑得比學長快？就算真是這樣，隨便說出這種話好嗎？

「可是我不會傳接棒啊。」

「練習就好啦。」連說道。「地區預賽跟縣賽不是間隔了兩星期以上嗎？」

才短短兩星期耶？

「嗯，不過要學長們先跑贏地區預賽才有機會就是啦。」

口沒遮攔說這種讓學長們聽了不高興的話，不太好吧？他這種行徑會在國中的田徑隊裡惹麻煩一點也不奇怪。我深深吸了口氣，心想得好好灌輸他一些團隊精神、尊敬學長的態度啦、運動家精神之類的基本情操才行。

不過這時連突然轉過頭來，對著我露出小孩般的天真笑容，說：「接力賽很好玩唷！」

想了一堆要向他說教用的台詞瞬間在喉嚨裡煙消雲散。可惡！被他的假動作給騙了。感覺像球被盤走還讓對方從自己胯下射門得分一樣。然而奇怪的是，此刻的我卻興奮異常，彷彿得分的人是我似的。接力賽啊……

「好想試試看……」連方才的喃喃自語在我的腦海縈繞不去，並且激起一陣悸動。

3 全高運（地區預賽）

加入田徑隊這件事，我並沒有告訴家人，倒不是刻意隱瞞，只是懶得解釋。不過我每天晚上六、七點才帶著一身汗臭回家，想也知道一定是參加了運動類的社團。第一個主動問起我參加了什麼社團的，是健哥。從小就是這樣，不管是兄弟打架還是為了什麼事鬧得不愉快，一旦有事，他還是會沒事般地和我說話，不過如果換成我主動和他講話，他可是打死不理。

聽到我說參加了田徑隊，健哥露出了奇怪的表情，盯著我瞧了好一會兒。一副哪裡痛還是怎麼了的樣子，微微皺著眉頭，緊閉著雙唇。很少看到健哥這樣的表情。

「這樣啊。」老哥像在自言自語地喃喃說著。「你沒參加足球隊啊？」

咦？不會吧？難不成健哥還期望我會進足球隊嗎？唉，老實說，我自己當時也有點猶豫，接到足球隊的邀請時內心也有些動搖，不過……

「所以，你是真的要放棄足球嘍？」

與其說在問我，健哥的語氣還比較像在自言自語，不過卻直直地看向我，帶著試探的犀利目光。健哥的眼神不只是銳利，還透著說不出的落寞，那樣的眼神我見過幾次，都是在他身邊的人因為受傷不得不離開戰線，或是因為失去自信或沒了興趣而退出球隊時。身邊有人不再踢足球，對健哥來說似乎是很難接受的一件事。

我不知道該如何回答。如果健哥一開始不要那麼生氣，冷靜地聽我把話說完，我的決定可能會和現在不一樣。老實說我現在還是很掙扎，偶爾甚至會有乾脆跳槽到足球隊的衝動。

健哥把手放在我的頭上，輕輕拍了一下便走出房間，走進廁所。我聽著他那有節奏的小便聲，在房裡發起呆來。他剛才的舉動不像是表示他原諒我了，或是終於放棄我了，反而像在說那他以後就和我毫無瓜葛了。一想到自己變成和健哥完全無關的人，我的心中升起一股寒意。

這也無可奈何吧！突然回想起許多往事。每次聽我敘述那悲慘的比賽情況，健哥儘管又笑又氣，卻總是給我最詳細的指導和建議。沒錯，只有練習和比賽方面的事他會好好聽我說。因為有健哥，我才能一直維持對足球的熱愛，但也正因為健哥，讓我對足球萌生退意。

全高運的西區預賽在城山體育場舉行，從小田原沿著綿延的陡坡爬上一處高地就到了體育場。不參加比賽的一年級新生和比賽時間較早的學長姊一大早就先去集合，準備占地方紮營。第一項比賽九點開始，抵達體育場時還不到七點，也就是說我們清晨五點前就得起床了。雖然時間還早，但我們抵達時，已經有好幾所學校早就占好地方搭好帳篷，嚇了我一跳，後來才聽說有些私立田徑名校前一晚就派人來了。休息地點最好還在可以遮風蔽雨，離集合地點和廁所都近的地方，而此刻好地點老早就被占走了。「有地方坐就好啦。」這是三輪老師的主張，他叫我們慢慢來就好。

我們占到了第三區附近的看台——嚴格說來還不算看台，而是看台旁邊的斜坡，準備搭帳篷。各校搭起形形色色的帳篷，形成特別的景象。我懷著觀光客般的悠閒心情，心想五顏六色的帳篷看起來真像是大露營，並不知道要搭起帳篷竟是個艱辛的大工程。

首先要鋪上兩塊露營用的防水布。問題是我們這些先發打雜部隊大都是一年級新生，幾乎都沒有搭帳篷的經驗。我們家的足球生活可是全年無休，根本沒機會出門露營，我只能望著帳篷束手無策。幸好有根岸在。聽說這傢伙從小就是童子軍，露營搭帳篷是家常便飯。他指揮大家拉那個綁這個的，十分嚴格。早上一向起不來的連一直在旁邊發呆，他到現在一次也沒參加過晨間練習，雖說晨間練習本來就是自由參加。今天早上也是我打了好幾通電話又吼又叫的，才把他叫起來。一般說來不用參加比賽的一年級新生就該認命幫忙打雜，但連根本沒有這種基本認知。雖然我喊著「別發呆了！」希望讓他清醒點，問題是自己也不知道該做些什麼，只能在一旁晃來晃去……

根岸氣得對著我們這幾個無所事事的傢伙大吼，最後還是靠著守屋學長等人幫忙，才終於搭起一藍一綠兩座帳篷。

一年級的橋本和山下負責去輔助員櫃台，幫忙處理比賽進行及成績登記相關事務；根岸則去學校櫃台領取垃圾袋。我去買了兩本大會手冊，一本交給連，兩人拿起螢光筆在春野台高中的選手名字上做記號；鳥澤拿著油性麥克筆，在早安少女組的海報（長谷部學長提供）背面寫上今日賽程、選手姓名和組別。至於谷口若菜，則正在架起摺疊式的長桌，排放寶特瓶、紙杯和香蕉之類的茶水點心。

還不到八點，四百接力的選手就準備開始暖身。這時春野台高中的陣營也已布置完畢，所以三輪老師叫我們也跟著去觀摩觀摩。

「比賽前的熱身練習，可要好好看清楚。不止要注意自己的隊員，也要仔細觀察其他名校的選手，看看人家是怎麼準備的，當作參考。」

於是我、連和根岸磨磨蹭蹭地往跑道方向移動。賽前的熱身練習場地原本設在靠近我們帳篷的副跑道，但因為這裡的副跑道小得像給小朋友玩耍的地方，根本沒辦法做加速練習，所以各校選手都趁這段主跑道無人使用的時間在上面練習。

我第一次有機會仔細觀察整座運動場。全長四百公尺的紅色跑道，中間是綠色的pitch（註一）……啊，不是pitch，田徑賽裡不這麼叫吧，叫什麼去了？

對了，叫field（註二）……田徑賽的英文好像就是「track and field」吧。場上的人們穿著各式印著學校英文名字的運動夾克和T恤。

突然有種奇妙的感覺襲上心頭。各式各樣的運動器材被搬上草地，投擲競賽用的護籠，跳高用的軟墊，工作人員用白色膠帶拉出測量距離用的基準線，好多人在草地上忙碌地走來走去。啊啊，草皮上亂成一團了。不過這就是田徑場啊。長方形的草皮場地兩頭突然出現白色的球門幻影，瞬間又消失了。原來我現在的戰場——一決勝負的地方，已經要從那塊綠色的草皮轉換到紅色的區域了啊！自己上場踢球的時候不覺得，但看球賽的時候，總覺得運動場的紅色跑道有夠礙眼的，從前的我老是在想，如果沒有那種東西就好了。

註一：足球場。
註二：田賽場。

而現在學長們正在那紅色跑道上奔跑。他們正在做持棒慢跑的練習，也就是手拿接力棒慢跑，先喊聲再把棒子交給下一個人。第一棒是三年級的島田學長，第二棒是二年級的守屋學長，第三棒是二年級的浦木學長，第四棒是三年級的岡林學長。接力賽的四位選手集合在一起時，氣勢就是不一樣，感覺就像上天選出的英雄或戰士，威風極了。四位選手當中，一百公尺跑得最快的就是守屋學長。

我的注意力完全放在隊上的幾位學長身上，連則覺得很新奇似的東張西望。根岸好像認識很多人，不停說著那個某某某的最佳紀錄是幾秒幾秒，那個學校的田徑隊很強……儼然是個專業的解說員。

「話說回來，我們學校的實力怎麼樣啊？」我向根岸提出疑問。「有機會贏嗎？」

「你是說可能跑進縣賽嗎？」根岸反問我。

「嗯。」

「應該沒問題吧？」根岸的臉上又浮現出招牌的狡黠笑容。「欸，比賽不開始跑誰也說不準啊！而且又是一跑定江山。雖然有機會，不過應該也贏得不輕鬆吧！只要傳接棒不發生失誤，我想大概沒問題。」

不知道為什麼，這傢伙說話時一副事不關己的樣子，這點倒是和連很像。竟然可以這麼冷靜不帶感情地談論自己隊上的事，對我來說實在難以想像。

這時先出場的幾個隊伍，已經開始練習傳接棒了。

「請讓出第五跑道！」

大聲吆喝著清場完畢後，選手在主直道（註一）往後直道（註二）之間的彎道上全力衝刺，然後將接力棒傳給下一位跑者。正式比賽時，那裡就是一、二棒交接的地方。

「接！」

這是交棒前的喊聲，音量大到讓懷著輕鬆心情下場觀摩的人嚇一跳。接棒者的手在身後伸得又高又直，彷彿裝了磁鐵般一下子就把接力棒吸了過來。好驚人的速度，轉眼間就完成接棒動作了。

「超快的！」我忍不住低聲驚呼。

「嗯，差不多啦。」根岸喃喃說道。「畢竟他們可是跑出四十二秒多的隊伍。」

那我們……沒記錯的話，最佳成績應該是四十五秒多吧？這樣真的跑得贏嗎？

「西區有兩支隊伍很強，其他的就不怎麼樣。」根岸小聲說著。

要參加縣賽，聽說至少得進十六名以內才行。

「不過你和一之瀨加入之後，我們學校的田徑隊也會變得很有看頭吧。」根岸說得乾脆，好像事不關己似的。

「根岸，那你自己呢？」看似沒在聽的連突然開口了，他的目光依舊盯著跑道。

「我？」根岸那對凹陷的眼睛睜得大大的。「我跑接力賽？」

連點點頭。

「我的目標是稱霸一千六百接力啦，雖然是將來的目標。」

「你也可以跑四百接力啊，夏天以後三年級學長就會引退了不是嗎？」

註一：徑賽場上，終點所在該側的直線跑道。
註二：徑賽場上，較遠離終點的直線跑道。

「可是還有練短距離的你們，守屋學長、浦木學長跟小松學長啊……」

「你跑得贏，你一定能跑贏守屋學長以外的二年級學長。」

「喂喂喂……」聽到連說得這麼理所當然，根岸連忙打斷他的話，接著突然輕笑了起來。

「一之瀨同學果然不只是資質好而已。」

「啥？什麼意思？」連轉過頭來問根岸。

「沒事，只是發現原來你也有短距離選手的性格啊！」

連露出了好像不小心把口香糖給吞進肚裡的怪表情。

這兩個人的互動實在太有趣了，我忍不住笑了出來。

「我現在要想的，應該是明天要上場的四百公尺啊。」

根岸小聲地說，不知道是說給我們聽，還是說給自己聽。

「這可是我的高中出道賽呢！」

「真厲害耶。」連喃喃說道。

根岸走過去給了他一記肘擊。儘管臉上依舊掛著微妙的微笑，但我知道根岸其實很高興。國中時他曾和連一起練習，卻大受打擊因此放棄了短跑，當時認為遙不可及的對手，現在竟邀他一起參加四百接力，當然沒有理由不高興。連真的是個奇特的傢伙。表面上看起來對什麼都沒有熱情，卻總是在不知不覺中拖別人下水啊。

學長們開始練習傳接棒了。由於跑道上擠滿了人，三輪老師和候補的小松學長也跟著下場，確保練習場地的淨空。第一棒島田學長起跑了。我躍躍欲試的心情沸騰到了極點。我也好想跑啊，我也想在那條紅色的跑道上奔跑！

起跑的槍聲響起，四百接力的第一組已經離開起跑點了。我們學校排在第三組，我和關學長是第三棒浦木學長的陪同員。所謂陪同員，就是陪在選手身邊的助手，幫著提東西、準備飲料，陪選手聊聊天紓解壓力。本來只要一個人就夠了，為了讓沒事的一年級新生有機會見習，老師安排我們和學長兩人一組。

浦木學長的緊張不安一眼就看得出來。他一直很在意風向，從集合前就不停地和關學長談論著風向如何如何，現在吹的是西北風啦，好像又變成西風了云云。

在田徑賽中，風是十分重要的影響因素。一百公尺、兩百公尺、急行跳遠、三級跳遠等項目中，順風風速超過每秒兩公尺時，即使創下新紀錄也不被承認，只會列為順風參考紀錄。逆風比賽時則沒有這樣的問題，依照實際成績記錄。接力賽的成績雖然沒有風速限制，但是對浦木學長來說，第三棒的區間究竟是順風或逆風，當然會影響他的速度。話雖如此，他擔心的根本不是這種技術上的問題。

浦木學長號稱春野台高中田徑隊成立以來最誇張的「迷信王」。他平常就常看占星術、易經、風水之類怪力亂神的書，很相信第六感和各類禁忌。聽說他挑牛仔褲時也是選顏色不看功能，所以家裡有很多條。昨天還對根岸說：「你是金牛座的吧？掌管金牛座的金星晦暗不明，你得加把勁才行。」害根岸沮喪了好久。

正式比賽當天，浦木學長總是對風向在意到不行，說什麼自己這場比賽遇到西南風大吉，萬一遇到北北東風就大凶。據說只要風向大吉，就算是遇到風速每秒六公尺的大逆風也無所謂。不管老師、教練和學長姊怎麼勸他、教訓他，統統沒用。

在第三棒的準備區，高人一等的浦木學長換上了今日能召來幸運的紫色條紋釘鞋，再用他今天幸運色的紅色橡皮筋綁起略長的頭髮。他舔了舔手指，背對著我們測試起重要的風向。

「風向偏北啊！」浦木學長不安地喃喃自語。

「你還是不要盯著他看好了，這傢伙比較怪。」關學長對我說。「看看其他選手在做什麼吧。」說完便走向浦木學長，抓起他的手左右搖晃，幫著他拉筋伸展。

第二組比賽結束，浦木學長走向跑道準備。不知為什麼，我就像自己要上場一樣心跳加速。

「吹西風了！」浦木學長突然轉過頭來，興奮地大叫。

關學長大大點了點頭，比了一個勝利的手勢。我收起浦木學長的運動鞋和夾克，跟著關學長一起移動到第三棒的終點，也就是第四棒的起點附近。

槍聲響起，第一棒起跑了。我們春野台高中位在靠外側的第七跑道。島田學長跑在前頭，但我不知道那算不算領先。接力賽採用梯形起跑，越靠外側的跑道起跑線越向前，所以外側的選手有時雖然跑在前方，但實際上卻是落後的。我還沒辦法分辨怎樣算領先怎樣算落後，這就是新手的悲哀。不過學長和其他有經驗的一年級新生似乎一眼就看出來了。

哇！就在一眨眼之間，棒子傳到守屋學長手上了。四分之一圈，竟然這麼快就跑完了啊！第二棒通常是隊上的王牌，選手都跑得很快，守屋學長也是我們接力賽成員中速度最快的，眼看著就要追上外側第八跑道的選手了。距離越來越近了。快要趕上了。很好！超越他吧！好像要超過了又超不過。我忘情地不停大喊著：「衝啊！衝啊！」超過了嗎？那樣算超過了嗎？終於，守屋學長總算超前了。太好了！守屋學長進入了接力區，浦木學長準備起跑了。交棒。很好，接到了！

浦木學長正在場上奔跑著。那雙不是勉強跳過就是踢倒跨欄的長腿，正一步步跑過彎道。沒問題吧？現在風吹向哪邊了？不會突然轉成東風吧？

「我們現在是第幾名？」我下意識地問了關學長。

「第三名。」他立刻回答。「再喊大聲一點啦！笨蛋！」

「浦木學長！加油！」我扯開嗓子大喊。「春野台高中！加油！」

接力棒傳到了最後一棒岡林學長手上，進入最後的直線跑道。跑到這裡早已沒有起跑時的距離差距，誰領先誰就是第一名，外行人也看得出來，我們落後到第四名了。我喊得喉嚨都痛了，也不知道自己在吼叫什麼，心裡只想著要贏要贏要贏！啊！衝過終點了，好多人一起衝過終點了，看不清究竟是第三名第四名還是第五名。

「我們第幾名？」我啞著嗓子問。

「第四名吧？」關學長也歪著頭。

「能進縣賽嗎？」

「成績沒出來前還不知道。這一組的都跑得很快，我們的表現也不錯。岡林學長最後拚了命地衝刺呢！」

「是啊！」

最後一棒競爭非常激烈。我們從後方看不太出來誰快誰慢，但是選手們的氣勢超有壓迫感的。

浦木學長走回來撕除標示接力區起點的膠帶，關學長則幫他拿掉貼在運動短褲上的號碼牌。

「怎麼樣？」浦木學長笑咪咪地看著我，看來他對自己的表現很滿意。

「嗯！」我也笑咪咪地回望他。「學長看起來跑得很盡興呢！」

「多虧了西風幫忙。」

「是。」

「看樣子可以跑進縣賽喔。」

「真的嗎？」

「一定的啊！應該是吧？」

「哇喔！太棒了！」

「好啦，幫你們爭取到表演舞台嘍！」浦木學長一臉滿足地喃喃說著。「難得有跑得快的新生，還一次進來了兩個，要是不能幫你們製造出場機會，學長們也丟臉。嗯，我好像已經在給你壓力了喔！」

出場機會？

「不要那麼吃驚嘛！一年級的菜鳥，派誰參賽當然還是要看老師的決定，不過還是先調適好自己的體能和心情吧。畢竟那可是縣賽的接力賽喔，縣賽哩！」

向來深沉陰鬱、低聲說話的浦木學長，難得精神抖擻地如此宣言。

「怎麼樣，我今天的台詞很有為人學長的感覺吧？帥不帥？」

浦木學長回頭對關學長這麼說，害他只能無奈地苦笑。

春野台高中的四百接力總排名第十二名，確定進入縣賽！

4 計時賽

雲層厚重的大陰天，太陽下山的時間也比平常早。大和市（註）的體育場裡燈火通明，雖然整排的照明設備裡只有一半的燈開著，但因為天還沒完全黑，感覺還是相當明亮。

我是第一次來這裡，不過隊上好像經常來這裡練習。從學校出發，搭小田急江之島線大概三十分鐘就到了。我們學校的操場是泥土地，跑道全長不過兩百三十公尺，想和正式比賽時一樣，在四百公尺的合成橡膠跑道上練習時，就得申請借用這裡的場地，而且這裡還有雨天專用的室內跑道。不過和舉行地區預賽的小田原城山體育場比起來，大和這邊整個小了一號。

為了選出參加縣賽四百接力的選手，今天要舉行計時賽，所以短距離組的隊員傍晚在這裡集合，隊上的女生也來幫忙。

註：位於日本神奈川縣東部相模原台地東邊。

昨天的練習結束後，三輪老師就說明了舉行這場計時賽的原因。

「關於縣賽的四百接力成員選拔，我決定明天在大和的體育場舉行隊上的計時賽。本來我想讓地區預賽的原班人馬上場，畢竟這是兩位三年級學長高中生涯最後的參賽機會，而且接力的團隊默契需要長時間的培養……」

三輪老師一一看著短距離組的成員，緩緩說著。

「不過岡林和島田跑來對我說，不要把比賽弄得好像是他們高中選手生涯的謝幕賽，應該派出隊上現有的最強組合出賽。我想了很久，也考慮到三年級的這份心意，決定舉行計時賽。短距離組全員都要參加一百公尺的計時賽，前六名將成為接力賽候選選手。最快的六個人各加跑一場彎道賽或直線加速賽，成績將作為決定正式參賽選手的參考。聽清楚了嗎？要盡全力跑喔！」

這件事我們早就知道了。三年級的告訴二年級，二年級的又跟我們一年級的說。不過正式地從老師口中聽到後，我還是不自覺地直盯著岡林和島田學長。

三年級的學長和健哥同年，但是在隊上感覺卻已經很成熟，不像二年級學長那麼容易相處。島田學長的視線和我交會在一起，他臉上沒有笑容，只是對我點了點頭。那不是把位置讓給我們的意思，而是給我們表現的機會。儘管如此，我也知道臨時加入比賽可不是件小事。好歹我也是從小參加團隊運動長大的，這點我清楚得很。

連似乎覺得自己會入選是理所當然的事，我卻不這麼想。就算我跑的速度比其他人快，團隊這種東西也不是輕易就能融入的。不過，我並不打算退讓，隊友製造的機會一定要把握住，這也是一種團隊精神。

潮溼的風混著樹木新芽的氣息沙沙吹著。這樣的風還不至於影響成績，只是讓人覺得五月出乎意料地冷。大夥兒做完熱身運動時，已經將近晚上六點了。踢足球前當然也要先暖身，不過短跑的熱身運動又不太一樣，除了使身體保持柔軟不至於在運動時受傷外，同時也給予肌肉適當的刺激，好在比賽時跑出全速。一開始是慢跑、體操、伸展、反覆練習（跑步時的基礎動作）、穿著運動鞋的基本跑法，最後還要換上釘鞋練習全力衝刺。

大和的體育場鋪的是全天候型的合成橡膠跑道，平常在學校的紅土操場上穿的釘鞋不能跑，老師之前就提醒過我們，得換上全天候跑道專用的短尺寸鞋釘。我昨晚就莫名興奮地急著換好了，連則是等到要換鞋時，才慢吞吞地換鞋釘，結果守屋學長氣得大罵：「那你之前都幹什麼去了！」

由於還有其他學校借用場地，我們只能使用一半的跑道，沒辦法一次測完所有人，於是短距離組的八個男生依照年級分成三組，從三年級開始跑。看著岡林學長和島田學長在調整起跑器，我突然覺得呼吸困難，這跟體育課跑五十公尺的情況根本不一樣，全場的氣氛很特別。我從沒來過夜間的比賽場地，參加選拔賽也是頭一遭。

起跑的發號施令由谷口負責，老師和市川學姊則負責按碼表計時。

不過說真的，短跑這種比賽真是奇怪，為了跑出全速而熱身練習了老半天，真正上場跑的時間卻只有短短一瞬間。三年級和二年級一下子就全部跑完，馬上就輪到我們一年級的了。

「唉，算了算了。反正你們一定都跑在我前面啦！」以四百公尺為天命的根岸碎碎念著。

「某人一定會跑在前面啦，其他人就不知道了。」我也跟著碎碎念起來。

只有連一聲不吭，感覺和平常的他不太一樣。這傢伙只要專注在他感興趣的事情上，不管和他說什麼他都聽不到（也沒在聽），像現在就是這樣。他顯然正集中精神在比賽上，周遭的空氣就像帶著電一樣扎人。

雙腳踏上起跑器時，接力賽的事和根岸剛說的話瞬間被拋到了九霄雲外，只知道連一定會以前所未有的猛烈速度往前衝，而我一定要死命追趕才行。

起跑！

連的背影浮現在黑暗中，漸行漸遠。我感覺到橡膠跑道反彈著釘鞋。第一次跑在合成橡膠跑道上，這種觸感真是有趣，感覺真好。不過，連還是離我越來越遠。

連的背影，每次都是連的背影，越來越遠的背影，好像在作夢一樣。

抵達終點時，我忍不住嘆了口氣。跑步這件事真是無比有趣，可是連卻總是遙不可及。

成績排名出來了，依序是連、我、守屋學長、岡林學長、島田學長、浦木學長、根岸、小松學長。結果根岸和小松學長被排除在選手名單之外。

第二關，連和守屋學長測直線加速跑，岡林學長、島田學長、浦木學長和我則測彎道跑的速度。

我還是第一次有機會就近觀賞連認真跑，他將在全天候型標準四百公尺跑道上全力奔馳。

加速跑全長是一百公尺加上加速距離，這次計時賽的加速距離是十公尺。接力賽時除了第一棒外，都要在接力區逐漸加速起跑，所以需要計測加速跑的成績作為參考。

選手必須在站立式起跑後逐漸加速衝刺。和連一起跑的時候，他總在不知不覺間消失在遙遠的前方。即使現在不是從後方而是從旁觀察他的速度，感覺依然像一瞬間發生的事。好快。奇妙的是，連奔跑時像是一點也不費力，動作很流暢，輕快地飛奔而過。連手腳的擺動幅度又大又有力，儘管如此，他奔跑時的動作就像行雲流水般飄忽。

好漂亮。

我從來沒在看別人跑步時覺得「很漂亮」過。可是連跑步的樣子真的很美，簡直就像傑出舞者優雅的演出。我嘴巴微張，望著連奔跑的身影出神。看他跑步有種快感，不只是心裡感受到的爽快，而是令人無法動彈的感動。

「他的實力才不止這樣呢。」根岸在一旁小聲嘀咕著。「他正式比賽時跑得更快喔。」我還是第一次看到連跑得這麼快，聽到根岸這番話，不禁轉過頭看著他「咦？」了一聲。

「大家都是這樣啦，不過那傢伙的差異大概特別顯著吧。雖然不至於在練習時故意放慢速度，但也看不出他有盡全力跑的意思。他計時賽的速度就比練習時快多了，不過……看樣子他還沒有使出全力。」

我不太懂根岸在說什麼。

「一般說來，選手在比賽時情緒會特別高昂，能激發出平常發揮不出的潛力。」

是這樣嗎？對我這個一到正式比賽連平常穩進的球都會踢飛的人來說，根岸的話實在難以理解。

「不過話說回來啊，能跟那個傳說中的一之瀨連同隊，我現在還是有點不敢相信呢！」

根岸深深嘆了口氣。

「我想你大概還不能體會吧。當然，我不是教練說不準，只是隱約覺得一之瀨他的跑步姿態啊，幾乎可說是完美無缺了吧？沒有多餘的動作，一點也不勉強，那就是所謂的本能吧？那種輕盈的前進方式，還有手臂擺動和踢腿的絕佳平衡感，一般人就算做了好幾年的基礎練習都不一定學得會，那可是作夢似的完美境界啊！」

我雖然沒有完全聽懂他的話，倒是對他那崇拜的語氣很受感動。

「像作夢一樣啊……」

聽到我的喃喃自語，根岸又賊賊地笑了，輕輕拍了拍我的肩膀。

「是有可能實現的夢啦！」

講得好像很簡單。

「你只要高中努力三年，大學再努力四年。」

高中三年，大學四年？真是長遠的歲月啊！不過話說回來，我練足球的時間更久，沉溺在一種運動之中，七年的時間真的不算久。因為不管花上多久的時間，學不會的東西還是學不會。

「我也能跑出那種優雅的姿勢嗎？」

根岸歪著頭思考著我的問題。

「你應該會成為和一之瀨不同類型的跑者吧？這個問題你得跟老師慢慢研究。」

不知怎麼的，內心一陣洶湧翻騰，就像暴風雨來臨前般興奮難平。連奔跑時的身影和健哥踢球時的身影，突然在我腦海中重疊了。天才應該是種不常出現的稀有動物，為什麼偏偏我的身邊就出現了兩個呢？而且也離我太近了吧。從小到大，我就一直追趕著健哥的腳步，難道現在又要繼續追趕連的腳步？難道我註定有這種苦苦追趕天才的悲慘宿命？

我的彎道跑似乎跑得不理想，只看到老師歪著頭，一副很困惑的樣子。原來彎道跑起跑後應該要切進內線跑道，我卻一直沿著外線跑道猛衝。儘管直線跑時速度比其他人快很多，彎道跑的成績就和岡林學長差不多了。

我想跑接力賽。不過，連奔跑的樣子比接力賽更吸引我。我也想像他那樣奔跑。並不是要跑得和他一模一樣，而是也想跑出那種令人看了會不自覺地顫抖，身體和心靈彷彿都為之著迷的動人境界，將來有一天我是不是也能達到呢？

「奇蹟式地跑進決賽！」這是短距離組組長岡林學長想出來的微妙標語，四百接力隊就朝著這個目標展開練習。通過地區預賽的有八支隊伍，只有決賽的前六名能打進南關東大賽。儘管根岸偷偷跟我說「反正以我們目前的成績是跑不進南關東大賽的，放輕鬆練習就好」，實際練習時卻一點也輕鬆不起來。我想這都是因為連。田徑和棒球不一樣，就算隊上有一個跑得很快的王牌，也不保證整個接力團隊就能獲勝。不過也因為連的存在，大家心裡都在想「難得隊上有張王牌」，好歹得拚一下。

我被選為起跑的第一棒。第一棒是我，第二棒連、第三棒岡林學長、第四棒守屋學長。第一棒和第三棒跑彎道，第二棒和第四棒跑直線。起跑技巧不佳、彎道跑成績也很差的我之所以被選為第一棒，主要是因為第一棒不必接棒，只要把棒子傳出去就好了。至於另外一個理由，三輪老師在全體接力賽成員面前是這麼說的。

「四百接力要是一開始就落後可就沒戲唱了。一年級的兩位不要客氣，前半段就盡力試著超前！」接著他又看著我說：「我們的第二棒速度很快，你只要對自己有信心，向前衝就對了。之後的事就交給學長們吧！」

剃著運動系平頭的冷硬派守屋學長一臉嚴肅，認真地點了點頭。而有點神經質的岡林學長則緊緊皺著眉頭。

就這樣，接連幾天的練習都是傳接棒、傳接棒、傳接棒。雖然我只需要把棒子交出去，實際上卻沒那麼簡單。不能只是「啪」一聲把棒子放到對方手上，必須水平地把接力棒壓進接棒者的手心，而且傳棒時手臂要伸直。放開接力棒的時機也很難抓，太早或太晚都不行，一感覺到對方確實抓到棒子時的拉力，就要馬上放手。

最重要的就是要培養和連之間的默契。為了找出最好的傳接時機，一開始得慢慢練習——也就是所謂的持棒慢跑，練習抓出兩人之間最佳的傳接距離。傳接距離抓得比較大，可以縮短時間，可是距離如果太遠，又容易犯規。漸漸習慣之後就開始加快速度，以六、七分的力量快跑，練習傳接棒。最後當然是全速跑加傳接棒，不過實際上可是比想像中困難很多。

另外還有一項疾馳練習。兩人相隔約兩公尺同時起跑並加速，跑到極速時，由後方的跑者大聲發出提示並傳棒給前方的跑者。當我大喊「接！」的時候，連就要舉起手臂準備接棒，而我就要抓準時機把棒子傳給他。我不能在連伸手之前舉起手臂，那樣會追不上他。如果提早伸手準備交棒而不繼續擺動手臂的話，我的速度反而會先慢下來。要在身體已經疲勞的極速奔馳狀態下伸出手臂，老實說真的很不簡單。就在我喊出「接！」、連的手臂往後伸的數步之間

——我得抓住他速度慢下來的那一瞬間。

完成傳接棒時大都已經跑到了接力區的中間或後半部，接棒的跑者要先預測完成接棒時的位置，才能反推出上一棒跑到哪裡時自己應該起跑。從接棒者的起跑位置往後步測出那個位置並貼上白色膠帶做記號，就是提醒接棒者準備起跑的「步點」。當我一超過那個膠帶貼出來的記號，連就要起跑。練習時我們測出的距離是二十六步，據說比賽當天因為個人狀況或天氣的影響，會有半步到一步的誤差。

判定這個步點的距離實在是有夠難的。雖然我在這次比賽不用擔心這個問題，但練習時還是得練。維持站立式起跑的姿勢轉過頭觀察後方，一邊判斷一邊往前跑，起跑的時機一定要每次相同，時快時慢的話就沒辦法順利接棒。連每次都精準地抓在相同的時機起跑，以他那種鬆散的個性來說，實在難以想像。由於連在接力賽的起跑反應和平地賽跑時一樣迅速，也讓我們的預跑區〔註〕距離縮短了將近一步，既然他確實掌握了起跑的時機，確實地把棒子交到他手上就是我的任務了。雖說傳接棒時大致上是靠接棒者的判斷，但如果沒能追上連的速度，那就是我的錯了……我心裡多少抱著自卑和不安。

註：步點到起跑點之間的距離。

在大和體育場練習時，我們模擬正式比賽跑完四百接力，並且計時。每跑完一次就休息，一共跑了三次，最好的成績是四十四秒五，跟四十三秒多的成績差遠了。岡林學長懊惱得猛踹腳下的橡膠跑道。

「可惡！都是我拖慢了大家的速度！果然隊上有十二秒多的選手還是不行啊！」

「你在說什麼啊！」守屋學長依舊是那副冷硬派表情，伸手搭在岡林學長肩上。「身為隊長可不能這樣怨天尤人，我們得讓一年級的好好見識一下什麼才叫傳接棒。」

守屋學長雖然才二年級，卻比三年級學長還冷靜沉穩，給人完全不會失控的印象。他是根岸的國中學長，根岸說過，因為迷上這人跑四百公尺的姿態，決定要一輩子追隨他。現在的我很能理解那種心情。

儘管岡林學長抱怨成績不理想是他的錯，但我覺得到時候萬一真出了什麼狀況，拖累大家的一定是我。我就是對正式比賽沒轍，每比賽必定肚子痛，緊張得要命，實在很丟臉。越勤於練習，比賽日期越是接近，我越覺得不妙，興奮期待的心情早已消失無蹤。不過表面上我還是裝作一副沒事的樣子，總不能讓別人——尤其是隊友——看出我在怯場吧？

一天二十四小時，就連睡覺時我都緊握著接力棒不放。這可不是比喻，我真的把接力棒帶回家，沒事就摸摸它。

即使是這種緊要關頭，連還是一樣沒出現在自由參加的晨間練習上。守屋學長和岡林學長都來練習了，他家又離學校不遠，而且他不出現，整個接力隊士氣不振。更重要的是，這傢伙不出現我沒辦法練傳接棒啦！他推說晨間練習時間很短，沒辦法充分熱身做全力衝刺的傳接棒練習，做持棒慢跑又沒什麼幫助，不肯答應。我纏著他說做持棒慢跑也好，總之我想練習，他也裝作沒聽見。加入田徑隊雖然只有短短一個月，我卻已經深刻體認到一件事，那就是連真的真的很討厭練習……

「你啊，不用這麼著急啦！」

社團時間結束後，守屋學長發現我和連在爭執。結果反而是我被念。

「老師不是常說，一年級的體格還沒發育成熟，叫你們不要太勉強自己嗎？比賽前自我調適才是最重要的。」

為什麼？那個不練習的沒事，我這個練習的卻挨罵，這是什麼道理？

守屋學長似乎顧慮到我的心情，又說：「田徑比賽前的自我調適可能和足球比賽不太一樣吧。」

「足球比賽前幾乎都是實戰練習，而且是依照正式比賽的形式。」我說道。「所以這次我才想依照實際比賽的情況，徹底練習傳接棒……」

「我覺得你已經練習得很徹底了。」守屋學長靜靜地說。「神谷，你著急也沒用。你才剛加入田徑隊，又是第一次參賽，難免會緊張，不過只要維持在最佳狀態，比賽當天盡力跑就行了。不需要太在意結果的。」

「是……」

守屋學長的話我都懂，可是懂歸懂……

「我才剛接觸田徑，總覺得多摸幾下接力棒，心裡比較踏實……」

「你啊，只要負責跑就好了啦！只要跑到我這邊來，就這麼簡單。」

一直默默聽我們對話的連突然開口了，雖然態度很不好，但守屋學長卻點了點頭。

「一之瀨會配合你的，不用擔心。」

就算棒子傳不出去（我跟不上連的速度），連會在接力區裡放慢速度等我吧。就算傳接棒時快要撞上（兩人的距離太近），他也會不慌不忙調整節奏配合我吧！練習時這些情形也發生過好幾次，只要交給連解決就好了。而我，只要抱著說什麼都要把棒子交給連的鋼鐵意志，跑完自己的賽程就好了。雖然我心裡都明白……

「神谷特別精力旺盛呢……」守屋學長突然若有所感似的小聲說道。「一點也看不出來你才剛經歷升學考試的練習空白，而且還是田徑菜鳥。通常新人在這個時期往往跟不上練習進度，就像一之瀨這樣。」

守屋學長露出淡淡的笑容盯著連這麼說，連也絲毫不害臊地對著學長微笑。

「我正常多了，這傢伙才是瀕臨絕種的怪胎！」

我朝著連的小腿正面踢了下去，卻被他巧妙地躲開了。

「我從小就每天晨跑，中學時每天都跑十公里。」

因為聽說海嶺的高中部每天練習都要跑十二公里，所以我也以這個標準自我要求。

「考試前我還是每天至少跑五公里，我家有養狗，帶牠散步是我的工作。現在因為早上要練習不能帶牠，最近牠心情很不好，會沒事亂叫，還會把拖鞋咬爛！」

「是啊！那你跟羅納度一起跑就好了嘛！」連說道。

「羅納度？那是什麼？狗的名字？」守屋學長問。

「嗯，因為牠長得很像巴西國家代表隊的羅納度，大家都叫牠阿羅。」

守屋學長聽了大笑著離開了。

「我說你啊，真的一點都不擔心嗎？」看不見守屋學長的身影後，我忍不住問連。

不論跑得再快，連都有一段時間沒練習了，接力賽的經驗也比其他人少，卻突然被安排在王牌雲集的第二棒。四百接力不是四個人各跑一百公尺就好，在接力區傳接棒的速度快慢可是對比賽成績大有影響。從藍線（接棒跑者的起跑線）到第三棒的接力區末端，連大概要全力衝刺將近一百三十公尺——這一百三十公尺可說是決定勝敗的關鍵，而連等於是左右了春野台高中的成敗。

明明身負如此重任，他卻反問我：「擔心什麼啊？」

我目不轉睛地盯著連瞧。即使是我家那個身經百戰的健哥，比賽前多少還是會緊張，也會跟我分享紓解緊張情緒的妙方。連真的一點都不緊張嗎？真的完全不擔心嗎？或者只是假裝沒事？

擔心正式比賽啊——只是我說不出口。雖然不像足球比賽那樣具體想像得到自己可能出什麼狀況，但我很清楚自己一到正式比賽就不會有好表現……

「算了！」

我不想管了。連聽到後露出微笑，乾脆地轉身就走。我的感覺真是差到了極點。

正式比賽前一週的星期天，我在家裡渾渾噩噩睡到過了中午才起床。起床後發現家裡一個人也沒有，便隨便吃了點東西，看看手機裡的簡訊，該回的回一回。我想讓身體好好休息，所以又穿著睡衣倒回床上，打開迷你音響大聲放著BUMP OF CHICKEN的專輯，拿起接力棒把玩。身體雖然很疲憊，腦袋卻異常清醒，越來越沒辦法靜靜待在床上。對了！來剪頭髮吧！後面的頭髮長長了實在很熱，加上每天練習都滿身大汗，頭髮長了真是不舒服。

我在浴室的三面鏡前喀嚓喀嚓地剪起頭髮，把之前刻意弄成左長右短的劉海整個剪短了。雖然看起來比較清爽，可是怎麼好像變可愛了啊？原來我真的長了一張女生的臉？眼睛大大的嘴巴小小的下巴又尖尖的，還被老爸說長得像小泉今日子。雖然老爸說小泉今日子是他永遠的偶像，可是我一點也不覺得高興啊！明明五官和老哥長得很像，為什麼我總覺得還是他比較有男子氣概咧？

剪完頭髮就想去買東西了。好想找件華麗的T恤和紅色的運動布鞋來搭配剛剪好的短髮啊！還有，買件牛仔破褲也不錯。有點想去裡原宿或是橫濱，不過今天還是去町田好了。

町田有很多二手衣店，耐心逛通常頗有收穫。在車站前停好腳踏車，選了幾間比較大的店進去看看。看到一條很不錯的牛仔褲，但超過預算了只好放棄，最後買了背後印了一串骷髏頭（很像串燒）的龐克風T恤，和一雙迪士尼系列的鞋子。我拿著那雙鞋面上印滿小米老鼠的紅色休閒帆布鞋，正要去鞋店櫃台結帳時，眼光卻被一個穿著黑色POLO衫、莫名熟悉的背影給吸引住。那頭毛茸茸的咖啡色自然捲毛，不就是……

「哇！阿三！」不小心脫口喊出他的綽號。我們才剛加入社團，平常在他面前還是必恭必敬地叫「老師」。

「我還以為是誰，原來是神谷啊！」三輪老師轉過身來，瞇起那雙原本就有點下垂的小眼睛，小聲地說。「好花啊！那是你要穿的嗎？」看到那雙紅色的米老鼠休閒帆布鞋，老師提出疑問。

「不，是我姊姊的。她腳很大。」我邊付錢邊開玩笑地說。

「姊姊？那她的腳還不是普通的大耶。身高幾公分啊？是排球員還是籃球員？介紹給我認識啦！」

「老師你喜歡高大的女生啊？」

「我不挑的啦！」老師從收銀員手裡接過袋子，站在一旁等我付錢。「真是的，竟然還跑來買東西。我不是叫你們在家好好休息嗎？」

走出店門的路上，我被阿三念了一頓。

「可是我靜不下來。」我老實招認。

「嗯，也是……這是你第一次參賽吧？」三輪老師想起什麼似的喃喃自語著。「你第一次以短距離選手的身分參賽吧？叫你不要緊張想必也聽不進去，我也是高中才開始練田徑的，不過我的第一戰是市民錦標賽，只是小比賽罷了。」

「咦？老師不是從國中開始練田徑的嗎？」

聽到我這麼問，老師露出有些困擾的表情微微笑了。

「我國中的時候是回家社的，嗯，應該說是打架社的吧？」

「打架？」一聽到出乎意料之外的回答，我忍不住反問老師。

「是啊，一天到晚跟人打架。班上和我比較好的幾個都不是什麼好學生，學校有個不良少年頭頭，說起來我也算是他手下的一個小弟。總之是個急躁的傢伙，常常叫我幫他做這個做那個，我好像是他的跑腿一樣。」

回想起往事，老師不好意思地笑了。

「明明是幫派惡少卻超愛甜食，老是命令我們去麵包店買巧克力螺絲麵包，不然就是去和菓子店買草莓大福。做小弟的只好乖乖去買，要是太慢回來還會挨揍，所以我每次都死命地衝去買。有一次又去跑腿時，剛好在路上撞到當時春野台高中田徑隊的教練，結果竟然就被挖角了。教練看我衝得很快，就問我要不要練短跑，很像在開玩笑吧？」

雖然這個故事聽起來很像玩笑，不過三輪老師以前是小混混，還被不良少年頭頭當成跑腿小弟，這才是最大的玩笑。那個總是穿著舊運動休閒衫，帶著沒睡醒的表情，頂著一頭蓬鬆自然捲毛，教課時總是講著講著就岔到其他話題的三十三歲單身社會科老師，說他曾經是運動員都很難讓人相信了，竟然還當過不良少年？

不過，也不能一口咬定三輪老師絕對不是那種強硬派，畢竟他感覺上還滿堅決難以動搖的。這些事情他常常和人說嗎？大家都知道嗎？

「一開始覺得人家把我當笨蛋亂開玩笑，不料他真的跑到學校來找我，囉唆個沒完。不過呢，最後我還是考上春野台高中進了田徑隊。說起來這個教練也算是我的恩師吧！」

真是讓人聽不出是真是假的一番話。

「大概是我跑腿時看起來跑得滿快的吧。」三輪老師苦笑著說。「後來我的一百公尺成績沒能突破十一秒，恩師也不那麼看好我了，但我卻真的喜歡上跑步了。比起沒事跟人打架，平常好好練習在比賽時盡力奔馳好玩多了。以前跟人打架不管再努力都不會有成果，但跑步只要肯練習，速度多少會變快一點啊！那種感覺真的很爽。總覺得跑步和自己的個性滿合的，所以才會到現在還跟田徑隊糾纏不清啊！」

「那位恩師想必是個好老師吧！」

「是啊，現在還是積極得可怕呢！」三輪老師邊走邊拍拍我的頭。「人生就是一連串的因緣際會啦！很有趣的喔！所以我們會相遇也是一種緣分，將來也許會有更有趣的事等著我們呢！」老師沉默了一會兒，又突然開口叫住我。「神谷，老實說……一之瀨突然加入田徑隊時，我真的嚇了一大跳，但是你的加入也讓我非常驚訝。感覺就像自摸大滿貫再加四番，噹噹噹噹！大翻身的感覺。因為人生從來沒運氣這麼好過，突然覺得提心弔膽起來哪！」

老師好像真的在算打麻將贏了幾台，彎起手指數著說。

「你啊，有機會成為在十秒多跑完一百公尺的短距離選手喔！」三輪老師悠哉地如此斷言。「十秒這個成績的價值，你現在可能還不太懂，不過那可是不簡單的一件事呢。一百公尺和兩百公尺比賽，沒有天生的體格優勢是沒辦法跑的；沒有發達的快肌（註），無法成為優秀的短距離選手。身體的彈性最重要，而你就具備這種資質，這是上天賜給你的珍寶，別人可是十分羨慕的。雖然你跑步的姿勢還不成熟，跑不出理想的成績，但是只要認真練習，總有一天有

註：Fast muscle，構成骨骼肌的肌纖維中收縮速度較快的部分。

機會參加全高運的。」

全高運？那個全國性的高中運動會？他為什麼能用那種無聊課堂上令人愛睏的聲音輕鬆地說出這種話啊？

「你知道嗎？」三輪老師停下腳步，看著我說。「下半身很有力量，球技卻不怎麼樣的足球選手，卻往往在田徑比賽上大放異彩，說不定還有機會成為短跑界的霸主喔！雖然我不知道你以前是哪種程度的足球選手啦……」

「爛斃了的那種。」我立刻回答。

我和老師都沒說話，只是相視而笑。

「我很期待呢！」三輪老師這麼說著，又伸出手來在我頭上亂抓一氣。

5　全高運預賽（縣賽）

星期六晚上，我一點食欲也沒有。看著明天就要參加全高運預賽的健哥喀滋喀滋地狂啃炸豬排，突然覺得真是不可思議。

今天是縣賽（全高運縣內預賽）的第一天，場地和地區預賽時一樣在小田原的城山體育場，但整個氣氛就是不一樣，因為整個神奈川縣內的高手都集合在這裡。以體育社團很強著稱的私立學校連帳篷都特大特豪華，打進縣賽的選手看起來更是個個強得不得了。通過這次大賽之後還有南關東大賽，之後還有全高運正式賽。進入全國大賽的選手究竟有多強？我不禁想像了起來。

男子、女子兩組的一百公尺個人賽隊上都有代表參加，我們短距離組裡最強的女生——三年級的市川學姊，卻沒有跑進決賽。準決賽時她被編在高手雲集的組裡，只拿到第五名。聽說如果比賽時跑出她的最佳成績就能進入決賽了，大家一直說好可惜好可惜，害她非常懊惱。

「學姊已經盡力了吧！左右兩個選手都跑得超快的。可是正式比賽時沒跑出最佳成績，還是很讓人捶心肝啊！」根岸嘆了口氣。

「可是，正式比賽時跑不出最佳紀錄，就沒辦法參加更大的比賽啊！」鳥澤嘴上嚴厲地這麼說，眼淚卻撲簌簌地掉了下來。「可惡！真不甘心！」

她握著拳頭抹去眼淚。明明跑輸的不是她，她卻比本人還懊惱。還真像鳥澤的作風啊。

谷口一直待在學姊身旁。短距離組的女生只有她們兩人，所以市川學姊幾乎是專屬於她一個人的，感覺就像她的直屬上司一樣。市川學姊哭得稀里嘩啦，三輪老師慌張地抱著她的肩膀拚命安慰，而谷口則一直站在學姊身旁，一副深受打擊的模樣。因為谷口看起來實在太沮喪了，害我突然也很想過去安慰她。

連在這種時候總是保持沉默。認識他這麼久，我幾乎沒聽過他對別人的事發表過什麼意見，自己的事更是絕口不提。男子一百公尺比賽中有兩個一年級的跑進決賽，分別是第二名和第四名。第二名那個跑得超快的，連竟然只是嘿嘿笑著說：「很厲害啊！」

「要是你下去跑能拿第幾名？」

我試著刺激他。結果連還是笑笑地回答：「我怎麼知道。」不過並沒有否定「要是你下去跑」這句話，可見他很有自信，認為自己參加個人項目一定能進入決賽吧！

而我光是在一旁看人家比賽，就已經心跳一百了。明明就沒有認識的人參賽，還是緊張得要死，一百公尺決賽真棒！讓我看得差點連呼吸都忘了。

「小新，怎麼了？肚子不舒服嗎？」

看到我把盤子上的炸豬排切成一小塊一小塊卻一口也沒吃，老媽果然開口了。

「有一點啦。」我含糊地回答。

老實說，我很煩惱到底要不要把明天比賽的事告訴家人。獲選為接力賽成員固然很高興，也覺得該老實跟大家說，可是明天老哥也要比賽，說了也不能怎樣……結果還是沒說。

「不要緊嗎？」

老媽十分注意兒子們的身體健康。健哥是當然，我也不例外；只要我們臉色不好，老媽一定會追問是不是不舒服啦，吃藥了沒啊之類的。

「怎麼？明天有比賽嗎？」

突然被健哥這麼一問，我手上的叉子一個不小心掉到了盤子上。

「猜對了吧？」健哥好像參加猜謎遊戲答對了似的高興地大笑。「因為你只要到了比賽前夕就常鬧肚子嘛！」

是這樣沒錯啦……

「要下場嗎？跑什麼項目？」

「接力賽。」我不安地答道。

「有機會參加全高運嗎？」健哥一臉開朗地問。

不是我說……哪有人一開始就能進入全國大賽的啊？

「不可能。」我回過神來沒好氣地回道。「我現在根本還不到那種程度。明天只是縣內預賽而已……」

「……大概也就到此為止了吧！」原本要這麼說的，卻不知為何沒說出口。儘管可能性幾乎是零，也不能在比賽前就說放棄，何況我也不想這樣。畢竟那不是我一個人的比賽，之後還有三個人要跑，我沒辦法連他們的可能性也一起否定掉。

「新二從小就跑得很快嘛！」老爸開口了。

「一點也不快。」如果只是問我個人，我肯定會一口否定。

「幹嘛這樣說啊？」健哥的聲音突然嚴肅了起來。「你啊，你這種個性啊，實在讓人很不爽。幹嘛那麼卑微啊？不要老是低估自己的實力！偶爾也應該說點有志氣的話，不然永遠都贏不了！」

被健哥說教早就是家常便飯，我也只能連連點頭稱是，反正他要這麼說我也不能怎樣。

「我的一百公尺是隊上第二快的，只是一想到全國大賽，就是沒自信嘛！」我這麼說。

「不要高估也不要低估，要正確評估自己的實力！」老哥的眼神依舊嚴厲。「你沒有夢想嗎？」

夢想？啊啊，我的夢想是什麼啊？腦海裡一片空白，只覺得無邊無界，什麼都看不見。但是卻好像有涼風吹過，感覺真好。

「跑得更快。」

我對著那片一望無際、一無所有的白色虛空如此宣言。

「更快。」

連奔跑的模樣在眼前一閃而過，像風一樣咻地穿過那一望無際的白色虛空。感覺真好。

健哥默默點了點頭。眼神很恐怖，臉上也沒有笑容，他是認真的，一直都認真得可怕。健哥的字典裡沒有「隨便」這個詞。本以為不踢足球以後他就不會再訓我了，結果顯然是大錯特錯。對於他認為不可原諒的男生，健哥可是會狠狠地教訓到底的，我終究還是逃不過吧！

不知道為什麼，我忍不住笑了起來。我的夢想嗎？……真是的，健哥竟然毫不害臊問出這種問題。而想不到的是，我竟然真的回答了。

回答「跑得更快」。

中午過後，四百接力的預賽開始了。昨天晚上幾乎沒睡的我一大早就覺得肚子陣陣抽痛，只要吃了什麼或喝了什麼，肚子就開始咕嚕作響……變身為「廁所魔人神谷」的我，竟然錯過了守屋學長的四百公尺預賽。聽說守屋學長刷新了個人最佳紀錄卻還是沒能進入決賽，他本人卻是一副鬆了口氣的表情。

「反正我已經盡了全力。就在待會兒的接力賽繼續加油吧！」守屋學長笑著這麼說。

儘管我心裡覺得「好瀟灑啊！」卻沒有餘力擠出笑容。

「你還能跑嗎？不要緊吧？要不要讓島田替你上場？」三輪老師連珠砲似的問我。

「沒關係。」我回答道。「我一向都這樣。比賽當天常會鬧肚子，大概跑個三次廁所就沒事了。」

問題是，我總覺得今天的狀況好像特別嚴重。

「沒想到你是那種正式比賽會怯場的類型啊？真看不出來……」三輪老師一臉錯愕地說。

「算了，你想上場也行，那就好好努力吧！就算眼冒金星也要上場！即使頭昏眼花還是可以跑的，別擔心，你上場後就知道了。」

拜託別再說了，我已經開始覺得眼前有小星星在轉圈圈了。

不管怎樣，還是得先冷靜下來讓身心放輕鬆，於是我躺在帳篷一隅蓋上毛毯閉上眼睛，試著做心智訓練（註）。集中精神往好的方面想試圖放鬆，突然湧現腦海的畫面卻是藍色起跑線上壓低上半身準備起跑的連。啊！連起跑了！得趕快把棒子傳給他才行……我倏地睜開眼睛，身體微微抖了一下。不行，不行，這樣根本沒辦法放鬆，感覺好像正要睡著時，腦海裡卻突然浮現情色畫面一樣。我睜開眼睛，腦海裡的連卻還在奔跑，不停地向前跑，就像是沒完沒了的錄影帶畫面。

至於實體——真實的連，就在我身旁。連就待在我伸手可及的地方，伸開雙腿一臉愛睏地做著上半身伸展運動。真是柔軟的身體啊！雖然我的肌肉比較多，身體卻很僵硬。不只是跑步，連在運動時的一舉一動都很優美，寧靜、流暢且沒有無謂多餘的動作。即便是與運動無關的日常舉動也是如此，所以我一直很喜歡看著連。

註： mental training。

兩人的目光突然交會了，連只是微微一笑，什麼也沒說。

連周遭的空氣和在他身上流逝的時間，總給我一種清涼爽朗的感覺。

好像漸漸冷靜下來了，雖然只比剛才好那麼一點點。

比賽前的一個小時。除了已經跑過四百公尺比賽的守屋學長，其他接力賽的成員也開始熱身了。因為副跑道太小，衝刺部分只好趁主跑道上沒人時借用後直道來練習。

拉肚子的症狀雖然緩和了許多，肚子還是三不五時隱隱作痛，全力衝刺練習時總覺得十分不安，沒辦法完全集中精神在比賽上。

就在這時，「喂！神谷，」三輪老師面色凝重地叫住我。「我已經把出場名單交出去了喔，不管你到時候憋不住還是體力不支都非跑不可了。聽清楚了吧？你可要有所覺悟。」

剛才在帳篷裡老師就問過我要不要請島田學長代跑了，既然一口答應說沒問題，就算肚子痛到爆炸也得撐住。

「是！」我抱定決心，從現在起到正式比賽前一滴水都不喝。能拉的都已經拉得差不多了，應該不用擔心到時候憋不住吧。問題是拉肚子消耗了不少體力，不過這點我倒是不擔心，以前有好幾次都是在這種狀態下還撐完六十分鐘，在球賽中滿場跑，應該沒問題。

「你沒問題的。」

陪著守屋學長一起來的島田學長邊說邊拍了拍我的背。如果我沒有硬撐著一定要跑，島田學長就能下場比賽了，而且這還是三年級學長最後一次跑進全高運的機會。可是島田學長卻如此鼓勵我這個緊張到渾身僵硬的一年級菜鳥，真是個好人啊！學長人太好了……學長的體貼深深傳到我的心裡，還有肚子裡。

「雖然身體狀況不好，你還是比我快了將近一秒。只要開始跑就沒事了啦！加油吧！」

「是！」我扯開嗓門大聲回答。

我一定會努力的！為了不讓島田學長後悔自己沒有下場，我一定會努力的。

熱身完畢後，四位接力賽成員集合在一起，三輪老師最後鼓勵大家「盡力往前跑就對了」。大家圍在一起大喊「加油！」之後，第一棒到第四棒就該分別到起跑位置各就位了。

「唷！三輪！」突然聽到一個大嗓門打雷般的叫聲。

「啊！老師。」三輪老師似乎突然發現了什麼，慌忙低頭行了個禮。

一位身材瘦高的男子正用有些奇怪的目光打量我們，花白的短髮和鬍鬚像刺一樣豎立著。雖然白頭髮看起來很多，但大概只有五十來歲吧？ＰＯＬＯ衫胸前印著縣立鷲谷高中的字樣。是剛才在後直道上和我們一起熱身的學校吧？對對對，後面的隊員穿的就是那像辣椒一樣的大紅運動夾克。

「今年的隊伍怎麼樣啊？一之瀨連聽說加入了啊！」

鷲谷高中的教練居高臨下似的看著三輪老師說道。和一百七十公分的三輪老師比起來，他其實也只高出六、七公分，不過姿態倒是「非常高」。

「是的。」三輪老師看著連點了點頭。

「好久不見啊，一之瀨同學。嗯，先不提別的，很高興看到你又回到田徑場上啊。」鷲谷的指導教練看著連這麼說。

連沉默地低下了頭。

連認識這個人嗎？大概是當時邀請還在念國中的連去考他們學校、結果被拒絕的高中田徑隊教練之一吧？

「春野台高中怎麼樣啊？只有自己比大家快很多的感覺自在嗎？還是覺得山中無老虎，猴子稱大王也不錯？」

就算是開玩笑，這話也未免太惡毒了。但是連很冷靜地回話了。

「還有一個人也很快。」

「哦？」

鷲谷的教練的目光正掃視著隊上的其他成員，連卻從背後把我給推了出去。

「就是他。」

喂！你想幹嘛啊！幹嘛把我推到這個一副很了不起的老師面前啊？而且偏偏挑在我鬧肚子的時候，還完全無視於學長們的存在……

「哦……這個頭髮顏色像醃蘿蔔一樣的小子跑得很快啊？」鷲谷高中的教練傻眼地說。

醃蘿蔔？醃蘿蔔是啥啊？大家都哈哈大笑。穿著鷲谷高中運動夾克的選手們、三輪老師、學長們，還有連竟然也跟著哈哈大笑。醃蘿蔔？難道是那個便當裡黃澄澄的鹹菜醃蘿蔔？什麼！竟然把我精心調色超有品味的帥氣金髮說成醃蘿蔔？

「敝姓神谷。春野台高中一年級，短距離組。」由於實在太悶了，我忍不住自己報上名來。

「神谷？沒聽過。你要參加接力賽嗎？」鷲谷高中的教練冷冷地說。「還是那個占卜傻瓜要跑第一棒？」

說完他還直盯著負責陪我的浦木學長。原來浦木學長很有名嘛！

「第一棒是神谷，他是我們隊上未來的王牌。因為以前一直練足球，所以在田徑界不怎麼知名，不過是我們相當看好的選手。」

三輪老師特別強調「相當」這兩個字，害我真覺得幹嘛連自己人都這樣開我玩笑。

「不要懷疑我的話！」

三輪老師伸出手拍了拍我的頭。老師動不動就拍我的頭，那好像是他的習慣動作吧？真是討厭的習慣。

「哦……那我拭目以待嘍！」鷲谷高中的教練再次盯著我打量。「一之瀨再加上神谷，一下子多了兩位優秀選手啊！看來春野台的短距離組未來不可小覷呢！」

「等這兩個傢伙升上三年級，春野台的四百接力一定可以超越鷲谷的。」

聽到三輪老師大氣也不喘一下地如此放話，浦木學長發出「咦？」的尖聲怪叫，結果也被當頭巴了一下。

「是嗎？那我就等著看，你可別毀了這麼優秀的人才啊！」鷲谷高中的教練對三輪老師說完，接著轉過頭來看著我和連說道。「隨時歡迎你們來參加我隊上的練習，三輪這傢伙靠不住的，有困難的話直接來找我也行。我們隊上人才濟濟，會是很好的刺激。」

鷲谷高中的教練伸手拍了拍他身邊一個體格壯碩的選手肩膀。

「這位是仙波。」

目測身高大概有一百八十五公分吧？寬闊的肩膀、結實的肌肉，看起來很有爆發力。要是在足球場上，我可是一點也不想和這種控球後衛正面交鋒。雖然只留著近乎光頭的超短髮，不曉得是不是因為頭型好的關係，看起來還挺有型的。眼睛感覺很有神，目光十分銳利，彷彿一眼看到他就會被他的目光所吸引，然後「啪」一聲被毫不留情地彈飛出去。我和他目光交會時就有這種感覺，心裡暗暗「唔」了一聲緊張起來。再仔細看看仙波，會發現他其實相當有男子氣概，只是除了他的臉長得不錯之外，總覺得自己還遺漏了更重要的事。

「啊！」我終於想起來了。「你是昨天一百公尺比賽拿到亞軍的人！」

所以……這傢伙也是一年級的？

這個叫仙波的傢伙，竟然對我露出意外爽朗的微笑。

「仙波在全中運（全國國中運動會）時和一之瀨一起跑過，是國二的時候吧？那時候你還跑輸一之瀨吧？」

「是的。」被教練這麼一說，仙波仍舊不疾不徐地答道。「還一起參加了一百公尺的準決賽，不過我沒有跑進決賽。」

那是連拿下全國第七名時的事吧？

「不過呢，仙波在三年級時拿下了一百公尺的全國第二名喔。還在青少年奧運（註）中拿下第一名。」

鷲谷高中的教練得意地說著，好像在講自己的事一樣。仙波臉上沒有不好意思的表情，也不見高傲的神色，只是和平常一樣，彷彿得到這些輝煌的成績都是理所當然。

國三時連退出了田徑隊。我忍不住回頭看了看他，這傢伙還是一副沒事的樣子。仙波一直微笑著看著連，他卻輕描淡寫地擋住了那犀利的視線。

真的……好厲害。這就是所謂的對手吧？

鷲谷高中的人離開以後，我問連：「鷲谷高中田徑很強嗎？」

「……好像是吧。」他簡單地回答。

「鷲谷高中可是公立學校裡罕見的短跑王國喔！」三輪老師一字一句地說著。「那位大塚老師就是以前指導我的教練，也就是春野台高中的前任教練。」

「啊，他就是老師的恩師？」我想起老師之前說的話，不禁大叫了起來。

「對啊。我跟你提過以前的事吧？沒錯，他就是我說的恩師，也是神奈川縣高中田徑界的名教練。他常在任教的公立高中花上好幾年培育優秀選手，春野台在大塚老師擔任教練時也很強呢！我那時的練習量比現在還多，每天都被操到快吐了，要是真的聽話乖乖練習搞不好會掛掉哩！」

不知是不是回憶起痛苦的往事，老師緊緊皺著眉頭。

「大塚老師在鷲谷任教已經是第五年了吧？嗯，他們學校的田徑隊本來就歷史悠久，大塚老師去了之後更集結了眾多好手，現在啊，可是強得跟妖怪一樣呢！絲毫不輸給私立強校，也是全高運四百接力的常客！」

註：Junior Olympic。

「是喔……」回想起仙波那儡人的目光，我不禁佩服了起來。難怪像他那樣的選手會到鷲谷高中去。

「唉，也就是這樣，他一直想拉攏一之瀨。」三輪老師喃喃說著。「他囉唆得不得了，連我這種人都想拉進田徑隊，沒能拉到一之瀨一直讓他耿耿於懷，這也就算了，偏偏一之瀨又參加了春野台的田徑隊……」

三輪老師嘟起了嘴巴。

「想要獨占好選手本來就不對嘛！我們也要用自己的方式變強，向鷲谷挑戰啊！一之瀨，你說對吧？」

「是啊！」連露出了爽朗的笑容。

「神谷，你說呢？」

「是。」我卻回答得有點膽怯。

「守屋，岡林，你們說呢？」

「是！」

學長們的回答真有氣勢。

我們也要用自己的方式變強，向鷲谷挑戰！——三輪老師的話迴盪在我耳中。好棒啊！這種感覺。四個人一起像接力賽時一樣往前跑，奔向實力堅強的對手學校。簡直就像青春連續劇的情節嘛！

「吹南風了！」浦木學長突然仰望著天空這麼說，我也跟著抬起頭來。萬里無雲的晴空。

比賽後我常仰望天空想要忘記一切，印象中好像沒看過比賽前的天空。

「這可是好預兆。」浦木學長笑咪咪地豎起了大拇指。

不得了了！我竟然得和仙波一也一起跑，那個縣內第一的一年級，神奈川縣田徑界無人不知無人不曉的仙波一也，居然也是第一棒。至於第二棒的王牌區間，人才濟濟的鷲谷高中似乎派出高年級生上場。

「換個角度想，和仙波一起跑也算是幸運呢！」浦木學長小聲地說，似乎是想安慰我。「緊跟著他跑就對了，他可以帶著你跑得更快喔！」

就說不可能了，我都跟不上連了，何況那傢伙跑得比連更快不是？

「他也是普通人，又不會吃了你。」浦木學長這麼說。「就算什麼都不做，也能增加不少經驗值，你就放輕鬆去體驗體驗吧！」

經驗值啊！也對，我現在的經驗值還是零呢。害我覺得自己好像電玩裡剛養成的新手角色，結果心情更鬱卒了。

四百接力預賽共分為七組，我們被分在第四組裡，依照各隊跑出的成績總排名，四十九隊中的前八強才能進入決賽。岡林學長說，只要有兩三個強校表現失常，而我們又能大幅刷新最佳紀錄的話，也不是完全沒希望。

只能傾盡全力了。為了島田學長、浦木學長，還有其他因為我而不能參加接力賽的學長；也為了連、守屋學長、岡林學長幾位一起跑的同伴，還有對我抱著很大的期待，把我介紹給他的恩師還說「相當看好」我的三輪老師……也為了我自己。

終點線附近是第一棒選手的準備區，待在這裡的我體內雖然熱血沸騰，腦袋裡卻一片空白，整個就是不協調。跑道上正進行第二組的比賽，儘管眼睛盯著看，卻跟不上比賽進行的節奏。腦袋大概短路了，神經大概燒壞了兩三根。真糟，我太心浮氣躁了。

我看了看身旁的選手，大家好像都老神在在的樣子。有人輕鬆地在原地跳躍熱身，有人正在和陪同員閒聊……都是些經驗值看起來很高的傢伙。有人注意著場上的比賽也有人不看，仙波就不看。他脫下運動夾克，在一旁慢騰騰地拉筋伸展。好像重複收到兩通一樣的簡訊般，他拉筋的畫面一直在腦中盤旋不去。我想我也該脫掉夾克了，可是夾克早就不在身上，只好把T恤給脫了，只剩一件比賽時穿的制服背心。身體好緊繃——應該說肌肉的僵硬度直線上升。慘了，得趕快伸展放鬆才行。怎麼會這樣？身體僵硬成這樣太不正常了，動起來好像會跟生鏽的腳踏車一樣吱吱作響。浦木學長幫我揉著肩膀，好像還說了些什麼，可是我卻聽不見。連感官都出現障礙了。

第三組紛紛抵達終點，我像換班交接一樣搖搖晃晃地走上跑道，心跳瞬間加速。拿到接力棒的瞬間，好像接下了攸關生死的重大使命，覺得手上拿的是我從小到大的人生中最重要的東西，那種萬一弄掉了還是搞丟了，會連自己也消失不見的重要東西……我得把這個交到連的手上……

當我正喀嚓喀嚓地調整著起跑器，突然有人拍了拍我的肩膀，一抬頭，仙波的臉就在眼前，嚇得我差點尖叫出聲。

「這裡是第五跑道喔！是我們的跑道。」他臉上帶著愉快的笑容。「你們在隔壁，第四跑道。」

「嗄？」我看了看四周，浦木學長遠遠在一旁比手畫腳地大喊著：神谷！那邊！那邊啦！

「非常抱歉！」我必恭必敬地鞠了個躬後快速移動到旁邊，臉上一陣發燒，好像真的快噴出火來。在這個神奈川縣跑得最快的一年級生腦海裡，此刻笨蛋排行榜的榜首一定刻了「神谷」這個名字。我忍不住回頭瞄了仙波一眼，他臉上的表情像是顯然早已把我的事拋在腦後，而把全部精神專注在比賽上。對了！集中！我也要集中精神。先調整起跑器，照著老師說的做，像練習時那樣調整，嗯，調成這樣就行了嗎？算了，怎樣都無所謂了，反正我的起跑本來就很不像樣……做了兩次起跑衝刺練習，可是不管做什麼動作感覺都不像自己在做，好像是我的替身——一個比我還蠢的傢伙笨手笨腳地做著這些動作。

選手們分別站在起跑器後面等待唱名。

「第四跑道，春野台高中！」

突然聽到自己學校的名字，我愣了好一會兒。現在應該要舉手行禮吧……

「第五跑道，鷺谷高中！」

……晚了一步，沒能向大家致意。

仙波的手直直地伸向天空。真是個巨大的傢伙啊！不行，現在可不是注意別人的時候。問題是，就算眼睛不看他，還是覺得有股刺刺的電波從他身上傳過來，好像有隻危險而巨大的生物站在我身旁。「他又不會吃了你」，浦木學長說過，還說對方也是普通人。才不是咧！浦木學長，我身邊這隻根本就是應該已經絕種了的日本大野狼〔註〕啦！

「各就各位！」

完全不記得自己怎麼踏上起跑器的。

「預備！」

槍聲響起。

我和隔壁的大野狼一起衝了出去，那傢伙飛也似的越跑越前面……總之我回過神來時已經看到連了，等我發現時接力棒已經不在我手上了。連正在奔跑。而我就站在跑道上看著連奔跑。好厲害！超快的！越來越接近前面的選手了。啊！在接力區超前了嗎？幹得好！岡林學長最擅長彎道跑了！啊，可是又被超過了。為什麼呢？啊！棒子要交給守屋學長了，傳得好！現在是……第三名？加油啊！守屋學長！就算追不上鷲谷，超過前面那個選手也好！

四十三秒五一。刷新最佳紀錄，又推進了一秒。我們是第四組的第三名，綜合排名第十五，顯然進不了決賽。

剛聽到成績時，忍不住起了一身雞皮疙瘩。練習時怎麼也跑不出四十三秒多的成績，竟然就這樣莫名其妙地跑出來了。四十三秒五一，我大概這輩子都不會忘記這個數字。雖然不是什麼了不起的成績，但卻是我……應該說「我們」跑出來的。如果是在正式的個人賽中聽到這樣的新紀錄，感受一定更為深刻吧？我突然稍微能夠理解為什麼練田徑的人老愛把紀錄成績掛在嘴邊了。以前我總覺得那不過是種類似名片或招牌的紀錄，看來不只是這樣。自己跑出來的成績真的有「自己的東西」的感覺呢！真有趣。

「你被仙波吃得死死的啊！不過起跑倒是挺有模有樣的呢！」

根岸這番話不知道是挖苦還是純感想。

「剛才傳棒的距離太近了，超危險的！看你身體不舒服，我還縮短了一步的距離，結果你跑得比平常還快耶！」連抱怨著。

「第一次上場表現不錯嘛！很好啊，成功跨出最難的第一步啦！以後就不會這麼緊張了啦！」老師拍著我的頭這麼說。

「你果然跑得很快啊！」島田學長感慨萬千地對我說。「勉強讓你上場，我本來還擔心會不會出狀況咧！看來多參加比賽累積經驗果然很重要啊！」

非常感謝您讓我有機會參加這麼大的比賽……我懷著感激的心情，像敬禮一樣對島田學長深深一鞠躬。

註：分布於日本本州、四國、九州地區的小型狼，身長約 1 公尺，尾長約 30 公分。最後一次被發現的紀錄發生在 1905 年。

第二章　夏日大混亂

1　集訓第一天

集訓的地點位於富士見高原（註一），這裡除了接受學校預約，也開放給社會人士組成的體育社團租用。建築相當豪華，容納人數也相當多。從住宿中心往山上走五分鐘左右，就是鋪有四百公尺紅土跑道（註二）的運動場。

前天，也就是七月二十一日，在北相模原地區高中田徑賽結束後，三年級的學長姊正式離隊。由新任隊長守屋學長帶領只剩一、二年級隊員的隊伍，參加由神奈川縣十所高中共同舉辦的練習營。

早在活動舉行之前，浦木學長就拚命恐嚇我們這些一年級。說什麼根據他最近熱中的方位學，我們學校對集訓住宿地點的方位是最差的，所以一定會發生不吉利的事，還警告我們做好萬全的準備再出發。到底要做啥萬全的準備啊？浦木學長還說，就算沒有不吉利的事發生，大家也會因為劇烈的肌肉痠痛而橫著回來，叫我們請父母先做好心理準備。

「聽說會累死人哩！」我這麼告訴健哥，卻被他笑說：「那是當然的啊！」海嶺的足球隊從國中部開始就有集訓，平時訓練嚴格也是出了名的。我在相模原跳躍隊時也參加過集訓，結果卻被健哥瞧不起，說那根本只是扮家家酒而已。正因為這樣，在某種程度上我其實還滿期待的——期待那種聽說會被操到死的集訓。

大家各自嗑完帶來的午餐後，下午兩點所有人在餐廳集合，舉行集訓開始的聚會。當麻高中的四方臉老師在台上演講，說這種集合了許多學校的集訓多麼多麼有意義，我卻不怎麼注意聽，觀察其他學校的學生還比較有趣。

很可惜，鷲谷高中並沒有參加這次集訓。那種強校每年都有不少選手進入八月初舉行的全高運，運動會結束後，聽說都會自行舉辦集訓活動。根岸說，這次參加集訓的學校要屬當麻高中最強，他們的田徑隊成員超過五十人。反觀我們學校，三年級的學長姊退出後才剩下十四個人。算不上主流的春野台高中之所以莫名受矚目，主要是因為連的存在。其他學校的指導老師和學生頻頻和連打招呼，那傢伙遇到這種情況卻老是縮頭縮腦，一臉拜託當作我不在的表情。反正他就是討厭受到注目啦！真是不懂珍惜，我可是很希望能和他交換呢！

其他學校的人談論著連上國中時的種種事蹟，國中二年級就在全國大賽中跑進一百公尺決賽，是備受期待的天才型選手。然而他卻忽然退出，現在又旋風式地復出，上個月參加全縣錦標賽兩百公尺少年B組的比賽，準決賽時跑出二十二秒七九的佳績，雖然決賽時因為中暑只拿到第三名，卻也證明自己依舊擁有強者的實力。

註一：位於日本長野縣。
註二：以陶土為原料，高溫燒製而成的人工土。排水性強，多利用於跑道鋪設。現較不常見。

連選擇在春野台高中復出，其他學校的人似乎是很難接受。甚至有人直接問他：「為什麼？」「可以去田徑隊比較強的學校啊！」例如鷲谷高中，或是私立的田徑名校松溪學園之類的。連向來討厭這種麻煩的對話，不管對方是學長還是老師，一律拒絕回答，結果有個特別囉唆的老師氣得說：「人家問你話，你不會回答嗎？」我在一旁可是擔心得要死，因為連最討厭別人這樣，現在就算把他倒吊過來用力搖晃，他也不會吐出半個字的。

「通常是選學校然後才決定加入什麼社團，而不是看社團好壞選學校吧！」我忍不住插嘴。與其說是替連辯解，這種說詞似乎更像在替自己找藉口啊。

「你是誰啊？」

不出所料，我也被瞪了。這位老師看起來大概三十幾歲，年紀應該比阿三大吧？有著一張長長的馬臉和神經質的眼神。

「那頭髮又是怎麼回事？」

還來不及報上姓名就被罵了。

「你真的是春野台高中的隊員嗎？真是礙眼，那頭髮給我想辦法整理一下！那不是運動員該有的髮型吧！三輪老師沒說什麼嗎？我還是第一次看到這樣的田徑選手呢！」

「這樣啊？」聽到我這麼反問，馬臉老師更生氣了。在他口沫橫飛教訓我們時，我用眼角餘光瞄了瞄一旁不安分的連，只看到他一臉痛苦的模樣。

好不容易重獲自由後，連輕輕地吐出一句：「被狠狠罵了一頓。」

「對啊，真是的。」我苦笑著說。

「對不起。」連一邊道歉一邊嘆氣。「有夠麻煩的！」
「別這麼說啦。」我好像成了這傢伙的哥哥。
「所以我才討厭人多的場合嘛！」連抱怨著。「好想回家。」
「集訓都還沒開始咧！」我忍不住大聲吼他。
連一言不發地噘著嘴，簡直就像個鬧彆扭的小孩。唉，這傢伙也真是的。
雖然太陽很大，不過中午還算涼爽，不愧是高原地帶。為了預防中暑，熱身時大家都戴著帽子。這裡的紅土跑道比我們學校的泥土操場要軟，有種陷入泥淖的感覺。浦木學長邊跑邊碎碎念著「我討厭這種跑道啦……」的確，跑在紅土上膝蓋比較費力，阻力較大。
依照各項目分開練習時，才發現短距離組人最多，光是男生就將近三十人。春野台高中有六個人，女生只有谷口一個，讓我莫名擔心起來。她平常在隊上就異常安靜，從不主動和鳥澤跟市川學姊以外的人說話，到了這種人多的場合不知道會怎麼樣啊！唉，不過現在可不是擔心別人的時候，短距離組的指導老師有三輪老師和其他三位老師，剛才我和連惹到的那個馬臉男也在其中，而且他好像又在瞪我們了。真不妙啊！
一開始就是三回合的一百五十公尺三趟。所謂「回合」練習，就是跑完一百五十公尺後走回起跑點，然後再跑、再走回來，重複三趟；三趟結束後休息十分鐘繼續練習，就這樣重複三個回合。簡單說就是一共要跑九趟啦！每組四到五個人，因為是和其他學校的田徑隊員一起跑，我正想著「很好！絕不能輸，一定要盡全力衝在最前面，給他們一點顏色瞧瞧」，排在我下一組起跑的守屋學長就說話了：「放輕鬆點，不然待會兒會撐不住喔！出八分力就差不多了。」是啊，應該這樣才對吧？反正這又不是全力衝刺的練習嘛！連那傢伙大概只出了不到五分力吧，還一臉心不甘情不願的樣子。

練習不是比賽，所以不管同一組裡的誰先跑到終點都無所謂，重點在保持正確的姿勢，出八分力輕鬆跑就行了。儘管知道這樣才對，可是和外人一起跑總是不想輸嘛！而且只出八成力來跑意外地不簡單啊。唉，這大概就是我目前的課題吧。

縣賽結束後，老師要短距離組全員在視聽教室裡集合，放接力賽時的錄影畫面給我們看。我還是第一次看自己比賽時的影片，打擊超大的。儘管自己在跑時腦海裡想像的是連的姿勢，實際上卻完全不是那麼回事，一樣是短跑怎麼會差那麼多。雖然我心裡也明白，但親眼看到血淋淋的事實還是頗為沮喪。總之就是遜斃了。我那種使盡蠻力手忙腳亂的跑法，根本連優美的邊都沾不上。

每次都被三輪老師提醒的問題點，就是觸地時（腳部接觸地面時）膝蓋太彎。這樣來自地面的衝擊力會完全作用在膝蓋上，所以老師總是要我試著提高重心，將受力點轉移到大腿根部附近。

跑步時要注意這些細節，相對地速度就會變慢，而且慢很多，慢到跑輸大家。實在有點不甘心。不過跑到第三回合時其實也沒什麼力氣了，就算有人拜託我也不想盡全力跑，旁邊的人也大都開始搖搖晃晃步履蹣跚，這時就看得出二年級學長的實力比較強了。其他學校的隊員情況也差不多，一眼就能看出哪些是一年級、哪些是二年級。

「喂！那個黃毛的！你的腰部重心太低了！膝蓋伸直點！」

被那個馬臉老師糾正了。腰部重心太低這個缺點不止馬臉老師有意見，三輪老師和其他學長也常提醒我。聽說練過足球的田徑選手常有這個問題，因為習慣放低重心以便盤球，跑步時也會不知不覺將腰部壓低。短跑選手則應該提高腰部重心，才能流暢地前進，就像連那樣。

「喂！注意你的膝蓋！膝蓋要伸直！那個黃毛的！」

我又被吼了。

「是！」儘管嘴裡這麼答應，但三輪老師從沒和我說過膝蓋要伸直，所以我也搞不清楚到底該怎麼做。我尋找著三輪老師的身影，希望他能給我一些指示，卻發現他正忙著指導其他學校的學生。只好這樣不明就裡地繼續跑，繼續被馬臉老師臭罵。連也被馬臉大聲吼道「給我打起精神好好跑」，這種清楚易懂的指正真令人羨慕。

三輪老師常叫我「好好觀摩一之瀨跑步的樣子，模仿他腳部觸地的時機和手腳動作的平衡」，也常說那就是「跑步的最佳範本」，對沒有田徑基礎的我來說是最好的教材云云。就算老師不說，連奔跑的身影也總是在我腦海裡縈繞不去。每天社團練習時都一看再看，看個沒完，每次都讓我深深陷入既感動又受挫的漩渦。其實不只是我，短距離組裡的所有人都死命盯著連看。這次的集訓也不例外，其他學校的一年級也好二年級也罷，全都用熱切的眼神注視著連。既然如此受到大家的注目與重視，更該努力好好表現才是；偏偏那傢伙就是個性彆扭，大家越是注意他，他就越表現得比平時更不用心。

接下來的練習是三百公尺一趟，仿照正式比賽的全力跑。我不太清楚三百公尺這種距離該怎麼跑，不曉得該怎麼分配力氣比較好。不過也無所謂，反正我不討厭這種只要不顧一切快跑就好的練習。練習時採用不分道跑的形式而非正規的分道跑，不過既然是賽跑，還是會覺得說什麼都不能輸人。

根岸很拚，以極小的差距，小輸給第一名，位居第二。我則在一旁大聲替他加油：「阿根！衝啊！」這裡的加油方式倒是讓我有些意外，因為大家不止替認識的人加油，也會替不認識的人加油。對於陌生人幫我加油這件事，我還是不太習慣。不過守屋學長、浦木學長也會替他校的選手加油。至於連就別提了，即使上場的人是根岸，也不見他開口。不只是替別人加油，他連練跑時都處在省電模式。那傢伙跑一百公尺時是最快的，距離越長，他的速度就明顯地變慢；一點也不像是盡了全力。連跑了第三名，跑完步被馬臉老師叫過去臭罵了一頓，而我跑完時也被念了半天，諸如你們老師是怎麼教你的云云。其實是因為我一開始衝過頭，最後雙腿不聽使喚啦。

跑步結束後，又做了反覆練習和加強練習——腹肌訓練三種各三十下、背肌伸展運動五十下、五十公尺雙人手推車練習加五十公尺背負跑各三回合。實在很辛苦，比平常的練習辛苦多了。

「喔喔喔！餓扁了餓扁了，餓到可以用臉盆吃飯了！」前往餐廳的路上，我這麼叫著。

「你好歹也用碗公盛飯吧？」

根岸如此應道，連卻皺著眉頭。

「你怎麼了啊？」我開口問道。
「不舒服。」
這麼說起來他臉色的確不太好。
「身體不舒服嗎？你今天狀況真的超級差耶！」我擔心地問道。
「因為昨晚沒怎麼睡。」連回答。
「為什麼？」
「嗯，我看了一晚的ＤＶＤ嘛……」
「你幹嘛啊？」幹嘛特別挑在集訓前一天看通宵啊？
「因為很久沒看了啊，而且這陣子也沒辦法看！」
「星際大戰？」
「不，是星艦迷航。」
都一樣啦！連超迷外星科幻片，總要重複看到台詞都會背了，還收集了一堆公仔等周邊商品。
「我說你啊，千萬別和其他人說這件事喔！」我耳提面命地對連說。「要是被本鄉老師知道了，你一定會被罵死。」
本鄉老師就是那個馬臉老師。
「我討厭那傢伙。」連斬釘截鐵地說。
「這種事放在心裡就好啦，千萬別當著他的面說啊！」

聽到我這麼說，根岸露出了「不會真的這麼笨吧？」的笑容。

「你太不了解他了，這傢伙搞不好真的會幹出那種蠢事。」

這番話讓根岸皺了皺鼻子。「不過也才四天，你就忍耐一下吧！那個本鄉老師可是練習營的名人，聽說每年都會出現受害者哩！」

晚餐是標準的團體旅館菜色，餐盤裡有肥肉很多的炸豬排、漢堡肉、番茄義大利麵、味噌湯和白飯，唯一的優點就是分量很多。

在大家開動之前，馬臉本鄉老師又來了一段精神訓話。說什麼「最近的學生都偏食，這樣對身體不好，所以集訓時提供的餐食統統不准剩下」。語氣還頗為強硬。只聽到連喃喃地說了聲：「他在開玩笑吧？」很不幸地，連好死不死就是個挑食成性的偏食大王。

「這不是開玩笑。」浦木學長用陰沉的口吻小聲說道。「沒有全吃完就不能回房，得留下來吃完才行，簡直跟小學生非吃完不可的營養午餐地獄一樣。食量不大的我去年可是吃足了苦頭。那個本鄉居然還有營養師執照，就仗著那個頭銜硬逼大家就範。」

我和根岸聽完嚇了一跳，互看一眼後眼光不約而同轉向了連，只見他像外國人一樣誇張地聳了聳肩。

「不吃的東西拿過來，小心不要被本鄉發現了！」

我在連耳邊小聲說道，他賊賊一笑後老實地點了點頭。番茄、小黃瓜、萵苣——這傢伙跟中田英壽一樣不吃生菜的。炸豬排——肥肉他也不愛。咬了一口的漢堡肉也丟了過來。

「這你自己吃啦！你不是最愛漢堡的嗎？」

「難吃死了。」

「別嫌東嫌西了啦！」

「吃了會想吐。」

我忍不住嘆了口氣。是沒差啦，兩人份我還吃得下，只是……

「神谷！」坐在對面的浦木學長小聲地叫著我。「我的炸豬排也給你吃！」

「你給我自己吃掉！」守屋學長壓低聲音惡狠狠地說。「一之瀨也不要太過分！」

連像是在反省，低下頭來小口小口地吞了幾粒飯。看來他是真的身體狀況不佳，重量級的練習也讓他吃不消。我覺得勉強人家吃東西實在沒什麼好處，所以才主動幫他吃，只是這樣對他真的好嗎？基本上連那種人就是死也不會去做自己不喜歡的事，總覺得一直順著他好像會沒完沒了。

本鄉用惹人厭的眼神直盯著我們這邊，喂喂喂，他走過來了啦！

「怎麼了？沒有食欲嗎？」

連看都不看他一眼。

「一之瀨！我在問你話！」

本鄉的怒吼聲響遍了整個餐廳，原本人聲鼎沸的空間瞬間安靜了下來。

「我最討厭你這種小鬼，連做人最基本的道理都不懂，不過跑得比別人快一點，就自以為了不起，像你這樣的田徑選手滿地都是！」

本鄉的這番話我不是完全不懂，問題是……

「我並不認為自己很了不起。」

連終於抬起頭，慢騰騰地回答。他說的是事實，我也這麼覺得，本鄉老師卻氣得滿臉通紅。就像他的憤怒電壓迅速升高到破表的感覺吧？就在我擔心連會挨揍的瞬間，突然有隻手飛過來「啪」一聲拍在他頭上。

「一之瀨，快點把味噌湯跟飯吃掉！」三輪老師出現在連的身後。「剩下這些應該吃得下了吧？」

從他半開玩笑的口氣推測，三輪老師似乎早就發現我們的作弊行為了。

「是。」連老實地答應著，開始認真地往嘴裡塞飯。

萬一剛才打他的人是本鄉老師而不是阿三，或者發現我們作弊的是本鄉的話……我實在不太敢去想像後果會是如何。

洗完澡後，大家回到房間裡互相幫彼此按摩。我們短距離組的六人剛好分到同一寢室，房間還挺舒適的。投擲組住在同幢的其他房間，長距離組則住在另一幢的六十人大通鋪。入江、永田、橋本和關學長偷偷地從長距離組那裡跑來我們房間，晚間重量練習結束後，投擲組的溝井也來了。除了練撐竿跳的山下一個人跑去參加山城高中的集訓，遠在白樺湖邊想來也來不了之外，春野台高中田徑隊的男生全集合到這狹窄的房間裡了。由於連在晚飯時惹老師生了那麼大的氣，大家似乎都很擔心。

至於連那個罪魁禍首，早在守屋學長幫他按摩時就呼呼大睡了。

「這傢伙真是厚臉皮耶！」溝井不禁傻眼。「不知道該說他太纖細還是太沒神經？」

關學長伸出腳趾戳戳他的頭，因為睡眠不足而陷入昏睡的連還是動也不動。其他組的隊員帶著不可置信的表情紛紛離開後沒多久，三輪老師也過來了。

「我被本鄉老師訓了快一個鐘頭，所以過來紓解一下壓力啦！」三輪老師一臉不爽地說。

「你們幾個啊，不要老是給我找麻煩啦！」

「老師……」我把今天想了一整天的話說了出來。「回去之後，我會把頭髮染回黑色。」

「髮色和跑步又沒關係！」老師一臉不悅地碎碎念著。

「阿三在跟人家嘔氣呢！」浦木學長笑著說。

「你高興怎樣就怎樣吧！」老師這麼對我說。「惹人注目有好處也有壞處啦！要看是成為你的助力還是阻力吧？太在意那種無聊小事還浪費精力在上面，就沒有意義了喔！」

他直視著我點了點頭。

「順便幫我跟一之瀨說一聲，叫他老實一點，那樣會比較輕鬆，對他來說也是好事。」

一向嘻皮笑臉的三輪老師臉上沒有笑容地走出我們房間，他的這番話意外地令我印象深刻。直接告訴我們該怎麼做或不要怎麼做還比較簡單，這種彷彿在詢問我們身為運動員、甚或身為人應有態度的說法，不是故意要讓人想很久嗎？

其實我倒沒有非常執著於現在的髮型，只是之前想轉換心情之後就沒變過而已。維持現狀或許也不錯，聽到大家說「那個黃頭髮的笨蛋」而特別注意我時，總會想跑得更快讓他們跌破眼鏡。承受這種視線感覺非常有趣，至少比被視為「神谷健一的弟弟」有趣多了。只是三輪老師嘴裡說無所謂，又叫我們不要給他找麻煩，到底哪一句才是他的真心話啊？

2 逃走

清晨六點，儘管渾身肌肉痠痛又愛睏加累得半死，但還算撐得住。大夥兒抱著「今天也拚了」的心情爬上通往運動場的坡道，連邊走還邊打瞌睡。昨天吃完晚飯後他就迷迷糊糊睡著了，結果到了就寢時間反而精神百倍，聽說還躲在被窩裡玩起了DS（註）。

「你昨天到底有沒有好好睡覺啊？」我這麼問他，他只「嗯」了一聲點點頭。

「守屋學長後來沒收了他的電玩，叫他乖乖睡覺。」根岸說道。「大概是十一點左右的時候吧？」

「是嗎？」上床沒多久就睡著了的我完全不省人事。

「睡不著啦！」連無力地呻吟著。「阿根一直翻身還打呼，浦木學長一直說夢話，守屋學長磨牙磨得很大聲……」

「是嗎？」

「還有你，被我捏住鼻子也不醒！」

「幹嘛捏我鼻子啊！」

「看到你睡得那麼香甜不爽嘛！」連皺起了眉頭。「我還在阿根臉上蓋毛巾，又跑去浦木學長旁邊聽他到底在說什麼，結果守屋學長被我吵醒，還很生氣地叫我快去睡！」

這傢伙三更半夜不睡覺到底在幹嘛啊？

「結果浦木學長到底說了什麼？」

「南南東風，順風風速十五公尺，欄架倒了三個！老師，太勉強了，沒辦法跑啦！」

我和根岸爆出一陣大笑。

「頭好痛……」就在連不停呻吟時，前面有四、五個女孩子跑過。我在其中發現了谷口若菜的背影，立刻加速跑上前和她打招呼。

「早啊！」

谷口瞪大了眼睛，似乎嚇了一跳，隔了兩秒後才小聲地回答：「早安。」

「怎麼樣？還好吧？」

練習和住宿都和其他學校的學生在一起，自己一個人還好吧？身體狀況還好吧？谷口似乎在空氣中撿拾著我省略掉的問句，停頓了一下。

「還好。」

意外乾脆的回答。以她這種慢半拍的反應和遲鈍的跑步方式，希望不會在競爭激烈的短距離組裡被欺負才好。我總覺得這種女生只是不喜歡說不負責任的話罷了。雖然話不多而且似乎經常在發呆，其實是在認真思考該怎麼回應比較妥當；然而周圍的世界往往在她沉思時早已快速變遷。念幼稚園時我就遇過這樣的女生，有一次問她：「美崎同學，妳喜歡什麼顏色？」隔了一天後她才跑來告訴我：「天藍色。」她不太和其他小朋友一起玩，只是一直做著形狀怪異

註：任天堂掌上型遊戲機。

的摺紙——像是看不出是動物的大象、一點也不像花的鬱金香，還常常拿來送給我。因為怕別人看不懂，上面還用鉛筆寫著「大象」兩個字。

就在我回憶起美崎同學時，晨跑練習的女生們早已跑遠，後頭的男生們跟了上來。根岸用力打了我的頭說：「你這個色狼！」可是我明明只是跟人家打招呼而已嘛！

我們抵達操場時，長距離組正在場上進行晨間練習，他們似乎已經跑了好幾圈，正一個一個地跑到了終點。所有人都一副東倒西歪快不行的樣子，不曉得到底是跑了多久。

看到我們學校的橋本在終點前跌倒了，大家趕忙靠了上去。

「辛苦了！」

然而橋本只是眼神虛幻地抬了抬下巴回應。他也是上了高中才開始練田徑，這樣的練習想必很吃力吧！

「什麼？耐力跑？」根岸繼續追問距離。

「一萬六千公尺。」橋本望著清晨的天空喃喃自語。「四十圈……」

「啥米！」

「三點半我的手機鬧鐘就響了，天根本還沒亮！四點就開始練習了。」

「光聽你說我就快累死了。」根岸在橋本的臉上畫了個十字。

橋本口中喃喃念著：「祝你們也趕快死一死。」然後閉上了雙眼。

上午的（三百公尺＋兩百公尺＋一百公尺）×五回合練習，真的讓我差一點死掉。先跑三百公尺然後走兩百公尺（邊走邊休息），再跑兩百公尺後走一百公尺，最後再跑一百公尺——就這樣重複五個回合。每回合之間不休息，跑完最後一百公尺後走三百公尺休息，再開始跑下一回合的三百公尺，就這樣不停地跑跑走走。第一次做這種練習的我完全不懂要領，加上這是早晨第一個練習，體力還十分充沛，所以使盡全力拚命跑。因為中間可以走著休息，跑的時候就全力衝刺。一開始覺得很輕鬆，還納悶怎麼大家跑得那麼慢，不知道在蘑菇什麼。後來我才知道，原來慢慢跑才是對的，只有笨蛋才會在這種耐力練習裡全力衝刺。而這也是我第一次練習到吐。

「太弱了吧？這種程度的練習就撐不住了？」

遠遠就聽到本鄉老師大聲地冷嘲熱諷。

「因為他使盡全力拚命跑嘛！」這替我說話的……是三輪老師嗎？

「那也太不得要領了吧？」本鄉的聲音再度傳來。

「他練田徑才剛滿三個月呢！」果然是阿三的聲音。

「那也已經三個月了吧？該不會是指導老師有問題？完全放手不管可是很不負責任的喔！」

「很有趣不是嗎？很少有人練習時也那麼拚命的吧！一之瀨也一樣，他停了好一段時間沒練習，體力明顯比其他人差很多。所以我想目前不要太勉強他們比較好。」

「三輪老師，你太寵學生了。你應該也知道，如果能趁這次集訓好好練習，體力會有大幅的進步吧？不嚴格要求他們怎麼行呢？還是說一之瀨連的田徑生涯在進入春野台時就已宣告結束了？」

本鄉的話實在太傷人了，讓我一時忘了吐意，轉過頭去看著他們。只見三輪老師依舊面不改色。

「唉唷，您就等著看嘛！」他用平常那種一派悠閒的口氣說道。

「那我就等著看他們升上三年級後會是什麼德行！」

本鄉老師瞧不起人似的「嘖」了一聲。

阿三，我們對不起你……因為我們害你被馬臉老師羞辱，真是對不起。我一定會努力的，不管被打倒多少次，都會像不死鳥一樣再次復活的。謝謝你一直站在我這邊，也謝謝你這麼相信我。

話說回來，午餐時間還是很痛苦。雖然我很愛吃中華蓋飯，問題是一聞到食物的味道，好不容易消退的吐意又湧了上來。就算硬把飯菜塞進嘴裡，也只是食材和資源的浪費——因為一定會吐出來的。我拿著筷子僵在餐桌前，一旁的連則是一副直接放棄的模樣，連筷子都沒拿起來。

「喂，麻煩的傢伙過來了喔！」浦木學長小聲說道。

本鄉老師像是發現獵物的土狼般靠了過來。「那邊那兩個，怎麼啦？」

聲音裡帶著竊喜的感覺更讓人不舒服了。我深深吸了口氣，下定決心。好吧！既然如此，我就變身成嘔吐製造機給你看。我嚼也不嚼就把飯菜猛往嘴裡塞。

「一之瀨？」

連一動也不動。

「一之瀨！」

本鄉真是生錯時代了，那副模樣根本就是愛欺負新兵的魔鬼班長嘛！太老套了吧？

「喂！一之瀨，你多少也吃一點吧？我不要求你全吃完，不過一口也不吃太沒禮貌了。」

三輪老師從座位上站了起來，誠懇地勸他。

「不，一定要全部吃完。大家都是這樣，只有一之瀨例外的話太不公平。三輪老師，你太寵學生了。我應該說過很多次了吧！」本鄉不屑地瞪著三輪老師。

「我是覺得沒必要硬逼到這種地步啦！」三輪老師十分困擾似的皺起了眉頭。「明明吃不下還硬逼他吃，要是搞壞了身體而不能好好練習，豈不是本末倒置嗎？」

「不是那個問題！問題是一之瀨根本就不把集訓放在眼裡！」

我手上的筷子停在半空中，碗裡的蓋飯還剩一半。拚命吃光光和打死不吃半口，哪個比較酷呢？如果要拚命做什麼的話，我比較想把力氣花在運動場上哩！但如果大家都做得到，我可不喜歡只有自己做不到的感覺。我吃給你看！

「一之瀨，吃飯！」守屋學長靜靜地下達了命令。

連盯著守屋學長瞧了一會兒，最後輕輕點了點頭拿起筷子。

不出所料，我把蓋飯吃光後立刻直奔廁所。後來從根岸口裡得知，連吃掉了三分之一。

下午的練習情形我實在不想回想。一百公尺直線跑二十趟加彎道跑三趟，跑到最後的一趟四百公尺時真的差點就掛了。有人一開始就採取慢跑的方式以保留體力，但我卻不喜歡這樣，結果在前半段練習時體力便大幅消耗，跑到一半自己也覺得不妙，擔心撐不到最後。快不行了……身體快動不了了，視野越來越狹窄，四周彷彿一片昏暗。最後跑到主直道時真的覺得快死了，只聽到一陣人聲鼎沸，似乎整個短距離組都在替我加油，還有不認識的人也喊著「加油！」「神谷！加油！」大概是因為本鄉老師三天兩頭對我破口大罵，大家都記住我的名字了吧？好不容易終於跑完全程……短距離賽跑有跑完全程這種說法嗎？總之跑完之後，全身呈現動彈不得的狀態，從腰部、臀部到大腿的肌肉全都痛得不得了。那種痛實在難以言喻，只覺得此刻即使是一公釐的距離都移動不了。

連好像還沒跑到最後的四百公尺就出局了。後來聽根岸說，他把午餐吃的東西全吐了出來，還被送去醫務室。我竟然完全沒發現連已經不在了。一想到自己竟然頭暈眼花到完全沒發現這件事，不由得有點自我厭惡。

連回到房間休息，晚餐時間也不見他出來。我可是把晚餐統統吃完了，反正該來的也躲不掉，我豁出去了。

半夜裡，睡得像攤爛泥似的我硬是被根岸給叫醒了。起初根本搞不清楚自己身在何處，只覺得睏到不行睜不開眼，好想把那雙搖醒我的惡魔之手給咬爛……

「喂！連不見了啦！」根岸在我耳邊小聲說道。

「去廁所了？」我的腦袋還沒清醒過來。

「應該不是。我剛去廁所時他已經不在被窩裡了，廁所裡也沒看到人，而且那傢伙的行李不見了！」根岸說。

「你說什麼？」聽到這句話，我清醒了大半。「他該不會逃走了吧？」

「這該說逃走嗎？還是該說先回家了呢？」根岸小聲地說。

「挑在這種三更半夜？」

我和根岸對望了一眼。熄燈前連的確還在，如果他真的跑出去，應該是那之後的事了。我摸了摸連的被褥，似乎還留著些許餘溫。

「他應該剛離開沒多久……」聽到我喃喃自語，根岸立刻開口：「我們去找他！」

我點了點頭。

這時守屋學長翻了個身，口裡喃喃地不知念了些什麼，害我們嚇了一大跳。發生這種事應該把學長叫醒的，但不知怎麼地就是沒那麼做，兩個人躡手躡腳溜出了房間。宿舍前的馬路相當寬，還有車輛和行人專用道之分，因為設有路燈，比想像中明亮許多。舉目所及的範圍內不見連的蹤影，我試著打電話給他，結果他的手機根本沒開。沒辦法，只有找了——問題是又該從何找起呢？

「一之瀨知道怎麼走去車站嗎？」根岸問道。

「應該不知道吧。」我搖了搖頭。來的時候從小淵澤車站又坐了大約十五分鐘的公車，要記起公車路線原路走回去，至少我是辦不到的。路旁是濃密的樹林，晚上又烏漆麻黑的，加上要背那麼重的行李，身體又因為訓練而極度疲勞，更何況還是一個人……我越想越不對，一開始的驚訝也逐漸轉變成強烈的不安。

「要不要報告老師？」根岸似乎也在想同樣的事，小聲地提議。

「理論上要吧。」我答道。得趁著連還沒發生意外或受傷前趕快報告老師，老師可以開車去找人，也認得路。問題是……

「我們先找找看吧？真的找不到再報告老師。」

我這麼提議，根岸立刻點頭答應了。

我有種預感……或者該說那是必然的結果。如果這件事被大家知道了，連一定會退出社團，退出田徑界。如果只讓三輪老師知道還好，那我們一定會立刻通知他。偏偏長距離組以外的男老師全睡在大通鋪，去叫醒三輪老師，勢必會讓其他老師也知道這件事，包括本鄉老師在內。

「連應該還沒走遠。」我自言自語般滿懷期待地說著。根岸點了點頭，邁開腳步。「小淵澤是往這個方向嗎？」聽到我這麼問，根岸吃驚地發出呻吟。

「我們剛剛才從那裡走過來的耶！」

「是這樣嗎？」

「喂！等等！」根岸停下腳步。「連的方向感好嗎？還是和你半斤八兩？」

我歪著頭想了一下。「連常常騎著腳踏車到處閒晃，帶著睡袋和地圖四處趴趴走。不過我們來的路上，他好像一直在睡覺吧！」

「分頭找吧！」根岸乾脆地下了決定。「我往小淵澤的方向找，你走另一邊。沿著這條路直直走，千萬別轉彎！不要偏離大路，也不要走進旁邊的樹林！我們每隔十分鐘電話聯絡一次，你的手機收得到訊號吧？」

「現在還收得到。」我打開手機確認了收訊狀況。

「三十分……不，二十分鐘後還找不到人的話，就打電話給阿三吧。」

根岸如此說道。不愧是當過童子軍的人，這種時候真值得信賴。

「了解！」

聽到我的回答，根岸微微地笑了笑。

現在是半夜兩點鐘。路燈和路燈之間的地帶相當暗，路旁的樹林內更是一片漆黑。還好月亮出來了。眼睛漸漸習慣黑暗後，隱約可以藉著月光看到林中樹木的輪廓，隨風搖曳的樹木枝幹看起來超恐怖的。空氣很冷。一開始只是快步走著，後來卻慢慢變成了小跑步，一個人走在這種地方真的很可怕，害我越來越擔心連了。

他不會走進了什麼怪地方結果迷路了吧？沒有發生意外或受了什麼傷吧？這附近應該不會有熊之類的猛獸吧？他一個人不要緊嗎？

為什麼要跑出來呢？因為身體不舒服，練習又很操，還被本鄉老師盯上，沒胃口卻被硬逼著吃飯……可是有必要因為這樣就逃走嗎？真的那麼討厭集訓嗎？完全無法忍受嗎？說辛苦大家都一樣辛苦不是嗎？可能是我的體力比連要好，沒有他那麼痛苦也說不定吧……

可是我討厭逃避。不管再怎麼難熬，無論再怎麼辛苦，障礙再怎麼難以跨越，我都不想也絕不會逃避問題。就算會被打敗、倒下後再也爬不起來，我也絕對不打算逃走。我討厭逃避問題的人，也沒想過連是那種人。擔心和憤怒的心情交雜在一起，讓我早就忘了肌肉的痠痛。

半夜的追加練習，慢跑二十分鐘。身體像鐵塊一樣沉重，明明已經被操到體力的極限了，半夜還要出來慢跑到底是怎樣啊！連那個笨蛋也是，有力氣背著大背包在這種鬼地方健行，隨便蒙混一下撐過剩下的一天半不是更輕鬆！

手機鈴聲突然響起，害我嚇得「哇！」地大叫出聲。

「喂？」

「啊，是我。怎麼樣？」

「沒看到人。」

「嗯，我這邊也是，還沒找到……」

電話突然斷掉了，收訊真差。已經過了十分鐘嗎？實在沒什麼感覺。我停下腳步，試著撥打連的手機，還是不通。這傢伙到底跑到哪裡去了啊？繼續往前跑十分鐘的話，搞不好就收不到訊號了。

跑得好累，邊走邊找就行了吧？搞不好他根本不是往這個方向走！根岸那邊也還沒找到人嗎？到底跑到哪裡去了啊？那個混帳王八蛋！

咦？前面的路燈下好像有什麼東西！登山包？我快步衝了過去。沒錯，是連的登山包。問題是附近一個人影也沒有。為什麼只有登山包在這，主人呢？難道是出了什麼事嗎？

「連！」我扯開嗓門大叫。「連──」

我環顧四周，豎起耳朵仔細聆聽，附近卻是一片死寂，只有樹林裡傳來颯颯的風聲。打電話給根岸！拜託千萬要通。通了！根岸說他馬上趕過來，千叮嚀萬交代要我千萬別一個人走進樹林裡。儘管嘴裡回答「我知道」，卻沒辦法站在那裡什麼都不做。我小心翼翼地從登山包所在的路邊走進漆黑一片的樹林，好暗。月亮正好被雲給遮住了，四周暗到不行。濃烈的樹木氣味傳來，是夜晚樹林沁涼的芬芳。我摸著黑一步一步慢慢走著，地面有些溼滑。分不清踩在腳下的是落葉還是草，或許是被夜晚的露水給打溼的吧？

「連！」

「連！」

不知道叫了幾次。我豎起耳朵仔細聆聽，希望能發現什麼氣息，動物的氣息也好，人類的氣息也好。

「連——！」不在這裡嗎？那傢伙該不會嫌背包太重就隨意丟在路邊吧？雖然他很有可能那麼做，但卻沒有理由特地跑進這片樹林裡。

「連——！」

不知為什麼突然很想哭，胸口一陣刺痛。那傢伙到底跑到哪裡去了呢……

「連！」

「新二？」

這聲音出乎意料地就在不遠處。我嚇了一跳，腳底一滑跌了個四腳朝天。朝著聲音傳來的方向望去，一片黑暗中隱約可見一個模糊的輪廓，像是有人躺在地上。

「連？」

人影慢慢地撐起了上半身。就在這時，月亮從雲中露出了臉，四周突然不可思議地明亮起來。連一臉迷糊地看著我，我也愣了好一會兒。可能是憤怒和不安一下子消失無蹤，所以腦子裡一片空白吧。

「你在幹嘛啊?」終於,我嘆息似的吐出了疑問。

「我好像睡著了。」連小聲地回答。

「……為什麼?」

「我突然想上廁所,走進樹林裡又聽到奇怪的聲音,一會兒『嘰』一會兒『嘎』的,有點像鳥叫又有點像狐狸叫。我想確認到底是什麼在叫,走下來時卻被樹根絆倒,腳扭了一下。心想有可能扭傷了腳,就躺下來休息一下,結果就這麼睡著了。」

整個過程比我所想的還要單純。

「那聲音真的很怪啊,而且很大聲,像怪物在叫一樣。到底那是什麼聲音呢?」連繼續說著。「應該是狐狸吧?這附近有狐狸吧!」

這個傢伙,每次都是這樣。腦子裡只有自己感興趣的事。我不禁暗暗咒罵,我行我素也要看一下情況,又不是三歲小孩!看到好朋友來找自己,好歹也該說些什麼吧,我實在氣到極點,結果反而一句話都說不出來。

「新二,」連的語氣一如平常。「星星好漂亮喔!」

星星?就算夜空閃得像小鋼珠店的霓虹招牌,我現在也沒那個心情欣賞。

「躺在地上就只看得見天空了嘛!月亮被雲遮住時,星星特別多、特別亮呢!雖然平常看不到,原來夜空中有這麼多星星呢!實際上應該還有更多吧?」

滑了一跤屁股著地的我就這麼坐在地上,映入眼簾的是樹梢後的天空。黑色的天空中,布滿了白點般的星星。儘管心裡不想看，結果還是看了。

「新二？新二？」

吵死了。

「新二，你哭了嗎？新二？」

「你閉嘴啦！」我握起拳頭邊抹去眼淚邊吼他。

四周傳來「沙沙」的聲響，是連靠了過來。不想讓他看到我掉淚的模樣，我把臉埋進了膝蓋之間。連沉默不語。他就在我身邊，我知道此刻的他一定正感到手足無措。可惡，我這輩子都不要和他說話了！

「我討厭你做出這種丟臉的事！」我對著自己的膝蓋之間大喊。「我就是無法忍受！我自己丟人現眼也就算了，你也這麼丟臉更讓我不爽！」

如果可以，實在不想用這種哽咽的聲音說這種話。

「不准逃走，逃走是最丟臉的行為！」

連一句話也沒說。沉默籠罩在兩人之間，月亮再度躲進了雲層之中，遠處傳來連口中的那種怪聲。黑暗中，我一直沒抬起頭。等我好不容易止住眼淚時，從路邊傳來了根岸的呼喊。

連扭傷了腳踝，走路時看來似乎很痛。根岸從他的登山包裡找出了膠帶，幫他做了緊急處理。我背起連的背包。根岸讓連扶著他的肩膀行動，但卻被他拒絕了，只見他拖著一隻腳一跛一跛地走著。

一開始連堅持不肯回營，打算在那等到早上再搭便車回家。經過根岸一番勸導叫他別逞強後，倒是意外乾脆地答應了，也許是腳真的很痛，或者是有其他原因。我和根岸的疲憊程度早已破表，只能無言地龜速緩步走回宿舍。

半途中我接到了守屋學長的電話，他醒來發現三個人都不見了，似乎受到不小的衝擊，幸好老師們還不知情。我向根岸和連轉述目前的情況，根岸立刻對連耳提面命地說：「我們偷偷回房後，千萬別跟任何人提起這件事。就說腳是下樓時摔倒弄傷的。」

連看了看根岸，沒有應聲。

「不要讓我和神谷白白在大半夜裡慢跑。要是一開始就向老師報告，請他們開車出來找你，我們也不會這麼累了。」根岸的聲音聽起來已疲憊至極，有些沙啞。

「對不起。」連的聲音幾乎輕不可聞。

「不要道歉。就算道歉我也不會原諒你。」根岸靜靜地說。「我並不是基於友情什麼的，才幫你隱瞞這種可惡的行為，更不是為了隊上，純粹只是我自己爽而已。」根岸大大地嘆了口氣，接著又說：「我只是想繼續看你跑步。你跑步的樣子是所有練短距離的人夢寐以求的。就算只有一次也好，我也希望能像你那樣奔跑，甚至還夢過那樣的情景。」

根岸的一字一句都講進了我的心坎。夠了，別再說了。害我又想哭了啦！

「還有跑得比我快的人啊！」連小聲地說。

「不是那個問題！」根岸難得用責備的語氣吼人。「不要浪費上天賜與的天賦！好歹也試著為那些沒有天賦的人想一想！」

我想起了健哥，那個努力把天賦才能發揮到極致的優秀運動員。我那偉大的哥哥搞不好比我以為的更偉大。

「其實我和你也滿受老天眷顧的啊！比上不足比下有餘嘛！」我對根岸說。「對吧？」

「是啊。」根岸不大情願地點了點頭。

「我們還算能跑的吧！」我說。

看到我露出笑容，根岸也跟著笑了起來。

「……也是啦。」

這種心情是當初踢足球時怎麼也無法釋懷的。為什麼現在卻能釋懷，我自己也不知道。

守屋學長像衛兵一樣等在宿舍門口，在房間裡忙著用撲克牌占卜的浦木學長正和半夢半醒的小松學長聊天。

「你這傢伙實在是……」一看到連，小松學長像是驚醒般立刻站了起來。

「你剛才是往西北方向走的吧？」浦木學長邊打著呵欠邊問連。

當小松學長揪起連的衣襟要揍他的時候，守屋學長出手制止了。

「安靜點！」他小聲地說。「快睡吧！睡一下也好。不然明天會撐不住喔！」

「今天啦！已經是今天了！」小松學長怒氣沖沖地小聲抗議著。

第三章　好想談戀愛

1　度假

「天氣這麼熱，這些東西不會壞掉嗎？」我看著前大洋鯨隊（註）連鎖商店「阿桑Q」店外平台上擺放著的玉米、茄子和西瓜這麼說。店裡的長男聽了，凹陷的眼睛露出凶光。

「說那什麼鬼話！」他威脅道。「不漂亮的東西我們一向便宜賣！」

店門口的行道樹上傳來嘈雜的蟬鳴聲。悶熱的八月中午後，彷彿連呼吸都會汗流不止。根岸穿著背號18的橫濱海灣之星隊T恤，脖子上掛著印有「阿桑Q」店名的毛巾，不時擦著流下來的汗水。我們家的笨狗阿羅一如往常地撲了上去。

「流了好多汗啊！剛去跑步嗎？」根岸邊彎下身子讓阿羅舔他的臉邊這麼問我。

「平常都是早上帶牠去散步，只是今天早上我睡過頭了。」

我拿起掛在脖子上的運動毛巾擦了擦汗，一邊挑選飲料。根岸家的店怎麼看都像傳統的雜貨店，不過畢竟也是便利商店，除了蔬菜水果還是有賣其他東西。除此之外還有一些奇妙的商品，例如印有橫濱海灣之星隊吉祥物圖案的米、牛奶和配飯用的香鬆。

「難得這幾天不用練習，你還真是勤勞啊！」根岸抬起頭看了看店外陰沉沉的天空。「好像快下雨了啊！」

「不妙！要是打起雷來，這傢伙可是會怕得一動也不敢動哩！阿羅一遇上打雷就像沒電了似的動不了。」

我從玻璃櫃裡拿出胺基酸運動飲料，把飲料錢和毛巾一起遞給根岸。送貨用的機車停在店旁，根岸的爸爸從外面走了進來。

「歡迎啊！」根岸爸爸身上也是一件鬆垮的舊棒球T恤，上面還印著TAIYO（大洋）的標幟。「神谷同學中元節假期沒出去玩啊？」

我搖了搖頭。「嗯，應該說我家幾乎從沒全家一起出去玩過吧！因為我哥一年也只放三天假。」

「哦！我想起來了，聽說你哥是個很厲害的足球選手對吧？」

根岸爸爸慢條斯理地說。他是棒球迷，對足球不是很了解。

「他們學校的足球隊拿到全高運的第二名呢！神谷的哥哥還被選為優秀選手對吧？」根岸補充說明。

「哦！那真的不簡單呢！」根岸爸爸睜大了那對和根岸神似的凹陷眼睛。「他準備進職業球隊嗎？」

「嗯，應該會。」我家老哥已經兩次獲選為青少年足球代表隊候補球員，並和正式選手一

註：日本職棒中央聯盟橫濱海灣之星隊（Yokohama BayStars）的前身，1949年成立時名為大洋鯨隊（Taiyo Whales）。

起參加集訓；考上高中之後就不斷有J聯盟的球隊來找他，這次在全高運的優異表現更引來一堆球隊的邀約。究竟是要進入強隊從二軍開始慢慢磨練，或是進入有機會成為一軍的隊伍累積實戰經驗，健哥和老爸老媽現在還很猶豫。

「有這樣的哥哥你一定很自豪吧！」

根岸爸笑咪咪地看著我，我也勉強擠出了笑容。「是啊！」有這樣的哥哥實在讓我自豪到有點心痛——這個想法總在我心中縈繞不去，就像高級的純巧克力一樣甜蜜而苦澀又濃得化不開。

「不像我們家這個做哥哥的，讓人自豪不起來啊！」

根岸爸爸用下巴指了指根岸。根岸家裡有四個兄弟姊妹，他是老大。緊鄰店面的住家裡總是傳來還在念小學的弟妹尖銳的嬉鬧聲。根岸聽到這番話沒有生氣也不怎麼在意，只是像平常一樣瞇著眼睛賊賊地笑著。

「因為做老爸的也不怎麼樣啊！」他喃喃地反駁著。

根岸爸爸也瞇著眼睛笑了起來。

我很喜歡根岸家的氣氛。土地、日常起居和工作完美地結合在一起，彷彿就是「生活」這個詞彙的最佳寫照。話說回來，我們家從某個角度看來，應該也算是理想的運動家族吧？如果說根岸家洋溢著田園的泥土氣息，我們家應該也充滿了運動場上的泥土氣息吧！

我向根岸爸爸道了謝，感謝他在上星期田徑隊的烤肉大會上贊助了很多蔬菜給我們，然後便走出店裡。不用再看店的根岸也晃了出來。陰暗的天色讓人覺得不舒服。不知是不是察覺快打雷了，阿羅死命吠個不停，路人紛紛投以嫌吵又有點害怕的眼神，害我頗不好意思。凝重的溼氣讓萬物的氣味變得濃重，空氣中彷彿充滿了廢氣。

「連什麼時候會回來？」根岸突然想起什麼似的這麼問我。

連現在人在義大利，去米蘭找他媽媽和姊姊了。在跟老師說明原委後，他賺到了一星期的中元節連假，比我們多放好幾天。

「不知道欸！」其實我也不是很清楚。

「後天再不回來就糟了啊！」

四天後全國運動會預賽兼縣內紀錄賽就要開始了。

「那傢伙還是一點也沒變啊！」根岸邊嘆氣邊說道。

集訓時扭傷的傷勢其實沒那麼嚴重，在他出發前往義大利的前兩天就能照常練習了。

「他很有機會跑進全國運動會耶！」根岸不服氣地碎碎念著。「竟然那麼悠哉地跑去旅行！」

這次的全國運動會會前賽兼縣內紀錄賽，是在同一個體育場裡同時進行兩場比賽——必須打破標準紀錄才能參加的全國運動會會前賽，以及只要報名就能參加的縣內紀錄賽。全國運動會依年齡還分為Ａ、Ｂ兩組，像我這種田徑菜鳥根本分不清楚。

對於高中田徑隊的短跑明星而言，所謂的「三冠」就是指在六月舉行的日本青少年田徑賽、八月的全國高中運動會以及十月的全國運動會上奪冠；這是之前聽根岸說的。這號稱三大田徑賽事之一的全國運動會，又分為十七歲以上的少年Ａ組和十六歲以下的少年Ｂ組。高一的新生只能參加十六歲以下的少年B組，其中的短跑項目則是兩百公尺。無論是A組或B組，各縣只會選出一位代表。

「可是有仙波在啊！」我這麼說。

就算連以最佳狀態出賽，大概也贏不了鷲谷高中的仙波吧！何況他的兩百公尺也沒有一百公尺那麼厲害。

「嗯，雖說是全國運動會的資格賽，也不是跑一次就定勝負的啊！」根岸說。「不過是拿來當作評選參考的比賽罷了。全國運動會是縣代表與縣代表之間的競爭，可不只是高中生的比賽啊！從中學生到社會人士都有資格參賽，這關係到整個縣的顏面，最後選出的代表一定是臨場表現最穩定的人啦！」

「是這樣嗎？」不太了解內情的我有些訝異。我一直以為能參加全國運動會的鐵定是資格賽第一名的選手。

「今年神奈川縣少年B組的仙波的確十分難纏，不過他也只是普通人啊！正式比賽前也是有可能失常的。目的是要讓大家知道就算仙波不行，我們還有一之瀨。」

「仙波不可能會失常吧？」我說道。「就算是遇到大比賽……」

我就是有那種感覺。一想起仙波那銳利的眼神，還有在隔壁跑道準備起跑時那宛如野獸的氣勢，就讓我渾身起雞皮疙瘩。雖然如此，我還是想再次看到他，就算被他的氣勢嚇到皮皮挫，我還是想跟他一起比賽。連是不是也這麼想呢？希望和強手競爭，想要勝過對方。那傢伙現在到底在幹嘛呢？義大利現在是幾點呢？應該正和很久不見的母親和姊姊悠閒地度假吧？田徑隊對他來說根本不重要吧?我突然覺得,連搞不好一輩子都贏不了仙波。仙波想必每天不斷地努力練習,即使每天只進步〇.〇〇〇一秒也好。但連卻不是這樣,不但集訓時企圖逃走,全國運動會會前賽前夕還出國旅遊。就算再有天分,這種散漫的人也不會有機會獲勝……可惡,明明就事不關己,我幹嘛這麼生氣啊!

「仙波也只跑進準決賽就被淘汰啦!」根岸說道。

仙波在全高運時並沒有跑進一百公尺的決賽,兩百公尺和四百接力也在預賽時就慘遭淘汰了。雖說他才一年級以後還有機會,不過全國大賽的難度也實在超乎想像。

「仰望上方真的會頭暈耶!」我喃喃自語著。

「誰叫你看那麼高的地方啊!那樣會爬不上去的。」根岸說道。「先把注意力放在下一場比賽吧!新二也會參加全國運動會的會前賽吧,可要好好加油啊!目標時間是多少?」

我說出自己兩百公尺的目標時間。

「阿根你呢?四百公尺的目標時間?」

聽我這麼問,根岸也說出了他希望在紀錄賽中跑出的目標成績。問過彼此的目標後,兩人互相向對方點了點頭。希望能達成目標。不,一定要達到目標才行。畢竟我們可是在這種揮汗如雨的鬼天氣下像笨蛋一樣認真練習過,夏天的集訓也努力撐到了最後。

關於大半夜裡跑出去找連之後隔天的練習過程,我和根岸一致決定「當作沒發生過」。因為實在是太過慘烈了,回想起來還是讓人直冒冷汗。被我們害得也沒睡好的學長們,情況一樣好不到哪裡去。罪魁禍首被三輪老師帶去看過醫生後,竟然只是悠閒地在一旁觀摩大家練習。

唯一讓大家覺得他有一絲反省之意的，就只有他後來很努力把飯吃完這點。看著連露出各種古怪的表情，嚼也不嚼地死命把食物往嘴裡塞，其實還滿有趣的。馬臉本鄉的斯巴達式指導多少也有優點，連在回學校之後很老實地乖乖復健，而且每天都來參加練習不再缺席，讓大家鬆了一口氣之餘也十分高興。出國旅行也是不得已的吧？如果不是因為放假，他根本沒機會和家人團聚，何況他目前的身體狀況也不是太理想。

當我注意到阿羅開始汪汪叫個不停，遠方已經傳來轟隆轟隆的悶雷聲。

「好想談戀愛啊！」根岸突然沒頭沒腦地喃喃說道。

正準備跑回家的我還以為自己聽錯了，嚇了一跳停下腳步。

「好想談戀愛。」根岸又重複了一次。

「幹嘛突然這麼說……」

沒有比根岸更和「戀愛」兩個字不搭調的高中男生了。

「沒有啊，在這種氣候不穩定的時候，你不會有這種衝動嗎？」

「一點也不會！」我一口否定。「好噁心喔！你的野性本能被點燃了嗎？」

「我的熱血在燃燒啊！」

「真是危險，趕快發洩發洩啦！跑跑步冷靜一下吧？慢跑到我家再跑回來是很好的運動喔，讓雨淋一淋也可以冷卻身心。」

我連珠砲似的不停虧他。阿羅早已不安分地扯著繩子。

「來吧！」我說著。

「再說吧！拜拜！」根岸揮著手走回店裡。

這傢伙是怎麼回事啊？真是危險的傢伙，搞得我也莫名其妙地熱血沸騰起來。

戀愛——啊！集訓的最後一晚，照例總要聊些戀愛話題才對，這次因為連搞出那種大烏龍，根本不是聊天的時候。話說回來，當時同寢室的六個人裡也只有守屋學長有女朋友，還真是可悲啊。

雨滴打到臉頰上，讓我加快了腳步。其實我也是很想交女朋友的啊！國中時曾和兩個女生交往過，不過都只到接吻階段就結束了，兩段戀情都是自然消滅，最後和她們變成了普通朋友，現在有時候還會傳簡訊聯絡。這樣不行啊！果然談戀愛還是需要野性的。

雷聲落在附近，阿羅嚇得動彈不得，我只好抱起將近十公斤的中型犬跑步回家。

全國運動會前一天的練習，連還是沒出現。打電話去他家，接電話的是外婆，聽說他還沒回來，也沒說什麼時候會回來。要我向三輪老師報告這件事實在很痛苦，一向無所謂的阿三在聽了這個消息之後，也難得地皺起眉頭陷入沉思。

短暫的調整練習結束後，我和根岸一起去了連家。連住的地方距離我家只有五分鐘路程，是幢老舊的兩層樓建築。一樓是連他外婆開的小吃店，今天門口貼著「中元節休息」的紙條。

「到處都放假休息啊！」根岸喃喃說道。

「阿桑Q」當然也休息，全家人開車回群馬的老家省親去了。因為比賽的關係，根岸昨天一個人搭電車先回來。這是常有的事，沒什麼特別的。

我們問起連在米蘭的聯絡方式，連的外婆請我們進飯廳稍等片刻。滿身大汗實在很不舒服，不過外婆端出來的冰麥茶真的非常好喝。沒有冷氣的房間裡十分悶熱，飄散著一股醬油味，讓人十分懷念。圓形的矮餐桌、骨董般的木框電視，都和小時候看到的一模一樣。我覺得外婆也一點都沒變，不過連聽到我這麼說時卻一臉驚訝地回嘴：「哪有，她現在明明就更像老太婆了！」

「這是地址和電話號碼。」外婆翻開電話簿裡「ＹＵ」開頭的那一頁拿了過來，上面那個由利香應該就是連母親的名字吧！

「不過這是由利香她男人家，現在可能不在那裡了吧？我記得連好像說過要去哪裡度假。」

會把男人和度假之類的詞彙掛在嘴邊，實在不太像是老人家，不過卻很有連外婆的作風。算了算那邊大概是早上八點，便和外婆借了電話試著打過去。儘管很怕突然有人跟我講起義大利文來，不過並沒有人來接電話。

「記得是前天吧？連打了電話回來，說他們在瑞士的某個湖旁邊的什麼小鎮吧？聽說是個很漂亮的地方。那孩子倒是會乖乖打電話回來報平安，應該還會再打來吧！他本來想帶我一起去的，說什麼不放心我一個人在家。」

連的外婆很高興地笑了起來。

「真不知道他在擔心什麼呢！以為我這老太婆會被老鼠叼走嗎？我可是沒辦法坐那麼久的飛機啊！他剛到義大利時也打了電話回來，還一直問我要不要緊真的沒關係嗎，真是個怪孩子，怎麼那麼愛操心啊？跟他媽媽一點都不像。由利香倒是挺隨興的，沒地方去了就跑回來，一找到工作或是男人就又跑掉了。」

我實在不知道該說什麼好，我想根岸也差不多吧，總覺得胸口隱隱作痛。我可以理解連為什麼會擔心外婆，他畢竟是外婆帶大的，雖然平常一副什麼都不在乎的樣子，其實還是有溫柔體貼的一面。不過，連不在真的會感到困擾的，應該不是外婆，而是我們這些田徑隊的隊員。完全不聯絡又丟下比賽不管代表了什麼意思，那傢伙真的明白嗎？連參加的不只是個人項目而已，還有接力賽。他又是如何看待自己該負責的第二棒位置？我可以理解和久未見面的母親一起去度假一定很愉快，但卻不能就這樣放縱他。那傢伙有責任，身為田徑隊一員的責任，以及身為一名田徑選手的責任。好歹也該打個電話給我吧！

取得外婆的同意後，我們進了連的房間。雖然外婆說儘管翻沒關係，但我實在沒那個心情開他的抽屜。就算翻遍他的房間，也不會知道他現在究竟在哪，只是覺得這樣空手而回有點不甘心。

連的房間打理得很整齊，桌子上只有一台筆記型電腦。房裡有十四吋的電視和ＤＶＤ放映機，書架上放著星際大戰的公仔、科幻主題的口袋書、ＤＶＤ和ＣＤ片。放在房間一角的NIKE運動背包拉鍊半開著，隱約可見裡頭裝釘鞋的袋子。

看到裝釘鞋的袋子那一瞬間，一股無名火突然冒了上來。真想抓起連珍藏在書架上的公仔往地上摔。差勁到爆。這種行為比他當初企圖從集訓脫逃更差勁數十倍。那傢伙這次根本找不出一釐米……不，甚至連一微米的藉口都找不出來了吧？

2 縣內紀錄賽

全國運動會會前賽兼縣內紀錄賽為期三天，在三澤運動場舉行。我參加的項目有第一天的個人一百公尺以及四百接力紀錄賽，還有第三天的全國運動會會前賽少年B組兩百公尺。

由於主將行蹤不明，隊上的士氣十分低落。

「總之大家先不要去想一之瀨的事吧！」趁著一大早大家在帳篷裡集合時，三輪老師如此說道。「就算他今晚趕回來，我也不打算讓他參加明後天的全國運動會兩百公尺預賽。至於該如何懲罰，我想和他本人談過之後再作打算。大家把注意力放在比賽上就好，明白了嗎？」

是！隊員們異口同聲地回答，我卻怎麼也提不起勁來，真是討厭。因為連的關係，我一直沒辦法專注在比賽上；多少也擔心他其實不是故意蹺掉比賽，而是發生意外或是生病還是遇上了什麼麻煩。

「只是四百接力的成員可能得換人了。這種臨時換人上場的意外並不少見，你們就當成是寶貴的經驗吧！根岸，這是你表現的好機會，好好跑啊！」

「是！」代替連參加四百接力的根岸表情一如往常，用力地點了點頭。

望著根岸鐵青的臉色，突然心底有種類似鬥志的情緒慢慢湧現。最早說要阿根參加四百接力的人就是連，沒想到他的無預警缺席正好給了根岸表現的機會，雖然這並不是最理想的狀況，不過也正如老師所說，以這樣的組合參賽在某種層面上其實還滿有意思的——我竟然變成了主將第二棒。第一棒是根岸、第二棒是我，第三棒是浦木學長，第四棒則是守屋學長。

「先不要管成績如何，累積經驗比較重要！」三輪老師老神在在地說道。「神谷，你是主將。懷著自己是主將的心態去跑！」

……嗄？

「守屋的實力如何我很清楚，但你的潛力能發揮到什麼程度，關係著我們學校四百接力隊的將來。」

……四百接力隊的將來？

「阿三，你還是不要給這傢伙太大的壓力比較好吧？」浦木學長小聲地說，三輪老師卻露出今天第一次打從心底出現的愉快微笑。「掉棒也沒關係，你們就放開一切盡情跑吧！」

我在田徑界出道的第一場比賽，是全高運縣賽的四百接力。不過接力賽是團體項目，所以我在個人項目——也就是所謂平地賽的第一次，其實是在六月舉行的相模原市民錦標賽。相模原市民錦標賽是場不算大的地區性比賽，比賽場地只有三百公尺，而且還是泥土跑道，不過參賽的選手倒是包含了從國中生到社會人士的各個階層。由於高中生只能選擇一個項目參賽，所以我參加了一百公尺的比賽。因為不算正式比賽，成績也不會列入紀錄，跑的時候不像縣賽時那麼緊張。比賽採手動方式計時，我的成績是十一秒四，和縣賽前的計時賽成績一樣，真不知該覺得沮喪還是鬆一口氣……

接下來則是兩個星期後舉行的縣內錦標賽，主辦單位是縣內的田徑比賽協會，也是從國中生到社會人士都能報名的比賽。可惜我的正式比賽紀錄不足，沒有達到參賽資格，只能參加同時舉行的少年B組徑賽兩百公尺項目。兩百公尺的賽程是彎道起跑後的一百公尺加上直線跑道的一百公尺，雖然我很不擅長跑彎道，不過跑接力賽第一棒時也是從彎道起跑，加上我不像連那樣超過一百公尺後速度就明顯變慢，所以也沒那麼討厭跑兩百公尺。第一次參加電動計時的比賽，看到計時器顯示出二十三秒五二這樣精密度高達百分之一秒的成績，突然覺得自己很帥而心情很好。

之後參加個人賽是七月的集訓前，在海老名體育場舉行的北相模原地區高中田徑賽。這個比賽和全高運、新人賽一樣，都是由全國高中體育聯盟主辦，只有高中生可以參加。神奈川縣北部四分之一地區的五十多所學校都會參賽，比賽為時兩天。這場大賽中我一樣也沒缺席地參加了一百公尺、兩百公尺和四百接力三項比賽，總共是兩場個人賽和一場團體賽。這樣跑下來真的很有在「比賽」的感覺，也覺得自己儼然已是個田徑選手了。海老名體育場藍綠色的橡膠跑道十分特別，害我莫名地興奮起來。果然，只要不是全高運系統的大比賽，就連我這種緊張大師也不至於鬧肚子。不過天氣真的很熱，不信你可以在七月二十號跑個一整天試試看。我之前也有在大熱天參加足球比賽的經驗，雖然田徑賽不需要一直在場上東奔西跑，不過從早到晚待在田徑場上也夠受的了。

三輪老師說，因為大順風加上手動計時，這場比賽的成績好得嚇人。的確，我的一百公尺因為比賽時順風風速有一・八公尺，結果跑出十一秒一的成績。聽到成績時，我高興地跳起勝利之舞，卻被三輪老師潑了盆冷水：「你這可憐的傢伙，不能相信那個成績啦！在這種天候它一定會出現的。」老師說得好像有鬼會出現似的。「在這種風速下，就算出現十一秒〇的成績也不足為奇，千萬別誤以為自己跑出了最佳紀錄。」

原來這個足以進入決賽的好成績，只是「這種天候一定會出現的」，而且跑出這成績的人還有一大堆。結果我在後來抽籤時運氣不佳，很可惜地沒能參加決賽。

而我就在這種不太明白自己究竟進步多少的情況下參加了集訓，熬過半個八月，然後迎接睽違一個月的比賽。

紀錄賽和一般比賽不同，並沒有排名之分。比賽方式很簡單，只要盡力跑然後測速就好，對我這種用蠻力跑步的人來說再輕鬆不過了。不用接著挑戰準決賽、決賽等重重關卡，只要衝一次就結束了。既然只有一次機會，當然也得好好跑才有好成績。我想證明上個月在北相模原田徑賽裡跑出十一秒一的好成績並不是偶然，所以很希望這次也能跑出好成績。

上午進行的是一百公尺紀錄賽，我的成績是十一秒三八。剛聽到時還「咦？」了一下，原來電動計時比手動計時多出〇．二四秒，扣掉之後就差不多了。而比賽時的風速則是正〇．三公尺。

「正〇．三公尺……那是順風的意思吧？」我確認了一下。

「沒錯。只是順風〇．三公尺幾乎不構成影響。」三輪老師邊點頭邊回答我。「這成績不錯。」老師用力拍了拍我的背鼓勵我。「你可以把這個當成自己的最佳紀錄，也就是說你的成績比今年春天時進步了〇．二到〇．三秒呢！這表示你越來越有實力了，跑步的姿勢也越來越有模有樣了。」

我突然有了自信。儘管還遠不及連的程度，但自己確實一點一點在進步。今後也能這樣繼續不斷成長——我整個人沉浸在希望和喜悅之中，其他人應該很難體會我此刻的喜悅吧。

國中時不論我再怎麼努力，都沒能在足球實力上有所進步。只要一有空，即使在家我也會做重量練習；球隊練習時總是留到最後，反覆練習盤球和射門。可是，比賽時的表現卻一點也沒有進步。雖然我的實力不比其他人差，在隊上也是正式球員，還擔任前鋒的位置，如果沒有老哥的存在，這樣的成就也許能讓我心滿意足了。偏偏我就是被迫認清了自己在控球方面沒天分這個事實。突然想起三輪老師之前說過的話。

——不擅長控球但下半身很有力的選手，往往在田徑比賽上大放異彩，說不定還有機會成為短跑界的霸王。

不曉得是不是真的。我把這句話當成護身符，一直放在心上。就連在跳躍隊時撐得很苦的最後兩年，現在都讓我覺得是不可或缺的重要階段。相較於國中時的足球隊練習，高中田徑隊的練習更費體力；但我卻樂此不疲，因為我真的希望付出會有結果——希望能夠射門得分，希望有很多射門機會，展現華麗的盤球技巧和精準的傳球，為球隊的勝利貢獻一分力量。然而這樣的期望一直沒能達成，我也一直很不滿足。

但是短跑的成績不同，只要勤加練習就會進步。這個由我的身體創造出的紀錄，也讓我開始相信自己——自信，這個我從來沒擁有過的特質，現在似乎開始有了那麼一點點……

下午，四百公尺接力賽。

站在第二棒起跑點等待阿根跑來，感覺特別興奮。個人賽時自己的力量就是一切，那種嚴苛而孤高的感覺固然很棒，但我還是比較喜歡接力賽。接到棒子後全力衝刺的速度感和隊友之間的連帶感，都是難以言喻的快感。

以前一直都跑第一棒，所以這也是我第一次在比賽時接棒。我想像著連每次在起跑線等我時的模樣，繃緊神經希望自己也能表現得像他一樣不疾不徐。一想起連，我還是很生氣，老實說也有些沮喪，只是很難說出口罷了。我想盡量彌補連的缺席造成的傷害，即使只能縮小一點點差距也好……

「差不多了！」我心裡這麼想著，便開始往前跑。加速、加速，卻遲遲沒聽到「接棒！」的喊聲。心裡一陣不安，接力區那條跨越不得的底線就在眼前，我不禁放慢了腳步。就在這時「接棒！」的喊聲響起，我立刻伸出手臂，卻沒有接到棒子。糟了！我忍不住停下腳步回頭。這時接力棒的觸感傳到手心，完蛋了！被左右兩邊的選手超前了！加速、加速、全力衝刺，火力全開的賣力程度連自己都感覺得到。就算只能超越一個人也好。可惡！第二棒都跑得好快，沒辦法超前嗎？浦木學長開始助跑了，呃，看來這邊的傳接棒也不太妙……

後來聽到成績時，大家都沮喪得不得了。畢竟是倉卒成軍的隊伍，傳接棒的默契果然還是不行；我太早起跑，浦木學長則是太晚起跑。三輪老師一一指出大家的問題，然後笑著說「這也是無可奈何的事」。但我還是非常懊惱，因為我負責的兩次傳接棒都出了狀況啊！後來根岸一臉鬱悶地向我道歉：「對不起，沒能追上你。」我回答：「其實是我的錯啊！」卻聽到他喃喃自語：「四百接力的傳接棒真的好快啊！」可惡！本來想讓阿根在四百接力第一仗留下美好回憶的啊！而我也重新發現，原來我每次跑四百接力都能那麼順，連多少也有功勞。深刻地體驗到這個事實，實在讓我很不甘心。

縣內紀錄賽最後一天晚上，家裡的電話響起。老媽叫我聽電話，一聽說「是連打來的」，我立刻把話筒搶了過來。「喂？」

「新二？」連的聲音隔了一會兒才傳過來。

我鬆了一口氣，原來他沒事，還活得好好的，這樣我就放心了……

「你這傢伙究竟跑去哪裡了啊？」

「瑞士的琉森啊！」

還在國外？所以這是……國際電話？

「我打電話給外婆，她說你們之前去找我。」

「所以你到底在……」話還沒說完，連就打斷了我。「抱歉，我現在還沒辦法回去。」

「發生什麼事了嗎？」果然是出了什麼意外嗎？

「我……戀愛了。」

完全出乎我意料的回答。我還沒意識到這句話的意思，連又繼續說。

「她是我老姊的朋友，她們是一起在琉森上語言學校認識的。假期中我們一直在一起，我和老姊現在待在她家。她是混血兒，媽媽是瑞士人，爸爸是日本人。」連難得這樣滔滔不絕地講個沒完，從電話裡就能充分感受到他興奮的心情。「我媽和她男友去阿爾卑斯山玩了。對了，我和你說過我媽她男友的名字嗎？他姓阿斯帕拉葛斯，全名是菲利浦・阿斯帕拉葛斯……」

……菲利浦・蘆筍〔註〕？我還沒等他說喜歡的女生叫什麼芹菜來的，就用力把電話給掛了。為了不讓怒氣爆發出來，我做了一個深呼吸。一次還是不夠，又做了一次。儘管如此，臉還是越來越熱，肚子裡好像有一把火在燒。

我想，那傢伙沒救了。那傢伙已經沒救了。那傢伙本來就沒救了。

對連那種人懷有期待，根本就是大錯特錯。身為運動員——怎麼能做出這種事呢？體育競賽一點也不適合他，要求他奮鬥、認真努力，根本就是找錯對象。

要是當初沒拉他進田徑隊就好了。我心裡這麼想，腦海中卻浮現連那優美的跑步姿勢。混蛋。混帳王八蛋。你要是不想要，就把那種才能讓給我啊！把那種天生的運動神經和細胞讓給我啊！搞什麼嘛！這種理由我要怎麼告訴大家啊！

就算對象是根岸，我也說不出口。儘管他一天到晚喊著「想談戀愛」，也還是每天在炎熱的操場上揮汗如雨地練習；這種理由我死也不能告訴他。

註：阿斯帕拉葛斯（Asparagus），與日文中的蘆筍同音。

3 無視

二十九號全校開學那天，連終於出現了。我原以為就算開學，他大概也不會回來了。和連同班的鳥澤大呼小叫地跑來通知我們，但我沒去看他。聽說根岸跑去找守屋學長，兩個人帶著連一起去見三輪老師。在社團辦公室換衣服時，連靠過來叫了聲「新二」，我卻假裝沒看見他。我盡可能不看他，雖然聽到他故意在換衣服時弄出很多聲響。知道連還有心回來參加田徑隊練習，老實說我稍微鬆了一口氣，但還是不想和他說話，也不想看到他的臉。

連在所有隊員面前向大家道歉，我只是聽著卻沒有看他。「因為個人因素擅自在練習和比賽中缺席，真的非常抱歉。」連是這樣對大家說的。不知道他有沒有對三輪老師或守屋學長說交了女朋友的事？再怎麼沒大腦，應該也知道有些話是絕對不能說的吧？之前是因為對象是我才不小心說溜嘴的吧？明明氣到不想看到他的臉，還是忍不住替他擔心，更不想聽他認錯道歉。真是糟透了。

三輪老師嚴重警告他，要是再有下次，就不讓他繼續待在隊上了，而且還有懲罰等著他。總覺得阿三會想出什麼奇怪的方式整連。沒關係，盡量用集訓時那種重量級的訓練來磨練他吧！給他安排一系列地獄般的巡迴賽週，每天練習結束後，只有連一個人還要做額外訓練。我們就坐在一旁嘿嘿傻笑，看著他哀嚎著做體能訓練。不過到時候我很可能會跟著做吧。我不喜歡看到別人練得比自己勤，何況連又是天才型選手，這樣一來差距不就更明顯了。

算了，反正九天後就是新人賽，現在是賽前的調適期，那麼吃重的練習任誰都受不了。三天後要參加在泥土跑道的橫山體育場舉行的小型比賽，順便為之後的比賽熱身；連有辦法上場嗎？之前扭傷腳踝又出國旅行，他將近一個月沒有練習了吧？我不覺得他在旅行期間還會認真練習，現在的狀況大概好不到哪裡去。看他拚命忍住呵欠，一臉因為時差而精神委靡的模樣，我又忍不住火了起來。雖然氣得完全不想看到他的臉，偏偏我們又是四百接力的第一棒、第二棒，想不看都不行。別說非得見面不可，還不得不跟他有所接觸。要把接力棒交給一個令你不爽到極點的人，感覺真不是普通的討厭。雖然不是說討厭就能不交棒給他，但我真的不喜歡這種感覺。

在橫山體育場舉行的地區性比賽中，四百接力的第三棒是根岸。儘管浦木學長在接力賽方面比較有經驗，但根岸的一百公尺成績比較好，而且他之前代替連參加紀錄賽時，彎道跑的表現很優秀。

連和根岸之前從沒做過傳接棒的練習，實際練習時倒是接得相當順暢。然而看到這一幕，我卻一點也高興不起來。我的一百公尺跑出十一秒二，還不是每次都跑得出來的成績，連則跑出了十一秒一。我們分別占第二名和第一名，成績十分接近，但那〇．一秒的差距對我來說卻有如亞馬遜河寬廣的河面。而且連那傢伙真的盡了全力嗎？我實在不知道該怎麼想才好，只覺得非常不甘心，不想輸給這種打混摸魚的傢伙。老實說，我沒想過自己有機會贏過連，但就是很不甘心，非常不甘心。

隊友們面對連的態度各有不同，直接當著他的面破口大罵的好像只有鳥澤吧！鳥澤的嗓門很大，所以大家都聽到了；我要是也能那樣肆無忌憚地想說什麼就說什麼，應該就不會像現在這麼悶了吧？「你根本沒把隊上的事放在心上！」「雖然是一年級新生，但好歹也是隊上的王牌，你不好好振作起來，其他隊員也會無心練習！」「沒想到你竟然這麼不負責任！」「隊員都無法諒解了，上天更不會原諒你！」「你這樣會遭到報應的！」「根本是浪費自己的天賦！」「你應該向大家下跪道歉的！」她就是這麼罵的。罵得真好，全都是我想說的。話說回來，要是鳥澤知道連蹺掉練習和比賽的原因竟是為了女朋友，不曉得還會怎麼罵他呢？我倒是滿想聽聽看的。

守屋學長身為隊長，似乎也結結實實地訓了他一頓。大家看到連在社團時間結束後被帶去二年級的教室，但沒有人知道學長說了他什麼。其他二年級的學長姊也多少念了他幾句，小松學長則直接一拳敲在他腦門上。浦木學長親手抄了一張「改變壞心性的風水守則十條」，在他旁邊念了半天。我借來瞄了一眼，上面居然寫著書桌的方位、垃圾桶的形狀、鞋子的顏色、晾衣服的方式等等雜七雜八的注意事項。

根岸則冷靜地找連談了一下，不過連好像沒和他提交了女朋友的事。我真該告訴大家這件事的，偏偏就是說不出口，因為我實在搞不懂啊！

對於連和女生的交往情形，我真的完全沒概念。雖然他從小就一直很有女生緣，卻一直沒有固定的交往對象。可能因為他很害羞吧？跟女生講話的時候總是一副靦腆的模樣。以為他是個羅曼蒂克的純情男孩，結果該做的事他一樣也沒少做，還曾和騎自行車認識的女生在樹下發生關係。他告訴我這些事時也是一派輕鬆，不像在炫耀，也不會刻意隱瞞，只是這還是我第一次聽他說「戀愛了」。如果不是在這種情況下，我一定會追根究柢問出詳情的。到底是怎樣的女生呢？既然是混血兒，應該長得像外國人吧？是可愛型？美女？性感型？發生關係了嗎？分開之後呢？會寫信給她嗎？見不到面會寂寞嗎？問題是我現在根本沒心情問他這些。

我還是沒有和連說話。除非有重要的事，否則我絕不開口。連似乎感受到我身邊那張「絕對不准靠近」的隱形防護罩，所以也沒有主動和我說話。

在橫山體育場舉行的比賽和新人賽地區預賽之間只隔了短短六天，練習內容幾乎全是傳接棒。從第一棒到第四棒依序是我、連、根岸和守屋學長。原本打算保持平常心把棒子交給連，卻總覺得哪裡不對勁。結果連和我都因為跑得拖泥帶水而挨罵，連明顯是因為練習不夠，而我則被說是缺乏鬥志。這怎麼可能？我明明非常賣力、懷著滿腔怒氣死命地跑，打算讓連瞧瞧掉練習的後果，鬥志可是高到幾乎破表呢！不只是把接力棒壓進連手裡而已，幾乎可說是用力地把棒子砸在他手心。阿三，你到底有沒有睜開那對小眼睛好好看清楚啊？

重新歸隊後，連倒是很投入練習。看到他一臉正經地認真練習，其他隊員也跟著振作起來。原來主將真的可以凝聚向心力啊！特別是平時苟且隨便的主將更是如此。說不定現在破壞隊上氣氛的不是連，而是我。重要的比賽將近，如果我繼續擺著一張臭臉對連不理不睬，也許原本有機會獲勝的也沒機會了——這點我也很清楚。可是……我還是做不到。我壓抑不下那股氣憤，根本不想看到連。

明明兩人回家的方向相同，我總是一個人先走，狂踩著腳踏車踏板——因為實在不想被追上，儘管練習結束後累得不得了，還是用盡全力飛車疾奔回家。不知道這種情況要持續到什麼時候，就算我一直採取這種態度，連還是絲毫不為所動吧。其實我並沒有特別生連的氣，只是就是很悶罷了。

新人賽地區預賽的前一天，下課時間我和根岸在教室閒聊，他提到了守屋學長很擔心我和連的事，說會影響團隊默契。我心想：該來的還是來了，隊上的人果然開始擔心了。

「三輪老師說不用管你們，還說長遠看來這樣說不定對隊上有好處，而且這種事長輩也不好介入。很像阿三的作風吧！」根岸臉上掛著招牌的賊笑。「不過守屋學長也說，如果接力賽成員不能團結一致，很難跑出好成績。他怕自己開口會給你壓力，才要我和你談一談。」

我點了點頭。老師的開明態度和學長的貼心都讓我很感激。

「連那傢伙多少也有反省吧！以前從沒看他像現在這樣認真練習。你故意不理他，想必讓他很沮喪吧。你覺得呢？」

我覺得呢？問我也沒用啊！連因為我不理他而沮喪？真的假的啊？那傢伙像是會沮喪的人嗎？

「可能是我孩子氣吧！」我喃喃地說著。也許我只是在鬧脾氣吧，覺得連那傢伙根本不在乎我和田徑隊，覺得都是我自己一廂情願；更不甘心那種打混摸魚的人最後還是跑得比一直在努力的我快，到底是為什麼？

「我們一直沒來由地把連當成大明星看待，明知這樣不好，卻也克制不了。一想到連願意加入就高興得不得了，只要看到他跑得那麼快，就覺得很了不起。可是你卻不一樣，沒有人像你這樣看待連，所以那傢伙也特別在意你，雖然本人可能沒意識到啦。」根岸淡淡地說。

——本人可能沒意識到……

「我不甘心嘛！」我不平地吐出這五個字。

根岸盯著我的臉好一會兒。「新二，你再跑快一點吧！」根岸凝視著我，語氣凝重地說道。「超越一之瀨吧！」

「怎麼可能！」

「當然可能。雖然我辦不到，但如果是你也許有機會。等你們能站在同一條起跑線上公平競爭時，我們一定能變成一支很強的隊伍！」

幹嘛一臉心滿意足地對我笑啊！「雖然我辦不到」這種說法聽起來很痛心耶！話說回來，根岸你也爭取到四百接力正式成員的資格了不是嗎？正如連之前的預言。你這麼快就實現了，很厲害耶！的確，真的很厲害。這就是所謂的人的「無限可能」嗎……

有一天我能超越連——這種事未來真有可能發生嗎？根岸這麼覺得嗎？他是認真的？

吃過晚餐後，我雙手握著手機躺在床上發呆。我在想要打電話給連，還是要傳簡訊給他。

只要說一句「明天一起加油吧！」就好了——如果我能百分之百發自內心這麼說就好了。可是為什麼就是按不下撥出鍵呢？不然發個簡訊告訴他也行啊！

問題是，連在家一向不看手機簡訊的吧？搞不好根本就沒開機。他手機的接通率可是號稱世界第一低，還被說那根本是不可燃垃圾，應該叫「行動不良」電話才對。他不是手機亂扔，要不就是開靜音模式根本沒注意到有電話，就算看了簡訊也不會回。

不管打電話或傳簡訊好像都不怎麼可靠，也不知道他到底看到了沒，我不喜歡那種不確定的感覺。還是得當面說才行吧！

明天再說吧……可是明天就是新人賽了。我不禁深深吸了口氣。的確，在這種大比賽前實在不適合鬧彆扭。守屋學長說得沒錯。

我打開手機，看著待機畫面上我家那隻雜種狗羅納度肚皮朝天的睡姿。每次看到這張照片我都會忍不住大笑，現在卻笑不出來。手機畫面的背景燈光熄滅後，我沒來由地嘆了口氣。

為什麼我要打給連？為什麼我得在這裡煩惱？一想到連絕不會像我這樣盯著手機煩惱，一把無名火又在心中熊熊燃起。應該是那傢伙主動和我聯絡吧？他應該主動對我說「是我不好，明天一起加油吧！」才對。不過這是不可能的……就算他心裡真是這麼想的，也絕對不會說出口。

真可惡，太不公平了。

真拿他沒辦法……誰叫我是一之瀨連的朋友呢？不但參加同一個社團，還在同一組，同為四百接力的選手，又剛好是第一棒和第二棒……明天還是和他說一下好了，我來對他說。我希望大家能用好心情迎戰。為了守屋學長、為了根岸、為了阿三、為了我自己，也為了連。

4 新人賽（地區預賽）

秋季的新人賽，是三年級離開後只剩一、二年級的新團隊的第一場正式比賽。賽制和全高運一樣，必須通過地區預賽、縣賽才能打進關東區決賽；差別則在沒有全國總決賽。

短距離組的賽季橫跨春季到秋季，春夏兩季時，選手們的目標放在全高運系統賽（包括預賽、正式賽），秋季的重頭戲就是眼前的新人賽了。能參加全高運的一年級選手畢竟不多，所以不少人把新人賽視為第一場重頭戲，我也是這樣。雖然在全高運地區預賽跑過接力，但當時只覺得比賽沒頭沒腦地開始又莫名其妙地結束。

同樣是一年級新生，谷口和橋本就還沒參加過全高運系統的比賽，我和連也只參加了接力賽；根岸、入江和溝井只參加了地區預賽的個人項目，鳥澤則在個人項目中跑進了縣賽。各人的比賽經驗和參賽心態固然不同，但我想大家應該都抱著「新人賽是嗎？儘管來吧！」這樣的豪情壯志。嗯，至於連那個笨蛋是怎麼想的，我就不知道了。

老師和學長都說我的個人一百公尺、兩百公尺和接力賽一定能跑進縣賽，「一定」這個說法聽起來真不錯。我想抱著這樣美好的憧憬參賽，所以沒有不識相地說什麼「不會吧？」來吐槽自己。

我很希望能有好的表現。希望能跑進縣賽，跑出新紀錄。

九月七日，新人賽地區預賽第一天，我要參加的有四百接力和個人兩百公尺兩場比賽。比賽地點和春季舉行的全高運預賽一樣，都在城山體育場。

都是因為我和連在鬧脾氣，結果搞得隊上氣氛越來越緊張。當大家一起擠在小小的帳篷裡，這種氣氛又比在運動場上時更明顯了。鳥澤那想說又忍住不敢說的表情、谷口那察言觀色的眼神、浦木學長比平時更靜不下來的倉皇舉止、守屋學長擔心更甚於嚴厲的眼神，還有根岸那一副很頭疼似的笑臉。連的臉上現在又是怎樣的表情呢？我不知道。沒看到，我一直找不到時機和他和好。

本來打算在大家各自前往起跑點就定位時和連說話的，卻遲疑了一秒而錯過了。看著連的背影，那瘦削而無力卻莫名引人注目的身影，明明出聲他就會回頭的，卻還是叫不出口。到底是為什麼呢？只好帶著後悔走向起跑定點。得快點忘掉這件事，現在要集中精神才行。

第一棒到第二棒的距離看起來近其實很遠，遠到根本沒辦法和連說話。投擲競賽用的網子擋住了我的視線，而連也沒有往我這邊看，只好放棄在賽前先和連打招呼的念頭。就這樣把接力棒傳給他吧！像之前比賽時那樣，盡可能快一點把接力棒傳給他。不然也沒有其他辦法了。因為太在意這件事，反而忘記了平時賽前的緊張心情。心裡只想著要快，要比之前更快，要趕快把手裡的棒子交給連。

春野台高中的起跑位置在略靠外側的第六跑道。新人賽地區預賽是計時賽，只跑一次然後取成績最快的前十六名晉級縣賽，和全高運的比賽方式一樣。除了沒有三年級的選手參賽之外，比賽方式和作法都和全高運地區預賽差不多。只不過選手人數比較少，也沒有看起來很強的三年級在，整體氣氛差很多。

一踏上跑道，聽到廣播傳來自己學校的名字時，我又緊張起來，肚子一陣抽搐，肌肉也十分僵硬。我用力做了幾個深呼吸，輕輕轉了轉肩膀。

接力棒，我要把手裡的接力棒盡快傳到連手上，傳到那個宇宙無敵大豬頭的手上。

起跑！彷彿拿著點了火的鞭炮般，加速，快跑，快跑，加速。

交棒——幾乎沒有把棒子交出去的感覺，就流暢地完成傳接棒的動作。只覺得接力棒像是從自己手裡被連吸了過去。

好快。

那傢伙的速度果然很快。為什麼能跑得那麼優雅呢？阿根，你真的覺得我可能跑贏他嗎？上天所選中的人的確存在，就像我老哥一樣，令人憧憬不已。胸口突然好悶。真希望自己能跑贏啊！好想，希望有一天我能贏過連。

根岸正在場上奔跑，接力棒傳到守屋學長手上了。我們是一支理想的團隊，我深深這麼覺得，也有這種預感。我們一定辦得到的，一定會變得很強，而且非變強不可。

「好快啊！」這是我沉默了十天之後和連說的第一句話。「你就算偷懶不練習，還是跑得很快啊！」

連用手指搓了搓鼻子露出苦笑。「十次裡大概只有一次吧？」連說。

「什麼？」

「剛才的傳接棒。」

「哦！」我點了點頭。那的確是十次裡只有一次的成功傳接棒。

聽到成績時，我還來不及高興就先嚇了一跳。四十三秒一六？那是什麼成績啊？測速器壞掉了嗎？

「太棒啦！」三輪老師連連喊著，「你們真是太棒了！」還興奮地說：「這下就能讓大家知道，有實力跑進縣賽的可不止鷲谷高中啦！」

「難得看到他那麼積極的樣子……」守屋學長好不容易才擠出這句話。浦木學長抬起頭看著天空，立刻打斷了他：「感覺好像會發生關東大地震或是蝗災……」

第二天比賽結束後，我和根岸一起跟著連回家，他說要拿旅行帶回來的紀念品給我們。之前完全不理他還鬧到人盡皆知，現在又收下他的禮物，感覺實在有點矛盾。但是根岸認為如果我不大方接受，搞不好又會把關係弄得很僵，硬是押著我一起過來。

「臭死了啦！老太婆又在煮魷魚了！」

連在小吃店的拉門前皺起了眉頭。他探頭進店裡喊了聲「我回來了」，我們也跟著說「打擾了」。連的外婆拿著菜刀站在櫃台後面，打扮得比上次來時整齊體面了一些。

不連的房間依舊整理得很乾淨。他拿出瓶裝可樂和玻璃杯招待我們，大家各自喝了起來。不知道為什麼，比賽後喝可樂總有種奇妙的解放感。不過健哥和守屋學長他們則是一向不碰這類垃圾飲料。

連帶回來的是普通的素面T恤，聽說是在琉森的朋友常去的店裡挑的。他覺得送素面T恤好，因為比較不像觀光區的商品。根岸的那件顏色是橄欖綠，我的則是水手藍，這種柔和的中間色調倒是很有歐洲的感覺。

「你的頭髮配上那個藍色，還真是搶眼啊！」根岸發表感想。

「很像瑞典國旗吧！」我說。

「是嗎？」

「嗯。藍色和黃色，瑞典國家代表隊的制服也是這兩個顏色。」

「瑞典的足球很強嗎？」

「很強啊！他們是穩紮穩打型的。」

我們向連道了謝，他則是一臉害羞地說：「其實我也不知道該送什麼好啦！我買了手帕送給外婆，結果她卻說送巧克力還比較好咧！」

外婆還真是不坦率啊！這些土產應該都是他和那個女生一起去挑的吧，於是我開口問他：

「有女朋友的照片嗎？」

不過是這麼一句話，連卻吞吞吐吐地答不上來。看到這傢伙竟然為了這種事慌了手腳，實在讓我覺得又奇怪又好奇，又想把他抓起來揍一頓。

「女朋友？這是怎麼回事？」根岸凹陷的雙眼詭異地一亮。

連倒也沒裝模作樣，乾脆地從迷你相簿裡拿出旅行時的照片給我們看。在瑞士的山峰、湖泊、街道等各種背景下，連和姊姊、母親，還有外國人叔叔、外國人哥哥姊姊一起拍了許多照片，怎麼會有這麼多人啊？有了！我知道了，是這個女生，有張連摟著她的肩膀的合照。很漂亮嘛！鬆鬆捲捲的栗子色長髮，眼睛也是咖啡色的，雪白的皮膚加上修長的身材，雖說是混血兒，但長得比較像外國人。

這真的是連的女朋友吧？兩個人真的在交往而不是單戀，從照片裡就能清楚看出來。

「她比你大？」

「大兩歲。」

「叫什麼名字？」

「克萊兒。」

連說出對方名字時的聲音是我從來沒聽過的，我不禁盯著他的臉瞧了半天。原來如此……原來這個女生對連來說這麼重要啊！

該怎麼說呢？眼前這堆愉快的度假照片，又累積了我心裡不爽的火種。不過能看到這些照片也不錯，因為兩個人的表情看起來很棒。儘管又在心裡咒罵了一百萬次「這個混蛋」，但我稍稍可以體諒他的心情。總有一天，也許就在不久之後，我也要站在喜歡的女孩身邊露出這樣的表情，也要讓她露出這樣的表情……感覺上，這好像要比在一百公尺比賽中跑贏連還不可能實現啊！

而根岸則是呈現完全僵掉的狀態。之前應該先說一聲，好讓他有點心理準備的，看來是害他受到太大的刺激了。

克萊兒小姐在瑞士的琉森出生，生長在虔誠的天主教家庭。她是連的姊姊在米蘭念的語言學校的同學，母語是瑞士德語；雖然沒來過日本，聽說會講一些口音奇怪的日語。

「她父親是上班族，但也在業餘管弦樂團裡擔任喇叭手，而她母親以前則是鋼琴家。克萊兒從小就學小提琴，但因為一直很喜歡唱歌，為了接受正規的聲樂訓練而一個人來到米蘭。她說她的夢想是成為歌劇歌手。」連有些結巴地向我們說明。「她還說也想來日本看看。」

一想到連和這個女生在日本約會的情景，我感到一把妒火在心中熊熊燃燒。竟然讓他交到一個這麼漂亮又是歌劇界未來之星的女友，上天實在太不公平了！只對他一個人這麼好！

「外國的女生都很直接。因為語言的關係，我能說話的只有克萊兒，才和她變得比較熟。和其他女生只能靠簡單的英文和比手畫腳來溝通。她們一定會問你的興趣啦、專長啦、將來的夢想之類的。也就是說，她們會很直接地問你人生目標、理想的生活又是什麼這種問題。我才不想和陌生人說這種事，所以保持沉默什麼都不說，結果惹火了克萊兒，還說什麼日本人這樣是不行的。我說我不喜歡她一竿子打翻一船人，剛認識的時候還吵了一架。」

真是的，不要自顧自地講得那麼愉快啦！

「你喜歡她哪一點呢？」我忍不住問道。因為實在不記得連曾經主動喜歡上哪個女生。

連「咦？」了一聲害羞了起來。害什麼羞啊！真是令人生氣。

「我也不太清楚。」

竟然馬上給我逃避話題。

「總覺得整個情況有點不真實，好像電影或小說的情節一樣。」過了一會兒，連才喃喃說道。「我從來沒見過琉森那麼漂亮的地方，不管是湖泊、山林或是街上的風景都很迷人。雖然只是個普通的小城鎮，卻美得讓人想一輩子都住在那裡。克萊兒也是，美好得讓人情不自禁迷戀上她……」

真是夠了！

「你們進展到什麼地步了？」雖然不想再聽，還是忍不住先確認一下。

「還談不上什麼進展吧！克萊兒家在這方面管得很嚴，所以她的防備心也很重，我也沒機會做什麼。」連陷入沉思般邊想邊回答。然後他突然陷入沉默發起呆來，過了一會兒才說：「光只是接吻就讓我頭昏眼花，不知道該如何是好。我還是第一次遇到這種情形。」

別再說了！聽到這樣的內容，就算自己不是當事人，也不禁覺得胸口一緊，身體動彈不得。雖然和根岸的情況不大一樣，但我也想談戀愛啊！真想這樣大吼出聲。

這時，根岸用一種難以言喻的聲調沉吟道：「原來神谷是因為這樣才生氣啊！」

「才不是咧！」我急忙否認，雖然多少是因為這個原因沒錯啦。

「你在國外逍遙自在，我們卻在熱得要死的日本每天拚命練習……」

看吧！看吧！不是只有我一個人這麼覺得不公平吧！

連默默低下頭，祈禱似的深深一鞠躬，接著抬起頭來：「新二和阿根都變快了呢！」他彷佛在自言自語地說。

我的腦袋花了好幾秒才意會過來他在說田徑的事。哼！成績縮短個○・二、三秒又怎麼樣！就在我氣憤難當時連又開口了。

「跑步時也越來越有模有樣了。」連一個字一個字地看著我說。「越來越像田徑選手了。」

連的眼神是認真的。我出神地回想著，上次看到他這麼認真的眼神是在什麼時候？胸口沒來由地揪了一下。

連不會說謊，不論是對朋友或對其他人，他的言語和行動都是誠實的。儘管孩子氣到近乎難相處的地步，卻絕不會隨便說些不負責任的話……所以偶爾像這樣認真地發表意見，總是令人內心為之一凜。

「我會超越你的。總有一天。」我如此宣示。

連點了點頭，態度依然非常認真。根岸也難得收起平時的賊笑，一臉正經。

5　新人賽（縣賽1）

新人賽的一百公尺、兩百公尺和四百接力三個項目，我都勉強突破了地區預賽的關卡晉級到縣賽。比賽第一天因為一直在意著連而忘了緊張，第二天卻又緊張到肚子痛，可能和比賽項目是個人一百公尺也有關吧！

跑一百公尺的時候最緊張。大家排成一列同時起跑，實在很有壓迫感。所有選手彷彿都釋放出強烈的電波：「我一定要贏！我一定要贏！我一定要贏！」要是在起跑就出現失誤，等於一開始就輸了；氣勢不夠強的人大概在起跑前就沒了鬥志。至於我，則是邊覺得「好像不妙」邊就定位，心想「完蛋了」時就已起跑，最後又在「明明可以再快一點」的悔恨中抵達終點。

我的一百公尺新人地區預賽也不例外。連在預賽時並沒有使出全力，可惜我沒有他那麼從容；儘管成績理當足以輕鬆晉級，心情卻一點也輕鬆不起來。準決賽時的表現其差無比，雖然大家都說只要照平常那樣跑就一定能進縣賽，但我實在不知道自己到底是「像平常那樣努力跑」，還是「像平常那樣失常」呢。比賽結果糟透了，我還有臉放話說要超越連呢！不過連在準決賽時的表現也遜斃了就是。他果然太輕敵了。一百公尺真是可怕！一不小心就會失敗。我們在接力賽時跑成那樣又算什麼呢？

九月二十一日，新人賽縣賽第一天，比賽地點是三澤體育場。

早上有一百公尺預賽的第一天，我一如往常變身成「廁所魔人神谷」。雖然每次比賽都會緊張，但緊張到肚子痛的情形只有之前的全高運縣賽和這次的新人賽。一遇到大型比賽就這樣，我還真是容易怯場啊！自己都開始瞧不起自己了。

新人賽地區預賽完兩天後，練習結束時，三輪老師把我叫去了辦公室。兩人隔著桌子面對面坐著，三輪老師沉穩地開口了。

「比賽前會緊張是人之常情啦！表現不如平常練習也是常有的事，習慣就好！等你比賽經驗越來越多，成績慢慢進步，漸漸就會開始有自信，站在起跑點的時候也會滋生一股自己一定能拿到冠軍的信心。到時候自然就不會緊張啦！」

三輪老師如此鼓勵我。

「你的情況算是有點嚴重啦！遇到大比賽還會緊張到拉肚子。不過我當了十幾年的教練，也看過各式各樣的選手，有的人一上場就很興奮，有的人就很緊張。這跟本人的個性沒什麼關係，有些平常積極樂觀的人一碰到比賽就變得消極悲觀，有些平時沉默寡言的人到了場上反而意外開朗。這和每個人的個性和比賽經驗有關，不用太在意，只要專心面對眼前的每一場比賽就好。慢慢累積經驗，以後參加比賽時就能跑得更輕鬆了。」

三輪老師這番話讓我感激萬分。以前在跳躍隊踢足球時，教練也常常對我心靈訓話：要有堅強的意志……之類的，卻總是讓我覺得自己完完全全地被否定了。像阿三這樣淡然接受選手會興奮、會緊張的事實，還鼓勵我多累積經驗以後就能跑得更輕鬆，光是這種對待方式，就讓我大大鬆了一口氣，也讓我對未來懷有希望。就連比賽前猛跑廁所這件事，似乎也不再覺得那麼丟臉了。以前的我總覺得自己臨陣退縮十分丟臉，三輪老師的話讓我不再陷入自我厭惡的情緒。

經驗——新人賽縣賽的確是很難得的經驗。應該可以把它想成是頓豐盛的大餐吧？因為可以從中獲得豐富的營養。

為了忘掉肚子不舒服的事，我努力把注意力放在一百公尺的比賽上。預賽時我被分在第五組，根據賽程表上的紀錄，隔壁跑道應該是鷲谷高中一年級的選手，但不是仙波。不是仙波雖讓我鬆了一口氣，卻也覺得有些失望，之前和他站在同一條起跑線上，是全高運縣賽時的事了。當時雖然差點被他有如格鬥技選手的氣勢給壓倒，卻也因此跑出了不錯的成績。

我隔壁跑道的選手叫高梨，我對他的名字也有印象。全高運縣賽的一百公尺比賽，他得到第四名，在南關東大賽裡也跑進總決賽，是個厲害的狠角色。為什麼到處都是這種跑得快的傢伙啊？真是討厭！話說回來，整個神奈川縣內這種實力介於我和連之間的選手究竟還有多少呢？

賽前唱名和熱身結束後，許多等待上場的選手都聚集在運動場的入口附近，也就是一百公尺起跑線後方的區域。

「現在進行男子一百公尺預賽最後一次唱名，請各位選手到此集合。」

聽到工作人員的吆喝，參賽選手紛紛集合，從第一組開始依次上場。眼看差不多該輪到我了，便先把罩在制服背心外的T恤脫下來，準備上場。

「第五組，第三跑道！」

「有！」我大聲回答，並亮出制服背心上的背號。

「第五組，第四跑道！」

我看了看舉手應聲的選手，原來這傢伙就是高梨正己。果然，是這個傢伙沒錯。剛才分組熱身時，有個鷲谷高中的選手在我附近練習，我就猜應該是他。

一頭刺蝟般硬直的短髮，濃濃的眉毛，看來是個不大好相處的老兄。他的個子沒有仙波那麼龐大，不過看起來彈性很好，跑得很快的樣子。看到這種高手，肚子又開始咕嚕咕嚕作響了。啊！他看過來了。啊！竟然還笑了！笑什麼笑啊？話說回來，五月參加縣賽的接力賽時，我也因為搞錯跑道而被仙波嘲笑過，難道是因為那件事？不會吧！

高梨直直地走近我，開口向我搭訕。

「你就是那個醃蘿蔔小弟？」他露出平易近人的微笑這麼問道。

「嗄？」我一下子沒會意過來，過了一秒才想起來，鷲谷高中的那位大塚老師好像曾經用什麼醬菜來稱呼過我的頭髮。

「全高運縣賽的時候，我們老師是這樣叫你的。對吧？」

高梨意外爽快地和我聊了起來。我是進了高中之後才開始練田徑的，不像其他人那樣有國中時期的隊友在其他學校，認識的人也只限於夏天一起參加過集訓的那些。我不像根岸會到處和人聊天，所以高梨主動來搭訕倒是出乎我意料之外，更何況還挑在比賽前這種緊迫的時間點！

「聽說你們地區預賽的四百接力表現不錯喔？」高梨繼續向我搭訕。

「你很清楚嘛！」

我們學校和鷲谷分屬不同地區，又不是特別強的隊伍，高梨竟然知道我們四百接力的成績，著實嚇了我一跳。

「是老師告訴我們的。」

……是大塚老師嗎？那位三輪老師的恩師，短跑王國鷲谷高中的教頭嗎？他曾經邀請連進鷲谷，卻被拒絕而心有不甘。阿三還在他面前說：「等這兩個傢伙升上三年級，春野台的四百接力一定可以超越鷲谷的。」他是因此特別注意春野台高中呢？或者只是單純關心自己學生所指導的隊伍呢？

高梨鐵定跑得很快吧?有這個傢伙和仙波一起參加四百接力,想必一定快得不像話吧……我一邊這麼想著,一邊不自覺地瞄了高梨一眼,只見他笑呵呵地不知道在高興什麼。怎麼會有人不緊張到這種地步呢?他的情況和連那種整個放空的感覺又不同。明明自己緊張得要死,卻又遇到這種絲毫不緊張的人,不禁讓我越來越火大。

「我是第一棒喔!你也是吧?我們決賽時再見嘍!」

一百公尺的比賽就在眼前,高梨這傢伙竟然一直跟我說接力賽的事,搞什麼啊?覺得我在個人賽中完全不是他的對手?我實在氣不過,於是故意伸出食指指著眼前一百公尺的跑道問他:「那這場比賽呢?」

「我會跑進決賽的,估計是這樣。你呢?」

「看情況——沒有估計。」我狠狠地回答。

不比比看怎麼知道輸贏呢?有人能在跑之前就知道結果的嗎?什麼估計啊?你又不能預測我的成績!

「那麼就下午四點十五分再見嘍!」高梨拍了拍我的肩膀說。

那是一百公尺總決賽開始的時間。開什麼玩笑啊!

結果我和高梨幾乎同時抵達終點,以第二名的成績肯定可以進入準決賽。終點計時器顯示的時間是十一秒二〇,雖然那是高梨的成績,但我的成績應該也差不多。也就是說,我正式刷新了自己的最佳成績,而且是大幅更新!好棒!就在我莫名興奮的時候,高梨又笑咪咪地湊過來要和我握手。真不知道他是稀有的友善生物，還是喜歡惹人厭？或者只是單純的沒神經？我實在搞不懂。只知道他跑得很輕鬆很流暢，而我使盡吃奶的力氣也只能緊跟著他。雖然不甘心，不過比賽都結束了也不能怎樣。反正從結果看來，他似乎也幫我紓解了不少賽前的緊張。

一個穿著鷲谷高中紅色制服的身影靠近高梨，抬頭一看才發現原來是仙波。他好像在前幾組剛跑完，還留在跑道附近沒有離開。我下意識地低下頭向他打了招呼，他卻「噗哈」一聲大笑了起來。這個在新人賽縣賽的所有項目中都勇奪第一的仙波一也，眼神依舊犀利、很有壓迫感。因為曬得很黑，眼白部分顯得更白了，眼神也更有魄力。

他想必是非常努力地練習吧！真是令人心煩。雖然很想說：你已經跑得這麼快了，拜託不要再練了啦！但越是厲害的人往往練習得比一般人更勤，這點我可是從自己老哥身上看得很清楚。運動這種事，凡人是永遠無法追上天才的。不過偶爾也有連那種不努力的天才啦，真教人混亂。

連在第一組拿到了第二名，而仙波則是第四組的第一名，沒聽說成績，不知道他們到底是快是慢？其實預賽對他們來說根本不重要，只要能在接下來的準決賽占到好的跑道就行了。準決賽是依據成績高低來分配跑道的，成績最好的在最靠中央的跑道，成績最差的則在最靠外側的跑道，以此類推。

對短跑選手來說，越靠外側的跑道越不利，中間的跑道是最理想的。雖然一百公尺的賽道是直線，彎道的傾斜角度並不會造成影響，但靠中間的跑道比較容易觀察其他選手的動向。不過以我的程度還沒辦法注意那麼多，所以也不需要觀察別人，只能每一次都集中精神全力衝刺。

「神谷！」高亢響亮的聲音響起。「聽說你跑出最佳成績了？恭喜！」

只見鳥澤圭子大叫著跑了過來，身後還跟著谷口若菜。她們原來應該都待在看台幫大家加油，卻為了我特地跑過來。

「還好啦，只是預賽而已……」雖然心裡很高興，嘴巴上還是忍不住這麼說。

「只是預賽而已？」結果馬上就被鳥澤吐槽了。「你越來越臭屁了嘛！不過這樣也好！」鳥澤笑的時候，魚板形的眼睛會用力地瞇起來，有種獨特的魅力。

「恭喜你。」谷口半個人躲在鳥澤身後，聲音一如平常地微細，口氣卻相當明快。

「謝謝。」我不禁害羞起來。總覺得谷口這種不太開口的女生說的每一句話都很珍貴。

「咦？」鷲谷的一群人正好從旁邊經過，其中仙波突然回過頭來大叫了一聲。「妳不是若菜嗎？」

若、菜？幹嘛直接喊人家的名字啊？害我嚇了一跳。不過谷口受驚的程度似乎是我的一百萬倍左右。她渾身僵硬，整個臉都紅了起來，旁人都看得一清二楚。

「對喔！聽說妳後來考上春野台高中了喔！」仙波走了過來，望著谷口說。

「是……是啊！」

谷口戰戰兢兢地回答，表情看起來好像希望自己能當場蒸發消失。這兩個人到底是什麼關係啊？只有仙波表現出親熱的態度，谷口又是怎麼回事啊？臉紅得好像剛沿著山坡來回衝刺了二十趟。

「妳還是練短跑嗎?」

和女生說話時的仙波似乎不帶有那種刺人的攻擊電波，只是個普通的帥哥。對喔!這傢伙可是相當有型的帥哥呢!因為他跑得太快了，我才一直無心留意他的長相。

「……對!」

谷口，妳回答的時候……可不可以不要這麼緊張啊!就算對方是田徑界的超級巨星，妳也不必這樣吧?

「因為學校分屬不同地區，很少有機會碰面呢!」

仙波同學，原來你說話也可以這麼溫柔啊!

直到這時我才終於想起來，谷口和仙波以前好像是念同一所國中的吧?這麼說起來，我好像聽說過這件事，鳥澤和根岸還為此興奮了半天。我對誰在哪所國中認識哪位選手這種話題沒什麼興趣(也搞不太清楚)，所以當時聽過也就算了。

國中時期的谷口是什麼樣的女生呢?應該也像現在那樣沉默寡言，明明跑得不快，卻又特別認真練習吧?每次看到谷口練習或上場比賽時，都覺得有種微妙的不協調感，一種讓我靜不下心的奇妙感覺。我不太會形容，只是隱約有種「看不清真正的谷口若菜」的感覺。在這神奈川縣田徑界的超級新星面前，不對，應該說是在國中時的老隊友面前，這個渾身僵硬不知所措的谷口若菜，也是我不熟悉的她。

「那妳要加油喔，再見!」

仙波留下這句話正要跨步離開時，谷口才終於抬起頭來直視著他。

這對谷口而言算是特大的音量，她應該是好不容易才鼓起勇氣。

「仙波同學也要加油！」

仙波一也揚起了嘴角。笑容雖然充滿自信，卻也有點害羞。原來那傢伙也會害羞啊？不知道為什麼，我沒來由地火大起來。仙波那傢伙畢竟是連的對手，叫他加油，連不就會輸掉了嗎？幹嘛幫其他學校的選手加油啊！還不止這樣，為什麼仙波要因為谷口幫他加油就臉紅啊？那可是我的、我的……因為對象不是我所以不行嗎？我不知道啦！算了，無所謂啦，算了！

「好帥喔！」仙波的身影消失後，鳥澤還在一旁喃喃自語。「真的好帥！」

我忍不住用力往她的頭上打了一下。「痛斃了啦！」鳥澤像男生一樣鬼叫著。我敢這樣打鳥澤，卻完全不敢碰谷口。

「很有男子氣概啊，對吧？」鳥澤這麼問谷口。谷口依然呈現石像化狀態，眼神空洞、嘴巴微張，一副靈魂出竅的樣子。看到谷口的模樣，鳥澤不禁笑了。

「有機會跟他說到話，感覺很棒吧？」

不過谷口好像連耳朵也壞掉了，沒有回應。

「唉呀，這樣不行啊！」鳥澤似乎也傻眼了，然後又笑了起來。

「這兩個人，是什麼關係啊？」我用拇指和食指比了比仙波和谷口，向鳥澤問道。

「咦？」鳥澤誇張地大叫起來。「這不需要我說明了吧！一看就明白了不是？」

谷口若菜喜歡仙波一也？喜歡到只是和他說個話就高興得魂都飛了？

「你表情幹嘛這麼嚴肅啊？神谷？」鳥澤問道。

「呃，沒什麼，只是嚇了一跳……」

「說的也是，看到她這種反應是挺嚇人的。」

鳥澤乾脆地丟下這句話，說了聲「走了喔！」便搭著谷口的肩膀把她拖走了。

我不由得大大地嘆了一口氣。怎麼大家都有喜歡的人了啊？

結果我沒能跑進決賽，因為準決賽時表現得一塌糊塗。準決賽時我和仙波分在同一組，還像傻子一樣用盡全力努力往前衝。算了，不想給自己找藉口，總之就是實力不如人。連雖然跑進了決賽，但成績沒能突破十一秒，只拿到了第三名，勉強擠進了關東大賽。

這樣的結果令人不太滿意，看著同為鷺谷代表選手的仙波與高梨包辦前兩名，實在很不是滋味。

賽後的檢討會上，我和連都被三輪老師好好罵了一頓。「以你們的實力，絕對不該只跑出這樣的成績！」這句話大概出現了十幾遍。以我們的實力，絕對不該只跑出這樣的成績……嗎？對連來說應該是這樣吧。夏季的練習量不足導致他比賽時心有餘而力不足。至於我……也好不到哪裡去吧，準決賽時應該要有更好的表現才對！

「打起精神來吧！明天還有四百接力呢！」

檢討會就這樣在阿三的加油聲中結束了。

那天晚上我實在睡不好。仙波自信滿滿的笑容，還有那令人喪失戰意的要命速度；谷口若菜陷入迷戀兀自陶醉的表情；高梨那從容不迫的言談；還有連在決賽結束後難得皺著眉頭的陰鬱表情。腦海裡不斷浮現這些畫面……尤其是谷口的表情特別清晰。

那傢伙畢竟是女孩子啊……在我們隊上也算是比較秀氣的。但因為她的外表和氣質還像個小孩，我沒想過她會那麼認真地迷戀一個人。真是嚇了我一跳！

打從進入田徑隊，我就特別注意谷口。因為她有點可愛，又有一點特別。我總是有意無意地關心她，也老是因此被根岸取笑，但我並不是對她有意思，更談不上喜歡什麼的。

谷口這樣的女生為什麼會喜歡上那種超級巨星呢？她的戀情有機會開花結果嗎？話說回來，她的個性偏偏又是這樣，看到喜歡的人連個話都說不好，簡直就是標準的單相思嘛！谷口這女生看起來就很像會默默地單戀人家一兩年，如果說從國中時就開始算，搞不好已經單戀了三、四年呢？況且仙波那種人一定有女朋友吧？少說也有兩個以上。健哥就是這樣，常常腳踏兩條船，約會時間搞不定時還讓我去收拾殘局。記得有一次替他出席在迪士尼樂園的四人約會，結果兩個女生中途放我們鴿子，剩下我和第一次見面的另一個男生兩人孤單地坐了三次太空山，真是悲哀。

唉，好想談戀愛啊！根岸的症狀好像傳染給我了。連的症狀好像也傳染給我了。還有谷口的症狀……女友招募中、遠距離戀愛中、單相思中——戀愛病症狀還真是豐富多樣啊！不知道該說誰比較幸運或誰比較不幸，只覺得身體像發燒了一樣熱得睡不著。

6 新人賽（縣賽2）

一樣是跑一百公尺或兩百公尺的距離，每次的成績卻有大幅落差，這樣的情形對於沒參加過田徑比賽的人來說，似乎是很難理解的一件事。如果比賽時間相隔一個多月還可以想像，一天之內的相同比賽卻可能出現大幅差異，似乎是很匪夷所思的事。我們家老媽就是這麼覺得。吃早餐時家人問起我昨天的比賽，聽到我說「預賽時表現不錯，準決賽時卻失常了」的時候，大家都露出難以置信的表情。

「你不小心摔倒了嗎？」老媽甚至如此問我。

「不是啦！那是跑步方式的問題。有時候跑得很順，有時候卻不怎麼樣。心情也會影響成績。集中力好的時候和集中力差的時候成績也會差很多。」

「通常準決賽的時候應該會跑得比預賽時快吧？」

連健哥也跟著關心了起來。

「那要是很厲害的田徑選手才能那樣，還有比賽等級不同也有影響。有些比賽就算不盡全力跑，還是可以拿到冠軍，若是遇到對手都很強的時候，就沒辦法這麼輕鬆了。」我說明道。

「所以啦，像連那種厲害的選手，在縣賽中隨便跑跑也能過關，而我就算使出全力跑，也未必能跑進準決賽。總之，我已經盡力了。」

老媽和健哥「哦」了一聲，接受了我的說法。雖然要說明這種事真的很麻煩（特別是在比賽當天早上），但家裡的人開始稍微對田徑運動產生興趣，也讓我很高興。連健哥都能這樣自然加入我們聊田徑的話題，我真的非常高興。

不過我還是沒有食欲。平常食量是健哥兩倍的我，今天卻什麼也吃不下。老媽一臉擔心地盯著我瞧，問說：「你真的只吃卡洛里美得（註二）和果汁就夠了嗎？」

不是夠不夠的問題，是我現在一點也沒有食欲。我默默地點了點頭。老媽雖然還是一臉擔心的表情，卻為了鼓勵我而勉強擠出了笑容。

「真想早點看到小新跑步的樣子呢！」

「現在還不行。」我一直不准家人來替我加油。「等我跑得更快一點才行。」

話剛說完，健哥就笑了。「幹嘛這麼死要面子啊！」

面子是當然要的，誰叫我要生為健哥的弟弟呢？

「不用看也沒關係。」我非常堅持。像昨天一百公尺準決賽那種爛表現，我可不想讓爸媽看到。所以現在還不行。「在我能夠跑得更帥氣之前都不行。」

「那要等到什麼時候啊？」健哥嘴裡塞著荷包蛋邊說邊笑。

「不知道。」我也笑了。

「那今天要比什麼？」老媽問道。

「接力賽，四百公尺的接力賽。」

「好想看啊！」

老媽像是由衷地這麼說。真的嗎？是因為今天健哥剛好沒有比賽吧！不過現在還不行。

老爸這時也起床了，打了個大大的呵欠出現。

「今天少爺們有什麼計畫嗎？」

「練習。」健哥答道。

「比賽。」我也回答。

「還不能去看你比賽嗎？」

竟然連老爸都這麼說。

「不行！而且今天有橫濱海灣之星隊的比賽吧？」

「哦！對喔。」老爸又打了個呵欠。「今天要遠征千葉縣。」

千葉縣？對市原聯隊〔註二〕嗎？大家的目光不約而同地轉向健哥。

健哥在全高運上的出色表現吸引了不少J聯盟球探的目光，也有不少球隊前來邀請，上個月還去靜岡縣參加了磐田喜悅隊〔註三〕的集訓，那可是J1聯盟中堪稱霸主的頂尖球隊。如果健哥願意加入橫濱海灣之星隊，固然會讓身為死忠支持者的爸媽十分高興，但他本人似乎比較傾向加入磐田喜悅隊。

健哥的心思大家都已經知道了，只是沒有說出口，為了讓健哥能自己做決定。儘管進入頂尖球隊之後需要磨練好幾年才能正式上場，但如果健哥願意接受這樣的嚴苛訓練，其他人也沒什麼好說的。

老哥真的很厲害，現在又比以前更強了。相形之下，面對小小的縣賽就緊張得吃不下飯的

註一：CALORIE MATE，日本大塚製藥推出的營養補給食品。
註二：千葉市原聯隊（JEF United Ichihara Chiba）。
註三：Jubilo Iwata，日本足球J聯盟加盟隊之一。

我，實在渺小得不得了。我得努力振作精神，不能再消沉下去了。加油！我也要以我的方式，努力奮戰。

一個人跑一百公尺時每次都會出現不同的狀況，成績也有所變動，四個人一起跑的接力賽影響因素更多，差別也更為顯著。

新人縣賽第二天舉行的四百接力預賽，春野台高中表現得不太好。整體連貫性不如地區預賽時流暢，成績也不怎麼樣，雖然還是跑進了決賽，但每個人的姿勢和傳接棒都有許多問題需要修正，成員們一邊和三輪老師討論，一邊再次確認各自的步幅和步點。步幅決定了傳接棒時，接棒者應該在多遠的距離前準備起跑，而步點則決定接棒者該在多遠的距離就起跑加速；兩者都是決定接力賽勝負的重要關鍵。確認完畢後，三輪老師大聲地幫大家加油打氣。

「決賽只要不顧一切地往前跑就行了。只要大家跑出自己最好的成績，棒子也確實接到，關東大賽就在前方等著你們啦！記住地區預賽時的感覺，不要再想預賽的事了！」

三輪老師一一看著四位接力成員的臉，如此鼓勵大家。地區預賽時的感覺、確實地傳接棒，我牢牢地記住了這兩件事。

「那個顏色很好看耶！在哪家髮廊染的啊？」

四百接力決賽沒多久就要開始了，這個傢伙怎麼還有心情閒聊啊？

「我們學校是禁止染髮的，你們學校都沒有這種限制，真好！」

我狠狠地瞪了高梨正己一眼，內含「你管我！」的無聲抗議。

高梨似乎看懂了我的意思，卻又繼續開口：「昨天一百公尺決賽時，我也一直講話，結果被一也大吼，說我吵死了。你們家的一之瀨同學也完全不理我，原來大家都討厭我啊！我啊，一興奮起來嘴巴就閉不住，一直想講話一直想講話，停都停不下來。」

「那也算是一種緊張的表現嗎？」我越聽越感興趣，忍不住開口問他。

「我也不知道，總之就是很興奮。不過一聽到『各就各位』四個字，馬上就冷靜下來了。」

「你這種毛病根本就是只顧自己好，造成別人的困擾！」我忿忿地吐出這番話。

「說不定是這樣喔！」高梨高興地咯咯笑個不停。

這傢伙的詭異笑聲實在讓人聽了不舒服。

「我很喜歡你喔，神谷同學。」

……啥？拜託一下，不要在接力賽決賽前對其他學校的選手說這種話好不好！會讓人突然失去戰意的。而且隨便說這種話好嗎？我可是會因此跑不下去耶！

我認真地望著高梨那彷彿畫上去的（說不定真的是畫的）山形眉毛，以及那對充滿惡作劇氣息的圓眼睛。

「我問你喔，你在比賽時曾經想過要贏過仙波嗎？」我實在很好奇，身邊有那種超乎尋常的強者時，他究竟是怎麼面對的呢？於是忍不住這麼問他。

「那當然啊！」高梨坦率地點了點頭。

「你覺得能贏過他的機率有多少？」

「你這個問題很犀利喔！」高梨又咯咯笑著。「當然是百分之百啊！」

「真的？」

「你這麼說很過分喔！當然是硬要相信自己有百分之百的機會嘍！」高梨對我眨了眨眼。「你了吧？」

我不發一語地皺了皺鼻子。硬要相信自己有百分之百的機會——這句話好像頗能振奮人心。眼前這傢伙雖然看似輕浮，說不定很了不起哩。畢竟不是每個人都能像他這麼樂觀啊！

「拋開一切、盡情往前跑！」阿三沙啞的叫喊聲在我腦海中響起。每次比賽前他都是這麼說的，印象中從來沒聽過他叫我們小心謹慎地面對比賽。這多少也和他的個性有關，況且隊上的主將才一年級，準主將還是個一年級的菜鳥，似乎也只能這麼要求吧！還說什麼「總之就是火力全開向前衝，就算跑完氣絕身亡也無所謂！」。的確很像他會說的話。

「不顧一切」、「火力全開」——這種話真讓人熱血沸騰啊。

踏上跑道後，高梨身上那種輕浮氣息便立刻消失無蹤，取而代之的是幾分認真沉穩的男子氣概。和他一起跑一百公尺預賽時，這樣的變化也讓我大為訝異，覺得這個人真是奇怪。而我自己又如何呢？我可不希望在別人眼裡是一副怯場的樣子，也不想被看扁。身為一名田徑選手，身為一名跑者，我也希望能在跑道上表現出最棒的一面，何況谷口也在看呢！可是她現在注視的人是誰呢？恐怕是跑第二棒的仙波吧！真是可惡！……唉，我的雜念未免也太多了。

當棒子傳到第三棒的根岸手上時，我們和鷲谷究竟會相差多遠呢？感覺好像是我和連對高梨和仙波的比賽。雖然知道很難贏過他們，卻還是興奮莫名。為什麼只要一站在接力賽的起跑線前，就會覺得那些不可能的事都有機會實現呢？真是有趣啊！

「各就各位！」

「預備……」

槍聲響起。

起跑非常順利。從最外圈的第八跑道起跑時暫時看不到其他選手，可以盡情地往前衝，非常好。也許我還跑在高梨之前呢！絕對不會讓他超過的。我可是後半段越跑越快的類型……應該是吧？連開始助跑了……每到這時候我都會不小心太用力，著急地想一定得趕快追上他、趕快把接力棒傳給他，結果反而弄巧成拙。不是追上他，而是要想像自己和他一起跑的情景……以相同的速度一起奔跑……連跑在跑道的外側，為了不要太靠近連而擋在跑道中央，我盡量沿著跑道內側跑。很好，快傳出去了……

「接！」

高梨的聲音響起。不妙，被超過了！啊！現在不是擔心這個的時候。

「接！」我也出聲大喊。

連流暢地平舉起左手，而我則伸出右手，將接力棒按壓進連的手裡。接力棒彷彿被吸走似的離開我手中，連的身影也隨之消失無蹤。我愛死這個瞬間了，感覺舒暢無比，太棒了！好像自己也跟著消失了一樣，整個身體和靈魂都託付給連了。而從我手上接過棒子的連，也總是以令人起雞皮疙瘩的高速飛奔在直線跑道上。喔喔，和仙波的差距沒有想像中大啊？不可能！居然相差不遠耶！這種事真的可能發生嗎？

啊！可惡，交棒給根岸的時候慢下來了嗎？不過我們竟然只比田徑名校鷲谷高中略遜一籌——這到底是怎麼一回事啊？對手可是一百公尺個人賽中的冠軍和亞軍啊！不管是錯覺是謊言還是開玩笑，都無所謂，阿根，加油啊！加油！再加油！

這樣下去我們有機會刷新紀錄喔！關東大賽，我們來了！

啊……

我第一次看到守屋學長露出那樣的表情。他雖然沒有哭，看起來卻比哭泣更難過……根岸也是一樣。兩人低著頭對我們說抱歉，害我一時不知道該說什麼才好……

「不用放在心上啦！」連倒是輕鬆地笑臉以對。「大家都盡力了，不用道歉啦！」

結果我們因為越區犯規而失去比賽資格。守屋學長太早起跑導致根岸追不上他，結果沒能在接力區內完成傳接棒動作，這也是接力賽常出現的失誤。可是守屋學長明明很擅長與人配合，不管和誰一組，都能像變魔術般漂亮地完成傳接棒的啊……

比起失去比賽資格受到打擊，我更在意守屋學長和根岸那自責的表情。這種時候該對他們說什麼好呢？

「你們……你們的速度好快，太厲害了……我的腦中彷彿閃過一道光……」守屋學長的反應完全不符合他那硬漢外表，兀自喃喃地說了起來。「總覺得……好像贏定了，心情有點著急，又有點興奮，不知不覺就提早起跑了……」

「不是學長的錯！」根岸氣憤地打斷了學長的話。「我的手要是再伸長一點就能把棒子傳出去了。都是我……都是我的錯，學長的起跑很完美，都是我不好，沒能追上你。」

「沒這回事！」守屋學長似乎有點不高興。

比賽後推卸責任的經驗我見多了，叫別人「傳球傳好一點啦！」「射門射準一點啦！」之類的。我懂那種想把責任推給別人的心情，但像這樣爭著把責任往自己身上攬，我就不懂了。而連則是在一旁笑個不停。

「好後悔！」

守屋學長似乎一直無法釋懷，而我也是第一次看到他這麼激動。

「雖然不能進入關東大賽我很懊惱，但我更後悔的是看不到這次的成績。」

「下次比賽再跑不就好了嗎？」我好不容易擠出這句話。

守屋學長和根岸一起用那種惡狠狠的、帶著怨恨的恐怖眼神回頭瞪我。

守屋學長做了一個深呼吸：「說得也是。」彷彿說給自己聽般的喃喃自語。「我對這次的成績很有信心，不過這種表現如果是曇花一現，那就太沒意思了。如果明年想跑進全高運，十次比賽中每次都要有剛才那樣的表現才行……」

那樣的表現究竟是哪樣的表現呢？我終究還是沒問出口。夢幻般的成績對我來說倒是沒那麼重要，這次的經驗反而更令我高興——那種我和連一起對抗高梨和仙波的感覺，差點讓我沖昏頭，但我也知道，如果不是我、連、根岸和守屋學長這樣的組合，這場接力賽就沒有意義。

接力賽是四個人的比賽。而個人徑賽則是一個人的比賽。

一個星期後的個人兩百公尺，我又在準決賽被淘汰了。比賽結束後，高梨對我說：「真是搞不懂你欸！你到底是跑得很快？還是跑得很慢？還是說，其實你是尚未完成的大器？」

我也很想回答他：「我是啊！」

至於連，則因為練習時肌肉輕微拉傷而棄權沒參加比賽。

時序即將步入十月。季節一進入深秋，比賽也將由田徑場上轉到道路之上。

第二部｛預備。｝

第一章　賽季後

1　釘鞋

「新二，陪我出去一下。」

健哥突然邀我，於是我就和他一起騎著腳踏車出門了。就在兩天前，海嶺高中才在一月的足球錦標賽準決賽中落敗，然而健哥本人和家人們卻根本沒空懊悔苦惱。因為健哥不等著參加畢業典禮，下個星期三就要離開家住進磐田喜悅隊的宿舍了。看著他每天打包行李、和親朋好友道別忙得團團轉，我莫名地兀自傷感起來。

健哥真的要離我而去了啊……

星期天的下後，健哥好不容易有空——其實應該說是勉強抽空，找我一起出門，目的地是町田的B&D運動用品專賣店。B&D是這附近的運動員常去的店家，健哥大概想去買些備用品吧！

健哥不愛自己一個人去買東西，所以去附近買東西時會找我，若是要去比較遠的地方，就會約女朋友或是其他朋友一起去。不過話說回來，他其實也沒什麼逛街的時間就是了。

一方面是因為海嶺的教練和磐田喜悅隊的球探很熟，讓健哥得以從夏末便開始參加喜悅隊的集訓營。在邀請健哥參加的J聯盟球隊中，喜悅隊算是後來的；聽說是看到健哥三年級參加縣賽時的優異表現，才前來挖角。健哥很快就決定要加入他們。做出這樣的決定真的要很有勇氣。因為以磐田喜悅隊的水準而言，新人很難有所表現，更不知要熬到何時才能正式成為一軍。就算有機會上場比賽，要融入那種強調傳球技巧的足球賽並擔任要角，簡直比登天還難。然而健哥卻刻意選擇了嚴苛的道路。

我看著騎在前方的健哥那穿著愛迪達灰色羽毛衣的背影。從小到大，健哥騎著腳踏車的身影一直都在我前方，我們雖然一直都沒分開過，但實際上在一起的時間其實並沒那麼長……停下來等紅綠燈時，老哥好像很冷似的縮著肩膀；那是他的習慣動作，我也早已看慣了。虧他還戴著毛線帽跟手套，果然是個超級怕冷的傢伙。雖然一月的陰天寒風刺骨，但我因為猛踩腳踏車而不覺得冷。磐田應該比這裡暖和吧？靜岡縣感覺是個溫暖的地方。健哥很少飆腳踏車，我卻常常想再騎快一點；不過想歸想，我還是每次都乖乖騎在他後頭。不知道為什麼，從小就是這樣。

不踢球時的健哥看起來並不怎麼像運動員。他頭腦很好，臉蛋也長得不錯；帥歸帥，卻意外地不出眾。大概是因為他穿著球衣站在球場上時的英姿太過耀眼，讓我常常很難接受那樣的人也像普通人一樣要吃飯、會看漫畫，偶爾會說黃色笑話。看著眼前那個縮著脖子似乎很怕冷的青年，突然有種看到陌生人的奇妙感覺。

「我想幫你買一雙釘鞋。」一走進店裡，健哥突然這麼對我說。

嚇了一跳的我第一個反應竟是：「足球用的釘鞋嗎？」

「喜歡哪雙就說吧！挑一雙可以跑最快的。應該有那種鞋吧？不管多貴都沒關係喔！」看我仍舊一臉搞不清楚狀況的模樣，健哥不禁笑了起來。「我現在還算小有積蓄啦！以後可就不知道嘍！或許會成為超級大富翁，也說不定會一文不值呢。」

表現好的能進入球團領簽約金踢球，每年換約加薪；表現不好的立刻就遭到淘汰。成為職業球員就是這麼一回事。

「我對田徑釘鞋不熟，哪個牌子比較好啊？」

「嗯……謝謝。」我好不容易才擠出這句話。

健哥若無其事地拿起一雙美津濃（MIZUNO）的釘鞋，摸了摸鞋底的釘子笑著說：「真可怕！被這麼尖的釘子劃到就死定了！」足球釘鞋是為了在草地球場上奔馳而設計的，而田徑釘鞋則需要抓住合成橡膠或紅土場地，鞋釘的尖銳度當然有天壤之別。

「練田徑的人很講究鞋子吧？」健哥拿起另一雙展示鞋回頭問我。

「因人而異吧！」我回答。「跑得很快的人和特別熱中的人比較講究吧？不過鞋子好壞和成績倒也沒有直接的關聯。姑且不論那些參加奧運的選手……」

「新二，你就穿好一點的鞋子吧！」

健哥根本沒聽我在說什麼。

「你可以先穿上最好的鞋子啊！」

他用不帶一絲懷疑的炯炯目光緊緊盯著我。

理所當然追求卓越的運動員；在最棒的團隊中表現到最好，努力成為最佳球員的男子漢——這就是和我出自同一個娘胎的老哥。

健哥送給我的不只是鞋子，還有他的心意——期望我成為一名堂堂男子漢的心意。居然在這種忙得不可開交的時候，特地為了我空出時間來……

健哥是什麼時候原諒我的呢？又為什麼肯原諒我這個放棄足球的弟弟呢？他決定接受我轉向田徑跑道的決定了嗎？不是因為比賽名次或成績（他從來沒問過我），而是看到我每天練習得大汗淋漓的樣子，才接受了的嗎？或者只是因為時間久了也就算了呢？還是因為我是他弟弟，才幫我加油？儘管很想知道真正的原因，但這種問題要怎麼開口才好？而我又要達到什麼樣的成就，健哥才會以我為榮呢？參加全高運並且贏得冠軍？進軍奧運？……不管我想得多麼遠大，都很難想像健哥高興的表情。如果跟他說我閃過對方的後衛，從邊線沿著對角線頭捶射進球門邊緣得分，我倒是很清楚他會露出怎樣的笑容——即便那只是隊上的小小練習賽而已。

「有機會的話，你會來看我比賽嗎？」我這麼問他，終於問出口了。

「好啊！」健哥點了點頭。

他如此用力地點頭答應，應該不可能是騙我的；但我還是難以想像那樣的情景。

「新二也要來看我比賽喔！」健哥開懷地笑了。「我一定會成為一軍的，要來看我喔！」

「那當然！」

這樣的未來有如鋼鐵般堅定而明確。

健哥，謝謝你。

就讓健哥幫我買一雙酷斃了的釘鞋吧！就是連明明很想要，卻不知道在堅持什麼而一直沒買的那種。我挑了一雙只能在比賽時穿的全天候型跑道專用鞋，就是高手穿起來會很帥的那種。雖然現在要我穿感覺有點不好意思……

「真的假的？美津濃的CHRONO INX系列？好棒喔！什麼顏色的？不得了！真是不得了！好好喔，真羨慕你，為什麼我只有那種不中用的姊姊啊！」連在電話那頭大呼小叫。你的女朋友不就是那種姊姊的朋友嗎？我還比較羨慕你咧！雖然心裡是這麼想的，但我沒有說出口。

健哥付完錢後便急著趕去約會了，我在店門口打電話給連。連很難得地接了電話，說他現在人在大野車站前的錄影帶出租店。

「你也買一雙不就得了，你不是有壓歲錢。」

「嗯，說得也是。」

連似乎非常認真地在考慮。

「新二，你要幫我出一半嗎？」

「為什麼啊？」

「因為我不甘心啊！」

「我幹嘛出啊？幫你出一成我還可以考慮。」

麥當勞見面。

「小氣鬼！」

「你才小氣吧！」

「好想看看喔！借我看一下啦！」

想看的話在運動用品店隨時都能看，但既然他這麼說了，便和他約在國道十六號〔註〕上的麥當勞見面。

「不要在這種地方試穿啦！」

「哇！」連穿著應該比他的腳大半號的鞋子，哇哇地叫個不停。

「真棒！穿起來好舒服喔！又輕又軟，穿這種鞋子參加比賽感覺一定很棒！」

「你沒試穿過嗎？」

「試了就會想買嘛！」

「那就買啊！」

「等到春天我也來買一雙好了。」

「現在就買啦！不然你馬上又會把錢花在其他地方了。」

「買了就會想馬上穿啊！可是現在又沒有比賽……」

既然這麼喜歡，趕快買一雙不就得了？真搞不懂他在想什麼。還特地把鞋帶全都穿上綁好試穿，一臉興奮地穿著釘鞋踩在地上發出「喀喀喀喀」的聲音。

「別這樣啦，會磨壞的。」

註：連接橫濱、相模市、埼玉、八王子、千葉等東京近郊都市的環狀幹道。

聽到我這麼說，連才心不甘情不願地停下動作。

「我說地板啦！」

慢半拍的說明讓連笑了，他小聲地回了一句：「想太多了啦！」

「我是說真的，你也買一雙吧！」我對正解開鞋帶的連這麼說。「你只穿基本款的GEO SPARK〔註一〕，我卻穿專業級的CHRONO INX，這樣不是很奇怪嗎？」

「無所謂吧！」連把脫下來的鞋子一隻一隻地遞還給我。「又沒有這種規定。」

「誰說無所謂！我很在意啊！專業級的鞋子還是要給跑得快的人穿才對吧？」

連露出認真的表情注視著我。

「真的無所謂啊！」他用比剛才更嚴厲的口吻重複了同樣的話。「那是健哥買給你的不是嗎？」

有時候就像這樣，連簡單的一句話，卻讓我有種被揍了一拳的感覺。

「真羨慕你呢……」

連彷彿嘆息般再度重複了跟剛才一樣的話，他羨慕的也許不只是健哥買鞋子送我這件事。事實上，我常因身為健哥的弟弟而被羨慕，不過連之所以羨慕我，應該不是這個原因吧？

在生日時送對方禮物這個習慣，到底持續了多久呢？健哥上次送我的東西是什麼？佩魯賈（Perugia）足球隊〔註二〕的運動圍巾？愛迪達的針織無指手套好像是更早之前，足球護脛組又是什麼時候的事？海灣之星隊的足球卡……好像不是我收到的，是送給老媽的吧？記得是我和健哥一起出錢買的。而我送給健哥的禮物大致上和他送我的差不多，只不過因為我是弟弟、零用錢比較少，所以送的禮物也較小較便宜，不值得一提。上了國中以後好像都送他CD和T恤之類的吧？而這次為了祝賀健哥畢業同時進入職業球隊，我送了他一副太陽眼鏡——JUJUBEE的深綠色方框款。作為慶祝他人生大事的賀禮也許不怎麼貴重，但我卻覺得那比雷朋之類的名牌眼鏡更帥氣。聽到我說「現在街上的年輕人幾乎人人都有一副」，健哥似乎也十分中意。他戴起太陽眼鏡可真是帥啊！話說回來，難道這雙釘鞋是他送我的回禮嗎……？

在我沉溺在回憶之中不發一語的這段時間，連什麼話也沒說。只聽到他吸著麥當勞奶昔，發出希哩呼嚕的聲音。

「奶昔這種東西啊，每次喝到一半時就後悔了。可是不知道為什麼，下次還是會點……」

兩人眼神交會時，連莫名認真地這麼對我說，而我只能苦笑以對。覺得自己好像在半天裡一下子老了許多。

綠燈一亮看誰先出發——每次和連一起騎腳踏車時一定會比這個，但不知道為什麼走路時卻不比。走路時比的話還可以當成起跑練習呢……不過，跟這個反射神經快到不行的傢伙比賽，等眼睛看到綠燈亮起時再出發早就來不及了。必須抱著可能偷跑的覺悟，內心默默倒數然後抓準時間衝出去。話說回來，萬一真的在綠燈亮起前衝出去，可不是裁判鳴哨把你叫回來就了事的；運氣不好時可能會和右轉的車子撞個正著。請不要問我為什麼要幹這種蠢事，因為這就是那個蠢蛋會做的事。

看到車道的紅綠燈由黃轉紅。衝！當我算準時間踩下腳踏板時，連已經衝出去了。可惡！

註一：美津濃的基本款短跑釘鞋。

註二：義大利職業足球隊，日本足球明星中田英壽於 1998 至 2000 年曾隸屬此隊。

那樣不算偷跑嗎？媽啊！一輛白色廂型車硬是闖過黃……不對，應該說根本是闖過紅燈從我眼前呼嘯而過，我連忙緊急煞車，差點摔倒。很危險耶！真是的……嗯，連呢？不會……吧？

連早就騎到馬路對面了。這傢伙究竟是用什麼方式從哪裡鑽過去的啊？在千鈞一髮之際，硬是越過那輛蠢車之前？我調了調變速器，使勁猛踩踏板全力加速往前追趕，還是忍不住嚇得雞皮疙瘩掉滿地。亂來也有個限度，自以為是暴走族特攻隊啊？大概是被嚇到了的關係，害我一直落後追不到他。

聽說有的人一握住汽車方向盤就會性格大變，連則是一握住腳踏車龍頭就會變成飆車狂——明明平常走路時總一副無精打采的死樣子。除了練習結束筋疲力盡的時候，絕大部分的時間，他都像是自由車賽選手或是單車快遞一樣，在馬路上狂飆猛衝。而我總是被捲入連的單車追逐賽，從上幼稚園起就是這樣。我才不讓他一個人遙遙領先，一定會急起直追，然後超越他。因為不想看他在前面回頭看著我笑，也不想看到他一副輕鬆領先的模樣。

沿著相模綠道一路狂飆，經過以前一起念的小學旁邊，連騎進了樹影陽光森林。我們都稱這裡為樹影陽光公園，中央有一塊綠地，上面種著枝垂櫻，植著草皮，四周則是一整片綿延不絕的人工雜木林。

小時候我和連常在這裡玩。因為這裡很適合慢跑跟帶狗來散步，也可以把腳踏車變速器調到最高檔盡情狂飆。像今天這樣幾乎沒什麼人的時候，可以玩的花樣就更多了。在狹窄的小徑上冒著撞樹的危險超車，以幾乎要擦出火花的高速並排奔馳在柏油路上。穿過樹影陽光公園後繼續通過高爾夫球場旁，直到淵野邊公園才折返，再度回到森林裡。

劇烈運動後滿身大汗的兩人拉出上衣，腳踏車一丟便在鋪滿落葉的地上仰躺了下來。穿過冬季乾枯的枝椏，可以看到堆滿雲朵一片白茫茫的天空。強勁的寒風吹得樹枝顫巍巍地搖動，烏鴉嘎嘎叫著越飛越遠。深深吸進一口冰冷的空氣，覺得胸口有點刺痛。

沒有意義的行動感覺最棒了。雖然騎得比對方還快，卻一點意義也沒有。儘管如此，還是拚了命地不斷踩著踏板，直到筋疲力竭。蠢死了。但我就是喜歡這樣。

我坐起身來，伸手把背包拉過來，從裡頭拿出健哥買給我的釘鞋。剛才跟連賽車的時候，一直感覺到背包裡的釘鞋硬邦邦地磨著我的背。我盯著它瞧了好一會兒，終於試著穿上了。穿上之後站起身來，慢慢地踏出一步……兩步。這雙鞋不該在泥土地上穿的，更不能在人行道或普通地板上穿。這雙既帥氣又特別的鞋子，只能在全天候型的合成橡膠跑道上穿。

田徑場的跑道一一浮現在我眼前，城山、三澤、海老名、大和……

我忘了目前所在的地方，也忘了連還在身旁。

儘管筋疲力竭，身體深處卻湧出了一股力量。

2　商量

收到谷口若菜傳來的簡訊時，我正牽出腳踏車準備去學校參加晨間練習。平常除非有要事，谷口幾乎不會傳簡訊給我。鳥澤倒是有事沒事就傳簡訊來，諸如「一之瀨竟然在古文課上呼呼大睡，拿橡皮擦丟他也不醒啦！」之類的。真想叫她上課時不要傳這種簡訊來，害我很想回。不過在課堂上傳簡訊要是被發現可不妙，手機會被沒收的。

「有點事想找你商量，不知道方不方便呢？」

看著谷口這語氣太過嚴肅的簡訊，我不禁站在腳踏車前呆住了。怎麼回事啊？竟然這麼正式地說要「商量」，而且對象還是我？為什麼找我呢？害我有點擔心又有點興奮。

「沒問題啊！妳決定時間地點吧，我會到的。」

總之先這麼回覆吧。

谷口和我在隊上不算特別熟，她幾乎不主動跟男生講話。

八成是要找我商量隊上的事吧？特別找我談，難道和短距離組有關嗎？如果需要比賽和練習方面的建議，找連或是根岸談還比較適合吧？唉，實在搞不懂為什麼。

唔……好冷！風也好強，簡直冷得刺骨。果然不該在二月的早晨這樣呆呆地站在外面。

「嗯……我實在想不到什麼適合的地點……」

結果我們約在車站前的麥當勞。在這裡就算被學校裡的人看見也不奇怪，我和谷口面對面坐著。練習結束後來到這種地方，當然要點東西來吃嘍！於是我點了一堆食物，谷口卻只點了咖啡。

「妳在減肥嗎？」我不禁這麼問她。

「……因為今天輪到我弟弟下廚。」

莫名其妙的回答。

「我們家只有我、爸爸和弟弟三個人，媽媽已經不在了。所以是大家輪流下廚。」

谷口彷彿還在尋找適當的說詞，並以一如往常的緩慢語氣開始說明。

「中午的便當通常是由我負責準備，隊上練習那幾天的晚餐則是爸爸或弟弟輪流做。雖然我弟弟只會做炒肉絲、炒飯和拉麵之類的，不過要是沒有人回去吃他弄的東西，那也太可憐了，而且這樣他也會失去準備飯菜的動力。所以我得空著肚子回家吃飯。」

「妳弟弟好厲害喔！」我是真的這麼覺得。因為我除了真空咖哩包和冷凍燴飯之外，就變不出什麼花樣來了。「他還在念國中吧？」

「嗯，國二。」

谷口很高興地笑了，那是身為姊姊的表情。總覺得十分意外，因為她看起來比較像是那種受到哥哥無微不至照顧的妹妹。對了，聽她這麼一說我才想起來，夏天隊上舉辦烤肉大會時，她切菜的動作的確比其他女生熟練很多。谷口的媽媽生病過世這件事也是後來聽鳥澤說的。原來她一直扮演媽媽的角色照顧弟弟嗎？家事也都是她一肩扛起的吧！真是難為她了。

我突然沒來由地感傷了起來，覺得托盤上的垃圾食物真是罪孽深重。

「嗯，吃一點薯條應該沒關係吧？」我把罪孽深重的薯條推到谷口面前。

「好的。」她慎重其事地點了點頭，又突然想起什麼似的慌忙開口：「啊！不好意思，是我拜託你來的，應該請你吃點東西才對……」

「沒關係，不用了啦！下次請我吃冰淇淋就好了。」

「好的。」

谷口又一臉認真地點了點頭，讓我莫名地有點傷心而煩躁了起來。

「不用說『好的』啦！」我的口氣有點凶。「我又不是學長，回答時說『嗯』就好啦！說『ＯＫ』或是『喔』也可以啊！」

「好的。」

「……妳是故意的嗎？」

「呃……不是……」

這個女生跟人講話時真的很不自然。

「和仙波說話的時候也只要回答『嗯』就行了，因為他跟妳說話時口氣也很隨便啊！」

一聽到「仙波」的名字，谷口的臉瞬間紅了起來，還瞪大了眼睛看著我。她那黑色的瞳孔好大，我的臉清楚地映在其中。被那樣的眼睛注視著，讓我不禁有種心頭小鹿亂撞的感覺。

「對了，妳找我是為了什麼事？」我沒頭沒腦地突然切入了正題。

「啊，就是……」

谷口突然緊張了起來，話說到一半又沉默了下來。

我大口咬下雙層吉士漢堡，不知道在我把漢堡吃完前，谷口到底會不會開口。

「就是……」

「再說一次『就是』妳就出局了。」

「就……」

我幹嘛故意這樣欺負她啊？

「隊上的事？」

幫她說出心裡的話之後，她大大地鬆了一口氣似的猛點頭。

「嗯，老師問我要不要考慮轉到中長距離組……」

「嗄？」

我的反應好像太誇張了。不過話說回來，她一直以來的表現的確有這樣的傾向。秋季的馬拉松接力賽時，我們隊上因為人數不夠，女生全部都得上場，所以谷口也跑了三公里的路程。在一旁加油時，我實在很擔心弱不禁風又不太可靠的她到底行不行，不過谷口卻出乎意料地順利跑完了全程，連我這個田徑新人都覺得她很適合長跑。冬季特訓期間，谷口有時候也會和中長距離組一起練習長距離慢跑，或是跟著他們做快跑和慢跑交錯的間歇訓練。

「老師也說我似乎比較適合長跑。我……跑得很慢吧？」

「那跟跑得慢跑得快沒……」

「當然有關係！」

平常溫順乖巧的谷口突然斬釘截鐵地這麼說，讓我有點訝異。這也沒辦法，賽跑本來就是一種競速的比賽啊！不過隊上又不是那種以參賽得名為目標的田徑強隊，選擇自己感興趣的項目參加，應該也沒關係吧？

「短距離選手都是天生的。」谷口繼續堅定地說。「特別是一百公尺選手，而神谷同學就是那些少數人之一喔。」

這番話害我突然覺得自己好像變得很偉大，記得根岸也對我說過類似的話。

「其實我也知道自己不適合練短跑，但是就算我轉戰四百公尺、八百公尺甚至三千公尺之類的中長距離，也沒辦法成為很厲害的選手吧！我大概沒有運動方面的天賦。」

谷口意外冷靜地這麼說著，好像在講別人的事一樣。

「說不定我當田徑隊經理還比較適合。如果是在成員較多的社團，我想大家一定會這麼建議我。何況我們隊上正好沒有經理，或許這樣反而更能幫上大家的忙……可是……」

她沒有再說下去，沉默了好一會兒。

「可是我喜歡跑步。」

谷口低著頭喃喃自語。她說這句話時的聲音雖小，語氣卻很堅定。

「我也不知道為什麼，雖然練習很辛苦、成績一直沒有健步，我還是喜歡跑步。」

「既然喜歡就繼續跑啊！」

我開口了。真希望她不要低著頭說這種話，不要低著頭說「喜歡」之類的，又不是在對男生告白。

「想跑就跑，有什麼關係嘛！」

「神谷同學為什麼會參加田徑隊呢？」谷口彷彿聽到了我的心聲，突然抬起頭來盯著我瞧。「為什麼不繼續踢足球了呢？」

拜託，不要一下子就問到人家的致命傷好不好！

「之前隊上一起踢足球的時候……就是秋季練習的時候，神谷同學表現得非常突出，上星期你們三班上體育課時舉行足球賽，我也看到了……」谷口繼續說。「我們班那時候剛好是自修時間，我一直在注意窗外。足球隊的人都抄不到你的球，你還得了好幾分。我才知道原來你足球很厲害……當然你跑步也很厲害，但我還是不懂，為什麼你不繼續踢足球了呢？」

「哦，原來是那時候啊……」

靠盤球贏過足球隊的森脇，感覺真的很爽呢！不過那只是體育課時玩玩罷了，也沒有人認真防守，只是一場不設防的友誼賽罷了。而且森脇也踢進了三分啊！想起那場輕而易舉就能射門得分的比賽，我不禁哈哈大笑了起來。

……她應該不希望聽到這樣的事實吧？

「也許是可能性吧！」

我突然想到這個詞，就這麼回答了。

「所謂自身的能力，其實是有一個範圍的吧？類似最小值和最大極限那樣的範圍。不知道自己能力的最大極限是件好事，那樣才能懷有夢想或是期待，也會因此而躍躍欲試，心想：『自己說不定能做到。』這樣的感覺很棒。」

谷口點了點頭。

「雖然我不知道自己這麼做到底正不正確，但是我並不後悔。」

隔了許久之後重新接觸足球，感覺真的很愉快。那種快樂的感覺很單純，甚至讓我不禁質疑自己為什麼會放棄這麼有趣的運動。不過也許正是因為放棄了，才能純粹地樂在其中吧！輕鬆射門得分的瞬間是很快樂的，卻也有點空虛。我們班和四班一起上體育課，連是敵隊的成員；只不過他根本不靠近我，因為他最討厭的就是球類運動，還說球這種東西太麻煩了。其實我很希望連認真地來防守我，我真正想超越的人並不是森脇，而是連，所以腳下沒有球的比賽正好。

「我會繼續跑下去的。」我望著谷口的眼睛說道。「不會半途放棄。」

要將想法轉換成語言真的很難，我沒辦法把心裡所想的事告訴谷口，也許是我不想說出口吧。很想再向她說些什麼，又什麼都不想對她說；兩種矛盾的心情在我心裡扭打成一團。

結果是谷口先說話了。

「我剛上國中的時候，母親……就過世了。每天都很難過，常常哭個不停。在學校裡做什麼事都提不起勁，經常一個人躲在校園樹蔭下之類的地方偷哭。就在那時我看到了仙波同學……看到他跑步的樣子……」谷口彷彿在朗讀課文般一字一句地說著。

「我不太會描述那時候的感覺，只是覺得很有力、充滿能量，好像可以拋開一切似的飛奔向前。悲傷、難過、不幸和病痛之類的壞事彷彿都被一口氣碾碎丟向遠方，仙波同學奔跑的樣子看起來就像光一樣。」

那幕情景彷彿浮現在我眼前。的確，我能想像。

「所以我後來常去偷看仙波同學練習，結果被他發現，邀我加入了田徑隊。」

「因為崇拜仙波妳才想練短跑？」

聽到我這麼問，谷口點了點頭。

「很笨吧？明明自己跑得這麼慢。」

「不要一直說自己跑得很慢啦！」我終於忍不住說了重話。「對不起，其實我哥也常這樣罵我，叫我別老是說自己不行、辦不到。對了，我哥是超級天才足球員喔，已經是職業級的了。」

我想起已經住進宿舍一個月的健哥。我跟健哥是兄弟這件事早已被足球隊的人傳開了，在學校裡也不算祕密。我很少親口告訴別人這件事，現在對谷口提起，口氣倒是忍不住帶著一絲自誇。

「神谷……神谷健一？」

谷口皺著眉頭，彷彿在搜尋腦海中的資料庫。她提到健哥名字時的語氣，不像是從學校裡聽來的。

「妳知道他？」

「嗯。」谷口點了點頭。「因為我也看足球賽。我爸爸很喜歡足球，也常常看，所以我和我弟也會跟著看。我們也看高中足球賽，錦標賽時神谷……選手的隊伍輸了，真是可惜。這樣說起來感覺有點怪呢！原來他是你哥哥啊？」

「沒錯。」我點了點頭。

「原來如此，這麼說起來，你跟他長得很像呢！」谷口笑咪咪地說。

「因為我是他弟弟啊！」

「說得也是喔。」

我突然有點無力。

「妳好像不怎麼訝異嘛？」

聽我這麼一說，谷口用力地點了點頭。

「因為你們長得很像啊！」

果然……這個女生果然有點怪怪的。冷掉變硬的薯條後來還是我自己吃掉了。不知道谷口她弟弟究竟做了什麼晚餐等家人回去吃呢？

谷口若菜！改練長跑吧！——晚上泡在浴缸裡時，我莫名興奮起來。崇拜仙波是一回事，自己的專長又是另外一回事吧？

其實她自己應該也很清楚這一點吧！就算沒有把握，也不必否定自己在中長距離領域的可能性——更何況根本還沒嘗試過。說什麼「反正我就是跑得慢」，這種事沒試過怎麼會知道。話說回來，我也沒辦法保證什麼就是了。

洗完澡後，我寫了封簡訊要傳給谷口。

「我個人的意見是：先試試看再說。我想看看改練長跑的谷口究竟有多少可能性。如果嘗試之後發現不適合，還是可以再回來練短跑啊！」

「要不要找仙波談談？我想他應該也會這麼建議妳吧！」

剛打完這句話，我又立刻把它消掉了，然後改成「晚餐吃了什麼呢？好吃嗎」。

最後我遲疑了五分鐘才鼓起勇氣按下傳送鍵。

可是一直等不到回音。等不到對方回傳的簡訊又睡不著，感覺真討厭。

難道谷口若菜晚上九點鐘就上床睡覺了？——怎麼可能？

還是她後悔找我商量了？——很有可能。

也許是沒看到簡訊？——她又不是連。

我一直冷靜不下來，真是糟糕，好討厭啊！這樣叫我怎麼睡得著啦！

隔天早上正把鑰匙插進腳踏車的鎖頭時，手機嗶嗶嗶地響起收到簡訊的提示聲。簡訊的標題是：「馬鈴薯燉肉」。

「昨天弟弟挑戰了新菜色！雖然味道甜得像糖果，馬鈴薯也硬邦邦的沒煮爛，不過那是他看著報紙上的食譜專欄獨力完成的喔！所以很好吃！雖然味道不好，還是很好吃！好像接到了弟弟的挑戰書似的。我會好好考慮的。」

谷口弟弟，你真了不起！雖然沒見過你，可是你真的很了不起啊！

心情突然好了起來，睡眠不足的陰霾也一掃而空。

還好她回我簡訊了！

3 冬季特訓

賽季結束後的十月底到隔年的三月底之間，短距離組整整有五個月的時間沒有任何比賽；

這段期間也就是俗稱冬季特訓的嚴格訓練期。為了修正該年度比賽表現上的缺點並訂定下一季的目標，指導老師會為大家排定訓練期的練習計畫。每位隊員的練習目標和訓練內容都不同，但重點還是放在提升基礎體力以及加強跑步技巧兩個方面。十一月先讓大家休息放鬆，紓解賽季時累積的疲勞，做好心理和身體上的準備；十二月就進入正式的冬季特訓期了。

沒有比賽時感覺真的很奇怪，因為我加入田徑隊之後每個月一定會遇到一、兩次的比賽或紀錄賽。沒有比賽總覺得提不起勁，一點壓力也沒有，好無聊。

提起我今年最需要改進的地方，加強跑步技巧自是不必多說，還有一點則是比賽時要盡量放輕鬆，好充分發揮實力。三輪老師說，反正明年多參加幾場比賽就習慣了，自然也會比較有自信。由於他每次都這麼說，加上語氣總是那麼悠閒自得，聽起來就像是理所當然的事實，讓我多了好幾分信心。

至於三輪老師替我設定的挑戰目標，則是在個人一百公尺、個人兩百公尺和四百接力三個項目都要「跑進南關東大賽」；換句話說，也就是要在全高運縣賽的決賽中拔得頭籌。看了看今年決賽前六名的成績，我只能說除了四百接力之外，其他項目應該都不可能吧！看來這個目標訂得是有點勉強。三輪老師說：「你啊，根本完全沒把精力發揮在該發揮的地方，要是能好好用在跑步方面，成績一定會大幅進步的。」看來我得想辦法在這個冬天努力學會如何不把精力浪費在無謂的地方。

跟我比起來，連的新賽季目標顯得更虛無縹緲；感覺就像大家都喊著「全高運、全高運」，只有他一個人還在恍神發呆；就連三輪老師也拿他沒轍。「以運動員而言，你實在是個稀有的怪胎；『全高運』三個字完全無法激起你的鬥志。算了，總之明年你給我好好參加比賽。遇到重要比賽時要全力以赴，把身上所有的力量都發揮出來，至少也要抱著這樣的心態參賽。可別又給我搞今年新人賽時那種飛機，聽懂了嗎？要有責任感。要對自己的短跑天分負責，也要對身為隊上一員這件事負責。懂嗎？」連似乎是聽懂了。阿三要求連在冬季特訓時遵守三件事：第一、不請假，第二、不生病，第三、好好吃飯。真是的，簡直像小學生一樣。

其實第三項要求是從秋天就開始執行的懲罰。為了懲罰連在假期時蹺掉練習和比賽，阿三嚴格要求他每天的飲食都要均衡。只要稍不注意，連就會吃漢堡、咖哩飯和拉麵解決掉一天的三餐，所以阿三特別去拜訪連的外婆，請她務必嚴格控管連的飲食——中午吃外婆做的便當，晚上在外婆的店裡吃營養均衡的晚餐。

「外婆怎麼會變成這樣啊？以前明明都不管我吃什麼的，現在卻管得這麼嚴！」連如此抱怨著。

然而三輪老師是這麼對他說的：「總而言之，你的體力之差已經超出正常範圍，體重輕到風一吹就會飛走。至少也要培養和一般人差不多的基礎體力，再稍微加強重點部位的肌力，這樣應該就能跑出不得了的成績。」

聽著聽著，我不禁嘆了口氣。真羨慕他，強化體能這種事再簡單不過了耶！只要努力就一定有成果。連聽我這麼說之後，竟然也跟著嘆起氣來。「對你來說是很簡單啊，那是你的強項嘛！你根本就是魔鬼終結者吧？」是是是，反正我就是性能不佳的魔鬼終結者啦！就看是我先提升性能，或是連先成為不死之身了……不過話說回來，這對我們兩個人來說的確都相當困難。

身為終結者是有好處的。當其他人都累得東倒西歪時，我還撐得住；可以比其他人做更多的練習。反覆練習我也沒問題，就算要重複做上很多次一樣的動作，我也不容易感到疲倦或厭煩。總之練習似乎是我的強項，這點三輪老師也稱讚過我。

跨欄走、跨欄跳躍、推拉……冬季特訓期間，每天都得做上無數次。雖然以前每天也會做這些練習，但從來不曾如此執著地重複再重複。觸地的腳不彎曲，維持正確的姿勢用力蹬地，並且確實地接受來自地面的反作用力。這樣的練習當然不是重複越多次就越好，必須隨時注意每個細節，確實做好每個動作。跑步練習也一樣，因為不必刻意求快，反而可以在輕鬆跑的過程中，確實做好每個該注意的動作。接觸地面時身體重心要下移，掌握腰和上半身輕放在腿上的感覺；重心放在跨出的腳上，力道要均勻分散在整個腳掌。即將跨出的腳要盡可能地往前伸——阿三管這個動作叫「伸跨（pull）」，總是在我做出動作的瞬間出聲大叫。「伸跨，伸跨啦！」練習時不知道被這樣吼了幾次，即使是平常走在路上，腦海中還會響起阿三那沙啞的聲音：「伸跨！」結果常常反射性地加大了步伐。

這樣的練習究竟能在比賽時造成怎樣的影響？老實說我並不知道。老師對我解說的那套理論太難了，自己也感覺不出有什麼不同，只好傻傻地照著要求做。動作熟練之後再慢慢加快速度，最後自然能在全力衝刺時保持正確的姿勢。說起來簡單，實際上做起來卻一點也不簡單。連究竟是何方神聖啊？居然能自然而然地做出這些動作。開始能在跑步時意識到自己的姿勢之後，我更深深體會到連的厲害，也更能體會根岸為什麼會那麼崇拜他。因為他是天才——跟健哥一樣的天才。然而，這樣的連卻也是我動力的來源。

真是不可思議。健哥的天才讓我心灰意冷，連的天才卻激起了我的鬥志。因為連不像健哥那樣完美嗎？或是因為我對自身潛藏的田徑實力懷有信心呢？或許兩者都有吧。但我總覺得不止如此，似乎還有其他原因。到底是什麼原因呢？我想了又想，還是想不出來。算了，也許哪一天我會突然頓悟也說不定。

連每天都乖乖來參加練習，絲毫沒有偷懶。老實說，冬季特訓連真的很基本也很辛苦，連居然還撐得住，我和根岸私底下其實都很訝異。雖然連每天抱怨個不停，說什麼一拿起舉重練習的橫桿手就要斷掉啦；背著新二爬坡會累死啦；阿根的沙包比較輕，跟我交換啦；中午便當裡的咖哩煮太久了好噁心，害我不能做仰臥起坐……根本沒有人理他，他還是自言自語地抱怨個不停。不過一輪到彈跳力（bounding）練習和跨欄跳躍之類的練習，他立刻開心地生龍活虎蹦蹦跳跳。真是個容易看穿的傢伙。

二月時，連還受邀去參加縣內高中體育聯盟舉辦的集訓。參加者幾乎都是全高運預賽和新人賽中成績優秀的前幾名，受邀參加儼然是一種身為菁英分子的證明；偏偏連那個笨蛋還一直嚷嚷著不想去不想去。雖然每次說不想去時就會被我和根岸修理，但他還是抱怨個不停。話說回來，看過連夏天參加集訓時那副死樣子，實在很讓人擔心他不知道又會幹出什麼事來。我甚至認真想過要謊稱是田徑隊經理跟著他一起去，還好他這次沒有中途逃回來。我問他：「集訓怎麼樣？」他竟然回答：「就是跑步啊！」這不是廢話嗎！

真好……

連沒有蹺掉練習，也乖乖參加了菁英集訓，我真的很替他高興。看到那傢伙認真練習，比什麼都讓我高興；另一方面，我卻也開始擔心兩人的實力差距會越來越懸殊，有種追不上他的焦急心情。覺得自己又開始要焦躁鬧彆扭時，我就會在練習時刻意搞笑。反正練習這麼辛苦，不炒熱氣氛實在很難撐得下去。浦木學長說我這樣胡鬧只會白白浪費精力，不過無所謂，因為吵鬧之後又會產生新的精力。我決定搞到讓大家都知道那個吵鬧的區域就是田徑隊的短距離組，還要把硬漢守屋學長給逗樂——因為這就是我要扮演的角色。

隊長守屋、王牌一之瀨、迷信王浦木、雜務之王根岸，每個隊員都有自己扮演的角色，而我則是康樂股長。我要盡可能地炒熱氣氛，然後和守屋學長比賽，笑著做完所有辛苦的練習。我每次都是撐到最後的那一個。

二月底，谷口轉進了中長距離組。太好了！谷口終於決定挑戰自我，我由衷地替她高興。只不過，練習時沒有她在旁邊還是有點寂寞。雖然她很少開口，跑步時超級遲鈍，但是她一離開，感覺就像突然出現了一個巨大的空洞。剩下一群臭男生在這裡，感覺真是不清爽。大家——這群臭男生應該都這麼覺得吧？

春天來了，終於來了。桃花開了，等不及的櫻花也開了；一些迫不及待的新生也早早就加入了練習。而我終於也升格成學長了！

不知道為什麼，聽說今年入隊的人特別多。根據浦木學長的說法，這是因為一之瀨加入之後，讓人家覺得「春野台高中田徑隊的素質好像滿高的？」，再加上有染著金黃頭毛的隊員，給人一種「春野台高中的田徑隊好像很自由？」的印象，所以人氣直線上升。不會吧！前面的說法姑且不論，後面這句我有意見。就算要拿我來吸引新生加入，好歹也說我在跑四百接力的時候小有表現嘛！不過拜此之賜，今年有滿多有經驗的新生加入，短距離．跳躍組有桃內、五島，中長距離組則有山口和雙胞胎原姊妹加入。除了這幾個已經開始來參加練習的新生，投擲組聽說也會有一男一女加入。新學期開始後再去招募新生，應該會有更多人入隊吧。

先進來的幾個新生國中時就來參加過練習，所以名字和長相我都已經記住了，春天集訓時應該能進一步了解他們吧。專攻跨欄項目的五島五官端正，給人認真嚴肅的感覺；短距離組的桃內看起來就像個怪胎，不過速度滿快的，讓我覺得自己的地位似乎岌岌可危。不過還是中長距離組的比較幸運，因為女生比較多；雙胞胎原姊妹很可愛，她們是同卵雙胞胎，長得幾乎一模一樣，難以分辨；一個名叫明日香，一個叫今日香。我問她們會不會一起搞笑，她們倒是被我逗笑了。還有一個叫橋本的傢伙，眼角總是往下垂呢。

三月底的春季集訓，我們竟然要跟鷲谷高中合辦。

「雖然我個人不怎麼想見到那位歐吉桑，不過大塚老師的指導可是一流的。鷲谷的訓練方式是一流的，選手也是一流的。你們要記得把對方的優點統統偷學回來。」前天隊上集合時，三輪老師是這麼說的。

儘管嘴巴上恩師長恩師短的，三輪老師似乎還是挺怕那個大塚老師。或許是因為在他面前抬不起頭來，所以才更怕他吧！大塚老師的指導固然令我期待，但最讓我興奮期待的，還是跟仙波一起練習這件事。只是想到谷口應該會比我更興奮期待，心裡還是有點不是滋味。

縣立鷲谷高中位於橫濱市內，就校地整體而言，比春野台小了許多，操場也比較小。只不過他們不像我們得和棒球隊和足球隊共用場地，而是每天輪流由不同社團使用整個操場，所以不至於有空間不夠用的問題。跑道旁還有一條五十公尺長的全天候型直線跑道，可以盡情地做加速衝刺和彈跳力練習；下小雨時也不怕場地泥濘，也可以在此適應橡膠跑道的觸感，真是不錯。

參加這次集訓的，除了我們學校和鷲谷高中之外，還有位於平塚市的櫻谷高中。櫻谷高中的女子中長距離組很強，所以鳥澤也很興奮。至於我們學校，不管怎麼看都是前去取經學習的角色。聽說櫻谷的指導老師也是大塚老師的學生，田徑的世界還真是小啊。

「怎麼樣啊？被培育得如何呢？」

每次遇見大塚老師，他都會這麼問我。真想拜託他去問阿三，這種事問我本人怎麼會知道呢？我又不是田裡的白蘿蔔！不過大塚老師倒不會問連這種問題，只會對他說：「要好好加油啊！」而且表情很可怕，和對我講話時的表情完全不一樣。原來人稱名伯樂的教練認真起來是那副模樣啊！也許他還是覺得連的天賦被埋沒了吧！

連在新人賽的關東大賽時因傷退賽，所以在高一的賽季中表現不怎麼出色。三輪老師總是半開玩笑地敲著他的頭說：「你啊，要是不給我好好跑，到時候別人可是會認為是我沒把你教好啊！」不過連和其他人也清楚，那並不是玩笑話。我可以想像，到時候阿三一定會被大塚老師念到臭頭，其他諸如夏季集訓時那個本鄉老師之類的教練，大概也不會放過他吧。

來到鷲谷高中參加集訓後，連每天都像早上沒睡飽時一樣悶悶不樂。只要有其他學校的人在場，他大概都是這副模樣。之前和他一起參加過菁英集訓的仙波和高梨，現在已經會像看到朋友時那般向他揮手，他卻只是迅速地低下頭，笑也不笑。他以前有這麼怕生嗎？總覺得小時候的他好像不會這樣。我一直以為他完全沒變，看來個性上還是有微妙的轉變吧！我自己又是如何呢？上了國中之後我和連就不太常見面，進了同一所高中之後才又開始形影不離，這才發現他和以前有些不一樣了吧？

夏季集訓時因為人數很多，對參加的學校沒什麼特別印象。這次只有鷲谷和櫻谷，隊伍的特色相對地也特別明顯。像鷲谷很重視禮節，打招呼時也特別認真，聲音很大而且乾淨俐落。不只是打招呼的習慣，他們的一舉一動也都中規中矩而不拖泥帶水，是支很有精神的隊伍。而我們隊上除了守屋學長和鳥澤之外，其他人好像都沒有那種抬頭挺胸神采奕奕的特質。

至於櫻谷高中，則是因為女生很多而有種華麗的感覺。雖然態度是滿認真的，只是平均的音調偏高——不管是嘻嘻哈哈的笑聲，或是認真應答的喊聲。如果把我丟在那種團體裡，也許會無心練習也說不定。何況裡面有幾個女生真的很可愛，害我跟著高梨一起研究起她們來了。還對著其中一個人指指點點地說：「那個女生長得不錯呢！」櫻谷高中的中距離組有個叫作天野的女生，是有名的美女。雖然聽說過她長得很漂亮，見到本人時還是忍不住看傻了眼。旁邊有個傢伙也跟我一樣呆呆地望著人家，仔細一瞧才發現原來是高梨正己。我們互看了一眼，忍不住相視而笑。短距離組的練習不必持續不斷地跑，休息時間我和高梨就會閒聊些私事，例如有沒有女朋友之類的。高梨說他有女朋友，但差不多想換人了；我說我沒有女朋友，他還嚇了一大跳。我好像被他看扁了啊。交不到女友，可能是因為我的腦袋太死板了吧，不過與其說是死板，我倒更常被說是反應遲鈍、不夠積極，不然就是不夠果斷。所以雖然很快就能和女生成為好友，卻很難有進一步的發展。

「我們下次來辦聯誼吧！就我、一也、你跟一之瀨同學。」

沒想到高梨會這麼說，我不禁「咦？」了一聲。

「那女生呢？」

「我們一個人帶兩個女生去，就這麼決定。」

我從哪裡找兩個女生帶去啊？隊上的鳥澤跟谷口嗎？開什麼玩笑！要找班上的女生我還比較敢開口。

「可是連有女朋友了耶！」

「一也也有女朋友啊！而且我也有啊！只有你沒有啦，所以這可是為你而辦的聯誼哩！」

「話說回來，有你們三個在，根本不用邀女生啦！乾脆找個田徑場賽跑算了。」

「幹嘛賽跑啊？」

「這才是青春啊！」

「才不要咧！那我絕對不去！你的腦袋裡到底在想什麼啊？就是因為這樣，才交不到女朋友啦！」

高梨說最後這句話時聲音特別大，結果大家都轉過頭來盯著我瞧；大塚老師還狠狠瞪了我一眼。

說要一起賽跑是開玩笑的，但是覺得不用邀女生倒是我的真心話。四個男生一起出去玩不是也挺有趣嗎？畢竟神奈川縣個人一百公尺的冠軍、亞軍、季軍都湊齊了——只有我沒有名次真是不甘心——而且又不用討好女生，可以做的事多了呢！難道不是這樣嗎？……也許高梨說得對，這就是我一直交不到女友的原因吧！不過如果是跟天野同學差不多漂亮的女生排排站在一起，當然又另當別論……算了，反正連到時一定會說怕被女朋友拷問，打死也不去聯誼吧！

總之，我想先成為神奈川縣高中短跑界的第四名再說。

而在那之前，我得先跑進決賽，拿到名次。

集訓第二天下午的練習是一百公尺和兩百公尺計時賽，首先進行的是一百公尺計時賽。依照個人之前的成績紀錄由慢至快排名，每四個人一組；結果我竟然和連、高梨和仙波分在同一組。怎麼會這樣？不過是隨口說說可以四個人一起賽跑，沒想到竟然成真了。

等待前幾組比賽時，仙波嫌我和高梨嘰哩呱啦地一直聊天很吵，硬是擠開高梨排在我旁邊，那對宛如猛禽類的犀利眼眸因為興奮而閃閃發光，看起來似乎十分期待接下來的比賽。從外側跑道依序是我、仙波、連和高梨。

昨天練習時，我就發現仙波不時注意著連的動態，那眼神就像斷層掃描一樣，探測、分析並加以記錄。高梨的目光也常常往連那邊飄。一想到自己的好友被這兩個高手如此看重，我不禁暗自興奮了起來。心裡有點驕傲，也有點羨慕。這些強者應該可以從連的表現中看出許多端倪吧？想到他們可能看出我看不見的差異，難免有點不甘心。

我問過高梨：連在集訓時的表現如何，高梨只說他們教練一直盯連盯得很緊，還頻頻叫他參加鷲谷的田徑隊練習，搞得他很煩。雖然高梨邊笑邊說，但聲音裡似乎流露出一點點嫉妒。

鷲谷的兩個人都說絕對不會輸給連，鬥志十分高昂，至於連——感覺也和平常不太一樣。雖然我知道這傢伙在賽前向來有他自己集中精神的方式，但今天更是不得了。他的眼裡彷彿看不到任何事物，卻又不是一片虛無，只是靜靜地燃燒著。在菁英集訓——那個我未知的世界裡——究竟發生了什麼事呢？也許發生了什麼事，讓他們變得更加意識到彼此的存在吧？我不太清楚，只是覺得很棒。明明只是一場計時賽練習，感覺卻好像是參加大型的正式比賽。

就算是大型正式比賽，這三個人應該還是會站在這裡吧，只有我除外。雖然是擺明了的事實，認真想起來還是猛烈地覺得自己差了人家一大截。真糟糕！我可不想一個人遠遠落在後頭，雖然明知自己一定是第四名，還是不想單獨被排除在外。

不過，現在能站在這裡，也證明了我確實是這三所學校的短跑選手中的第四名。只能抱著挑戰自己最佳成績的想法硬拚了。其他三個人都是最佳紀錄十秒多的跑者，我也得努力跑出差不多的成績才行。

等待上場的時間裡，我呆呆地望著長距離組繞著操場慢跑，谷口若菜的身影也在其中。那應該是長距離的慢跑練習，似乎相當累人，光是在旁邊看就覺得快累死了。聽說長距離組上午的一千公尺間歇跑練習有如地獄，結束後谷口非常痛苦似的咳個不停。我忍不住走到她旁邊問她：還好吧？聽到我這麼問，谷口一邊猛點頭一邊還是咳個沒完；長跑後肺部的疼痛和肌肉疲勞程度，短跑根本不能比。後來聽谷口說，間歇跑的兩段快跑之間必須慢跑，還不能邊走邊休息，和短距離那種跑完一趟就休息的練習方式很不一樣，她才轉到中長距離組，所以特別吃力。

我實在無法不擔心谷口，畢竟建議她轉組的人正是我。儘管我也知道，她比外表要強悍多了……

結果最後我被鳥澤像趕狗一樣噓走，根岸也給了我一記白眼，高梨賊賊地衝著我笑，櫻谷高中的中長距離指導教練近藤老師也對我大吼：「你跑來幹什麼！」大家似乎都發現了我的愚蠢舉動，仙波也看到了嗎？

仙波此時並沒有注意谷口，那是因為他不想在計時賽前分心吧。稍早之前，我看到仙波和谷口兩個人在說話，不曉得谷口有沒有告訴他自己轉組的事？能和仙波說話，對谷口來說一定句句都很珍貴，但仙波大概聽過就忘了吧？明明是別人的單相思，為什麼我卻覺得心痛呢？

終於輪到我們這組了。三輪老師一聲令下，四個人一起飛奔而出。

我的起跑似乎沒有想像中那麼差，連的表現是最好的，而仙波則遲了他一些。不曉得他是在幾公尺的地方追過連的，我看到他逐漸逼近連，最後又超越了他。起跑時晚了那麼多，最後還能反敗為勝，仙波的實力果然不容小覷，這場計時賽根本就是他和連兩個人的對決嘛。而高梨的表現我不大清楚，他離我最遠，又遠遠跑在前頭，我根本趕不上他。不過也許就像我覺得連和仙波總是遙遙領先在前一樣，高梨也覺得自己一直追不上他們吧？

手動計時的成績分別是十秒七、十秒八、十一秒〇、十一秒二，除了成績，我更是深刻體會到「連才是仙波的對手」這件事。一百公尺的結果是如此，但跑兩百公尺時第二、三名就對調了。儘管高梨在兩百公尺比賽中贏過了連，表情卻顯得不大滿意。

連跑得比以前更快了。經過冬季特訓的磨練，他的速度明顯變快了；跑在他旁邊時肌膚明顯感受到那種速度，仙波和高梨在菁英集訓時發現到的轉變，我也在這次比賽中親身體驗到了。

回家的路上，我在電車裡問連：「經過這個冬天的練習，你跑得更快了呢！你自己也感覺到了吧？」

「嗯。」連不怎麼確定似的點了點頭。「不過現在還在冬季特訓期間，賽季還沒到，還不知道結果如何。」

啊！也對！三輪老師好像也這麼說過，只是我不小心忘記了。冬季特訓時要先把速度和成績的事拋在腦後，把重點放在鍛鍊肌力和跑步技巧上。要激發出短跑時的極速還得進行其他的訓練，只是目前並沒有安排那樣的課程。等到進入四、五月的賽季之後再開始進行速度訓練，到那時成績才會明顯進步。比賽前我還以為有機會刷新最佳紀錄呢，原來這時期成績本來就不會變動太多。

「跟他們兩個跑，感覺真的很像正式比賽吧！」我說道。

連抱怨似的回嘴：「害我拚了命地跑。」

「被仙波追過很不甘心？」

「那倒是還好，只是跑到一半在想他怎麼還沒追上來。」連乾脆地回答道。

「他起跑時晚了一步。」我說。

「好像是吧？」連還是一副事不關己似的淡淡回答。

「起跑是你贏了，畢竟那是你的強項，不過後半就有點後繼無力……所以你得好好鍛鍊體力，這樣才能在兩百公尺贏過高梨……」

結果我好像比當事人激動，說得正起勁，被連打斷了。

「你幹嘛一直說別人的事啊？」

誰叫你自己不說嘛！

「管他一百公尺還是兩百公尺，你只管把高梨幹掉就好啦！」連說。

「我？」

「對啊！幹嘛把責任都推到我身上？」

「那好，要是我幹掉高梨，你也要幹掉仙波。」

「那不是很棒嗎？這樣一來四百接力也可以輕鬆獲勝了。」

兩個人突然像笨蛋一樣呵呵笑了起來，光是說說就好的話，我們早就拿到全高運冠軍了。

雖然只是開玩笑，也許有時候正需要說說這種話給自己打氣，好讓自己隨時抱著超越高梨和仙波的決心。

「到底該吃些什麼東西才能有那樣的馬力呢？」

連喃喃自語似的說著，他指的是仙波吧。

「對啊，飲食很重要。本鄉老師也這麼說過。」

我這麼回道，結果被連瞪了一眼。

「在我的想像中，仙波平常吃的大概是韭菜炒豬肝、特辣泡菜、蒙古烤肉、血淋淋的四百克大塊牛排之類的……」

我一一列舉了幾種想到的菜色，又被連給打斷了。

「那傢伙根本不是日本人吧？」

「沒關係，反正你也不是地球人。」我這麼安慰他。

「什麼意思？」

「我真的這麼覺得啊！地球人的身體不像你那麼輕，也沒你那麼有彈性啊……」

「到底怎麼樣才叫跑得快呢……」連喃喃自語著。

「嗯……」我點了點頭附和。

體能、姿勢、心理狀態——全世界的田徑選手每天都在思考同樣的問題。究竟怎麼樣才叫「快」？要怎麼做才能「更快」？儘管連看起來什麼都沒在想，其實並非如此。只是這傢伙大概是直接「感覺」而不是研究理論，我想他應該對短跑有著獨特的觀感吧？如果能多和他聊聊這些事就好了。如果我能具體描述出跑步時身體的感覺和疑問，連應該也可以給我一些意見吧？這麼說起來，我想和連、仙波和高梨四個人聚一聚，應該就是想好好聊聊田徑的話題吧。

集訓最後一天，我不僅和高梨互換了手機號碼，也和仙波交換了聯絡方式。他們也向連要了手機號碼，可是這傢伙除非有大事發生，否則絕不會回簡訊的，不知道要不要先跟鷲谷那幫人說一聲比較好？還是說，如果是仙波傳簡訊給他，他就會回？

哪天有機會，安排個好行程，就我們四個人一起出去玩好像也不賴呢。

第二章　學長、學弟

1　全高運預賽（地區預賽）

「神谷學長喜歡SAVAS〔註〕的蛋白質補給飲品嗎？我看你好像常喝喔！可是那個沖泡完還是沙沙的，不太好喝吧？雖然是國產的乳清蛋白，價位便宜也頗吸引人……不過味道沒有威德（Weider）或DNS的好吧？蛋白質補給飲料還是直接從國外買比較好唷！國外的產品大量訂購的話更便宜唷，而且也比較好喝。」

今天下大雨，短距離組只好在健身房裡練習。大家輪流使用器材，等待的空檔時，來自大阪的新隊員桃內便帶著方言口音滔滔不絕地講個不停。

「冠軍牌（CHAMPION）的比較讚啦，你喝過嗎？雖然口味是比較重一點，不過愛吃甜食的人一定會喜歡！有一次我烤了麻糬打算蘸糖蜜和黃豆粉來吃，烤完才發現家裡沒有黃豆粉，所以就蘸著冠軍牌的營養飲料粉吃了。巧克力跟香蕉奶油口味都跟烤麻糬很對味呢！」

我呆呆地想像著那樣的吃法，突然覺得有點想吐。

「我有自己的網站喔！站名就叫作『接近身體（Access Body）』，專門討論和體能、健康和運動有關的主題。也會和討論區上的一些常客一起訂購美國的蛋白質補給飲料粉，可以便宜地買到好東西哩。一之瀨學長，有需要的話就跟我說一聲，要多少都沒問題！」

桃內大聲地叫著連。連雖然人在那裡，但顯然根本沒注意聽他在說什麼。

「學長不多喝點蛋白質補充飲料不行啦！要多注意自己的身體才行。你的身體可是有如黃金般珍貴，請多加保養啊。學長食量不大，不靠營養飲料補充蛋白質可不行，請你一定要喝啦。我會帶一些來學校，練習結束之後大家一起喝吧！冠軍牌的飲料粉光是加水沖泡就很好喝了喔。」

桃內興匆匆地講完之後似乎就自己做了決定，連還在一旁搞不清楚狀況。

「我明天就帶過來，學長喜歡巧克力口味、香蕉口味、草莓口味還是香草口味？」

「我才不要喝那個！」連這才回過神來慌忙拒絕。

「不要客氣嘛。指導老師都說ＯＫ了，還叫我鼓勵你多喝一點呢。」

看到兩個人你一言我一語，在仰臥起坐板上練腹肌的浦木學長笑了出來；根岸也趴在腿部訓練機上瞇著眼睛笑。

「就說不需要了，我又沒錢買那個！」

連依舊抵死不從。

「沒關係，我已經拉到贊助商了——就是學長你的外婆。」

「啥？我外婆？」

連再度傻眼，勝負似乎已見分曉。去找三輪老師談過這我還能接受，居然把連的家人都拉

註：日本明治製菓旗下的運動營養補給食品品牌。

攏過來，未免也太熱情了吧？這已經遠遠超越雞婆的等級了。

「喂！桃小內，換你來練！」

聽到根岸從腿部訓練機上這麼一喊，桃內立刻答應：「是！」

桃內的眼睛突然變得炯炯有神。他趴在訓練機的平台上，屈膝夾住重量訓練桿往臀部方向抬。重複這樣的動作會越來越感疲累，不過桃內臉上不但沒有辛苦的神色，反而還露出一副舒服陶醉的模樣，讓人越看越噁心。

桃內特別偏愛三樣東西：重量訓練、營養補給品和運動用的小玩意兒。總而言之，這傢伙追求的目標就是鍛鍊出終極的肉體——不是成績、不是名次，也不是勝利，而是能夠達到這些目的的強健體魄。比賽的結果就是肉體能力的證明，力量發自身體之美，身體之美又孕育自力量。聽說卡爾・路易士（Carl Lewis）和莫里斯・葛林（Maurice Greene）就是通曉其中精髓之人。

桃內的腿長和肌肉分布都和標準的日本人無異，只有那對圓滾滾的大眼睛和卡爾・路易士有幾分神似。他的一百公尺最佳成績是十一秒三二，這個成績遠比根岸和守屋學長快上許多，而我要是稍微閃神出錯，也很有可能跑輸他。他在國中二年級時才從大阪搬到神奈川縣，國三時就在神奈川縣賽中拿到前幾名。桃內接下來預計會參加全高運地區預賽的個人賽和接力項目，而五島也會參加跨欄項目。今年的一年級新生實在不容小覷啊！

地區預賽第一天，抵達城山體育場時，我突然強烈地體認到「一年過去了」這個事實，不禁感慨萬千。時間過得好快啊！這一年來我到底在幹什麼呢？對去年的我來說，田徑比賽的一切都是那麼新鮮而陌生。之前連個帳篷都搭不好的我，現在竟也能指揮一年級的新生做這個弄那個，突然真切地體認到自己已經是二年級老鳥了。話說回來，在處理雜務方面經驗老到也沒什麼意義，重點還是比賽方面有沒有進步。驗收冬季特訓成果的時刻終於到來了。

其實自己也隱約有感覺。四月參加縣內紀錄賽時，我在一百公尺比賽中跑出了十一秒一三（逆風〇・九公尺）的成績。那是我第一次穿健哥送我的CHRONO INX，光是穿著新釘鞋就讓我興奮莫名。興奮的感覺從腳底傳到頭頂，令我迫不及待地躍躍欲試。大家都說我能跑出這樣的成績是因為穿了新釘鞋，我自己也這麼認為。不過三輪老師沒有特別稱讚我的成績，倒是說我跑步的姿勢進步不少，身體的軸心也大致穩定下來了，不像以前那樣，只會一個勁地用腳尖的力量踏地前進。現在的我也比較能夠掌握跨步時腳盡量往前伸的感覺。

冬季特訓進入尾聲時，我的體重增加了，三百公尺長距離短跑的成績也大幅進步，自己也覺得體力變好了。不過跑步技巧這種東西畢竟得靠感覺，反覆盯著錄影帶看好幾遍，還不如比賽時成績進步來得有真實感。老師說那些都還在其次，重點是我現在對自己比較有自信了。

等到天氣暖和一點再繼續加強速度方面的練習，成績應該就會漸漸有起色；尤其是遇到大比賽時情緒比較亢奮，成績還有進步的空間，所以五月的全高運地區預賽成績理論上會比四月的紀錄賽更好。好幾位學長都對我說：「神谷，你可要跑出十秒多的成績喔！」

「神谷學長，你的表情好像和平常不太一樣耶！」

桃內突然開口和我說話，害我嚇了一跳。

「看到你這個樣子，我都心跳加快了起來呢！」

這話是什麼意思啊？緊張還會傳染嗎？還是難不成這傢伙對我有意思？真搞不懂他到底什麼時候是認真的，什麼時候又是在開玩笑。

我對他宣言：「我是不會輸給你的喔！」

結果他一臉認真地回道：「幹嘛特別對我說這種話？」

「不妙，我要去廁所……」

我的比賽過敏型大腸躁鬱症在紀錄賽等級的比賽不會發作，不過遇到全高運系統的比賽就完全不行了……即使感受到身後桃內的視線，我也只能頭也不回地直奔廁所。

「恭喜你刷新自己的兩百公尺最佳紀錄！四百接力也跑得很快呢！這你是第一次跑第四棒吧？最後衝刺的模樣很帥喔！一千六百公尺接力起跑時也一馬當先，真的很厲害！連續跑兩場接力賽應該很累吧？還是說那對鐵人神谷來說根本不算什麼呢？」

地區預賽結束那天晚上，谷口若菜傳來了這樣的簡訊。收到她的簡訊我真的很高興，而且這次參加的四個項目都順利拿到了晉級縣賽的資格。

這次比賽中，我首次參加了一千六百公尺的接力賽。我的四百公尺成績不如專項選手守屋學長和根岸，甚至還比連慢了一些，不過仍然贏過五島、桃內和小松學長，所以最後還是由我負責跑第一棒。話說回來，一千六百公尺真是一項了不起的競賽啊！不論是身體上或心理上的負擔……都好沉重，跑完之後的疲勞也不是蓋的。相較於傳接棒速度會直接影響成績的四百接力，一千六百接力更考驗每名選手的跑步實力，勝敗的責任歸屬明確而不容抵賴。

「謝謝妳的簡訊。跑完一千六百接力之後，有種自己總算能夠獨當一面的感覺呢！妳不覺得嗎？雖然很沉重，卻又覺得自己肩負著整個團隊的命運。連跑完之後真的累到爬不起來呢！我還是第一次看到他這麼認真跑四百公尺，接力賽果然不一樣。不管是接力賽或是個人賽，縣賽時的氣氛截然不同，我得再振作一點才行。」

打到這裡，我不知該如何把話題轉到谷口身上。因為谷口傳來的簡訊裡完全沒提她自己的事。

谷口若菜沒能參加地區預賽中的個人項目，因為大會規定每項個人賽每隊只能推派三名選手。中長距離組的新人——雙胞胎原姊妹實力堅強，所以一千五百公尺和三千公尺個人賽就由她們兩人和鳥澤包辦了。谷口只參加了一千六百公尺的接力賽，中長距離組的四個女生並肩作戰，也順利拿到了晉級縣賽的資格。比賽結束後，她們高興得抱在一起哭成一團。

如果她在簡訊裡稍微提到那時的喜悅心情，我也用不著因為不知道該寫什麼而煩惱了。也許個性內向的谷口只是不好意思提自己的事吧。只是一想到她好不容易下定決心離開短距離組，轉進中長距離組，春季集訓時明明快昏倒還硬撐著繼續練習；付出那麼多心血，今後卻可能只有機會參加紀錄賽、中長距離接力賽之類的團體賽，總覺得我這個建議她轉組的人好像該負點責任。

升上二年級之後，我和谷口編在同一班；兩人偶爾會互傳簡訊，交談的機會也比之前多了不少。地區預賽前夕，我在教室裡偷偷問她：「會不會介意以後沒機會參加個人賽？轉進中長距離組之後有沒有後悔？」

而谷口以開朗的眼神看著我，小聲而堅定地說：「我一點也不後悔。」

——我覺得長跑比較適合我。

這句很有谷口風格的話深深感動了我。

「妳在女子組一千六百接力的表現也不錯啊，縣賽時一起加油吧！」

結果我只打了這句話給她。

雖然也想對她說「不要輸給學妹！」「希望妳也有機會參加個人賽！」卻還是打消念頭。

回傳簡訊之後，我在等谷口傳訊息來，結果只是空等。每次都是這樣。我傳給她時她會回傳，她傳給我時我也會回，只是每次都來回一次就結束了。不過我和她傳的簡訊內容都比較長，不像鳥澤總是像聊天一樣傳些短短的沒內容的話來，然後一來一往地傳個好幾回。

可是今天我卻希望谷口能再次傳簡訊給我。心裡七上八下的，總覺得好像講錯了什麼，也許是措辭不對，也可能是內容不對。她不是那種會誤解別人善意的女生，但也許她希望我說些什麼可是我沒說呢？是我想太多嗎？還是我太自以為是了呢？

隔天早上在教室裡見到谷口，互道早安之後，我莫名地扭捏起來，反倒是她大方地開口了。

「雖然進步並不明顯，我還是會一點一點地變快的。也許我無法成為兔子，但至少可以當隻跑得快的烏龜。」

因為她又用那種非常認真的表情說出這種話，害我忍不住笑了出來。雖然好像不應該在這種時候笑她。

這個女生真可愛……真的很可愛啊……

「我會好好看著的。」我邊笑邊對她說。「我一定會仔細看妳到底有沒有進步的。」

就算我們不同組、就算她沒有機會出場比賽，練習的時候、參加紀錄賽的時候，還是有機會看到她奔跑的樣子，我一定不會錯過的。

看到谷口一臉認真地點了點頭。我鬱悶的心情終於稍微釋懷了。

2 全高運預賽（縣賽1）

全高運縣賽第一天終於到來了。

今天要跑的是一百公尺個人賽，明天是四百公尺接力，下星期還有兩百公尺個人賽。

一百公尺個人賽可是短跑的重頭戲，我當然很希望在這場戰役中有好的表現。只要跑進前六名就能晉級南關東大賽，這也是去年秋天冬季特訓開始前，老師幫我訂下的今年度目標。不過現在的我沒辦法想那麼多，只希望今天無論如何都要留到最後的決賽。春季集訓的計時賽中，我和縣內新人賽的前三名在同一組跑；當時就強烈地感受到「只有我沒有名次」的心酸。所以今天我一定要想辦法通過準決賽進入決賽，看看自己究竟在縣內排名第幾。

一想到今天就是決戰之日——我就免不了全身僵硬，只有腹部依然劇烈活動。我不停地告訴自己：「再大的比賽也不過就是比賽罷了，都是跑一百公尺……」

剛抵達體育場，就收到了高梨傳來的簡訊。

「好久不見！待會兒好好聊聊吧。」

緊張的心情頓時煙消雲散。這個傢伙實在讓人傷腦筋，但對我來說，也許意外是我的貴人呢？雖然不喜歡被他的步調影響，不過就結果來看也許並不壞。預賽時我們和鷲谷高中分在不同組，話說回來，如果高梨只是想找人聊天——以排解比賽前那段專注、緊迫而靜寂的時間——幹嘛不找自己學校的陪同員聊就好啊？要找我聊天的話就只能等到準決賽或決賽的時候吧？

「好啊！那就約在下午一點三十五分……或是三點五十分吧。」

我在簡訊裡打上一百公尺準決賽和決賽的時間回傳給高梨。簡訊一傳出去，我的心臟立刻怦怦直跳，肚子也隱隱作痛起來。好緊張……今天這種大日子，就算我想勉強保持平常心，還是騙不了自己的身體，只覺血液的溫度快沸騰般越來越高。

這天的天氣又陰又溼，正好跟我興奮的狀態成反比。天空中不時飄著細雨，一大早就灰濛濛的，還透著一絲絲寒意。浦木學長大概從十天前就一直念著：「比賽初日，雨雲將召喚無法預測的混亂。」不曉得這到底是占卜還是詛咒，至少這天氣是被他給說中了。未免也太準了吧？真討厭，感覺好不舒服。不過浦木學長的預言倒也不全是壞事就是了。

實際上壞天氣的確會影響比賽結果，實力強的選手常因此不能拿到好名次；相對地，這對實力平平的選手來說也許是個機會。三輪老師每次都這麼說：「你們要相信比賽時有三分之二的機率會下雨！下雨時就是你們的大好機會！」

去年參加的比賽中，有兩場也遇到雨天。一場是六月全縣錦標賽的少年B組徑賽，另一場則是十月的北相模原地區高中新人賽。也許是因為雨勢都不大，我並不是很介意比賽時下雨，況且借用全天候型場地練習時就算下雨我們也照跑不誤。

唔……雖然我不介意下雨，不過肚子痛就沒辦法不介意了。

當我今天第二次從廁所回到帳篷裡時，窩在帳篷一隅的桃內叫住了我。

「神谷學長，神谷學長，我幫你貼個彈性貼布吧？可以舒緩拉肚子的症狀喔。」

「不必了！」我非常認真地拒絕了他，認真程度大概是連拒絕營養補給飲料時的一百倍左右。「我才不要你碰我的肚子！」

「沒關係啦！只要貼幾塊活力鈦貼布就行了，貼法可是有學問的喔。可以把氣集中在適當的地方，維持腸胃的健康狀態。真的很有效喔。我國中時也有一次慘痛經驗，比賽當天早上吃了優格，結果鬧肚子，後來就是貼了這個貼布，一直絞痛的肚子就安分下來了呢。真的沒騙你啦！放心交給我吧！」

桃內一隻手拿著剪成小塊的鈦貼布，另一隻手就要伸過來拉我的運動長褲。

「你給我住手！」

「那你就自己把褲子脫下來嘍。各位女同學，請妳們不要偷看喔。」

「你！小心我宰了你喔！等等，我要……去廁所……」

「一下子就好了啦！啊，根岸學長，神谷學長要逃掉了，麻煩幫我抓住他！」

覺得很有趣的根岸和浦木學長從兩邊包夾我，正當我哀嚎大叫的時候，肚臍周圍已經貼滿了貼布。

「好，這樣就行了。你的肚子已經沒事了，這樣一定沒問題的！我是說真的……」

「我要去廁所！」我拉起運動長褲，突破周圍的人群衝出帳篷直奔廁所，不過還未等到跑進廁所，下腹部的絞痛就消失了。

唔？嗯？奇怪？這是為什麼？

踏上預賽的起跑線時，雨下得更大了。這一組裡跑得快的沒幾個，我應該可以進前三名吧。肚子安分下來後，心情也穩定了下來，雖然不得不感謝桃內提供的鈦貼布，但一想到肚子上貼著貼布，還是覺得好笑。糟糕，這樣一來就使不上勁了啊！更糟的是，我還是忍不住想笑。

起跑時完全無法用力，只是輕飄飄地離開起跑器，腳步輕盈地往前移動。咦？身體好輕？咦咦？感覺得到自己正輕快地加速向前……難道……我現在跑步時的樣子就像連一樣嗎？正當我暗自高興，心想要加快腳步往前衝時，肩膀不知不覺用力了。無法加速，腳步彷彿在空轉。哇！被趕上了！又被追過了！沒辦法，只被兩個人超過還好，希望盡量保持目前的順位……

「學長表現得不錯嘛！」桃內在前一組裡拿下第三名順利通過預賽，比賽結束後，他待在終點附近等我，並對著我大叫。「這場跑得很棒啊！」

「只有剛開始的時候吧？」我向他確認說。

「是這樣沒錯啦！前半段感覺真的很順哩！不像神谷學長平常跑步的樣子喔，表情看起來也很從容，以前學長每次賽跑時表情都很猙獰。」

聽他這麼一說，我才想到阿三也常常叫我「臉不要那麼用力！」嗯……看來以後起跑前應該拜託陪同員搔我癢，笑到沒力之後再上場比較好嗎？

「覺得丹田——肚臍下面這裡有股力量對吧？」桃內拍了拍自己的肚子給我看。「學長要跑進決賽一定沒問題啦！」

「我說你啊，要是鈦貼布真的那麼有效，乾脆像木乃伊那樣全身都貼滿，不就能直接拿下大會冠軍了？」

「我是在全身的重要穴位都貼滿了啊！」桃內似乎沒聽懂我這是在諷刺他。「準決賽竟然分在那一組，學長你太幸運了啦！只要盯住高梨學長，守住第二名的地位就行了。不像我這組有仙波學長、鈴木學長跟石井學長，都是些跑得很快的強者啦！」

桃內突然認真地說起比賽的事，害我反應慢了半拍。

準決賽分成三組進行，除了每組的前兩名之外，剩下的選手中成績最快的兩人也可以進入決賽，所以一共有八名選手可以晉級決賽。

「分在高手雲集的組裡自己也會跟著變快啊，靠成績也能進入決賽……吧？」我對他說。

「最後的『吧』是多餘的啦。」桃內促狹地笑了。「唉，還沒跑之前誰也不知道結果啊！而且雨又下得這麼大……」

說得也是，雨勢的確越來越大了。回到帳篷後，豆大的雨滴打在塑膠布上發出滴滴答答的聲音。

「喂！神谷！今天天氣不錯喔！」幾乎全身溼透了的浦木學長從外頭走了進來。「雨等一下還會下得更大喔！今天真是你的幸運日呢。」

「為什麼？」

「因為你是靠體力取勝的類型啊！在泥濘的賽馬道上奔馳是你的強項吧？」

「這裡又不是泥土跑道！」……而且我也不是馬啊！

「一之瀨的情況反而比較讓人擔心。」

浦木學長一邊拿毛巾擦著身體，一邊瞄著橫躺在帳篷一隅的連。我和桃內也轉過頭去看著連，只見他閉著眼睛……好像睡著了吧。如果是一般的情況，連不可能在準決賽就被刷掉的，問題是他體重比較輕，很容易受到壞天氣影響。若是比賽時遇到強烈的逆風，他的成績大都不怎麼理想；雨天雖然不像逆風會直接影響成績，但多少還是會影響選手的心情。至少從連之前的比賽結果來看，雨天時的成績也都不太好。

聽著雨滴落在帳篷上的聲音，我莫名地擔心起來。儘管心裡想著這時候絕不能輸給不安，結果還是越來越不放心。

「如果我的成績輸給你，就跟你買鈦貼布。」為了替自己打氣，我和桃內打賭。

「真的嗎？那可不能買一捲而已，至少要一次買個五捲。」

桃內很高興地一口答應了，還跟我討價還價。

競賽不只是奔馳在跑道上的那段時間，從賽前準備直到正式上場的每一秒，選手們都在奮戰著。

高梨正已很難得地不多話，只在賽前最後唱名時和我打了個招呼。他蹙著小山般的眉毛，一直凝視著落在跑道上又彈起的強烈雨勢，也許是很討厭下雨吧。我沒有問他為什麼說好了卻沒來找我聊天，因為我也沒那個閒情逸致去找他說話。

為了達到今年的目標——縣內決賽——在那之前的準決賽才是我今天最重要的一場戰役。只要跑出之前的最佳成績就能勉強過關……不對，要是沒能刷新個人紀錄恐怕很難如願吧？現實是很嚴苛的，加上又遇到這種天氣，實在不太可能刷新個人紀錄。算了，想太多也沒用。這場比賽的選手面臨的情況都一樣，我只要保住第二名的位置就好，不要指望靠成績晉級。畢竟前後兩組比賽時，雨勢可能會變小；風向也可能改變。只要像剛才桃內幫我打氣時說的，比高梨以外的其他人更早抵達終點就好了，這不是不可能。

「雖然雨勢不小，但還不至於像颱颱風或雷陣雨那種傾盆大雨。只要像平常那樣起跑、像平常那樣往前衝就行了，不要胡思亂想影響注意力！」

我被同行的守屋學長提醒了。每次聽到守屋學長的聲音，總是能讓我的身心為之一振，放下心來。

「只要往前跑就好了……」

我喃喃地念著。以前踢足球時，只要沒有打雷的危險，就算下大雨，比賽也會照常進行；

姑且不論體力上的消耗，根本無法掌握球的動向，踢球的時候還會滑掉。那種情況才真的叫恐怖。現在，我腳下沒有球，沒有敵隊的前鋒，也沒有敵隊的後衛，只要直直地往前跑就行了——只要跑一百公尺。

「嗯，就是這樣。只要往前跑就好了。」

守屋學長露出一絲微笑，我也跟著笑了。好像卸下了心頭的重擔，心情一下子變得很輕鬆。原來自己已經能夠笑著面對比賽了啊……

比賽將準時開始。

我站在靠外側的第七跑道，高梨則在第四跑道。算了，相隔那麼遠，我還是別去在意他好了。就當作他不在，以拿下第一為目標吧！

雨啊，再下大一點吧！越大越好，最好下得像倒水一樣。反正浦木學長都說泥濘的賽馬道最適合我了……

踏上起跑器、手撐著地面抬起頭來直視前方，眼前的雨水淅瀝嘩啦地落在跑道上又彈起，一百公尺的終點似乎比平常更遠更模糊了。一點風也沒有，突然有種莫名的激動湧上心頭。

起跑槍響。

很好！感覺不錯，就像平常練習時一樣。只要直直往前跑就行了，就這麼簡單。看吧，終點到了。

終點的計時器顯示出十一秒〇九的成績。我呆呆地想著：高梨這傢伙怎麼跑得這麼慢啊？這麼討厭下雨嗎？接著才突然想起：我的成績咧？不對啊，那我到底是第幾名？

腦袋突然被人猛敲了一下，我轉過身去正想罵人，才發現敲我的人正是守屋學長。

「神谷，幹得好耶！你很厲害嘛！」守屋學長語帶興奮地又給了我一拳。

「你是第一名呢！這不是贏過高梨了嘛！」

「嗄？」我完全搞不清楚發生了什麼事。

「嗄你個頭啦！沒聽懂我在說什麼嗎？你是第一名，第一名啦！」

守屋學長又像哄小孩似的摸了摸我的頭。

「太棒了！雨下成這樣，你居然打破了自己的最佳紀錄，一口氣進步這麼多！真了不起！」

所以——那是我的成績嗎？為什麼？那高梨呢？

我反射性地開始搜尋鷲谷高中的紅色制服。

我看到高梨，跟他四目交會……他沒有對我笑，臉上不見平常嘻皮笑臉的表情，他迅速地移開目光，跟著他們隊上的陪同員一起走開了。

身體沒來由地發起抖來。我真的跑贏那個傢伙了嗎？即使不是完全憑實力跑贏他的，但我們之間的差距已經縮小到視比賽情況、我有可能超越他——我已經進步到這種程度了嗎？

「你們兩人幾乎同時抵達終點，你可是擊敗了強勁的對手呢！高梨在比賽後半的表現不太穩定，你也把握住機會趕上並追過他了。這場比賽表現很棒喔！記住這種感覺，下一場比賽也要加油！」守屋學長壓抑著高興的心情如此提醒我。

下一場比賽……

……下一場就是決賽了。我成功跑進決賽了！

八位選手一起站在起跑線上調整起跑器，這是比賽時再平常不過的情景，然而一想到在場的八個人就是神奈川縣內的前八強，心底不禁湧出一股感動。鷲谷的那兩個人、連，還有其他四個三年級的老手，個個都是鼎鼎有名的好手。這就是縣內的決賽，也是我夢寐以求的舞台。

「神谷，你聽好了。一直想著這是決賽反而容易緊張，只要懷著加賽一場的心情去跑就好了！」最後一次選手集合之前，三輪老師如此叮嚀我。「你在之前的預賽跟準決賽都表現得很好，要好好抓住那種感覺，像平時那樣跑就行了——就當作是練習時追加一趟一百公尺。反正八名選手裡有六個人可以晉級，也就是說可以晉級的機會比較大。只要想著自己可以、一定行，就真的能通過決賽！」

追加一趟……也許真的是這樣。與其說這是我憑實力贏得的挑戰資格，還不如說是老天一時興起送了我一份豪華大禮——多跑一次的機會。

六個人……通往南關東大賽的車票只有六張，而且就算進入南關東大賽，距離終點仍然很遠；只有通過預賽、準決賽、決賽的六個人有機會進入最後的全國高中運動會。縣內決賽——也就是我現在所在的舞台，說穿了也不過是全高運這座高山的半山腰罷了。不過此刻的我不在乎山頂的情勢，只因為自己能爬到現在的位置而單純地感到高興。

雨勢稍微轉小了。雖然下雨導致場地狀況不太好，但還不至於讓選手們分心，應該能正常發揮實力。這對我來說也正是嚴格考驗的開始。

結果我被分在第二跑道。高梨在第一跑道、連在第四跑道，仙波則在第五跑道。儘管幾乎都是春季集訓時的熟面孔，但氛圍卻完全不一樣，緊張的氣氛瀰漫全場。不僅是田徑場上充滿壓迫感，看台上也傳來陣陣沉重的壓力……

場上正在進行女子組的決賽，我們都在準備區等待，沒有人開口說話。即使是長舌的高梨也一臉猙獰地瞪大了眼睛不發一語，連仍舊待在他自己的世界裡，一副沒發現我在旁邊的樣子；仙波看上去似乎比其他三年級的選手還了不起。還有心情這樣觀察別人的，大概就只有我一個吧？忍不住東張西望了起來。這種莫名浮躁心情好像和平常的緊張不太一樣，不過，或許這也算另一種緊張吧！

比賽快要開始了。

八人中起跑表現最好的應該是連吧？我只要像平常練習時那樣緊追在他身後就行了……三輪老師也說，因為我每天都和連一起練習，起跑的技巧進步了許多。我就跟著連跑吧！如果能緊跟著他到最後，說不定……

聽到「各就各位」的號令，整個體育場裡靜得彷彿一根針掉在地上都聽得到，也沒有人出聲加油。我從沒看過運動競賽時如此寂靜無聲。我的身體僵硬，腦海裡一片空白，呼吸彷彿快要停止，無法動彈……

我完全不記得自己是怎麼起跑的，唯一記得的是身體沉重得令人難以置信，有如置身噩夢中想逃卻無法如願的無力感。只看到連離我越來越遠……高梨也離我越來越遠……我得趕快追上去，不追上去不行！盡可能地、竭盡所能地、即使只追上一點點也好……

比賽結束後，幾乎所有人都對我說：「你的動作太僵硬了。」最後一名。也是神奈川縣內的第八名。

不知道該驕傲還是該覺得丟臉的成績。決賽成績竟然比下大雨的準決賽成績還差，這樣是不行的吧。何況決賽時的風勢還比較有利……

最後仙波拿下了冠軍、連拿到季軍、高梨拿到第六名，三個人都順利晉級南關東大賽。意料之中的結果，也是理所當然的結果。照實力來看本來就該如此。

可是我卻好不甘心。不甘心到一句話都說不出來。儘管大家都來安慰我，我卻完全無法回應……

我在決賽中被刷了下來，連則順利晉級南關東大賽。比賽結束後，隊上帳篷裡的氣氛顯得十分複雜。連的晉級固然值得恭喜，但那本來就是大家預料之中的結果；而我雖然沒能通過決賽，卻因為已經盡力了而值得嘉獎？大概就是這樣的感覺。

「神谷，幹得好。你今天真的很努力了！不要忘記準決賽時的感覺，你那場比賽的表現真的很棒，之後我會放錄影帶給你看，不過最重要的還是靠自己的身體去感覺。至於決賽嘛……那畢竟是你的第一次，壓力很大吧？之後要慢慢學著克服那種重力，明年，在南關東的決賽再向重力挑戰吧。你就以此為目標，在未來的一年中好好努力！之後還有兩百公尺的比賽，你沒有多少時間可以沮喪了喔！」

在帳篷內舉行賽後檢討會時，三輪老師劈頭就這麼對我說。檢討會結束後，好不容易冷靜下來的我，才想到要向連道賀。

「我說你啊，為什麼會輸給石井學長呢？南關東大賽時可要好好雪恥喔！兩百公尺也就算了，一百公尺你可不能輸給他啊！」

我這個第八名竟然理直氣壯地數落起第三名來了。

「石井學長跑得很快耶！你又不是不知道！」

連難得拉高了嗓門反擊道。我哪知道啊！你們全都拋下我一個勁兒地往前跑了……我也想在領先集團裡體驗那種追過別人或被別人趕上的感受啊！我也希望能和仙波或連一較高下啊！除此之外，我也想在不受天候影響的情況下堂堂正正地贏過高梨。

「可惡！」我自言自語般地喃喃念道。「明天的接力賽可要拚了。」

連重重地點了點頭，一句話也沒說。其實不必我數落，這傢伙自己心裡一定也很不甘心。雖然臉上一副沒事的樣子，但他可是很好強的。輸給仙波可能還無所謂，輸給新葉高中的石井學長，一定讓他很不甘心。那句「可惡！」就是我們的燃料，明天一定要跑得更快才行——不只是我，連和準決賽時就被刷掉的桃內都是這麼想的。

3　全高運預賽（縣賽2）

每到比賽的日子，我的眼光總會不經意地飄向連。一是因為我們參加的比賽項目一樣，所以總是一起行動（可是結果往往只有連晉級下一輪比賽）；另一個原因則是看著他，我的心情會比較穩定。比賽當天的連給人一種「肯定」的感覺——讓人覺得這傢伙一定會跑得很快、一定會獲得優勝。連的個性好像特別和壓力無緣，而且只要一進入自己的世界，就完全接收不到外界的干擾。一百公尺決賽時，我剛好站在他不遠處，也再次深切地感受到這一點：這傢伙搞不好是一種跟我完全不同的生物。不曉得拿點他身上的東西煮來吃，會不會就能像他一樣？也許那對我來說還是不管用吧。

「為什麼你可以這麼冷靜呢？」有一次我忍不住這麼問他。

「反正結果大概就是那樣啊！誰跑得比較快也是早就知道的事了。」

連是這麼回答的。怎麼可能？那是絕對不可能的。光拿我自己的例子來說，狀況好和狀況差的成績就不知道差了多少……而且就算只相差百分之一秒也可能影響勝負，那可是和比賽時的天時地利人和息息相關的，結果一定要跑完比賽才知道。這麼想的，應該不只是我一個人才對。

「以連的實力，他到縣賽都還很有把握啊！」我向根岸轉述連的說法時，他一邊哈哈大笑一邊如此回答我。「進入南關東大賽之後，會遇到更多實力相當的選手，等他發現即使只差百分之一秒就有天淵之別的時候，就沒辦法那麼悠哉啦！」

真的是這樣嗎？我總覺得連不管面對再大的比賽都會是那副德行。

健哥是那種舞台越大就越興奮，表現也越見出色的人；他生來就有那種明星特質，總是散發出最活躍的人舍我其誰非我莫屬的光芒。而仙波一也散發出的氣息則比較像是格鬥技比賽的選手……感覺就像是要把所有人都打倒然後一個人稱王。我也想早點看到連登上更大的舞台……南關東大賽，甚至是全高運，更期待看到他在比賽中的表現。我想看那傢伙會如何面對一場接一場的比賽，他的緊張、鬥志、專注、心路歷程、從起跑到衝過終點的表現、全身的動作——一切的一切我都想親眼見識，然後起而跟進。

昨天的一百公尺比賽中，連知道我通過準決賽時也很高興，對於決賽時的結果則沒多說什麼。不論他的反應如何，其實都比其他人來得冷淡許多。不論我在個人賽中如何慌亂掙扎，連都無動於衷。反正跑得快的就是跑得快，跑不快的就是跑不快——雖然他沒有明說，但那種毫不在意的態度反而更露骨地說明了一切。

我昨天想過——也許我一直隱約有這個感覺，只是現在才終於認清這個事實。比起晉級南關東大賽、跑出更好的成績之外，我更希望達到的目標，其實是「讓連意識到我的存在」。比賽的時候，我希望他能把我當成一名選手，視為競爭的對手。雖然不知道自己要再進步多少，才能達到那個水準，但決賽的結果也說明了連根本沒把我當成對手。比賽結束之後，我才深深地為此感到懊悔不已。

……算了。今天比的是接力賽，可以不需要煩惱這種事。我懷著純度百分之一百二十的喜悅心情，一邊高興著隊上有連這個王牌，一邊望著他的身影。

除了連的個人賽外，四百公尺接力是春野台最有機會晉級的項目。根據地區預賽時的成績排名，我們可是神奈川縣內的第四名。正式比賽時，當然沒有那麼輕鬆，因為所有的隊伍

——尤其是實力堅強、歷史悠久的田徑名校——都已重新調整到最佳狀態了。儘管比賽戰況緊繃、容不得絲毫差錯，隊上的大家卻都覺得「有機會」並且深信不疑。

原本接力賽陣容中的根岸換成了桃內，棒次順序也變成由桃內擔任第一棒，而連依舊是第二棒，守屋學長第三棒，而我則成了第四棒。練習時試過許多不同的組合，最後三輪老師決定這樣的組合最妥當，但我還是想不通為什麼會由我擔任最後一棒這麼重要的角色。竟然讓一個「未完成的大器」壓軸挑大梁，阿三，你的賭性也太堅強了吧？「就由你來決勝！」三輪老師如此對我說，「你只要繼續保持前三棒的氣勢就好了。不用擔心傳接棒的問題，守屋會配合你的。燃起鬥志吧！神谷。」的確，被安排在最後一棒如果還燃不起鬥志，那就太不像男人了。

相較之下，地區預賽時可是輕鬆多了。雖然決賽時沒能贏過私立的田徑名校——新葉高中，還是跑出了四十二秒二三的春野台高中新紀錄，並且順利拿下第二名。當時的傳接棒表現還算可以，畢竟之前都練到想要求饒的地步。現在我從只要傳棒變成了只要接棒，總覺得接棒難多了。第二棒和第三棒之間的傳接棒是那麼迅速、利落而不拖泥帶水，第三棒和第四棒之間的交接卻是如此不流暢。我一直擔心會越區犯規，老是太晚起跑，結果被守屋學長大罵：「你只管跑你的！」

今天是縣賽的第二天。一大早舉行的四百公尺預賽中，依成績排名決定了前八名參加決賽。守屋學長以些微之差名列第九，而根岸則是第十三名。雖然守屋學長跑出了五十秒〇九的個人新紀錄，還是差了那麼一點點。

「啊！好痛……」

守屋學長微笑著，說出像是不小心受了傷時的台詞。因為明白這是三年級最後一次挑戰全高運的機會，大家都不知道該對學長說什麼才好。以第十名的成績飲恨的外校三年級生在一旁大哭失聲，守屋學長卻沒有掉淚。我從來沒看過守屋學長哭，也不想看。根本無法想像。

我昨天才剛領略到能跑進決賽的喜悅，同時也體會了決賽時的嚴苛。我明白預賽時只差一名被淘汰的感覺有多沉重，也了解那有多痛……

「喂！我一定會去南關東大賽的！不是去幫一之瀨加油，而是去參加比賽。我絕對要去！」

守屋學長立刻振作了起來，一一看著四百接力其他成員的臉如此說……不，如此宣誓道。

「是！」我反射性地大叫。

「我們會去的。」幾乎是同時，連也這麼答道。

「那是一定的啦！」晚了半拍的桃內也如此回答。

輩分最低的桃內居然回答得這麼大言不慚，我忍不住作勢要揍他。只聽到他一邊唉唉叫著「幹嘛這樣啦！」一邊逃開。

四百公尺接力預賽也採用計時賽方式。比賽分成七組分別進行，只有成績前八名的隊伍能夠晉級。也就是說，就算在分組內拿到第一名，成績太差的話還是可能遭到淘汰。

「不必管其他隊伍，只要專注在自己的比賽上就行了，也不要太在意傳接棒的問題。這可不是放水也能過關的輕鬆比賽，給我盡全力跑！」

三輪老師一邊如此叮嚀，一邊目送我們上場。

擔任第四棒的果然都是各隊的王牌，昨天在一百公尺決賽上碰到的兩個三年級選手也在場上。鷲谷的最後一棒是一年級的新生，高梨之前傳簡訊給我的時候曾經提到，這傢伙似乎是個不輸給仙波的人才。春季的集訓時他好像也在場，記得根岸當時還為了這件事大呼小叫了老半天……話說他到底長得什麼模樣啊？算了，不能再東張西望了，這個壞習慣要趕快改掉。我要集中精神……就算只有連的一半專注也好。

我們被分在第四組起跑。今天沒有下雨，真是太好了。下雨的時候傳接棒非常容易失誤，因為手會滑，雨水也會讓人看不清步點。雖然其他隊伍也會面臨同樣的問題，但我還是不希望下雨。這次不需要靠意外狀況，只要充分發揮實力就好了。心裡這麼想的時候，突然覺得有點驕傲——我們是很強的，比起我一個人的時候強多了——雖然因為這樣而信心滿滿似乎有點丟臉。

「你們還是沒有拋開一切盡力跑嘛！」阿三難得這麼大聲地訓話。「你們一定想著只要不失誤就行了吧？你們以為這樣就能贏了嗎？太天真了。決賽可不像你們想的這麼簡單！」

我們以第六名的成績通過了預賽。

「你們聽好了，不管怎麼硬撐，都要突破四十二秒。我不要求你們贏過鷲谷，但要抱著贏過新葉的決心，以第二名的成績進入南關東大賽。這不是不可能的！要挑戰更好的成績！想想，如果因為傳接棒太放不開，結果只跑出第七名遭到淘汰，那會是什麼心情！」

「是！」大家異口同聲地回應道。

平常阿三總是一副沒睡醒的樣子，突然看到他大聲地為我們打氣，一頭自然捲都快豎了起來的模樣，的確有效提振了大家的士氣。

第一棒桃內起跑時慢了半拍，那個老是把人家吃得死死的小鬼，竟然也有緊張到跑步時渾身僵硬的時候。連輕輕鬆鬆地一口氣超越了三個人，而守屋學長也超越了一個人，以領先的姿態傳棒給我，可惜接棒時我遲疑了一下，結果又被其他選手超前了。跑到終點前一刻，我拚命地超越對手搶回了第一名，但成績卻不盡理想。決賽時被分在最旁邊的跑道，太不利了。突破四十二秒的成績？拿下第二名？這要求未免也太強人所難了，我不禁垂下了肩膀。

「桃小內！」我從桃內背後抓住他的肩膀猛力搖晃他。「你竟然這麼緊張！給我小心點！」

「學長，話不是這麼說吧！」

桃內有點生氣地轉過頭來，我笑著蒙混了過去。

「我最喜歡看人家緊張的樣子了呢！」

「神谷學長你……」桃內欲言又止地說。

「你也看到了我那遲緩的接棒吧？還是說，你實在太沮喪了沒空注意？」

我正半自嘲地拿自己的糗事大聲嚷嚷，腦袋突然被人用力敲了一下。

「你得意什麼？接棒的反應也慢得太誇張了吧！我不是一直跟你說，該起跑的時候就趕快往前跑了嗎？不要老是犯同樣的錯誤！之前不是練習過好幾次了嗎？」守屋學長的眼神看起來很可怕。「還是說你瞧不起我？怕自己盡全力往前衝的話我會追不上？拜託你對四百公尺選手的爆發力有點信心！我一定會追上你的，你只管往前跑就行了！」

「是！決賽時我會盡全力往前衝的。」我戰戰兢兢地回答。

桃內露出一副「活該！」的表情賊笑著。

這樣才對嘛！不露出這種個性很差的表情就不像你了。

連似乎沒在注意我們的對話，這也是常有的事。他窩在帳篷裡的角落，反覆做著屈體前伸的動作；兩下、三下……彷彿在向我們炫耀他那柔軟的身體似的。發現我在看他時，連露出一副不太好意思的樣子微微笑了。

「狀況絕佳喔？」

聽到我這麼問，連只懶懶地回了句：「還好啦！」

這傢伙只要維持老樣子就行了。就算臉上一點都看不出絲毫鬥志，他還是會在比賽時，為我們隊上超越一、兩位敵隊選手吧！因為他「一定」會這樣。

太陽即將西沉，黃昏將近的時分也就是四百接力決賽的時刻——決戰的時候到了。

繼昨天之後再次登上決賽的舞台，今天的我總算稍微冷靜了一點。也許是一回生二回熟，但主要還是因為今天比的是接力賽吧！

棒子傳到我手上時，我們會是第幾名呢？不管是第一名還是第八名，我都要處變不驚才行。不過應該不可能是第一名——除非鷲谷犯了掉棒之類的嚴重失誤。只要在第六名以內，我打死都不會讓其他人超越；萬一是第七名那我就拚命超越一個人，第八名的話就拚命超越兩個人……

昨天比賽結束後我就這麼想過，所謂的決賽果真是最後的一場比賽，只有一次機會。前無進路後無退路，感覺就像站在懸崖峭壁旁一樣。

對於每支隊伍的期待從運動場上的各個角落湧現——龐大的期待，加油聲和不絕於耳的喧囂，以及潛藏在喧囂身後那股令人喘不過氣的寂靜。不論是場上的跑者還是場邊的觀眾，大家的心跳似乎都越來越快。

大會開始唱名，從第一跑道逐一確認參賽隊伍。只有在決賽的時候才會報出從第一棒到第四棒的每位選手，而被叫到的選手都會舉手行禮。

「第二跑道，春野台高中。桃內同學、一之瀨同學、守屋同學、神谷同學。」

桃內一臉悠哉地朝著看台上的其他隊員揮手，看來情緒似乎是穩定多了；連還在拉筋；守屋學長挺直了背脊；而我則喊了聲「有！」並舉起手。

準決賽成績較好的學校通常被安排在靠中央的跑道：鷲谷高中在第四跑道、松溪學園在第五跑道、新葉高中在第六跑道。介紹完八所學校和選手後，比賽就要開始了。

第一棒起跑了。

快跑啊，桃小內！很好，維持在第四名，還不賴。目前領先的是鷲谷高中，第一棒和第二棒分別是高梨和仙波這對黃金二人組，流暢的傳接棒後大幅領先在前。棒子快傳到連手上了

……很好！順利接到了。

目前排名第四。流暢地接過棒子後流暢地加速，連的速度越來越快了。趕過一個人了！很

好，前面只剩下鷲谷跟新葉了。加油！快趕上了！加油啊！新葉的第二棒正是石井學長，超越他就能報昨天的仇了！昨天連一共跑了三趟一百公尺，到決賽時已經有點沒力了，今天的情況可就不一樣了吧？其實還是你跑得比較快對吧？很好！超越了！

心臟撲通撲通地跳個不停，而且越跳越快。

第二棒和第三棒之間一向是最穩定的，心裡一邊想著大概沒問題了，卻遲遲不見棒子傳到守屋學長手上。咦？連的速度慢下來了？是累了嗎？一直沒聽到接棒喊聲的守屋學長也跟著慢了下來，好不容易終於等到了接力棒。

就在守屋學長慢下來的同時，我們又被新葉趕過了。目前名列第三……加油啊！守屋學長！因為接棒時慢了下來，守屋學長沒辦法像平時那樣順利加速，結果又被後面的選手追上來……啊啊！和松溪的二年級形成拉鋸戰了。

守屋學長！守屋學長加油！

這時，腦海裡突然一片空白，什麼目前排名和賽況變化全都飛到了九霄雲外。

——你瞧不起我嗎？……我一定會追上你的，你只管往前跑就對了！

只剩下守屋學長的聲音縈繞不去。

守屋學長通過步點了。

起跑。我毫不遲疑地往前衝，身後傳來守屋學長的喊聲：「接棒！」我高高舉起手臂，接力棒的觸感自手心傳來。

接力區的界線就近在眼前。不妙，鷲谷那個一年級的背影，好遠。另外一個……在鷲谷隔壁跑道的，應該是新葉的選手吧？還是離我很遠。不遠的前方還有一名選手，是松溪的鈴木學長。好！我要超越他，一定要超越他。雖然昨天的一百公尺決賽中輸給這位三年級的學長，但我還是要超越他。連剛才不也超過了石井學長嗎？所以我也有機會……很好！趕過了！前面還有兩個人，接下來的目標是新葉的選手……衝啊！

右邊的人影看來就在我旁邊，兩人並排了嗎？還差一點點，如果能再快一點……

我探出上半身，飛也似的衝過了終點線。

超過了？沒超過？

雖然不知道成績也還不確定名次，但確定是在前六名之內了。陪同員橋本跑過來抱住情緒興奮到極點的我，激動的桃內也邊跑過來邊大叫著：「神谷學長！神谷學長！」守屋學長也忍不住擺出了勝利姿勢低聲喊道：「成功了！」跑了過去，大家聚在一起抱成一團，可是……

——連呢？

我和守屋學長幾乎同時回頭，卻看到連一跛一跛地在陪同的浦木學長和五島左右攙扶下緩緩走來。

彷彿被潑了一桶冷水般，喜悅的心情瞬間消失無蹤。連受傷了？為什麼？怎麼會受傷？騙人的吧？剛才明明表現得那麼完美，還超過了兩個人不是嗎？而且跑得比石井學長還快啊……啊！對了，最後他突然慢了下來，是那個時候受傷的嗎？

「跑進接力區的時候突然覺得很痛。」連皺著眉頭說道。「還好勉強撐過來了。」

勉強撐過來了？這麼說也許沒錯。我們拿下了縣賽第三名，還跑出春野台高中新紀錄四十二秒〇一，也獲得了晉級南關東大賽的機會，這樣的結果可說是再好不過了。可是……南關東大賽怎麼辦？連的南關東大賽怎麼辦？

醫生說連的傷是左大腿後方——大腿後肌群（hamstring muscles）拉傷，也就是俗稱的腿後肌斷裂。雖然連的傷勢沒那麼嚴重，但也要一個月左右才能完全康復。

縣賽結束後，隊上第一次練習集合時，三輪老師毫不猶豫地告訴大家：「沒辦法了。」語氣乾脆到近乎冷酷的程度。「關東大賽也只剩一個月，他那個時候還沒辦法恢復到能全力衝刺的狀態。所以沒辦法了。」

「我的傷沒那麼嚴重。」連斬釘截鐵地回道。「我會趕在比賽前恢復的。」

「我知道你想上場，我自己當年也是短跑選手，那種心情我再清楚不過了。可是啊，那是不可能的，來不及的。如果硬要勉強在比賽前恢復，只會讓傷勢更加嚴重，醫生也說過了吧？而且我也不會允許你這麼做。」

「不需要現在就下斷言吧？也許傷勢恢復得比預期快，這種事誰也不知道啊！」連十分難得地緊咬不放。

「因為心急而想盡辦法提早恢復是沒有用的。」三輪老師苦口婆心地勸他。

「一百公尺的比賽我願意放棄，但至少讓我參加接力賽……」

聽到連這麼說的隊員們全都傻眼，我也嚇了一大跳。

「話不是這麼說的吧？一之瀨……」老師深深吸了一口氣，接著緩緩開口了。「接力賽還有其他人可以候補，但一百公尺只有你能跑；如果真要選一場比賽參加，那也應該選擇一百公尺。不管怎樣，我不可能讓你上場比賽的。」

阿三伸出雙手放在連的肩上：「你才二年級，不需要著急。想參加全高運明年還有機會，好好休養的話，也趕得上參加秋季的新人賽。一之瀨，大腿後肌受傷可是很嚴重的，一個不小心，你的選手生涯可能就結束了。負責培育你這種天才選手的我可是責任重大，你也要有自覺才行！你可是將來有機會參加世界級比賽的人才！」

「將來的事誰知道！」

連彷彿跟人吵架似的丟下這句話，便拖著受傷的左腳離開了。我起身想追出去，卻突然改變了念頭。

「根岸！」直到連的身影完全消失後，三輪老師才出聲叫住根岸。「關東大賽的四百接力就由你遞補參加，棒次等練習之後再作調整。」

「是！」回答的根岸露出了比平時更難看的表情。

「不要露出這麼沒志氣的表情啦！好好加油吧！」老師也看到了他的表情，這麼安慰他。

根岸的心情想必很複雜吧？當初被換掉的沮喪好不容易才平復，現在又因為這種理由而被派上場，何況還是遞補那個大家公認無人能取代的連。

「阿根，就放手一搏吧！」我強打起精神來替他加油。「連之前也幫你們跑了一千六百接力，就當作是回報他嘍！」

縣賽最後一天的一千六百公尺接力賽，由五島代替連上場。不過即使連上場，春野台的一千六百接力晉級關東大賽的希望還是微乎及微；但這樣的結果還是讓大家士氣低落，有種不完全燃燒就熄滅了的遺憾。我的兩百公尺也失利，只差一名──換算成成績就是差了〇．〇四秒，結果沒能跑進決賽。

「之前真不該讓他跑一千六百接力啊……」阿三突然自言自語似的喃喃念道。

守屋學長、根岸、五島──一千六百接力的成員聽到老師這麼說，都露出了難以釋懷的表情。在我們這種成員不多的隊伍，跑得快、成績好的選手理所當然地要參加兩種接力賽；有時候不只是短跑選手，專攻跳躍、障礙賽或中距離組的選手也會參加一千六百接力賽。像連這種實力超群的選手，當然很難不被選去參賽；這一點連本人也很清楚。所以儘管他非常厭惡四百公尺的練習，每次練跑都一副要死不活的樣子，但地區預賽一千六百接力時，他卻跑得很認真。話雖如此，那傢伙也實在太容易壞了，明明身體那麼修長又有彈性的……

冬季特訓時，阿三曾分析過我和連的身體特質。連的肌腱、韌帶和肌肉都很柔軟，但是一旦疲勞就容易變得僵硬。因為輸出的力量比一般人強，連續比賽下來很可能受損。而我的身體雖然比較硬，但並不表示肌肉也比較僵硬；雖然伸展性之類靜態的柔軟度比較差，跳躍力之類的動態柔軟性卻很好，恢復力也比較高。我聽不太懂，不過的確從練足球的時代起，就很少受什麼大傷。

仔細回想起來，連在受傷的那天似乎一直在做前彎之類的伸展動作，拉筋的頻率也比平時高。當時只以為他難得這麼鬥志高昂，不過這樣的表現的確很反常。我應該早點發現這一點的，怎麼沒有注意到呢？話雖如此，但就算及早發現連的異狀，我也沒把握能阻止他參賽。因為要是沒有連，我們是絕對沒機會晉級的。

由哪些選手參加哪些項目都是老師決定的，連這次受傷最痛心的想必是阿三吧！話說回來，王牌無法出場，我們可就頭痛了啊。

「三輪老師，我們的南關東大賽目標成績是多少啊？不管怎樣我們一定會努力跑進決賽的！」我強打起精神來開口問道，就算大家都聽得出話中的不自然也無所謂了。

「是啊！神谷說得對！」守屋學長也認真地附和我的話。

「好吧！說得也是，就這樣吧！就算是為了一之瀨，我們也得更加努力才行！」

三輪老師也振作起精神點了點頭，根岸的眼神也閃閃發亮。

4 傷號

隊上練習結束後，我一點也沒耽擱地直接前往連家。跟外婆打了個招呼——炸雞塊的香味聞起來讓人食指大動——走進連的房間，只看見電視畫面上的黑武士不懷好意地哼哼冷笑著。連橫躺在地板上，身旁排著三個零食的袋子。我出聲叫他，也不見他回頭或應聲，只好隨意席地而坐，拿了幾片卡拉姆久洋芋片和海苔洋芋片吃了起來。地上的零食被肚子餓到極點的我一片接一片地即將清空，不過連一句話也沒說——應該說他根本無視於我的存在，我只好安靜地陪他一起看《帝國大反擊》。舊星際大戰三部曲的三張原版片連都有，他收藏的還是高畫質的LD片。影片在韓索羅被碳化冷凍後結束，電視機畫面變成一片藍色，連仍然呆呆地望著螢幕。

「我昨天收到克萊兒的信了……」不知道過了幾分鐘，連才喃喃地吐出這句話。「平常都是打電話聯絡的，這還是我第一次收到她的信。雖然她會說日文，但讀和寫很弱，所以信全是用英文寫的，我也是邊翻字典才終於看懂的……」連突然大大地嘆了一口氣。「克萊兒說，她交了男朋友，是個義大利人。那我到底算什麼呢？這部分她用英文也寫得不清不楚的，我看不太懂，她大概也不知道該怎麼說比較好吧……」

我還以為他要跟我說什麼……竟突然冒出他女友的話題，害我腦袋一時轉不過來。我來的時候滿腦子都是田徑隊的事，本來是想來幫因為受傷而沮喪的他打打氣的……

「你女朋友……不是在念音樂學校嗎？」我不知道該說什麼才好，只好先隨便敷衍兩句。

「是啊，去年秋天入學的。她現在的男朋友好像就是學校裡的同學。通常都是這樣的吧？常常見面接觸交談，很容易就開始進一步交往。」連露出絲毫不感興趣的表情喃喃說道。

「你要不要……打個電話給你女友啊？」

聽到我這麼問，連只是默默地搖搖頭。

我心想：如果能一直待在女友身邊，連應該就能突破年齡和語言上的障礙，也不會讓那個義大利佬有機可乘了吧？我不知道對方是怎樣的女生，所以也不清楚，只是莫名地跟著不爽了起來。

「你最近運氣很差呢！」

雖然看不到連的表情，但他聽到我的話後似乎是笑了。他不發一語，房間裡安靜得出奇，只聽到藍成一片的電視機畫面持續發出小小的雜音。

他的打擊想必很大吧？但我並不知道連到底有多喜歡那個女孩，也不知道分隔兩地之後，他是不是還對人家念念不忘？我在戀愛這方面實在不行。受傷再加上失戀啊……同時失去了重要的比賽和心愛的女友，只能說他的運氣真是差到極點了。大人在這種時候應該會喝悶酒吧？所以這傢伙現在是……吃悶零食？好慘啊！更慘的是，他的零食還幾乎都被我給吃掉了……

「對了，你說你想跑接力賽……還說接力賽比一百公尺更重要……」我不清楚連和女友之間的情形，也不知道該怎麼安慰他，只好又提起田徑方面的話題——其實我也真的想和他聊一聊。知道連對接力賽比個人賽更為執著，我有些訝異卻也有點高興。彷彿有一股熱血湧上胸口，自己也不知道為什麼，也很難用言語說明這種感覺。

「接力賽很有趣不是嗎？」連依舊面向前方，自言自語似的回道。「要跑的話，當然會選四百接力啊！那絕對比一個人賽跑有趣多了。而且我們的隊伍這麼棒……」

「嗯。」我應聲道。雖然自己也這麼覺得，但親耳聽到連的真情告白，感覺還是挺不可思議的。

「而且這是守屋學長最後一次參賽了。雖然要闖進全高運不是那麼簡單的事，但也不是完全沒有機會啊！」

聽到守屋學長的名字從他口中說出，不禁讓我有點意外。

就算大家都跑出最佳紀錄，我們在四百接力總決賽中拿下前六名的機率，還是比連在一百公尺項目中奪牌的機率低很多。如果換作是我，恐怕沒辦法那麼乾脆地放棄一百公尺的比賽。連一向崇尚個人主義，討厭團體行動，有時候卻會有這樣出人意料的反應。不過他這麼說應該不是為了團隊、為了學長或基於什麼犧牲小我的精神，只是單純地喜歡接力賽，又剛好很喜歡我們隊上的接力賽成員……

「我的傷比賽前會好的，沒那麼嚴重。」連十分乾脆地如此說道。

我不知道該怎麼回答。突然想起了根岸，連難道沒想過根岸的立場嗎？他大概沒想那麼多吧？

短距離比賽很單純，跑得快的人就是贏家。不像足球的前鋒還有盤球、頭搥技巧、持續力、奔跑速度、守備能力、傳球技術等種種不同因素，即使實力相差懸殊，還是有機會憑著其他專長在球場上占有一席之地。

記得三輪老師曾經說過，「短跑是殘酷的。不過，也沒有比短跑更暢快的運動了。」

一之瀨連是個短跑選手。他人怪雖怪，但的確是天生的短距離跑者。所以我完全無法想像他從事其他運動的情形，也沒辦法對他說：「別太勉強自己。」

連依舊每天前來參加練習，只是練習內容和其他人不大一樣。雖然連和我都沒說什麼，但大家一眼就看得出，其實他還沒放棄關東大賽；三輪老師對此也沒特別表示意見，隊上籠罩在一股不安定的氣氛中。如果到時候連的傷勢恢復得差不多，堅持無論如何都要參賽，老師會怎麼決定呢？萬一老師堅決反對到底而連又無法接受，會不會就此賭氣退出田徑隊呢？實在令人很擔心，加上根岸又一直打不起精神，也讓人放不下心。

「我很認真練習啊！」聽到我說他無精打采，根岸反駁道。「我像在偷懶的樣子嗎？」

「沒有啦。」我連忙否認。我當然知道他不可能會偷懶，不是那麼回事。「不要顧慮太多啦……我是說……不要太顧慮連。」我這麼提醒他。「老師都說要你上場了。」

「我也是這麼打算的。」根岸不大高興地如此回道。

雖然他平常就是這副表情，可是……

「候補選手也有自己調適心態的方式，不用替我擔心啦！該有所作為的時候，我不會遲疑的。」根岸依舊臭著一張臉說道。「倒是你才要好好加油呢！真正代替連的人是你可不是我，明白嗎？你哪來那麼多閒工夫擔心別人啊？」

「說的也是喔！」

結果第二棒換成了我，棒次依序是桃內、我、根岸、守屋學長。我們最快也只能跑出四十三秒多的成績。因為隊上王牌受傷而放棄個人項目也就算了，但現在接力賽也只能派出實力明顯弱很多的隊伍。這樣的結果讓我越來越能體會連的心情，也越來越覺得不甘心——因為我跑得沒有連那麼快——悔恨一點一滴地滲進了我心裡，想必根岸也有相同的感受吧？在這種情況下就算想發揮全力也有點困難。

平常連總是因為偷懶不練習而挨罵，現在卻因為練得太勤而被罵……這樣的情形從某個角度看來其實是很詭異的。最近的他常常趁著老師不注意多跑了好幾趟，不然就是偷偷加快練習步調。距離南關東大賽不到一個星期，連已經恢復到能以八成的力量做快跑練習了。但是老師還是嚴禁他全力衝刺，也不讓他做傳接棒練習。由根岸遞補參加接力賽這件事已經確定不會更改了，如果再有其他成員受傷，則會由五島上場遞補。所以連拚命練習的舉動不但顯得任性又沒有意義，而且只會破壞隊上的團結氣氛。不過我想應該沒有人真的因為連這樣的舉動而感到不高興，反而都在心裡暗自祈禱他能奇蹟式地康復，並代表隊上參加南關東的比賽。就算賽前沒有做過傳接棒練習也無所謂，只要他能站上跑道，應該就有機會——或許連不該讓大家對他懷有期待，就是因為他不肯乖乖地表現出傷兵應有的姿態，才害我們一直沒辦法坦然放棄。

在整形外科荒川醫生的診療室裡，三輪老師和連進行了熱烈的討論——或者該說是激烈的爭論比較正確。醫生和老師都表示不能讓他出賽，但連說什麼都無法接受，同樣的情形就這麼重複了好幾次；連曾經稍微和我提了一下這件事。

老實說，連這次的反應讓我有點驚訝。那傢伙的個性向來十分乾脆——乾脆到好像什麼都無所謂似的，實在無法想像他竟對南關東的四百接力如此執著。總覺得連應該會若無其事地說「沒辦法，就受傷了嘛！」然後就算了。我甚至不知道他有那麼不屈不撓的一面，居然不惜違抗醫生和老師的意見也要堅持到底。究竟是什麼力量驅使他堅持到現在呢？是南關東大賽這個舞台的魅力？還是四百接力對他的吸引力？我甚至開始胡思亂想，他是不是因為受到失戀的打擊開始自暴自棄。

再次發現連又偷偷多做了一趟快跑練習時，三輪老師露出了前所未見的恐怖表情對著他大吼：「不是叫你聽我的話，不要勉強練習了嗎！你現在的練習進度是按照荒川醫生的診斷安排的，不要再做無謂的掙扎了！」

聽到老師的怒吼，所有隊員都轉過頭來。

「運動員受傷是家常便飯，越是優秀的田徑選手，越容易因為嚴苛的練習而造成身體上的負擔，所以如何看待運動傷害也是選手實力的一環。就算這次是你高中生涯中最後一次挑戰全高運，只要醫生說沒辦法，我都不可能讓你上場。以前也有好幾個選手因為受傷而不得不退出田徑界——在這個圈子待久了你就知道了，很多笨蛋都是因為執著於眼前的比賽，結果把身體給搞壞了！」

阿三生氣地說。

「你給我聽清楚了！我有個朋友當年一直夢想著參加大專盃的接力賽，偏偏實力又不足以成為正式成員；有一次剛好因為隊上很多人都掛傷號，讓他有機會參加關東地區的比賽。雖然是千載難逢的機會，但偏偏他的膝蓋受過傷，就像裝了顆定時炸彈一樣。結果他隱瞞了受傷的事實，還打止痛針繼續練習。結果不但比賽表現不怎麼樣，教練知道他帶傷上場的事還痛罵了他一頓；加上勉強練習留下的後遺症，後來他只好退出田徑隊。受過傷後不好好休養到完全康復，勉強活動只會增加身體的負擔，導致更嚴重的運動傷害。所以你現在不好好養傷，以後搞不好會全身是傷，甚至影響你的選手生涯。不要以為只是小傷而已，到時候後悔就來不及了。」

原本氣勢洶洶破口大罵的老師說到最後聲調冷靜了下來，口吻顯得有些哀傷。除了連之外的其他隊員也都聽到了這番話，話中有種奇異的說服力。

「當事人往往想不清楚，尤其是年輕人常常不會想那麼多。不過……一之瀨，你可千萬不能小看受傷這回事，不要再逞強了。」

老師重重地一巴掌拍在連的腦袋上，聲音大到讓我們覺得動手的人搞不好比較痛。儘管如此，連還是沒有開口答應。

練習結束後，大夥兒在社團辦公室裡換衣服，守屋學長突然開口了。

「剛才聽到的……就是為了參加大專盃田徑賽結果膝蓋受傷那件事，其實不是阿三的好朋友，而是發生在阿三自己身上的事吧。」

「咦？真的嗎？」我吃驚地看著守屋學長。

「我也是聽以前的學長說的，聽說阿三好像是因為膝蓋受傷，念大學時才會退出田徑隊的。」守屋學長有些猶豫地繼續說道。「學長好像也是從以前的校友那裡聽說的，所以不曉得到底是不是真的。聽說阿三本來不打算在上大學之後繼續參加田徑隊的，可是高三那年參加了四百接力並且跑進關東大賽，可惜在決賽時掉棒，結果沒能參加全高運。後來好像一直很不甘心，說什麼都想再參加一次四百接力，上了大學之後才會繼續參加田徑隊的。」

阿三曾經是春野台田徑隊的短距離選手，參加過四百接力還跑進關東大賽，這些事大家都知道。不過倒是沒聽說過傳接棒失誤這件事。

「一直夢想著參加大專盃的接力賽」、「千載難逢的機會」——剛才阿三說過的話在我腦海裡不斷重播。從當年那個橫衝直撞的國中生，在偶然的機會下，被大塚老師挖角到我們學校的田徑隊，直到現在當上我們的指導老師，阿三的田徑生涯其實不算短，其中應該也發生過不少事情吧？如果事實真的如守屋學長所說，阿三對四百接力想必懷有特別的期許；正如連極力想出賽的心情，老師應該也很想讓他上場吧。

我轉過頭看了看連——不只是我，社辦裡的所有人全都盯著連瞧。

連什麼話都沒有說。過了一會兒，他才喃喃地吐出一句話：「我又不是膝蓋受傷……」不等著其他人開口，他又繼續說道：「而且我的傷已經好了，可以跑了。阿三的情況跟我又不一樣！」

守屋學長皺起了眉頭。「可是……」他似乎想說什麼，卻又把話吞了回去。

守屋學長——那個直來直往的硬派守屋學長竟然欲言又止，實在是很少見。其實我也不知道該說什麼才好。叫他乖乖聽老師的話是很簡單，明明是如此簡單的話，大家卻怎麼也說不出口。

隊上只有四百接力晉級南關東大賽，所以其他隊員都已開始為了下場比賽的新目標而展開練習。長距離組和專攻撐竿跳的山下前往其他學校參加集訓，投擲組則在校友菅原學長的指導下進行練習。不論有沒有比賽，三輪老師最常指導的都是短距離組。由於目前短距離組的組員幾乎都是四百接力的成員，只有一年級的後藤和單獨進行其他練習的連在一起，而浦木學長則當起臨時的田徑隊經理，負責幫我們計時並照顧我們。

事情發生在比賽前兩天。當時我正準備要接棒，卻因為阿三的怒吼聲而把棒子給掉在地上，可見他的聲音有多大。

「一之瀨！你在幹什麼？給我停下來！」

大家不約而同地往連的方向看去。那傢伙顯然正在全力衝刺，儘管阿三叫他停下來他也不聽。只見他在全長兩百三十公尺的跑道上全力衝刺了半圈……然後才慢慢減速停了下來。

我飛快地跑到連身旁，其他人也跟著跑了過來。

「不用擔心，什麼問題也沒有。我後天可以出場。」

連對老師這麼說。阿三看著連，彷彿在檢視車禍中撞傷的車體，接著就爆發了——他用力地甩了連一巴掌。

「你這混蛋！不聽我的話就給我滾出去，以後不必來了！」

怒罵之後是一陣令人不知所措的沉默。

三輪老師認真生氣時的眼神實在很可怕。平常他不管再怎麼生氣，臉上總還掛著一絲笑意，大家也不怎麼害怕。可是現在的情況卻不一樣——很糟糕，非常不妙。該怎麼辦才好呢？

「可是我真的沒事了。自己的身體自己最清楚，我可以跑。」

連絲毫不在意紅腫的臉頰，繼續堅持己見。他看不出眼前的情況有多不妙嗎？為什麼還能這麼若無其事地回嘴呢？

三輪老師大大地嘆了一口氣。

「你國中的時候參加過田徑隊，應該很清楚吧？練習時的全力衝刺和比賽時的全力衝刺完全不一樣，出力的方式和身體的負擔也不能相提並論。不是嗎？」老師緩緩地如此說道，語調冷靜得令人害怕。「你說得沒錯，也許是可以跑。也許你可以順利跑完整場比賽，而且什麼事都沒發生，可是不順利的機率可能更大，所以醫生才會判斷你沒辦法出場啊！我不是故意為難你，你以為我不想讓你參賽嗎？事情變成這樣，你以為我真的不懊悔也不難過嗎？」

連不發一語地默默看著老師。老師的眼眶溼溼的，似乎有淚水在裡頭打轉。我心裡好像也有什麼東西正不停湧出。

無論如何都想上場比賽的連，無論如何都希望連上場比賽的其他隊員，其實很想讓連上場卻不能這麼做的老師。

我想自己應該說些什麼好化解這樣的僵局，但卻像啞了一樣擠不出任何聲音或言語。

「老師，對不起。」開口道歉的是守屋學長。學長走到連的身旁，硬是壓著他的頭一起向老師鞠躬賠不是。「老師，請原諒我們。我們沒有遵照你的指示還任性妄為，真的非常對不起。」

「這不是你的錯……」

老師正要開口，就被守屋學長打斷了。

「我身為隊長卻沒有管好隊員，所以是我的錯。我應該好好教訓這傢伙的。」

連看了看守屋學長似乎想說什麼，但守屋學長卻沒有理他。

「也許是我自己還對一之瀨懷有一絲期待，期待著能和他一起參加比賽吧。正因為我還懷有這一點點期待，才讓他沒辦法對比賽死心。都是我太任性了。如果這傢伙又發生什麼意外……」守屋學長沒有繼續說下去，只是緊緊咬著嘴唇。

連不發一語地看著守屋學長的側臉，臉上終於露出不甘心的表情，那是他之前一直隱藏起來的一面。他一直不肯吐露真正的想法，只是故作無所謂地不斷和老師唱反調；終於表現出懊悔的心情後，連的表情似乎也慢慢有所改變，也許是卸下心裡的重擔了吧。

原來是這樣啊……我終於明白了。原來是因為守屋學長——連是為了守屋學長才堅持要跑的。不是因為四百接力的魅力，也不是因為南關東大賽的光環；他是為了更重要的目的才如此堅持的。

「一之瀨，就交給我們吧。」守屋學長乾脆地說道。「桃內、神谷、根岸、守屋，大家都會盡力跑的！」

雖然這時候應該大聲地回答：「嗯！我們會盡力！」可是我一句話也說不出來，還有種想哭的衝動；根岸和桃內也像僵掉似的不發一語。三輪老師緊緊抿著雙唇，只是不停地眨著眼。

一陣漫長而凝重的沉默之後——

「好吧！」連終於答應了。

連那時的眼神和聲音一直在我腦海中縈繞不去，那是一種瞬間超脫懊悔和悲傷的率直反應。

也許我還沒真正了解接力這種競賽的意義吧？還沒真正搞懂一之瀨連這個奇怪的傢伙，也還不太能體會那種田徑選手之間的羈絆吧。

5 功成身退

進入梅雨季節後已經過了一個星期，難得看到太陽一大早就熱辣辣地發威。今天不用練習，但守屋學長和我約了放學後在操場上的單槓旁見面。我到的時候還沒看到守屋學長，只好站在操場一隅等他。星期四棒球隊會在操場進行守備練習，只見棒球隊隊員在我們讓出來的領土上整理場地。

全高運的南關東大賽三天前結束了。比賽的正式名稱叫作「關東地區高級中學田徑賽」，由北關東地區和南關東地區的學校在同一個場地同時進行比賽。今年的比賽場地是埼玉縣熊谷運動文化公園競技場。

四百接力的六名成員加上陪同員和三輪老師，一行人浩浩蕩蕩地驅車前來，前一天就住在比賽場地附近。遙遠的旅程讓人心情愉快，因為很有「進軍關東」的真實感。比縣賽更上一層樓的賽事果然令人熱血沸騰，比賽場地也非常氣派；環繞全場的觀眾席不但沒有草地，還全部附有座位，如此豪華著實令我嚇了一跳。

四百接力預賽是第一天的最後一個項目，決賽則於隔天舉行。儘管我們宣誓「要跑進明天的比賽」，不過那本來就是不可能的事，實際上也的確沒履行這個誓言，但南關東大賽還是令我留下深刻的印象。

從桃內手中接過棒子時動作太快，結果反而沒能順利地加速；不過，在直線跑道上奔馳的感覺還是很棒，彷彿整個身體都充滿了雀躍的力量。把接力棒交給根岸之後，一陣劇烈的疲勞突然襲來，只能呆呆地站在原地看著守屋學長邁開大步奔馳在最後的直線跑道上。守屋學長的側面和背影，我還沒看夠啊。好想繼續和守屋學長一起奔跑——希望明天還有機會。可惜，最後我們只拿到第五名。四十二秒七二的成績，比練習的時候縮短了一秒；只不過這樣的成績終究沒辦法在關東地區嶄露頭角。

直到最後，我仍然沒有體會到參加了南關東大賽的真實感；心裡不住地想著：這種等級的比賽果然不是臨時成軍的隊伍就能贏得了的，也一直對連不能上場這件事耿耿於懷。然而這也讓我想起另一件事——每一場比賽都只有一次機會，沒辦法重來。這和比賽規模無關，每場和夥伴一同奮戰的比賽，都是獨一無二的。

這明明是理所當然的道理，我卻到現在才強烈地體認到。

一生一次——好像有一句俗語就是這麼說的吧！

沒有晉級決賽的選手只能提前離開，不過三輪老師想盡辦法讓我們多留了一天，留下來觀摩隔天的一百公尺以及四百接力決賽。

我和連並肩站在看台上看著一百公尺的預賽，場上的選手跑得都好快。一想到這些選手中的前六名就能進入全高運，不禁感到心頭一緊；再想到連如果上場比賽，也許就在這六個人之中……

放棄參加比賽後，連就像是從被附身的狀態解脫了一般，立刻恢復以往凡事無所謂的乾脆模式，一邊和旁人閒聊，笑著看跑道上的比賽。可是我卻沒辦法那麼悠哉，因為想到自己那時候如果能再超越兩名選手，現在就能站在跑道上了。預賽只有四組，而一組只有六名選手。

看到仙波一也出現在預賽第三組時，連的表情立刻變了，也安靜了下來。而我的心跳則越來越快，也再次強烈體認到仙波和我們一樣都是二年級的事實。那傢伙在神奈川縣稱王，在這裡的表現又如何呢？雖然我希望他也能在關東地區、甚至在全國稱王，但他也才只是二年級的選手。關東地區還有其他很厲害的三年級，根岸訂閱的田徑雜誌裡經常有關於他們的報導。

不論如何，仙波還是跑得很快。他一如往常地衝刺完全程，爆發力十足；那樣的爆發力也震撼了國中時的谷口若菜。仙波第一個抵達終點，但沒有領先很多；第二名來自千葉縣的三年級選手緊緊跟在他身後。

「關東大賽果然……」

我邊說著邊轉頭看向連，卻被他炯炯的眼神嚇了一跳。連的眼神總是清明澄澈，而我從沒看過他露出如此有企圖心的眼神。他探出身子，呼吸有些紊亂，彷彿剛才也上場跑過一趟——也許他真的跑過了也不一定——在心裡和仙波一起跑了那場比賽。

我也想跑！

這樣的心情不知道是不是從連那裡傳來的。那是連的心情？還是我自己的心情？無所謂，應該沒有人不想在這樣的比賽中一試身手吧。熱血沸騰的身體不停顫抖，好想現在就衝上跑道，在眼前這南關東大賽的跑道上奔馳——不過我們之中還沒有人有資格踏上這個舞台。這是通往全高運決賽的最後一關——彷彿全身細胞都深切感受到這個事實，甚至遠比實際參加接力賽時強烈許多。

仙波以一百公尺決賽第二名的成績順利晉級全高運，而高梨則在準決賽中敗下陣來；四百接力的第一名也是鷲谷高中。同為神奈川縣代表，身為一起練田徑的夥伴，我由衷替他們感到高興，但也同時懊悔到幾乎掉下眼淚——好羨慕他們。

「喔！抱歉，你等很久了吧？」

守屋學長的聲音把我從南關東的回憶中拉回現實。前往埼玉參加比賽前，學長剃了個超短的平頭，現在看到仍讓人回想起那一天的比賽。

「今天天氣真不錯！」守屋學長望著操場喃喃地說道。他緩緩地一一巡視過操場中央的棒球隊、靠裡面的足球隊、在專用球場中練習的網球隊和排球隊，接著又若有所思地說：「只剩一個月了呢……」

這句話害我的淚腺有了不妙的反應。下個月的北相模原地區高中田徑賽結束後，三年級的隊員幾乎全部都會退出，開始認真準備大學入學考試。

「往年大概在五月就差不多該交接隊上的工作了，今年因為四百接力晉級了關東大賽，還有一之瀨受傷的事造成不小的混亂，所以才拖到現在。」

守屋學長這麼說道。也就是要找我談下一屆隊長、副隊長和小組長的事吧。雖然早有預感，可是為什麼要找我？而且只約我一個人？

「我們隊上的慣例是由三年級的隊員討論後決定下一屆隊長，大概在學期初的時候就會陸續開會。有時候很快就能做出結論，聽說之前有幾屆一直達不到共識，結果請指導老師代為決定。」

守屋學長看著最早開始熱身的網球隊隊員們，對我說：「今年的時候，大家各自有屬意的人選，不過終於在這個月初達成了共識。簡單地說，神谷，我們希望由你來擔任下一屆隊長。」

「嗄？」因為聽到了遠遠超出預料之外的提議，我不禁做出了極度狀況外的反應。「隊……長？我嗎？」

可是……隊長不是應該由守屋學長這樣的人來當嗎？應該找個像守屋學長這樣的人……

「可是我……」不等我開口數落自己的缺點，守屋學長就打斷了我的話。

「嗯……以前沒參加過田徑隊不是問題啦。你經過一年多的訓練，現在已經能獨當一面了，而且田徑實力也很堅強。由你代表隊上，不論走到哪裡都不會丟臉才是。」

「不，沒那回事！我才沒資格代表大家。何況隊上表現最優秀的是連，論起田徑方面的經驗、知識和穩重老練，根岸也比我好太多了……就算是溝井、入江……都比我好多了……」

「你啊，要是能把這個缺點改掉就很好了啦。」守屋學長靜靜地說道。「你總是習慣先退一步再說，不過我覺得你可以慢慢試著表現自我啊。如果由你帶頭，我想大家都會願意跟隨的。我觀察了一年多，覺得你不但是個值得信賴的選手，也是個值得信賴的人。認真又充滿鬥志，個性開朗，人緣也很好，而且很照顧學弟妹。你很關心其他人，會想辦法幫助他們，而且覺得這麼做是理所當然的。所以，你當隊長再適合不過了。」

我只覺得腦袋裡一片空白。從小到大從來沒有人這樣誇獎過我，更何況這樣誇獎我的人，竟然是身為隊長的守屋學長！

「你願意接下隊長的任務嗎？」守屋學長凝視著我的眼睛如此問道。

由我擔任隊長真的沒問題嗎？這樣的疑問到了嘴邊又被我吞了回去。守屋學長剛才的那番話，健哥似乎也對我說過很多遍──只是說法不大一樣──要對自己更有自信！勇敢地衝上前去，表現自我！要有身為足球前鋒的態度！

「願意！」

我努力給了學長一個毫不拖泥帶水的回覆，雖然心裡總覺得納悶。明明已經不踢足球了，為什麼大家還是希望我像個前鋒，更有魄力一點呢？

副隊長由鳥澤和投擲組的溝井擔任，短距離組的小組長由根岸擔任，中長距離組的小組長則由入江擔任。以上這些是學長告訴我的人事安排。

「連那傢伙……沒有工作嗎？」聽到我有點介意地詢問，守屋學長只是哈哈一笑。

「那個傢伙啊……還是不要指望他比較好吧！」學長帶著笑容又說：「說起一之瀨……他也成長了不少呢！」

「是啊！」我點了點頭。知道守屋學長也注意到連的轉變，心裡真的很高興。

我和學長沉默了好一陣子，靜靜地望著操場上其他球隊的練習。儘管這些隊伍都不是很強，但我知道大家都正朝著自己的目標奮力前進。我們田徑隊也是如此。不論每天的練習或比賽甚至一切的一切，大家都非常努力。

「很高興當初加入了田徑隊。」我說。雖然現在才說已經太慢了，不過此刻，我突然很想把這樣的心情化作言語傳達給守屋學長。

「是嗎？」

守屋學長點了點頭，他的臉上也露出了感同身受的微笑。

「我也有同感。」守屋學長回答。

「嗯！」我也點了點頭。

六月裡難得的爽朗晴天，天空是澄淨的水藍色。操場周圍日漸厚重濃郁的綠意隨風搖曳，初夏的微風吹得人好舒服。

「好想練習喔！」

聽到我的喃喃自語，守屋學長不禁露出傻眼的表情。

「我已經算是隊上酷愛練習的人了，搞不好還比不上你呢！」

「不過我對重量練習的熱情還比不上桃內啊。」

「田徑隊……真是有趣呢。」守屋學長說道。「雖然因為加入了形形色色的隊員而有所改變，不過，這個學校的田徑隊似乎始終保有自己的特色呢！」

「好像可以想像還是高中生的阿三在這裡練習的情景哦。」

「對啊……」

兩個人各自想像起那個畫面，不約而同地大笑起來。

「有些話現在應該可以說出來了吧？不過我只告訴接任隊長的你喔。老實說，你們剛進田徑隊時，我可是真的很擔心你跟一之瀨哩！特別是一之瀨……」

守屋學長似乎回想起什麼，微微往後仰了仰頭才繼續說道：「我升上二年級前的春季集訓時，鷲谷的大塚老師曾經說過：『好的選手需要好的隊伍來培育。』如果身邊沒有能互相競爭激勵的好對手，優秀的選手就算遇到好的指導老師，也很難有所成長。理想的隊伍中隊員之間應該互相砥礪，練習時看到其他人那麼努力自己也會想跟進，比賽時看到別人跑出好成績自己也覺得要加油；如此一來才能互相刺激，大家一起進步。」

「嗯，話是這麼說沒錯啦……」我一邊回想起大塚老師嚴肅的表情一邊應道。

「表現優異的選手如果加入選手素質低的環境，也許可能藉此提高其他選手的程度，但通常反而是優秀選手的水準被拖累。大塚老師常對阿三和其他指導老師提起這件事，我在一旁偶爾也會聽到。一開始並不以為意，直到一之瀨突然加入，我才想起這件事，不知道我們隊上的環境能不能讓那傢伙有所成長呢？萬一一之瀨連毀在我們春野台高中田徑隊，那可就不好了。」守屋學長淡淡地回憶著。

「尤其是自己當上隊長之後，我常常思考自己到底能做什麼。儘管自己在四百公尺的實力還算可以，但同樣身為短距離組的成員，我的速度顯然遠遠差了一大截。就算我是學長，但就選手而言，程度還是不如你們。所以我一直在想該如何面對你們。」

我不知該說什麼才好，只能靜靜地聽學長繼續說。

「我想了很久，結論是只能盡自己的努力做到最好。不只是努力一、兩天就算了，而是每天、每一天，一年三百六十五天都要盡自己最大的努力。不論哪一天、不管是怎樣的練習，都不能苟且隨便。每天都要刷新自己的紀錄，不論是練習或是比賽，甚至只是懷著刷新紀錄的心情也罷。這樣一來不僅能讓自己成為更優秀的田徑選手，也能鼓勵其他隊員跟進——就算是任性善變的一之瀨連，應該多少也會受到影響吧。」

守屋學長的確實踐了他的這番話。如果這番話不是守屋學長說的，恐怕只會讓我覺得是老掉牙的說教吧。

「學長真的很強。」我不禁嘆了口氣。

「聽起來有點像自我吹噓吧？」守屋學長笑了起來。「不過我可沒有那個意思喔，我只是希望把春野台高中田徑隊塑造成一個良好的環境……不論是多麼了不起的傢伙、個性多麼古怪的傢伙、實力弱到不行的傢伙，都能在這裡適性發展。畢竟阿三的個性就是那樣，而且我們隊上人數又少，隊風比其他學校自由許多。大家像是一家人的感覺固然很好，但一個不小心，也可能成為懶散的一丘之貉。」

「嗯！」

守屋學長重重地把手放在我的肩上說道：「神谷，這個擔子就交給你了！」

守屋學長放在我肩上的手感覺更沉重了。

這根接力棒感覺遠比四百接力或一千六百接力的棒子更為沉重。

「你要把這裡變成一個很棒的地方喔！」守屋學長的手再次加重了力道。

操場。隨處可見的灰褐色泥土跑道。守屋學長在這裡畫過幾次跑道線，又沿著跑道線奔跑過幾次呢？不論哪一場比賽上的歡笑與淚水，都是從這裡開始的。對學長和我們其他隊員來說，這裡都是無法取代的原點。

七月二十日，北相模原地區高中田徑賽當天，四位三年級的學長姊從田徑隊退出了。比賽結束後，大家集合在體育場外舉行了一場「再見檢討會」。這是隊上的慣例，由退出的三年級學長姊提出對隊上的感想、反省、建議和期許等等。守屋學長的感言是本校田徑隊史上最簡短的，而浦木學長的演講則是田徑隊史上最冗長的——這是後來阿三告訴我們的。

我只記得守屋學長說了一兩句話之後，就突然說不出話來了，直到最後的最後，大家才看到他掉下眼淚，所有人也都跟著哭了。所有人——因為連也哭了，其他人一定都哭了。而浦木學長就面對著一群哭得稀里嘩啦的隊員，邊哭邊發表了一個多鐘頭的感言。只記得他的感言內容非常豐富，從星象位置講到跨欄技巧等等，但後來我卻不太記得他到底說了什麼。

第三章　摸不到的星星

1　烤肉大會

暑假時舉行烤肉大會是隊上的慣例。為了決定參加烤肉大會要穿什麼，我把衣櫃裡的衣服一件件丟出來攤在床上。買衣服是我的興趣之一，雖然都是些二手衣和便宜貨，久而久之也累積了為數可觀的T恤和帽子。

健哥也常向我借衣服。我老哥是個不論睡覺、約會、練習都靠一套運動服搞定的懶人，每次都是我看不過去，只好拿出自己的衣服幫他搭配造型，拜託他不要穿著海嶺的運動服就去約會。而健哥每次都會抱怨我的衣服太花稍，但還是乖乖穿出門。如果女朋友稱讚他那樣穿好看，他就會把衣服搶走，然後每次都穿那一套出門，直到我再度看不下去。這麼說來，我好像變成了健哥的造型師啊……

老哥現在不知道在做什麼呢。聽說磐田是個鳥不生蛋的鄉下地方，我猜他大概又成天穿著運動服到處跑了吧！不知道他有沒有時間出去玩呢？交到新朋友了嗎？

老媽一個月會去看健哥兩次，每次都得搭乘東海道線電車長途跋涉一路搖晃到靜岡。其實她本來想每個星期都去的，聽說後來健哥阻止她這麼做；不過只要有比賽老媽一定到場，回家後還會詳細地報導賽況。健哥目前參加的主要是球隊二軍之間的衛星聯賽（Satellite League），以及對大專、社會人士隊伍的練習賽。不論是比賽或平常練習，和健哥一起踢球的似乎都是些了不起的球員，光是聽到名字就讓我嚇一跳，感覺淨是些明星球員。「衛星聯賽裡的球員也都很強喔——」老媽特別拉長了尾音，「不過我們小健也是很厲害的！」老媽這麼說的時候，臉上洋溢著幸福無比的神色，我也不知不覺地跟著陶醉了起來。

小時候我曾因為老媽對健哥「太過關心」而鬧過彆扭。不過我們家的情況比較奇怪，不是兄弟倆爭著要母親疼愛，而是我和老媽搶著討好健哥。如果健哥一直和老媽聊天我也很無聊，所以會纏著找他說話。就算他和老媽聊天聊到一半，也會停下來聽我說話，從來不會嫌我吵或叫我走開。這樣的兄弟關係好像不大常見吧？

要不要去磐田看看呢？我還沒看過成為職業球員的健哥踢球，雖然他叫我等他成為一線選手之後再去看，但我還是想先見識一下。記得他星期天應該有比賽吧？

今年烤肉大會的蔬菜一樣由大洋鯨隊連鎖超市「阿桑Q」平價供應，我們借用學校的廚房進行準備工作，先把蔬菜洗過切過後裝進塑膠袋裡備用。看到谷口比身旁其他隊員快上三倍的熟練動作，心裡的感動又比去年看到時多了幾分。

準備工作結束後，大家各自拿了一些處理好的蔬菜，騎著腳踏車往相模川的河岸前進。從學校到昭和橋下大概只要十五分鐘，這段路程去的時候很輕鬆，回程的時候就……比較辛苦。

小學的時候老師就教過，相模原屬於河階地形，而且可清楚地畫分出上層、中層和下層。春野台高中位於上層的南端，所以到河邊會經過兩個坡度很陡的下坡；連那傢伙總是不煞車一口氣往下衝，嘴裡還大喊著「時速兩百公里！」之類的。真是的，也不想想自己的傷才剛康復沒多久……不過他每次都這樣就是了。而橋本、山下、五島和桃內也會跟在連後頭往下衝，活像一群倉卒成軍的飆車族。去年我也曾是飆車族的成員之一，不過今年為了看好一年級的學弟妹免得走散，只能騎在隊伍最後面。唉，負責管理大家真是無聊啊！話說回來，鳥澤好歹也代表隊上的女生出任副隊長，可是卻緊追在飆車小隊後頭跟著發瘋。

每逢這種團體行動，谷口總是理所當然似的慢吞吞地跟在最後，而我則不得不以緩慢的速度在更後方壓陣。這種速度實在讓人想打瞌睡，所以我稍稍加快速度追上她，試著跟她聊天。

「妳弟弟最近還好吧？」

谷口一臉吃驚地突然轉過頭來，以致整部腳踏車都跟著搖搖晃晃的差點要摔倒。看來這傢伙的運動神經真的不太發達……

「嗯，很好。」

這樣的回答音量對谷口而言算是很大聲的了……

「你哥哥呢？」

……竟然還主動問起我的事。

「嗯……不知道。」

明明隨便回個「嗯」或「還不錯」就好了，我為什麼要這麼認真呢？健哥考上海嶺之後就很少在家，不過我一直很清楚他的身體和心理狀況。自從他離家前往磐田，我們並沒有互通電話或簡訊——因為沒那個習慣。老媽倒是沒事就傳簡訊給健哥，不過他似乎很少回；看到老媽不時留意手機卻沒收到回應那種失望落寞的表情，我更不敢傳簡訊給他了。不過我倒是常常想起健哥，不知道他最近過得好不好，身體狀況如何。想起他的時候其實意外地不怎麼寂寞，只有一點點懷念的感覺和一股勇往直前的能量油然而生。不用問也知道，健哥現在一定非常非常非常努力，所以我也得加油再加油才行。

啊——突然好想去找健哥，好想親眼見證他努力不懈的身影。我稍稍加快速度和谷口並排前進。

「後天是星期天，我打算去看健哥踢球。因為剛好有衛星聯盟的比賽。」

「在哪裡舉行？」谷口問道。

「磐田。」

「你要遠征磐田啊！真好——」

「磐田是不近啦，不過其他場地也很遠啊，像千葉就很遠，名古屋就更遠了。」

谷口咯咯笑了起來，聽起來好像小鳥在叫。她有時候會這樣笑，但總覺得和她平常那種安靜老實的模樣搭不太起來。她笑完之後又說：「偶爾出遠門也不錯啊！」

「那妳要一起來嗎？」

這句話本來百分之百只是開玩笑的。我萬萬沒想到的是，谷口頓了一拍，深深吸了一口氣後用力點了頭，結果沒抓穩龍頭又搖搖晃晃地差點摔車。其實，我聽到她這樣回答時，抓住龍頭的手也晃了一下。真的假的？咦？她真的要跟我一起去嗎？我是無所謂啦……話是這麼說，其實心裡高興得不得了。她這麼說是願意跟我出去玩的意思嘍？

烤肉大會的肉品、飲料和烤肉用具一向都由二輪老師幫忙準備並開車送來。已經畢業的河野學長位於相模台的老家正好經營肉店，說今年可以算便宜批發給我們，所以老師應該已經開車過去載了。騎到下當麻附近時接到老師打來的電話，說會晚一點到，要我好好看著大家別做出什麼危險的蠢事。

等我到達橋下正要騎下河岸時，隊上一半以上的人早已脫了鞋子或涼鞋下水去了。

相模川是禁止游泳的，而這一帶因為河面不寬，靠近對岸處的水流相當湍急。不知是不是昨天下大雨的關係，河水呈現混濁的褐色。位於上游的高田橋和下游的二之橋一帶是著名的觀光景點，風景也比較好，但其實這裡才是一般人不知道的好地方——情侶祕密約會的地點、小鬼們的遊樂場、不良少年聚集的地方、烤肉、塗鴉藝術的聖地……水泥橋墩上滿是流行藝術之類的塗鴉，每次看到最前面的塗鴉上那個撩人美女的臉龐，就讓我興起像美國人那樣說FUCK的衝動。

突然想起我和連一起幹過的壞事之一。記得是小學五年級的時候吧？有一次我留在連家過夜，晚上兩個人溜出來騎腳踏車，跑到高田橋附近，偷窺橋下河岸邊一堆車子裡的車震情景。儘管夜色昏暗什麼都看不到，但藉著橋上來往車輛的車燈光線仍可略窺一二；如果車裡的女生呻吟得很大聲，我們也聽得一清二楚。小學五年級對這種事還不是很有概念，聽到叫床聲也不至於有生理反應，只是感覺怪怪的。反正當時這麼做只是為了追求刺激，萬一車上的男人下來逮人再逃跑就好了——實際上我們也真的逃掉了，因為兩個人都對自己逃跑的速度很有自信。話說回來……連早就有過那種經驗了，我卻還沒。一想到這件事就讓我很嘔，同時也深受打擊。

五島有個從國中交往至今的女友，桃內也透過自己網站的網聚認識了現在的女友；我也很想交女朋友啊！放暑假前，班上幾個比較聊得來的女生約我一起去海邊，可惜我得參加集訓而沒辦法去。對了，谷口若菜說要和我一起去磐田呢！不過這應該不算約會吧？而且還不知道去不去得成呢？

我四處搜尋著谷口的身影，最後發現她和雙胞胎姊妹一起在河邊玩，雙胞胎姊妹拿著橡皮筋把谷口的娃娃頭側綁成一個小馬尾。看到谷口和其他人在一起而不是一個人發呆，讓我莫名地放下心來。發現一旁的根岸也和我看著同一個方向，便開口問他：

「那對雙胞胎，哪個是姊姊哪個是妹妹啊？」

「穿粉紅色的是姊姊明日香，穿白色的是妹妹今日香。」

根岸迅速地用T恤的顏色回答了我的問題。

「你為什麼分得出來呢？」

我倒是常常認錯人而挨那對雙胞胎罵。

「穿的衣服不一樣啊！」

根岸一臉不耐煩地回答我。其實就算她們穿一樣的衣服，阿根還是能在一瞬間分出誰是誰，好像她們是他生的一樣。我老是懷疑阿根是不是有什麼超能力，不過換個角度想，或許這只是因為他喜歡其中一個雙胞胎也說不定。

連早就跳進河裡了，而且還走到接近上游的地方；只有鳥澤一個人追著連的腳步，和他逆流而上爬到新昭和橋一帶。鳥澤一如往常不顧形象，還踮著腳尖朝連潑水。雖然這麼說恐怕會被鳥澤踹飛到操場另一頭，不過她一定很喜歡連吧。每次看到連一個人在一旁閒晃，她一定會跟過去。隊上女生幾乎都是連的支持者，但鳥澤的情況顯然又不大一樣。

儘管阿三大聲疾呼隊上禁止戀愛，但是男女隊員天天一起熬過辛苦練習，一起參加嚴苛比賽，難免會日久生情啊。想禁止隊員間談戀愛根本是不可能的任務。隊上的誰對哪個人有意思其實不難發現，從他們的眼神和表情就看得出來了——尤其是這種活動的時候更容易看出來。如果沒有老師的戀愛禁令，會有人主動和喜歡的對象告白嗎？聽說在我們進社團之前，曾經有學長姊瞞著老師偷偷交往。

我遠遠望著和鳥澤獨處的連，這兩人倒是意外相稱的一對，不知道連是怎麼想的？那時候他被女朋友甩了，我卻沒有好好聽他訴苦，到現在還是覺得有點過意不去。連沒有表現出特別難過的態度，當時隊上又因為四百接力的事搞不定而一團混亂，以致我也無心在意他失戀這件事。不知道他是不是還忘不了克萊兒。正當我呆呆地想得出神時，突然聽到有人放聲人喊：

「隊長——」

「阿三什麼時候才會到啊？我快餓扁了啦——」

隊上的大胃王——投擲組的溝井正蹲在地上呻吟，我只好拿出手機再打給阿三。接電話的是河野學長，說再五分鐘左右就到了。飢餓難忍的溝井從塑膠袋裡掏出青椒直接就往嘴裡塞，還放了一兩片在太陽直曬的石頭上。

「喂！隊長，我們先來烤蔬菜吧！放在袋子裡悶太久也不好，拿出來放在石頭上說不定可以烤熟喔！」

「好啊，那你就在石頭上烤好了。就這麼決定了，你要吃的肉待會也放在石頭上烤吧！」

我從溝井手上搶回塑膠袋時，老師的車才終於開進河岸邊。

八月天的下午就算是橋下的陰涼處還是很熱。三輪老師和河野學長從家裡搬來了鐵板，大家也忙著找來大石頭和橋墩處的水泥塊架起鐵板，開始生火。三輪老師和根岸都是野外求生的強者，生火的手法也各有巧妙之處；有流派之別就難免有高下之分，兩人似乎也在比賽誰生火比較快。不曉得是因為當老師當習慣了還是故意留一手，阿三總是不忘詳細指導生火技巧，動作反倒不如根岸利落。早一步生起火來的根岸就像比賽贏了般大呼小叫，阿三只是「嘖」了一聲，還說什麼「那樣生火沒多久就會熄掉啦！」「不行啦，要多留點空隙，空間太小是不行的！」而根岸則在一旁瞇著眼睛，一臉自信滿滿地嘻嘻笑。

鐵板燒熱之後倒上油，放上肉片和蔬菜發出「啪滋啪滋」的聲音，這時被貪吃鬼附身的可就不止溝井一個人了。

「喂！要完全烤熟了才能吃啊！半生不熟的肉吃了對身體不好喔！河野家算我們便宜，所以我買了很多，你們用不著搶啦！」阿三扯開喉嚨大喊。「別忘了也要吃點蔬菜喔！是根岸家賣的，很好吃的唷！喂！那邊那組！神谷，你要看好他們喔！」

幹嘛看好他們啊？又不是小孩子，管他們是吃生肉、不小心燙傷，還是不吃青菜，那都是他們自己該負責的事。我光顧著吃都來不及了！

理論上自己想吃的東西應該自己烤來吃，不過我們這組卻變成根岸和谷口負責烤給大家吃。我把裝了食物的盤子遞給他們，邊說「我來烤就好」邊把他們從鐵板旁趕開，結果笨手笨腳地烤了沒多久，又變成根岸在旁邊幫肉片翻面，谷口開始在鐵板上烤蔬菜了。看看對面那一組，汗流浹背的三輪老師果然又變身為鐵板大廚。老師做的炒麵超級美味，大概是我十六年的人生中吃過最美味的。雖然是再普通不過的醬炒麵，但看著老師快速翻炒十幾人份的麵條，大家一起搶著吃，味道特別美味吧？唯有做這道炒麵時，老師不讓根岸一個人幫忙，從拆包裝、弄散麵條、開調味料包等工作，都由大家一起動手。

和去年一樣，今年一路大吃到最後的仍然是我和溝井。連是最早放下筷子溜回河裡泡水的，這傢伙還真是愛玩水啊！沒辦法，他的腦袋大概還跟小學生沒兩樣吧。

「辛苦了！」

看到根岸靠在石頭上一副很累的樣子，我從冰桶裡拿出冰涼的綠茶倒了一杯遞給他。

「今天的流汗量和集訓時差不多喔！」我這麼慰勞他。

「還好啦，這還不算什麼。」根岸拿起杯子咕嚕咕嚕灌下冰綠茶。「還不至於造成肌肉裡乳酸的堆積。」

這算哪門子衡量疲勞程度的標準？

「不過說到集訓……」根岸喃喃地說著。「這次總覺得結束得太平和，不夠刺激。」

「本鄉老師不至於太嚴厲，連也都乖乖吃飯……」

「也沒有趁夜逃走……」

想起去年的情形，兩個人不約而同露出苦笑。

「……有所成長了吧。」我說。

「你說連？」

「大家啦！」

「嗯。」根岸點了點頭。

雖然每天練習時沒有特別注意，但嚴格的夏季集訓後，確實發現肌肉疲勞的程度遠比去年減輕許多。不知明年還有沒有機會參加夏季集訓，不過可以肯定的是——我的身體到了明年一定會更加強韌。

「唷！新隊長！」河野學長從對面的鐵板走了過來。

「嗯……肉很好吃，謝謝學長。」我大聲向這位肉店小老闆致謝。河野學長是比三輪老師小一屆的學弟，聽說現在已經是兩個孩子的爸了。

「聽說你們今年的四百接力跑進了關東大賽啊？我本來也想去加油的，可惜實在挪不出時間來……」河野學長臉上露出十分遺憾的表情。

「謝謝學長的支持……」儘管我這麼回答，心裡卻有一絲絲苦澀油然而生。「可惜隊上的王牌受了傷，沒辦法上場……」

「是啊，我聽說了。」河野學長點了點頭。「阿三應該也很懊惱吧……不過沒關係啦，明年還有機會。」河野學長一臉遺憾地如此安慰我，彷彿也感同身受。

原來學長也稱呼三輪老師「阿三」啊……一想到阿三從以前就叫作阿三，不免覺得好笑。

「想當年，我也參加過四百接力喔……」河野學長似乎陷入了往日的回憶。「我們當時的隊伍也很強，隊上的王牌是一位姓金本的學長，他跑得可快了，最佳紀錄好像是十秒八四吧？其他人的最佳成績大概都在十一秒多，而我是其中跑得最慢的。不過這也是沒辦法的事，因為只有我一個人是從跨欄組調來參加短距離比賽的。記得那時候我是第一棒，第二棒是跟我同屆的森，而阿三是第三棒。在大塚老師的魔鬼接棒訓練之下，大家都覺得有機會跑進全高運；老師不斷地幫大家打氣加油，隊員們也都鬥志高昂……」

聽到這裡，我和在一旁的根岸不約而同地互望了一眼。學長說的應該就是那件事吧？之前守屋學長曾告訴過我們……

「聽說……後來傳接棒好像出了點差錯？」我戰戰兢兢地如此問道。

「嗄？」河野學長瞇起眼睛擠出了眼角的皺紋，表情複雜地笑著對我說：「我現在還常常夢到那時的情景呢……」

那是多少年前的事了啊？一時失敗造成的心理創傷不會一輩子都難以磨滅吧？

「發生那種事不能怪誰……」河野學長邊說邊嘆氣。「不過當事人一定很難不自責吧！」

「所以掉棒的是……阿三？」我提心吊膽地問道。

「第三棒沒能順利傳給第四棒。」河野學長如此回答。

「那時候第一棒的我已經跑完了，所以一直看著……但還是不清楚到底發生了什麼事。不知道是金本學長太早起跑，還是阿三追不上他；總之金本學長起跑之後不知為何突然停了下來，阿三差點撞上他，所以才會掉棒。後來金本學長撿起棒子繼續跑完全程拿到第八名，不過和前面七名相差很多。當時全場都為我們拍手，我卻只覺得吵死了——直到現在我還記得很清楚。對了，那應該是南關東決賽時的事。」

河野學長描述的情景彷彿歷歷在目，雖然是很久以前的故事，聽了還是心很痛。

「實在令人猜不透呢！本來大家以為金本學長上了大學後還會繼續練田徑，結果他卻放棄了；現在在貿易公司上班，人在美國。反倒是阿三以一般生的身分考上大學後，繼續參加了田徑隊，其他不論是當時的接力成員，還是跟阿三同屆的田徑隊員，都沒有人像他一樣繼續堅持下去。不過阿三的膝蓋在高中時就受過傷，後來腳踝和其他部位也跟著受傷，結果好像在大三那年退出了田徑隊。」

回想起往事，河野學長露出一副心有戚戚焉的表情。

「你們別看阿三那個樣子，他搞不好才是最放不下田徑的人。雖然打死他都不會承認，總是一副凡事都無所謂的樣子，其實那只是他故意裝模作樣罷了。那傢伙從以前就是那副德行啦！」

「我知道……他對田徑其實是充滿熱情的。」我說。

「大概是去年四月的時候吧？他特地打電話告訴我隊上來了很強的選手，高興得不得了呢！」河野學長笑著說。「可是又說什麼……不能太期待那兩個傢伙。」

那兩個傢伙？

「就是說連和你啦！」根岸瞇著眼睛笑著說。

「阿三對我說，我們只是普通公立高中的田徑隊，為了激勵條件較好的選手，也得讓其他隊員稍微有點進步才行，這是身為教練該做的事。明明就樂得特地打電話通知我，還故意裝模作樣！」河野學長繼續如此說道。

我就是喜歡阿三這一點，連一定也是這樣。鬧出了那麼多狀況，那傢伙還願意待在隊上，我想應該是因為阿三沒有對他另眼看待的關係。之前聽根岸說過，有些學校的田徑隊為了栽培某一位優秀選手，會要求其他隊員配合練習。依照連那種彆扭至極的個性，恐怕沒辦法待在那樣的團隊裡。

河野學長似乎想起什麼有趣的事，突然噗哧一聲笑了出來。

「對了，那個人其實很喜歡指導別人呢！我以前也常接受他的指導。阿三他還滿用功的，念高中的時候，就常抱著雜誌和書籍猛啃理論，也喜歡發表意見；有時候挺感謝他的，有時候也覺得他實在很囉唆。還有，他的練習筆記總是巨細靡遺。雖然阿三最常惹大塚老師生氣，卻也是最認真聽老師教誨的學生。所以他退出大學田徑隊之後，旋即回到春野台指導學弟妹時，大家都不意外。而且他當上老師的第六年就調回母校，也表示他跟春野台高中還有孽緣未了吧！」

「你們在聊些什麼啊?從剛才一直講個沒完！」三輪老師不知何時走了過來，往河野學長腦門上揍了一拳。「幹嘛老是嘮叨些沒營養的內容啊？你應該還沒老到喜歡講古吧！」

河野學長揉了揉被敲痛的腦袋。

「我已經脫離田徑這個圈子很久啦，總是會想提一提當年勇嘛！」

「我也早在八百年前就脫離這個圈子啦！」三輪老師皺起眉頭說道。

「你不是還待在田徑場上指導學生、對著他們大吼大叫嗎？教練可是這個圈子的中流砥柱呢！真令人羨慕啊！」

「羨慕？那你把肉鋪收掉來當老師啊！」

「辦不到。」河野學長笑著說。

「算了，不過你有空也可以來田徑場露個面吧！今年隊上有個不錯的跨欄選手，你也幫我教教他嘛！我叫他來給你認識認識……」

三輪老師邊說邊以目光搜尋著五島的身影。

「雖然這位河野學長現在胖了不少，當年可是個優秀的選手，在田徑錦標賽裡表現優異呢！」

聽到三輪老師這麼說，這位專攻一百一十公尺跨欄、曾擔任四百接力第一棒的前田徑選手不好意思地苦笑了起來。

「五島！」三輪老師朝著隊上現役的跨欄選手大叫，並對他招了招手。

我決定把河野學長對我說的話一五一十地轉告連，也要告訴桃內和其他四百接力的成員。

一定要讓他們知道這件事。

——你們別看阿三那個樣子，他搞不好才是最放不下田徑的人。

河野學長的話深深烙印在我心底。其實我也聽過阿三稍微提起這段往事——就在連無視於自己的傷勢堅持想參加南關東大賽那陣子，我曾經以「朋友」的身分聽阿三提起這段大學時代的回憶。

連續兩次失敗的挫折——一次是只差一點就能參加的全高運，一次是勉強帶傷上陣的關東區大專盃田徑賽——高中時代和大學時代兩場重要的四百接力比賽，結果都沒能奮戰到最後。

我遠遠望著三輪老師的側臉，只見他正跟河野學長和五島聊得口沫橫飛。也許是個性使然，他確實從不讓人看出過去曾經如何不堪。而經歷過如此嚴重的挫折卻仍「繼續堅持」留在田徑場上，這或許正是阿三堅強的地方。

三輪老師沒能達成但一直希望達成的目標，希望我們達到的目標究竟是什麼？總覺得應該不只是讓我們的四百接力隊伍首次登上全高運的舞台才對。

或許是在成績上進步〇·〇一秒、多拉開一公分的距離，順利通過預賽進軍決賽、順利通過地區預賽進入縣賽，挑戰無限的可能——跑步的姿勢、跑步的方式、跳躍的方式、投擲的方式、比賽時的心理調適，甚或是田徑競賽以及大家一起練田徑這件事本身。

希望自己能有所回應。

我忘了夏日的炎熱——儘管最喜歡的灰色手染背心和網眼五分褲早已因為汗水而溼淋淋的。一陣熱呼呼的風吹過，帶來草地的焦味；蟬鳴聲大得讓人頭暈腦脹，幾乎要完全蓋過淙淙流水的聲音。總覺得胸口好像有什麼在燃燒，讓我突然好想奔跑。不顧一切地奔跑，盡情奔跑——越拚命越好。

走到河邊撿起一塊扁平的石頭試著打水漂……一下、兩下、三下、四下……

「……不對吧？」根岸磨磨蹭蹭地站到我身後物色起石頭。「不是那樣丟的啦！」

「好想跑步喔！」我一邊撿石頭一邊喃喃自語。

「不要開這種爛玩笑！」

在一旁聽到的根岸拿起石頭作勢要扔我。

2　星星與青蛙

「小新，放假不用練習的話，要不要一起去看比賽？」老媽難得開口邀我，我只是淡淡回答一句「嗯，我會跟朋友一起去」，其實心裡七上八下忐忑不安。依谷口若菜那種個性，雖然不至於突然說「我只是開玩笑的啦」，但還是很有可能會說「對不起，我還是沒辦法去」之類的話。沒辦法，我實在搞不懂這個女生。傳簡訊跟她約時間的時候，我曾經試探性地問：「妳是健哥的球迷嗎？」她回答：「一點點。」一點點是什麼意思啊？這種說法對那個足球天才太失禮了吧？——何況他還是我哥耶！我不禁有一點點憤慨，卻又有點慶幸，還好她不是健哥的「死忠」球迷。話說回來，那她為什麼要陪我一起千里迢迢遠征磐田呢？複雜的心情和疑問在我腦海中糾結成一團。還是說她對我有那麼一釐米還是兩釐米的好感？應該不可能吧……

老媽給了我兩張青春十八（註）的車票，所以我們決定從小田原站搭各站停車的普通列車慢慢晃到磐田。沒耐性的人大概沒辦法忍受這種緩慢移動的旅程，還好谷口說她不介意，而且還滿喜歡這種旅行的。的確，這種慢慢來的作風倒是挺像她的。老媽這次也和朋友有約，所以一起坐特快車先下去了。其實直接搭小田急線不用轉車就能到小田原站，不過快車不停靠離谷口家最近的小田急相模原站，所以我們決定先約在海老名站會合。

為了搭配今天要穿的衣服，我昨天晚上煩惱了一個小時；一方面是因為要和谷口一起出門，一方面又覺得好像不是單純出去玩。說起磐田喜悅隊，第一個想到的就是贊助商PUMA，所以我挑了衣櫃中唯一一件印有PUMA商標字樣的藍色T恤；因為不想完全走運動風格，於是配了一條五分長的寬鬆工作褲和NIKE的AQUA SOCK戶外運動鞋，至於帽子就選那頂有點破洞的牛仔棒球帽吧！再多別幾個圓胸針裝飾一下就好了。而谷口明天又會做什麼打扮呢？

搭電車經過相模大野站後，我突然莫名地緊張了起來，感覺好像會遇到認識的人。為什麼會有這種做了壞事的感覺呢？又不是偷偷約會，早知道應該大肆宣揚，讓隊上的人知道就好了。雖然一定會被開玩笑或是被罵，不過事先公開，心情上總是比較輕鬆。

抵達海老名車站時比約定的時間早了十分鐘，正想著谷口應該還沒到就看到她的身影，不禁嚇了一跳。我和谷口再次走進剛走出的車廂，明明還有空位，兩人卻都沒有坐下的意思，結果一起站在車門旁邊感覺反而更像情侶。兩人保持著一段距離站著，由於谷口個子比較小，低

註：可在特定期間無限次搭乘ＪＲ全線普通列車的優惠車票。

下頭剛好看到她戴著遮陽帽的頭頂。我根本沒心情觀察她穿了什麼，甚至沒辦法正視她。這還是我從小到大頭一次跟別人在一起時這麼安靜，完全想不出該說什麼才好，總不能說「今天天氣真好啊！」這種廢話吧？真是的，該怎麼辦啊？電車接下來還要開好幾個小時耶！

電車經過厚木車站之後開上了鐵橋，橋底下就是相模川。明明兩天前才在那裡烤過肉，現在卻覺得彷彿是很久以前發生的事。

「對了，烤肉的時候有吃到很多肉嗎？」我好不容易才終於想到一個話題。

「吃了。」谷口回答。

「可是我看妳一直在烤蔬菜類的啊？」我還是沒辦法正視她的臉龐。

「因為男生們只顧著烤肉啊！」

聽到她略帶不滿的語氣，我忍不住看了看她的臉，沒想到她卻笑了，看起來十分輕鬆愉快的樣子。我終於稍微鬆了一口氣，心情也沒有剛才那麼緊張了。

谷口穿著白色和水藍色的橫條紋T恤配七分牛仔褲，藍色花紋的棉質肩背包很有夏天的感覺……我這才終於鼓起勇氣打量起她的打扮。

「明年的北相模原地區高中田徑賽……」谷口竟然主動打開話題，讓我有一點點訝異。

「我應該會哭吧？」

「妳今年不就哭過了？」我回道。

「最後的一千六百接力……」

儘管谷口的話沒說完，我卻非常明白她的意思。北相模原地區高中田徑賽最後一項競賽是一千六百接力，最後一棒守屋學長在快到終點的直道上超越了一個人，最後拿下了第二名的成績。因為一千六百接力的成績讓我們學校的總名次前進了一位，後來拿到了團體第三名。當時隊上的成員欣喜若狂，彷彿拿到的是全國大賽團體第三名一樣。雖然全高運系統的預賽也是採團體排名方式，累積各項競賽的總成績計算參賽學校的名次，不過就我們學校目前的程度而言，恐怕只有在北相模原這種地區性的競賽中，才有可能拿到前三名吧？

這次競賽是連受傷康復後的第一戰，他只參加了兩個接力項目的決賽。一千六百接力的成績刷新了春野台高中的紀錄，雖然四百接力沒有跑出縣賽的成績，還是遙遙領先其他隊伍拿下了第一名——感覺真好。

「恭喜妳有機會參加北相模原地區高中田徑賽呢。」

我之前傳簡訊向她說過，這回倒是第一次親口對她說。由於雙胞胎中的妹妹——原今日香前陣子從學校樓梯上摔下來扭傷了腳踝，谷口才終於有機會遞補上陣比賽；這也是她轉組之後，第一次參加事先舉行過隊內甄選的比賽。

谷口臉上露出了似笑非笑的表情，也許是覺得不該因為學妹受傷而沾沾自喜吧？

「而且妳還刷新了自己三千公尺的最佳成績呢，這不是很好嗎？」

我如此肯定她的表現。正式比賽時果然比紀錄賽時更容易跑出好成績啊！

「嗯……我很喜歡海老名體育場跑道的顏色喔！」

谷口笑咪咪地看著我，突然冒出這麼一句風馬牛不相及的話。

「妳說那個藍色的合成橡膠跑道？」

第一次看到的時候，那個顏色也讓我印象深刻。

「對啊，好漂亮，而且有種清涼的感覺。」谷口繼續說道。「比賽越跑越辛苦的時候，我就會想像藍色的跑道很涼快，想像自己奔跑在水或是河流上。」

「明明就很熱好嗎？感覺像要燒起來似的。手碰到跑道時燙得不得了，還懷疑自己是不是燙傷了呢！」

我想起當時真切的感受這麼回嘴。比賽那天一大早太陽就熱辣辣地發威，天氣熱到讓人幾乎要昏倒。

「啊……是這樣啊……」谷口的回答似乎夾雜著嘆息。「我今年沒有摸到跑道呢。」

啊，對喔？谷口從短距離組轉到長距離組之後，就沒機會採用蹲踞式起跑了，當然也不會摸到跑道。也許正是因為長跑競賽需要繞著跑道跑很多圈，才會對跑道的顏色印象深刻吧。原來轉換專攻項目之後體會到的事物也不一樣了啊……她真的不後悔嗎？真的對短跑沒有留戀嗎？然而谷口若菜那對水汪汪的大眼睛裡並沒有迷惘，反而透出一種從容凝望未來的柔和光芒。我突然想到，原來一個選手或是一個人的強韌度，並不是靠成績和名次就能衡量的。

「秋天還有馬拉松大賽呢！」來聊聊將來的事吧。

「在那之前還有新人賽呢！」

話題卻被拉回了不久之後的將來。

認識谷口的一年三個月以來，我跟她說過的話可能還沒有這一路上聊的多。這段旅程真是緩慢又漫長，有人陪真是太好了。

抵達磐田車站後，我們轉搭巴士前往喜悅隊的主場。谷口說這是她第二次來看球賽，害我嚇了一大跳。原來她爸爸是名波浩選手的球迷，而她自己則很欣賞福西崇史選手。這種事應該早點跟我說比較好吧？然而她卻現在才告訴我，而我也終於明白她今天為什麼願意跟我一起來了。

球賽開場時間是下午三點，我們抵達的時候才剛過兩點，但球場的C入口已經開放進場了。門票要價日幣五百圓，不曉得這樣算貴還是算便宜。我本來打算幫谷口出門票錢，卻被她堅持拒絕了。

光是從看台上看到足球專用球場上整片綠油油的草地，胸口就有種滿滿的感覺。這種心情絕對不是感傷，而是我從小到十五歲為止努力練足球的證明。玩足球的小男生多少都夢想過這樣的情景——有一天能當上職業球員，在這樣的球場上踢球。然而整個日本之中，能實現這個孩提時代夢想的人卻寥寥可數。

站在突然停下腳步的我身邊，谷口也緩緩地巡視著整個球場。雖然我們什麼話也沒說，但我卻好像能夠理解她現在的心情，彷彿有種宛如沁涼微風的感覺徐徐流淌而過。

「小——新——！」老媽的女高音劃破了我和谷口的夏日美夢。「我們在這裡唷！」

老媽在走道後方的觀眾席上往這邊猛揮手。在她身旁的是野田學長的媽媽，而野田學長則是老哥在念海嶺國中部時就和他一起踢球的隊友。我和谷口一走近，老媽立刻瞪大了眼睛，還露出一臉過剩的微笑。儘管覺得老媽一定誤會了什麼，我還是一一介紹大家互相認識。這種時候看到媽媽們那種夾雜著好奇和祝福的微笑，感覺真是一點也不舒服啊！

「我們去前面一點的位置看喔！」總之我只想趕快逃走再說。反正觀眾席上很空，也沒必要硬擠在一起吧。

「好好好，我知道了。」

老媽邊說邊加強了微笑的力道，看來這下誤會更大了。算了，我也懶得解釋。既然都來到這裡了，乾脆就挑在球員休息區後的看台第一排坐下。雖然看台前的圍牆遮住了邊界線，視角太小，也看不清整個球場上的情形，但我今天只想在近一點的距離下看清楚健哥的身影。

對面的副看台今天沒有開放，漆成水藍色的座位拼出的巨大Jubilo字樣在大太陽下閃閃發光。主看台上雖然曬不到太陽，但仍舊很熱；球場上想必也十分炎熱吧！

心臟撲通撲通地跳得好快，感覺好像是自己要上場比賽一樣。我心想應該找個話題和谷口聊一聊，但滿腦子都是大太陽下閃著耀眼白光的球場草地。谷口拿出寶特瓶裝的茶飲喝了幾口，靜靜坐在一旁。這個女生總是如此安靜，但她的沉默感覺很溫柔，並不會緊迫釘人。突然有點慶幸陪我來的人是谷口，否則不管是多漂亮多有魅力的女孩子在旁邊吱吱喳喳講個不停，今天的我恐怕都沒辦法搭話吧？

啊！有人出來了！穿的是東京日視隊（Tokyo Verdy）的球衣……啊，穿著喜悅隊球衣的球員也出場了。還沒有看到健哥的身影……啊！看到了！13號？背號13號不就是先發球員嗎？之前聽老媽說過，衛星聯盟的比賽中選手用的都不是自己原來的背號，而是由背號數字越少的球員優先上場。我一邊因為親眼看到健哥穿著喜悅隊球衣的身影而感動，同時也因為不知道他有沒有機會上場而擔心，結果搞得自己頭昏眼花。

「13號耶……」我想告訴谷口這件事，聲音卻因興奮而有些沙啞。

「是啊……」

谷口的聲音雖然小，卻很清楚。我轉過頭望著她，只見那對有如嬰兒的黑色大眼睛正直直望著健哥。突然有種奇怪的感覺，想叫她別盯著人家看。為什麼呢？我明明就是帶她來看健哥的，為什麼又不希望她看呢？

健哥抬起頭來望向看台，似乎在尋找什麼人。目光交會時，他揮著手露出了笑容——他在看我嗎？谷口用手肘輕輕推了我一下，我想出聲卻一句話也說不出來，好不容易才舉起手來向他揮手打招呼。好棒啊……

兩隊的球員全都出場開始熱身，廣播也開始介紹各隊的球員。大型液晶螢幕上顯示出兩隊的先發球員名單，卻沒有健哥的名字。不可能吧……怎麼會這樣呢？我連忙跑到後面去跟老媽確認。

「小健早上傳簡訊來，說他今天應該有機會上場，也許是下半場就是了。我傳簡訊告訴他今天小新也會一起來，他才很難得回我簡訊呢！」

原來是這樣啊……那我就放心了。

老媽拿出她拿到的出場球員表給我看，候補球員的地方有健哥的名字，還清楚地列出了每位選手的守備位置、背號、名字、年齡和背景來歷。喜悅隊的先發陣容中有三名首席球員是我聽過名字的，至於東京日視隊的陣容則是一概不知。上場的幾乎都是十來歲的年輕球員，也就是隸屬於球隊旗下的組織，但未正式簽約成為職業球員的高中在學球員。球員表上有些人的年齡比我還小，也就是說這些球員都和我差不多大。雖然最後真正能進入職業球隊的人少之又少，但能像這樣穿著職業隊伍的球衣上場比賽、和職業球員一起踢球，還是非常厲害啊。

下午三點，球賽準時開始。

雖然球門後方還是跟大聯盟比賽時一樣有敲著大鼓的啦啦隊，但到場看球的觀眾恐怕還不到一千人，儘管球賽已經開始，場內卻莫名地安靜，球賽就這樣靜靜地展開了。今天的比賽是衛星聯盟的正規賽，得進行個好幾場以分出名次；不過比起球隊的輸贏，比賽似乎更著重於磨練每位球員的實力。

兩隊的防守中場都巧妙地發動攻勢，控球能力方面則還是喜悅隊占了壓倒性的上風；承襲自頂尖球團犀利風格的精準傳球幾乎毫無破綻。日視隊也不讓他們專美於前，立刻展開快速的攻勢對對手施加壓力。雖感覺得出實力上有所差距，卻又沒有我想像中那般懸殊。雙方都努力製造得分機會，但遲遲無法射門得分——有機會卻一直沒能得分，眼前的比賽就是這種感覺。要是健哥在場上，一定能像施展魔法般神奇地傳球射門得分唷！所以快點讓他上場吧！我想早點看到健哥踢球！球員休息區就在我們的座位前方，休息區斜後方似乎就是熱身室，健哥應該就在裡面。老媽之前說過，比賽進行時，其他球員大都在室內熱身準備。只要休息區裡有人走動或交談，我的心裡就七上八下，完全沒辦法專心觀賞場上的球賽。

由於踢定位球時的衝撞，喜悅隊的6號球員似乎受了傷，蜷縮在地上動彈不得。球員休息區一下子亂成一團，只聽到一個疑似教練的人喊著：「叫神谷準備上場。」神谷——他的確說了這個名字。「神谷……神谷……」那個聲音在我腦海中不斷迴盪，聽起來感覺真不賴，而且那也是我的姓氏呢！健哥終於要上場了吧？啊，可是6號球員好像沒事了，又再度站了起來。真是的，你不站起來也沒關係啊！比賽就這樣繼續進行，只有我像個笨蛋似的沮喪得不得了。回想起來，健哥高一時就在秋天的比賽中以先發球員的身分上場比賽，我也從來沒像現在這樣等得如此心急。健哥自己的心情又是如何呢？不會像我一樣焦躁嗎？我可是一點都沒辦法專心看比賽啊！結果前半場就在雙方都沒有得分的狀況下結束了。唉，真是無聊，下半場要是再看不到健哥出場，我可要哭了。

中場休息時間，我到C入口處搭起帳篷賣東西的地方買來飲料，和谷口一起喝了起來。猛灌一口冰涼的碳酸飲料，身心驟涼，只有腦袋裡仍然一團混亂。

「我一直在想啊……」突然間，谷口小聲地開口了。「如果看到自己的兄弟姊妹出現在球場上，不知道會有什麼感覺。可是想了半天都想像不出來……」

「我也一直在想這件事……滿腦子都是這件事，想到腦袋都快燒壞了。」

聽到我這麼說，谷口忍不住笑了。接著又對我說：「你哥哥終於要上場了呢！」

終於要上場了……嗎？

「神谷同學，你現在的表情很可怕喔。」谷口說。「比你自己比賽時的表情還可怕。」

「真糟糕啊……」我拉下帽沿遮住眼睛說。

谷口聽了又笑了。

啊，下半場的先發球員出場了。

健哥……在裡面！

跟當事人比起來，也許我的反應還比較大驚小怪。成為職業球員對健哥來說，也許只是足球人生中的一個里程碑——而且是離起點不遠處的里程碑罷了。

場上的健哥完全不像在看台上的我這麼緊張，看著他身上那件薩克斯藍色球衣，更讓我真切地感受到他已經在這裡接受了超過半年的職業級訓練。他很清楚自己該做什麼，也很冷靜沉著。健哥的守備位置是在海嶺時一直擔任的中場位置，而負責在今天的比賽中發起攻擊的兩名伶俐防衛中場就在他左右協助。左前鋒和右邊場的腳程都很快，令我想在一百公尺短跑項目中向他們下挑戰書；右前鋒人高馬大又精力充沛，這樣的組合要是還沒辦法得分才奇怪。健哥，接下來就看你的嘍！

中場球員身為隊上攻擊火力的主軸，難免也容易受到來自敵隊的威脅；日視隊的後衛也聯合起來頻頻對他施加壓力。看著健哥一直拿不到球，一拿到球又立刻被圍攻而沒有機會發動攻擊，我不禁又著急了起來。為什麼沒辦法突破呢？對方的後衛不是特別強悍，卻很纏人；真的甩不開他們嗎？唉唷，真想把自己的身體換給健哥。我的身體比較壯，不會因為衝撞就敗下陣來，跑起來也不比別人慢；若再加上健哥的技巧和球感，一定天下無敵。健哥到底在擔心什麼呢？以你的實力一定沒問題的啊！足球不是格鬥比賽，也不是賽跑；決勝的關鍵在於控球技術、搶先預測出隊友和敵方行動變化的判斷力、迅速的思考力、球感，以及隊友之間的信賴和合作。看！看吧，就像那樣，接球和傳球時巧妙改變身體動作，健哥可是很會運用自己身體優勢的。正面衝撞恐怕沒有勝算，像這樣輕巧地避開衝撞，瞬間找出對方疏於防守的己方隊友，然後正確且迅速地傳球——這就是健哥向來的水準。

「神谷的表現真不錯啊！」

座位正後方突然傳來一個中年男子的話聲，害我嚇了一跳。看樣子應該是常來看比賽的當地球迷。

「越來越會控制比賽的節奏了呢！這樣下去以後也許有機會晉升一軍喔！」

「說不定呢……不過體型還差了點，得再鍛鍊一陣子吧。」

「先讓他升任一軍再訓練也不遲啊。就算不參加比賽，讓他跟著正規軍一起練習一定也會成長的。他將來鐵定會成為了不起的球員，球隊得好好培育他才行啊！」

我忍不住轉過頭去向後面的兩位阿伯鞠躬行禮——雖然不知道稱讚健哥的到底是哪一位。

「謝謝您的誇獎。」

兩位阿伯同時露出一頭霧水的表情。

「咦？難道是神谷選手的家人嗎？哦，長得有點像呢！你是他弟弟嗎？」

剛才出聲稱讚健哥的阿伯開口了，原來是髮線後退得挺嚴重但表情看來十分開朗的那一位。

「是的……」我突然覺得有點不好意思。

「唉呀，你哥哥很厲害呢，我可是他的球迷喔！」

「謝謝您的誇獎！」

「從他就讀海嶺時，我就一直很希望他能加入我們喜悅隊呢！後來知道他真的加入了，我不知道有多高興呢！」

「謝謝您的支持！」

聽到這種上了年紀還自稱「我們」喜悅隊的死忠球迷如此支持健哥，我不禁感動萬分。健哥，你的表現獲得肯定了喔！

下半場比賽進行了三十分鐘後，終於出現了今天比賽中第一次的高潮。健哥撿到對方漏掉的定位球，在受到牽制前立即迅速地長傳給腳程很快的左前鋒；那是一記差點就造成越位犯規的精采長傳，左前鋒拚命地奔跑才勉強追到。光是看著球在空中劃出的完美弧線就讓我起了一身雞皮疙瘩，坐在後面的大伯也發出了「哦——！」的讚歎聲。背號9號的快腿前鋒在停球時出現了一點失誤，幸好在對方後衛趕上來之前又把球追了回來，邊運球邊靠近球門，和守門員形成一對一的情勢，並以十分流暢的動作射門拿下領先的一分。幹得好！9號球員真棒！不過13號球員更棒！

「這記長傳太棒了，真是完美的助攻！」阿伯從後面抓住我的肩膀一陣猛搖。

「好厲害啊！」連谷口也小聲地發出讚歎。

很厲害對吧？因為他是健哥嘛！

健哥比較像拉丁美洲系的陽光型球員，一旦進入狀況後表現就會越來越好，後來的表現更是可圈可點。儘管對方球員更緊緊盯住他，不過只要截走他的球，他一定努力追回來，就算被絆倒，也能取得踢自由球的機會，或是巧妙地閃過對方的衝撞迅速將球傳至前方。雖然我很想看健哥踢自由球，可惜後來踢自由球時沒有輪到他。健哥踢定位球的技術明明也很棒啊！

兩隊都沒有再得分，最後喜悅隊以一比〇的成績戰勝了日視隊。

比賽結束和隊上的人打過招呼後，健哥筆直地朝我的方向走了過來。

「新二！」

「你太帥了！」我忍不住放聲大叫。

健哥開心地笑了，依舊是那有如盛開花朵的笑臉。

相信健哥將來一定會越來越強，登上更大的舞台發光發熱，但今天這場比賽的情景將會永遠刻在我心中，一輩子都忘不了。

健哥本來要帶我去參觀他的宿舍，但谷口似乎有點趕時間，所以我看完比賽也直接回家了。

「你應該多陪陪你哥哥的，何況我自己一個人回去也沒問題啊。」

谷口說這番話的時候不太像道歉，反而好像有點不高興。

「我要是半途丟下女生不管，健哥才會生氣咧，別忘了他可是熱情的拉丁美洲系男兒。」

谷口淺淺地笑了，好像還有點臉紅。剛才健哥也誇她可愛，於是她就像面對仙波時一樣整個臉都紅了。真是的，這個女生果然對英雄型的男生很沒轍。

比賽時的興奮還殘留在我的腦海和身體裡，然而電車越靠近神奈川縣，亢奮的情緒就一點一點冷卻下來，不知道為什麼有種鬱悶的感覺，頭和身體都好沉重。谷口一句話也沒說，我也沉默不語；發出沉重聲響行進中的電車搖晃著我的身體、耳朵、腦袋和心情。

令我感到鬱悶的原因並不是疲憊，而是每次都會如此。每次去看健哥比賽，之後一定會這樣。拚命幫健哥加油時的我彷彿是他的命運共同體，比賽結束後就不是這麼回事了。健哥的活躍只屬於他一個人，就算我是他弟弟，那也和我無關。不論健哥對我露出多麼燦爛的笑容，那樣的喜悅也不屬於我。

大概自從懂事以來，我就一直在想著這些事吧。我到底能做什麼？我到底該怎麼做呢？其實也沒有人一直拿我和健哥做比較，所以就算不去想這些事也無所謂。

老實說——其實是我自己不想輸給健哥。健哥就像是遙遠的夜空中閃爍的星星，就算想以他為目標我也無法觸及。而我就像是明知搆不到星星仍徒然跳個不停的青蛙，一邊嘆息一邊依舊不停蹬著地面，一直像這樣無謂地掙扎。明知道不可能，也知道只是徒勞無功，就算掙扎得很辛苦還是停不下來……雖然青蛙後來逃到另一片原野上繼續跳個不停，但不論相隔多遠，頭上的星星看起來還是如此耀眼。

「妳覺得健哥的表現如何？」我忍不住開口詢問谷口對於那顆耀眼的星星有什麼感想。

「他很厲害。」谷口認真地點了點頭，然後稍微轉向我說：「神谷同學，你真的很崇拜你哥哥呢。男生之間……這樣的關係真的很棒呢！」

這番話要是在平常，我大概聽過就算了。但現在卻沒辦法坦然接受。

「雖然我真的很崇拜他，可是他太厲害了，厲害到我無論如何都無法超越，所以也很痛苦……明明我也是男生……」我從來沒有和任何人吐露過心裡真正的想法，這時卻忍不住脫口而出。話才說到一半，我就緊張地僵住了。

過了好一會兒，谷口終於說話了。

「我覺得神谷同學比較厲害。」語氣意外地斬釘截鐵。「因為你努力地想追上那種天才，總是積極地向前看，努力地往前邁進，而且不曾氣餒或放棄。你之前對我說過……可能性對吧？不管長距離的練習多麼辛苦，只要想起神谷同學對我說過的話，我就能夠打起精神再撐下去喔。」

總覺得時間似乎在這一瞬間停止了。電車的噪音、周圍的乘客和一切彷彿都消失不見，只剩下谷口剛才說的話飄浮在真空之中。我一句話都說不出來，就像變成了白痴一樣靜靜地坐在位子上。電車經過了好幾站，我還是想不出任何一句話，只是強烈地感覺到身旁谷口的存在。

3　一日五餐

那天晚上我一直十分清醒，輾轉難眠。比起健哥印在我腦海裡的球場英姿，谷口若菜的面容和聲音和那若無其事的一舉一動，更令我難以忘懷。

可能性——當初谷口不知道該不該轉戰中長距離組找過我商量，當時我的確說過這樣的話。但那只是我隨口說出的老生常談，只要是參加體育社團的高中生，誰都說得出來。我作夢也沒想到這番話竟會成為谷口的精神支柱。說出口的話語只有在身體力行的時候才有分量，就像守屋學長說「每天都要刷新自己的最佳紀錄」那樣……而現在的我真的夠努力嗎？努力到能讓谷口看到我的表現後相信我說的「可能性」？

想著想著，我的胸口突然一緊，想哭的感覺油然而生。可能性——我一直無法放棄這句話，卻也一直無法貫徹到底。

讓我想哭的原因當然不止如此，或許另外一個理由還更讓我難過。一起看比賽的時候、在電車上並肩而坐的時候，我總是無法避免地碰觸到谷口的手臂、手肘、肩膀或腳——感覺涼涼的又有點溼溼的。她那比我的肩膀還矮一些的頭頂、仰頭喝飲料時露出的白皙頸項、彷彿用眼睛聽人說話的專注眼神、細微而堅毅的說話聲音，都在我腦海中盤旋不去。

完蛋了。我明明已經特別小心了啊！明明已經特別注意不能對她認真的，我不想喜歡上暗戀仙波的女生啊！可能性——哪有這種鬼東西啊？唉，我真是蠢，竟然還跟她單獨出來，明天以後該怎麼面對她才好啊？我有辦法若無其事地和她說話嗎？我的不知所措搞不好連那個遲鈍的當事人都察覺到了，這下該怎麼辦啊？我可是隊長耶！隊上明明禁止戀愛，結果隊長自己卻迷上了同一屆的女生，這樣不大好吧？

三輪老師住的地方位於橫濱線的古淵站附近。雖然老家就在離學校不遠的町田，他卻租了間公寓一個人住。聽說那裡原來是他女友住的地方，兩人本來打算不久後要結婚所以先同居，結果後來不幸分手了，女友搬走後，就剩他自己住在那裡——不過當事人抵死不承認這個說法就是了。

突然私下拜訪老師似乎有些不妥，於是我先傳了簡訊給他，說有點事想找他商量，早上練習前會先去他家找他。從我家騎腳踏車過去倒是挺近的。

「有什麼事嗎？你幹嘛一大早特地跑來啊？」

三輪老師的臉看來比平常更沒睡醒，不大情願地開門讓我進去。他穿著運動衫和運動短褲，鬍子好像剛刮了一半，而且正在吃早餐——因為他頂著滿臉泡沫還叼著吐司。沒有開冷氣的房間裡熱得恐怖，又滿是臭男生的味道；穿過後亂丟的衣服和一大堆書本零落四散。粉色系格子花紋的窗簾怎麼看都不像是男生會挑的，看來那個謠言的可信度應該很高。

「幹嘛東張西望的啊？獨居男人的生活就是這副德行啦！你吃過早飯了吧？」

「吃過了。」

餐桌上放著整條的火腿、疑似便利商店賣的現成沙拉和牛奶。光吃這些東西哪有辦法撐到中午啊？不過話說回來，老師也不用練跑就是了。

三輪老師拿起一片火腿整個塞進嘴裡，一邊大嚼特嚼，一邊問我到底找他有什麼事。

「在新人賽之前，希望老師能幫我安排挑戰體力極限的重量級訓練課程——就是那種會操死人的訓練內容。」我單刀直入地說明了來意。

「嗄？安排這樣的訓練給全部隊員嗎？」

「不……」說來有點不好意思——而我就是因為不好意思在大家面前說，才會特地跑來老師家。「是我個人的訓練內容。」

阿三吞下口中的火腿，不發一語地盯著我瞧了好一陣子。

「你是覺得那種程度的集訓還不夠操嗎？」

老師平靜地如此問道。我想起七月集訓時的魔鬼訓練內容，連忙搖搖頭。

「可是你沒有那麼多時間吧？何況不久之後還要參加全國運動會會前賽。這種熱死人的鬼天氣裡勉強練習，只會徒增疲勞喔！」

這些我都清楚，但我不想就這樣在九月的比賽前只做些平常的練習。我想多做些練習——什麼都好，只希望能比其他人多練習一些。我想練到每天都累得東倒西歪，沒有心思煩惱其他亂七八糟的事。不過擔心自己胡亂練習會搞壞身子，所以才跑來找老師商量。

「發生什麼事了嗎？」老師問道。「應該有什麼原因讓你突然這麼積極……或者可以說是焦急吧？」

沒錯，可是我不想說。但老師似乎一直在等我回答，逼不得已之下，我只好小聲地吐露實情：「因為我身邊淨是些強到不像話的人……自詡為他們的對手實在太可笑，我說不出口；但我也不想認定自己永遠追不上他們。只是要想追上這些人，光靠普通的練習是絕對不夠的……」

「你是說一之瀨嗎？」

「連也是其中之一……」我點了點頭。「還有我哥哥……之類的。」

我沒能說出仙波的名字。

「對喔，聽說你哥哥現在進了職業足球隊了？」

三輪老師微微皺起眉頭。他常常露出這樣的表情，但眼角下垂的眼睛看起來總像是在笑，讓人很難分辨他到底是認真的還是開玩笑的。

「這種情結有時候能轉化為一種很強的武器呢！」老師彷彿正在思考什麼似的這麼說道。「說起來容易，實際上並不簡單就是了。」

他仍舊皺著眉頭，突然嘆了口氣。

「我也有過這種經驗呢。跟我同一屆的隊友裡有一個人跑得非常快，無論我怎麼跑都追不上他，當時我也主動做了許多超出負荷的訓練。光是大塚老師指定的練習就累死人了，我卻還嫌不夠地追加，結果反而把膝蓋給搞壞了。」

「那位隊友……是金本學長嗎？」

「你從河野那裡聽說了不少八卦嘛！」三輪老師露出苦笑。「當時金本是我們隊上的王牌，不過他還沒有一之瀨那麼厲害。我不曉得你哥哥的情況如何，不過一之瀨的確是堪稱為天才的難得選手。至於待在一之瀨身邊究竟是幸或不幸，那就得看你自己怎麼想了。」

三輪老師突然露出認真的表情這麼說。

「不要只顧著和別人比較。田徑比賽的結果就是數字，很容易比較；但一個選手的潛力並非只憑眼前的成績就能判定。所以一心想要追上別人是不行的，而且對方也不是那麼容易就能讓你追上的。儘管如此，還是不能放棄。能偷學的地方就全部偷學起來，值得模仿的地方就加以仿效。你和一之瀨屬於不同類型的選手，總有一天你得開始追求屬於自己的跑法，不過在打好短跑的基礎之前，你可以盡量模仿他沒關係——因為他就是最好的活教材，找不到其他更好的了。從這點看來，我們隊上的隊員其實都非常幸運……這些話我應該說過不止一次了吧？」

三輪老師看著我的臉，似乎在確認些什麼。老師從以前就一直要我模仿連的跑法，但從來沒有像現在這麼強調過。

「不著急也不放棄，一步一步地追上去。先奠定跑步的基礎，然後再追求屬於自己的目標。如果能做到這些，等你升上三年級之後，就能在全高運上和一之瀨一較高下了。」

和一之瀨一較高下……？

我不禁懷疑起自己的耳朵。根岸之前幫我打氣時也叫我要超越連，但我作夢也沒想到，居然連老師都認為我能和連一較高下，而且還明確地指出了時間點。

「你也有自己得天獨厚的優勢，擁有適合練短跑的身體是很令人羨慕的。就先天條件而言，我覺得你還在金本之上喔！身體和心理上都能承受艱辛而單調的練習，這就是你最大的武器；這點就和一之瀨完全不一樣。每一種運動都是如此，而田徑更需要這種反覆進行單調訓練的耐力。一個人究竟能練習到什麼程度也是講天分的。」

老師的話讓我點了點頭。他不是那種為了讓選手有自信就拚命鼓勵人家的教練，也不會把不可能的事硬說成可能，有時候甚至讓我覺得「你安慰我一下也好啊……」，然而這樣的阿三卻如此斷言，我真的擁有超越這些天才的「可能性」嗎？

「那麼我就善用自己的武器，不輸給任何人地加倍練習。」我乾脆地說道。「所以請幫我安排練習進度。」

「這樣啊……」三輪老師陷入短暫的沉思。「好吧，那你就試試看吧！全國運動會會前賽就先不考慮參加了。剩下不到一個月就是新人賽，二十號之後不開始休養會沒辦法比賽，就先讓你練習到那時為止吧！短期內密集練習或調整姿勢可說是自殺行為，所以沒辦法在那方面做調整，不然就先加些重量訓練、游泳和爬坡的訓練吧！相模原公園裡設有綜合體育館，你可以去那裡練習，願意來學校的話也可以在學校練。我會寫個大概的訓練項目給你，你就配合隊上的晨間練習自己安排進度吧。記得不要太勉強自己。好好練習的話對新人賽幫助很大，也許可以跑出讓大家眼睛一亮的好成績；要是一個不注意，也很有可能搞壞身體，或影響之前調整好的跑步姿勢。所以你自己要有分寸！」

「是！」我有精神地大聲回答。

「還好你有來找我商量呢！」三輪老師點了點頭，接著感觸良多地說道。「當初我要是也先找大塚老師商量而不是自己埋頭苦練，也許就不會造成運動傷害了呢……」

「老師你每次都這麼說：身體最重要，千萬不能受傷。講了又講，一直重複，我們已經聽過好幾百遍了。」

聽我這麼一說，老師也笑了：「我不希望自己訓練的學生重蹈覆轍嘛！但不管再怎麼注意小心，還是有可能會受傷……」

話剛說完，老師又陷入一陣沉默當中。

「我不知道河野跟你說了些什麼，但我並不打算把自己不圓滿的田徑人生寄託在你們身上。雖然在指導大家的時候，多少會受我個人的經驗影響，可是不管我以前是怎樣的選手、發生過什麼事，那都和你們無關，也不能因此影響你們。我有我自己的夢想，你們也有你們自己的夢想。」

我們自己的夢想？

「你們自己的夢想我可不管喔！」三輪老師笑著說。「我會盡量幫你們實現夢想，但我可不幫你們預設夢想。我沒那麼好心，不想鞭打那些不求上進的人前進，反正我也不是什麼有理想有抱負的名教練。大塚老師在這方面態度就和我不一樣。」

我點了點頭。

「試著尋找自己的夢想吧，就算那夢想看似遙不可及也無所謂！」

印象中，健哥好像也問過我類似的問題——你的夢想是什麼？之類的問題。那時候我的回答是「跑得更快」。我的夢想很簡單，卻又有如看不到頂峰的高山。這樣的夢想——現在仍然沒有改變。看過健哥的比賽後，我心中模糊而朦朧的迷惑終於一掃而空。不論什麼人在什麼地方閃耀著多麼耀眼的光芒，我的目標都只有一個。

我要跑得更快！

三輪老師拿出一．八公升的盒裝牛奶直接灌了起來，嘴巴裡還喃喃地念著：「糟糕，這牛奶難不成酸掉了？」

「老師，你別喝了！那樣會把肚子搞壞的！」

「沒關係，反正我最近便祕。」說著說著，只見他突然皺起眉頭。「喔，有感覺了！我要去蹲廁所，你快滾吧！」

於是我就被趕了出來。

雖然在田徑方面我是百分之百相信阿三，但是這個人到底有沒有營養和衛生方面的常識啊？連被這樣的人要求三餐正常，每個星期一還要交三篇飲食報告，他的立場不是很可憐嗎！

上午在學校參加田徑隊的練習，吃過午飯後下午再去游泳或做重量訓練；吃完點心後午睡到晚餐時間，等太陽下山天氣稍微轉涼後去公園的坡道跑到筋疲力竭為止，吃過消夜後上床睡覺。在連續幾天都輕易突破三十度的酷暑天氣下，這種運動量和飲食量可不是開玩笑。雖然我一個人偷偷去找三輪老師商量，但並不打算一個人躲起來偷偷練習，所以我也當著短距離組所有成員的面大聲詢問：有沒有人要和我一起做額外練習？當然，我也提醒他們要先考慮自己的體力是否能負荷，最好先問過老師再決定。

練習三天休息一天，第一梯次的練習幾乎全員到齊。連只有在游泳時間才出現，而且這傢伙一來就開始玩起水中摔角或水上芭蕾。要是在綜合體育館的游泳池裡玩這些花招，一定會被趕出去的，然而學校游泳池只有值日老師偶爾來巡視一番，愛怎麼玩都沒人管。連規定一年級的菜鳥憋氣潛水游完二十五公尺，游不到的就要接受懲罰。不諳水性的桃內游到一半就浮了起來，連立刻過去趴在他身上把他按進水裡。儘管連一來就只會搗亂，但是看到他出現我還是很高興。去年一整個夏天都不見他的人影，今年就算只是看到人也好。雖然他只會在一旁玩耍妨礙練習，不過只要有他在，大家精神就都來了。

全國運動會會前賽即將在八月中旬舉行，我基本上是不準備參加了；但連可不同，今年得準備參加少年A組的一百公尺比賽。要說誰能在這場比賽中取得優勝晉級全國運動會，我想應該還是在全高運系統比賽中成績優異的仙波吧？總之會是一場縣內強者盡出的比賽。不久前剛結束的全國高中運動會上，仙波在一百公尺項目中拿到第七名，還拿到了兩百公尺的季軍；新葉高中的石井學長沒能通過一百公尺的準決賽，松溪學園的鈴木學長也在兩百公尺準決賽中被刷了下來，而高梨則是在兩百公尺預賽中就遭到淘汰。一百公尺決賽時電視上有轉播，我一邊看一邊想著：跑進全高運決賽的仙波究竟有多厲害？然而我只知道那個每次都跑第一名的仙波，一想到還有其他六個人跑得比他還快，突然有種頭暈眼花的感覺。

如果能夠跑進全國運動會會前賽的決賽，不僅可以和仙波或高梨一較高下，也是和三年級的石井學長、鈴木學長一起奔馳的最後機會。而我卻自動放棄了這樣的機會——因為清楚自己的實力還不夠。好不甘心，不甘心得難以釋懷。然而那個應該要在決賽時「決勝」的連竟如此悠哉地玩樂，讓人不禁懷疑他到底有沒有把比賽當一回事。五島在一旁唱著**RIP SLYME**（註）的歌，而連則配合著他那沒什麼韻律感的歌聲表演水中倒立。我萬分無奈地望著眼前的情景，心想：雖說這傢伙肯出現就已經很難得了，可是他到底有沒有心要「練習」啊？

「喂！你們幾個！不要光顧著玩，給我認真點練習！」

對著他們吼完之後，我便在沒人的水道上開始練習了。以自由式在游泳池中往返，去程的二十五公尺用盡全力划動手腳，回程的二十五公尺則放輕鬆游。放鬆時感覺身體較能輕鬆伸展，彷彿漂浮在水面上似的，很舒服。要是跑步時也能保持這種流暢的感覺就好了，所以我努力讓頭腦和肌肉記住這種舒服的感覺。

來回游了三趟之後我停了下來，只見桃內整個人攤平趴在池邊。這是在曬龜殼嗎？還是被整慘了？至於連和根岸還在池子裡進行蝶泳比賽，嘩啦嘩啦濺起了大量水花。

第二梯次的練習適逢隊上因中元節放假而停止練習，隊員的出席率也驟然低落；即使是一向全勤的根岸也因為和家人一起回鄉下而缺席。我家老爸也難得地提議要去旅行，卻被我拒絕了。我說還要練習，要他們夫妻倆去就好了，老爸便笑著回答：「真是的，怎麼我們家兩兄弟都是運動狂啊！」而老媽也一臉認真地表示：要是沒有好好餵食，小新會餓死的，所以不能去旅行。哪有那麼誇張啊！不過老媽的擔心也不是沒有道理，因為我最近的食量跟吃法確實驚人。老媽笑說「好像養了頭大象喔」，天天幫我準備豐盛的五餐；每餐都有數種蔬菜和各式水果。她看著我吃，還告訴我很多食品營養方面的知識，例如鈣、鎂、鉀等元素和肌肉的收縮有關，要均衡攝取才行之類的，似乎是之前幫健哥準備便當時，自修了很多運動營養學方面的知識。雖然每天回家都能吃到美味的晚餐，但老媽像這樣有如個人專屬營養師般特別為我準備食物，還是第一次，心裡不免有點高興。

「準備東西給小新吃真有成就感啊！你吃得比小健還多呢！」正當我吃著消夜的夏季時蔬義大利麵時，老媽突然有感而發。「所以你要娶個擅長下廚的女生才行喔！」

腦海中突然浮現谷口若菜穿著圍裙站在我們家廚房的情景。

「那個女生很可愛呢！就是之前跟你一起去磐田的那個女生。」

我的一口花椰菜硬是卡在喉嚨裡。

註：日本 HIP-HOP 團體。

「小健還笑著說，我在這裡天天和足球為伍，那小子居然帶女朋友來向我炫耀！」

「才不是！」我斬釘截鐵地大聲否認，差點把卡在喉嚨裡的花椰菜吐出來。「她才不是我的女朋友，只是同社團而已。而且我才不是為了向健哥炫耀才帶她去的，妳幫我跟健哥說清楚！」

「我才不要，你自己跟他說不就好了？」

老媽笑咪咪地這麼回我。這種話我怎麼好意思當面說啊？簡直蠢斃了！

「谷口的媽媽過世了，所以她的廚藝才會那麼好。」

剛才突然大呼小叫，自己也有點不好意思，所以我又補充說明。不過我雖然知道谷口的刀工很好，卻沒真正吃過她煮的菜，真想嘗嘗看是什麼滋味啊……

「原來是這樣啊……」老媽一臉同情地點了點頭。「對了，小新啊，等到秋天賽季開始，可以去看你比賽嗎？你之前一直不准我們去……」

「如果我在新人賽的個人賽晉級關東大賽的話。」

「真的嗎？」老媽回答。

雖然聽到了老媽的問題，我卻沒辦法回答，因為那幾乎是不可能的任務……除非我能拿到縣賽的前三名。就算沒有三年級選手，要是不能擠下仙波、連或高梨其中之一，就不可能。

每天的練習都很辛苦，累到一沾上枕頭瞬間呼呼大睡，不論下午或晚上都是如此。午睡的時候老媽會來叫我吃晚餐，但光是叫喊或推搖還是叫不醒我，老媽索性拿著喜悅隊的大聲公猛敲我的腦袋。她什麼時候買了大聲公啊？還是沒有印號碼的。話說回來，真希望早點看到印著健哥背號的大聲公出現在紀念商品區啊！

每餐都吃到快撐破肚皮，睡到像死了一般充分休息，剩下的時間除了練習還是練習。就連作夢都會夢到自己在跑步——就是這種感覺，很好，我明白了，總算抓住了這種感覺……每當覺得自己掌握到訣竅時就會醒來，忍不住非常沮喪——原來只是一場夢啊……然而，一邊回想著夢中的感覺一邊奔跑，的確會覺得身體變輕盈了一些。原來身體真的會記住作夢時的感覺啊！那我連作夢的時候都得好好加油才行。

隊上的坡道練習常在公園的遊憩步道上進行，那條路雖然鋪上了柏油，表面卻因為年久失修而剝落得很嚴重，下過雨後路面很滑。夏季雷陣雨的時節來臨後，我就把主動練習計畫中的坡道跑改成了慢跑。第三梯次練習的第一天，六點多突然下起雷雨，可以看到或青或白或綠的閃電清楚地自窗外劃過，雨勢也像暴風雨般猛烈。下過雨後氣溫降低不少，出去慢跑也不覺得那麼辛苦了。我牽著羅納度在不到八點的街道上悠哉悠哉跑著，剛好遇到連騎著腳踏車上街。

「你還在跑啊？」連露出與其說是傻眼不如說是受不了的表情問道。

「不是啦，今天只是散步而已。風涼涼的很舒服喔，你也別老是騎車，下來跑一跑吧？」

我回答時腳步也沒停下來。連只好苦笑著，慢慢地踩著踏板陪著我跑；羅納度則追著腳踏車上的連嬉鬧著。

「你會參加全國運動會的會前賽嗎？」連如此問道。

「應該會吧？該參加的項目還是會參加，何況還有紀錄賽的四百接力呢。」我這麼回答。這是我第一次沒有休養調適就直接參賽，不知道成績會不會很慘。

「對不起喔，接力賽時我可能會扯大家後腿……」

說著說著突然憂鬱起來。守屋學長退出後，根岸加入了四百接力的陣容，這次接力是新陣容第一次上場比賽。明知應該保持在最佳狀況，好在日後參加新人賽時更有信心，我卻只能以練習過度的疲憊身體應戰，實在很過意不去。

「接力賽沒問題啦，只要接到棒子就能跑了。」連自言自語似的喃喃說道。

對他而言的確是如此。自己在一百公尺比賽的第三趟——也就是最重要的決賽中軟腳沒力，擺明了就是不舒服，偏偏在接力賽時又能跑得很好。明明一向對四百公尺沒轍，卻勉強參加了一千六百公尺接力。去年參加新人賽時也是如此。一整個夏天都沒練習，個人項目成績也不盡理想，只有在四百接力時快到一個奇蹟的境界。問題是，我有辦法像他那樣嗎……

「新人賽的時候……」我以十分壓抑的聲音說道。「我再還你們這個人情。」

「你又還沒欠我們！」

連笑著說完，接著猛踩了踏板迅速消失在前方。只剩下阿羅還吠個不停，好像很捨不得他離開似的。

我的夏季自主練習也只剩今明兩天了。明天過後就是縣內的紀錄賽，同時也是暑假結束、隊上開始練習的日子。我一方面因為自己確實執行練習而感到充實，一方面卻也很擔心紀錄會上的成績會很難看。

太陽下山後，傍晚的公園還不是很暗，但蚊子軍團卻早已出動。就算擦了防蚊液，一流汗也很快就掉光了，所以我抱著被叮得滿身包的覺悟開始練習坡道跑。蟬兒的交響樂團還在加班演奏，傍晚的溼熱和早上植物散發出的悶熱不大一樣，讓人覺得彷彿被一種混濁的綠色氣息所包覆，沉重的溼氣陣陣襲來。一點風也沒有，就算只是靜靜站著，汗水仍然不停滴落。

根岸昨天回歸坡道跑的練習行列，今天則因為去看棒球而缺席。聽說他們全家都要去，現在應該在橫濱球場的外野右側看台上興奮地大吼大叫吧？雖然阿根邀我一起去看球，我卻拒絕了，因為實在沒那個心情。

今年夏天裡稍微比較像假期的活動，就只有去磐田看健哥比賽那次。或許不要回想起那件事比較好，因為那又酸又甜的回憶總讓我喘不過氣來。一方面覺得那天的回憶是我動力的來源，一方面又覺得它像黑洞一樣吸走我的一切。不知道谷口現在在做什麼？紀錄賽時，我們幾乎沒講到話。每次參加比賽，她的成績都有一點點的進步。雖然她本來就跑得不快，就算進步了，成績也沒有大幅改變，但我真的覺得她很厲害。想傳簡訊恭喜她卻沒有勇氣，明明傳過好幾次簡訊給她，這次卻連短短幾個字都打不出來，何況她也沒有主動傳簡訊給我。明天中長距離組放假，又沒機會見到谷口了吧……

跑過下坡路段後，接下來是緩緩上坡的一百五十公尺。一開始要慢慢跑，試著調整姿勢並確認觸面時的感覺。上坡路段來自地面的反作用力不似平地般大，必須利用自身的力量用力踏地；不過光用蠻力爬坡一下子就累了，所以我想應該配合斜坡的角度，以身體稍微前傾的姿勢前進。我試著清楚回想連做坡道跑練習的樣子，冬季特訓時就曾拚命模仿想學起來的姿勢。連在跑上坡時似乎只用了不到我們一半的力氣，輕輕鬆鬆就跑上去了，看來是有訣竅的。不過多跑幾趟之後，他就因為疲憊而幾乎跑不動了。我一邊想著狀況好時的連和狀況不好時的連，一邊壓低上半身，以趴倒在地面上般的姿勢爬上坡。對了，就像這樣把身體彎成く字形，像要趴在地上一樣。

「胸腹部再縮進去一點……」三輪老師說。「就像上完廁所拉拉鍊時的姿勢。」

嗯……不太對喔，小腹太突出了。好像不是這樣吧？身體的重心要再往前移……嗯……就是這樣，就這樣前進。就這樣往前衝。

很好，要加速嘍！

汗水有如瀑布般順著臉龐和身體不斷流淌下來，好累。

就算努力過也未必能獲得相應的成果，但如果不努力就完全不會有成果。我抬頭仰望深藍色的夜空，調整自己的呼吸。夜空中只看得見一顆很大的星星。一陣微弱的風吹來——雖然只有一點點風仍令人十分感激。好，全速再跑最後一趟，要往上衝嘍！

第四章　夢幻的十秒

1　新人賽（縣賽）

新人賽前夕，我才痛切地感受到守屋學長的離開造成的影響。少了向來鎮定自若，用嚴厲的眼神靜靜監督所有隊員的守屋學長，不禁莫名其妙地感到不安……然而此刻我沒有閒情說這些，因為我必須承擔起所有的責任啊！

從守屋學長手中接下隊長的工作已經兩個多月，練習時的號令、集訓和活動時的監督工作還算沒問題，但在新人賽時第一次感受到身為隊長的壓力。老實說，我連自己的參賽項目都自顧不暇了，但這種話當然不能說出口，我必須再和各組組長討論，多了解一年級面臨的問題，並多加注意。

連最近覺得沒受過傷的另一隻腿的腿後肌不太舒服，所以地區預賽的四百接力由　年級的後藤代跑。後藤從國中開始參加田徑隊，但實力不如桃內和五島，感覺十分緊張。我對賽前緊張這種事再清楚不過了，所以隨時都注意招呼他。

地區預賽當天，一年級的男生都受到桃內的影響，有人貼鈦貼布，有人戴了鈦手環，我也戴上了手環和項鏈，下腹部也按照桃內畫的圖貼上鈦貼布，沒想到肚子竟然很安分。這實在太神奇了。根岸笑我太容易接受暗示了。不管是暗示還是安心，只要能讓我比賽前不再跑廁所，任何方法都沒有關係，能讓我安下心來就好。我也趁機記住了全身的穴道和氣流，這種方法似乎比浦木學長的風水和方位學更有效。

個人一百公尺和兩百公尺的成績都馬馬虎虎，不過我很高興自己可以冷靜地跑完全程，不像以前跑起來那麼提心弔膽。最後我順利地跑完，順利拿下第一名，理所當然也跑進了決賽，我表面上裝得這沒什麼好高興的，其實內心得意得很。我的實力增強不少嘛。三輪老師也豎起大拇指說「好！」，說我跑得很順暢，要求我在縣賽之前完全消除暑假的疲勞，做好萬全的調整，以便在縣賽中「展現一下你的實力」。

四百接力時，後藤雖然緊張得要命，但也總算完成使命，春野台順利地進入縣賽。

新人賽的縣賽即將來臨，終於可以展現暑假自主訓練的成果了。老師說我「調整得很不錯」，我自己也清楚，暑假的疲勞已經消除，身體正處在理想的狀態。

第一天的個人一百公尺我給了自己兩個課題。首先是跑出十秒多的成績，第二就是要在決賽中和高梨堂堂正正地一決勝負。我不奢望可以贏他，高梨在地區預賽中跑出了十秒八九的順風參考成績。連狀況不好時，也跑不出這樣的成績。不過高梨的兩百公尺比較強，一百公尺的起伏很大。所以，比起仙波和連，我比較有機會和高梨在一百公尺「平起平坐」。總之，我要讓他見識見識進化後的我，讓他不敢在比賽結束後再喋喋不休地找我說話。

九月二十日，新人賽縣賽在三澤體育場舉行第一天的賽事。

我、連和桃內都順利地通過了預賽。桃內的決戰在準決賽，所以在此之前的預賽就相當重要。三輪老師再三叮嚀說，必須跑出好名次，才能在準決賽中搶到理想的跑道，同時也要建立理想的賽跑印象，為決賽做準備。

我的決戰是在決賽，照理說應該在預賽時放緩腳步，保存體力。沒想到放緩並不是一件簡單的事。當然不可能從頭到尾都跑得拖拖拉拉。我起跑稍微慢了一點，所以在追上領先的選手後，沒有加速，試圖維持原來的速度……沒想到最後減速十分嚴重，反而被其他選手追上，跑到終點時，被前一組跑完後正在整理東西的高梨看到，他哈哈大笑說我：「你真悠哉。」王八蛋，你給我看好，今天最後笑的人一定是我！

我想看預賽最後一組的仙波，急忙換下釘鞋，衝上看台。雖然明知仙波在預賽不會使出全力，但我還是想去看一下。因為三輪老師告訴我：「你可以參考仙波的起跑。」

我一直以為連的起跑無人能出其右，即使是現在仍然這麼想。他的反應敏銳，每一次都比任何一名選手都更早衝出去，在壓低的前傾姿勢下加速，一眨眼的工夫就不見了，把別人拋在後面。連幾乎在所有的比賽中，都在前半段就決定了勝負。當連的狀況很好時，全縣只有仙波可以在終點之前順利超越他。

所以，我一直模仿連，單純地以為只要像他那樣起跑，成績就可以進步。雖然這也不算錯，但連和我的身體不一樣，當然不可能完全模仿得來。我沒有他那麼敏銳的反應，無法迅速地起跑，最重要的是，我沒有像他那種宛如外星人般只有一半重力的輕盈彈力。我身體的彈性也不錯，但體重比較重，而且，我的瞬間爆發力根本無法和連相提並論。

——不必急著起跑。

三輪老師說。

——你的心太急，身體還沒有移動，只有腳拚命往向伸，那根本是徒勞無功。你好好觀察仙波。他和咻地衝出去的一之瀨不同，起跑的時候不會一下子衝出去，他的動作比較慢，但每一步都穩紮穩打，移動重心後，很有力地前進，這樣的起跑比較理想。仙波並不具有在零速狀態下突然跳躍的彈力，因為他個子高大，體重也很有分量。不過，一百公尺是比賽誰先到達終點，目前一之瀨應該還贏不了他。我並不是叫你模仿仙波，但應該好好觀察，好好思考一下。

來到看台後，我擠到起跑地點旁的位置，剛好看到連在場上跑，頓時停下腳步。那個名叫一之瀨連的物體流暢地向前移動，雖然感覺他跑得很輕鬆，但和訓練時的表現大不相同。即使只是預賽，他跑步的姿態也令人忍不住看得出神。明知道那不是我應該模仿的方式，但我腦海中有關賽跑的印象幾乎都來自連。阿三並沒有要求我消除這些印象，所以，我只要在此基礎上結合仙波的起跑就好。無論仙波還是高梨，只要有優點，就可以不斷加以吸收，有朝一日，形成可以稱之為「神谷短跑技巧」的東西。

我觀察著仙波的起跑。起跑器的設置、準備動作時的雙手、肩膀和臀部位置、腳的角度。槍聲響了。起跑的第一步、第二步和第三步。啊，真的耶，他真的每一步都穩紮穩打，他的節奏和連或是我都不相同。完美的加速。雖然緩慢，卻很扎實。他腳踏實地地踏著地面，確確實實地加速，速度相當驚人。

我努力描繪起自己起跑的畫面。雖然老師一再要求我起跑不要太急，但我缺乏具體的印象。我以為我懂了，其實根本還不了解。原來是這樣……

準決賽時，我和仙波同組。奇怪的是，在認為仙波的跑法提供我很大的參考後，對他的恐懼頓時消失了。雖然覺得身旁有個厲害的傢伙很討厭，卻又覺得好像得到了從天上掉下來的禮物。

仙波在隔著一個人的跑道上做準備姿勢時，我在腦中真實地描繪出他的起跑動作。不需要著急，穩紮穩打地觸地……

預備——鳴槍。

第一步，扎實的踏地。第二步，扎實的踏地。用力往前，保持前傾，身體不要挺直。蹬地後的反作用力令身體有一種輕盈的感覺。啊，這種感覺和坡道跑時的感覺很像。很好，保持下去，保持下去，扎實踏地……很好，達到極速了。火力全開！衝吧！仙波怎麼就在眼前。他在幹嘛？對喔，他在跑第二場時不會火力全開。那我就超越他吧。我要跑出最高速度，盡全力跑完全程。

雖然身體感受到前所未有的疲憊，但我跑得格外暢快。

第二名。我在沒有落後仙波太多的情況下抵達終點。剛才吹的是順風，而且風還不小，感覺得到風不斷地在背後推動著我。希望風速不要超過兩公尺，因為剛才跑得不錯，我不希望這次的成績只是參考紀錄而已。

看終點計時器時，我不是看仙波的成績，而是先看風速。啊，完了，順風二．二公尺。如果沒有那〇．二公尺該有多好啦。仙波的成績是十秒七八，不知道我的是多少？

「十秒多耶。」在前一組跑完後，還等在終點附近的連對我說。

「只是順風參考。」我搖搖頭說。

「即使沒有風，應該還是十秒多，」連點點頭。

聽連說得這麼平靜，說得這麼理所當然，我有種不可思議的感覺。即使我跑出十秒多的正式成績，他應該也是就這麼靜靜點頭，不會大呼小叫吧。並不是因為他自己是十秒多的選手，而是他認為我跑出十秒多的成績也不奇怪。

「你知道仙波在八十公尺的地方第二次加速嗎？」連問我。「他原本在中途放緩了，結果差一點被你追上。」

他開心地吃吃笑著。看到他愉快的表情，我比聽到他說我跑出十秒多的成績更驚訝。

「展現一下你的實力」，三輪老師曾經在比賽前這麼對我說。而連此刻竟樂在其中。那個連耶！那個從不在意別人比賽的連，竟然會看我的比賽，而且還樂在其中！這實在太驚人了。

我換釘鞋時，腦海中回想著剛才的比賽。這是我第一次起跑後能這樣順利加速，身體仍然殘留著剛才的感覺。我在跑的時候一直回想著理想的畫面——起跑的時候參考仙波，達到極限速度後參考連。

對，速度。身體所感受到的速度和以前完全不同。姑且不論風向的問題，我剛才的確跑出了十秒多的成績。好快。真的好快。更重要的是我終於體會什麼是用盡全力的感覺……

未知的速度、充分運用全身力量的感覺太舒暢了！只有跑出這個速度的人才能體會得到。如果正式跑出十秒多的成績，會不會更加暢快？如果可以跑得更快、更快，是否可以體會另一種不一樣的感覺？太厲害了。連和仙波在跑的時候是怎樣的感覺？末續（註一）呢？蓋特林（註二）呢？我腦袋都昏了，光是想到這種未知的速度，腦袋就昏了。雖然比賽成績是以十分之一或是百分之一秒的微觀世界，卻有一種猶如看到一個無限的宇宙空間的舒暢心情。

我想好好稱讚自己的身體，好好憐惜每一塊肌肉、每一個細胞。渾身湧起無限的力量，覺得自己好像無所不能。自己的體內蘊藏著巨大的力量，這是我有生以來第一次有這樣的感覺。

我的順風參考成績是十秒九一。

距離決賽還不到兩小時，必須讓身體休息，但我還是忍不住跑去輔助跑道，想再好好確認起跑的感覺。裝好起跑器後，我重複練習了好幾次起跑衝刺。嗯，沒問題，我還記得，我可以做到。不過這已經不是比賽前的暖身運動，簡直就像平時訓練一樣卯足全力，剛才一直陪著連按摩的三輪老師趕到時，慌忙制止了我。

最後唱名時看到仙波和高梨，終於有了決賽的真實感。

「好可惜，都是因為那陣風。」

聽高梨這麼說，我沒有回答，直直地看著他。他一定認為絕不可能輸給我吧。他有百分之百的信心嗎？

註一：末續慎吾為日本短跑名將。
註二： Justin Gatlin，美國短跑選手，在 2004 年雅典奧運中獲得男子 100 公尺金牌。

「神谷，你的表情很可怕。」

高梨說完，我用雙手拍了拍自己的臉頰。我不會輸——我在心裡發誓。我不會輸給你，也不會輸給我自己。

我不知道自己到底是緊張還是興奮，身體感覺很沉重，而且全身發燙，還很僵硬。這就是決賽的G重力。決賽的G重力正慢慢逼近身體。我看著外星人——完全感受不到這股重力的連。他一如往常，視野中沒有任何人，應該說，他對所有人視而不見。他的眼睛也是外星人。

我用力深呼吸。

有六名二年級生、兩名一年級生跑進決賽，其中有三個人可以晉級關東大賽。原本想在決賽中也維持準決賽時的專注力，但事情沒有那麼容易。

我在第三跑道。第四跑道是連，第五跑道是仙波，高梨在第六跑道。

起跑了！

連在我旁邊飛快地衝了出去，那瞬間我一不小心慌了手腳，身體也跟著搖晃起來。完了，我身體太早挺直了。管不了那麼多了。不要管姿勢了，反正拚命跑就對了。快跑，快跑。為什麼跑不快？可惡！

一跑到終點，我立刻倒地不起。我沒有跑好，簡直亂七八糟。

不過還是拿下了第四名，除了那三個人以外，我沒有輸給任何人。成績是順風〇．八公尺，十一秒〇一。原來刷新自己的最佳紀錄，也能這麼不開心……

「對不起，都是我不好。」三輪老師向我低頭道歉。「我應該叫你在決賽前稍微暖身一下就好，你剛才拚命練習衝刺，那樣太耗費體力了。我應該一直陪著你。對不起，你本來應該可以跑得更好。都是我的疏失，太可惜了……」

「不光是這個原因，我無法跑出準決賽時的感覺。」我向老師深深鞠躬。

仙波以十秒六七獲得優勝，連以十秒八二獲得亞軍。以連的成績來看，他可能在後半段失速了。雖然他的體力比以前好很多，但跑第三場可能還是有點吃力。連今天沒刷新自己的紀錄。高梨以十秒九〇得到季軍。

嗯，對我和連來說，如何跑決賽成為我們最大的課題。連缺乏體力，我缺乏毅力和經驗。我在決賽中失敗的原因並不光是疲勞而已，還有起跑的失誤。雖然我一次又一次的練習，想要牢記在準決賽時的感覺，然而，看到連快速衝出去，我就變回原來的自己，頓時慌了手腳。決賽的G讓我無法發揮準決賽時的專注力。

在最重要的比賽中發揮最佳實力談何容易。但如果無法做到這一點，絕對無法成為頂尖的短距離選手。

全縣新人賽最後一天的兩百公尺決賽成為我畢生難忘的一場比賽。鷲谷的兩名選手跑得飛快，爭奪第一和第二名，我和連只能爭奪第三名。雖然平時我絕對不可能贏他，但這是連的第三場比賽，而且他的兩百公尺不如一百公尺跑得好，所以，我才可能有一點機會。不過，在起跑前，我並沒有「或許可以和他一較高下」的想法。因為，比賽時的連總是特別神勇。

連在準決賽的成績不錯。決賽時，我在第三跑道，連在第六跑道，中間隔著鷲谷的那兩名選手。和往常一樣，連起跑後就一路領先，快速地衝向彎道。隔壁跑道的高梨起跑很不錯，而我也不差。不過，我跑彎道的技巧不如其他三個人，高梨尤其擅長彎道跑，一下子就衝到前面……啊，我根本不是他們的對手……我腦海中浮現這個念頭，但在彎道結束時，我發現前面三個人幾乎不分軒輊。

嗯？我不禁有點驚訝。平時連應該在更前面，今天怎麼這麼快就被人追上了？難道他狀況很差嗎？我頓時興奮起來，覺得或許有機會一較高下，也許我有生以來第一次能和連一較高下。我整個腦袋都熱了起來。

我在直線跑道上奮起直追，終於追上了連。想到已經和連並排，渾身立刻湧起力量。即使如此，我仍然無法甩開連。我可以！我試圖超越他。稍微超前了。我可以！

我有機會贏連？

這時雙腳突然無法用力，好像使不上勁，感覺雙腿的引擎在空轉。我慌了手腳，結果在終點前被連超越了。我並不覺得不甘心，而是覺得受騙了。為什麼已經筋疲力盡的連竟然在最後關頭還有力氣？

連彎著腰，雙手撐著膝蓋，肩膀劇烈起伏著，好像剛跑完四百公尺似的。我也累壞了。很累，雙腿發軟，很想對他說：「喂，連，剛才的不算，再來一次。」只差一步，真的只差一步就追上他了。不，我一度已經超越他，只是沒想到最後又被他追上來，在最後的緊要關頭又被他領先了。王八蛋。

而之後的一千六百接力決賽，第一棒的連和第二棒的我毀了整場比賽。儘管一心想要跑快，兩條腿卻不聽使喚。因為我們已經在兩百公尺的決賽中消耗完身心所有的能量。太沒出息了，真的很對不起根岸和五島。好不容易進了決賽，竟然吊車尾，跑了第八名。

跑一圈向來只要五十一秒多的連竟然跑了五十三秒，令他很沮喪，拚命向根岸和五島賠不是。我問他，為什麼不向我道歉，他竟然回答：「你也跑得很慢，不用向你道歉。」我剛才的速度還是比你快耶，搞什麼嘛。

三輪老師聽到我們在鬥嘴，不禁笑著對我說：「一之瀨就是不想輸給你。」

「對手又不是只有我一個人。」我說。

「如果對手不是你，一之瀨不會追上去。」老師指的是兩百公尺的決賽。

對喔，我在剛才的那瞬間和連比賽。我和向來只能遠遠望著背影的一之瀨連在比賽中爭先恐後，甚至有那麼一剎那，我跑在他前面。沒錯，那就是我！現在回想起來，仍然忍不住發抖。我該回味這種興奮，還是應該努力忘記？我們真的曾經一較高下了嗎？我曾經接近過連嗎？三輪老師說，到三年級的全高運時，我能夠和連決一勝負。今天算是為此跨出的第一步嗎？

連應該聽到三輪老師說的話，他既沒有否定，也沒有肯定，只露出淡淡的苦笑。雖然我們都已經疲憊不堪，腿都快抬不起來了，但看到他這樣的表情，很想把他拉去再跑一場比賽。幾公尺都無所謂，在哪裡跑都沒關係，我只想和他繼續比賽！

我不知道連是怎麼想的，不知道他不想輸給我，是基於不想輸給和自己相差一大截的傢伙的自尊心，還是覺得我有資格成為他的競爭對手而不甘示弱。連會像呼吸似的不自覺地輕視別人，同樣的，他也能自然而然地認同別人。他對我到底是哪一種看法？即使我問他，他也不會回答吧。這種事不能開口問，必須在下一次比賽、下下一次的比賽中用身體去感受。此時此刻，我深深地為無法在個人賽中進入關東大賽感到懊惱。

2 新人賽（關東大賽）

老媽一再堅持要去看我比賽，無奈之下，只好請她來看新人賽的關東大賽。不過我的個人項目都是第四名，無法晉級，也一再叫老媽不要來，但老媽說：「你不要再跟我囉里囉唆，我每天把你餵得飽飽的，身為廚師，我有權利要求去看一下自己的成果。」既然老媽都說出這種話了，我也沒有理由繼續拒絕。四百接力春野台拿下了第二名、順利晉級關東選拔賽，也就是說，我在關東賽上只會跑四百接力而已。

四百接力亞軍的成績的確令人欣喜，不過這是之前在某種程度上就已經預料到的。新葉和松溪學園的接力賽成員本來是以三年級居多，所以三年級退出後，團隊的競爭力大為衰退。只更換了一名成員的鷲谷跑出了四十一秒多的成績，我們以四十二秒多的成績從容晉級了關東賽。不過，明年全高運的預賽就不可能這麼輕鬆了。強校會有很多優秀的新手加入，目前的成員也會努力鍛鍊。

春野台高中的四百接力曾經在六月時參加過關東大賽，不過當時由於連受傷了，我們只是志在參加而已。這次就不同了，將由贏取關東選拔賽的所有成員參賽。當然，在六月的南關東大賽中，只要進入前六名，就可以獲得全高運參賽資格，而新人賽沒有全國大賽，因此，新人賽的關東選拔賽和南關東大賽雖然同樣是關東賽，但兩者的意義完全不同。由於全國運動會和青少年奧運等更高階的比賽日期已近，所以並不是所有的選手都會參加，而且即使選手來參加，也未必會使出全力。即使如此，對我們來說，關東選拔賽已經是能夠參加就萬萬歲的高階比賽了，可惜最後只有連的個人賽和四百公尺接力晉級。鳥澤的一千五百公尺跑得不錯，但還需要再加把勁；如果溝井的鉛球在第三次投擲時沒有出界的話就好了；我的個人一百公尺和兩百公尺應該也算很可惜吧……

「我們要挑戰鷲谷！」三輪老師喊出了新人賽關東選拔賽的口號。「要挑戰一下到底可以跟得多緊，嚇一嚇他們。」

我們不約而同點頭附和。

新人賽的縣賽四百接力決賽中，兩校隊的成績還有一段距離，並無法對鷲谷產生威脅。

在第一棒中，雖然鷲谷一年級的個人一百公尺成績比較理想，但桃內盡全力和他拚鬥；第二棒由高梨和連展開纏鬥，當連把接力棒傳給根岸時，我們幾乎跑到第一名。我們團隊當時的表現令我瞠目結舌，以為心臟快爆開了。如果傳到我手上時還在第一名，即使面對仙波，我也絕不能讓他超越。根岸很擅長彎道跑，不過鷲谷的一年級生在國中時是兩百公尺選手，雙方在這裡展現出一百公尺的實力差異。很快就拉開了距離。我慌了手腳。如果鷲谷領先，我根本不可能超越仙波。我一心希望藉由傳接棒縮短和鷲谷之間的距離，結果太早起跑了。阿根拚命伸長身體，把接力棒傳給我後，狠狠地跌了一跤，真該慶幸沒有因此失去參賽資格。我完全追不上仙波，完完全全追不上。比賽結束後，成績的差異也反映了彼此的實力差異。

分析完這場比賽後，三輪老師訂定了作戰計畫。

「這次和鷲谷之間的成績差了〇．八二秒。按常理來說，在關東選拔賽之前的一個月根本不可能縮短這樣的差異。不過，你們想想看，如果傳棒者全力衝進接力區，接棒者再向前一步，就可以帶動加速。順利得話，雙方可以各縮短〇．一秒，一次傳接棒就可以縮短〇．二秒，三個區間就可以縮短將近〇．六秒，只要神谷一伸手，就能摸到仙波的背了。」

大家又紛紛點頭。

「一之瀨和神谷速度還可以再快，甚至有可能縮短〇．一五到〇．二秒。只要容易發生失誤的第三、第四棒之間傳棒順利，成績還可以進一步提升。懂嗎？」

大家再度點頭。

「不要以為這只是算數而已，我要說的是，這並不是像飛天這種不可能的任務。另外一個關鍵，就是神谷。神谷就像是賭徒，他隱藏著無限的可能性。運氣好的話，他有可能會贏。」

這是在稱讚我嗎？桃內和根岸哈哈大笑起來。三輪老師突然露出嚴肅的表情。

「你覺得神谷怎麼樣？」他問唯一沒有笑的連。

「他可以追得更緊，更靠近仙波。」連毫不猶豫地回答。「只要在接力區順利加速，他可以跑得更快。」

「那你自己呢？」老師又問。

「我可以甩開高梨，下次我絕對會甩開他。」

連像是在交代業務般簡潔回答道，既不像在賭氣，也沒有改變表情。我忍不住抖了一下。向來少說多做的連竟然會說這種話。笑容也從根岸和桃內的臉上消失了。

「好。」三輪老師說。「那各位就好好享受吧，挑戰可是很有趣的。」

後來只剩下我和根岸兩個人時，他對我說，他根本不可能享受挑戰的。

「如果我可以、可以再跑得快一點……」

他突然咬牙切齒地這麼說，嚇了我一大跳。

「個人賽無所謂，我對自己的成績沒有遺憾，我盡力了，這樣就夠了。」根岸小聲地說。「但是，接力賽……雖然我知道，雖然我知道不可能，但我希望自己可以跑得更快。即使借別人的身體，我也希望可以跑得更快。四百接力很痛苦，每次到我這裡就會拉開一大截，無論別人怎麼安慰，我都覺得很痛苦。」

看來阿根很介意縣賽決賽時被一年級超越這件事。

「你在說什麼啊！我們只是普通的公立學校，不是那種社團有將近百人的私立強校。四百接力的成員不可能都是短距離選手，現在的團隊已經是我們隊上的最佳組合。你不要說這種喪氣話，照你這麼說，我和連不是也不該參加一千六百接力嗎？」

聽我這麼說，根岸立刻回說：「正因為我們只是普通的公立學校，能集合你們這些接力成員才更難得，不是嗎？太可惜了，實在讓人想哭。」

「鷲谷也是公立學校。」

「他們不一樣，甚至比私立學校還強。」

根岸重重地嘆了一口氣。

「對不起，我不應該發牢騷。明年一定有優秀的一年級加入的，春野台有你和一之瀨這兩名優秀的短跑選手，一定會有跑得快的新生想要加入的。我問了國中的學弟，反應很不錯唷。」根岸說完，慢慢點頭。「到時候，或許真的有機會擊敗鷲谷。在那天來臨之前，我會努力撐下去。對，首先是要練習傳接棒。」

他終於露出了熟悉的笑容。我用拳頭輕輕打著他的笑臉。

「在關東選拔賽上，要完成最漂亮的傳接棒。」我說。

根岸點點頭，他雖然笑著，卻好像一臉快哭出來的樣子。害我也好想哭。

十月第三個星期六是關東選拔賽的第一天，要舉行四百接力的預賽和決賽。地點在東京駒澤體育場。不光是老媽，連老爸也要一起來觀賽，因為健哥第二天的比賽在東京舉行。於是，他們乾脆來個「一不做，二不休」，決定星期六晚上投宿飯店，為兩個兒子加油。老媽興奮不已。住東京的飯店固然開心，可以連續兩天看兒子的比賽更令她高興。健哥雖然在衛星聯盟，不過那是有薪水可領的職業比賽，和我完全不能比。

因為這次的比賽地點比較尷尬，距離比縣內遠一點，但搭車只要一個小時出頭就可以到，所以我們這次比賽不會過夜。只有第二天也有比賽的連、陪同員和老師星期六晚上會住在東京。如果我的名次再進步一名，就可以上場比賽，也能一起住在東京了。因為這種莫名其妙的原因，我再度感到懊惱不已。雖然老媽說可以加床，叫我和他們一起住飯店，但我還是決定回家，我想和大家一起行動。舟車勞頓可以讓我充分消化這種奇怪的懊惱。

星期六早晨，三輪老師發出「接力賽成員沿途絕對要坐」的指示。我們從中央林間搭乘的田園都市線並沒有太多人，四個人都順利坐到了座位。不擅長早起的連很快就睡著了，我和根岸坐在對面，看著他的腦袋晃來晃去。根岸驚訝地說：

「一之瀨好像只能在極度專注或徹底散漫的狀態中選擇其一，也許這也是短跑選手的才能之一吧。」

「他只是早上起不來。」我簡單地回答。

「我也很睏啊。」根岸打著呵欠。「我昨晚沒睡好。」

「我也是。」

昨晚想了太多事，接力賽的事、比賽的發展、成員的狀況、心情之類的……結果一直睡不著。「以只有一、二年級生的新團隊來說，我們的水準應該算不錯吧？」我說出昨晚最後得出的正面結論。

「和鷲谷的成績相比就差遠了。」根岸偏著頭說。

「大家的傳棒不是進步很多嗎?」我說。

「馬馬虎虎吧。」根岸點頭回答。

練習的時候,各區間傳棒的時機,和老師在一旁觀察時的判斷吻合。我們感覺OK的時機和阿三說「OK」的時候完全吻合,即使是被老師說是最糟糕的第三棒和第四棒之間的傳棒,也比以前穩定多了。

雖然三輪老師訂下了目標,卻很少提及鷲谷的事,要我們只要跑出春野台高中的接力賽就好。不過,今天在預賽或決賽中和鷲谷站在同一個跑道上時,我們四個人各自會有什麼想法就不得而知了。連或許想贏,如果我不是第四棒——如果仙波不是跑第四棒,我應該也想贏。

從某種意義上來說,新人賽關東選拔賽比起全高運的關東大賽,心情上要輕鬆許多,畢竟已經是最終的比賽。而且參賽隊伍都很強,從預賽開始就要全力以赴。全高運路線的關東賽分為南關東大賽和北關東大賽,而新人賽的選手在關東選拔賽上,還可以和不曾交鋒過的北關東的學校一起比賽。

在輔助跑道上做暖身運動時,看到很多學校。埼玉的上浦高中、東京的昭和學館附屬高中、千葉的佐倉開星,這些都是私立的強校。埼玉縣屬於北關東,但千葉和東京的學校有可能會在明年的南關東大賽上碰頭,爭奪全高運的參賽權。雖然一年級的新生加入後,接力團隊會小有變化,但還是以目前的成員為核心。今年六月參加南關東大賽時,根本無暇考慮這種事,光自己的比賽就自顧不暇了,完全沒有餘力注意其他學校。

昭和學館附屬高中的赤津一百公尺的最佳紀錄是十秒八。佐倉開星的北見經常受傷,進入高中後，並沒有留下正式的比賽紀錄，不過聽說他是全中運一百公尺的季軍。上浦的佐佐木是十秒六的狠角色，幸好他在北關東。仙波、連和這幾名選手的比賽絕對精采。我們這個學年無論縣賽水準或是關東賽水準都很高，今年冬天必須拚死努力，才能在明年打進全國大賽……

哇噢，鷲谷耶。每次看到紅辣椒般的鷲谷制服，就會像鬥牛般熱血沸騰。同時，也為神奈川縣的公立高中有這麼一支強隊感到驕傲。雖然在縣賽時，覺得他們是可怕的敵人，但進入關東賽後，心情截然不同。為了向三輪老師的恩師大塚老師表達敬意，我們會很恭敬地向鷲谷行禮。向來以彬彬有禮著稱的鷲谷也恭敬地向我們回禮。只有高梨的眼神透著笑意。難不成他們露出笑容會挨罵嗎？

回帳篷後不久，收到了高梨的簡訊，看了之後，忍不住狂笑不已。

「你們在預賽時和昭和學館同組吧？昭和的赤津大介，應該是跑第四棒，注意觀察一下他攜帶的物品。無論背包還是鞋袋或是毛巾，全都是凱蒂貓。就憑他那副長相？他女朋友是凱蒂貓迷，全都是他女朋友送給他的。聽說她很可愛，小倆口很恩愛哩。就憑他那副長相，他有女朋友這件事已經天理不容了。」

我把簡訊出示給所有人看，三輪老師看了也捧腹大笑。

「昭和學館附屬高中是僅次於鷲谷的冠軍候補，不管赤津喜不喜歡凱蒂貓，他跑得很快，而且比賽經驗很豐富。如果他們今天跑出水準，我們很可能會輸，的確讓人恨得牙癢癢的。不過這是接力賽，關鍵在於傳接棒，神谷，到時候你會和他對決。」三輪老師說。

「至少比仙波好。」我說。

「那也未必。」三輪老師笑著說。「這就是關東大賽的可怕之處，最好認為其他縣的隊伍比你們想像中更強。以二年級的學生來說，應該是神奈川縣最強，但是各縣的風格都不大一樣。能在明年的南關東大賽前和他們對上，會是很好的經驗。」

所有人都用力點頭。

嗯，真的全都是凱蒂貓耶，而且一眼就看得出是純手工製作的。深藍色的拼布背包有一個大凱蒂貓，丹寧布的鞋袋上也有一個巨大的凱蒂貓貼花，白色T恤上印著綁著頭巾，手拿接力棒的凱蒂貓（素人畫）。等待出場時，我坐在長椅上，肆無忌憚地打量起身旁的赤津時，被他發現了，對我露出凶惡的眼神，好像在問：「你想幹嘛？」不過，打扮成這樣，叫人不看也難吧。

赤津的臉長得像鬥牛犬和黑斑蛙的混合體，身高和我差不多，以短跑選手來說，他身上的肉還滿多的。軟軟的肌肉感覺很有彈性，讓人忍不住想伸手戳戳看。見我直盯著他，終於問我：「你想幹嘛？」

「沒有啦，因為你很有名。」我不知所措地回答後，赤津露出一臉得意的表情，顯然誤會了我的意思。

「你是誰？」赤津用傲慢的語氣問道。「很少看到不良少年練田徑。」

「我叫神谷，是春野台高中二年級。」

「沒聽過。」他興趣缺缺地嘀咕道。

「現在可以記住了。」我露出像凱蒂貓般的笑容對他說。

赤津露出「你真狂妄」的表情。原來如此，雖然春野台高中在神奈川縣小有名氣，但在關東還沒沒無聞。好啊，太好玩了，那就好好來較量一下。前面的三個人，拜託好好跑，讓我可以好好和他較量一下！

三輪老師推斷，預賽的合格成績應該在四十二秒五左右。雖然比我們在縣賽中的成績還好，但和練習時的成績很接近，再加上正式比賽時應該可以更快，所以並不是完全無望。不過，一百公尺也要實際跑了之後才知道，更何況四百接力是四人份的一百公尺，加上簡直就像在賭博的三次傳接棒，所以成績向來比其他項目更難以預測。

「進入關東賽的每一支隊伍都很強，沒有絕對可以贏的隊伍，相對的，也沒有絕對會輸的隊伍，總之，跑出自己的水準就好。」

三輪老師在預賽之前對我們這麼說道。阿三慣有的淡然聲音令我心情平靜，也激勵了我的士氣。

前一組跑完後，我們到跑道準備。步測後我貼上步點，然後看向根岸，他發現後用力向他揮了揮手。根岸也向我揮手，還對我笑了笑。第一棒的桃內這時也看向我，我對他做了加油的姿勢，桃內也回了我相同的動作。很好。至於連……算了，反正他離我那麼遠。

「你在興奮什麼？只不過是預賽而已。」站在隔壁跑道的赤津冷冷地說。「又不是全高運的決賽。」

「你參加過嗎？」我反唇相稽，赤津愣了一下說：「下次就會參加了。」

現在哪有餘力考慮那麼久以後的事，我只能專注於眼前的這一場比賽，跑好這一場。這是我們的跑道、第六跑道，我們將在這裡奔跑……

鳴槍，起跑。

哇，大家的速度都好快。桃內的前面有……兩個人、三個人嗎？不過距離並沒有拉開，只要順利傳棒給連……傳棒了！很順利！連超越了一個人。太強了。連本來的速度就很快，跑四百接力時，有時會像著了魔似的變得飛快。他從早上第一場開始就火力全開。厲害。他超越了一個人，又一個。好厲害……這不是關東大賽嗎？這不是關東大賽的第二棒嗎？為什麼他可以在王牌雲集的第二棒時，連續超越三個人？啊，第三跑道的傢伙跑得很快，追上來了。阿根起跑了。傳棒……這個區間的傳接棒向來都很穩定，太好了！成功了！仍然保持第一名。阿根，保持下去，繼續保持下去！

心臟好像蹦進腦袋裡撲通撲通跳，腦子裡只想著傳接棒的事。阿根傳棒時第幾名都沒關係，總之至今為止的傳接棒都很順利，絕不能在我手上失敗。阿三說，勝負的關鍵就在於第三、第四棒之間的傳接棒和我的第四棒！

根岸被追上了。就是第三跑道的傢伙。昭和呢？昭和目前是第三名，但緊跟著阿根。並排了。阿根被超越了。來了。好，我要盡可能帶動阿根的速度，在極速狀態下傳棒。如果不賭一下就無法贏。阿根經過步點了——我也在同時起跑，一下子衝了出去，卯足全力衝了出去。阿根，請你追上我。

「接！」

背後傳來有力的口令，我抬起手接棒。手掌上傳來真切的觸感。加速。加速。我和隔壁第五跑道的赤津並排跑著。他好像是在傳棒的時候追了上來。怎麼可以被他追上？怎麼可以被他搶先？絕對不能輸。哇噢，追上了原本衝在第一的第三跑道的學校。超越了。接下來只剩下和赤津之間的比賽了。不能輸。不能輸、我回想起在新人賽的縣賽兩百公尺的最後關頭被連追上的情景。最後絕對不能減速，哪怕因此死了也沒關係。

終點。

我沒有超越赤津，也沒有讓他搶先。也許小輸一點。但從赤津一百公尺成績來看，能夠和他這樣纏鬥已經算是奇蹟了。

「你太拚了吧。」赤津對我嘀咕道。「居然在預賽就這麼拚。」

看到他嘲笑的表情，我有點納悶，難道他沒有全力以赴嗎？為什麼？不可能。雖說是新人賽，但這可是關東大賽，他不可能這麼從容。而且，兩個第四棒在競爭的時候，怎麼可能不卯足全力？

最後，我們拿下第二名，和第一名成績只有些微之差，分別是四十一秒九五和九六。太強了……

「赤津有沒有認真跑？」事後我問三輪老師。

「應該有吧。」老師露出納悶的表情。

「聽他說話的語氣，好像不是這麼回事。」我說。

「那可能是他的策略吧。這傢伙心機真重。」老師皺著眉頭。「可能是輸得不甘心吧。」

「他又沒輸……」

「赤津可能以為可以輕鬆贏你，但沒想到你跑得比他預期得更快，沒辦法和你拉開距離，所以感到很嘔吧。雖然預賽是取前兩名進入決賽，但會根據成績決定決賽時的跑道，不可能有笨蛋在這種時候放緩。」

老師的解釋很合理。

「你和一之瀨真有趣，參加四百接力時，有時候就像著了魔一樣。我都起了雞皮疙瘩。」

三輪老師用手摸著起了雞皮疙瘩的手臂。

春野台高中以第四名通過了預賽。第一名是鷲谷，成績是四十一秒六五。

3 狀況

谷口滿臉興奮地說，在觀眾席上看到老媽了。雖然似乎沒有人起疑，但老爸、老媽從來沒參加過隊上的活動，而她竟然認得出老媽，這不是很奇怪嗎。我聽了之後有點緊張，谷口卻顯得若無其事，看來她果然沒有把我當回事。我明知道是自己單戀人家，然而一直以為我在她心裡占有特殊的地位，還暗自期待這份特殊可能會因為某種陰錯陽差，發展成戀情。真是讓人傷心啊……尤其又是在和仙波同場較勁的日子，在和仙波一起跑第四棒、即將顯示雙方實力差距的日子。

連的個人一百公尺預賽和決賽將在接力賽的預賽和決賽之間舉行。由於比賽只舉行兩天，比賽行程很緊湊，連今天要跑一百公尺和四百接力總計四場比賽（都分別是預賽和決賽）。

從剛才接力賽的情況來看，連的一百公尺很值得期待，一定會讓剛才見識過的人心驚膽戰。我不知道連在關東的高中田徑界的知名度，今天之後，他應該會變得赫赫有名吧。他一定可以跑出好成績，或許有機會贏仙波。雖然決賽時已經是連今天的第三場比賽，令人有點擔心，但希望他不要鬆懈，堅持到最後。

可是……為什麼無法上場比賽的我這麼興奮，連卻心不在焉呢。他在比賽的日子常處於心不在焉狀態，幾乎不會開口。在比賽之前則會全神貫注。心不在焉和全神貫注，雖然都是不發一語，但可以發現其中的不同。心不在焉的時候可以找他說話，全神貫注的時候則不行。當然，無論哪一種情況找他說話，他都不會搭理。

旁人根本無法理解連的舉動。雖說是新人賽，但這連是第一次踏上關東大賽的舞台，照理說，應該格外振奮。他到底是怎麼想的？我完全猜不透。

連看待比賽時的平常心和專注力，我完全比不上。儘管老是覺得他像外星人，但有時候又覺得不該拿他的「特別」當藉口，我們是不一樣的兩個個體，固然無法達到他的境界，但至少可以學習一下他的專注力。

最近，我在比賽時，已經不再像以前那樣會因為緊張而影響實力，不過，專注力還是有待加強。為什麼周圍有那麼多隊友在，他還可以專注在自己的世界呢？在日常生活中，我向來很少封閉在自己的世界裡。儘管不至於整天和別人傳簡訊，但也從來沒有想要獨處的衝動，旁邊有人也無所謂。即使都到了最後唱名，仍然會在意周圍的人，忍不住東張西望。

每次看到連，雖然不會聯想到「孤獨」這兩個字，卻覺得「獨自一人」這幾個字像刺青一樣烙在他身上。仙波身上也有這種感覺，高梨倒是沒有。難道這就是超一流選手的祕訣所在嗎？還是純屬巧合？剛好神奈川縣的頂尖選手都屬於這種類型嗎？下次再和高梨用簡訊好好討論一下這個問題吧。

我打算去看台上觀賞一百公尺決賽。預賽的時候，我在起點附近仔細觀察了仙波，決賽打算要去終點附近替連加油。我、根岸、鳥澤和谷口一起從田徑場外沿著階梯走向觀眾席。真令人期待。連在預賽時的表現不錯，今天狀況應該很好。

老爸和老媽到底在哪裡？如果看到他們，一定要告訴他們這場比賽的重要性。連和根岸的家人今天都沒來為他們加油，連的外婆只有在縣內的比賽時，才會偶爾心血來潮地來看一下。至於根岸家，如果是星期天，他爸媽就會帶著弟妹，五個人浩浩蕩蕩地來為他加油，不過星期六要開店做生意，所以不會有人來。對了，之前新人賽的地區預賽時，曾經看到谷口的爸爸和弟弟。她弟弟高高瘦瘦的，感覺很穩重，戴一副眼鏡，像是理組的學生，和他姊姊一點也不像。一想到他靠著報紙上的食譜專欄學會做馬鈴薯燉肉，就特別感動。

每次看到隊友的兄弟姊妹來看比賽，內心都會隱隱作痛。如果有朝一日，健哥可以來看我比賽就好了。不過如果健哥真的來了，我可能會異常緊張，不知如何是好吧……

咦？那不是老爸和老媽嗎？

他們用力撥開看台上的人群跑了過來。他們到底在急什麼？在人這麼多的地方跑這麼快，不是會造成別人的困擾嗎？他們的樣子好像不太對勁，老媽……在哭嗎？為什麼？

「媽！」我大聲叫著。「媽！」我也撥開人群跑向他們。

「小新……」老媽一看到我，哭喪著臉突然緊緊抱著我。「小新……」

我嚇得腦筋一片空白。

「怎、怎麼了？」

我看著老爸的臉。老爸的臉色蒼白，我從來沒有看過他這麼緊張的表情，難道是身體不舒服嗎？

「臨時有事，」老爸說道，他強忍著情緒地說，「對不起，我們要走了。對不起，不能看你比賽了，晚一點我會和你聯絡，你先回家吧。」

「怎麼了？到底發生了什麼事？」

即使是白痴也知道絕對出了大事。

「工作出了狀況，我們可能會晚一點回家，總之，我會打電話給你。走吧！」

老爸抓著老媽的手，把她從我身上拉開。

「新二，對不起。」

「等一下！」

我大叫著，但老爸拖著老媽快步離開了。

大會的廣播正在介紹決賽選手。

如果是工作出了狀況，為什麼老媽要一起去？工作上到底出了什麼狀況，老媽會這麼傷心？騙人。只有健哥的事才會讓老媽這麼傷心，只有健哥和我——我們兩個小孩才會讓她這麼傷心。

「第四跑道，二七一號，一之瀨同學，春野台，神奈川。」

廣播中叫到連的名字後，鳥澤和溝井的聲援聲在耳邊響起。我覺得頭好像裂成了兩半。

健哥發生了什麼事？到底發生了什麼事？

只要健哥身體不舒服，老媽也會跟著不舒服。即使健哥只是感冒或是頭痛，老媽也會淚眼汪汪的心神不寧；如果健哥發高燒，她更是一整晚都不能闔眼。不光是我們小時候，即使現在長大了，老媽仍是這樣。老媽經常哭著問我：「小健生病了，怎麼辦？小新。」我唯一的優點就是身體壯得像牛一樣，從來不會臥病在床。不過，偶爾鬧肚子時，老媽也會跟著吃腸胃藥。老媽經常說：「有什麼辦法，因為我和你們心連心嘛。」為什麼？臍帶不是早就剪斷了嗎？

看台上響起一陣歡呼。起跑了。我怔怔地將目光移向跑道。連在哪裡？第一名嗎？我的精神始終無法集中在跑道上，一切離我好遙遠，我像是從外太空突然降落在這裡。啊，大家都跑得很快，大約有五個人在爭奪第一名。連……還在最前面。過了一半後，仍然保持領先。我的腦袋漸漸清晰起來。很好。衝，一直向前衝。衝吧！仙波，你給我乖乖跑在後面！

最後三名選手以些微之差衝進終點。連也在其中，但可能不是第一名。可惡。終點的成績快報上顯示十秒五九。看台上響起一陣歡呼，我也忍不住「哇」地大叫起來。太厲害了。到底是誰贏？第五跑道的仙波嗎？還是第六跑道那個埼玉縣的傢伙？所有人都屏氣凝神地等待結果公布。

終點計時器上亮起代表跑道的「6」這個數字。

「冠軍是第六跑道，佐佐木同學，上浦高中，埼玉縣，成績是十秒六〇，順風二．六公尺。」

哇——看台沸騰起來。原來是埼玉的佐佐木，沒想到仙波竟然會輸……連打破了自己的最佳紀錄，但這個成績只能當作順風參考成績。太可惜了。比賽完後，我突然感到無力，忘卻的不安在下一刻頓時揪住了我的心。

健哥到底發生了什麼事？我該怎麼辦？老爸叫我回家等，說他會打電話給我。他什麼時候才會打給我？我到底要這樣搞不清楚狀況窮擔心多久？

我在輔助跑道上做接力賽的暖身運動。活動身體後，感覺好多了。也許是我想太多了，可能根本什麼事都沒發生。活動身體時，想法比較正面，但身體一停下來，莫名的不安再度排山倒海而來。

根岸和谷口問我發生了什麼事。他們剛才都看到老媽淚流滿面地抱著我。我只能回答說，我也不知道。做暖身運動時，根岸不時擔心地看著我。他問我：「你沒問題嗎？可以跑嗎？不用報告老師嗎？」我要怎麼說？難道要說我家人可能發生大事了嗎？我討厭老爸說出這種立刻就能識破的謊言。不過，這也代表了，家裡發生了老爸不得不說謊的大事，發生了一旦說出口就會令我不安的大事。越這麼想，越覺得不可能什麼事都沒發生。這時，我才想到可以打電話給健哥，只要他的手機可以接通，和他通一下電話就沒問題了。

「神谷，發生什麼事了？」練習完傳接棒後，三輪老師問我。

是不是根岸對他說了什麼？

「發生了什麼事？」

「我也……不知道，家裡好像出了事……我爸媽……應該是我哥出了狀況。老師，我可以去打電話嗎？」

我的解釋恐怕沒有人聽得懂，但老師還是同意了。我沒有把手機帶到輔助跑道，所以跑回帳篷。帳篷裡有不少人，不需要暖身、需要休息的連也躺在角落。我沒有向任何人說話，從行李裡拿出手機就往外衝。

現在是星期六下午，一軍正在舉行比賽，健哥應該沒有上場，否則老媽一定會告訴我。衛星聯盟明天在東京有比賽，健哥今天應該是休假。雖然我從不曾打健哥的手機，但我手機裡有他的電話號碼。接電話！神啊，求求祢。啊，沒人接，轉接到語音信箱了。我連續打了好幾次，每次都轉到語音信箱。我又撥了老爸的手機，無論如何，這次都要讓他解釋清楚。無論如何……沒人接。為什麼？我又再次撥打。還是不行。我嚇出一身冷汗，呼吸急促，好像才剛做完嚴苛的訓練。

「新二。」

突然聽到自己的名字，不禁嚇了一跳。我以為是健哥在叫我。是連。他不知道什麼時候站在我身旁。

「怎麼了？」

「我不知道。一定發生了什麼事，我不知道。」

我大叫著回答。一看到連，我再也無法克制地抓狂了。連盯著我一會兒後問我：「你覺得可能發生了什麼事？」

我向他解釋。我記得有向他解釋，但不知道到底說了些什麼。

「健哥出了事……？」

聽到連也跟著我叫「健哥」，我的歇斯底里稍稍平靜下來。在我們念小學時，三個人偶爾會一起玩，連也跟著我叫「健哥」。我記得三個人好像曾在新年的時候一起去神社祈福。現在為什麼會突然想到這些事？真是莫名其妙。

「你知道健哥宿舍的電話嗎？」

連問我。我搖搖頭。

「家裡應該有。」

「不知道他們球隊有沒有電話。」我偏著頭。

「打一〇四問一下吧。」

連從我手中接過手機。看著他打去查號台，詢問喜悅隊的電話號碼，我突然想起我們馬上就要上場了。我在幹嘛？我到底讓連在做什麼？連跑了一整天，體力應該消耗得差不多了，在即將集合的此時此刻，應該是他的專注時間，無論誰對他說話，他都不會理睬的時間。我輕輕抓住連拿著手機的手臂。

「算了。」我搖著頭說：「謝謝你，算了。要上場了，我們走吧。」

連仍然把電話貼著耳朵，看著我的眼睛。

「算了，對不起。我現在只想想比賽的事，對不起。」

「對方有告訴我電話，但我忘了。」連掛上電話後說道。

「沒關係，謝謝。」

跑吧——我在心裡想道。好好地跑吧。因為，這才是我該做的事。不光是我，我要和連、根岸，還有桃內一起跑。

我不太記得比賽的事了，最後我們拿下了第七名，成績在四十二秒中間。傳接棒很不理想。連果然也累了，無法順利加速，第一、第二棒傳棒時竟然擠在一起。根岸看到這種情況後，起跑稍微克制了一下，結果傳棒時又擠在一起，和我傳棒時又再次擠成一團。雖然我拚命跑，但無法像預賽時那樣跑出實力以上的水準。鷲谷獲得冠軍，昭和學館附屬高中獲得亞軍。埼玉的上浦高中第五名。

回到帳篷後，我馬上又打了電話。健哥和老爸的手機都不通，我查到球隊辦公室的號碼，打電話去問，說是神谷健一的弟弟在找他，才得知健哥發生了意外。他出了車禍。對向車道的車撞上了健哥開的車。

「目前並沒有生命危險。」辦公室的女人似乎不知道該怎麼向我說明，用既冷靜又有點困惑的聲音說道。我問了三次醫院的名字和地址，不是沒有聽到，而是大腦無法接受。

根岸用手機幫我查了新幹線的時間和車資。我身上沒有帶太多錢，於是就向三輪老師借。雖然我去也幫不上忙，但我不能不去。我沒有做緩和運動，也沒有參加檢討會，東西也沒收拾，就衝出了田徑場。

第五章　運動員的生命

1　隊服

車禍嚴不嚴重，受了多重的傷——我沒有細問球隊的人。或許對方也不知道，總之，我好不容易才問到醫院的名字。坐在新幹線上，腦海中只想著一件事——健哥還能踢足球嗎？

可能是因為聽到他沒有生命危險，才會想這些事吧。我很清楚，那通電話令我深受打擊，同時也鬆了一口氣。情況——並不是最壞的。健哥還活著。但如果身負影響選手生命的重傷，就不能說不是最糟糕的情況。因為，對健哥來說，為足球奉獻的身體就是他的生命。

經過小田原時，手機響了。是老爸打來的。現在才打來。我心裡這麼想，卻很怕再度聽到車禍的事。我穿越車廂，走到車門的位置。

「新二嗎？不好意思，沒辦法和你聯絡。」

「你現在人在哪裡？醫院嗎？」

聽到我的問題，老爸沉默了片刻。「你已經知道了嗎……？」

「健哥呢？」

「嗯，」老爸停頓了一下又說：「沒問題。」

「他受了什麼傷？」

「呃……很多地方……不過以車禍的嚴重度來說，還算好的。」

老爸的語氣也像在說服自己似的。

很多地方？還算好的？

「兩部車子相撞，好像是在彎道很多、視野不佳的地方。健一開車很規矩，是對向車衝過來，撞在一起。健一雖然打了方向盤，但還是閃避不及，攔腰撞上了。」

「健哥……意識清醒嗎？」

「那倒是沒問題，他神智很清楚。雖然撞到頭，不過應該沒問題。內臟沒有損傷，肩膀和手臂的骨折也不需要動手術。只是，他的腿……」

「他的腿……」

新幹線進入隧道，電話斷了。短短的隧道感覺就像是永遠的黑暗。手機上出現訊號後，我立刻撥通電話。

「他的腿怎麼了？」我劈頭就問。

老爸始終沒有回答，令人懷疑電話是不是沒有接通。

「他的膝蓋重重的撞到儀表板，右膝的韌帶損傷……」

電話又斷了，但我這次沒有再撥電話。

剛才老爸是說右膝吧？右腳是健哥的慣用腳。我的右膝彷彿碎裂般感受到一陣刺痛。好痛。膝蓋。我的膝蓋痛沒關係，但健哥的腿是這個世界上的無價之寶，獨一無二，無可取代的。

為什麼？神啊？為什麼？

我不敢走進病房。無論多麼擔心，無論承受了多大的打擊，我還是無法完全相信已經發生的事，仍然覺得是一場噩夢或是一場惡作劇。

外科病房的大病房內，健哥穿著醫院的病服，躺在病床上閉著眼睛。無法完全看清楚他的腿——用繃帶包著的腿。健哥睡著了嗎？我難以相信躺在病床上，閉著雙眼，臉色蒼白，滿臉傷痕的男人就是健哥。雖然那是健哥的臉，而且我也親眼看到了，但我還是無法相信。

我不知道在那裡愣了多久，過了好長一段時間，才發現老爸和老媽也在。老媽坐在椅子上一動也不動，老爸站在那裡，看著我點點頭。

健哥張開了眼睛。他看著我，不過我不確定他有沒有看見我。我很害怕，說不出話。此刻的心情不是悲傷、難過，而是害怕。害怕面對事實，害怕面對車禍，害怕面對身負重傷的健哥；害怕類似命運——之類的東西，害怕承受了意外打擊的命運，害怕健哥的眼神，害怕健哥看著我，卻看不見我的眼神……即使如此，我做了一次深呼吸，試圖說些什麼。

「新二，」健哥說道。

他認得出是我……我鬆了一口氣。

「你幹嘛？」

健哥看著我的眼中終於出現類似情緒的反應。那是我從來沒看過的表情，冷漠、陰沉、激動……

「你穿著社團的隊服在這裡幹嘛？」

我不知道健哥這句話是什麼意思。

「今天，我去比賽……到剛才……」我戰戰兢兢地說，話才說到一半。

「別穿這樣來看我，」健哥怒道。「不要穿這樣來醫院，回去！」

「小健……」老媽慌忙站了起來。

「給我回去！」健哥大聲怒斥道。

我後退了一、兩步，兩腿無力，差一點跌坐在地上。我走出病房，直接走出醫院……似乎是這樣。我根本不記得自己是怎麼離開的。

「新二。」當我走出醫院時，老爸追上來叫住了我。「你別在意，健一現在的情緒不太穩定，傷口似乎還很痛。」

「健哥會好嗎？」我口齒不清地問道。我不是在問老爸，而是在問上天。

「這要看之後的發展。接下來必須……必須做很多事。」老爸緩緩答道。「也有醫生說治不好，結果治好的情況。健一並沒有失去雙腿，並不是完全不能動。」

「醫生說治不好嗎？」我追問道。

「醫生沒這麼說，只是說明了目前的狀況。需要動手術，包括復健在內，可能需要花一年多的時間。目前還不知道能不能歸隊。」

「還不知道……」

雖然醫生沒有說治不好，但聽在我的耳裡，根本就是治不好的意思。

「我在車站前訂了飯店，你先過去吧。你媽說要守在醫院，但我會想辦法帶她過去的。」老爸說。

「我要回去，」我說。「我要回家去。」

健哥也叫我「回去」。

「新二，健一他……」

我打斷老爸說：「今天比賽很累，所以我想先回家。」

我為什麼穿著隊服來醫院？那有什麼辦法？我早上就是穿這樣子出門，除了制服以外，除了背心和短褲以外，又沒有替換衣物。

老爸點點頭，為我叫了計程車。我說我身上有錢，老爸還是拿錢給我。對喔，要趕快把錢還給阿三。

聽到電車已經到終點站的廣播下了車，有好一會兒不知道自己人在哪裡。我並沒有睡著，一點也不想睡，只是頭腦無法發揮功能。手機收到好幾封簡訊，還有好幾通電話。來電鈴聲在大部分人都睡著的車廂內響個不停，我完全沒有注意到，在身旁乘客的提醒下，才關掉電源。我甚至沒有去想是誰打電話來這個問題，思考和感情都停止了。

我懶得去想接下來要搭哪輛電車，只隱約知道這裡是沼津，已經將近十一點半了。我忘記在掛川換新幹線，竟然來到了東海道線的終點。我一屁股坐在月台的長椅上。只要在這裡，下一班電車遲早會來。

結果，完全沒有車來。剛才那班可能是末班車。我覺得這樣更好。半夜三更，被拋棄在和自己毫無關係的地方。眼前的窘狀令我感到心曠神怡。這裡距離磐田很遠，離相模大野也有一大段距離，偶爾有下行電車經過，車站並不是空無一人，只是空空蕩蕩的，陷入一片異樣的寧靜。風很冷，黑暗城市中的燈光也顯得寧靜而冷漠。好冷。不知道為什麼，絲毫不感到疲倦的身體竟然感受得到寒冷。我縮起肩膀，用手摩擦著腿。我著涼了。我跑完之後，沒有做緩和運動，匆忙的在滿是汗水的T恤外，套上運動外套，在這樣的冷風下，肌肉會出問題。

管不了那麼多了，健哥的膝蓋已經出問題了——這種不可能發生的事都發生了，我才不管自己的身體會出什麼問題。

原本做好了等到早上的心理準備，結果三點不到，電車就來了。是夜行電車。我坐上車。如果夜風沒有那麼冷，我可能不會上車。我不想回家，不想和任何人聊健哥的事，不想見到任何認識的人。

在電車的行駛聲和振動包圍下穿梭在黑夜中，有一種奇妙的安心感。只能看到一片茫茫的漆黑景色，每個人都睡著了，這樣很好。夜晚的電車聲音似乎和白天不一樣。

我在相模大野的車站前騎上腳踏車。關東大賽宛如一百年前發生的事，眼前熟悉的景色令我格外厭煩。這個城市一如往昔，我的世界卻完全變了樣。

空無一人的家中只有飢腸轆轆的狗。阿羅，對不起，我忘了。餵完飼料後，我回房間，倒在床上。明明沒有睡意，卻在不知不覺中睡著了。一陣痙攣把我驚醒，覺得嘴裡很苦，胸口好像流著黏稠的油，很不舒服，我努力回憶，剛才到底是做了什麼噩夢，才發現原來不是夢。突然一陣反胃，趕緊衝去廁所吐。我幾乎是爬著下樓，從冰箱裡拿出運動飲料。

看著廚房的窗外和時鐘。天已經黑了。已經七點多了。客廳裡電話答錄機的燈一閃一滅，我才想起老爸和老媽不知道怎麼樣了。健哥……我想聽答錄機的內容，伸手準備按下按鍵時，手顫抖起來。好可怕。一切都變得好可怕。答錄機裡傳來老爸的聲音，他擔心地問：「你回家了嗎？為什麼不接手機？」還有連的聲音。「新二，你還好嗎？如果你方便，打個電話給我。」接下來又是老爸的聲音……聽到一半，我就按掉了。

正當我打開手機電源準備打電話給老爸時，玄關傳來聲響。阿羅吠叫著衝了出去。從牠叫聲研判，我知道是家人回來了。

一個人回家的父親好像不眠不休了三天，一看到我就嘀咕說：「至少也該接電話，不然我們會擔心，更何況是在這種時候。」然後，他說要下廚做晚餐，我說我不想吃，他很頑固地堅持說：「不吃怎麼行？我也沒有食欲，是你媽叫我回來照顧你的三餐。」

即使在這種時候，老媽仍然為我的三餐擔心，我感到的不是感激，而是難過。

老爸張羅半天的炒飯，我一口都嚥不下去，光聞味道，就覺得又想吐了。老爸也只吃了幾口就放棄了。

「要不要去洗澡？你到現在還沒換衣服，去沖個澡吧。」老爸站了起來。

換衣服——我這才發現自己還穿著隊服。湛藍色的春野台高中隊服。胸口一陣隱隱作痛。

——你穿著社團的隊服在這裡幹嘛？

健哥的聲音在腦海中響起。

——不要穿這樣來醫院。回去！

我緩緩拉開拉鍊，脫下運動服夾克，也脫下了運動褲。脫在地上的隊服上印著「春野台高中田徑隊」幾個白字。這是我珍愛的東西，可說是至今為止的人生中最重要的東西……然而，此刻我很想把它們踩在腳下，很想把它們踩爛。我不知道自己為什麼會這麼想。

健哥該不會不喜歡我吧？我從來沒想過這個問題，也許他只是把我視為弟弟，根本不喜歡我。如果我身負重傷，健哥穿著球隊的制服趕來看我，我是不是也會對著他大吼，叫他回去？我想像著。如果我……如果我的身體受了傷，無法動彈，健哥來看我，親眼看到健康的肉體內蘊藏自己可能永遠失去的運動熱忱……

也許我也會憎恨，產生排斥，無法忍受。一定是這樣……可能會覺得所有的光芒都集中在老哥身上，自己一無所有，因此感到嫉妒和憎恨。雖然健哥和我的立場不同，感受也不同，但無論是誰處在那個狀況，一定都會強烈也憎恨出現在自己眼前的安泰和健康。

我太沒神經了……

老爸為我撿起掉在地上的制服，細心地摺好，放在椅子上。

「新二，」老爸說：「接力賽很棒，我不知道你能像那樣地跑，迫力十足。我和你媽都忍不住站起來大聲歡呼，你有聽到嗎？」

「別說了！」我大叫著打斷了老爸。

「健一……因為發生那樣的事，情緒很不穩定，他也不知道自己在說什麼。你因為擔心他趕到醫院，他卻對你大發雷霆，叫你回去，你一定打擊很大。不過，就原諒他吧。」老爸說。

「無所謂啦，」我說。「我才不在乎，只要健哥還能踢球就好。」

老爸閉口不語，默默地嘆了一口氣。然後，緩緩地向我解釋健哥的傷勢——右膝的複合韌帶損傷。膝蓋的四根韌帶中，後十字韌帶和內側側副韌帶損傷，半月板也有損傷。必須接受多次檢查，再加上手術、復健，治療差不多要花上一、兩年的時間。目前的階段，甚至無法預測他日後能不能跑。

情況比我想像得更嚴重，幾乎是最糟糕的情況。

星期一，老爸去公司上班，我收拾好東西，出門上學，但中途走進岔路，在樹影陽光森林打發了時間後，折返回家。我不想去學校，也完全不看隊友傳給我的簡訊。我知道我應該打通電話給連，因為他一定很擔心健哥的事；還要趕快把錢還給三輪老師。然而，全世界我最不想去的地方就是社團。我知道這種心態有問題。即使有問題，我也不在乎了。

我關掉所有的電話，傍晚的時候，又出門閒逛。我搭小田急線到終點站，漫無目的地走在街上。從鬧區走到住宅區，完全不知道自己身在何處。我想到這種陌生的地方去，想變成一個陌生人。希望像那天在沼津車站時那樣無處可去，停留在那段好像懸在半空般空白的時間中；希望就這樣漫無目的，永遠走下去。不過，我必須回家。老爸已經為大兒子的事痛不欲生，不能讓他再為小兒子擔心。

晚上九點回到家裡，老爸已經坐在客廳，餐桌上便利商店的便當似乎是為我準備的。

「你明天要去學校。」老爸說。「剛才有兩個同學來家裡，說是你社團的同學。」

連和根岸嗎？

「我簡單向他們說明了情況。要記得向他們道歉，他們打了好幾通電話給你吧？」

我點點頭。

去學校。向大家解釋。道歉。上課。參加社團活動。除此之外，我還能做什麼？

才蹺課一天，就覺得學校和以前完全不一樣了。班上的同學還無所謂，但我不想看到社團的人。我在快上課時走進教室，很幸運地沒有遇到任何人。你昨天怎麼了？幾個同學圍過來問我，谷口若菜就站在他們身後。我忘了班上也有隊友啊。「家裡有點事。」我隨口敷衍道，避開谷口的目光。

課間休息時，強烈地感受到谷口遠遠地看著我的視線。拜託妳，別管我，不要過來。谷口知道太多我的事了——健哥的事、我對健哥的感情。或許是察覺到我刻意豎立的防護牆，谷口沒有過來找我。

二十分鐘的課間休息時，連在教室門口張望。連比谷口更了解我和健哥的事，但我不能無視連的存在。我們的視線在門口交會，我點點頭，連走了進來。

「對不起，沒和你聯絡。」我向連道歉。這麼說太輕描淡寫了。

「嗯。」連點點頭，「昨天我聽你爸簡單說了一下。」

「我聽說了，對不起。」我再度道歉。

連不發一語地站在那裡。他似乎並不是不知道該說什麼，而是了解此刻說任何話都沒有意義。我很感謝他的沉默，但即使是連，我也不希望他出現在我面前。這是我有生以來第一次有這種感覺。

「我……社團活動可不可以休息一陣子？」我頭也不抬地說。

「好。」連說。「我幫你去跟阿三說。」然後連輕輕拍了拍我的肩膀，轉身離開了。

最後，我去教師辦公室還錢給三輪老師時，告訴他健哥的事和想暫時請假的事。

「是嗎……即使是一般人，發生那麼嚴重的車禍，又受了傷，也會大受打擊，更何況是職業選手。」三輪老師低聲地說。「希望治得好。不要太相信醫生，他們總是喜歡說得很誇張，以免日後發生醫療糾紛。現在還不知道，不是才剛開始治療嗎？等檢查、手術完成後，再做復健……遇到這種事，當事人最痛苦，這種時候，周圍的人千萬不能太沮喪，必須為他加油打氣。神谷，別露出這種表情！」

老師用嚴厲的口吻說最後一句話，我嚇了一跳。

「你要相信你哥的傷治得好，你要比任何人都相信，要堅定不移地相信。然後，告訴你哥，為他加油。即使做不到也要做，必須由你去做！」

我嗎？

「如果你身體狀況不好，社團活動可以請假。如果只是因為心情不好，即使再勉強，也要參加。多活動身體對你有幫助。」

走出教師辦公室，阿三沙啞的聲音一直在腦海中盤旋。你要相信你哥的傷治得好，你要比任何人都相信。是嗎……對喔，對喔……這時，我想起健哥在病房突然對我怒吼時冷漠、陰沉而又嚴厲的眼神。

——回去！

他的聲音直直刺入了我的心。他的眼神和聲音刺痛了我的心。我能做什麼？健哥絕不會接受那種陳腔濫調的激勵話語。因為，他甚至無法接受我。

即使不參加社團活動，即使不跑步，即使不思考賽跑的方法，即使不做每天例行的仰臥起坐、背肌運動和伏地挺身，日子也一天一天地過去。不過放學經過操場時，內心總會隱隱作痛……

老媽不到一個星期就回家了。我很驚訝。沒想到老媽竟然會丟下受傷的健哥。

「我根本無事可做。醫院和球隊的人會照顧他，小健又一直催我回家。」

放下行李，坐在餐桌椅子上的老媽落寞地笑了笑。我懂健哥叫老媽回家的心情，也懂老媽內心的痛苦。我拉了一張椅子在老媽身旁坐下。

「對不起，這幾天都沒有好好照顧你。」

聽到老媽道歉，我沒有立刻會意過來她是在對我說話。

「我和老爸都沒問題。」

老媽又笑了笑。老媽瘦了。只不過短短四、五天，老媽的臉瘦了一圈，眼睛看起來特別大。

「晚上睡得著嗎？飯吃得下嗎？」我問。

老媽眼角擠出細紋。她似乎想笑，卻無法順利擠出笑容。

「我沒問題。」老媽無力地低吟道。

我說不出話。老媽就像個幽靈。我情願她像平時一樣啜泣，或是歇斯底里地哭鬧。我知道我應該激勵她。阿三的聲音在我耳邊響起。為她加油。即使做不到也要做，必須由你去做！但我還是說不出口。健哥治得好，絕對治得好的。為什麼我說不出這句話？並不是完全沒有可能，即使再怎麼勉強，也要說出口；即使再怎麼勉強，家人們必須打起精神。

「媽……」

「小新。」

我們同時開了口。

「什麼事？」我搶先問道。

「你很在意小健說的話嗎？」老媽問道。

「什麼話？」我假裝聽不懂。

「小健不應該那樣對你發脾氣。」

「沒事啦……」

「即使自己再痛苦，都不能說那種話。我為這件事好好罵了小健一頓。」

「沒事啦，沒關係，我沒放在心上。」

「即使你不再參加社團，也無法安慰小健。」

「這和他沒關係。」

「小新……」

「夠了，別再說了！」我站了起來，上樓躲進自己的房間。

我不知道發呆了多久。手機架上的手機響了。我不想理會。電話鈴聲斷了之後，又再度響起。一直響個不停。正當我打算關掉電源時，看到了來電者的名字。健哥……？手機差點掉在地上。

「……喂？」我的聲音有點沙啞。

「喔，是我。」是健哥的聲音。「新二。」健哥的語氣不像是確認，而是在呼喚我。

「嗯？」

一陣短暫的沉默。

「上次對不起。」健哥的聲音聽起來很沒精神。比老媽更沒精神。「你特地來看我，我還對你發脾氣。」

「……不會啦。」

「那時我心裡亂成一團。明知道對你發脾氣也沒用。」

「沒有啦……我完全沒有……」

「聽說你沒去參加社團活動？為什麼？我忘了那天對你說了什麼，八成說了很過分的話吧，我是有口無心，你不要誤會了。」

健哥言不由衷地說著。我從來沒有聽過他用這種語氣說話，根本不相信是出自他的口中。無論健哥說再嚴厲的話，或是再過分的話，向來都是發自內心的，可以從他的身上、他的話語中感受到他內心的能量，讓人能真心接受。我第一次聽到他這樣言不由衷地滔滔不絕。

我之前想過，如果我站在相反的立場也許也會做出同樣的事。所以，我已經不在意他對我發脾氣的事，這種事根本不重要。

「如果是我出車禍就好了。」

這句話一不小心脫口而出。

「這種事為什麼會發生在你身上？要是我能代替你就好了！」

「你說什麼蠢話！」健哥的怒罵聲幾乎把我的耳膜都震破了。「你……」

「如果被撞的人是我就好了，健哥也是這麼想的吧？其實你也這麼想吧？至少我是這麼想的，真的這麼想……」

我掛上電話，扔到床上。眼睛和胸口好像灼燒般刺痛。我想哭，卻又哭不出來。一滴眼淚都沒有。自從健哥發生車禍以來，我一直哭不出來。

健哥那麼痛苦，我非但沒有鼓勵他，還胡說些什麼？為什麼要說這種話？我真是糟糕透了。然而，事實不就是這樣嗎？不管是健哥、老爸還是老媽，如果可以偷偷地二選一，一定會選擇我吧？至少我寧願是自己發生車禍。

我以為健哥還會打電話給我，但他並沒有。可能是覺得我無藥可救了，也可能受到了傷害。

我把事情搞砸了。

2　丹澤湖

請假三、四天，還可以推說身體不舒服或是打擊太大，過了十天還不去社團，很明顯的就是偷懶吧。每次遇到社團的人都很尷尬，只能移開視線，假裝沒看到。反倒是幾個學弟，看到我總是滿不在乎地走過來，毫無顧忌地對我說一些激勵的話或是問我一些問題。這種時候，我就會痛切地感受到自己是隊長，情不自禁地想起守屋學長嚴厲而平靜的眼神。我不能這樣拖延下去，必須正式請假或是退出社團，否則就要早日回社團參加活動……一想到要退出社團，我就感到害怕。

而我最不想遇到的人就是連。雖然我知道他不會說什麼，即使見我猶豫不決，他也不會出言責備，但他實在太耀眼了，讓我不知如何是好。連是「奔跑的人」，是「激勵我奔跑的人」。沒有在場上奔跑的我怎麼可能出現在他面前？我覺得自己的存在彷彿也遭到了否定。太不可思議了。因為，兩年前，我們之間還不是這種關係啊。

離開社團一段時間後，我反而更進一步了解到跑步對我的重要性，不能跑步的每一天多麼無聊而又沒有意義。然而，不，正因為這樣，現在的我才不跑。也許，現在的我想要摧毀自己。無論這多沒有意義，多麼愚蠢，我只想毀了自己。

早晨，我一走出家門，發現谷口若菜站在門外。由於太出乎意料，我的雙手僵在腳踏車的把手上，甚至來不及搭起精神的防護牆。

谷口神情緊張，白皙的臉比平時更蒼白，簡直就像幽靈一樣。

「我有事要拜託你。」谷口盡可能大聲地說。「這是我自私的要求，百分之百是我的任性。我猶豫了很久，還是決定告訴你。」

我發現她的身體微微顫抖著。

「神谷，後天的馬拉松接力你可以來嗎？」

啊……對喔，對啊。全縣馬拉松接力賽是在後天舉行。這麼快就到了嗎？十月初舉行的地區預賽好像是很久以前發生的事。女子組的參賽隊伍很少，所以沒有舉行預賽，男子組則順利通過了預賽，十一月第一週的星期六，男子組和女子組都要參加丹澤湖的神奈川縣馬拉松接力賽。

這是中長距離組最大的比賽，只有縣賽的冠軍隊才有機會參加全國大賽。春野台雖然還沒有實力爭奪冠軍，但今年女子組的水準很高，希望可以拿下名次，並刷新春野台高中的紀錄。往年經常無法湊齊成員，不過今年有四名中長距離的選手，而且如今參加網球社、在國中時專攻一千五百公尺的中澤也加入陣容，很可能成為在春野台高中史上留下紀錄的一場比賽。

即使沒有這種期待，丹澤湖的全縣馬拉松接力賽也是一場值得參加的盛會。在隊上參加的比賽中，也是屬於高階的比賽。除了隊友以外，家長和校友也會包車前往當啦啦隊。去年還在短距離組的谷口參賽時，我還曾經大聲為她加油。回想起丹澤湖的風景和那份獨特的昂揚感，我渾身感到振奮。

「是後天嗎……」我的聲音突然變得沙啞。

谷口很認真地點點頭。

我知道我必須去。無論有再大的事，只要身為春野台高中田徑隊的成員，就必須前往聲援。更何況我是隊長，竟然忘了這場盛會……沒有人來通知我，中長距離組的入江、橋本和鳥澤都沒有開口，三輪老師也沒有。只有谷口一個人顫抖著上門來告訴我這件事。也許是我最近態度太惡劣，她才那麼緊張？即使在班上的時候，我也避開谷口的視線，無視她的存在。這種事明明在學校說就好了，不需要特地跑來我家的。

「大家……大家都在等你。」谷口說。「大家都在等你。溝井說，後天即使硬拉，也會把你拉去……但老師說，聲援這種事不應該勉強，不是真心加油的人，不來也沒有關係。」

阿三的話像一根刺般刺痛我的心。不是真心加油的人，不來也沒有關係——的的確確很像他會說的話。

「溝井、一之瀨和根岸不知道該怎麼辦。但是我……我會來不是為了社團，也不是為了你，純粹是為了我自己，為了我的自私，希望你來參加，只是這樣而已……明年我應該不會參加了，這是我最後一次參加丹澤湖的馬拉松接力，是我身為長距離選手的第一次，也是最後一次。這次和去年不一樣，因為今年的陣容很堅強，我必須認真跑，才不會扯大家的後腿。雖然壓力很大，但能夠和這些成員一起跑，我感到很幸福。」

她停頓了一下，注視著我的臉。

「我相信，每個人都會遇到這種比賽。一生只有一次……的那種比賽。我希望你可以來觀戰，身為隊友來觀戰，你給了我很大的力量。」

我點點頭。因為，我只能點頭。谷口笑了笑，露出鬆了一口氣的表情。

「第一區是鳥澤，第二區是小今，第三區是我，第四區是中澤，第五區是小明。我不太擅長第三區最後的下坡道，不過，現在已經由不得我說這些了，我必須努力才行。」

谷口一口氣說完，突然向我一鞠躬，轉身跑走了。她帶著書包，身穿學校的制服，叭答叭答跑的樣子，一點也不像是長距離選手，甚至不像是參加運動社團的人。不過當她換上制服，在賽場上奔跑時，感覺又完全不一樣了。我緊握腳踏車的把手，目送著谷口的背影遠去。

比賽前一晚，已經先抵達比賽地點的入江、橋本和鳥澤不停地發簡訊給我。還有根岸和溝井。最後，三輪老師也在當地打電話給我，說第二天將在六點半出發，如果可以，他希望我也到場。只要坐上學校的包車，或許可以忘卻這十天的空白吧。暫且不管以後的事，既然已經和谷口約定，至少明天必須露臉。

黎明時，我做了一個噩夢。我正在參加一百公尺的比賽，不過不知道是哪一場大會，連和仙波分別在我前方的左右兩側，我的狀況很好，加速十分順利，確信自己可以贏。我一下子就超越了左側的連和右側的仙波。可是，就在那一剎那，我的右腿碎裂了，好像爆炸一樣碎裂了。一陣灼燒般的疼痛襲來，我知道自己永遠無法再站起來了……

黑暗中，我倏地從床上跳了起來，全身都被汗水濡溼了。雖然從噩夢中醒來鬆了一口氣，卻無法因為是夢而放鬆心情。

受傷。身體嚴重損傷。無法再投入於傾注了所有身心的競技。自己不再是自己。雖然只是一閃而逝的夢境，卻給我帶來了……難以形容的恐懼。

我對健哥說了不該說的話。如果是我出車禍就好了。這不是謊言，我是發自內心地這麼認為。然而，這句話是禁忌，是不可原諒的一句話。

鬧鐘顯示還不到五點。我已經睡不著了。按下鬧鐘，搖搖晃晃地走去打開窗戶，呼吸了窗外的新鮮空氣，感覺心情好多了。我靠在窗邊發呆。鳥兒嘰嘰喳喳地啼叫著。嘰嘰、喳喳。黎明前透明的深藍色天空，今天應該是個好天氣。我聽著不知名鳥兒的啼叫，看著蒙蒙亮的天空……我不可能睡著，然而，當我回過神時，天空已經變得十分明亮。鬧鐘已經指向六點二十分。我慌忙開始做出門的準備，下一秒卻怔怔地看著時針。長針指向5，慢慢滑過了6。手機不停地震動，來電燈光亮了起來。

我不打算去觀戰。我錯失了時機。勉強決定了方向的指針因為意外反彈——噩夢再加上睡過頭——而指向相反的方向，停滯不前了。谷口一定會很失望。不過，這也無可奈何。昨天寄簡訊給我的隊友一定很生氣。不過，這也無可奈何。

我再度上床準備睡回籠覺，可是一閉上眼睛，那個噩夢的感覺又頓時湧向全身，就連腳痛也變得真實起來。我不寒而慄地坐了起來。如果再做一次那樣的噩夢，可能會從此失眠。樓下傳來動靜。啊，對了，老爸和老媽今天要去磐田。我昨天說，如果有時間，我今天也會去。對，去見健哥吧。上次在電話中對健哥說的話已經覆水難收。有些失言，即使再怎麼後悔，既無法更正，也無法道歉。但我可以去看健哥，為他做點什麼，即使他討厭我，即使他對我發脾氣……

我下樓準備告訴老爸和老媽，打算和他們一起去，可是下一秒眼前突然出現谷口若菜跑步的姿勢。那並不是她狀況好時的姿勢，而是她疲憊不堪時出現老毛病的姿勢——身體的軸心向左傾斜，手肘向外擴張，下巴向內縮起，平時被劉海遮住的前額完全露了出來，白皙的額頭發亮，眼神十分專注。她平時也總是直直地盯著人看，但和疲勞對抗時的她，眼神更是特別。

——神谷！

我彷彿聽到她的呼喚，不禁嚇了一跳。

我無法動彈。無法向左，也無法向右挪動。坐在床上，一動也不動。阿羅在樓下吠叫。只要有人出門，那隻狗總是很不高興地吠叫。我看了看鬧鐘。如果現在出門，幾點會到丹澤湖？谷口是幾點開始跑？

「新二，如果你有空，記得帶阿羅去散步。」老爸說。

「小新，你早點來，我們等你。」

老媽和老爸說的話完全不一樣。我漫不經心地點點頭。老爸和老媽出門了，阿羅拚命狂吠，時間一分一秒地過去。我在廚房吃果醬麵包，也餵阿羅吃了一口，打開電視。

我不知道自己是怎麼下的決心。我沒有穿隊服，穿著便服走出家門。谷口跑的是第三區。

起跑……我不知道起跑的時間。我拚命搜尋去年的記憶。男子和女子的第一區起跑時間都是十一點，去年谷口接過接力帶，開始跑第四區的時候，好像已經過了正午。所以只要在十一點半以前到……

我終於趕上從小田急線新松田站出發的接駁巴士，應該可以在起跑前趕到。此刻的心情既鬆了一口氣，又開始猶豫到底該不該去……巴士緩緩駛在蜿蜒的山路上，山裡的樹木已經慢慢變色。胭脂色、紅色、黃色。時序不知不覺進入了十一月，我完全沒有發現又過了一個月。去年在包車上，大家喧鬧不已，根本沒空看窗外的風景。

從丹澤湖所在的山北町越過山岳地帶就是山梨縣，據說天氣好的時候可以看到富士山。丹澤山並沒有獨立的高山，而是一帶綿延的山脈，有很多溪流和瀑布，還有一整片山谷，是登山族的最愛。根岸對這裡的露營地瞭若指掌，曾經邀請我和連在明年暑假帶著帳篷住在丹澤。平時每天都可以看到這些山，如果說，相模原是屬於我們的城市，那丹澤就是屬於我們的山。對神奈川縣內高中的長距離選手來說，丹澤湖是一個特殊的地方，就連只能聲援的短距離跑者都有這種感覺。

在車站一下車，立刻感受到比賽的興奮。十分鐘後就要起跑了。男子組和女子組總共有將近一百支隊伍參賽。各隊的制服和運動服的亮麗色彩令人眼花撩亂。好奇怪的感覺。因為我穿便服，而且又遲到，所以才會有這種奇怪的感覺吧。我們學校有參賽，身為隊上的一員，卻不是以隊員的身分來到此地的我，好像來錯了地方，感到有點不知所措。我知道帳篷的地點。應該有人會留守在那裡。我只要去那裡就行了。不對，大家應該已經去男子或女子組的起跑點了吧。男子第一區是入江，女子第一區是鳥澤。兩者都被稱為「一區強棒」，是由各隊的王牌率先上場的最長區間，我到底該往哪邊走？

男子組是由七人接力的全程馬拉松，女子由五名選手跑完半程馬拉松的距離。兩組的起跑地點、行經路線和中繼站的位置也不同。為了盡可能均等地給予十二名選手盛大的聲援，聲援團必須在比賽路徑的途中陪跑，辛苦程度絲毫不輸給選手。照理說，必須由隊長——我，在這項極其困難、考驗體力的聲援任務中打頭陣指揮，這次應該會由溝井和根岸代勞吧。

猶豫片刻後，我走向女子的起跑地點。入江將在三十多分鐘內跑完十公里的路程，除了丹澤湖的水壩區（丹澤湖位在東側，西側是水壩）以外，必須繞行全程，應該可以在途中的某處遇上。鳥澤跑的區間也很長，但我不知道路線，只知道起跑地點……如果我沒記錯的話。

跟著擁擠的人潮走在縣道上。起跑的地點比我原先想得遠，來得及嗎……？啊，就在那裡。快起跑了。鳥澤在哪裡？我們學校湛藍色的制服呢？在眾多苗條的跑者中也顯得鶴立雞群，鳥澤手長腳長的好身材在哪裡？啊，看到了。就在前面。啊，已經起跑了。哇，跑走了。頓時響起熱鬧的聲援，大家紛紛喊著各自支持的選手名字，仍然十分吵鬧。我的心臟撲通撲通地跳了起來。這是比賽的興奮，面臨大比賽時的……

我無法出聲為她加油。怎麼辦？入江是跑怎樣的路線？好像是經過湖的東側，再繞到北側，最後再回到這裡吧。我朝著和鳥澤相反的方向，朝著湖的北側走去。等一下入江應該會跑到這裡吧。鳥澤的賽程比男子馬拉松的路線要小一圈，經過北側後會再跑回來。我去北端的大橋那裡等吧。好像是叫中川橋。我記得谷口跑的第三區應該就在那一帶。

由於我朝著和比賽路線相反的方向走，沿途的人越來越少。走到中川橋後，男子的領先集團還沒到，於是，我走過大橋，慢慢走向東側的路。這裡完全不同於起點的喧鬧，一片寂靜無聲，很適合我現在的心境。

有人看到我了嗎？我好像在女子起跑地點瞥到一個穿春野台高中運動服的人，可能是一年級的吧。我身上帶了手機，還沒有開機。雖然已經來到這裡，卻還沒有做好心理準備，還想繼續躲。

喔，來了。聲援團宛如前導般吆喝著從道路的前方和後方聚集而來，選手隨即也出現了。啊，是女子組。喔，原來是女子組先到。領先的選手邁著輕快的步伐跑了過去，其他選手也接二連三出現了。鳥澤……跑在第幾名？應該不會太落後。啊，來了，來了。

「鳥澤！」

一看到鳥澤的身影，我不假思索地叫喊起來。

「鳥澤！鳥澤！春野台，加油！」

鳥澤圭子看到了我，她瞪大魚板形的眼睛，頓時露出開朗的笑容。然後，轉眼之間就從我的眼前消失了。其他選手也紛紛從我面前跑過，才短短一眨眼的工夫……長距離的速度應該比短距離慢，但才一眨眼的工夫……一種強烈的失落感油然而生。選手們轉眼之間從眼前消失，在我腦海中留下了鮮明的影象。也許是因為我還想再多看看他們，多看看鳥澤和其他選手奔跑的身影。

就在我陷入茫然的同時，突然發現一名男子選手從我眼前跑過去。哇噢，男子組來了。眼前的是領先的選手嗎？啊，我認識那個人。他很有名，是松溪學園三年級的學生，聽說不久之後應該會參加箱根馬拉松比賽。他……遙遙領先，後面暫時還沒有人跟上，好不容易才等到第二名選手，其他選手也陸陸續續跟了上來。入江還沒有出現。怎麼了？入江可是新人賽縣賽的五千公尺的前十強啊。

中長距離組在操場上練習時，我特別喜歡看入江繞著跑道奔跑的身影。從一年級的時候起，他幾乎都是跑在領先的位置。體脂肪率百分之六的瘦長身體總是挺得筆直，輕快地邁開大步。戴著眼鏡的窄臉總是露出淡然的表情，即使訓練再嚴苛，他也從來沒有皺過眉頭。如同太陽會從東邊升起，春野台高中的操場上，入江總是淡然地、正確地跑在中長距離組的前頭——入江就是這麼一個沉默寡言、令人感到安心的人。

啊，來了。太好了，終於來了。加油。

「入江，入江，加油！入江，加油，入江！」我聲嘶力竭地接連叫著。「入江，加油！」熟悉的大步伐一瞬間疑遲了一下，然後，他看到我了。眼鏡後方淡然的雙眼、淡然的表情……不，不對，他的表情很痛苦。入江從我面前衝了過去，留下難得一見的痛苦表情。我忍不住追上兩、三步。

「入江，加油！」我對著他的背影再度大聲喊道。

他還要跑多久？不過，他的姿勢還很端正，腳步也不至於太沉重，手臂也還在擺動。表情雖然很痛苦，不過應該沒有問題。加油！

跑第一區的壓力特別大。第一區的確是備受矚目的表現舞台，但一萬公尺的距離和第一棒的責任所造成的壓力難以估計。雖然無法簡單加以比較，然而，入江的個性比鳥澤更細膩。他的自尊心很強，不會像我這樣毫不掩飾地把緊張和害怕表現出來。他應該跑得很辛苦吧。「你撐得下去！」——我為自己無法這麼激勵他感到揪心般的難過。這樣的激勵或許無濟於事，但我仍然很希望可以聽他訴說，為他加油，在送他出發前幫他打氣。這明明是我的職責……當初守屋學長不正是認為我能夠勝任這些工作，才推薦我當隊長嗎？

我慢慢地走著，漫不經心地走向湖的中心。不知不覺中，周圍變得一片寂靜。男子組和女子組的領先集團已經跑遠了。

我走過橋。一座、兩座。看到瀑布注入湖中。周圍越寧靜，越能夠感受到選手奔跑時的能量波動。我豎起耳朵，張大眼睛，敞開心胸感受著這一切。奔跑，不顧一切地奔跑。奔跑的力量。充滿、包圍這個廣大湖泊整體的躍動力量。我停下腳步。因為我想要更強烈地感受這種能量的波動。

不一會兒，女子選手出現了。我很想對著不斷跑過來的這些選手，即使不知道姓名，也不認識的他校選手喝采。一年級的時候，第一次參加暑假集訓跑三百或四百公尺時，我對其他人不分你我為他校選手加油感到很不自在。雖說是練習，畢竟還是採取比賽的形式。不過，這才是真正的田徑啊。賽跑這件事，無論短距離還是長距離，同樣可貴，不論成績和名次，挑戰自我極限的比賽都一樣可貴。我們共同分享這種痛苦和喜悅，即使是各自在場上奔跑，即使沒有接力棒和接力帶，我們一直分享著其中的痛苦和喜悅。

谷口若菜跑過來了。

谷口看到我時並沒有露出驚訝的表情，可能已經得知消息了。她對我露出笑容。再自然不過的笑容，充滿信賴的笑容，那是對我出現在那裡絲毫不感到懷疑的平靜笑容。

「谷口，加油！」

我的聲援也冷靜了下來。

我接觸田徑還不到兩年，時間並不算很長。但是，我覺得自己和夥伴一起，帶著痛苦和喜悅爬上了一座沒有退路的高山。

「你在這裡幹嘛？」

聽到連的聲音，我差一點跳起來。我以為絕不會有人發現我的。

我從戶澤橋下沿著陡峭的山坡走向瀑布的方向，躲在樹後。目送谷口遠去後，原本打算馬上去帳篷那裡，但不知道為什麼，我突然淚流不止。並不是基於激情，而是好像水龍頭鬆了。淚水不斷湧出，不停地流下，始終無法停止。

連輕盈地走下陡峭的山坡，來到我身邊。眼前的情景似曾相識。那是一年級暑假集訓的時候，那次連趁夜脫逃，我和根岸去樹林找他。那一次我也哭了。但這次逃走的不是連，而是我。

「你的目擊情報一下子沒了。」連在我身旁坐下後說道。「接駁車還沒有開，我想你應該還沒有離開，應該在這一帶晃來晃去吧。」

我悶不吭聲。我現在這個樣子要怎麼出去？

「女生們……到終點了嗎？」連不發一語，我只好哭著問道。

「嗯，快了。」

「你在這裡好嗎？」

「你有資格說我嗎？」

他的反駁讓我無言以對。言之有理。

我不想見到連。我最不想見到的就是連。然而，當他這一刻出現在我身旁時，卻令我感到格外安心。也許他是我唯一不怕被他看到眼淚的人。

「差不多第幾名？」

「嗯，不知道，應該可以擠進前十名吧。」

「她們很拚吧……」

「對啊。」

我一邊吸著鼻子，一邊和連說話。「男生呢？」

「嗯，普通啦。」

「什麼意思？」

「名次應該和號碼牌差不多吧。」

「入江呢？」

「癱在帳篷裡，交出接力帶後就昏倒了。雖然沒有達到目標成績，但他最後的衝刺太讚了。他說因為看到你，所以覺醒了。」

「他沒問題吧？」

「沒問題啦。」

「今日香跑得好嗎？她膝蓋的情況……」

「你沒有眼睛，沒有耳朵嗎？不要再躲在這裡了，你自己問一下不就好了。」不知道是不是被我問得不耐煩了，連這麼回答。

我沉默片刻。「等水龍頭關好，我就出去。」我揉了揉眼睛說。「我一直哭不出來，剛才淚腺突然壞了。」

連一言不發。一旦陷入沉默，絕對都是我輸。即使在哭的時候，我也無法忍受沉默。

目前坐著的斜坡距離沼澤還有一段路，深綠色的湖水宛如墨水，褐色樹葉像湯料或是香料般點綴著。圍在沼澤周圍的樹木上布滿正在變色的紅葉。儘管還是剛開始變化的淺淡顏色，但感覺好像已經褪色了，像在看舊照片。

「我很無聊。」連打破了沉默，「你不在，我很無聊。」

連說話的語氣很輕鬆，好像只是隨手丟一塊毛巾給我。

「我會加入，是因為想和你比賽。」

比賽。比賽？

連嘴裡說出的這句孩子氣的話語喚醒了遙遠的記憶。

已經不需要「比賽」這個正式的名詞，我們每天都在跑。從幼稚園的時候起，只要一見面，我們就會跑。不需要特別打招呼，不假思索地拔腿就跑。剛開始並不是比賽，只是拚命往前跑，藉此消耗體力。不過因為有兩個人，自然而然就變成了賽跑。不跑得比對方快，就不甘心。連速度很快，每次都是他跑在前頭。起跑後，他總是越跑越遠。不過因為沒有一百公尺的終點線，我總是有機會後來居上。連每次都喘著大氣，露出懊惱的眼神，卻又笑得很開心。我們把父母、外婆、兄長和姊姊拋在身後，即使上小學後，仍然不停地跑。

比賽不就是這樣……？

「快跑感覺很暢快，」連開心地說道。「到底是為什麼呢？」

到底為什麼──我也思考著。

「我沒有玩過其他運動，不太清楚，你不覺得那暢快極了嗎？」

聽到連的話，我點點頭。射門那一剎那的快感、最後漂亮傳球的刺激感──想到足球時，那種暢快的感覺並不是我自己的，而是看到健哥最佳表現時的興奮。突然襲來的這股令人難以忍受、黯淡、沉重而尖銳的衝擊，令我差一點發出慘叫。但我同時想了起來，我的身體回想起奔跑的感覺，想起那種加速後達到極速，在直線跑道上奔馳的感覺，想起自己捲起的風和腳踩在地面的觸感。那是搭機車、跑車或是雲霄飛車都無法體會的暢快感，是自己的雙腳創造出的奇蹟，那種身體在飛的感覺。

「暢快極了！」我說。

眼淚不知道什麼時候已經停止。此刻，我只想跑，我也想看別人跑。

「去終點吧。」說著，我站了起來。

「走吧！」連也猛地跳起身來。

我們來到大路，然後，不約而同跑了起來。卯足全力向前衝。

第三部｛跑！｝

第一章　直到能量歸零

1　運動員

宿舍比我想像中整潔。健哥右腿上的石膏已經拆了，膝蓋周圍包著一個看起來很牢固的大護膝。看到他在房間裡走來走去，還幫我倒了茶，不禁嚇了一跳。他之前傷得那麼嚴重，我以為他還在床上動彈不得呢。

「現在已經不痛了，外出時也不需要枴杖了。」健哥口齒清晰地向我解釋。「不過有時候腿會軟，很可怕，一不小心就會跌倒。」

如果只是把運動當作興趣，其實健哥的傷不動手術對日常生活也沒有太大影響。

「不過我沒有退路了。」健哥笑道。「不對，還有退休這條路啦。」

事故發生至今一個月了，健哥的精神已經恢復得差不多，還能和我一起說說笑笑。他將在三個星期後接受韌帶重建手術，由精通膝蓋治療的復健師和東京一家大醫院的整形外科醫生親自為他操刀。他必須在韌帶斷裂的情況下活動關節，進行復健，直到活動範圍幾乎達到百分之百後，才能接受手術。

「復健得花上好一段時間，」健哥嘆著氣說。「聽說至少要半年後才能踢球。」

「喔……」我點點頭回應。

其實半年的時間並不算久，我想像著半年後健哥踢球的英姿……

健哥臉上沒有絲毫不安，就像他在球場上那般充滿自信，似乎對手術和復健的成功一點也不懷疑；我所熟悉的那個健哥又回來了。我由衷替他感到高興，但同時也有些納悶，覺得有種受騙的感覺。

我此行的目的不就是為了激勵他，替他打氣嗎？車禍發生後，我們曾經口出惡言的那場爭執，就這麼算了嗎？我應該忘了那件事，當作什麼也沒發生嗎？自從那天健哥打電話給我後，我們沒再見面，但那天的對話，我一個字也沒忘，時不時就在腦中倒帶播放。我沒有勇氣道歉，也無法裝作沒事去找他。

進入十一月後，我重新歸隊，專心做基礎練習。現在是短距離組的季後休假期，也是迎接十二月正式展開的冬季特訓的緩衝期。我們得利用這段時間充分消除賽季累積的疲勞，傷兵也要趁這段時間專心養傷，還得訂出冬季特訓的重點，多做各種運動磨練自己的平衡感等等；好為下一個賽季做好準備。被動的人，這段日子可以過得很輕鬆，只要開開心心地和隊友一起玩迷你足球、橄欖球或是越野賽跑。不過我因為停頓了好一段時間沒參加田徑隊的練習，再加上有自己的考量，私下自己規畫了許多特訓。

我一直在想健哥的事，在想要如何面對他，思考我能為他做什麼。可是無論我怎麼絞盡腦汁，都得不出結論。總之，先見面再說。我好不容易下了決心來到磐田。健哥在手術前後會回家住，我希望在此之前和他見一面。

看到健哥比我想像的要有精神，我差點喜極而泣，但同時也有一絲隱憂。

「我的腿變細了。」健哥拉起運動褲，讓我看他的雙腿。受傷的右腿明顯變細了。「身體只要不鍛鍊，功能就會衰退啊。」

「對啊。」我不過才向田徑隊請假了兩星期，就覺得練習變得很吃力。

「我的體能不算好，一直很嫌棄自己的身體，覺得自己跑得太慢，也缺乏肌力，很容易被撞倒。不過，也可能就是因為知道自己不是天生踢足球的料，我才會那麼拚命練習。不管怎麼說，身體真的很寶貴啊……」健哥感慨地說。

我還是第一次聽到健哥這麼說。原來像他這樣的天才，也會對自己感到不滿。

「如果只是受一點小傷，還不至於有這種體會吧。」健哥像在自言自語似的娓娓說道。

「躺在醫院動彈不得的那段時間，我整天都在想，想自己到底具備了什麼優勢，又缺乏什麼，有什麼是自己以前沒發現的優點，又有哪些是自以為擁有其實根本不具備的才能。」

健哥的雙眼流露出前所未見的深沉。

「沒有失去過，就不會有體會。不過只要有機會挽回那些一度失去的東西，我一定會成為更優秀的球員，絕對會的！」

健哥在說「絕對會的！」幾個字時，顯得格外堅決。

聽到了金玉良言——我在心裡想道。身體因為緊張和興奮而微微發抖。

「我相信健哥。」我盡可能不讓聲音發抖地說。「我從沒懷疑過健哥的球技，你比誰都厲害，才不可能因為受了點傷就被摧毀。不管是你，還是你的球技……」

都不會被摧毀的。上天絕不可能讓這種事發生！

健哥輕輕笑了笑。「我的身體有可能無法恢復成車禍前的狀態，不過即使如此，我也要踢得比以前更好，我不會放棄的，絕不會放棄。」健哥像在激勵自己似的慢條斯理地說。

我不吭聲地點了點頭。健哥沒有問我田徑隊的事，也沒有問我任何問題或是閒話家常；他滿腦子都是自己的事。我覺得這樣反而更好，這才是我的健哥。很慶幸自己來見了他，見到他以後，總算鬆了一口氣。儘管他開始學習自我省思，但他仍然待在自我世界的中心。看到這樣的健哥，我終於放下心中的大石。

我也要用自己的方式來努力！

我也要好好考慮自己的事。

我不打算久留，坐了一小時左右就說要回去了。沒想到健哥訝異地說：「怎麼才剛來就要走了。」還露出了有點寂寞的眼神。健哥很怕寂寞，搞不好是我認識的男生中最怕落單的。他總是和朋友、隊友或是女友在一起，我從來沒看過他單獨行動。他在宿舍裡應該也交到了很多好朋友，假日就和女朋友見面，和海嶺的老同學互通簡訊；雖然健哥不喜歡，但老媽還是三天兩頭來看他。其實我可以在這裡多陪他一段時間的。

「新二，」健哥若無其事地叫住我。「小心不要受傷。」

雖然他嘴上說得輕鬆，眼神卻很嚴厲。我聽了這句話渾身動彈不得，無法回話，只能對他點點頭。

如果健哥的眼神不是那麼銳利，我可能當場就哭出來了。我拚命克制著淚水，快步離開健哥的病房。不是因為高興，而是這句話的分量太沉重了。那就是他對我那句不可原諒的發言做出的回答。我這個不爭氣的弟弟曾對他說「如果是我出車禍就好了」，但健哥卻叫我「小心不要受傷」。這既是出自兄弟之情，但也有更深的一層含義。

健哥無論身處何時何地都是運動員；他為了運動而生，為了運動磨練自己，甚至藉由運動和人溝通。至少看在同樣投身運動的我眼裡是這麼一回事。

原來我們身處同一個世界啊……我一直以為我們是兩個世界的人，以為健哥在另一個遙遠的世界裡，直到現在我才知道，只要我認真投入運動生涯，我們就是同個世界的人。

我應該更早領悟這個道理的，在他買釘鞋送我時，就應該體會到這一點。我有我要做的事，我有我的使命，健哥是健哥，我是我。不能逃避，不能放棄，也沒有人能夠取代自己。健哥和我都選擇了運動作為我們的世界，也受到了大家的認同。而我一直要到健哥出了車禍才了解這一點，這個代價未免太巨大了，喜悅就像酸性液體般腐蝕著我的心。這是痛徹心扉的喜悅。

走出宿舍，仰望著積著厚實雲層的十一月天空。冬天就要來臨了，天空也將會越來越藍。健哥即將接受手術，然後，春去夏來，健哥將會再次回到球場上。而我則會繼續跑，無論任何季節，都會繼續一直跑！

要折磨自己的身體很簡單，比方說，一天做一千次仰臥起坐就行了。體力是我的強項，而那類練習也很適合我目前的心境。不過進入十一月後，我的首要功課是研究自己以前比賽和練習時拍的錄影帶。我要知道自己一直以來是怎麼跑的，在怎樣的狀況下會怎麼跑，以及找出自己最大的弱點是什麼。

在新人賽的準決賽跑出夢幻的十秒多成績後，我第一次有用盡渾身力氣的感覺，反過來說，也就是在那之前的比賽我並沒有盡全力跑。三輪老師經常這麼提醒我，但我卻一直沒聽懂。

十個人，就有十個不同的身體。無論再怎麼羨慕，別人的身體也無法變成自己的。不過只要持續鍛鍊，身體狀況就會越來越理想，只要跑法得宜，就可以百分之百發揮身體的力量。如今，我滿腦子只有這件事。我要鍛鍊出最佳的身體，提升自己的體能，然後把力量充分發揮在比賽中。用盡全力跑完全程的感覺實在太爽了！那種充實感絕無僅有！很感謝老天給了我一個適合短跑的身體，也給了我奔跑的機會。我可以掌控自己這個全宇宙獨一無二的身體，儘管它總有一天會消失，甚至連明天的安危都無法保證。

唉，不過無論是哪一場比賽，我跑步的姿勢都教人不忍卒睹，特別是一年級的比賽，簡直讓人笑掉大牙。幸好升上二年級後，開始有了一點起色，往後抬腿的壞習慣有了大幅改進。那全要歸功於我去年冬天拚命練習的「小步跑」（short stride）。練習時每隔一．三公尺（或一．六公尺）就畫條白線當作基準，大概畫十條左右，跑步時步幅必須比平時要小，腳不能抬高，而是要前後移動。去年按照教練指示乖乖地反覆練習，身體自然而然記住了正確姿勢，如今重看錄影帶，我才真正了解這個練習的意義和目的。不過姿勢雖然進步了，可是只要參加大比賽，一緊張壞毛病又會故態復萌。縣賽的那場決賽真的是慘不忍睹！

目前我最大的弱點就是支撐腿不夠穩健。腰部重心放太低，膝蓋太彎曲，全是我剛進田徑隊時就被念到臭頭的毛病，可是至今仍是沒有太大改善。我觸地的腿還是太彎曲了。

短跑選手在雙腿用力蹬地的同時，也承受來自地面的反作用力。可以給予地面多大的力量，以及獲得多少來自地面的反作用力，決定了速度的快慢。膝蓋過度彎曲時，腿部會吸收來自地面的反作用力，無法作用在速度上。也就是說，我在這個動作浪費了無謂的體力。今年冬天，我的首要任務就是徹底糾正這個毛病。我的腦子知道該怎麼做，身體也多少記得那種感覺，狀況好的時候也辦得到。特別是看連跑步的時候，總覺得這要訣再簡單也不過。偏偏這些錄影帶才是現實，我還差得遠呢，只有新人賽準決賽時的表現還差強人意。

我決定要靠「跨欄走」和「跨欄跳」練習來特訓。這也是平時基礎練習的內容，去年冬天也曾為此特訓過，不過今年我要練習得比之前更徹底。

這個冬天，我打算練習到自己的極限，為此我必須維持良好的身體狀態，絕不能受傷，也絕不能感冒。為了迅速消除練習時的疲勞，要隨時補充能量，要吃得飽，也要睡得好。

我不再騎腳踏車上下學，走路到學校十五分鐘的路程中，我留意不讓膝蓋過度彎曲，繃緊雙腿，每一步都意識到地面，「啪」地強而有力蹬地，這點很重要。我繃緊雙腿，蹬著「啪、啪」的節奏走著每一步。第一天，連騎著腳踏車經過時還停了下來，擔心地轉頭問我是不是哪裡不舒服。我告訴他我在練習，繼續往前走。他在後頭看了一會兒，說「好奇怪」，便騎車揚長而去。

「哪裡怪？蹬地的時候嗎？」我大聲問他。

「……不是，哪有人這麼走路的。」他皺著眉頭回過頭說。

「那蹬地的動作呢？」我窮追不捨。

「沒問題吧。」他偏著頭說完就逃走了。

我為了參加晨間練習提早到校，一路人還不多。沒關係，當個奇怪的行人無所謂，只要身為跑者不奇怪就好。話說他剛才到底有沒有仔細看我的動作？

無論是什麼練習，反覆練習很重要。就算腦袋清楚，如果身體無法配合就沒用，一定得讓身體徹底記住正確的動作，達到「反射動作」的境界才行。

十二月清晨的風不是普通的冷，走在路上寒風冷到骨子裡，不過天空很藍，比騎腳踏車時看到的更加蔚藍。啊，不能分心！天空多藍、風多刺骨都無關緊要，我得專心在地面和腳步才行。啪、啪、啪、啪。

練習項目五花八門，主要有坡道跑、載重跑和沙灘跑，同時訓練技術、肌力和速度持久力等。每練習三天，休息一天。

練習結束後，開始吃我的飯糰。為了及時補充能量，我買了一堆便利商店的飯糰來吃，被老媽知道以後，狠狠挨了一頓罵，質問我為什麼不早說。結果，老媽連大家的份都準備了，做了一大堆飯糰給我帶到學校去。老媽的飯糰好吃極了，有吻仔魚、海帶、烤味噌和什錦口味，練習後飢腸轆轆的時候吃起來格外香甜。「世上只有媽媽好啊。」根岸邊吃邊嚷嚷著。連也吃得津津有味。桃內準備的蛋白質補給飲料儘管味道不受好評，也加進了固定菜單，大家吃完飯糰後，總是邊喊著噁心邊喝。連想趁亂溜走，結果被人及時抓了回來。練習結束後的這段隊友和樂融融的時光，總是讓我渾身的疲勞一掃而空。

當大家騎腳踏車回家時，我又繼續雙腿使力，忍受著隊友的嘲笑，踩著啪、啪的節奏踏上歸途。

健哥手術的那一天，我難得向社團請了假，老爸也請了半天假。我們在手術室前等了兩個半小時，當時的景象和氣味，我想我一輩子都忘不了。我的手心都是汗，即使在衣服上擦了一次又一次，汗珠還是不斷冒出來。在場的人全不發一語，只要一想到在那個房間裡將決定健哥的未來，就忍不住祈禱起來：醫生拜託了！老天爺請幫幫忙！

健哥做的是「自體肌腱移植手術」——以膝蓋周圍的肌腱來取代韌帶，醫生說手術很成功。手術後的健哥顯得神清氣爽，而接下來等著他的將是一條漫長的復健之路，為了重回球場，他得進行各種訓練。一切現在才開始。這將是健哥的第一步，是重獲新生的神谷健一的起點。

回家的路上，老媽哭個不停。我沒有哭，只覺得累得連呼吸都覺得困難，根本無暇體會手術成功的喜悅，也無力擔心未來。

「後藤，你背的人最輕，不要一臉痛苦的表情。下次要不要換背我試看看？」

我對背著連爬上三十公尺坡道的後藤叫道。這趟坡道爬起來的確累人，十趟練習下來，腿都快軟了。這是後藤的第九趟，正是需要咬緊牙關的時候。

「你好好背啦！不要後仰，身體不能挺直，我快掉下去啦，笨蛋！」後藤背上的連火冒三丈地大呼小叫著，後藤則用肩膀喘著粗氣。

「新二學長，開始吧。」聽到桃內的呼喚，我背起他。雖然身材不高，不過桃內熱愛重量訓練，渾身都是肌肉，體重比看起來要重很多。做背人跑練習時，我常和他同組。短距離組中我最重，而能夠面不改色背起我的，就只有桃內。

這種練習是為了訓練重心移動的技巧，如果身體不充分前傾，就會往後倒，跑起來十分辛苦。背著重物跑斜坡，對體力的負擔很大，如果滿腦子都想著「好累！好重！」那就只會淪為普通的耐力訓練，因此練習時必須集中精神，每一步都要慎重出腳。由於距離不算長，我根本沒時間去想累不累的問題，專心想著蹬地的姿勢，感受自己的腳是怎麼觸地的。無論身上的負荷再重，都盡可能壓低身體，保持前傾。

「ＯＫ！神谷，你做得很好！」

在一旁的三輪老師大聲地稱讚我。這句話簡直就像魔法咒語，我的身體頓時輕盈了起來。

根岸和五島那組結束後，輪到連背著後藤跑了起來。

「連，最後一趟了，衝刺！」我大聲叫道。

最後一趟練習，有的人會特地搏命衝刺，有的人則不會。而連一方面是因為體力，一方面也和性格有關，屬於絕不會奮力一搏的那群人。何況坡道跑是他最討厭的練習，最後一趟總是跑得拖拖拉拉的。咦？不過這次他看起來跑得挺輕鬆的嘛！後藤有那麼輕嗎？他該不會是偷懶，少跑了兩趟？

「好，有最後衝刺的樣子，漂亮喔！」連跑到一半時，根岸大聲嚷嚷起來，聽到他的鼓舞，連一臉笑嘻嘻的。嗯？奇怪？

這是今年最後一次正式練習，由於適逢寒假，一整天都在練習。上午在操場上練跑、丟球和跨欄跳，下午則是載重跑和十趟坡道跑。

「你的體力變好了吧？」我問連。

「可能有一點吧。」連懶懶地回說。「畢竟都練那麼久了。」

他似乎是真的很累的樣子。

「你啊，該怎麼說，好像全身散發出一種奇怪的光環。」連開玩笑地說。「就像明天地球就要毀滅了一樣。」

「什麼意思？」

「光在一旁看你，就覺得快累死了。」

「不行喔。」

「當然不行啊，這下子我不就沒辦法偷懶了。」連一臉認真地說。

我聽了心頭一驚。如果認真練習，這傢伙不知道會變得有多強？

「不過，這也不是不可能啊。」我嘀咕道。意外、受傷、疾病、天災。明天會發生什麼事誰也不知道，沒人能保證自己明天絕對可以照常練習。每次去醫院探視健哥，我都忍不住想，這世上苦惱的人很多，我只是剛好無病無痛……而已。

「也許黑武士明天就會攻擊地球。」聽我這麼說，連輕輕地咋了一下舌。「我可以去看你老哥嗎？」然後又小聲地問：「他正在復健吧？」

我點點頭。「應該沒問題，健哥喜歡熱鬧。」即使身受重傷離開球場，即使復健很辛苦，我老哥也絕不是會躲在自己世界的那種人。

「送花不好吧。他喜歡吃什麼？還是送漫畫比較好？」

「什麼都好……」連的心意令我感動，眼角不禁熱了起來。謝謝，健哥看到你，一定會很高興的。

2 沙灘特訓

除夕那晚，我和根岸到連家住，午夜時跑去神社跨年祈福，結果最後一夜沒闔眼，就跑去參加全市的元旦馬拉松比賽。比賽在淵野邊公園舉行，分成四公里和七公里兩組。隊上除了長距離組必須強制參加以外，其他隊員可以自由參加。我和根岸去年跑了之後覺得好玩，今年也報名了；連則沒下場湊熱鬧。另外也看到不少老師、校友和家長參加，聽說三輪老師和根岸的老爸今年也會一起跑。

不過熬夜果然傷身，我和根岸好不容易才跑完四公里，遭到鳥澤和入江幾個長距離組的人恥笑。比賽完後，參加馬拉松的選手和啦啦隊都去了三輪老師的老家，享用年糕湯。這也成了每年新年的慣例之一。阿三的母親是九州人，煮的豪華年糕湯裡加了大量鰤魚和蔬菜，令人垂涎三尺。每年要煮這麼一大鍋想必很累人吧。溝井一口氣就吃了三碗，就連個性內向的谷口也跑去請教，說明天也要來試一下。哇塞，谷口煮的年糕湯耶，真好……

「谷口學姊，神谷學長一臉很想吃妳親手煮的年糕湯的表情，就請妳分他吃一點吧。」桃內調侃道。

我聽了大吃一驚，谷口也愣了一下，隨即脹紅了臉。在場的人全哈哈大笑起來。算我求你，別開這種玩笑了！我趕緊使出一招眼鏡蛇纏身（Cobra twist），架住桃內的脖子，直到大家的話題轉到阿三討老婆這件事上，我才鬆了一口氣。這一直是隊上的熱門話題之一。阿三的眼光很挑嗎？如果我有姊姊，一定會介紹給他的。

「介紹阿瞳給阿三怎麼樣？」阿瞳是連人在義大利的姊姊。

「如果他不嫌棄的話。」連笑著說。

「嗯？一之瀨有姊姊嗎？和你長得像嗎？」三輪老師好奇地問。

「一點也不像。」連說。

「他姊很正喔。」我補充說明。

「騷包、野蠻、凶悍。」連說。

「啊，是我喜歡的類型。」阿三的回答引來一陣哄堂大笑。

「阿三，你是M（被虐狂）嗎？」溝井說。「平時明明就是徹頭徹尾的S（虐待狂）。」

然後，大家聊起上個月沙灘特訓的事。當時阿三叫我們在沙灘上不斷做兩百公尺練習，由於實在太操了，溝井忍不住嗆說：「老師，你自己跑跑看！」在大家的起鬨下，「退役多年的前短跑選手」在稍微暖身之後親自下場，結果才跑了幾趟就敗下陣來。第二天，看到三輪老師因為肌肉痠痛走路搖搖晃晃的模樣，大家都笑翻了。不過我們也好不到哪裡去，早上起床後腳瘦得根本沒辦法彎，連襪子都不能穿。

特訓那天天氣非常好，夕陽美得不得了。練習結束後，看到冬陽早早躲進富士山的稜線時，人雖然累得半死，情緒又高張起來。最後大夥兒索性脫下鞋子，大叫著：「這就是青春啊！」跳進大海，濺起陣陣冰屑般的水花。我和溝井、桃內裸著上身，在寒風中擺出各種姿勢，請女生舉手票選誰才是「最佳健美先生」，結果溝井勇奪冠軍，桃內失望得不得了。看到谷口投票給溝井，我也很沮喪。果然不能和每天都在練投擲的傢伙比啊。

「你們好好期待下一次吧，我會替你們準備一個超讚的禮物。」阿三露出超級S的表情笑嘻嘻地說。

「我們也要去嗎？」入江問。

阿三搖搖頭。「很遺憾，下次是三校共同集訓，只有短距離組和跳躍組參加。」

長距離組的入江和投擲組的溝井聽了緊緊握住對方的手，而我、連和根岸則心有餘悸地互看了一眼。

茅崎海岸天氣陰沉，這天春野台高中和鄰近的三好高中、厚木市的藤城台高中共同舉行集訓。這三所學校都是公立高中，田徑隊的水準只能算是差強人意。由於學校距離不遠，指導老師和隊員大都彼此認識，開始前的氣氛一團和樂。當然，這只不過是暴風雨前的寧靜罷了。

「三千公尺。」三輪老師宣布。「要全力衝刺，一共要跑三公里。」我們有點驚訝。因為，我們原本還以為這次一定會受到百般折磨。去年冬季在相模原公園時，我們跑了一萬公尺，當然，這是短距離組全員的總距離。當時老師要求我們輪流跑一百公尺，宣稱要挑戰日本紀錄。我們齊心協力，最後總算破了紀錄，那次的練習內容真是「超級S」。像連跑到最後根本就是用走的……

聽了三輪老師的解釋我們才知道，這次和之前合力跑的一萬公尺，以及十二月的十趟兩百公尺，練習目的不同。今天每一趟都得全力衝刺，而且必須保持正確的姿勢，跑出極速，反覆練習。先從三十公尺的距離開始暖身，然後再逐次增加距離，每個人一共要跑完三千公尺。這不是耐力練習，目的不在增加基礎體力，而是在熟練短跑的技巧。練習內容固然累人，但也不是只要硬撐就行了，如果只是單單靠著慣性一直跑，就失去了練習的意義，重要的是，必須每一趟都集中精神……

全員一共分成女生一組、男生三組，每組有五到六個人；我和連分在同一組，另外三人是其他學校的。對連這種天生能掌握蹬地和跑步技巧的天才選手來說，這種練習不知有什麼幫助?單純把這當作鍛鍊體力和毅力的耐力練習嗎?本以為連一定會百般不願、擺出一張臭臉，不過抬頭一看，他的表情倒是意外的沉著。

「三千公尺，如果盡全力跑，不知道可以撐多久哩？」當我們視線交會時，連像在自言自語般地說道。

「當然要撐到最後啊。」我回答。「這不就是練習的目的嗎？」

連沒有回應。

「每一趟，」我又說道。「每一趟都要不顧一切全力衝刺，想太多就跑不完了。」

這一次他總算點頭了。接下來，就輪到我們上場了。

三十公尺、四十公尺、五十公尺，每一趟的距離越來越長，增加到八十公尺時，我已經覺得快撐不下去了。這種練習比想像中累人，累得令人難以置信。當然我們不是一直在跑，中間還有穿插休息。

普通人在沙灘上跑時，很難跑出全速。如果腿往後踢得太高，腳就會打滑，無法順利前進。必須在腳用力蹬地的同時，另一隻腿迅速向前，不斷前進，身體保持前傾。要正確做好，真不是普通得累人！不過如果能在沙灘上全速奔跑，就表示你的姿勢正確。

每趟的距離不斷增加，等到跑了兩趟一百公尺後，連似乎開始畏縮了。他的呼吸開始急促，我也一樣。連的表情緊繃。他向來對體力沒自信，耐力練習時總是擔心自己無法撐到最後。完蛋了，他的表情已經在說撐不下去了！每次只要他下意識放慢速度，就會挨罵。一年級的集訓時，三輪老師還曾氣得把麥茶潑在他臉上，嚇壞了其他人。連雖然有心做好，但他的身體總是下意識地保留體力，以致無法使出全力。只要他一開始偷懶或精神渙散，在旁邊監督的老師總是一眼就發現了。

「一之瀨，給我盡力跑！」阿三果然注意到了，大聲地喝斥他。「好，接下來改為八十公尺，要盡力跑！每一趟都不能鬆懈！」

我拍了拍連的背，幫他打氣：「你沒問題的，盡力跑吧……」連勉強對我笑了笑，那是他懊惱時的表情，意思是說：這種練習你比較強。這種事根本不重要吧，重要的不是誰比較累，而是到底因此增加了多少實力才對吧。

八十公尺開始了。阿三又大聲開罵：「神谷！腳步亂了！」

真糟糕！要往前，要往前，我拚命地驅使腿和身體往前衝，將正確的姿勢烙進體內。每一步正確的步伐都能讓我進步，一步一步積少成多，身體就能牢牢記住這種感覺。

累計到一千公尺時，終於等到了第一次長時間的休息，我幾乎站都站不住了。老師叫我們吃點東西，不過即使是我也沒有食欲，一直想吐。可是如果身體能量不夠，就沒辦法繼續跑下去，只好勉強把麵包塞進嘴裡。連也正一臉蒼白地喝著果凍能量飲料。我不敢去想現在才跑了三分之一，否則恐怕再也爬不起來了。

跑一百公尺，對肉體的負擔不像跑四百公尺那麼吃力，肌肉和肺不至於疼痛欲裂。儘管如此，人類還是無法保持極速跑完一百公尺。不管是跑得再快、體力再好的人，都會在最後的二十公尺減速。從零開始起跑，逐漸加速，頂尖跑者一般會在六十公尺左右達到極速，接著會逐漸減速，直到抵達終點。最後的二十公尺已經是肉體的極限，那時往往已經無法維持正確的姿勢。我看之前的錄影帶時，發現自己最後總是跑得張牙舞爪，身體抬高，手腳節奏亂七八糟，根本不聽使喚。儘管心裡百般不願，身體還是會不由自主地慢下來。而如何減少最後的減速，就是短跑選手永遠的課題；越是優秀的跑者姿勢越穩定，相對地減速程度也越小。

「體力到達極限時，能保持正確姿勢的人就是最後的贏家吧。」我對連脫口說出了心中所想的事。「要盡可能保持前傾，不讓腳步亂掉。」

連默默地喝著果凍飲料。

「也就是說，現在雖然很累，而且等一下還會更累，但不妨就當作在跑一百公尺比賽的最後八十公尺、九十公尺，盡可能維持正確的姿勢……」我繼續說。「覺得撐不下去時，比賽才真正開始。這就是今天練習的目的……真正的練習接下來才要開始啊。」

我以為連聽了會不開心或是回嘴反駁，沒想到他乾脆地點點頭，突然開口說：「這是為我設計的練習，每次一覺得不行我就乖乖放棄。」

這的確是連比賽時的作風……

「雖然這是人性，不過這樣贏不了仙波。」

連從來沒用過這種方式提起仙波，害我一時心跳加速。連不可能不想贏過仙波，這是當然的，不過他一向很少說出心中的想法。前半段型的跑者連總是輸給後半段型的仙波——為了打破這個模式，他必須在最後衝刺時繃緊神經，堅持下去……這麼說來，這的確是為連量身定做的練習。

那我呢?我的當務之急就是要讓身體徹底牢記正確的動作，絕不忘記，就像永遠無法消除的刺青一般。

我已經看到了我的課題，也知道眼前的痛苦是為了什麼，於是，痛苦不再是敵人，反而成了盟友。這麼一想，原本吃力的練習也變得快樂起來——理論上是啦。

片刻休息之後，我們繼續挑戰剩下的兩千公尺。先從八十公尺開始跑，沒多久老師就叫我縮短距離。八十公尺很難維持極速時，就縮短成六十公尺，這樣還勉強撐得下去。大家此時設定的距離都不同，時增時減，由田徑隊的經理負責記錄每個人跑了多少距離。由於隊上沒有經理，由投擲組的一年級女生小田幫忙記錄；她不管是體型還是臉蛋，都長得像熊娃娃似的，個性很溫和。

「神谷學長，一千三百五十公尺。」她大聲提醒我累計距離。「一之瀨學長，一千三百三十公尺。」

儘管很感謝小田的好意，但我現在根本就不想知道自己跑了幾公尺啊。跑完一千兩百公尺後，兩條腿就像綁了沙袋，不光是兩條腿，全身都一樣。六十公尺的距離此刻長得難以置信。身體和心理都已經瀕臨極限，不止身體必須不斷向前，精神也得隨時繃緊，只要稍微鬆懈或退縮，姿勢就會開始走樣，遭到三輪老師大聲喝斥。

「神谷，身體太直了！壓低，壓低！」

下一次起跑我滿腦子只有這句話，只想著這件事。

「很好，繼續保持下去！」

不光是雙腿，如果心情無法保持積極，根本動不了。

最初的一千公尺跑了一個小時，第二個一千公尺卻花了超過一個半小時。除了因為每趟距離減少為六十公尺外，休息時間也變長了。現在如果不休息，根本沒辦法衝刺。

第二次長時期的休息時，大家都很少開口。我喝著加進胺基酸的果凍飲料，怔怔地望向大海，看著灰色的海浪一次又一次拍打著沙灘，天空蒙上了淡淡的雲，沒什麼風，氣溫雖低，但海面上還算平靜。一波波海浪打來又退去，打來又退去，一波接一波，永不間斷，毫無止境，拍打、退去，拍打、退去。和海浪比起來，我們的練習根本算不了什麼。真想就像今天茅崎沉靜的海浪那般強而有力，日復一日。我也想像那樣持續不懈地一直跑下去！

連也看著大海，我本來想和他分享海浪的厲害，不過最後話還是吞了回去，因為他臉上的表情就像賽前那樣心不在焉。

最後的一千公尺已經無關體力，全靠意志力在支撐，身體已經動不了，只能靠毅力苦撐，心裡想著要向前、要向前。每一趟的距離漸漸縮短成五十公尺、四十公尺，休息時間也越來越長。期間不斷被三輪老師一一糾正：「壓低身體！」「反應太慢了！」「用力蹬地！」

我按照老師的指示繼續跑，腦袋只想著正確的動作，意識恍惚，根本無力去想其他人，連的事也被我拋在腦後。我聽不見小田的通報，也不明白自己為什麼還能跑，幾乎連自己為什麼在這裡都快忘了，一心一意只想著要訣，一步、一步往前跑。不顧一切。全力以赴。

「神谷學長，最後一趟了，四十公尺！」

隱約聽到小田的呼喊。最後一趟了嗎？那我可要全力衝刺了。啊，不對，我一直都在全力衝刺啊……跑完之後，意識還算清楚，但身體完全無法動彈，真的一動也不能動，雙手、雙腿一公釐都動不了，我只能愣愣地站在原地。怎麼了？這是怎麼回事？我——還活著嗎？

「神谷，你沒事吧？」三輪老師衝了過來。「怎麼了？腿後肌拉傷了嗎？」

身體不會痛，應該不是肌肉拉傷。

「身體動不了……」我發出怯懦的聲音說。幸好，我還說得出話來。「完全動不了……」

「是喔。」老師蹲在我身旁吐了一口氣。「徹底用完了，太漂亮了。」

「啊？」

「能量歸零了。」老師笑著說。「神谷，幹得好。你堅持到最後，你跑得很好，簡直棒透了！你做到了。」

「啊……？」

「幹得好！」三輪老師深有感觸地說。

頭昏腦脹的我全身癱在地上動彈不得，不過漸漸地，體力一點一點又回到體內，當我總算能坐起身時，連走了過來。

「結束了啊。」他說。

我點點頭。終於結束了。一直想嘗試在比賽中竭盡全力奔跑，不過像這樣在練習時耗盡全力的感覺也不錯，當然這是因為全都結束了，我才有餘力這麼想啦。

所有人都跑完了全程，我們總共花了五個小時才跑完三千公尺。

「我還以為三個小時就跑得完，沒想到花了這麼多時間。」三輪老師說。他連續吼了五個小時，聲音都已經啞了。

結果今天沒有人跳進海裡。大家都已經累癱了。

3 永遠的比賽

「一之瀨學長，你最近是不是練出肌肉了？」在社團辦公室換衣服時，桃內盯著連裸露的上半身說道。「你的胸板變厚了，肩胛骨周圍也是。」

連皺著眉頭，趕緊穿上T恤。

「還有腰部一帶，屁股和腿後肌都很健壯。」

「不要盯著人看啦，色狼！」

「我們都是男生，哪有什麼色不色的，有什麼關係嘛，看一下又不會少塊肉。不過學長，真不得了呢，你的身體真的不一樣了。」

「不准看了！你的眼神色迷迷的。」

「你少臭美了。學長那麼受歡迎卻沒有女朋友，是不是有那種傾向？」

「你快滾啦，一年級沒資格在室內換衣服。」

「反正今天長距離組不在，空間綽綽有餘。」

社團辦公室很小，天氣再冷，一年級的也得在外頭換衣服。今天因為長距離組的人去櫻丘高中練習，所以桃內他們也待在裡面。話說回來，連的身體的確比以前健壯許多，本來像是馬拉松選手般的纖瘦體型變得比較魁梧，越來越接近短跑選手的體格了。可能是靠飲食生活嚴格把關，桃內的高蛋白補給品，再加上重量訓練的成果吧。

「反倒是神谷學長變得比較結實了。」桃內的目光轉移到我身上。「看上去明顯瘦了不少，不過體重應該沒變吧？腳踝和膝蓋變細了，腹部緊實，腹肌也很清楚，簡直帥呆了。」

的確，被桃內這樣上下打量還一邊稱讚，實在讓人寒毛倒豎。

「學長，你每天做幾下仰臥起坐和伏地挺身？」

「通常都各三百次，沒練習時各練五百次。」

「是嗎？我每天都練五百次。」

即使對手是肌肉狂桃內，我也不想在次數上輸給他。從現在起，我也要每天各練五百次。

「短距離組的都是自戀狂。」根岸在一旁小聲嘀咕。五島聽了點頭如搗蒜。

「長距離組的絕對都是被虐狂，超級大M。」連說。

「對了，你今年冬天做了不少耐力訓練吧？幹嘛？你還沒放棄兩百公尺嗎？阿三沒要你以全高運冠軍為目標，專心練一百公尺嗎？」根岸問連。

對短距離選手來說，一百公尺和兩百公尺的練習內容有小幅差異；如果要跑兩百公尺，平日練習時必須跑超過三百公尺的距離。像連這型的選手，專心練一百公尺對他比較有利，他自己應該也比較喜歡那種練習吧。

「還好啦，只練一點點啦。」連回答。「多少得練一下才行。」

「為啥？」根岸問。

「不然兩百公尺會輸給新二。」連不假思索地回答。

「啊？」我一不小心又發出怪聲。

「嗯嗯……」根岸抱著雙臂，低聲沉吟。

「比起仙波，你更想贏神谷學長嗎？」桃內也瞪圓了眼睛。

「兩個我都想贏。」連笑著回答。「我很貪心。」

「嗯嗯……」根岸再度發出呻吟。

……連很貪心？我們的視線交會。他的表情很平靜，和平時沒什麼兩樣，完全和貪心、加油或是鬥志之類扯不上關係。

因為不想在兩百公尺上輸給我，所以他才沒有專心練一百公尺，也增加了兩百公尺的練習——連剛才是這麼說的沒錯吧。他還說想贏仙波，也想贏我。我不懂。他該不會是對新人賽兩百公尺決賽的那件事耿耿於懷吧？但那一次連是因為體力不支才失常，而且最後他還是贏了。

正當我左思右想時，桃內改變了話題。「聽說鍵山決定考我們學校？」

「他是這麼說的。」根岸點頭回答。

鍵山義人是大和國中的學生，有時候會來參加練習，據說他的第一志願是春野台高中。聽說鷲谷也在積極拉攏他，而且他還跑進了全中運的一百公尺準決賽。

「為什麼要選我們學校？」桃內問。「聽說他也常去參加鷲谷的練習。」

「有兩種說法，有人說他認為如果是進春野台，鐵定能當上短距離全項目的正式選手，不過也有人說是因為他是一之瀨連的超級粉絲。」根岸嘻皮笑臉地說。他弟弟的朋友和鍵山在同一個田徑隊。

「難怪他老是黏著一之瀨學長。」桃內苦笑著說。

我想起年底的國中、高中共同集訓時，整天黏著連說話的鍵山和一臉不耐的連。連很不會照顧人，無論對象比他年長還是年幼，他都很怕生。即使三輪老師下令，要我們多親近有潛力的國中生，爭取他們來參加我校的田徑隊，但連從來不會主動找人說話。即使對方主動接近，他也從沒給過好臉色。不過相處久了，彼此了解後，他就會和對方對等來往，不會擺出學長的架子。

「鍵山的個性有點彆扭。」根岸說。「聽說他很情緒化，或者該說是愛鑽牛角尖，情緒起伏很大——當然這只是我聽說的。比賽的時候也有這種情況，不過如果一上緊發條，速度快得不得了。」

「他跑得很快嘛，比我還快。」桃內臭著臉說。

「會嗎？你們應該差不多吧？」我想起鍵山練習時的樣子。他個子很小，大概一百六十公分左右。步伐不大，跑起來很輕快，速度的確很快。

「他一百公尺的最佳紀錄比我好，」桃內說。「不過我的兩百公尺比他強。」

「如果鍵山加入的話，春野台的四百接力就很有看頭了。」根岸事不關己地說。

如果鍵山加入，根岸就會被淘汰。聽到他說得那麼輕鬆，總覺得心裡不太舒服。

「接力賽講究的是團隊合作，不實際跑一下很難說。」我說。「阿根，你不要一開始就決定要退讓。」

「不過，一千六公尺接力我可不會讓出來。」根岸說。

也是啦，他本來就是四百公尺選手。

「他打算參加全高運預賽吧？他來我們學校，應該是打這個主意吧？」桃內自言自語般嘀咕道。

如果新生不事先登記，就不能參加地區預賽。去年桃內就是先登記才能參加。

「如果不能跑一百公尺就慘了。」

一百公尺的推派名額只有三人，如果鍵山加入，社內必須先經過一番競爭。

「如果兩百公尺也被刷下來，就丟臉丟到家了。」桃內又說。

眼下我有自信不會輸給桃內，不過如果是和鍵山跑呢？如果真的輸給一年級新生，可真的是丟臉丟到家了。

「今年冬天考生忙著準備考試，缺乏鍛鍊，不過我們可是練得只剩半條命。除非實力相差懸殊，否則不可能輸給他們的，輸了就太沒面子了。你每天做五百次仰臥起坐是做假的嗎？桃內，你的腹肌不光只是練好看的吧。」我輕輕捶著桃內的肚子說。

在社團辦公室討論這個話題的三天後，鍵山來春野台應考。榜單下個月才會公布。而我們從後天開始就進入期末考週，有十天左右不用練習。

不想在兩百公尺比賽輸給我。連的這句話一直在我心頭徘徊不去。之前的縣內馬拉松接力賽時，他曾經對我說：「我就是想和你決一勝負，才會加入的。」這兩句話都令我心花怒放。

我一直希望連能認同我的實力，這可說是我的最大動力。的確，比起剛入隊時，現在的我已有能和他「一決勝負」的資格了。他一直在等我，當然這期間他也沒有停下腳步。不過，一直回頭看我的他會不會因此浪費了時間？就像傳接棒時，為了接棒把手抬高，以致他得放慢速度一樣。他是不是應該只注意前方就好？看著仙波和那些進入全高運百公尺決賽的高手就好。他不專心練一百公尺真的好嗎？

我很滿意冬季特訓的成果，我想連的收穫也很大。今年他很難得沒有受傷，也沒有倒下，如實完成了嚴苛的練習，也參加了所有集訓。接下來的一個月只要按照步調練習，就可以在最佳狀態下迎接賽季。只是他這樣真的好嗎？我當然沒問題，我不是只跑一百公尺，如果將來想繼續待在田徑場上，我可能得專攻兩百公尺比賽。畢竟，無論我有多麼飛躍性的突破，也不可能成為全高運的百公尺冠軍。然而，一之瀨連卻有這種可能。全高運冠軍——多麼響亮的頭銜啊。那可是一輩子只有一次的寶貴機會，他為什麼不奮力一搏呢？如果保持現狀，連對得起他的夢想、目標、練習和成果嗎？

雖然我們一直在一起練習，在根岸提起這個問題前，我根本沒想過連的練習內容和目標。進入冬季特訓前，我們分別和三輪老師詳談過，當時的我只能考慮自己的事，根本無暇想到其他人。連的資質本來就好，看到他乖乖參加集訓，沒有偷懶，練習也很到位，體力似乎大有進步，我在心裡為他叫好，覺得他能跑得更快。除此以外，並沒有多想。

連到底和三輪老師談了什麼？他集訓的首要任務是什麼？我們每天混在一起，我卻連這麼基本的事都不知道？

考試第二天，回家時碰巧遇到連，便邀他去吃飯。事到如今，再多問也無濟於事，但我還是想找他聊一聊。

我們穿著制服去連家附近的拉麵店。那家小店的拉麵既不好吃，也不難吃，老闆可說是看著我們長大的。一如往常，連點了醬油拉麵，我吃大碗的味噌叉燒拉麵。雖然還不到中午，一聞到拉麵的香味，肚子馬上咕嚕咕嚕叫了起來。啊啊，天冷的時候還是拉麵最好吃。我吸了一大口拉麵，差點噎死，鼻水都流了出來。我擤了擤鼻涕。

「阿根說，上次的巧克力他還沒吃。」連突然說道。

情人節第二天，不知道是誰把巧克力放進了根岸的鞋櫃。根岸把裝了一顆外形粗糙、一看就知道是手工製作的粉紅色松露造型巧克力的白色小盒子秀給大家看。裡面既沒有情書，也沒有附卡片。

「已經不能吃了啦。」我把叉燒塞進嘴裡說道。「現在吃的話，絕對會拉肚子。」

「聽說他每天都看著巧克力煩惱。」連笑著說。「不知道到底是誰送的，至少也該留個名字縮寫嘛，不然連猜都不能猜。」

「怎麼不行？」我一不小心被叉燒上的胡椒嗆到了。「他又不是那種會讓人一見鍾情的帥哥，不是隊上的女生，就是他班上的。我去年和他同班，班上不像有人暗戀他。不過今年就不知道了。」

「如果是隊上的人，範圍不就大大縮小了？你猜是誰？」連似乎已經認定是田徑隊的人了。

「阿根他……」我猶豫了一下。「好像喜歡雙胞胎的其中一個。」

「嗯，他喜歡小明。」連毫不猶豫就說了出來，嚇了我一跳。

「啊？他招了嗎？我問了他好幾次，他都不鬆口，還說沒有喜歡的人。」

「他沒招啦，但誰都看得出來啊。」

「是嗎？」我忍不住大叫。我就沒看出來啊。

「都怪阿三啦。」連說。「說什麼如果有人送巧克力，就要做一千次仰臥起坐，還說只准送給他。後來女生真的有送他嗎？」

「好像有送，不知道這算是人情還是賄賂。」我悶悶不樂地說。就算是人情巧克力也好，團體一起送的也罷，真希望收到谷口的巧克力，哪怕只是渣屑都好。

「應該是學妹送的吧。不過，應該不是雙胞胎。」我否定了他的推理。

「為什麼？」

「今日香和明日香感覺是有話直說的人，不可能在情人節第二天才悄悄地送上沒署名的巧克力……那不像她們的作風。」

「是喔，那會不會是小田？」連問。

「嗯……」我嘆了一口氣。「對，很可能是她。」

就是那個投擲組一年級的、長得像熊娃娃的小田，她的確可能做出這種事……

「至少也該寫上阿根的名字嘛。」我說。「他還在懷疑巧克力或許根本不是送給他的。」

喝完麵湯後，我問連：「你收到幾個巧克力？」

「不知道，十個左右吧。」他偏了偏頭回答。「還有不認識的國中生在校門口等我。」

「真不愧是大明星，可能是在比賽場上看過你吧，一定是田徑隊的。有沒有漂亮的？」
「不知道，我根本沒看她們的臉。」
「什麼意思？」
「很害羞嘛。」
「虧你說得出來，還是你喜歡年紀大的？」
看到連苦著一張臉沒有回答，我才發現說錯話了。刺痛他的舊瘡疤了啊。
「我和不熟的女生講話會害羞。」過了很久，連才小聲地說道。看樣子是他的真心話。
「不可能。而且我又沒有刻意禁欲。」
「新二，一旦解禁，你一定會忙壞了。會有泡不完的馬子，打不完的炮。」
「都是阿三禁止，所以大家都壓抑著滿腔熱情，累積能量，一旦解放，就一發不可收拾了
……」
「能量？」
「沒錯。」
原來除了身體，心靈也有能量啊！的確有道理。我的心偶爾也會像在藍大中翻身一躍的跳高選手一般，歡快地跳躍著（才不是因為發情而蠢蠢欲動）。
連不打算喝湯，放下筷子準備起身，我趕緊叫住他。我不是想和他聊這些才邀他的……不過該怎麼開口呢？真是難以啟齒。
「你……你不想拿下一百公尺冠軍嗎？」結果我直接問了。「鎖定目標，然後全力以赴，

……這可是一輩子只有一次的機會，你有機會的，不必那麼執著兩百公尺啦。」還是沒辦法把心中的想法表達得很好。

「你覺得我有機會嗎？」連一派輕鬆地笑著問。

「有，當然有，至少比我有機會多了。如果有你那種實力，一般人都會以百公尺冠軍為目標努力的，絕對會這麼做！」

「我也跟一般人一樣，正在努力啊。」

「不行，要更積極點才行！」我忍不住用拳頭敲了吧檯，麵碗上的筷子都被震了下來。

「一百公尺不一樣，是無可取代的，一百公尺冠軍可是短距離選手中的霸主啊。」

連思考了片刻，緩緩地說：「我對阿三說想跑所有的項目，畢竟這是最後一次了。對三年級來說，今年是最後的機會不是嗎？地區預賽、縣賽或關東大賽……統統都是。不管是一千六百接力還是兩百公尺，我都想好好跑完全程。阿三說如果我決定這麼做，他沒意見，只交代我要好好鍛鍊體力。」

「可是……」

「只要我一直跑下去，想專攻一百公尺隨時都可以，」連說。「如果你們認為那是我唯一的選擇的話。」

「你是想做各種嘗試嗎？」

連偏著頭，又說：「不，我只是不甘心而已。很氣自己跑不好第三趟兩百公尺，也不甘心搞砸了一千六百接力的第一棒。」

「你是指新人賽的事嗎？」

「我一直都這樣不是嗎？」

「與其以短距離全能為目標，還不如針對你的專長發揮。放眼全縣，能跑短距離全項目的人很多，但卻沒有人的一百公尺跑得像你那麼快、那麼漂亮。」我拚命地勸連。「我喜歡看你跑，我希望你能贏過仙波，不光是仙波，還希望你跑贏全國的高手！」

連一言不發盯著麵碗裡還剩一半的醬油色麵湯。

「既然這樣，」他緩緩說道。「既然你對我的一百公尺評價這麼高，又那麼看重一百公尺比賽，」他停頓了一下，直視著我：「新二，那你幹嘛不說要和我在一百公尺上決勝負？」

我的眼前頓時一片空白，突然看不清連的眼睛。我知道他說得沒錯，但同時也覺得這番話太殘酷了。因為，跑一百公尺我根本跑不過你嘛！我怎麼可能贏！

「一年級時第一次做體能測試時，你不是說要一決勝負嗎？雖然那次跑的是五十公尺，是穿普通運動鞋。」連說。

我說過，的確這麼說過。那是我第一次親身體驗到他的速度，轉眼之間就被他遠遠拋在腦後。我一直忘不了當時受到的震撼。

從那之後，已經快過了兩年……而我成為短跑選手，也已經兩年了。

——我們來比賽吧。

腦海中響起一個聲音。是連的聲音？小時候的連？對呀，其實比賽和最佳紀錄是多少一點關係也沒有，也和對手程度無關，更不該拘泥比賽的形式。比賽不須計較這些，在決定起點和終點後，就該不顧一切往前跑，和對手一起跑，而且要跑得比對手更快！比賽本來就是這麼單純的事，總是令人熱血沸騰！

不過連真是不好對付啊。我要他拿下全高運的冠軍，他竟然要求我在同一場決賽比個高下。既然我也是短距離選手，也只能和他在賽場上一決勝負，除此以外，還能有什麼方法呢。

「那就來一決勝負吧！」我說。「我們來比賽！」

「比所有的項目，不管是一百公尺還是兩百公尺。」

「一起跑吧！還有四百接力，一千六百接力。」

這時，連的臉上露出開懷的笑容。「我就說吧，」連說。「我說得沒錯吧？」

沒錯。既然你想這麼做，那我也當仁不讓，奉陪到底！這是我們在春野台高中最後一次向全高運挑戰、最後的比賽——地區預賽、縣賽、南關東大賽，然後就是全高運大賽。

連說得沒錯，每項比賽都是高中生涯的最後一次，絕對無法重來。能夠走到哪一步，完全取決於我們。

這時連剛才說過的話突然在耳邊響起。他剛才是不是說「只要一直跑下去」？他有說吧？好像說了「只要一直跑下去，想專攻一百公尺隨時都可以」之類的話吧。

他打算一直跑下去嗎？他進大學後也會加入田徑隊嗎？連，你想一直當短距離選手嗎？我突然心跳加速起來。

連這傢伙就算明天突然說要退出，我也不奇怪；他就是這種人。其實我一直想問他，以後還會不會繼續練田徑，但又怕聽到否定的答案，所以始終沒有問出口。想說也許他還沒決定，打算等全高運結束後再問他。

萬萬沒想到他這麼輕易就說出口，彷彿這是理所當然的答案。連這傢伙即使在談大事時，也總是輕描淡寫，一臉若無其事的表情。但他那句「只要一直跑下去」似乎不像是臨時決定的。連果然是真心喜愛跑步，他是為了奔跑而生的。春野台高中田徑隊，造就出現在的一之瀨連。為他鍛鍊出可以（勉強）承受嚴格訓練的體能，磨練出（應該）不會逃避任何比賽的鬥志，最重要的是，讓他興起了想要繼續跑下去的意願。守屋學長，春野台高中田徑隊是個「很棒的地方」啊，對我們來說，真的是「很棒的地方」！不知我們是否好好承襲了這支隊伍？接下來的每場比賽，我會為此而跑，留下我們的足跡。

我也不會放棄的，絕對會一直跑下去。連！也許以後我們無法一直在同一個團隊，即使如此，我們也會在同一個賽場上奔跑，一起比賽。我們要永遠、永遠，一直比下去！

4　絕對速度

三月底將舉行和鷲谷、櫻丘合辦的集訓。這年冬天，連和仙波他們一起參加過好幾場強化集訓，彼此熱絡不少，這次的春季集訓也處得很融洽。

這之間我曾和高梨三次去吃飯、去ＫＴＶ唱歌，也計畫要找仙波和連，四個人一起出去玩，可惜至今還沒有機會實現。高梨還是老樣子，整天嚷嚷著要辦聯誼，還告訴我仙波在情人節收到三十個以上的巧克力，並在白色情人節回送了十份以上的禮物，還換了女朋友。我對仙波的情史沒興趣，不過谷口應該很在意吧。不知道她有沒有送巧克力給仙波？我故意問高梨，有沒有春野台的女生送巧克力給仙波。高梨說他不清楚，還說如果我們學校有仙波的粉絲，他可以負責介紹，不過相對地，我也要介紹雙胞胎給他認識。那可不行，你太輕浮了，才不讓你靠近我學妹！

就在我為田徑獻身、過著禁欲的高中生活的同時（雖然是情非得已），仙波和高梨在接受嚴格的訓練之餘，也盡情享受著青春。而且即便我如此拚命，可能也永遠無法在田徑場上贏過他們……一想到這個殘酷的現實，我就心情鬱悶。

如果沒有谷口若菜，我可能會隨便找個女朋友吧。今年情人節我其實收到一份「真心」巧克力，是班上網球社的高田未知送的。我們雖然常聊天，不過我對她並沒有特別的感覺，收到時嚇了一大跳。再加上她還一臉嚴肅地說：不需要人情回禮。真是嚇死我了！但也很高興。她的長相和個性都不錯，如果是其他男生，一定會和她交往吧……不過我沒有為這件事猶豫太久，白色情人節時，我故意裝糊塗，連同其他三份人情巧克力一起送了回禮。我自己也覺得拒絕她很可惜，真的好可惜。

沒關係。等我退休之後，就去向谷口表白。而被她拒絕後，是不是就看得上其他女生了？

進入最後一個賽季前，我考慮染回黑髮。我已經對這頭黃毛感到厭倦了，也不想再用它當作我的註冊商標，只是這樣而已。

這次的集訓，也舉行了個人一百公尺和兩百公尺的計時賽，成員就是去年的那四個人。結果一百公尺的排名沒變，不過在兩百公尺比賽時，連總算贏了高梨。看他一臉高興的樣子。而且仙波在兩百公尺比賽一向遙遙領先，但這次只有微幅領先連。看來是連冬季特訓的努力有了成果。這麼快就有了收穫，真教人羨慕啊！

鷲谷的名教練大塚老師比三輪老師囉唆十倍，我曾經在神奈川縣的強化集訓時領教過一次。他的眼力極好，視野彷彿有三百六十度，做什麼都難逃他的火眼金睛。他畢竟是三輪老師的恩師，和阿三對短跑的理念差不多，指示也明白易懂，不過在他底下練習真的很累人……人都五十多歲了還精力旺盛，教學積極又嚴格。鷲谷的人每天都得過這種苦日子嗎？難怪鷲谷會那麼強，不過我還是打從心底覺得自己的教練是阿三真好。

跑一百公尺的計時賽時，大塚老師難得地沒有比手畫腳開罵，只是抱著手臂站在跑道中段一帶監督大家。等所有人跑完後，他一把抓起連的頭髮說：「你的體力總算像樣了！」（連八成很痛，事後他揉著頭皮好一會兒。）然後又一臉凶相地問我：「你有考慮到力量分配嗎？」他凹陷的大眼發出異常銳利的光芒，被大塚老師這麼正面瞪視，我緊張得渾身僵硬。

「你開始的速度很快，不過最後三十公尺失速得很嚴重。」

「喔……」搞不清楚況狀的我搔著一點也不痛的頭皮。

「你變快了很多，你自己應該也知道吧？速度比去年快多了，不，應該也比上個月快。」

大塚老師是指上個月的強化集訓嗎？

「可是你卻只是腦袋空空地亂衝，三輪是怎麼教你的！」

我實在不知道他是在稱讚我還是在虧我。這時三輪老師跑了過來。

「力量分配嗎?我接下來才要教他,打算讓他在比賽中實際練習看看。去年新人賽的他還不到需要考慮力量分配的程度,不過今年冬天他進步神速,我也說不準他能拚到什麼程度,期待得很呢。」三輪老師滔滔不絕地說。

——今年冬天他進步神速……我也說不準他能拚到什麼程度,期待得很呢。

三輪老師的話不斷在我腦海中回響。真的假的?阿三,可別唬我!我滿懷期待看了老師一眼,他扮著鬼臉對我笑了笑。為什麼?這個鬼臉是什麼意思啊?

「我是屬於少說多做的教練,絕不會唬人。」三輪老師拍著我的頭說道。

「做是選手在做,教練不多說,難道只是擺了好看嗎?這種教練有什麼用?」大塚老師不耐煩地說,三輪老師則在一旁陪笑。「什麼少說多做,你訂的目標向來只是光說不練不是嗎?」

「那是我高中當選手時的事了,老師。」

「那你當教練以後改變了嗎?」

「那當然,我自己的事是無所謂啦,但我可不想傷害學生,才不敢隨便說說。」

「要幫學生設立遠大的目標,帶領他們朝目標前進,鞭策他們,這才是教練的作用。要協助學生完成不可能的任務,要有夢想,而你自己則要懷抱最大的夢想。」大塚老師嚴厲地說道,凹陷的雙眼炯炯發亮,好像恨不得把三輪老師給吃了。

大家要懷抱各自的夢想——這是三輪老師向來的主張,他說如果自己沒有強烈的願望,夢想絕不可能實現。所以剛才聽到老師的話，我真的嚇了一跳。

「今年四百接力，春野台會贏過鷲谷，一百公尺也要在全高運的決賽上一決勝負。」

「靠一之瀨嗎？」大塚老師問。

「靠一之瀨和神谷。」阿三說著又把手擱在我的頭上。

等等！阿三，別亂說話！你的牛皮未免也吹得太大了吧。而且，對方還是仙波和高梨的指導教練、短跑王國鷲谷的教頭耶。大塚老師那雙好像要吃人的眼睛現在轉到我身上。

「這男人似乎不像只是隨便說說。」

我不知道該怎麼回答大塚老師，我的腦袋已經秀逗了。更何況我根本不知道該不該把他們這番話當真。

「我不是虛張聲勢。」三輪老師說。「老師剛才不也說了，要有夢想，而且要懷抱遠大的夢想嗎？我只是把我的夢想說出口罷了。」

「少說多做」的阿三的夢想？春野台高中的四百接力將破天荒跑進全高運——這日標阿三時常掛在嘴邊，而我們也認真地朝這努力。但要在四百接力上贏過鷲谷？我和連跑進全高運的一百公尺決賽……？

這夢想簡直像是遙不可及。大塚老師、我，還有做出這番宣示的阿三本人都沉默良久，細細玩味著這番話。

「好，那看來今年就是神奈川揚眉吐氣的一年，我會這麼轉告仙波和高梨的。」大塚老師大力點頭說。

要懷抱遠大的夢想，遠大的夢想啊……有夢最美，是吧？

參加月底的厚木紀錄賽之前，三輪老師教我比賽時的力量分配。老師說他本來打算先看紀錄賽的情況再說，不過晚做不如早做。經過老師解釋後，我大致有了概念，內容並不會特別複雜。只是我之前從沒試過在比賽時這麼做。

簡單地說，跑一百公尺時，要在起跑後從零開始迅速加速，然後加速趨緩，直到跑出選手的極速。比賽中不是每一次都能跑出自己的最佳速度，只要沒有正確加速，就無法順利達到極速。要注意的是加速距離不能太短。一旦加速失敗，速度會在四十公尺左右達到極限，這時跑出的速度不會太快；如果能夠持續加速到六十公尺左右，就能跑出理想的極速，拿到好成績。去年秋天之前，我加速時往往太早挺直身體，以致無法持續加速，跑出絕對速度，成績當然也就不理想。一定要充分加速，提升絕對速度，在比賽中持續發揮——這是要成為高手的絕對條件。老師說，我已經達到這個境界了……

是嗎？這種事，我自己根本就搞不清楚。去年新人賽的一百公尺準決賽，是我至今為止的最佳表現，跑出了前所未有的速度。我想那就是達到極速的狀態吧，只要照那次的方式去做，應該不是辦不到。可是真的沒問題嗎？畢竟沒有實際上場跑跑看，誰都說不定。不過，大塚老師和三輪老師都說沒問題了。

還有，每次我跑出最高速度後，總是試圖加速，結果因為無謂的掙扎，反而亂了步調，弄巧成拙。就像大塚老師說的「腦袋空空地亂衝」，白白浪費了力氣，落得手忙腳亂減速的下場，以致跑不出好成績。

接著老師告訴我在達到極速後，要如何保持速度，以及若是無法維持，要如何將減速控制在最小限度的方法。簡單地說，就是萬萬不能手忙腳亂，要放鬆身體，一路順暢地跑向終點。老師指示我在厚木紀錄賽上實際練習。然而雖然道理我都懂，要付諸行動卻沒這麼容易，結果成績當然馬馬虎虎。不過，三輪老師說ＯＫ。他說我確實有達到極速，絕對速度也提升了，所以沒問題。接下來我則要在四月的縣內紀錄賽上和田徑場上充分練習，徹底掌握在比賽中力量分配的訣竅。

今年有很多新生入隊，投擲組的老學長菅原本每星期只來一次，現在則增加到兩次；長距離組的村井學長只要大學的課有空檔，也會來當教練。所以，三輪老師現在能花更多時間指導短距離組和跳躍組。真是天助我也！

短距離組的新生中，最受矚目的當然就是鍵山義人。他在春季集訓時衝過了頭，第一天就扭傷腳踝，哭著提早退場。為了這件事，大塚老師還對三輪老師大發雷霆。

鷲谷光是在短距離組，就吸收了三位實力堅強的新生。其中，來自川崎某國中的西，是「全中運」一百公尺的亞軍，在青少年奧運拿下季軍的短跑健將。對同樣是神奈川出身的鍵山而言，當然是技高一籌的強力對手和眼中釘。

鍵山從三月中開始參加練習，他個性浮躁，成天跑來跑去，眼珠子骨碌碌地轉個不停；每次都吵著要做新練習，卻又不好好聽別人指導。只要一有時間，他就黏著連，不管看到連的什麼都讚不絕口。連向來不喜歡別人拍馬屁，所以對他敬而遠之。連情願被罵，也不想聽到肉麻的恭維，二年級以上的隊員都知道他的怪脾氣。可能是新生還搞不清楚狀況，即使連毫不掩飾不耐的表情，鍵山也彷彿視若無睹，看得旁人都為他捏一把冷汗。

「你不去管管嗎？」桃內問。「他未免太煩人了吧，一之瀨學長快抓狂了吧。」

連並不是那種會默默忍耐的人，只見他成天罵著「囉唆！」「閃一邊去！」「別來煩我！」「別碰我！」，不過因為不至於太不留情面，結果鍵山還是整天黏著他。

「可是他又沒做什麼壞事。」我傷腦筋地說。畢竟鍵山只是仰慕學長，找學長說話而已。我們一年級的時候，覺得三年級學長就像「大人」，看起來很了不起，根本不敢主動找他們攀談。更何況連又是名人。鍵山不知該說是神經大條還是遲鈍，卻又給人有點神經質的印象，有種隨時會發飆的氛圍，也就更不好處理了。

我們隊上的氣氛一直很不錯。隊員個性五花八門，也有人來來去去，在我加入後，不管是學長學弟、男生女生，都相處得很融洽，大家也習以為常，覺得社團的氣氛就該是這樣，大家也努力傳承下去。鍵山人雖然不壞，但我還是第一次遇到這種和其他隊員顯得格格不入的類型，有些不知所措。不過這傢伙實力堅強，他的表現在一年級生中相當耀眼。只是他幾乎不把成績差距不大的二年級學長桃內放在眼裡，整天黏著連；這樣的態度或許已經不能說「沒做什麼壞事」。

桃內和鍵山幾乎不說話。桃內個性親和，很照顧新隊員，剛開始他也很關照鍵山，只是鍵山完全不領情。次數一多，桃內也開始反擊罵他「跩什麼跩！」「混帳！」。我去找鍵山談過，問他為什麼用這種態度對待桃內，是不是有什麼不滿，但鍵山只回答：「沒這回事。」聽其他一年級的人說，鍵山說桃內的大阪腔聽了就火大，根本不想理他。不過這只是傳聞而已。如果我去問鍵山，他鐵定會否認吧。真讓人傷腦筋。我該怎麼提醒他呢？總不能對他說「不要一直纏著連，多和桃內說話！」吧。真是麻煩！老實說我一點都不想管這碼事，才不想為這操心，可是誰叫我是隊長，維持隊上的良好氣氛是我的職責啊。結果我去找了根岸、溝井和入江商量。

「別理他就好啦。」根岸賊賊地笑著說。「等到被逼急了，連會發飆，到時候那傢伙就會識相點吧。」

「我還沒看過一之瀨發飆。他發飆會怎麼樣？」溝井問我。

雖然我認識連這麼多年，也沒看過他真的動怒。「通常他不會忍耐到讓自己發飆。」我說。「其實他現在也沒在忍耐，只是對手實在太煩人了。」

「簡直就和跟蹤狂差不多，如果是學妹也就罷了，竟然被學弟糾纏。」溝井說。

我不想看到連發飆，我不想把他逼到那一步，如果他的心煩程度達到極限……全高運的預賽就要到了，絕對有害無益。桃內現在也對鍵山很火大……喂喂喂，我們四個人不是要跑四百接力嗎？

「四百接力會出問題。」

聽我這麼說，根岸露出認真的表情說：「不至於吧。私交歸私交，比賽是比賽，沒關係吧。」

「如果成員們不能團結一致，很難跑出好成績。」我說。「這是我以前和連冷戰時，守屋學長說的話……」

「可是現在和當時的成員不一樣，憑你們四個的實力，即使傳接棒出點小差錯，也可以跑進全高運的。」

「是這樣嗎？」我問根岸。「接力賽這樣跑得好嗎？」

根岸想了一會兒，安撫我說：「你不要這麼激動啦。」

「馬拉松接力賽時，團結一致很重要。」入江平靜地說道。「這會關係到在體力到達極限時，選手能堅持到什麼程度。對短距離選手來說，這應該也是很大的影響因子吧？」

「一千六百接力是靠選手的速度決定。」我說。「可是四百接力的成績則是和各種影響因子息息相關。」

「鍵山比我還快〇．三秒耶。」根岸苦著一張臉說。「現在根本不是說什麼討厭他的時候吧，你們要認清現實，春野台能湊齊四個實力堅強的短跑選手可是奇蹟耶！還是要我好好揍你們四個一頓，打醒你們？」

根岸的火氣讓入江和溝井忍不住苦笑起來。

「對不起，是我錯了。」我向根岸道歉。他說得沒錯。

這次鍵山將取代根岸參加四百接力賽。以前跑第三棒的根岸，曾經一度氣憤地說如果能跑得更快一點，他不惜借別人的身體。而我們為了顧慮懊惱的根岸，總是跑得戰戰兢兢。

這是奇蹟嗎？沒錯，也許真的稱得上奇蹟。春野台總算湊齊了四個短跑選手，有四個優秀的選手，我應該要興奮才對，我到底在幹嘛！

溝井說，如果其他組別的學長出面比較好的話，他隨時都可以抽空開導鍵山，好好念他一個小時。我聽了感激不盡，同時又有點擔心。

最近我們一直在練習四百接力的新傳接棒技巧——「上挑傳棒法」。我入隊後，一直是採用「下壓傳棒法」，但新年過後，三輪老師建議我們改成上挑傳棒法。早在一年級新生加入前，我們就一直在練習。根岸說，老師應該是考慮到鍵山會加入，才做了這個決定。真的是這樣嗎？據說上挑傳棒法比下壓傳棒法更適合選手速度接近的隊伍，之所以說「據說」，是因為我們嘗試後，還沒有實際感受到顯著的優點。

用下壓傳棒法時，接棒者預備時必須手心向上，而傳棒者將接力棒往前按壓進接棒者的手中。而採用上挑傳棒法時，則是傳棒者手心向上，將接力棒由下往上壓進接棒者手中；接棒者則指尖朝前，手腕彎曲，向下握住接力棒。三輪老師強調，上挑傳棒法的關鍵，在於傳接棒時的「握手」動作。也就是說，用下壓傳棒法時，傳棒者和接棒者是分別握住接力棒的兩端，但用上挑傳棒法時，兩位跑者持棒的位置必須盡可能接近。如果不夠熟練，這並不容易辦到。很多田徑隊的短距離選手在小學時就練過接力，很習慣下壓傳棒法，對他們來說，上挑傳棒法可說是一種革命性的突破。目前國家代表隊和東海大學等頂尖的接力賽隊，都改採用上挑傳棒法，我們一直覺得帥呆了。雖然這種傳棒法在日本算是非主流，據說在歐洲已經司空見慣。

總之，上挑傳棒法最大的優勢，在於可以更迅速地傳接棒——前提是在成功的情況下。採用上挑傳棒法，可縮短手臂停止擺動的時間，而且接棒者預備時不需要不自然地將手抬高，身體能保持前傾，利於加速；也不會像採用下壓傳棒法時，如果兩個跑者太接近，動作會變得很彆扭，相對地能縮短時間。缺點則是傳接棒的時機掌握比較難，也無法像下壓傳棒法那樣在伸長手臂的狀態下交棒，爭取距離。也就是說，兩種方法各有利弊，重要的是適不適合隊伍的特性。而三輪老師認為我們比較適合上挑傳棒法。

我很喜歡練習，挑戰新事物也令人雀躍，而且一想到自己和日本的頂尖隊伍用相同的傳棒法，好像自己也變得很了不起似的，感覺很爽。

四百接力的第一棒是鍵山，第二棒是連，第三棒是桃內，我是第四棒。和去年根岸在的時候相比，傳接棒的組合全變了。傳棒給我的人從根岸變成了桃內，桃內跑得比較快，再加上傳棒法改變了，狀況和上次完全不同。不過我只負責接棒，相對而言比較輕鬆，只要握緊桃內交給我的棒子往前跑就好，麻煩的是要熟悉彼此手放的位置。用下壓傳棒法時手臂會抬高，位置不難掌握，可是採用上挑傳棒法時，傳棒位置較低，雙方必須協調出最理想的傳接棒位置。

我和桃內開始練習，必須培養出彼此呼吸一致的默契。如果不能流暢地傳接棒，就失去了上挑傳棒法的優勢，因此傳棒的速度很重要。採用上挑傳棒法時，接棒者自聽到交棒者「接！」的口令到實際接到棒子所需的時間，比下壓傳棒法短很多，傳接棒的時間必須盡可能越短越好。練習時，三輪老師無時無刻不大聲提醒：「快點！再快一點！」在做持棒慢跑練習和快跑練習時，也再三叮嚀：「要快！快！」

我學東西向來比較慢，理解力比較差，每次學新技巧，總是要比其他人花上更多時間才能融會貫通。連的運動神經非常好，任何運動總是立刻就上手，簡直像打從娘胎就會了。桃內也很靈巧，理解力很強，學什麼都能很快到位。而鍵山外表看似靈活，沒想到卻意外地有些笨拙。我們三人已經練了將近三個月的上挑傳棒法，而他是第一次接觸，要他在一個月內熟練並達到比賽水準，實在不容易。

無論鍵山再怎麼糾纏不清，連一直沒有對他置之不理，或許是因為知道他們將是四百接力的第一、第二棒搭檔的緣故。即使連再不會照顧人，現在也不得不一再教他這教他那的，必須陪老是學不會的鍵山反覆練習。鍵山樂得像隻小狗，一臉歡喜地黏著連撒嬌。我和桃內在一旁噁心得都快看不下去了。桃內毫不掩飾滿臉的不耐，看到他的表情，我不禁驚覺「不妙」。不行不行，我們不能這麼看待自己的夥伴。

「擺平鷲谷！」我拍著桃內的肩膀說。「目標是四十秒出頭！」

「真的假的……」桃內先是倒抽了一口氣，又吐了出來。

「縣內紀錄賽要好好加油！」

明知不該這麼說，我還是忍不住說了。桃內露出前所未有的銳利眼神，我可以充分感受到他不想輸給鍵山的決心。

春野台高中田徑隊會根據地區資格賽前的縣內紀錄賽的成績，決定參加全高運預賽的一百公尺成員；兩百公尺成員則是在縣內紀錄賽之前，到體育場先行舉行社內賽決定。

由於鍵山在春季集訓時扭傷腳踝，為了充分休養，他沒有參加上個月底的厚木紀錄賽。如今他已是生龍活虎，活蹦亂跳。論天分資質，鍵山的一百公尺或許比桃內強，但考慮到桃內經過冬季特訓，已調整到最佳狀態，他還是有機會贏。無論如何，這場勝負都會以些微之差決定。

第二章　問題兒童

1　縣內紀錄賽

每年的比賽日程周而復始、按部就班的到來，但同樣的比賽，去年和今年的意義和分量全然不同。升上三年級後，想到是最後一次參加全高運，就覺得分量是去年的二倍，不，甚至重要了十倍。不光是大比賽如此，每一次站在跑道上，每一場比賽，我都覺得彌足珍貴。去年參加縣內紀錄賽時心情很輕鬆，只覺得春天來了，終於等到賽季了。今年卻有很多想法。

因為桃內和鍵山將爭奪一百公尺的出賽權，隊上瀰漫著一股詭異的緊張氣氛。由於我並不是種子選手，立場和他們相同，必須跑進前三名才能出賽，不過我並沒有太在意這件事，滿腦子都在想自己跑步的姿勢和比賽時該如何分配力量。和厚木紀錄賽那時比起來，現在的我對力量分配已經比較有概念了，正好可以利用這次機會測試一下。還有這次也是四百接力新團隊的出道賽，更是我們第一次在正式比賽上採用上挑傳棒法。

縣內紀錄賽在四月中旬的兩個週末舉行，短距離的比賽安排在第二週。在紀錄賽兩天前，隊上借用大和體育場舉行了兩百公尺的計時賽。

不過，勝負已經很明顯了。儘管未來的事沒人說得準，鍵山眼下根本不可能在兩百公尺上贏過桃內。只是由於他們的最佳紀錄差距並不大，為了讓鍵山心服口服，三輪老師才安排了這場計時賽，我們也一起上場了，最後決定是由連、我和桃內參加兩百公尺比賽。

當然各校的情況不一，不過通常只有具備相當實力的一年級新生，才有機會參加全高運系統的個人徑賽。而且，明眼人一眼就看得出鍵山和桃內在兩百公尺上的實力差距。只是鍵山輸了之後，毫不掩飾他沮喪的心情，我實在看不下去，就好好訓了他一頓，告訴他要重視團隊精神這種了無新意的話。儘管田徑比賽大都是個人賽，但還是必須以團隊精神為優先。無論處在任何情況下，都要替隊友加油……諸如此類的。不過鍵山國中就參加了田徑隊，怎麼連這種事都不懂？國中的學長是怎麼教他的？為了避免他上大學後，別人也用這種眼光看他，我們現在得好好教育他才行。

這個週六有四百接力，週日有個人一百公尺和一千六百公尺接力。最先上場的是四百接力啊！這可是新團隊的出道賽，也是第一次在比賽上秀出上挑傳棒法！我內心激動萬分，可是看到第一棒和第三棒仍處於對看兩相厭的緊張氣氛，忍不住發飆了。我打了桃內的頭，也用力敲了鍵山的頭。

「你們別再鬧了！」我大聲斥責說。「一年級的和二年級的，你們還有明年，明年還有機會上場，但這可是我們三年級的最後一戰。除了個人徑賽，這也是我們最後一次跑四百接力，你們也一樣，這是你們最後一次和我跟連跑接力賽的機會了。這可是春野台難得出現的夢幻組合，明年就沒有了，你們給我記清楚這件事！」

桃內露出苦笑，鍵山則微微地低下頭。最後我使出絕招，抓著兩人的脖子，讓兩人的額頭用力對撞。鍵山個子很小，撞起來不大容易。不過，他們兩個都痛得齜牙咧嘴。哼，活該！

我們四百接力的最佳紀錄是四十一秒多，由於縣內紀錄賽參賽的隊伍並不多，被分到速度最快的一組。這種感覺真爽啊。對手有神奈川知名的社會人士隊伍和神奈川出身的體育大學學生組成的隊伍等等，全都大有來頭。鷲谷今天去參加橫濱市民錦標賽，沒有參賽。不過社會人士和大學生的體格真壯碩啊，感覺很穩重。我的身材在隊上已經算魁梧的了，不過相形之下，一看就知道是小鬼。染金髮的田徑選手很少見，常有人上下打量我，表情好像在說：這個死小鬼是哪來的？以前我曾對這種目光樂在其中，現在卻只覺得厭煩。

成員之間雖有嫌隙，但站在各自的起跑位置後，也只能不顧一切地往前跑了，不容私人情緒作祟。只能相信一直以來的練習，將正確的動作烙進腦海和身體裡。我看向第一棒的鍵山，他的表情和動作都有些緊張。起跑和彎道都不是他的強項，但因為傳接棒還不熟練，才由他跑第一棒。就像一年級的我那樣。我的出道賽是在全高運縣賽，不過個性好強的鍵山不愧是田徑老手，看起來比兩年前的我鎮定多了。

開跑了。在一群社會人士和大學生跑者當中，鍵山顯得比平時更矮小，他跑步時向來步幅較小、腳步輕快，不過今天腳步的節奏有些凌亂。果然還是會緊張啊。幸好並沒有落後太多，算是表現得不錯了。

傳棒時，他跨了一大步，順利地把接力棒交給了連。第一次看到自己的隊伍成功地使出上挑傳棒法，心裡不由得一陣激動。太好了！接力賽特有的興奮感讓我全身沸騰。鍵山自己應該也很感動吧？畢竟把接力棒交給連的感覺真是妙不可言。看到連接過接力棒，轉眼之間就像在飛一樣消失在眼前，真是說不出的暢快。連成功傳給了桃內。就快到了！桃內是跑在第四還是第五個……我擺出預備動作，等待著接力棒。這時，我突然緊張起來。看到桃內越過起步點後，我開始起跑，下一秒就發現接力棒已經在手中，趕緊用力抓住。我自己也知道手臂和手太用力了，雖然流暢地完成接棒，可惜之後無法迅速加速，打斷了節奏。感覺像是「好，接到了……好，開始跑」。根本白費了上挑傳棒法的優勢。唉，真可惡，至少追上一個人也好。啊，來不及了嗎？

最後，我是第五個抵達終點的。幸好沒被追兵超越，表現算是差強人意。第一名的成績是四十一秒二七，所以我們大概是剛好擠進四十一秒，還是花了四十二秒？

「手的位置要不要再高點？」我看到桃內時立刻問他。

「我想位置沒問題，問題在腳上。」桃內笑著說。「不能停頓啦，速度慢了很多吧。」

「不好意思，都是我的錯，下次我會注意。」我乖乖道歉。

接著我又問鍵山會不會緊張。「還好啦。」他一臉緊繃地回答。少騙人了啦！我拍了拍他的肩膀。鍵山嚇了一跳。

「把接力棒交給連的感覺很棒吧！」

聽到我的問題，鍵山露出訝異的表情。

「一年級的時候，我跑第一棒，連跑第二棒。我緊張得要命，連對我說，你只要跑過來就行了。」

「他也這麼對我說……」鍵山小聲地說。「他說只要跑過來就行了。」

我笑了起來，鍵山的表情也總算稍微放鬆了些。

「很臭屁吧。不過沒辦法，他真的很強。」

鍵山聽完也笑了。笑起來的他多少變得可愛一點。

「一起加油吧！」我又拍了拍他的肩膀，這次鍵山順從地點點頭。

隔天，鷲谷的人也來了。這次的紀錄賽也是秋季舉行的全國運動會的會前賽，一定得報名，不過有很多志在參加全高運的選手會選擇棄權。

「幹嘛，你也要跑嗎？你不用了啦！回去啦，回去！」看到仙波時，我開玩笑地說。最近即便是面對神奈川縣的霸主仙波一也，我也可以輕鬆地和他開玩笑了。

「別這麼冷淡嘛，到八月為止，我們不是還有很長一段時間要相處？」仙波馬上頂了回來。

看樣子大塚老師已經告訴他三輪老師誇下的海口，說要在全高運的一百公尺決賽上和鷲谷一決勝負。

「我會捨命陪君子的。」我向他鞠躬說道。

仙波促狹一笑。他即使這麼笑，還是給人豪爽的感覺，谷口就是喜歡這張臉嗎？這也難怪，就連身為男人的我也覺得他很帥。任誰都想成為全縣第一飛毛腿的帥哥啊！可惡！算了，別想了，反正羨慕別人也沒用。

今天的天氣略帶寒意，天空有些陰沉，氣溫很低，風也不小。一點也不像是四月的天氣，反倒像三月上旬的感覺。因為今天比較冷，三輪老師叮嚀大家要充分做好暖身運動。

一百公尺有五十組左右的選手參賽，但並不是一口氣比完，中途還會穿插一千五百公尺的比賽。鷲谷那兩人和連都是十秒等級的選手，都被編到最快的那一組；我則被編入第二組，和縣內新人賽決賽時遇到的兩名高中生同組，其他則是大學生和社會人士。和桃內、鍵山成績不相上下的人很多，他們兩個被編在不同組。

連在厚木紀錄賽上也跑出了十秒多的成績，今天不知道會跑得怎麼樣？雖然這場比賽的成績並不重要，但和仙波一起跑，對彼此應該都是一種良性的刺激吧。我很懊惱自己無法被編進高手的那一組。其實這本來就是天經地義的事，只是因為連和阿三老是把我捧得那麼高，再加上集訓時也和仙波、高梨同組，我竟然開始覺得自己也是那塊料。不行，要認清現實！我在正式比賽中，從來沒有突破十一秒。不過不久以後我一定能突破的，我要越跑越快！好，就這麼辦！

我把連那一組的事拋在腦後，他們差不多快起跑了，不過我自己的比賽更重要。我開始集中精神，專注在自己的比賽上。為了怕身體變冷，我不時輕輕跳躍著，伸展雙腿。開始在腦海中模擬比賽的過程。前一組起跑後，我沒有看，但忍不住開始觀察起和自己同組的選手。我和其中一人在昨天的四百接力第四棒上碰頭過，是理科大學的學生。昨天他就跑在我前面，我試圖超越他，但最後還是趕不上，他跑得很快，不過我個子比他高。另外還看到了新葉的二年級生，松溪的三年級……我記得那個新葉的二年級起跑很讚。

起跑了。我慢了一步。隔壁跑道的理科大選手倏地衝了出去，我愣了一下，在第二步時身體搖晃了一下。好危險啊。這時新葉的二年級生也追過我了，我一下子火冒三丈，不小心太早挺直身體。啊啊，起跑失敗了，這樣是無法跑出極速的。發覺不妙的同時，我的姿勢也亂了。這樣不行！今天的課題是要在中段加速啊。跑到極速之後，再怎麼掙扎，速度也不可能變快，應該要盡可能放鬆。要放鬆嗎？可是在意識到自己的錯誤後，想要放鬆談何容易啊。腦中浮現「糟糕！」警訊的時候，手腳也開始凌亂起來，只急著想做修正，根本放鬆不起來。不可能修正了。就在我胡思亂想之際，人已經抵達了終點。

啊！我這個白痴？白白浪費了寶貴的實戰機會，為什麼無法像練習時那樣跑呢？

幸好我還是跑贏了新葉的二年級生，成績僅次於大學生，是第二名。不過這種事一點也不重要！我的毛病就是太容易分心了！這是紀錄賽，名次根本不重要。看來我的致命傷就是缺乏專注力啊。起跑前，要更集中精神才行，我太容易分心了，容易受周遭事物影響。像今天因為有很多年長、陌生的選手在場，一不小心就……不行！這樣下去不行啊……

一看到三輪老師，我就低頭道歉。他叫我指出自己做錯的地方，我大聲一一列舉，老師點點頭，說至少我開始知道自己在做什麼了。

「雖然跑得很差，但成績還不錯。」他說。「至少贏了其他高中生。」

我搖搖頭。「我……是輸給我自己。」

喂喂，阿三，你笑得那麼大聲，我的臉要往哪裡放啊？

老師待在終點附近，我則和連一起走向看台。桃內和鍵山差不多快起跑了。我提不起勁打聽連的成績。

「我一直以為仙波絕對不會輸，雖然之前看過他在全高運上跑輸了，但那畢竟是在電視上。一起跑的時候，才發現柏原比仙波快多了，什麼嘛，雖然我早知道他很有名、很厲害。」連難得這麼興奮地聊起賽事。「搞什麼嘛！我真希望自己跑得快一點。」

我一言不發地聽著，不知該如何回應。對啊，你一定辦得到的！加油！——我應該這麼說的，但我卻說不出口……心中悔恨交加。儘管我一直希望連能像這樣向上看齊，但這一天真的到來時，我的內心卻滿是焦急和自卑。我追不上他，太遙不可及了。我努力想拋開這種想法，大叫起來：「下一次！下一次我一定要好好跑！」

連盯著我看，問道：「你沒有行使種子權吧？要跑地區預賽嗎？」

我點點頭。「我要在比賽中練習，能跑一場是一場。」

連點點頭。在他那雙比賽後興奮未褪的目光注視下，我感到格外暢快。連是短跑選手，我也是。跑完一場比賽後，還有下一場比賽在等著我們。連信任身為跑者的我，相信我的未來，他的這份信賴深深鼓舞了我。

「擺平仙波。」我說。

「好。」連不假思索地回答，注視著跑道。

鍵山準備起跑了，桃山在下一組。他們和我們不同，他們實力相當，更適合當彼此的競爭對手。不過希望有朝一日，他們能建立更正面的關係，一起並肩努力，互相砥礪。

鍵山起跑稍微落後了一些，但加速很順利，在六十公尺左右時位居領先，感覺不錯，只要最後不嚴重失速，應該可以跑出好成績。「啊！」我和連同時驚叫出聲。跌倒了嗎？鍵山倒在跑道上，手按著左側大腿後方。

「完了。」連小聲說道。

「腿後肌嗎？」我也小聲嘀咕。

鍵山在醫務室接受治療時，不知道是因為疼痛還是懊惱，竟然像個小孩一樣放聲大哭。他左側的腿後肌拉傷了。

鍵山的哭聲讓我心裡隱隱作痛。如果他是跑輸了才哭又是另外一回事，竟然是因為受傷而哭……我蹲在鍵山身旁，仰望他低垂的臉，不知道該不該開口。

「你的傷……治得好。」猶豫很久，我還是開了口。「你還是能跑四百接力，沒問題的……你不跑我們可傷腦筋了。我知道你很懊惱，不過來日方長。」

這是治得好的傷，很多田徑選手都曾受過這種傷。雖然鍵山受傷的時機很不巧，但他才一年級，還有機會。

我的心情糟透了。儘管努力說服自己這沒什麼大不了的，有關受傷的晦暗回憶仍是盤據心頭，好不容易才擺脫健哥車禍的陰影……不要緊的，和健哥的傷相比，你的傷根本微不足道。

——新二，小心不要受傷。

腦海中響起之前去探視健哥時，他對我說的話。眼淚都快掉出來了。

「不要哭。」我輕輕把手擱在鍵山頭上。「不要哭，你的傷治得好的。」

鍵山的左側大腿腿後肌拉傷了，和去年連在全高運縣賽時一樣。不過他的傷比連嚴重，醫師說要六週才能痊癒。

鍵山受傷當晚，我曾和桃內互傳了幾封簡訊聊了一下，直到在社團練習碰面時，才又有機會詳談。在一百二十公尺加速跑練習的短暫休息時，桃內嘀嘀咕咕地說了起來。

「他還真會哭……」他皺著眉頭說道。「這傢伙喜怒哀樂全寫在臉上，看了就不爽，都在同個隊裡，還這樣惡鬥似的較量，教人很不舒服。很想問他，你就只在乎輸贏嗎？不過，如果這麼想就代表我輸了，對吧？」

桃內嘆了一口氣。

「心情真的超惡劣，我不覺得他活該。正因為我討厭他，所以感覺更差了。我就在他下一組跑，跑得東倒西歪的，還以為自己也會跌倒。糟透了！」

「但你沒有跌倒。」我認真地說。「即使心裡不安，你既沒有跌倒，也沒有受傷，是你贏了。」

「其實他的速度比我快，即使他因為高中聯考暫停練習一段時間，但一百公尺還是他跑得比較快，這點我比誰都清楚。」桃內說。

「不過，鍵山才一年級，不久前還是國中生，不管是在肉體還是精神上，還有很多不足的部分。他的野心太大，身體卻跟不上。他在做暖身運動時，阿三不是一直陪在旁邊嗎？都特別照顧他了。那天天氣的確有點冷，但也只有他一個人受傷。鍵山必須接受自己輸了的事實，如果他一直認定自己本來可以贏，只是因為受傷錯失了，以後他一定還會重蹈覆轍。我應該把這些道理告訴他的。」

我比較喜歡鼓勵別人，討厭說教。更何況個性彆扭的鍵山受傷後，變得更神經質了，這種時候我才不想自討苦吃。

「他應該肯聽連的話吧。」

「一之瀨學長不是那種會向學弟說教的好心人，鍵山哭的時候他也沒有安慰他。有時候真搞不清楚他到底是善解人意還是冷酷無情。」桃內略帶批評地說。

「不過他當時也一臉很痛的表情，好像受傷的是自己。畢竟他也受過同樣的傷，接下來應該會多少關照鍵山一些吧。」

聽我這麼說，桃內沉默片刻，突然開口：「神谷學長，你人太好了。」

我聽出這句話中包含著微妙的否定語氣。

「人太好的話，會很累。」桃內斟字酌句地說。「雖然你是隊長，但這種事你根本不用煩惱，鍵山的事，讓一之瀨學長去說就好了。」

「叫他說什麼？」

「隨便說什麼都可以，我的意思是，你不需要把事情都攬在自己身上。你們雖然是很棒的搭檔，也是好朋友，但這樣神谷學長你太吃虧了。」

吃虧……？我從沒想過這個問題，沒想過和連在一起到底是吃虧還是占便宜；也沒想過和連在一起，讓我成長了多少。

「沒關係啦，我吃虧到破產也沒關係。」我開玩笑說。「我希望自己能變得更強，可以要給多少有多少，即使吃虧也不受影響。」我想成為堅強的男人……

桃內瞪大了眼睛。

「總之，我們要跑出自己的實力。」我做出結論。「所以你大可抬頭挺胸，擺出一副跩樣，露出我贏了的表情。這也是為了鍵山好。比賽好好加油吧。」我堅決地說。

桃內這時終於露出他那自信滿滿的笑容。

「我當然會加油，我會帶著他的怨念在場上衝刺的。」

「反而會影響你的成績吧。」

「不，他的怨念就像卡嘰卡嘰山(註)一樣，在我身後督促我。」

「真可怕……」

桃內很聰明，能夠敏銳地判斷狀況和事態發展，有自己與眾不同的美學，也有大阪人的頑強。看來不需要我為他操心了。

2　全高運預賽（地區預賽1）

縣內紀錄賽後，鍵山就沒來參加練習了。他的傷不至於嚴重到無法走路，照理說應該能來社團報到。我發了兩封簡訊給他，都石沉大海，直到我發了第三封，告訴他「學長的簡訊一定要回！」，他才勉為其難回了一封只寫了「對不起」的簡訊給我。真是讓人傷腦筋。鍵山就連基本的禮貌也不懂，在他至今為止的人生中，可能從來沒有人適時教訓過他吧。真拿他沒辦法。以後我可要好好管教他，絕不會手下留情的。不過聽說這陣子他有乖乖和老師聯絡，一起去醫院治療，所以我就暫時靜觀其變吧。

四百接力最後改由根岸跑第一棒，成員和去年相同。不過根岸之前是跑第三棒，考慮到鍵山會在關東大賽時歸隊，希望至少第二棒到第四棒的順序維持不變，所以決定由根岸跑第一棒。根岸和連的速度差異最大，因此他得盡快傳棒給連，一進入接力區，就要立刻傳棒。如果第一棒是鍵山，連會在更前方等候，以步伐來計算，差不多有一、兩步的距離。

根岸也開始和連練習傳接棒，以前一直都是連傳棒給根岸，反過來還是頭一遭，兩人都很不適應。如果按正規的距離傳棒，根岸常常追不上連，結果兩人幾乎得在停頓的狀態下才能順利傳棒。

「接下來我可能每晚都會做噩夢……」根岸哀嘆道。

「沒關係，沒關係，只要你們默契夠，一定可以傳得更順。」三輪老師鼓勵他說。「上挑傳棒法本來就是以停頓傳棒為前提，所以即使停頓也沒關係，只要能在一之瀨容易加速的姿勢下傳棒就行了。」

「阿根，別擔心，停下來傳棒也行。」連一派輕鬆地笑著說。

如果是這個組合，地區預賽應該不成問題，縣賽也能擠進前六名。只不過以根岸的立場，

註：日本童話中，兔子用打火機點燃狐狸背上的柴木時，騙狐狸說，牠身後有座叫「卡嘰卡嘰」的山，所以才有卡嘰卡嘰的聲音。

他想必沒辦法那麼輕鬆吧。

老實說，問題兒童鍵山不在，心情格外輕鬆，練習氣氛好久沒有那麼融洽了。四個人只要一句話、一個眼神就能互通心意，充分體會到團隊合作的樂趣。

不過我對縣內紀錄賽的四百接力仍然記憶猶新，就是鍵山跑第一棒的那場比賽。儘管那次的成績並不出色，卻激發了我許多想像，腦中浮現這支四百接力隊伍將會越來越強的想像，還有期許與未來的課題等等。我也開始思考速度的價值，思考對短距離選手而言速度有多重要。速度是超越所有感情，至高無上的力量嗎？接力賽需要的是即使只快〇・〇一秒的選手嗎？

當然，最重要的是選手的綜合能力。以第一棒的跑者來說，要看起跑、彎道技巧和傳接棒等技巧。

這時我又再次體會到，根岸已經不是第一棒的最佳人選了，儘管鍵山不在，但我們不能忘了他……或者該說，我們不能再放任鍵山的缺席了。

全高運地區預賽的前一天，我去鍵山的教室找他。那時是午間休息，向社團請長假的鍵山便當還沒吃完，看到我在教室門口探頭張望，也沒有起身，只是一臉困窘地問：「有什麼事？」為了不打擾其他人用餐，我把他叫到教室外面說話。

「你知道明天是什麼日子嗎？」我直截了當地問。

鍵山不甘心地點點頭。

「明天你不能缺席。很多事還得靠一年級幫忙，你的傷勢沒那麼嚴重。你也是隊上的一員，不能不到。這可是場大比賽，你怎麼能不去替隊友加油？」

說出這番話的同時，我的內心在隱隱作痛。我回想起去年的那場馬拉松接力，當時我身為隊長卻缺席了，沒去替隊友聲援的不是別人，正是自己。那已經是去年秋天的事了，卻彷彿才發生沒多久。

「將來你還會遇到很多事，」我說。「也可能會再受傷，還會遭遇大大小小的挑戰。我也曾經因為不懂事，給隊上添過麻煩。誰都會痛苦，都有情緒一團亂的時候，有時候明明心裡知道，卻做不到。可是無論如何，你都不能拋棄自己的戰友。」

鍵山不發一語。

「你知道明天不能缺席嗎？」

鍵山緩緩點頭。

「你不想去嗎？」

鍵山沒有回答我的問題。

「為什麼不想去？」

鍵山沉默很久，終於口齒清晰地回答說：「我不想看。」

我不是不能理解他的心情，但聽他說得這麼乾脆，還是很受打擊。

「因為我一定會後悔的。」鍵山沒有移開目光斷然說道。

「你這樣是沒辦法成長的。」我按捺住怒氣，狠狠瞪著鍵山。「如果要在高中練田徑，你可能大部分的時候都在懊惱。懊惱比賽輸了，懊惱練習不順利，氣別人比自己強，氣自己受傷，九成的時間都花在悔恨，幾乎沒幾回開心的時候。不過，那些微乎其微的快樂時光，足以勝過一切的悔恨和痛苦。不然誰要參加田徑隊？」

「我才不會這樣。」鍵山反駁道。

他是指他國中參加田徑隊的經驗吧。「這意謂著你夠強，一路走來很順利。」我點頭說道。這次受傷或許是他第一次在田徑上遇到挫折。「旁觀自己無法上場的比賽的確令人懊惱，這種心情我完全能夠理解，只不過，選擇逃避和咬緊牙關不移開視線的結果是大不相同的。這份不甘心將會成為你的能量不是嗎？這能量不是能成為練習和下次比賽的動力嗎？如果你真的感到懊惱，下次就小心不要讓自己受傷。只有這樣，你才能越來越強。」

「我已經夠懊惱了，不需要更懊惱了。」

「不是，」我用力搖頭。「不是這個問題，你必須堅守自己的崗位，必須接受在自己的地盤發生的事。你不是春野台田徑隊的隊員嗎？明天，小田原就是你的崗位，除非發高燒或是受重傷無法走路，否則沒有理由缺席。如果不來，你就不是田徑隊的人。」

「你是要我退出嗎？」

「這要由老師決定，我不是指這個，而是心態問題。」我仔細打量著鍵山的臉。「你應該有想要替他加油的隊友吧？沒有嗎？一年級嘛，就單純為隊友聲援就夠了。」

鍵山皺起了眉頭。

「你不是喜歡連嗎？你不想看連跑步嗎？他會跑四百接力喲。」

連是種子選手，這次不必參加個人徑賽，而一千六百接力的地區預賽則交給了桃內，所以他只會參加四百接力。

「你要看好四百接力的比賽，把握比賽的感覺，想像一下如果換成你自己上場的情況。現在可不是說懊惱的時候，不久就要換你上場了。即使你人無法和我們一起跑，心也要跟著跑。別想得太天真了，即使你不能上場，還有其他功課要做，你不是只要復健就行了，要看好自己團隊的表現。」

我抓著鍵山的肩膀用力搖晃著。「總之，你非去不可！不能討價還價！」

他仍然沒有答應。

「不然我明天一早會去你家把你拖出來，懂了嗎？」

「我會去的。」鍵山終於小聲地說。「我會去，我會去集合的。」

「好，那就明天見。」

鍵山嘆著氣說了聲「好」。不過他真的會來嗎？

晚上，我又自己剪了頭髮。我不適合平頭，所以只剪成普通的短髮，再配合新長出來的髮色把頭髮染了回來。原來，我長得這副模樣啊？好像變回國中生了，根本就是小鬼頭嘛。真糟糕？會不會看起來很弱？算了，沒關係，反正這就是真正的我。

我打量著映在浴室鏡子中的上半身。因為怕剪下的頭髮會掉進衣服，我脫下T恤，赤裸著上半身。隔著鏡子，我看到經過冬季特訓鍛鍊出來的肌肉。肩胛骨一帶和胸部上方明顯變壯了，平坦的腹部清楚可見四塊肌，全身的肌肉緊實又有彈性。我低頭看著四角褲下的雙腿，輕拍大腿和小腿。觸感很好。這是雙很棒的腿。

根岸之前說短距離選手都是自戀狂。那是當然的。鍛鍊身體的同時，自然也會愛惜自己的身體，熟悉自己身體的每一個角落，想像肌肉、肌腱和神經裡蓄藏了多少力量，和裡頭各種足以施展力量的技巧。

真令人期待！明天神谷新二到底會跑出什麼樣的成績呢？

我用手機發了封簡訊給谷口。

——明天的三千公尺加油嘍。妳絕對可以跑進縣賽的！我會用最大的音量替妳加油！

雙胞胎中的原明日香因為貧血，地區預賽只報名了一千五百公尺比賽，谷口因此得以參加三千公尺的比賽。在高中的最後一年，她總算能如願參加全高運系統的個人賽了，而且還是以她擅長的長距離應戰。

谷口很快就回了簡訊。

——我會盡最大努力。神谷，你也要跑出好成績！

第一戰是四百接力。高中生涯最後一年的比賽，終於要開始了。

清晨，看到鍵山準時出現在集合地點，我終於鬆了一口氣。我事先曾經叮嚀過一年級生，所以大家都圍著他打招呼。

「你要看好四百接力的比賽喔。」我重複了昨天的話，代替向他打招呼。「還要交一篇感想。你可以嚴厲指正，說第四棒的神谷在接棒後的加速有問題，諸如此類的。」我把隨機想到的話說了出來，鍵山則一臉困惑的表情。「我不是和你開玩笑，真的要寫喔。」

「不能寫一些天馬行空的壞話，如果言之有理，能當作參考，我會好好向你道謝。」桃內在一旁插嘴說。

鍵山露出越發困惑的表情。

「一定要看仔細，這可關係到你的品味，可以看出鍵山義人身為短距離選手的品味。」真不知道桃內這麼說是想藉機親近鍵山，還是單純想作弄他。

「桃內學長，你看得出來嗎？」

鍵山一臉嚴肅地反唇相稽時，我在心裡捏了一把冷汗。

「當然看得出來，」桃內不以為意地回答。「只要你用我看得懂的話寫，我就看得出來。」

鍵山點點頭。「我會張大眼睛看的，尤其是第一棒的表現。」

「什麼？」站在遠處聽到的根岸叫了起來。「我可是聽到稱讚會進步的人，還請你多費心，努力發現我為數不多的長處。」

大家笑了起來，鍵山也輕輕地笑了笑。

「什麼？你們在說什麼？」遲到的連探頭進來問。

鍵山喜孜孜地告訴他要寫感想的事。真受不了這傢伙！偷懶請假了那麼久，皮還不給我繃緊一點。

「話接得好！」出發時，我小聲對桃內說。

「不知道那傢伙會寫些什麼。」桃內邊說邊露出惡作劇的笑容。

比起團隊合作，更愛惡搞的鍵山，寫出來的內容搞不好又會引起一場混戰。

大家對我改變髮型一事的反彈出乎意料地大，不光是隊上的人，就連他校的選手也跑來問我：「你怎麼了？」我回答說：「膩了。」大家好像都很失望。「為什麼嘛？」我問。桃內竟然回答說：「很不方便啊。以前一眼就看得到你人在哪裡，如果看膩了金髮，你可以換成綠色或紅色啊。」你當我是紅綠燈啊！谷口還是一如往常，並不會明確表現出驚訝，只是靜靜地笑著說：「這樣更像你哥了。」她此時的話語和笑容深深地留在我的心中。

很像健哥嗎？真希望我的實力也能像他那麼厲害。

四百接力是第一天的第二項比賽。我們四個人在春野台今年的全高運地區預賽率先登場。預賽採取計時制，前八名可以晉級進入縣賽。最重要的就是要小心犯規以免喪失資格，並在比賽中充分熟悉上挑傳棒法。

當我們走上跑道時，聽見一年級男生齊聲大喊：「春野台，加油！」他們聚集在靠近終點的看台上。我聽出了鍵山的聲音，便向看台揮了揮手。如果我沒聽到你的加油聲，就要罰你做一千次仰臥起坐——賽前我曾經這麼威脅他。根岸也回頭望著看台賊賊地笑著。雖然實際上場比賽的只有四個人，但我們其實是背負著全隊的心一起跑的。我希望鍵山能體會這一點。

起跑的槍聲一響，根岸起跑了。這只是地區預賽，不至於在第一棒就被甩開，根岸雖然專攻四百公尺，但他的成績也有十一秒多。第一次傳接棒時，就連旁觀者也看得膽戰心驚。沒關係，只要不犯下嚴重的失誤就好，即使不完美也沒關係。只要接力棒不落地，或是超出接力區就行了。連稍微縮小步伐，接到棒子了。他立刻發威，成功超越了所有選手，漂亮地把棒子傳到桃內手上。這個環節一向很順暢，問題在於桃內傳棒給我的那一刻，練習時我們配合得不錯——迅速接棒，同時加速。只要照練習那麼做就沒問題。來了！

上挑傳棒法不需要先助跑，不過如果像上次紀錄賽那樣幾乎停頓下來，就失去了意義。

「接！」桃內叫道。聽到指示我手往後伸，張開手指，立刻碰到了接力棒。我用力握住，往前直衝。我前面沒有人，不過這次比賽名次不重要，重要的是成績。

抵達終點的那一剎那，我總算鬆了一口氣。這和紀錄賽不同，一跑定勝負，一旦失敗，什麼都結束了。即使我們的實力再堅強，還是會緊張。

我們的成績是四十一秒七〇，贏過了新葉，勇奪第一。太好了！

3　全高運預賽（地區預賽2）

四百接力比完後，跑道上進行男子五千公尺的比賽，我們匆匆忙忙做完緩和運動，趕緊到看台上加油。入江跑在領先集團中，以他的實力，絕對可以晉級縣賽，至於橋本和其他兩名二年級選手就很難說了。田賽場上，溝井正在比男子鉛球，山下的身影則出現在撐竿跳場上；今天我還得跑兩次兩百公尺，谷口的三千公尺比賽則在最後，等我比賽結束後，可以盡情為她加油。另外鳥澤和今日香今天也會參賽，還有五島的四百公尺障礙賽。今天想必能有不少人跑進縣賽。大家加油！

山下在起跳前舉起手，我們在看台上齊聲大喊：「山下，加油！」細長的玻璃纖維棒用力彎曲，山下的身體逐漸攀升，漂亮地飛越過去。

「萬歲！」

「漂亮！」

「OK啦！」

入江帶著一貫的冷靜表情輕鬆地跑在五、六個人的領先集團中，顯得遊刃有餘。很好！很好！溝井則在投擲區待命。「溝井加油！」我扯著嗓子大喊起來。跳得好，丟得好，跑得好。大家，幹得好啊！

兩百公尺對我而言是一個微妙的項目，雖然三輪老師說，搞不好這是最適合我的項目，但我至今仍不曾跑出令人振奮的佳績……我的彎道跑還是很弱，連跑的時候就像騎腳踏車一樣，輕輕鬆鬆地就彎過去了，但我上半身的傾斜角度和肩膀的運用總是不盡人意。看錄影帶時尤其明顯。儘管上半身確實前傾，向內側保持傾斜，雙臂配合步伐充分擺動，可是動作感覺起來還是不夠流暢。老師說是我想太多了，叫我跑的時候更相信自己的直覺。可是好難，特別是從彎道轉入直線跑道的地方，問題最大。

我不想在前半段想太多白白消耗體力，導致直道無法加速，今天決定不管前半段，嘗試在後半段的直道盡可能衝刺，就當作彎道跑一百公尺加速一百公尺。這種跑法可能比較適合我呢。

兩百公尺預賽。我不要求彎道跑得完美，而是把這當作直道衝刺前的加速過程，這麼一想身體頓時變輕鬆了，轉入直道時的感覺很好，得以順利加速，然後在最後的三十公尺我稍微放緩了力道。結果我跑出了自己的最佳紀錄。漂亮喔！抓到節奏了。至於和以前有哪裡不一樣嘛？肩膀……肩膀放鬆了，手臂就能配合步伐輕鬆擺動。那種節奏，上半身的角度……，就是那種感覺！

怎麼辦？去輔助跑道（subtrack）上實際跑跑看吧？雖然之前有過在輔助跑道練習過猛，導致比賽失常的前科，但我還是想試跑看看。就當作緩和運動，稍微跑一下吧……反正距離下一場比賽還有三個多小時。在領號碼牌的時候，我遇到了谷口和雙胞胎之一，一年級的矢部也在。他們和我打招呼，我卻沒有注意到。「我去輔助跑道那裡。」我對他們說。去那麼小的跑道練彎道可能沒有太大作用。不過，沒關係，去吧！

我從為時不長的田徑經驗中學到，賽場上的靈光乍現，或是偶然抓住的節奏，不知不覺中掌握到的身體動作——相當重要。雖然練習時偶爾也會有這種情況，但比賽時那種「對的感覺」更加明確。

我在輔助跑道上慢跑。縮小尺寸的跑道很快就遇到彎道，不過傾斜角度和四百公尺跑道不同，因此無法實際進行確認，只能在做緩和運動的同時進行想像練習……想像跑彎道時肩膀、手臂該如何擺動，還有腳步、節奏……感覺好像抓到了訣竅，但又沒自信下一場比賽時能順利施展。對我來說，跑步的感覺就像水和空氣，難以捉摸。有時候好像抓到了，卻立刻又逃走了，消失無蹤……值得慶幸的是，在不斷反覆練習的過程中，還是能學到不少技巧。所以即使下一次無法做到完美也無所謂，只要能讓身體有機會一點一點進入狀況就好。

回到帳篷的那一瞬間，突然有種微妙的不協調感，彷彿跑完兩百公尺預賽後，有一大段時間平空消失了，我一時間無法融入其中，好像剛從另一個世界回到這裡似的。

「你的東西我放那裡嘍。」谷口對我說。

嗯？東西？我有請她保管什麼嗎？這時我才發現，自己兩手空空。

準決賽時，連來當我的陪同員。我覺得怪怪的，叫他不用來。他笑著說，反正他也閒著沒事。還帶了鍵山一起過來。原本想好好清靜一下的，唉，算了。

剛才五島跑四百公尺障礙賽時，我大聲地替他加油，腦袋也清醒多了。五島的速度很快，今年或許有機會跑進關東大賽。

「怎麼樣？」我問鍵山。「今年春野台很強吧。」

鍵山點頭同意。

「聽說這在我們學校可是史無前例喔。公立高中能有這種水準已經很難得了。」

「不過真想贏鷲谷。」連突然蹦出這麼一句。「至少贏一個項目也好。」

鷲谷的實力甚至比私立強校更上一層樓。不光是短距離，所有項目都很強，即使我們稍微提升實力，也無法威脅到他們。即使如此，連仍是片刻都無法忘記鷲谷，無法忘記仙波一也的存在。

「應該是四百接力吧，還有一百公尺。」我說。

「鍵山，」我叫著矮小的一年級問題兒童。「南關東人賽，我們要以四百接力跑贏鷲谷。」

「好。」

「你給我認真回答。」

「我有啊。」

「腹部用力。」

「好！」

「聲音更響亮一點。」

「好！」

「你們在幹嘛啊？」連笑著說。

準決賽中，我再度刷新了自己的最佳紀錄。不過還是預賽的表現比較好，準決賽的彎道跑差強人意，直道又跑得太用力了。每次正以為沒問題時，狀況又急轉直下。改天我要好好思考一下，要怎麼做才能保持專注到最後。

二年級中長距離組的中澤在八百公尺準決賽中獲得晉級縣賽的資格。接下來是女子三千公尺的比賽。四十五名選手中，有三名是我們的人，跑過一千公尺後，隊伍漸漸拉長，分成好幾個集團。鳥澤竟然跑在領先集團，而且還位居領先。鳥澤算是速度型的，其實一千五百公尺才是她的強項。

「她衝那麼快沒問題吧……」我自言自語道。

「領先集團的速度沒有加快。」入江解說道。「那幾個九分多的選手都跑得很保守，鳥澤想要乘機跑快一點吧。」

「沒問題嗎？最後會不會撐不下去啊？」

「這似乎是她平時練習的速度，即使最後失速，應該還是能跑進前十六名。鳥澤和我一樣，目標放在縣賽，她現在應該是在模擬如何才能在縣賽中擠進前六名吧。」

「太好了！衝衝衝！鳥澤！」連用他獨特的高亢嗓音喊道。我不知道他有沒有在聽入江的解說（應該沒有），只見他雙眼發亮地專注在比賽上面。他的聲音很響亮，鳥澤應該聽得到。雖然我不知道此刻叫鳥澤「衝衝衝！」恰不恰當，但連的聲援無疑將成為鳥澤最大的動力。在個人一百公尺和兩百公尺的比賽中，很少會注意到旁人的聲音，不過每次在跑一千六百公尺接力的最後直道時，總能聽得見加油聲，在最痛苦的時候，聽見隊友的聲援令人渾身是勁。特別是當喜歡的人替你加油時……

原今日香跑在第二領先集團，平時總是如影隨形的雙胞胎此時一個人孤軍奮戰；谷口則跑在更後面，和另外三個人排成一直線，谷口目前是第十八名，如果不超越兩人，就無法進入縣賽。

「谷口，加油！春野台，加油！」我聲嘶力竭地大喊。「小今，加油！」

「春野台，加油！」根岸也大聲喊道。

這時原今日香的步伐漸漸慢了下來。

「小今！加油！」大家齊聲大叫。

原今日香目前在第二領先集團吊車尾，而谷口則又落後了兩名；鳥澤仍然在領先集團，目前跑在第三個。

「春野台，加油！」入江大叫之後，小聲地告訴我們：「跑到兩千公尺左右是最痛苦的時候，會有種永遠到不了終點的錯覺。」

谷口白皙的臉上泛著紅暈，大汗淋漓。就連我也看得出她的肩膀緊繃，呼吸急促。我不禁也覺得呼吸困難起來，忍不住握緊拳頭。現在我能做的，就是為她聲援。「谷口！」連續喊了好幾聲後，我轉頭問入江：「谷口還有力氣嗎？能追過四個人嗎？」

「嗯。」入江點點頭。「她在最後關頭很有爆發力。」

我快窒息了，感覺比自己上場更不舒服。真希望她可以跑進縣賽，畢竟這是她的第一次，也是最後一次機會了，一定要設法追過四個人……

谷口儘管喜歡短跑，成績卻始終不理想，後來才下定決心轉到長距離組。她始終默默耕耘。即使無法參賽，仍然不斷更新自己的紀錄，無怨無悔，不屈不撓地默默努力。雖然我們不同組，但她的努力我一直看在眼裡，比隊上任何人都看得仔細。

此時我的眼中只有谷口，胸口感覺好悶，彷彿也和她在場上一起跑，不知不覺中，甚至把要幫她加油的事都忘了。

「只要衝刺……」入江自言自語般嘀咕地說。「前面四個人看起來快撐不下去了，谷口只要還能衝刺，就能超越她們。」

「衝刺……」

「一般人會以為衝刺靠的是速度和體力，其實是靠毅力。阿三說，就像打開開關一樣，要在最後關頭打開開關，改變腳步節奏，一舉加速，如果沒有抱著必死的決心，是絕對做不到的。」

「哇噢！」谷口超過一個人了。不過並不是她加速，而是前面的人速度變慢了。如果前面三個人也能變慢就好了……不過當然沒有那麼好的事，谷田還是只能靠自己。她速度變慢了嗎？姿勢看起來還維持得不錯，手臂也繼續擺動著。

提示最後一圈的鐘聲響了。首當其衝的新葉高中選手速度幾乎是谷口的兩倍，第二名、第三名在落後二十公尺的地方展開激烈競爭，鳥澤好像是第六名。我知道鳥澤已經沒力氣衝刺了，她開始衝得很快，現在已經筋疲力盡了，幸好她後面的人似乎也已無力追趕。

原今日香的狀況也不太好，跑在第十名左右。不過跑進縣賽應該沒問題。

那谷口呢……啊，她在衝刺，谷口在衝刺了！超越一個人了、兩個人。好厲害！現在她跑第幾名？

「還差一個人！」入江大喊。「谷口，還差一個人，衝啊！」

「谷口，還差一個人！」我也大叫起來。在旁觀賽的其他隊員也齊聲喊著：「谷口，還差一個人！」

離終點只剩下一百公尺了。終點直道，最後的直線跑道，最後的一百公尺。妳也曾經是短距離選手啊，相信自己的速度，在直道上衝刺！她和前面的選手只差不到十公尺了，對方回頭看了一眼，滿臉驚恐。不要錯過機會，她已經跑不動了。妳比她快。快，快追上了！還差一點，還差一點。啊，來得及嗎？

「谷口！」追上了！超過了嗎？啊，終點。到達終點了。誰先到？贏了嗎？同時嗎？看不懂啦……

谷口在抵達終點的瞬間，腿一軟倒在跑道上。她側躺著，似乎已經動彈不得了。鳥澤和今日香衝了過去。

當我回過神時，發現自己正在跑，跑上看台，衝下樓梯。谷口跑得太棒了，跑出了完美的衝刺！對我而言，不管她跑第十六名還是第十七名都已經不重要了，儘管我也清楚對當事人來說，兩者之差如同天堂和地獄。

在運動場的出口通道上，我看見了春野台的湛藍色制服。大家都在。跑完三千公尺的選手們、陪同員和三輪老師都在場。不光是我，根岸、入江、連和溝井也跑過來了。我和還沒換下比賽背心的谷口視線交會。

「神谷！」沒想到谷口竟然喊著我的名字跑了過來。不，她是撲了過來。「神谷！」

咦？谷口竟然倒在我懷裡！由於實在太震驚了，我差點整個人翻了過去。呃？那個……？

腦袋彷彿飛走了，世界消失了，眼前突然一片空白。

直到過了差不多一輩子的時間，世界才慢慢回到我身邊。

「結果怎、怎麼樣了？」我結結巴巴地問道。

「我可以去縣賽了！」谷口說。

谷口哭了，而我則抱著痛哭的谷口……不知不覺間隊友和老師都不見了，等到谷口終於止住了眼淚，我對她說了聲恭喜——我應該有記得說吧。

4　全高運預賽（地區預賽3）

幸好兩百公尺比賽先比完了，不然比賽時我可能會雙腿打結，跌個狗吃屎，絕不可能順利跑完的。回帳篷的一路上也是跌跌撞撞，回程搭小田急線時，還被車門夾到。解散時也心不在焉，被溝井的手肘狠K了一下。晚餐也沒有吃完，老媽還幫我量了體溫。

回到房間剩下自己一個人後，記憶的片段才接二連三地浮現在腦海中，千頭萬緒簡直就像十罐拚命搖晃後打開拉環的可樂般，一口氣衝了出來。

那雙比想像中更纖瘦、彷彿隨時會碎掉的瘦弱肩膀，今天就在我的手中顫抖著。平時我一天至少要做這種痴夢十次，妄想有朝一日能把谷口若菜摟在懷裡，緊緊抱住……而今天，我明明只要再稍微彎曲手肘，再用力一點，就可以如願以償的。沒想到當那一刻真正到來時，我卻不知所措，整個人都僵了。谷口還沒換上T恤，我脫下身上的運動服披在她肩上，身體動彈不得，一句話也說不出來。谷口停止哭泣後，一個勁地向我說對不起，大概說了二十次左右。我不想聽她道歉，她每說一句對不起，我的心就像「噗嘰」被捅了一刀。不過我還是始終不發一語，既沒有說「不會啦」，也沒有說「別說了」，就這樣「噗嘰、噗嘰」地被捅了二十刀。

令人意外的是，隊友們竟然沒有起鬨，反而留下我們兩人獨處，就連三輪老師也沒說什麼。可能是重要的比賽還沒結束，老師還有很多事得交代吧。當時隊友們的體貼讓我感激不盡，不過現在想起來，反而覺得更尷尬。

到底是怎麼一回事？谷口那樣撲到我身上，到底是怎麼回事？

此刻甜蜜——讓全身發軟、融化的甜蜜，激情——湧上心頭那種強烈、令人坐立不安的激情，痛苦——心臟被勒緊，幾乎無法呼吸的痛苦，各種情緒同時湧現，在我內心翻攪。

她喜歡我嗎？那仙波呢？因為當時仙波不在，而且他們也不同隊了，她現在喜歡我勝於仙波？是這樣嗎？

谷口到底是怎麼想的？我完全搞不懂。腦袋和身體彷彿快爆炸了，我都快瘋了！真想出去奮力跑一跑，用盡渾身力氣大叫。

大家都在累積能量——連之前曾這麼說。心靈的能量。在禁止隊友戀愛的社團內，壓抑住自己的情感能量，沒想到竟然一觸即發。我在房間內走來走去，坐立不安，根本靜不下來。腦袋和身體都好熱。怎麼辦？我該怎麼辦？在這種狀態下，我明天可以跑一百公尺嗎？能順利跑完嗎？可是不跑怎麼行？鎮定！無論如何都得鎮定下來才行。可是，我做不到啊⋯⋯

我想打電話給谷口，發簡訊也好，乾脆說出來吧，把自己的心意說出來。告訴她，我喜歡她。可是現在嗎？在地區預賽的時候？在一百公尺比賽的前一晚？發現自己竟然不知不覺間把比賽的事拋在腦後，我嚇了一大跳。

不行！現在不是好時機。而且在發生了那樣的事後立刻告白，未免太露骨了。谷口很可能只是一時激動，想和我這個一直鼓勵她的隊友分享喜悅。如果我飄飄然地就認定她對我有意思，萬一搞錯了呢……？

我淨想著這些事，在房間裡踱來踱去，時間一下就過去了。後來老媽叫我去洗澡，我泡在浴缸裡，全身更加滾燙，直到洗完澡後在做每天例行的伸展操時，心情才稍微平靜下來。伸展時，必須仔細聆聽身體的傾訴、肌肉的呢喃，留意是否有緊繃、疲勞或痠痛的感覺，注意身體是否有哪裡出了毛病。我比平時更仔細地、慢慢地充分伸展身體。小腿、腿後肌、背、肩膀、手臂。沒問題了，我的身體已經為明天做好了準備。

忘了吧。在全高運的比賽結束之前，就當作什麼事也沒發生吧，消除所有的記憶。然而一旦這麼決定了，我的胸口卻隱隱作痛，突然覺得寂寞得不得了，都快哭了出來。

我一直不抱希望。不，儘管明知希望渺茫，但我心底仍然緊巴著一絲希望，無法完全死心。每天都在想，如果、萬一、也許……原本打算全高運結束後向她告白，打算被她拒絕後，再重新調適自己的心情。

而此時我的心裡又燃起了熊熊的希望之光，不過希望卻宛如劇毒般擊垮了我。一直以為那應該是美好的，燦爛的，是力量的泉源。為什麼此刻卻是如此苦澀？這麼可怕？我睡不著。不知不覺已經過了午夜，這麼晚也不能和谷口聯絡了。我睡不著，胸口好悶。

我把手機從手機座上拿了下來，找出谷口的手機號碼端詳著。手機面板的燈很快就暗了，我又按亮它，繼續端詳著。然後找出連的號碼，發了一封簡訊給他，只寫了一句話：「我睡不著啦。」反正他八成早就關機了，明天他也沒有比賽。五分鐘後，聽到來電鈴聲時，我大吃一驚，整個人跳了起來。不是簡訊，是電話。

「睡不著就別睡吧，有什麼關係嘛。」電話中傳來他慵懶的聲音。我無言以對，隱約聽到電吉他的聲音，不過聲音很低沉，不是吉他，是貝斯吧。看樣子連也還沒睡。

「你在聽什麼？」儘管不是真的有興趣，但真正想說的話又說不出口，只好這麼問道。

「『暴風雨』（Heavy Weather）。」連回答。

沒聽過。不像搖滾樂，爵士樂？還是混合爵士樂？

「是氣象報告樂團的，傑可・帕斯透瑞斯（Jaco Pastorius）的貝斯很讚。傑可說他最喜歡這張專輯，這傢伙後來瘋了，這是他徹底發瘋前的演奏。」看我沒有說話，連向我解釋著。

「你那裡聽得到嗎？清楚嗎？」

「嗯。」誰叫他音樂開得那麼大聲。已經很晚了，他外婆不會罵他嗎？

「那就仔細聽好。」

「啊？」

「閉上嘴好好聽啦。」

我沒再說話，但是叫我隔著電話聽貝斯，也真是莫名其妙……我想和他聊的是谷口的事，連應該也猜得到我為什麼發簡訊給他吧。正想掛斷時，連小聲地說：「不過這可能不適合明天有一百公尺比賽的人吧。」

這音樂雖然輕快，但太陰沉了。

「那要跑一百公尺的人適合聽哪種音樂？」說話總比保持沉默好，我乾脆和他聊了起來。

「最近的《雷鳥神機隊》（*Thunderbird*），巴利．葛雷（Barry Gray）的電視版原聲帶還不錯，你應該聽過主題曲吧？就是五、四、三、二、一，thunderbirds are go!」

謝謝指教啦。是我問錯對象了，你這個宅男！頓時覺得渾身無力。這傢伙到底是怎麼追到女生的？我似乎能理解為什麼他只有在旅行時才能談戀愛了。

「你覺得是怎麼回事？今天那到底是什麼意思？谷口在想什麼？你覺得呢？」結果我還是和這個脫線男提起戀愛話題，忍不住問道。

「太大膽了。」連脫口回答說。

大膽……

「外表文靜的女生出手真是一點也不含糊。」

「你給我正經點……」

「我早就覺得你們早晚會走在一起，這種方式總比無聊的告白有趣多了。」

「是這個……意思嗎？呃……谷口那麼做……」

「不然還有什麼意思？」連淡淡地反問道，我一時答不上來。

「因為是隊友，一時激動就……」我極不甘願地說出這個可能性很高的推論。

「你就當一輩子處男吧！」

我無視他的惡言相向，緊咬不放。「那仙波呢？」

「你去問她本人啊，把她叫起來問清楚。我要睡了。」說完，連掛上了電話。

呃……心中的激動暫時平息了，不過腦筋仍是一片混亂。連說他覺得我和谷口早晚會走在一起，我可以相信他嗎？

我這時才發現，從小到大我從沒懷疑過連的話，不曾質疑過他的判斷和直覺。儘管他總讓人捉摸不透，做事也很不負責任，但一向能憑敏銳的直覺洞察事物的本質。此刻是我有生以來第一次懷疑他，我實在不知道這次該不該相信他的直覺。

結果，我一整晚都沒有睡好。

到集合地點後，我根本不敢看谷口，情況很糟。雖然很想表現得若無其事，但卻力不從心。她也沒有主動找我說話。在暗自慶幸的同時，又難掩失望。今天我得動員所有專注力在比賽上才行，絕不能胡思亂想……

根岸和中井都輕鬆通過了四百公尺預賽。在接下來的女子一千五百公尺中，鳥澤跑了第三名，今日香第十名。明日香受到貧血影響，掉到了十八名。這還是雙胞胎第一次有人無法晉級，兩人抱頭痛哭起來，三輪老師顯得手足無措。每次女生一哭，阿三就慌了手腳，不過如果哭的是男生，他總會罵「輸了有什麼好哭的！」然後陪著一起哭。根岸臉上一向掛著他的招牌賊笑，此時卻明顯哭喪著臉。他果然喜歡明日香。連沒有猜錯。不過根岸並沒有陪在明日香身旁，也沒有出聲安慰她，甚至沒看她一眼，只是一臉沉痛地站在一旁，好像是自己輸了比賽。那樣子讓人看了於心不忍。

每個人各懷抱著不同的心思，面對不同的人時，會產生不同的感情。有的會告訴對方，有的則會選擇隱瞞。無論有沒有傳達給對方，無論別人是否發現，每個人的心意都是無可取代的，珍貴而美麗。我也要擁抱我的這份心意，這樣就好，現在只要這樣就夠了。

我的個人一百公尺預賽跑得不太理想。昨天跑兩百公尺留下的印象太強了，跑一百公尺時無法順利跑出極速。

「太慢了。」三輪老師說。

太狠了……我的心一沉。竟然對短距離選手說「太慢了」，天底下還有比這句話更惡毒的嗎？不過，這也是事實。這下我完全清醒了，腦袋總算冷靜了下來。

五島的一百一十公尺障礙賽、根岸的四百公尺，溝井的鏈球都接二連三獲得縣賽資格。我來不及看入江的一千五百公尺比完，就前往集合站，不過他一定沒問題的。

換釘鞋時，我腦海中浮現了根岸跑在四百公尺準決賽的最後直道上，刷新自己最佳紀錄時的表情——全日本學校的頭蓋骨標本想必都會望而生畏的可怕表情。不過看在我眼裡，那張恐怖的臉卻比任何帥哥更有魅力。我也要……我也想像那樣跑……我感覺渾身充滿了力量。

來到起跑線時，我突然有種好預感！沒問題的，我一定會成功！

我低下頭，盡可能放鬆脖子和肩膀的肌肉。三輪老師說起跑不需要太猛、太快，只要輕鬆流暢地往前衝就行了。聽到「預備」的指示時，我把腰部高高抬起，使頭部、脖子和身體保持一直線，伸展背部的肌肉。

鳴槍。第一步扎扎實實地踏在預定的位置，身體重心也跟著移動，腳掌確實踩在地面，雙臂前後擺動，拳頭快速而用力的舉至額頭高度。第二步、第三步，不要急，腳步必須確實地踩穩，手臂配合著步伐用力擺動。我可以感受到身體的力量傳到地面，雙腳也感受得到來自地面的反作用力，我將那股助力引導至前方，壓低上半身，加速，我得盡可能延長加速時間。慢慢地，上半身逐漸挺直，身體變輕了，來自地面的衝擊逐漸減弱，快達到極速了！這時我感受到一陣風，好強的風，那陣風不是吹來的，而是我自己產生的風。好暢快啊！感覺棒透了！

我終於能夠放鬆身體，隨著自然的律動奔跑著，在感覺心情暢快的同時，雙腳彷彿自動地跑向前方。好像有什麼不一樣了，完全不同了，整個世界彷彿在一瞬間全然改觀。

最後的衝刺跑得相當吃力，我咬緊牙關，努力不讓手腳動作失衡，但體內已經沒有餘力控制肌肉了。這還是我第一次跑一百公尺跑得這麼吃力……

不過衝到終點時，我感覺好像得到了全世界。世界原來是那麼廣大啊，大得超乎我的想像。

我遙遙領先第二名。逆風負一．五公尺、十秒八二。我終於跑出十秒多的成績了！

大家紛紛前來祝賀，恭喜我終於突破了十一秒。隊友、學長、父母，甚至是不熟悉田徑的同班同學。高梨也寄了簡訊給我，寫著：「期待縣賽時見！」周圍人的興奮和喜悅超乎我的預料，讓我再度感受到身為十秒跑者的責任。

我呢……老實說，原本以為自己會更激動的，沒想到卻沒有太大感覺，也沒什麼成就感，只覺得鬆了一口氣，覺得自己終於有資格站在起跑線上了。首先是突破十一秒，然後再向十秒中段慢慢縮短時間，至少要進步到十秒六，才能真正和連跟仙波一較高下。原本一直跑十一秒多的我根本不敢作這種夢，所以現在只是「開始的一小步」罷了。

倒是跑步時的那種流暢感令我陶醉。跑出十秒多成績時的跑法和以前的比賽有著決定性的不同，不管是速度、姿勢、感受到的風和身體的疲勞全都大不相同。前一次跑出最佳紀錄的全縣新人賽準決賽時，我跑出十秒多的順風參考紀錄。這兩次比賽的感覺和其他的完全不同，而這一次跑的整體感又更好了。如果最後十公尺身體沒有飄，手腳動作沒有亂，成績應該可以更理想。我第一次完成中段在放鬆的狀態下疾走的課題，而且並不是瞎貓碰到死耗子的巧合，而是我確實掌握了從加速到疾走的感覺。我將活用這種「感覺」挑戰縣賽，然後是關東大賽，還有接下來的……每一場比賽……

「『比我上場的時候成績更理想，讓我大受打擊』？白痴，這是當然的啊！大家的狀態越來越好，而且全高運預賽和紀錄賽更是天壤之別啊，他真的是白痴。」

桃內讀著鍵山交的四百接力心得報告，吐嘈起來。幸好鍵山不在場，他今天去游泳復健了。鍵山在地區預賽結束的兩天後，也就是星期二午休時，把寫在報告紙上的感想交給我。原本我只是半開玩笑鬧他的，沒想到他真的寫了，嚇了我一跳，不過也很開心，沒想到他這麼快就寫好了。我向他道謝，他點點頭，緊繃的臉上完全沒有笑容。我看完後，在練習前，拿到社團辦公室和四百接力的其他成員分享。

他寫得很認真、很完整，桃內也只找得到剛才那一句可以挑剔。鍵山觀察得很仔細，而且看得出是仔細思考後才動筆的。讓我又不禁感嘆起來，心想如果我也是國中就開始練田徑該有多好。尤其對我這種學習能力差的選手來說，有沒有國中那三年經驗，影響很大。

「『根岸學長的彎道跑得無懈可擊，不愧是專攻四百公尺的選手。身體很貼近跑道，肩膀的運用也很棒，我會好好參考，很希望可以向學長當面請益。』」

桃內念出聲後，根岸一臉得意地拚命點頭。「因為我有吩咐他多寫點優點嘛。」

「不，阿根的彎道的確沒話說。」我斷言道。

「畢竟這可是我的看家本領嘛，既然這樣……」根岸突然一臉沉思地嘀咕起來。

「『至於一之瀨學長，由於和我程度落差太大，我完全看呆了。不知道像那樣一眨眼的工夫就超越好幾個人是什麼感覺。我會加倍努力，有朝一日，即使是五年後、十年後也沒關係，希望能成為像一之瀨學長那樣的選手。』搞什麼嘛，根本就在拍馬屁嘛。」

「應該是他的真實感受啦。」我說完，連竊笑了起來。

「『桃內學長的傳接棒很完美，無論是傳棒或接棒都很漂亮，好像天生就是跑第三棒的。而且還是從比自己快的跑者手上接棒，再傳給比自己快的跑者，我想一定很辛苦，不過他看起來好像沒什麼壓力，可見桃內學長的抗壓性很好。』他在說什麼鬼話？怎麼可能沒壓力，一之瀨學長咻地衝過來，神谷學長又唰地一下就不見，每次都讓我心驚肉跳，他倒是來跑第三棒試試看，什麼天生的第三棒嘛，怎麼可能有這種人，我可是咬緊牙關在打拚！這個白痴！」

桃內雖然嘴上把鍵山數落一通，表情倒是喜孜孜的。

「『我以為神谷學長是因為加速跑比起跑快，所以才跑第四棒。看了一百公尺的準決賽，我才真正認識到神谷學長實力有多強。能夠參加有兩名十秒多選手的接力隊伍，真是太棒了！』……這部分倒是說得很中肯。」

桃內只有對我的部分表示贊同，倒是令我有點失望。

「『看了這次的比賽，我很感動，真希望能立刻歸隊。我會好好養傷。』除了養傷，他更應該改改他的臭脾氣吧。」

「新二，你真厲害，竟然叫得動他來觀賽。」根岸說。

「那當然。」這可是全高運的預賽，他怎麼能缺席。

「姑且不論他的個性，這傢伙是可造之材。」根岸點點頭，似乎已經給他打了及格的分數。「看得出他喜歡田徑，而且不是普通的喜歡。」

阿根的這句話令我有種恍然大悟的感覺。

「那當然嘍，不然要怎麼解釋他那種誇張的熱情。」桃內也點頭說。

「為了讓他在關東大賽時順利融入，應該設法……」我說到一半，根岸苦笑起來。「喂，喂，不用跑縣賽嗎？而且是我要跑耶。」

「五個人……」我一邊想，一邊說：「我們五個人一起努力。」

「好啊。」連點頭同意。

我彷彿看到了美好的未來在等著我們，感覺越來越棒了！

5 兩星期

全高運西部地區預賽在五月的第一週舉行，縣賽在第三、四週舉行，這兩星期轉眼之間就結束了。一年級的時候，我在縣賽的四百接力出道，當時的這段期間我拚命在練傳接棒，在異常的興奮和緊張中度過；二年級的這時候我倒是沒什麼印象。當時我因為輕鬆爭取到地區預賽個人賽資格，應該是心情大好地在替縣賽做準備吧。今年升上了三年級，在放棄種子權資格，刻意參賽的地區預賽的個人一百公尺和兩百公尺中，我大有斬獲。讓我深深覺得一切努力都是值得的。冬季特訓時的苦練第一次在比賽中看到成果，一掃初春天紀錄賽時的沮喪。不，不光是這個冬季，入隊後累積的所有練習，使我終於搖身一變成為一名短跑選手。簡單說的話，那就是——我總算準備好了啊！

根本不用等兩星期，縣賽最好三天後就舉行。當然，這只是針對個人項目，至於接力賽，則是練習時間越多越好。不過，按照目前的狀況，只要不嚴重失誤，跑進關東大賽不成問題。我一直認為四百接力隊伍的重要課題，在於鍵山歸隊後的關東大賽，直到我看到了根岸的晨間練習……

我每天都會參加晨間練習，不過因為眼下不想讓身體過度疲勞，大都挑一些例行練習、推跑、單槓和肌力訓練等輕鬆的練習做。桃內也是每天都會來，只不過他是熱愛重量訓練勝過跑步的怪人，練習內容和我差很多。連偶爾會睡過頭，不過基本上都會來參加。

那天早晨，連還沒有到，桃內則直奔健身房，中長距離的選手去校外慢跑，我獨自來到操場。腦子裡愣愣地回想著離開社團辦公室時，遠遠瞥到的谷口的背影。每次看到她，我不是渾身是勁，要不就是失魂落魄。如果一不小心按錯感情的開關，就無法集中精神，呼吸急促，身體就像積滿了乳酸般沉重，反正沒好事就對了。

然後，我看到根岸在操場上練跑，嚇了一大跳。我當然知道根岸已經到了，只是萬萬沒想到他已經做完暖身運動開始練跑，而且還畫好了跑道，他是在練彎道嗎？

我們學校的跑道不到四百公尺，彎道的角度比實際的運動場大。正式練習彎道跑或是四百接力的傳接棒時，都要正確量出和四百公尺跑道相同的角度後，自行畫線。用皮尺從觀禮台拉到後方的直線跑道，再利用圓規的原理往投擲區畫出弧線，就能畫出相當於運動場第三至第五跑道的彎道。根岸畫的就是那條線。下午的社團練習時常必須畫彎道，但是在沒有太多時間的晨間練習，幾乎不會這麼做。他到底是幾點到學校的？

他沒有休息，以緩慢的節奏一次又一次跑著彎道，可能是還在暖身吧。雖然他只是慢跑，但他身上卻散發出一種光環，讓我不敢出聲打擾他。後來是根岸發現了我，對我笑了笑。

「你要不要也來練一練？我畫好線了，你也跑一下吧。」

「好。」我嘴上回答著，但還是感到匪夷所思。「可是你幹嘛現在練彎道？」

像根岸這種擅長跑彎道的人原本悟性就好，只有那些彎道跑不好、沒自信的人才會在比賽前手忙腳亂做這種事。

「我在想有沒有可以在兩星期內加強的地方，就找阿三商量了一下……」根岸說到一半，停了下來。「不過現在沒時間了，晚一點再慢慢聊。」

「對不起，打擾你了。」

我道歉後開始做暖身運動，在我慢跑和拉筋的期間，根岸開始加速，而且速度相當快，我原本以為他在練四百公尺，所以嚇了一跳，不對，這是一百公尺的速度啊……所以，他是在練接力嘍？根岸以全速在練四百接力第一棒的彎道。在比賽前……一大早就這麼拚。「有沒有可以在兩星期內加強的地方。」根岸的話語在我腦中迴盪，如果沒有後面那句：「就找阿三商量了一下……」我可能會上前阻止他，跟他說：「沒問題吧，不要累壞身體。」

當我走近時，根岸又賊賊地笑著，表情和平時沒兩樣，不像有特別焦急、彷徨或是失控的感覺，他知道自己在做什麼。

「明天我會畫外跑道，第七、第八跑道，後天則是內跑道。真麻煩，如果有四百公尺的操場，就不用這麼麻煩了。」根岸說道。

聽到他這番話，我終於懂了。原來，他在進行高精確度的練習。如果是四百公尺，影響還不大，可是以一百公尺的速度跑彎道時，可能會因跑道的不同而導致身體的離心力變動。尤其是內側的跑道最難跑，身體很容易失衡。根岸正在確認每個跑道的感覺，以便在實際比賽時，無論跑哪條跑道都能輕鬆應付。縣賽的四百接力，要跑預賽和決賽，共兩次，都是一跑定輸贏，誰都無法預測比賽中可能會發生什麼事。最好的方法，就是事先考慮到所有的狀況，到時候才能從容因應。

面對根岸的認真投入，我一句話都說不出來，在感動萬分的同時，更感到羞愧不已。我太天真了。不，是我太瞧不起接力賽了。不對……不是這麼一回事。是我太掉以輕心了，想說縣賽不過是個中繼點，認定憑我們的實力，應該可以輕鬆晉級，關東大賽才是真正的勝負對決。可是根岸不會跑關東大賽，他的比賽只到縣賽為止，再加上只有他一個人是四百公尺選手，壓力一定很大。他總是練得比誰都勤。

我慢慢地跑在根岸畫的彎道上，有股想哭的衝動。和根岸在一起，有時候會想哭，覺得做人很悲哀，又覺得人類是這麼的美好……我說不清楚啦。

四百接力的成員在晨間練習時都來參加根岸的彎道跑練習。對需要跑彎道的第三棒桃內來說，簡直就是為他量身打造的練習；而我和連則當作是兩百公尺前半的彎道練習。

除此之外，我們還拿起跑器練習正式的起跑。三輪老師一向禁止我們在比賽前練起跑，他說起跑的關鍵不是快，而是要踏出理想的第一步，為下一步的加速奠定基礎。所以比賽時只要照平時練習那麼做就行了，不需要做不必要的事；同樣的，比賽前也一樣。

不過這次三輪老師同意我們練習，是因為考慮到起跑犯規（註二）的問題。以前是同一個人起跑犯規兩次，才會失去參賽資格，不過新規定則是不管第一次是誰犯規，第二次犯規的人就失去參賽資格。所以，第二次起跑的緊張非同小可，尤其像連這種反應快的選手更是危險。因此，我們設定在已經有人犯規的前提下，模擬第二次起跑的情形。這有點像是網球的第二發球

〔註二〕，一旦失敗，對方就會得分。所以絕對要成功，即使是做到百分之九十五也不行，成功率一定要達到百分之百。

起跑前，在鳴槍之前必須完全保持靜止，否則就算起跑犯規。起跑犯規並不光是指過早出發而已，聽到「預備」的號令抬起臀部後，身體的任何部分都不能晃動或抖動，必須完全靜止。不過從「預備」到起跑的過程中，身體其實正處於極不安定的狀態，正因為如此才能爆發力十足地起跑。而要控制這種不安定的狀態，就需要技術和力量，需要勤加練習。當然，這些技巧我們之前就會了，如今只是再次複習。我們一次兩個人練起跑，另外兩個人在一旁監督，嚴格監督，嚴格指正。

我的起跑向來很弱，即使是現在也不怎麼樣，無法像連那樣在爆發式的起跑後立刻加速。不過進行這次的起跑練習期間，我一點也不緊張。

「新二，你最近的起跑越來越穩了，以前在一旁看總是替你捏把冷汗。」根岸感觸良多地說完，又轉頭對桃內說：「你可能不知道，這傢伙一年級時的起跑真教人不敢恭維，虧他還跑第一棒哩。」

「我知道，我看過錄影帶。」桃內笑嘻嘻地說。「而且傳棒也很可怕，簡直就像用接力棒打一之瀨學長。」

「對啊，根本就是亂打過來，而且比賽時速度總是比練習快很多，根本不管步伐。有次我看到他衝過來，因為實在太可怕了，還嚇得提早起跑呢。」連回想起往事笑了起來。

「鍵山有點像以前的神谷。」根岸說。

註一：flying start。
註二：second service。

「可是當初新二是大外行，鍵山不是。」連皺了皺眉頭。

「國中生不會用上挑傳棒法啦。」我說。

「也對，要我以第一棒的過來人身分說的話，第一棒壓力真的很大，一想到萬一追不上一之瀨學長就緊張。」桃內說。

我重重地點了頭，根岸則嘆了一口氣。

「但一、二棒從來沒有失誤過。」連略帶焦躁地說。

「我知道，我知道。只不過，一之瀨學長是不會懂我們的心情的。如果沒有親自體驗過傳棒給速度比你快的人，是不可能懂的啦。真的很恐怖，不過也很刺激，尤其是順利傳棒的時候，真的是爽翻天。」桃內說。

「變態。」我笑道。「不過，我懂你的心情。」

「真噁心。」連說完也笑了。

雖然要這麼早起很辛苦，但這個晨間練習實在意義重大。除了可以提升實力和穩定度之外，更因為四個人一起練習，彼此的心一下子拉近了。我們幾個的感情本來就很好，原以為不可能更好了，也覺得沒這個必要，不過我錯了，我們還可以更團結的！

也許人際關係沒有所謂的飽和狀態。我不太清楚，所謂天長地久的愛情就是這麼一回事嗎（純屬想像）？至少接力小組的友情很可能是無限大的（真實感受）。聽說真正優秀的足球隊就是這樣。雖然我沒有親身經驗，但健哥三年級參加錦標賽時的海嶺隊就很有向心力，每傳一球時，全隊都能感受到上下一心的團隊精神。我們現在也一樣，一個人跑的時候，只要一個動作一個眼神，就可以知道對方當天的狀況；狀況差的時候，其他人就盡力掩護，狀況好的時候，大家則一起衝刺。雖然傳接棒的動作只在兩人之間進行，但隨時都會意識到其他兩個人。老實說，我從沒想過田徑運動可以建立出這麼強的團隊意識。

四百接力團隊漸漸步上了軌道，即使是問題最大的傳接棒，用三輪老師的話說，也「已經有模有樣了」。

第一、二棒的傳接棒，乍看之下雖然感覺距離太近，其實只是兩人極力縮短步伐而已，好讓連能在做好加速準備的同時接棒。第二、三棒的傳接棒一向都很完美，而桃內更是能進一步激發連的速度。至於經常挨罵的三、四棒，我也不會再有動作停頓的毛病，深信桃內無論如何一定會把棒子交給我。根岸是頑強、可信的第三棒，而桃內速度比他快，直覺更敏銳，當我們的節奏完全吻合時的感覺實在暢快無比。

鍵山也會在一旁看我們練習。「就是要像那樣接近，流暢地傳棒。」三輪老師看著根岸傳棒給連的動作，分析給鍵山聽。我、桃內和候補的後藤正在待命，也在一旁聽著。

「你知道和你自己的動作有什麼不同嗎?你每次都跑得雜亂無章，傳棒動作很勉強。」

「我知道。」

雖然鍵山這麼回答，但看他的表情，就知道不是這麼一回事。他一定還不太懂吧。之前才被根岸和桃內嘲笑過我一年級的傳棒，那時不管別人怎麼教我，就是改不過來。當時用的是下壓傳棒法，傳棒動作沒有上挑傳棒法那麼嚴謹，我一向是卯足全力地跑，卯足全力把接力棒交到連手上。事後還被他抱怨說接棒的手痛死了。

輪到第三、四棒練習了，我們各就各位。桃內測量步數後，用釘鞋在地面劃出一條線，代替接力區。雖然不太清楚，但如果用石灰粉畫很難清除，反而不方便。我們沒有真的跑上一百公尺，只跑五十公尺左右好達到極速，用全速跑。桃內飛快地跑了過來，很快就要到接力區了，我的身體感受到他的節奏，自然做出反應，然後毫不猶豫地衝了出去。我壓低身體，不需要考慮接力棒，只專注在自己的加速。直到聽到「接！」的號令，伸出手，棒子已經遞了上來。我在不改變節奏的情況下持續加速，達到極限速度後，才慢慢減速停下來。怎麼樣？是不是相當不錯？

「好！」三輪老師也覺得沒問題。「終於搞定了。做得很好！就記住這個感覺。要做到跑一百次，一百次都能這樣跑。沒問題吧？」

「是。」我點點頭。桃內也異口同聲地回答。

全高運縣賽的選手在沒有人受傷和發生大問題的情況下，順利調整好狀態，準備迎戰。距離星期六的比賽還有三天。社團練習時我做了些調整練習，結束後接到了溝井的簡訊，說有事要和我說，要我去教室找他。去到教室一看，發現鳥澤、入江和根岸也來了。我嚇了一跳，不知道發生了什麼事。

「不是什麼大不了的事。」溝井抓著頭，吞吞吐吐地說。「其實不需要勞師動眾找大家來啦，原本我只打算發封簡訊通知神谷一下……」

「你就有話直說吧。」向來討厭拖拖拉拉的鳥澤打斷了他的話。

「上個星期天，我有事去町田，結果看到了井上和田島。」溝井說。井上是跑中長距離的一年級男生，田島則是練跳高的一年級女生。「他們挽著手走在街上，像這樣黏在一起。」溝井挽起鳥澤的手臂想示範給大家看。鳥澤甩開他的手，還賞了他一記肘擊。我、入江和根岸不約而同發出「喔──」和「哇──」的叫聲。

「我立刻躲了起來，但又怕是自己看錯了，就跟蹤了他們一會兒。」溝井摸著被撞的胸口繼續說。

「你在幹嘛啊？」入江調侃他說。

「你去目擊現場看看，真的會慌耶。」溝井聳聳肩膀。

「沒想到他們這麼快就勾搭上了。」根岸無奈地說。

「他們的國中很近，」入江說。「之前就認識了，應該經常在比賽和練習時遇到吧。」

「我並不打算向阿三告密，反正又不是什麼大問題。只不過他們太明目張膽了，這樣下去早晚會曝光，所以我有點擔心，不用管一管嗎？」溝井問。

「不用啦，」鳥澤說。「這是他們自己的問題。他們應該早就知道阿三禁止隊員談戀愛，還是交往了，這代表已經做好被罵的心理準備。」

「比守屋學長大兩屆，就是我們入學時剛好畢業的那一屆，好像也有一對。」根岸說。

「聽說他們分手時，女生也退社了。」

溝井好像下定了決心，一字一句地說：「我的目的是想跟神谷說……」說到這，他瞥了我一眼。「她都這樣拚命壓抑自己的感情了，還是發生上次那樣的事，既然這樣，就乾脆不要再掩飾了，不妨大方一點。我說不清楚啦。」

好像突然有人丟來一顆手榴彈，令我大吃一驚。我知道自己的臉已經脹得通紅。

「我說不好啦，只是想說反正都有一年級的白痴想不都想就交往了，很想對阿三說，沒必要再禁了啦。」溝井說。

「我……」我奮力地說。「我並不是因為社團禁止戀愛所以刻意壓抑什麼，而是我知道谷口有喜歡的人，覺得說了也沒用。」

「若菜很遲鈍，神谷，沒想到你也這麼遲鈍。」鳥澤苦笑著說。

所有人都曖昧地笑了起來，看來大家的想法似乎都和連一樣。我的心臟撲通撲通作響。

「我想，阿三的意思並不是不准大家談戀愛。」根岸說。「只是如果在練習的時候，當著大家的面卿卿我我，其他人當然看了心裡不舒服。至少我看了就不舒服，阿三的意思是要大家顧及這個問題。如果井上他們在社團活動時也很高調，到時再提醒他們就行了。」

「等全高運結束，當然前提是能夠參加全高運，等全高運結束後，我打算向谷口告白，我之前就是這麼打算的。因為無論得到 YES 或 NO 的回答，我一定都無法保持平常心，一定會混亂的。」

聽我這麼一說，大家都點著頭。溝井和鳥澤笑了起來，根岸和入江一臉嚴肅，但我知道大家都了解我的意思，也接受了我的決定。我很高興，也鬆了一口氣。因為自從發生谷口抱著我哭的那件事後，我一直都覺得尷尬。

解散回家的路上，我向溝井道謝。「不用啦，我又沒做什麼。」他害羞地回答。我們都是三年級，溝井喜歡班上的一個女生，兩人感情已經漸入佳境，不過目前還在集體約會的階段，他們經常四個人或是六個人一起出去玩，還沒有進一步發展。對方是排球社的女生，長得很可愛，個性又開朗。我問他打算什麼時候告白，他說夏天或是畢業典禮的時候。我笑他還不是跟我半斤八兩，他回答說：「有很多因素啦！」很多因素……是喔，希望你一切順利，我真心為你加油！

星期天晚上，我收到谷口的簡訊。

「你要先跑一百公尺吧。真的很期待看到你的比賽！希望你能夠百分之百發揮實力。我會為你祈禱。」

谷口的簡訊讓我開心死了，卻又令我感到空虛。真想聽到她的輕聲細語，想看看她那雙害羞的大眼睛，想近距離感受到她的呼吸和體溫。好想見谷口，現在就想見她……我不需要她的祈禱，只想問她，拜託她，在決賽時可不可以為我加油，而不是為仙波加油？我好想這麼告訴她，但這種話當然不可能說出口，只能空虛地回了一封簡訊給她。

「我會加油，讓妳看到一場精采的比賽！」然後，又突然想到什麼，補發了第二封。「我喜歡跑步，等不及要上場了！」雖然有些輕浮，但第二封簡訊才是我的真心話。

第三章　各自的挑戰

1　全高運預賽（縣賽1）

全高運縣賽的第一週在川崎前鋒隊（註）的主場等等力體育場，第二週在三澤公園體育場舉行。這兩個場地我都很喜歡。等等力有室內練習場，方便做暖身運動，我也喜歡那裡質地偏硬的跑道。

縣賽第一天，我預計要跑三次一百公尺。預賽時，要確實熟練在地區預賽時掌握到的「感覺」；準決賽則要盡可能拿下第一名，好確保決賽時能搶到好的跑道，當然這得取決於分組的名單。我要在這兩場比賽中，徹底掌握正確的跑步姿勢，並把這股氣勢帶進決賽一決勝負；這分別是我為這三次一百公尺比賽訂下的課題。

當然，首要目標就是在決賽跑進前六名，獲得進入關東大賽的資格。今年春天開始，陸續有人說我有機會跑進全高運，我自己也常這麼說，但是想跑進全高運沒那麼簡單，光是這場縣賽，水準就很高。據說今年神奈川頂尖選手的成績比往年推進〇・二秒左右。地區預賽時，我的百公尺成績是全縣第四，不過三輪老師說前十名，不，前十五名的選手都可能在縣賽中跑出十秒多的成績。能篤定進關東賽的，就只有仙波和連，就連高梨也沒有百分之百的把握……那我呢？

不過這種事想太多會發瘋，我決定在決賽的最後二十公尺之前都不去考慮名次的事。

目前，我只求自己在決賽中跑出實力。去年的兩場大比賽，縣賽和新人賽的決賽，我都無法發揮實力。高梨曾說，比起決賽，他更討厭準決賽，但這是他身為決賽常客的從容。決賽的氣氛和準決賽大不相同，根本是兩個世界，我向來容易緊張，對我而言，決賽的G（重力）簡直就像太空人特訓所承受的巨大重力。不過這兩年來，我已經練就強壯的體魄，抗壓性也有長進。二年級的我比一年級時強，三年級的我又比二年級更上一層樓。只要確實發揮實力，我一定可以跑出理想的成績。

也許是因為參加關東大賽有望，反而讓我有更多顧慮，更緊張。不過也正因為我了解決賽的嚴酷，才能抱持正確的心態應戰。事到如今，只能盡力往前衝了。

今天的天氣很不穩定。雖然有太陽，但厚實的雲層遮蔽了半個天空，偶爾還有冷風吹來，風向也不斷改變；天氣預報說，傍晚有可能會下雨。太陽露臉時，天氣很熱，可是只要太陽躲進雲層，氣溫就急遽下降。想必比賽時風向和氣溫也可能隨時發生變化，得先做好心理準備才行。如果選手的實力相差無幾，就只能各憑運氣了。當順風、逆風風速相差四公尺時，成績可能差至〇．三秒左右，不過這是到準決賽為止的問題；決賽只有一組，所有選手的條件相同。

預賽起跑時，逆風很強。我專注在前三步、加速、中間疾走和手腳的動作，過程很流暢，達到極速時，左右兩側都不見其他選手，就這麼跑完全程。成績是十秒九四。嗯，在逆風狀態

註：日本職業足球隊 Kawasaki Frontale 。

下能跑出這種成績……看來狀態很不錯！

逆風的強弱，對成績的影響相當大。除了我以外，預賽就只有那三個固定班底跑出十秒多的成績，不過接下來就很難說了。

我決定在準決賽時全力應戰；如果想在決賽和他們一決勝負，一定得搶到中間的跑道才行。所以準決賽時必須不留餘力，全速向前，並把這種感覺帶進決賽。準決賽共有三組，我和高梨被分在同一組。終於等到你了啊……正合我意。只要能贏過高梨，我就能帶著自信迎戰決賽。他正是準決賽的最佳對手啊。

「這麼快就遇到你了。」在集合站時高梨對我說。

「……對啊。」我回答。

「你染回黑髮以後看起來有魄力多了。」

總覺得金髮時代已經是很久以前的事了，所以有點意外。

「你只是看不慣啦，」我回答。「現在這樣看起來很孩子氣吧。」

「不，沒這回事。雖然醃蘿蔔頭也很適合你，不過總給人一種狂妄小子的感覺。」

狂妄小子？「喂！你說什麼！」

「以前總覺得你很逞強，一旦你不再費心在虛張聲勢上頭，可能會變成可怕的對手吧。」

高梨說。「但也只是普通可怕啦。」

「是啊，是啊。」他果然是在調侃我。

「不過你不覺得氣氛很詭異嗎？」高梨改變了話題，「這氣氛根本不像是縣賽，簡直就像關東大賽嘛，殺氣騰騰的，不過只是準決賽，大家就個個摩拳擦掌的。」

「我也是這麼打算。」我坦言說道。

下一秒，我們的視線交會。我不知道該怎麼形容那一刻的感覺……就好像我終於、終於有了正視他的資格。

「ＯＫ。」高梨說。

「嗯。」我點點頭。

為什麼會有這種感覺呢？儘管我們不同校，是競爭對手，他還是我必須戰勝的敵手，可是為什麼我會有種「和他一起跑很快樂」的感覺呢？為什麼會這麼高興？

和高梨正己一起跑，我並不指望能輕易贏他。我知道他比我強，可是也不覺得自己絕對會輸給他。要跑了之後才能見分曉。高梨既不是仙波那種擅長奮起直追的後半段型跑者，也不像連那樣靠前半段的優勢取勝。他沒有特別的強項，不過卻跑得無懈可擊；在完美的起跑後，有效率地加速，動作很放鬆、流暢，最後的減速也能控制在最小限度。他的大腿擺動時，腳跟幾乎碰到臀部，步伐也很輕快，不過直線衝刺力則沒有仙波和連好——這些全是三輪老師說的。據我和他跑過幾次的經驗，起跑後他總是微幅領先我，然後就一直擋在我前面，而且直到最後還是跑在我前面……實在是個討人厭的對手。我雖然後半段馬力比較強，卻始終無法追上他，八成是他比我更懂得放鬆身體，發揮體能的訣竅。我們最後一次較量，是在春季集訓的計時賽，那次我雖然還是輸了，但兩人的差距已經縮短了……

不過過去的事就讓它過去吧，重要的是現在。

高梨在第五跑道，我在第四跑道；第六跑道的應該是松溪的三年級生、同時專攻四百公尺的全能選手大橋吧，也是必須注意的人物，聽說今年春天以來他的一百公尺成績進步顯著。三輪老師說，第三跑道藤澤東成高中的佐野也是狠角色，當然也可能出現其他黑馬。而正如高梨說的，現場氣氛十分詭異。仙波在第一組，連是第二組，我們是最後一組，不過我現在根本沒有餘力注意前兩組的表現。雖然各組的前兩名都可以進入決賽，但我並不安於當第二名，我想跑第一。如此一來，決賽時就能搶到中間的跑道，高梨應該也是這麼打算吧。我們的條件相同，誰勝誰負，取決於誰能跑出自己的實力，或是取決於誰的鬥志高昂。我的情緒高張，腦袋和身體都熱了起來，不是因為緊張，而是因為熱血沸騰。我的引擎已經熱起來了！

風從後方吹來，是順風。風力比架設起跑器時更強了。

起跑後，第三跑道的佐野飛快地衝了出去，因為就在隔壁跑道，我差點受他影響，幸好最後穩住了。加速、加速、加速，我按照自己的節奏和跑法穩定加速，我知道左手邊的佐野和右手邊的高梨都在我前面，但並不覺得慌張，觸地的感覺很棒，感受得到來自地面的反作用力。我逐漸拉大步伐，等到身體變輕時，挺直上身，這時我超越了佐野，達到極速。和高梨之間還有一小段距離，他瞥了我一眼，不知道為什麼，那一刻我覺得自己贏定了。我不是想超越他，只是單純地想跑得更快，身體自顧自地往前衝。高梨還在前面。真難纏，他在這種時候特別頑強，不過我還有體力，還可以繼續衝。最後的衝刺了。我比他強，我還可以衝，追上他了。我超越他了！哇，抵達終點了。

贏了！我贏了高梨！不是因為下雨或其他不利因素，而是堂堂正正地在正式比賽上贏過他！不是碰運氣，而是腳踏實地拿下的勝利。我終於贏了。

不過我也累垮了，這場比賽真是累人。終點的計時器上顯示了我的成績。十秒七八，順風一．五公尺。我刷新自己的最佳紀錄了！但我不能得意，也不能鬆懈。

「那就兩個小時後再見嘍。」高梨說道。

他的表情有些懊惱，卻不像特別意外的樣子，難道是他沒有使出全力？我覺得有點不妙。高梨很習慣連續跑三場比賽，知道為了決賽保留體力的跑法。不過算了，不管他。我沒辦法像他那麼厲害，只能全力以赴跑好每一場。我已經鍛鍊出不會虛脫的體力。

……但是，我真的累壞了。每次跑出十秒多成績的時候，身體的疲累程度和以前大不相同，這代表我正確使用了身體的力量，只是我的身體還不習慣十秒多的速度。

回到帳篷時，我看到連，比賽中的他仍是話不多。我不作聲地躺在他身旁，老實說，現在真的沒有閒聊的心情。連在準決賽的成績是順風〇．四公尺，十秒六二。仙波是順風〇．八公尺，十秒五六。高梨跑十秒八一。進入決賽的八名選手全都跑了十秒多……好厲害。不過還是仙波和連的成績遙遙領先。我也搶到了主跑道，應該會在他們其中一人隔壁跑。

我在腦子裡模擬著決賽的情況。參加決賽的有連、新葉的山岸，和鷲谷高中的一年級西。這些選手的起跑都很快，高梨應該也會跑在我前面，而進入中段時，也絕對會被仙波超越。在前半賽程時，即使前面有好幾名選手，我也不能著急，必須按自己的節奏跑，在後半段超越對手。

想到這裡，腦袋開始昏沉起來，便小睡了一下。醒來時，一下子不知道自己身在何處。慘了！我看了一眼手錶和貼在帳篷角落的比賽時間表。哇，五島的四百公尺障礙賽決賽時間已經過了。為什麼沒有人叫醒我？我慌忙衝出帳篷，正準備跑去看，剛好看到連和根岸回來。根岸在遠處對我用雙手做出在胸前交叉的動作。什麼？什麼？輸了嗎？真的假的？

「他的腳勾到第十個欄架，跌了一大跤……」當我衝過去後，他們停下腳步，根岸對我說。「他是第四名。」

我說不出話，恍恍惚惚地想著為什麼我偏偏在這種時候睡著了！即使我在一旁觀賽，也無法改變結果，不過一想到當我在帳篷裡呼呼大睡時，學弟在即將邁向關東大賽前跌倒了，就令人扼腕。

「他有沒有受傷？」我好不容易才擠出這句話。

「沒有。」連回答說。

「還有下星期……」聽到我這麼說，根岸偏著頭說：「也對，不過他的一百一十公尺比四百公尺障礙賽……」

雖然根岸話沒有說完，但我也清楚，五島的一百一十公尺障礙賽不如他的四百公尺障礙賽。

「明年……」我情不自禁地嘀咕道。五島是二年級生，還有機會。

「別說了。」

連打斷了我。我閉口不語。儘管五島和只剩最後機會的我們立場不同，現在對他說這種話還是太殘酷了，這點我也清楚，所以絕不會在五島面前說這種話的。不過什麼都不說好嗎？難道想要說點什麼也錯了嗎？我們不需要說些話安慰他嗎……？

「去做暖身運動吧。」我對連說。連點點頭。我們有我們的比賽要面對，先去室內練習場暖身，為決賽做準備吧。

集合站在體育場內側，就設在通往起跑線附近的寬敞通道上。我和連提早去報到，順便去看女子一千五百公尺的決賽。決賽已經開始了，我們連忙衝到視野佳的好位置。鳥澤和原今日香都跑進了決賽，如無意外，鳥澤應該能進前六名。

一千五百公尺一共要跑三圈又三百公尺，現在跑到第幾圈了？領先集團有兩個人，拉開十公尺的地方有三個人跑成一直線，再後面十公尺左右則有五個人；鳥澤跑在最後五人的中間。當領先的選手通過終點線時，鐘聲響了，進入最後一圈了。看台上響起一陣歡呼。兩名領先選手加快了速度，其他選手也接二連三地進入最後一圈。直線跑道上，第二領先集團中有一人落後，被納入了第三集團。現在第三集團有六名選手，而鳥澤也在其中。

「鳥澤學姊！加油！」我們的陪同員桃內和後藤大聲聲援。我也對著已經衝過第三彎道，正跑向我們的鳥澤聲嘶力竭地喊道：「鳥澤！加油！」

「鳥澤！」連也大聲加油。

鳥澤似乎聽到了他的聲援，跑過最後一個彎道時，開始衝刺。直線衝刺……現在要比速度了！現在是三個人的競爭，只有前兩名能進入關東賽。看台上響起一陣陣慘叫般的聲援，我也扯著嗓子大喊，完全不知道自己在吼些什麼。鳥澤跑在最外側的跑道，春野台的啦啦隊聚集在靠近主直道的看台中央，每個人都大聲呼喊鳥澤的名字。三名選手中，身穿鷲谷紅色制服的選手快速衝刺向前，而另一名選手的速度並不快。鳥澤超越她了！鷲谷的選手抵達終點，接著鳥澤也到了終點。她是第六名嗎？沒看錯嗎？我們的位置看不到終點的情況，但鳥澤和下一名選手之間有相當的距離，應該不會錯。

「被她搶先了啊。」連說。「她是關東一號。」

簡直就像在替火車取名似的。不過連說得沒錯，鳥澤可是春野台今年第一個闖進關東大賽的選手。剛才連說話的口吻就像在抱怨被人搶去了光彩，表情和旁邊兩個興奮地抱在一起歡呼的二年級生有著天壤之別，不過真想不到那傢伙竟然會在比賽前大聲替別人加油，而且還一臉開心的表情。鳥澤，幹得好啊！

看完鳥澤的比賽，我一時說不出話來，因為知道她一路走來有多辛苦。儘管我不像中長距離組的人那麼了解她，但也看到了她的努力，和她曾經受過的傷、悔恨、失敗和成長……身為隊友，我看著她一路走來。

運動的世界裡輸贏並不代表一切，然而當自己的努力得到相應的回報時，那種喜悅真是妙不可言！親眼目睹鳥澤的勝利，我除了感受到喜悅和勇氣，全身更湧現了無窮的力量。鳥澤，我也會加油的！

「神谷學長，請你再接再厲。」擔任陪同員的桃內對我說。桃內雖然在一百公尺刷新了自己的最佳紀錄，卻在準決賽中敗下陣來。他嘆著氣說，今年大家好像中了邪一樣，簡直太可怕了。他立志明年一定要跑進決賽，為了先感受一下決賽的氣氛，主動提出要當我的陪同員。

我點了點頭。唱名已經結束了，所有的選手都在待命。準備區只剩下參加決賽的八名選手和彼此的陪同員。預賽時擠滿人的場地，準決賽時人少了一大半，而到了決賽，已經變得空蕩蕩的。

只剩下八個人了，去年我也有過這種感受。當時意外跑進決賽的我感到飄飄然的，好奇地四處張望，打量其他選手。今年我不再東張西望，進入決賽的全是熟面孔。春季集訓時，就已經和鷲谷的一年級西打過照面，除了另外一個二年級生，其他六人都是三年級的。

我一不小心和高梨對上了眼，他一臉氣勢洶洶的表情，卻伸出手指向我比了一個勝利手勢，我很想走過去踹他一腳，但還是回比了一個「V」。被敵人擾亂心情的話就輸了一半啊。我沒有看仙波，也沒有看連，只聽到有人短短喝了一聲，提振士氣。

女子個人一百公尺結束後，選手紛紛離開跑道。我裝完起跑器，看到眼前那條筆直的主跑道，我告訴自己，那是我的跑道。強烈意識到這一點，我的內心澎湃不已。第六跑道，種子跑道，也是我的跑道，就在第五跑道的仙波隔壁。那是我在準決賽中贏了高梨才爭取到的。

預賽和準決賽時，在第一組選手起跑之前，好幾組的人得共用一條跑道練習，和其他人一起分享起跑器。決賽時就沒有這種問題，也不會有人把自己裝好的起跑器換掉。選手練習起跑後，不必離開跑道，可以沿著專屬的跑道走回來；這是進入決賽才有的特權，感覺棒透了！去年我根本無暇體會這種優越感，整個人被看台上殺氣騰騰的加油聲嚇壞了。那種「殺氣」無關音量，肉眼看不到，耳朵也聽不到，但全身上下確確實實感受得到一股巨大的「殺氣」。那是G，決賽的G，發自選手內心和整座運動場醞釀出的重力——G。

決賽時所有選手都會使出全力，而這才是真正的比賽。去年，我第一次跑進決賽，跑了最後一名，當時三輪老師安慰我說，沒跑過決賽的選手不會懂什麼叫比賽，能參加決賽是選手無上的幸福。決賽選手——這不光只是名頭好聽而已，更表示你參加過真正的戰鬥——阿三熱切地這麼說。

天色突然暗了下來，太陽躲進雲層裡，起風了，從跑道一側吹來一陣冷風，雨滴滴答答下了起來。雨會下大嗎？算了，反正這不重要。陽光時而露臉，小雨下個不停，風向變成了逆風，時強時弱。沒關係的，大家都在相同的條件下跑。

「好，請各自退回去。」裁判的聲音響起。比賽快開始了。

我走回通道，脫下T恤和緊身褲交給桃內。身上只剩下賽服的瞬間，引擎的開關立即啟動，渾身的神經和肌肉、所有功能都準備隨時飛奔向前。戰鬥準備就緒！

決賽的廣播響起，依序從第一跑道開始介紹參賽選手；第三跑道是高梨，第四跑道是連，第五跑道是仙波，我在第六跑道。聽到選手們一一被點到名，心情不由得激動起來。在這裡，就在這裡，我就站在決賽的跑道上！

高手都在我的左手邊，就算起跑後落後他們，我也不能慌，即使暫時落到最後一名，也只要在最後超越兩名選手就行了。

「各就各位！」

手放在地上，雙腳放在起跑器上，做好起跑姿勢。迎面吹來一陣強風。我的腦海中一瞬間閃過起跑犯規的事。要小心才行。

「預備！」

抬起臀部，保持不動，將神經集中在槍聲上。

鳴槍！由於今天風很大，我比平時更壓低身體衝了出去。第一步十分到位，踩穩後，順利踏出了第二步、第三步。在既像逆風、又像是被風捧起身子的微妙狀態下，我逐漸加速。這時，風突然停了，身體頓時變輕，差點失去平衡。我用力擺動手臂藉此平衡身體，身體重心集中在軸心腿上，一步、一步向前跑。突如其來的風打亂了步調，我拚命保持姿勢，完全忘了其他七名選手的存在。

直到中段疾走時，我才有餘力了解情勢。連在我的左側，就只有連一人，而且我和他之間的差距並不大。這是怎麼回事？就在我大吃一驚時，身體差一點失衡。不久，仙波的動靜從身後逼來，他追上來了。我的起跑比他快嗎？我的右手邊還沒看到人。我和仙波並排了，被他追上了。王八蛋！我要緊跟著他才行。我早就這麼打算了，緊咬仙波不放，不讓他和我拉開距離……這麼一想，身體情不自禁用了力。明知已經無法加速了，我還是忍不住白費力氣，試圖讓自己跑得更快。我看到高梨了，也知道自己的速度變慢了，忍不住慌了起來。不要慌啊！這時右側也有人追了上來。我試圖逼出體內的最後一絲力氣。不管了！管不了那麼多了！用力就用力，只是白費力氣也無所謂，管他什麼姿勢不姿勢，可惡！又一陣強風吹來，幾乎帶走我僅剩的力氣，身體差一點往後仰。風不要來搗亂啦！我才不認輸。兩條腿，快跑！

我和高梨幾乎同時抵達終點，不是第三名就是第四名，不知道誰是冠軍。終點計時器上顯示十秒七〇。是誰的成績？好像是仙波。

桃內笑容滿面地向我道賀：「神谷學長，第三名耶！」

真的假的？後半段我幾乎都在亂跑耶，想必是高梨也亂了章法。我用目光搜尋高梨的身影，一下子就看到了連，他不像往常那樣整個人放空。

「王八蛋！」他心情惡劣地踢著地上，小聲地罵道。

我很少看到比賽後生氣的連。他不是第二名嗎？我沒聽錯吧。他怎麼了？我一臉納悶地看著他。

「被整了。」連板著臉說道。

「被風嗎？」我問。

他一臉懊惱地點點頭。

體重較輕的連向來比別人更怕逆風，不過今年冬天的嚴格特訓增加了他的肌力，他應該不至於再輕易被風影響。不過今天後半段那陣突如其來的強風，打敗了他。比起穩定的強風，這種時吹時停、突如其來的風更容易破壞比賽的節奏，我也跑得很吃力，高梨也受到了影響，得到冠軍的仙波成績也不理想。不過我沒想到，連竟然會這麼懊惱……

三輪老師曾說，當一之瀨感到懊惱時，他將搖身一變成為一個可怕的選手。連正朝著那個方向前進嗎？

「我受夠了！」連還在說個不停。「我不想再被那傢伙追過去了。」

那傢伙——仙波一也。

「可惡！」

儘管獲得了晉級南關東大賽的資格，第二名的選手卻氣急敗壞地發著脾氣，而我這個第三名的，則在一旁傻愣愣地看著他。陪同員和前來道賀的隊友看到我們沒有半點喜色，紛紛一臉納悶著。

我多少能體會連的心情，因為我也被仙波追過了。這次的起跑難得地比他快，卻被他從身後慢慢逼近，轉眼之間超越自己，然後一路遙遙領先。他的強大威力實在令人恨得牙癢癢的。身為前半段跑者的連屢次飽嘗被仙波趕過的滋味，如今，他開始無法忍受這種局勢，滋生出一股無法抑制的懊惱。這應該是因為連比以前認真練習，也更加喜歡跑步的緣故吧。

「你們這些穩操勝券的傢伙擺出這種臭臉，看了很刺眼耶。」鳥澤用她的大嗓門喊道。「應該更高興一點才對啊！」

「鳥澤，恭喜妳！」我舉起雙手和鳥澤擊掌。

「神谷，恭喜！」鳥澤那雙像魚板的眼睛瞇了起來。我最喜歡她的這個笑容了！「一之瀨，恭喜啦！」

聽到鳥澤的大嗓門，連像是根本不認識眼前的人般死盯著她，過了一會兒才回過神來，「原來是關東一號啊。」

「那是什麼?」

「你是第一個晉級的啊。」連說。

鳥澤一臉訝異地點了點頭。

「我是關東二號，新二是三號。因為我比他早一步跑到終點。」

雖然輸給連是理所當然的事，但聽他這麼說還是令人很火大。「呿!」我咂了一下嘴。聽見的連終於露出了笑臉，見他開心地哈哈大笑，其他人總算鬆了一口氣，也跟著笑了起來。

「神谷，恭喜你。」谷口若菜笑著向我祝賀。

「謝謝。」眼前的一切終於有了真實感，我也開心地笑了。不過一看到谷口，忍不住又想起那個以驚人速度超越我和連的「全縣冠軍」。有朝一日，我要和那傢伙一決高下!今天我已經取得在決賽時跑在他隔壁的資格，希望下次比賽，不會再被他輕易甩掉，至少要和他硬拚一下，就像今天和高梨之間的競賽。

我的決賽成績是逆風一．九公尺，十秒九〇，高梨是十秒九二，我們之間只有些微的差距。連雖然為自己沒有跑出水準感到悶悶不樂，但他的成績也有十秒八一，而且那陣風比數據顯示的更刁鑽，其實我們的成績並不差。倒是過程中有很多地方值得反省，還是準決賽的時候跑得比較理想，現在只能把「在決賽中跑出最佳的比賽」的課題留到下一次。我沒有被壓力、氣氛，以及阿三口中的「決賽的G」給擊垮，從地區預賽的準決賽開始，我已經連續四次跑出十秒多的成績，終於成為真正的十秒選手了……

2 全高運預賽（縣賽2）

第二天是星期日，一大早天氣風和日麗、晴空萬里。我在體育場的看台上仰望五月的天空，希望這種天氣可以持續到傍晚。接力賽決賽時，可不要給我颳風下雨的！

今天先舉行的是男子四百公尺預賽。中井在地區預賽的準決賽被刷了下來，我們學校只有根岸一個人參賽。根岸輕聲嘀咕：「希望可以超越守屋學長的成績。」說完就直奔集合站。去年守屋學長在預賽以第九名含恨落敗。三輪老師說，今年的整體水準比去年高，至少要突破五十秒才能進決賽。四百公尺沒有準決賽，採計時制，共有七組五十六名選手參加預賽，只有前八名能進決賽，即使是分組第一也有可能無法晉級。也就是說，這不是要和其他選手較量，而是要和自己挑戰……話雖這麼說，作戰計畫還是要擬。鷲谷二年級的堺田和根岸同組，他的最佳紀錄是四十八秒多，不過應該不會在預賽卯足全力，所以是根岸最佳的假想敵。

大致來說，四百公尺有兩種作戰方法。一種是在前半場一馬當先，利用領先優勢；或是在前半段稍微控制速度，等到後半段再搏命衝刺。不過這又和一百公尺的前半型和後半型不大一樣，速度的分配十分重要。根岸不會採取極端的作戰方法，比賽中速度基本上會維持在一定，不過前半段會稍微克制，後半場則盡可能全力衝刺。只是三輪老師說，如果採取這種方式，成績很難突破五十秒，所以他今天打算緊咬著堺田不放，藉機提升自己的成績。堺田基本上屬於在前半段衝刺的選手，不過現在只是預賽，不知道他會採取怎樣的戰術。如果他速度太快，就保守一點跑；如果覺得有機會跟上，就緊追不放。根岸必須視情況自行判斷。

像連這種實力的選手，只要不嚴重失誤，就能輕鬆通過縣賽。我和連不同，今年是第一次以個人項目進軍關東，所以對在縣賽廝殺的痛苦和嚴峻，有切身感受。

根岸被分在第五組。前四組的第一名成績都是四十九秒多，如果沒有突破五十秒，就很難闖進決賽。根岸在第一跑道，運氣太差了……第一跑道外側有緣石，彎道角度最大，最不容易跑。明明是別人的比賽，我卻緊張得手心都是汗。反倒是最近自己比賽時，已經越來越不會緊張了。

起跑了。第三跑道的堺田衝得相當快，如果預賽不賣力跑，讓身體牢記節奏，決賽時就無法跑出好成績。他前半段應該會按平時的速度跑，如果最後衝刺時已經穩操勝券，再稍微保留實力。堺田跑得相當快，而根岸則緊咬著他……不過根岸撐得下去嗎？

「阿根！」我大聲一叫，發現自己口乾舌燥，喉嚨也沙啞了。

根岸快速跑過第一個直道，來到了彎道，根岸不受傾斜的角度影響，完全沒有放慢速度。我想起晨間練習時，他在自己畫好的第一跑道上練習的情景，希望那些練習能夠發揮作用……目前他是第二名，不過和堺田之間的距離越拉越大，到了最後的直道時，差距更大了。我們聲嘶力竭地大喊：「阿根！阿根！」

堺田的成績是四十九秒一五，根岸是第二名，不過落後了堺田很多。中井用碼表測到的成績是四十九秒九八。

根岸到達終點後趴在地上，體內的乳酸想必已經讓他的肌肉痠痛得動彈不得了吧。不知能進得了決賽嗎？還剩下兩組沒跑，只能詛咒接下來的選手跑慢一點了。

「好，我們一起來詛咒。」桃內小聲說道。儘管有違運動員精神，我們還是開始為其他選手獻上黑色祈禱。

廣播傳來根岸的成績是四十九秒九六，春野台的隊員頓時歡聲雷動，不過沒多久大家又激動地流下眼淚；因為決賽的八人名單裡沒有根岸。第八名松溪的選手成績是四十九秒九五。怎麼會有這種事？竟然以〇．〇一秒之差落敗。這種事——其實時有耳聞，只是發生在自己或是隊友身上，實在難以接受……我們的詛咒沒有奏效。根岸的成績雖然超越了守屋學長，但是排名和他相同——縣賽第九名。守屋學長當時沒有流淚，而根岸此時也很平靜。

「我還以為我快死了。」他嘟囔著說。「幸好跟我跑的是堺田，如果是渡邊……」

新葉的渡邊是全高運奪冠的熱門人選，最佳紀錄據說是四十七秒前半，預賽也跑出四十八秒多的成績。

「如果我參加了四百公尺決賽，四百接力就不用跑了，對吧？」

的確，連續跑兩次四百公尺和兩次四百接力，對體力是極大考驗，但堺田和渡邊也要跑四次，所以即使聽到根岸問「對吧」，也沒人點頭。我知道根岸已經盡力了，也覺得他真的很了不起，但實在無法接受他以〇．〇一秒之差落敗的事實。

「是你運氣不好。」三輪老師遺憾地說。「今年的短距離好手太多了，無論是一百公尺還是四百公尺，大家都很快，這種事可是幾十年才見得到一次。為你的成績和名次驕傲吧，你很勇敢，緊緊咬住了堺田。太厲害了，你看看，我都差點哭了。」

老師的雙眼發紅。不過不像差點哭了，應該是已經哭過了吧。

四百接力賽的預賽，我們跑得很謹慎。連知道根岸已經累了，刻意放慢腳步等他。當避免失誤成為首要任務時，反而令人緊張得渾身僵硬。去年的縣賽也發生過同樣的事，結果被老師罵得狗血淋頭。無論在任何情況下，絕不能採取守勢！我也為自己訂了課題，還是那個老課題：今天從桃內手上接過棒子時一定要順暢地加速，也就是接棒前後的動作要保持連貫。這是我必須克服的難題。每次傳接棒時，我總是一不留神就打亂了節奏。

只可惜今天還是沒有做得很完美。因為桃內的速度比想像中的快，傳接棒時和我擠在一起了，幸好採取上挑傳棒法，傳接棒距離太近並不是致命問題。比賽結束後，我們檢討了今天是我起跑太慢，還是桃內狀態很理想。桃內說：「我今天感覺超順的！」於是我們決定在決賽時增加步伐，我也要豁出去大膽起跑。

我們的成績是四十一秒四三，在第二組遙遙領先，所有參賽隊伍中，也僅次於鷲谷的四十秒九五。鷲谷在第一組，我沒看到他們的比賽，聽說他們和第二名的隊伍有著壓倒性的差距，創下了大會紀錄。當他們抵達終點時，全場觀眾歡聲雷動，震撼了整座體育場。嗯，看來他們正處於最佳狀態啊。居然在縣賽跑出四十秒多的成績，這簡直是全高運優勝的成績嘛，實在讓其他參賽隊伍很難看。說句老實話，要在聽到他們刷新大會紀錄的廣播後上場比賽，心情實在很複雜，既激發了我的拚勁，同時又覺得「唉，一點也不好玩」啊。

話說回來，我們今天的任務並不是要贏過鷲谷，而是要穩當地傳接棒、穩當地跑完全程，穩當地跑進前六名。儘管腦袋清楚這一點，我還是按捺不下那口氣，忍不住在心底暗罵了聲「王八蛋」。

我還清楚記得一年前縣賽的那場四百接力決賽，那次我們跑得很完美，可說超出了我們的實力，刷新了春野台的歷史紀錄，以第三名的成績挺進關東大賽，只可惜連後來意外受了傷。一年後，根岸代替了守屋學長加入這支團隊，而他在剛才四百公尺的比賽中證明了他的實力比守屋學長更堅強，其餘三人的一百公尺成績也進步許多。守屋學長離開後，在鍵山入隊前將近九個月的時間裡，一直是我們四人跑四百接力，彼此的實力和合作默契也大有長進。無論從哪個角度看，今年的成績想必會比去年更理想。去年「出人意料」跑出的好成績是四十二秒〇一，而今年預賽的成績已經進步將近〇．六秒，而且一定還可以更好。然而，包括三輪老師在內，大家都沒有提及成績的事。如果沒有另一名短距離選手鍵山的存在，不知道情況會不會有所不同？

如果就我們這幾名成員一路向前衝呢？原本訂下的「穩當計畫」如果改成「勇往直前」呢？難道這一切都是我想太多了嗎？

做完暖身運動前往集合站時，我看了看所有人，大家的表情都很平靜。儘管不想擾亂這份平靜，我還是忍不住想說，無論如何都想說……

「新二，你怎麼了？」根岸發現了我的異狀，這麼問我。連和桃內也轉過頭來看我。

我不知道該如何啟齒，甚至不知道自己到底想說什麼，即使如此，我還是開了口：「我想……跑一場最棒的比賽。」沒有人回答我。是因為這話太理所當然，所以他們無言以對嗎？「畢竟，這是最後一次跑縣賽的四百接力了。」聽我這麼說，根岸苦笑地說：「你在感傷什麼啦？」

「我在想，每場比賽都是絕無僅有的……啊……去年的南關東大賽，連無法出賽，最後上場的是守屋學長、根岸、桃內和我，雖然成績不理想，對我而言卻是一場很重要的比賽……接力賽的成員常會更動，可是即使是同樣的成員，每一次跑的感覺也不一樣。那麼一來。接下來的那場比賽，不也是絕無僅有的嗎？好珍貴啊……」說話的同時，我的腦中再度浮現根岸在晨間練習時一個人畫彎道的身影。他還說，會盡一切能力所及的努力。「沒有一場比賽是無足輕重的，只是……」說著說著，就連我也不知道自己在說什麼了。

「阿根，你的體力應該已經恢復了吧？」連問根岸。

「那當然。」根岸點頭回答。

「沒問題啦，我們來跑一場最棒的接力賽吧！」連輕鬆地說。

「對啊，我們做得到的！」桃內也精神抖擻地回答。

「不辦到怎麼行。」根岸嘀咕著說。

我們像往常一樣圍成一圈，互相打氣。接下來的比賽，不是為了進軍全高運，也不是為了跑出好成績，更不是為了和鷲谷對決，我們是為了此時此刻的這支四人團隊而跑。儘管我剛才說得亂七八糟的，但其他人似乎都聽懂了我的意思。當我們互搭著肩高喊加油時，從彼此互望的眼神，我知道他們都已經心領神會。

鷲谷在第三跑道，第四跑道是新葉，第五跑道是春野台，第六跑道是松溪學園，以上都是勢必能晉級關東的強校，而剩下的四所學校將爭奪剩下的兩名席次——這是賽前依各隊實力所做出的預測，不過這種分析根本就沒有意義，接力賽的勝負必須在場上才能見分曉。

聽到「各就各位」的口令，我的心臟撲通地跳了一下，只有在接力賽中才能感受這種令全身細胞戰慄的興奮。決賽的起跑槍聲響起。根岸衝了出去，起跑的感覺很不錯。而鷲谷比賽才開始就大幅領先，一年級的西速度太驚人了，真不愧是跑進一百公尺決賽的選手。不過鷲谷真是人才濟濟啊，一百公尺第六名的選手居然是四百接力的第一棒！哇，他已經傳棒給高梨了。

阿根加油！根岸卯足了勁全力拚搏，現在是第五還是第六？傳棒了。漂亮！根岸順暢地把接力棒交了出去，連迅速加速，一眨眼工夫已經超越三個人了。看台上響起一陣歡呼。我全身抖了一下。儘管這已是家常便飯，但每次看到連那麼輕易地就超越其他選手，總是令我不寒而慄。高梨還在他前面——這也是無可奈何的事，畢竟根岸再怎麼拚，和西的速度還是有段落差。不過落後的差距正逐漸縮短中。我閉上眼睛，輕輕跳了幾下，比賽的緊張感幾乎讓我全身僵硬。

鷲谷的第三棒起跑了，是堺田。他是四百公尺的亞軍，兩百公尺也跑得很快，而這個二年級生居然還是他們隊伍「最弱」的選手……鷲谷隊的實力真是可怕啊！鷲谷傳棒了。節奏有點亂。連把接力棒傳給桃內，距離太近了些。哇，來了！桃內向我飛奔而來，宣稱今天狀況絕佳的他，速度的確很快。好！我決定拋開一切顧慮大膽起跑。和鷲谷的差距沒有拉大，不過也沒有縮短，不，稍微縮短了一些吧。堺田今天已經跑了兩次四百公尺，而四百公尺決賽才只是一個半小時前的事，這是他今天的第四趟了，想必體力很吃緊吧。雖然桃內的實力不如他，但桃內今天才跑第二場，再加上狀況很好，目前在速度上領先。追上了嗎？

堺田靠著毅力堅持住，桃內無法超越他，還真有兩下子。看來只能靠傳棒縮小差距了。來了！

仙波比我早一步衝了出去，等到桃內一通過接力區，我也不顧一切地衝了出去，並留意桃內的口令。「接！」我一伸手就碰到了桃內的手和接力棒。握住了，緊緊握住了。我壓低身體加速，再加速，奮力向前跑。而接力棒就在我的手上。那是由根岸交給連，連傳給桃內，桃內又託付給我的棒子。接下來，我只要帶著它衝向終點，怎麼回事……一種幸福的感覺在我體內擴散開來，身體變得輕飄飄的，好像可以就這麼跑到天涯海角，跑到天荒地老。仙波就在前面。我並不打算超越他，只是想靠近他，靠近一點，再靠近、再靠近、再靠近……

抵達終點了。啊，怎麼會這樣？真無趣！我還想跑啊，真想再繼續追著仙波跑。

我是第二個抵達終點的，也就是第二名。

這成績一如預期？才不是。如果有人膽敢這麼說，我鐵定會揍他的。畢竟這可是我們剛才拚了命、奮力爭取而來的閃亮亮的名次。

「太厲害了！」根岸衝到終點，對著我叫道。「太棒了！神谷學長，你太神了。」桃內也大喊起來。連也跑了過來，我們四個人興奮地擁抱著對方。

這種感覺真是暢快！所有的傳接棒都很完美，大家都跑得好快啊！

接力真是一種幸福的比賽，我還是第一次跑得這麼心滿意足。雖然和一百公尺個人項目一樣，都是跑一百公尺直道，但是賽後的成就感卻有著天壤之別。我們原本就以第二名為目標，但是沒想到實際跑了第二名，爭取到關東大賽的資格竟然會這麼高興。能夠四個人共同跑出一場出色的比賽，心中的喜悅不僅是膨脹了四倍，而是十六倍、六十四倍，無限大。

我們的成績是四十一秒二三，鷲谷是四十一秒一四。什麼嘛，才差一丁點兒不是嗎？這不是騙人的吧？

「你們跑起接力賽來，速度快得簡直像發了瘋似的！」三輪老師肯定地說。

我和連不禁苦笑起來。足球隊出身的我會愛上重視團體合作的接力，並不意外，不過連也是一握到接力棒，就像著了魔似的速度變得飛快。這種精神上的激勵作用很難用言語解釋清楚，相信每個選手或多或少都有相同感受，只不過，在我和連的身上似乎發揮得更加淋漓盡致。

「神谷，」三輪老師一臉嚴肅地看著我。「我還是第一次看到有高中生選手能在後半段追上仙波。」

「喔。」

「喔什麼喔，我說的可是你耶！你腦袋還清楚嗎？」

聽阿三說得這麼激動，我不禁偏著頭思考起來。當時我的意識一直很清楚，看到仙波就在我前面，也記得我試圖接近他，我在腦海中回想比賽的情景，仙波的背影的確是離我越來越近。心臟撲通撲通跳了起來。難道我一點一點地追上他了？追上仙波？是我嗎？

「你看到仙波抵達終點時那一臉訝異的表情了嗎？太好笑了，真痛快！」三輪老師哈哈大笑起來。「那老頭應該也慌了吧。堺田因為體力不支，傳棒時過度小心，所以鷲谷在剛才的比賽中並沒有發揮最大實力。不過我相信，」三輪老師用力點了點頭。「在關東大賽上，你們絕對有資格和鷲谷一決勝負。」

我們也用力點頭附和。

「你們贏得了！」

老師的話令我忍不住渾身緊繃。阿三向來不唬人，也不會刻意迎合氣氛說場面話，即使撕開他的嘴，也無法讓他說出違心之論，而如今，他竟然對我們說：「你們贏得了！」一點也不像是他的作風。

「不過……還要看鍵山的情況。」聽到老師補充的這句話，我才想起來，在這一刻之前，我真的完全忘記這回事了，忘了在關東大賽時接力賽成員會更動這件事。一種奇妙的氣氛充塞在我們四人之間。

那是不想接受現實的心情。這一刻，我真心希望可以不用換人……

3　全高運預賽（縣賽3）

「小新，你越來越有威力了。」老媽看著她拍的縣賽四百接力的錄影帶（話說她到底看了幾遍啊？），開心地對我說。「如果我是其他選手的家長，一定會覺得你很可怕。」

我在看這場比賽的影片時，老實說，也覺得自己的表現完美無缺，忍不住看得入迷，想把當時的畫面深深地烙印在腦海裡。我看得聚精會神，根本沒在聽老媽說話。

從地區預賽開始，老媽場場比賽都報到，她發揮了多年來在足球比賽上磨練出來的嗓門和節奏感，幾乎成了春野台親友團的加油團長，讓我丟臉死了。而且丟臉的還不只在比賽時，因為老媽在健哥的後援網站「GO！GO！KEN〔註一〕（從健哥在海嶺時代就開始架設的網站，健哥成為職業選手後仍然持續經營）上頭，設置了「跑啊，SHIN〔註二〕！」的專欄，貼了許多春野台田徑隊的比賽報導和照片。那已經不是單單為我加油，簡直就像是隊上的後援網站。內容的確不錯啦，但這個專欄名字到底算什麼嘛！

不少熟人都會上那個網站，最討厭的就是桃內經常以「優質肌肉男」的網路暱稱現身，還有三輪老師的暱稱「聽牌T」。如果他們真的那麼想留言，就不能取一個有品味點的暱稱嗎？而且三輪老師去架設一個社團的專屬網站不就好了？桃內一直很想幫隊上架網站，我費了九牛二虎之力才成功阻止了他，只要看過他的私人網站，就絕不可能答應他這種要求。老師每次都把架網站的事掛在嘴邊，卻遲遲沒有行動。不知道有沒有校友或是比較有空閒的正常人願意幫我們這個忙。

「GO！GO！KEN」上頭也詳細介紹了健哥復健和恢復的情況，看到那些激勵健哥的留言，真的很令人感動。除了我們以外，還有許多人在替健哥加油，期待他重回球場。看到這些

註一：KEN為「健」的日文發音。
註二：SHIN為「新二」的「新」的日文發音。

熱情、溫暖的留言，眼淚都快掉下來了。

健哥的復健進展十分順利，聽說現在已經可以練球了，儘管還不知道他能不能重返球場，就算回到球場了，也不知道他能不能恢復到從前的實力。畢竟是慣用腿的膝蓋受了傷，那可是足球選手的生命，當然沒那麼簡單就能治癒。不過只要有百分之一的希望，健哥就絕不會放棄吧。等全高運比賽結束後，我打算馬上去探望健哥。

「小健好像有在看田徑隊的文章唷。」

聽老媽這麼說，我嚇了一跳。「真的假的？」

「因為他抱怨照片拍得很差。」

我笑了。的確，老媽跟了足球賽這麼多年，拍出來的照片勉強還算合格，但可能是還不習慣拍田徑比賽，總是抓不到按快門的時機。

一想到健哥在注意我的近況，就有種不可思議又不好意思的複雜感覺。有「跑啊，SHIN！」或許也不賴啦。

「我很慶幸生了兩個兒子。」老媽深有感慨地說道。

「為什麼？」老媽怎麼突然說這種話。

「像我本來就喜歡足球，即使小健不踢足球，我還是會看足球賽。可是如果小新沒有參加田徑隊，我就不會去看比賽，不會知道田徑賽竟然那麼有趣。那不是很可惜嗎？」

「妳覺得有趣嗎？」我聽了還滿開心的。其實是很開心啦。

「當然！」老媽毫不猶豫地大聲回答。「即使是你沒出場的比賽也很有趣，那些跑很久的，蹦蹦跳跳的，或是丟東西的，都很精采。」

既然要在網路上寫文章，拜託也學一些正規的田徑專業用語吧。

「那叫長距離、跳躍和投擲！」我糾正老媽。

「對，對。」老媽點頭同意。「真是有趣極了！」

「實際參賽會更好玩喲。」我既感動又感激地說。

週末舉行的全高運縣賽的後半場賽事，我會參加個人兩百公尺和一千六百接力。由於一百公尺已經取得了晉級資格，相對來說兩百公尺的壓力就沒那麼大，不過還是得好好努力，絕不能讓高梨有報仇的機會。另外也希望決賽時能和仙波、連和高梨再次在最後的直道上一較高下。我已經深深體會到三輪老師時常掛在嘴上的那句話——只有決賽才是真正的比賽——是什麼意思。在準決賽之前，高手通常都會保留體力，只有在決賽時他們才會真正發揮實力。只有等到那時候，才能真正地比出高下。我會奮戰到最後一刻，因此在前半段時絕不能被其他人甩開。

每次只要想到這些事，肩膀就會情不自禁地用力，不過「熱血沸騰」和「緊繃用力」完全是兩回事，我應該得學會如何「靜靜地沸騰」才是。但是你知道要做到這一點有多難嗎？恐怕只有外星人連才辦得到。即使是仙波和高梨，情緒應該或多或少都會有起伏。

思考兩百公尺的事會不自覺地全身緊繃，不過想到一千六百接力時，鬥志則會熊熊燃燒。一千六百接力絕對要跑進關東賽！雖然我和連都不是四百公尺選手，但本校的一千六百接力可不是蓋的。地區預賽時，桃內代替連出賽，而我當時狀況也馬馬虎虎，所以成績並不是很理想。聽三輪老師說，即使如此，我們已經被其他學校視為強敵了。無論如何，我希望能帶根岸和五島一起去關東。阿根在關東大賽無法跑四百接力，而他的四百公尺也被淘汰了；五島在四百公尺障礙賽中跌倒了……只要我和連加把勁，或許還有機會！

一千六百接力，是在假設比賽上可能會相撞的情況下練習傳棒。傳接棒時，由於傳棒者當時的疲勞已經達到極限，再加上又不分道的緣故，很容易和其他選手發生碰撞，稍不留神，就會掉棒。不過採用的是我們熟悉的下壓傳棒法，再加上傳接棒速度也不會太快，並不需要特別練習。對四百接力來說傳接棒十分重要，很可能因為傳接棒的好壞而影響成績，不過一千六百接力靠的是跑者的實力決定勝負。

鍵山的傷勢逐漸好轉，現在已經可以慢跑了。他說受傷的地方不會痛了，拉筋時也沒有影響，很希望立刻和大家一起跑，還擅自開始加速快跑。醫生和老師當然嚴厲阻止他，向來不愛管閒事的連也再三叮嚀鍵山絕不能輕舉妄動。看到連變得這麼懂事，我有點感動啊。

去年南關東大賽的前兩天，連不顧勸阻全速奔跑，那是我第一次看到三輪老師那麼大發雷霆（也是唯一的一次）。而連也因為那次胡來，導致拉傷的部位傷勢惡化（雖然他咬著牙掩飾）；他稍微向鍵山提了一下當時的痛苦經驗。對向來不喜歡談私事的連來說，這可是破天荒的服務了。和自己嚮往的一之瀨學長有過同樣的遭遇——鍵山似乎開始從另一個角度來看待曾令他懊惱不已的拉傷。真是受不了！

南關東大賽在六月的第三週舉行，距今剛好還有一個月。醫生說，鍵山六月初就能全速奔跑了，在此之前，則視情況讓鍵山在慢跑的速度下練習傳棒。同時，根岸仍然繼續以第一棒的身分參加練習，以備不時之需。

關東賽時由鍵山跑第一棒的事幾乎已成定局；雖然三輪老師在縣賽後，完全沒提要變更成員的事，但大家早就做好了心理準備。不，正確地說，是「努力」做好心理準備。我每天都死命壓下那股心中的不平——讓根岸一路跑到關東大賽也沒問題吧。不能說這種想法沒有感情的因素在內，不過除了這一點，傳棒的穩定感、長久以來的團隊精神，也是我考慮的要點；而且以我們現在的成績，即使是在關東賽，也足以和他隊一較高下。桃內也常用只有我聽得見的音量，自言自語地說：「真希望關東賽也是我們四個跑啊。」

即使是用慢跑的速度傳棒，鍵山的動作也很笨拙。根岸經常在一旁觀察，適時指導鍵山。

「棒子不是由下往上揮就好，不是往上動就好。不能光是彎曲手肘往上！」

看根岸示範時，總覺得傳棒是件很簡單的事，很納悶鍵山為什麼聽不懂。不過同樣笨拙的我能體會他為什麼做不到。而且就算是現在，我的傳棒也沒辦法像根岸那般順暢，每次在旁觀察時，我剛好也可以見習。

來得及嗎……我暗自想道。即使到時鍵山的傷勢痊癒，也掌握了傳棒的技巧，然而比賽可是一跑定勝負。萬一鍵山傳棒給連時落空，萬一發生狀況的機率很高……算了，現在想這些也是自尋煩惱，等六月之後，等鍵山能在全速奔跑的狀態下傳棒時，再想也不遲。

一星期轉眼間就過去了，又到了星期六，縣賽的第三天。今天的比賽，我只參加一千六百接力的預賽一項。明天的決賽，連也會加入，不過今天的預賽是由桃內上場。連本來打算從地區預賽開始，所有的比賽都要親自上陣，可是三輪老師不希望連多跑任何不必要的比賽，畢竟他明天還得跑三次兩百公尺和一千六百接力決賽，今天必須盡可能保留體力。

一千六百接力預賽下午兩點過後才開始，我先去看台上占了個好位置，好好欣賞溝井從十一點半開始的鐵餅決賽。

「即使我今天跑得很好，明天也不會讓我上場吧？」桃內用分不清是開玩笑還是真心的語氣對我說。

「你想跑嗎？」明天桃內也要跑兩百公尺，我驚訝地反問。

「那還用說嗎？」他毫不猶豫地回答。

「你可以靠兩百公尺進關東……」

「今年不可能。」我還沒說完，桃內就打斷了我。「今年沒指望了，我的個人徑賽只能等明年。不過明年我一定會挺進關東，到時你要來為我加油唷。」

明年的這個時候，三年級的我們已經離開了田徑隊——儘管明知這是必然的結局，實際聽他這麼說，我還是抖了一下。

溝井走進鐵餅的投擲區。

看台上春野台田徑隊的啦啦隊齊聲歡呼起來。溝井也是三年級，這也是他最後的比賽。希望他今天的鐵餅和明天的鉛球都能順利晉級關東賽。絕對可以的！他出手了！

「嗚吼！」溝井吠叫般的熟悉吶喊傳到了看台。鐵餅帶著弧度飛過綠色的草皮，載著溝井都投過了那條線。

和我們的夢想往前飛。落地了。距離四十公尺的標記線還有一小段。在賽前練習時，他好幾次

「三十七公尺八九。」

「哇！」我們在歡呼的同時用力鼓掌。

「溝井，幹得好！」雖然這不是溝井的最佳紀錄，但已經超越了他去年縣賽第八名時投出

的成績……沒記錯的話。我對記其他組的紀錄比較沒自信啦。不過溝井第一次投擲就有這樣的

成績，之後應該會漸入佳境。

溝井看向我們，露出他一貫的親和表情揮揮手。看來他很放鬆嘛。

「一之瀨學長剛才跟我說，要我在出場前吃壞肚子，在最後報到前突然身體不舒服。」桃

內小聲地對我咬耳朵，以免被坐在前兩排的連聽到。「聽他這麼一說，我真的覺得肚子開始隱

隱作痛。他今天沒有其他比賽，腳一定癢得不得了吧？」

「真的嗎？」我忍不住反問。連曾經說過，他情願去死也不想跑四百公尺。那是什麼時候

的事？一年級嗎？不知不覺間，他竟然改變了這麼多。

「真是不懂阿三的體貼，也不給學弟一點機會……」桃內嘟囔道。

「他開玩笑的啦。」我說。

「他才不是開玩笑。」

「別管他。」

「我現在可是鬥志高昂！」桃內用拳頭擊打另一隻手的手掌。「我明天也要跑……今天我

會帶著這種心情上場的，絕對會在好位置傳棒給你！」

「好！」我笑著點頭。「乾脆來打破春野台紀錄吧？」

「來吧！」

選手在投擲區進進出出，陸續投擲。許多選手都投到界外。之前曾聽溝井說，如果第一次就投到界外，他會很緊張，身體僵硬得直到最後都無法放鬆。所以，一開始就先投出差強人意的成績很重要。任何比賽都一樣，在和其他選手競賽前，首先必須戰勝自己。

「神谷學長，大家都很羨慕你。」

「為什麼？」

「因為你既有實力，也有體力，能參加所有的項目。」

「這是因為隊上人手不足……」

「你自己還不清楚吧。學長，你已經變成很厲害的選手了。」

「你想要什麼？鈦膠帶？蛋白劑？還是羆熊拉麵的餃子？」

「餃子吧……才不是啦！」

我被學弟打了一下頭，縮起了脖子。

溝井的第二投出界了。

「別介意，別介意！」

每次看隊友的關鍵比賽都好煎熬啊。加油啊，溝井！溝井有腰痛的老毛病，這一年來經常發作，卻沒有放棄辛苦的練習。聽說他最近的狀況要比在地區預賽時好多了。

「去年暑假的集訓，我不小心扭到腳踝，去參加其他組別的練習。」桃內又說。「我和投擲組的一起做肌肉訓練，做了一千次仰臥起坐。」

「我記得，當時你不是樂得要命？」

桃內是健身迷。

「健身房不是水泥地板嗎？當場我還沒發現，晚上洗澡時嚇了一跳，整個屁股都磨破了。」

「我記得，我記得。」回想起這件事，我忍不住放聲大笑，「你還到處秀給別人看，雖然大家根本不想看。」

「這可是光榮負傷，總之，投擲組的肌肉訓練可不是開玩笑的。」

「對啊。」夏季集訓時，只有投擲組有夜訓，我們泡澡的時候，他們還在健身房裡做肌肉訓練，根本來不及去九點就關門的大浴場洗澡，溝井還為此很不高興。

就當作是田徑隊的畢業旅行，改天找三年級的去一趟溫泉吧。

「如果再等一個月……」三輪老師差點哭了出來。「等你的腰……稍微……」

「老師，別說了啦。」當事人溝井反而一臉平靜。「我已經盡了全力，還是贏不了，代表我的實力只有這樣而已啦。」

「第七名喔……我最痛恨第七名了。」阿三不甘心地說。

「別哭，我又沒另結新歡。」溝井一臉無奈地開著玩笑吐嘈。這種一點也不像是老師和學生的對話，倒是常常在隊上上演。

「我可是比去年進步一個名次哩。」

「我知道，很了不起。很了不起的名次，很了不起的紀錄，你投過了四十一公尺，太厲害了！這是場很棒的比賽。只不過，我不會恭喜你的。」

三輪老師揉著眼睛說。溝井和鷲谷以第六名晉級的近藤成績只差一公尺三十公分，以致誰都無法對他說出恭喜兩個字。

「你就說嘛。」溝井苦笑地說。

「我不說。」老師頑固地搖搖頭。「你明天的鉛球一定要挺進關東，到時候，我可以說一千次，一萬次。」

「……好吧。」笑容從溝井滿是雀斑的臉上褪去，他看起來像是快哭了。

關東大賽好遙遠啊。我能有兩個項目晉級關東大賽，簡直就像作夢一般不真實。

大家都必須為了自己的比賽孤獨地努力著，不過即使如此，我還是想背負著隊友未實現的夢想和懊惱，一起向前跑。而一千六百接力就是這麼特殊的比項。比起個人賽，比起同是接力的四百接力，每次跑一千六百接力總覺得是背負著隊伍和學校的使命而跑；也許是因為這是最後一項比賽，又是歐洲的傳統競技，還有四個人得各自跑上四百公尺這個沉重的距離，所以才別具意義。

去年因為連在四百接力受了傷，以致一千六百接力在士氣低迷的氣氛中結束。不過今年的陣容大不相同，我們已經具備了在預賽時把躍躍欲試的一之瀨連留在看台上的戰力。

預賽的成績是三分二十一秒五六，創下了春野台的新紀錄。我們一路遙遙領先，如果再結合連的實力，或許有機會突破二十秒。關東！我們來了！雖然最後累癱了，但我跑得很不錯，大家都紛紛上前讚美我的表現。

「如果我們認真比四百公尺，我會輸。」連也這麼說。這句話從他口中說出來，更是別具意義。

「你不是一向對四百公尺……」能避則避嗎？我原本想這麼說，但還沒說完就被連打斷了。

「明天的兩百公尺，我們來一決勝負吧。」他輕鬆地就說出口了。

一決勝負啊。這句話我曾對連說過好幾次，也曾經好幾次被他逼著說出口。但連這麼對我說，還是頭一遭。

4　全高運預賽（縣賽4）

全高運縣賽的最後一天，天氣預報說天氣是多雲時晴，早晨的雲層很厚，溼度也很高。雖然不覺得熱，但天氣悶悶的，吹著微微的風；標準的五月底天氣。

上午我在為二百公尺暖身時，三輪老師問我：「你今天有四場比賽，一共要跑一千公尺。

你有什麼打算？你體力再好，畢竟還是有限，你打算怎麼跑？」

「一場、一場認真跑。」我毫不猶豫地回答。「兩百公尺預賽和準決賽，都是為了下一場比賽暖身，好在決賽時跑出最佳狀態。至於一千六百接力，我決定給它拚了！」

「嗯。」老師苦笑著說。然後直視著我的雙眼，既像在探尋什麼，又像在猶豫什麼，最後拍了拍我的肩膀點頭說：「好，就這麼辦。」

「啊？呃……」難不成有什麼問題嗎？我正想問，三輪老師就用力點頭回答：「很好，你就像平時那樣，一場、一場認真跑吧。」

老師沒有問這些問題，明明他的體力向來比我差。難道是連學會了某些我還不知道的事情嗎？儘管很在意，但我也想不到其他的計畫，只能一場、一場認真跑，專注於每一場比賽。這是現在的我唯一能做的。

兩百公尺預賽共有七組，能進入準決賽的除了各組前三名，還會再取三名成績較好的選手。照理說預賽還不需要全力跑，只是我一直學不會要怎麼在比賽中保留體力，難道是前半段奮力跑，等到進入最後的一百公尺直道，再一邊觀察對手狀況，適時減速嗎？

預賽時，我被分到第一跑道，由於是最內側的跑道，彎道傾斜最嚴重。我不擅長跑彎道，這又是一大考驗。還真是倒楣。不過我一定得好好跑，如果這次搞砸了，準決賽時又被排到最外道，真的會昏倒。

跑彎道時，越靠近跑道內側距離越短，但不知道為什麼，我習慣貼著跑道外緣跑。不管是傾斜嚴重的第三跑道，還是相對緩和的第四跑道，總是會跑在跑道的外側。內傾越嚴重，腳的位置也就越外偏，老師曾經建議我把頭的重心移至跑道內側，不過老師也說不需要把彎道想得太複雜，基本上和直道差不了多少。

「就像平時那麼跑吧」的想法終於戰勝了「真倒楣啊」的心情，我起跑了。沒有風，很好。身體太靠近外側也沒關係，只要能搶下第一就好。進入彎道時，身體的動作不太協調，一時手忙腳亂，速度無法加快。我很在意第六跑道松溪的大橋；他是四百公尺的選手，一百公尺跑得很快，兩百公尺當然也很強。轉入直道時，大橋仍然保持領先，我不想當第二名，第二名很可能分配不到種子跑道。我和大橋並排了，不過大橋也卯足了勁不肯認輸，兩人展開了拉鋸戰。最後，我順利拿下了勝利，卻耗費了過多的體力。我的成績是二十二秒一七，數字和我預期得差不多，但問題在這是我卯足全力才跑出的成績。

五島順利通過了一百一十公尺障礙賽的預賽。今天真是忙壞了，得到處趕場替隊友加油。我自己就要跑四場比賽，五島也要跑三場，還要去看入江的五千公尺決賽。

兩百公尺準決賽的分組名單公布了，我和仙波分在同一組。預賽的成績排名依次是仙波、新葉三年級的渡邊（四百公尺冠軍）、鷲谷二年級的堺田（四百公尺好手）、高梨、我和連；連的成績是二十二秒二五，不知道是他跑得太輕鬆，還是他狀況不好，我有點擔心。連準決賽和堺田同組，等一下看他的表現就知道了。

要和仙波一起跑啊……上星期的四百接力最後一棒，我也是和他一起跑，而且還難得地稍微拉近了兩人的距離。不過這種好事當然不可能天天發生。儘管沒有勝算，我還是很高興能和仙波在同一組。從另一層面來看，和仙波跑比和高梨跑心裡輕鬆許多，畢竟輸給仙波，我心服口服。趁這次被分配到中央的跑道，我打算勇往直前全力衝刺，不衝不行了，因為第二組除了仙波，還有松溪的三年級本庄，他是一百公尺第五名。雖然聽說他的兩百公尺不是很強，但沒有實際較量過，誰都說不準。準決賽的前兩名，外加成績較好的兩名選手，能進入決賽；如果不能拿下第二名，就危險了。仙波已經占去了一個名額，我絕不能輸給其他人！

第一組起跑了。渡邊、高梨和桃內都在那一組。桃內，加油啊！我的腦袋瞬間閃過這個念頭，但很快又被我拋在腦後。集中思想，現在得專注在自己的比賽才行！我刻意不看終點。一陣歡呼聲傳來。應該是渡邊或高梨跑出了好成績吧。

我走上跑道裝起跑器。沒有風。今天想必一整天都是這種悶熱的天氣，氣溫比早上更高了，好熱啊。

我在第六跑道，仙波是第五跑道，本庄是第四跑道。三人中，我的跑道內傾角度最緩和，不過他們在我後方起跑，我看不到他們的情況。但換個角度來看，這反而是優點。畢竟我沒那麼靈巧，無法根據對方的狀況調整自己的節奏。相反的，看不到任何人，不去介意對手的事，我反而更能專注在自己的比賽上。剛才的預賽也是，就是因為途中看到大橋，一時激動才浪費了無謂的體力。

我反覆念著在地區預賽中成功調整心情的咒語：「前半段助跑，後半段衝刺。」前半段順暢地跑，到後半段的直道再追趕仙波。前半段不能過度克制，必須順暢地加速，才能在後半段全力衝刺。

起跑了。我很快衝了出去，順利踏出第一步，感覺不錯唷，身體成功維持前傾、重心靠內側。幸虧剛才努力爭取到中央的跑道，現在跑起來感覺格外輕鬆啊。腳步的節奏不錯，加速也很順暢，就在即將轉入直道的那一瞬間，外側跑道的兩名選手從視野中消失，取而代之的，仙波咻地出現在左手邊。雖然明知會有這一刻來臨，但那一剎那還是感覺很火大。我要緊緊咬住他！進入直道了。追上一公尺也好，兩公尺也罷，我不會被甩開的，我要咬住他不放！不過和仙波的差距似乎沒有想像中的大。為什麼？是仙波放緩步伐了吧。可惡！我可是卯足了勁在跑耶！最後我們以些微的差距抵達了終點。

嗚哇，累死人了。我忍不住彎下腰，雙手靠在膝蓋上休息。受不了，簡直累死人了。仙波那個混蛋怎麼樣了？活蹦亂跳的嗎？他背對著我，我看不到他的表情。看到終點計時器上的快報成績後，仙波上下動著肩膀重重地喘息著。

二十一秒六一。好快！咦？這麼說，我的成績也不相上下？不會吧。比預賽時進步了多少啊？簡直就像三級跳遠時沒有助跑，就直接單腿跳出了好成績嘛！我大大刷新了自己的最佳紀錄。

「你居然一路緊追不放。」仙波回頭瞪著我說。「正己說，他最不喜歡和你跑準決賽了，說你會一路緊追上來。我終於懂他的心情了。」

「對手是你，不卯足全力要怎麼跑？」我不甘示弱。

「笨蛋，第三場才是真正的勝負。」仙波用學長在教訓學弟的口吻說道。

「那你可以放水啊。」我半開玩笑地說。

「這怎麼行，」仙波露出一貫的豪爽笑容。「不然決賽時不就要跑角落的跑道。」

他竟然這麼小看我！

「你不是還要跑一千六接力嗎？」仙波問。

「要啊。」我回答說。

高梨和仙波今年都沒參加一千六接力。去年他們也有跑，不過今年鷲谷有堺田和齋藤這兩名四百公尺高手，其他兩名選手的成績也是五十一秒多，根本不需要仙波他們親自上場。鷲谷不愧是強校，各組高手雲集。

「看來你有金剛不壞之身嘍！」仙波似乎覺得還沒說夠，繼續調侃我。

「一場、一場，」我說出自己的信條。「我只是打算一場、一場認真跑，不顧一切飛奔向前。」

仙波瞪大了一雙銳利的眼睛注視我，緩緩點了頭。從仙波一也身上，散發出一種王者的風範，彷彿無論別人怎麼挑釁，他都只是高高在上地俯視一切。

第三組起跑了。這一組的高手有連和堺田，預賽時堺田的成績比較理想；連在第四跑道，堺田在第五跑道。我和仙波都把注意力集中在跑道上頭。

隊上根岸很擅長跑彎道，桃內也跑得很不賴，不過即使是這兩人，也無法和連相提並論；他們無法像連那麼貼近內側的跑道線，跑得那般流暢。有時我為了想偷學一點技巧，試著看連練習，卻總是不禁看得入迷，差點忘了原來的目的。連轉進直道了，他轉彎的技巧也是出類拔萃。連跑在第一個，輕而易舉就領先了，進入直道後，他放緩了速度，順勢抵達終點。緊跟在後的堺田一直保持在第二名，並沒有試圖超越他。堺田向來是在後半段奮起直追的選手，想必是在進入直道後冷靜地做了判斷，決定……不硬拚……

「縣賽的準決賽就是要這樣跑。」仙波說道。「我原本也打算那樣跑。」

「結果不是嗎？」

「一不小心就卯足了全力。」

我忍不住笑了出來，但他沒有笑。

「不過，算了。」他嘀咕著說。「反正我現在渾身是勁。」

幹嘛說這種惹人厭的話嘛！

仙波說完後，大搖大擺地離開了，我則站在原地等連。連的成績是二十一秒七七，我的成績是二十一秒六四，這成績的差異，正是輕鬆跑完全程的連和卯足全力跑的我之間的差異。仙波應該沒有使出全力，還有渡邊和高梨，鎮定自若的堺田也很可怕。

連走過來了。今天我和連幾乎沒說到話。比賽的日子連向來不愛開口，不過今天的氣氛似乎又和平時不太一樣。看到連向我走來，我想對他說幾句話，可是，該說什麼好呢……？我竟然說不出話來，為什麼？平時和他說話總像呼吸一樣自然，此刻竟然短短一句話都說不出來，完全無話可說。

連看著我，默默地點了頭，就像個剛完成任務的戰士。不過又和仙波身上那種壓迫感性質不同，他身上散發出的是一種沉靜的迫力。仙波剛才說的話在我腦海中甦醒——「第三場才是真正的勝負」。下一場才是真正的比賽，我將和連、仙波，還有其他五名選手一決勝負。

老師不准我去看五島的一百一十公尺障礙賽準決賽，我只好和連一起留在帳篷躺著休息。連閉著眼睛，像是已經睡著了，可是我卻清醒得很，不僅睡不著，就連躺著也很痛苦。在準決賽中失利的桃內幫我按摩得很舒服，可是按摩一結束，我又忍不住想跳起來。

連全身放鬆躺在那裡一動也不動，我卻越看越生氣。即使是此刻的他，看起來也不像單純在休息，就像正在執行兩場比賽間的某個重要步驟，間歇練習——在兩組練習之間以慢跑來銜接的一種長距離訓練法。對連來說，準決賽還沒有結束，還沒畫上休止符，他在保持專注，為了決賽做準備。他充分放鬆、舒展的身體宛如仍在慢跑著，正按部就班做好戰鬥的準備。完了，以前比賽時只要看到連，我總是能放鬆下來，分享他的鎮定，今天卻造成了反效果。

總覺得快窒息了，我趕緊走出帳篷。早知如此，應該去幫五島聲援的，他不知道跑完了沒有，雖然決賽有點難，不過他應該能順利通過準決賽吧。

入江的五千公尺決賽緊接著就要開始，所以啦啦隊暫時不會回帳篷，回來的只有我和連的陪同員溝井、後藤，還有兩個一年級的學弟。我無法相信自己耳朵聽見的，溝井說五島在最後一個跨欄時跌倒了。而跌倒之前，他一直保持領先？是因為領先，他一時性急嗎？因為太急於著地，所以身體失去了平衡？面對我的問題，不熟悉障礙賽的溝井也答不上來，只是一臉沉痛地偏著頭。溝井在今天的鉛球比賽中完全沒投出自己的最佳成績，向來開朗的他臉上難掩失落。

在我們大聲交談的期間，連仍是一動也不動，不過也差不多該叫醒他了。二十分鐘後就要集合了。

「連、連。」我才叫了兩聲，還沒碰他的身體，連就張開眼睛。原來他沒睡著。

「還有二十分鐘。」

他愣愣地點了點頭。

五島一直沒有回到帳篷來。不久三輪老師出現了，說五島在外圍的坡道上狂奔。看看手錶，距離集合時間還有十幾分鐘。

「神谷，你去哪裡？」我正打算走出帳篷時，老師叫住了我。

「我去打聲招呼。」我回答說。

「別去！」老師阻止了我。「他在哭，而且哭得很傷心，一邊哭，一邊跑。」

既然這樣，那就更應該……

「一千六百接力……我去告訴他，我們要以一千六百接力挺進關東。」

「等你跑完兩百公尺再說。」三輪老師點了點頭。「現在先讓他一個人靜一靜。」老師再度點頭。「有根岸和桃內在陪他。」

這時有隻手擱在我的肩上。回頭一看，是連。

「走吧。」連說。「集合時間到了。」

我很了解連，我知道即使這種時候看似心如止水的他，其實是個心地善良的人。然而此刻的我不想處理自己的心亂如麻和脆弱，反而想動搖眼前這個優秀的運動員，想要大聲質問他：

難道你不在乎五島的事嗎?

選手唱名後，我的情緒仍未平復。跑道上正在進行五千公尺決賽，我用視線尋找著春野台的湛藍色制服和入江的號碼牌，立刻就發現了那個隊上男生中體脂肪率最低的超瘦身影。在三千公尺障礙賽失利的入江，把所有賭注都放在五千公尺的比賽上。上星期在一百公尺決賽前，鳥澤以一千五百公尺挺進關東大賽，成為連口中的「關東一號」；緊接著，連、我和其他四百接力的成員成為二號至五號。然而之後同伴卻一直沒再增加。照理說，六號、七號、八號早應該出現了才對啊……天堂和地獄只有一線之隔，地獄已經持續得太久了。入江，你要好好加油啊!

連在一百公尺決賽前，曾和我一起為鳥澤的一千五百公尺決賽加油，今天卻對其他賽事漠不關心。他是怎麼了?是因為沒有餘力了嗎?因為比賽項目、體力和各種狀況因素失去了往日的從容嗎?還是說，對連而言，這場兩百公尺決賽就這麼重要?

算了，不要再管別人的事了，為什麼我老是在意別人的事，總是為了隊友的勝負和心情煩惱?

我轉過頭去，可是即使不看跑道，入江仍然在我的腦中一臉痛苦地奔跑著。加油啊，入江!我忍不住又看向跑道……入江漸漸掉出領先集團了，當他跑到附近跑道時，我用盡渾身力氣大喊:「入江，加油!」

我也會加油的，用自己的方式加油。在為你聲援的同時，我也總算冷靜下來了。

站在起跑位置時，心情平靜許多。入江無法發揮實力，沒有跑進前十名。不過三年級的中長距離選手大都會參加秋天丹澤湖的馬拉松接力，所以這並不是他高中的最後一場比賽。他現在想必很懊惱吧。既然我改不了去想別人的毛病，乾脆就把隊友的喜怒哀樂藏在心裡，以此作為自己的動力吧。

由於剛才在準決賽跑了第二名，我順利爭取到中央跑道。從內側開始，第一跑道是人橋，第二跑道是堺田，第三跑道是渡邊，第四跑道是我，第五跑道是仙波，第六跑道是連，第七跑道是高梨，第八跑道是佐野。只有堺田是二年級生；八人裡三人是四百公尺選手，其餘五人是短距離選手。

我拋開其他雜念，一心只想擠進前六名。把和連之間的比賽、要緊追仙波不放，以及不能輸給高梨這些想法統統忘記。我看到了根岸、溝井、入江和五島他們未盡的挑戰，雖然無法連同他們的份一起跑，但是只要有希望，我絕對會使出全力向前衝。

雲層散開，陽光灑了下來，不過還是沒有風。再加上看台上觀眾的熱情，整個體育場都熱氣騰騰。

起跑的槍聲響了。連飛快地衝了出去，但我並沒有太介意，決定要像準決賽時那麼跑。決賽時我往往無法跑出自己的水準，但是這一次，我一定要跑出今天最棒的比賽，即使有五個人跑在我前面也不能慌。這是今天的第三場比賽了，前兩次都使出了渾身解數，不過此刻身體意外地輕盈，跑起來一點也不吃力。另外也覺得開始能掌握彎道的跑法。很好，要身體放輕鬆地切入直道。

好，進入直道了。前面有四個人，還真多啊，不知道能不能超越他們。先追內側跑道的選手吧。是渡邊。好！超越了！其他人都在右側。嗯，前面有兩個人，我已經超越高梨了，前面那兩個才是勁敵。仙波跑在第一，我和連之間的差距並不大。連在這個位置就被仙波超越了，表示不是仙波狀況特別好，就是連的狀況很差……

我保持速度穩定地跑著，前半段切入後半段的過程相當流暢，連就在前方，我有機會超越他。超過了，由於事情發生得太突然，我差點忍不住回頭看他。竟然這麼輕而易舉地就超越那個一之瀨連嗎？事情恐怕沒這麼簡單，他一定會趁我不備，下一秒又追上來，在終點前超越我。我很害怕，拚命地向前跑，最後的二十公尺，肌肉簡直就像鐵塊般沉重。來了！他快追上來了！只要我一減速，連就會追上來……慘了……

衝到終點時我回頭看，緊跟著我的不是連，而是渡邊，接下來的才是連。他和高梨幾乎同時抵達終點。

嗯？怎麼回事？我第二名，連第四名？雖然我們都順利晉級南關東大賽，但連到底是怎麼了？他身體不舒服嗎？心中沒有戰勝連的喜悅，反而是疑問和擔心急速湧現。

「你，你，為什麼……？」走出跑道，我抓著連的肩膀問道。我的腦袋昏沉沉的，連還沒回答，我就蹲了下來。好難受……

「被你超越了。」連說。他的表情很鎮定，站得抬頭挺胸。「我輸了。我沒跑好。」連帶著自嘲的口吻說道。

「身體有哪裡不舒服嗎？」

聽到我的問題，連搖搖頭說：「前兩場跑得太保守了，結果在緊要關頭放不開。是努力跑好每一場的你贏了。我擔心最後會失速，想在前半段盡量爭取領先優勢，可是無法順利加速。我太不乾脆了。你的最後衝刺那麼強，原以為可以在最後關頭和你較量，看來還是應該按自己的方式跑才對。」

「我一直擔心你會追上來……」我和他說了有生以來第一次嘗到他在身後的恐懼。

「我追不上你的，知道只會白費力氣，反正只要進前六名就能晉級，況且等一下還要再跑一場。」

連的這句話點醒了我。對了，等一下還要跑一千六百接力啊……沒錯，我早就知道了啊。

「真是場糟糕的比賽。」連輕輕咂了一下嘴。「仙波的成績是二十一秒三〇，你可能破五吧。可惡，你們真是厲害。」他露出了懊惱的表情。「關東大賽時，我會認真跑，一定要超越你今天的成績，好好和你較量。」

「好。」這時，我內心終於湧起了戰勝連的喜悅，終於在決賽中跑出實力的喜悅和跑出佳績的喜悅。然而此時我身心俱疲，為這份巨大的喜悅蒙上了陰影。

「怎麼了？你好像體力透支了，沒問題吧？」連探頭看著我的臉問道。

「沒事。」

我慢吞吞地站了起來。距離一千六百接力賽只剩下一個小時，我得趕快回帳篷休息一下。

5 全高運預賽（縣賽5）

儘管一直很想吐，我還是硬逼自己喝了些胺基酸維他(註)和蘆薈口味的果凍飲料，補充水分和營養。我躺在帳篷裡，感覺身體像石頭一樣僵硬而沉重，如果現在把我放進水裡，一定會沉下去的。即使是翻個身都懶。躺了一會兒後，感覺舒服多了，我昏昏沉沉睡了一會兒。

「神谷，沒問題嗎？」我之前也曾經看過三輪老師現在的表情，他正一臉擔心地看著我。對了……就是在我一年級的出道賽頻繁跑廁所時，還有今年冬天在海邊全速跑完三千公尺、渾身癱軟無法動彈時，那兩次他也是露出這樣的表情。

「嗯，沒問題。」可是真的嗎？連我自己都有點懷疑。坐起身後，身體儘管很重，但已經沒有那種天昏地暗的感覺了。不管有沒有問題，都只能上場拚了，反正我早就打算要拚死跑一千六百接力賽。只要抱著誓死的決心，總會有辦法的。我慢慢開始做伸展操。嗯，沒問題，身體可以動，肌肉也沒有過度緊繃。我可以跑。

「恢復了，恢復了。」我笑著說。真的沒問題了，太好了。

帳篷中的人聽了全都鬆了一口氣。

「我來宣布棒次，你跑第四棒。」三輪老師說。什麼？嚇了我一跳。「棒次依序是一之瀨、根岸、五島和神谷。」

「不是阿根跑第四棒嗎？」

「這次的作戰方案，是在前半段儲存一些備糧，後半段盡可能維持。況且神谷的第四棒向來跑得很稱職。」

我在四百接力向來擔任第四棒，也一直覺得自己很適合，不過我從來沒在一千六百接力中跑過最後一棒。「好，我知道了。」既然老師相信我，也只能全力以赴。

運動場上和跑道上空蕩蕩、靜悄悄的。除了一千六百接力，所有的比賽都結束了。由於先進行女子組，男子一千六百接力是縣賽的壓軸項目。而前進關東大賽的門票，也只剩最後六張了。

太陽西斜，看台投射在地面的陰影又大又濃。對了，這還是我第一次在縣賽跑進一千六百接力決賽啊，我們全都是第一次。感覺上和四百接力的氣氛不大一樣，有種神聖的靜謐，莊嚴的氣氛。今天一整天，不，從上個星期開始的整整四天，一切的努力和挑戰或是開花結果，或是化為烏有，有淚水，有歡笑，也有氣憤……參加比賽的選手、老師和親友們，都在一旁守護著這最後一場比賽。

參加決賽的八所學校，接下來將賭上榮譽而戰。想要拿下總績分冠軍的強校，很可能會因為一千六百接力的成績而冠軍易主。鷲谷雖然一副勢在必得的氣勢，不過他們一千六百接力的成員中沒有仙波，這實在令人既納悶，又不得不佩服。以四百公尺的成績來看，他的速度應該比堺田以外的三名選手更快。仙波在全高運只打算參加專攻項目嗎？我問三輪老師，他先說：「我怎麼知道其他學校的戰略。」過沒多久又回答：「如果專項選手的實力足以參加決賽，大

註： Amino vital，胺基酸飲料名稱。

塚老師應該會給他們機會，讓他們上場吧。」最後又小聲地補充了一句：「畢竟四百公尺太可怕了。」

在人才濟濟的強校中，只有新葉派出短距離選手跑一千六百接力，不過這是因為新葉的短距離選手平日練習一向都跑四百公尺。鷲谷則不同。我們則純粹只是因為人手不足，才會派出短距離選手參賽。

不過這樣也不錯，太幸運了，至少我很慶幸自己可以參與這場比賽。同時我也暗自期待能在關東大賽上，再度體會這一刻的神聖氣氛。關東賽的決賽將決定是否能參加全高運，到時一定更不得了吧。而為了能夠晉級關東大賽，我們即將上場。憑我們這些成員，絕對沒問題的！

體力一向令人擔心的連似乎還有餘力，根岸則是我們四百公尺的王牌，五島也從剛才跌倒的打擊中站了起來，完全恢復了平靜。而我儘管有點虛脫，但還可以堅持下去。

「一起去關東吧！」我對五島說。這句話本來是打算在兩百公尺決賽後跟他說的，竟然忘了。

「好！」接力賽前總是有點緊張的五島生硬地答道。我在他背上拍了幾下，幫他打氣。

起跑了。看台上響起怒濤般的聲援，我的心跳加速，無法像一百公尺、兩百公尺或是四百接力時那樣，安心地看連在場上奔跑。以前的新人賽上，連在跑了三次兩百公尺後，在跑一千六百接力時失速了。然而此刻連竟然比賽一開始就全力衝刺，跑到後直道時他暫居領先，簡直就像在跑兩百公尺的跑法。

「他、他沒問題吧?」我忍不住問道。五島沒有回答，只是死盯著跑在最前面的連，眼珠子都快掉出來了。連太魯莽了。三輪老師在集合前特別叮嚀:「前半段不要衝太快，即使被人超越了也不要緊，一定要忍下來，控制速度，在最後的直道衝刺。」難道連沒有接到老師的指示嗎?進入彎道後，連的速度稍微慢了下來，不過進入主直道時，他仍是一馬當先。太厲害了!他撐到直道了。啊，他慢下來了。這也難怪。他的體力應該已經透支了吧。慘了。被追上了，一個人、兩個人。加油!還剩四十公尺。連用盡全身的力氣，靠著毅力催促累積了大量乳酸的身體往前跑，努力堅持著。啊，太厲害了。他撐過去了。第三名。太厲害了!根岸接過了接力棒。

連跑完立刻癱倒在跑道外。我渾身起了雞皮疙瘩，身體因為興奮而顫抖。到底有多少勝算?我很清楚這是連四百公尺的最佳紀錄。如果要和四百公尺選手比賽，即使前半段控制速度，後半段也不可能追上他們。所以，只能靠前半段盡可能拉開距離，在後半段減少備糧的消耗;這就是連的作戰計畫。我在昨天的預賽也是採取這種作法，不過這種作戰方式實在太危險了，可能會發生備糧耗盡，甚至透支的情況。不過連太厲害了，他做到了，用他半虛脫的身體辦到了!

阿根……阿根正在場上拚搏。一千六百接力也是一樣，第二棒大都是王牌選手。決賽時，有不少學校讓王牌選手跑第四棒，不過如果在第二棒就被對手遙遙領先，最後就很難扳回劣勢。簡單地說，第二棒可說是勝負的關鍵。三輪老師也決定要靠第二棒決勝負。加油啊，阿根!根岸也是起跑後就拔腿狂奔，不過後半段減速並不明顯。真不愧是四百公尺的好手。

目前領先的是一千六百接力的強校新葉和鷺谷，我們竟然跑在松溪前面，真是令人意外。不過松溪的第二棒金澤是四百公尺第五名，在最後的直道時，金澤追了上來，一口氣超越了根岸。不過根岸也立刻全力衝刺，咬緊牙關緊追不捨。到最後關頭還有這種爆發力，不愧是貨真價實的四百公尺選手。像我和連這種短距離選手，身體沒有受過專業的訓練，缺乏和乳酸長期抗戰的戰力。根岸追上來了，金澤和根岸跑得齜牙咧嘴，面目猙獰，展開了激烈的拉鋸戰。看台上歡呼聲像慘叫般沸騰起來。看到此情此景，內心突然湧起無限感慨。阿根，你太厲害了。我絕對不會忘了你在這場比賽的表現！他們直到進入接力區才終於分開，在金澤傳棒的同時，幾乎在同一位置阿根也把接力棒交給了五島。

五島，加油！在接力隊伍中，五島的四百公尺成績最不理想。他的專項是障礙賽，四百公尺障礙賽是他的強項，所以四百公尺的距離當然也難不倒他。從一年級開始，他就是一千六百接力的寶貴戰力。在縣賽的障礙賽中，他兩次都因為跌倒而失敗。不過他的實力早已受到大家認同，從國中開始就相當受到矚目。我還記得當初得知他要來春野台時，三輪老師有多高興。五島長得眉清目秀，是隊上的頭號大帥哥，儘管個性很急，還有一點脫線，不過他向來很努力，也很尊敬學長……加油啊，五島！

五島在後直道時仍然保持在第四名，他邁開修長的雙腿狂奔，節奏感覺比平時快，不過不像是靠蠻力硬撐，而是抵擋不住渾身鬥志的驅使。從五島身上，我感受到那股由連和根岸傳遞而來的力量。連抱著不成功便成仁的決心撐完全程，徹底燃燒，貢獻了理想的名次，結果傳棒之後整個人都癱了；根岸面對強敵也毫不退縮，即使面臨最痛苦的局面，仍是咬著牙挺了過來。他們努力的結果，使五島得以在比我們預測的名次要提前兩名的情況下出發。可以保持下去嗎？五島和第五名的川崎西、第六名的北城差距不大。第七名的白陽學園和北城相差十五公尺左右，不過白陽的第四棒是四百公尺第三名的森，實力很堅強。

來到五島不擅長的彎道時，後面兩名選手追了上來。最後的直道，誰還有力氣，誰又能奪力撐到最後呢？在最後的彎道時，他們三人幾乎並排著，三人最後依序以川崎西、北城、春野台的順序來到最後的直道。五島被超越了嗎？我感覺整個腦袋都熱了起來。

我在接力區準備，戰況很混亂，看不出我們的排名，呃，是第六名嗎？我只要保持這個名次就行了吧。不過森在最後一定會奮起直追，現在和白陽之間的差距也越來越小。五島不屈不撓，終於追過了北城！現在是第五名嗎？加油啊！五島和另外兩名選手擠成一團，一起衝了過來。這種時候要特別小心，不能掉棒。

三名選手幾乎同時到達。川崎西的第四棒接棒時撞了我一下，我從五島手上接過棒子，這時北城的第四棒又一把推開我，強行衝進內側跑道。王八蛋！我絕不會輸給你們的！

一想到有兩個王八蛋選手擋在前面，名次和局勢頓時被拋在腦後，我在後直道追過了他們。衝、衝、衝！我的情緒高張，只想早一刻抵達終點。快、快、快。我知道我跑得很快。我可以衝，還可以衝！

那一刻來得很突然，真的是突如其來。我自己也搞不清楚是什麼狀況。就在我跑最後的彎道時，突然感到渾身無力，身體晃了一下，我還以為自己快昏倒了。身體感覺並不沉重，反倒像是失去了重量，無法控制。視野急速變窄，四周一片黑暗，只能看見眼前的一小片空間。我知道自己還在跑，不過速度變得異常緩慢。我的身體感受不到風了，好像隨時都會停下來。

有人超越了我，我不知道對方是誰，然後又一個人跑過去了。我快急瘋了。然而即使情況那麼緊急，身體卻動彈不得！

在終點之前，又有人超越了我。是森。到達終點後，我倒地不起。只有一個人在我之後抵達終點，無論等了多久，都只有那一個人。

我吐個不停，被隊友抬回帳篷。由於身體實在太不舒服了，還來不及感到後悔和歉意。

我躺在帳篷內，有人在我頭上放了冰袋，餵我喝運動飲料，漸漸地，吐意總算止住了。下一刻，失敗的自責和悔恨湧上心頭，一開始感到沉重，漸漸地感到痛心入骨。張開眼睛，發現一千六百接力的成員都在我身旁。連、根岸和五島，桃內也在，大家都在。我看向根岸。

「對不起。」我說道，儘管這不是道歉能夠解決的事。

「你還好吧？」根岸一臉擔心地問。

「我沒事。幹嘛，你們簡直像在守靈似的。」真的是這樣，大家好像圍著死去的我在傷心……只有桃內臉上還有一點笑容。我想坐起身來。

「喂，你再躺一下。」三輪老師發現後立刻趕了過來。

「對不起。」看到老師的臉，我突然很想哭。我沒有遵守老師的指示亂跑，把比賽搞砸了，正是我粉碎了大家的關東夢。

「錯的人是我！」三輪老師吐出這句話說。「我不該臨時改變棒次的，都是我的錯。在那麼激烈的戰況下，你又沒跑過第四棒，根本不可能冷靜地考慮力量分配。我沒想到這一點，全是我的錯。」大家都不發一語，沒有回話。「神谷，真的很對不起，讓你受苦了。」

我搖著頭。「對不起，我沒有遵守指示。」

三輪老師明明跟我說，前半段要克制，即使被人超越了也不要在意。然而我卻把老師的話拋在腦後，前半段就一路向前衝，結果一敗塗地。

「因為我看你好像累了，擔心你無法跑好第二棒，一旦第二棒失利，之後就很難挽回了。如果你跑最後一棒，只要之前的人跑到前六名以內，你或許可以撐到最後。我指望你靠著毅力撐到最後。不過，我忘了第四棒的戰局往往比第二棒更加白熱化，尤其碰上拉鋸戰的時候，壓力會更大。我太樂觀了，對不起。」

老師向我深深一鞠躬後，又緩緩開口說：「你們都跑得很出色。三分二十秒〇三，比預賽的成績縮短了一秒以上，往年這種成績絕對能跑進關東賽的。你們打破了春野台的紀錄，而且比起成績，比賽的過程更是出色。我為你們的成績驕傲，也為了你們的表現驕傲，我一輩子都不會忘了這場比賽的。」

「我也永遠不會忘。」根岸說。「這是我這輩子跑過最棒的一場接力賽。」

「根岸，你跑得很快，看到你和金澤在做最後衝刺時，我全身都抖了起來。很可惜無法帶你去關東……」三輪老師咬著嘴唇說不下去了。

「這場比賽讓我又有了勇氣。」五島說完，眨了眨眼睛。「我跌倒了兩次，覺得自己好丟臉，好沒出息，甚至還想一死了之。不過跑完這場接力，我又有了勇氣。總覺得以後無論遇到任何狀況，我絕對可以堅持下去。看到一之瀨學長和根岸學長在場上奔跑的樣子，我也是渾身顫抖。神谷學長也超厲害的，如果預賽時沒有神谷學長，我們是不可能進入決賽的。」

「五島，你也跑得很快，這是你跑得最好的一場比賽。你今天的表現就算是比四百公尺，也毫不遜色。跨欄技巧固然重要，但最重要的還是跑步能力。你很有潛力，加油！」三輪老師點頭說道。

五島也用力點頭回應。

「新二，」根岸對我說。「謝謝你，剛才五島也說了，是你帶我們進決賽的。我說不出能參加這場決賽，有多高興，畢竟一千六百接力可是我們四百公尺選手的夢想。你不要放在心上，誰都有可能失速，失敗與否全看運動場上的運氣。我喜歡看你跑步，看你全力以赴的樣子。」

這時根岸突然笑了笑。

「看到連簡直像在跑兩百公尺似的飛奔時，我已經做好心理準備，要嘛一敗塗地，要嘛會跑出驚人的成績。畢竟我們不是能夠輕鬆獲勝的隊伍……應該說，以今年縣賽的水準，我們根本不可能晉級。看到你們這兩個短距離選手跑得這麼賣力，我已經毫無遺憾了。」

聽到根岸的話，連的臉上也露出了笑容。

「這和運氣無關，」我說。「連具備的、而我缺乏的，不是運氣，比賽又不是靠運氣。而是連懂得如何分配今天四場比賽的力氣，但我不懂。」

「那是因為我搞砸過一次，這次才比較慎重。我清楚自己體力不好，所以今天一開始就跑得膽戰心驚。」連一臉痛苦地說。「新二，你昨天也有跑，而我休息了一整天，如果這次我還搞砸，那不是糗大了。」

連就是因為一直惦記著接力的事，今天的兩百公尺比賽才無法完全發揮實力。而我儘管為了五島的事大聲嚷嚷，但在兩百公尺比賽時，卻完全忘了還有一千六百接力。這樣的我，竟然還大言不慚地跟五島說什麼「一起去關東吧」。

「聽好了，神谷，你今天沒做錯。我不准你為此消沉，也不准你想太多，知道嗎？」三輪老師對我說。「你認真跑完每一場比賽，這樣很好。你進步的速度很驚人，每跑一次，就又成長了一些，吸收了許多無法用理論和訓練傳達的經驗。我光在一旁看都覺得可怕。從地區預賽開始，每一場比賽你都學到了很多。現在，你只要心無旁鶩地跑，不要考慮結果，一場一場認真跑，不必在意小細節，不要玩小花招。專心跑好每一場比賽，並且勇於接受比賽的結果。」

聽了老師的話，淚水突然湧現，我並不想哭，可是淚水還是不受控制地奪眶而出。

「可是我真的、真的很想帶一千六百接力的成員去關東……」我泣不成聲地說。

「這我們知道。」根岸說。「新二，我們都知道。」

根岸的臉皺成一團，眼中泛著淚光。五島也點著頭哭了起來。連、阿三和桃內也都哭了。

結果，大家哭成了一團。

第四章　上挑傳棒法

1　偉大的夢想

翌日星期一，我不顧老媽叫我向學校請假的威脅，搖搖晃晃出了家門。每一步都很累，不，甚至連扣上制服的釦子都很吃力。即使是在暑假集訓和冬季特訓接受幾乎要人命的練習時，第二天的情況也沒像今天這麼淒慘。不光是肉體的疲勞達到極限，意志力也幾乎耗盡，精力低到破表。幾乎每堂課我都呼呼大睡。老師當然很生氣，我甚至無力回應老師的怒斥，半夢半醒之中隱約聽見溝井代我向老師解釋，真是對不起他啊。

直到午餐時間，才總算稍微活了過來。我的便當很大，不過溝井的比我還大。男生不像女生那樣會把課桌併在一起，只是幾個人隨便坐在附近，一起悶頭吃飯。橄欖球社的瀧田和溝井交情不錯，昨天有來看比賽，他們正在討論賽事，但我實在不想聽。

不能露出失落的表情，畢竟我有三個項目跑進關東大賽，只是由於一千六接力的打擊實在太大，還無力體會這份喜悅。而溝井，已經確定無法去關東了。不過他還真是開朗啊，看他開心地和瀧田聊天，吐嘈自己，甚至還不忘掩護我。他該不是在強顏歡笑吧？應該是吧。他真是個男子漢啊——我在心裡想道。比起男人味的外表，他的內心更有男人氣概啊，我得向他學習才行。我不好意思讓溝井一個人唱獨腳戲，也強打精神和他們聊了起來。

不一會兒，溝井喜歡的排球社女生白河買完麵包回到教室，和她的同伴一起加入我們。白河前天也來看比賽了。女子排球隊在地區預賽就慘遭淘汰，她語帶感慨地說：「田徑隊好強啊。」「很強吧？」溝井驕傲地說。「強的又不是你。」白河話說得毫不留情，但溝井還是笑得很開心。他們的感情真好。溝井之前還把白河親手為他縫製的護身符現給隊上的人看。

「關東大賽的時候，大家一定都要來。今年是在千葉舉行，很近啦。」溝井說。

「千葉算近？」白河皺起眉頭。

「當然近啦！比起群馬和茨城要近多了。」溝井斬釘截鐵地說。「你們可以第二天來，那天正好是星期六，神谷要跑一百公尺和四百接力，四百接力有可能奪冠喔。」

「是嗎？太厲害了！」

「神谷先生，難道你不想爭取冠軍嗎？」溝井反擊道。

「溝井先生，請不要做誇大不實的廣告。」我抱怨道。

還有鷲谷，鷲谷啊！儘管心裡這麼想，我還是忍不住大喊：「冠軍是我們的！」

結果在場的人都為我歡呼鼓掌。搞什麼嘛，我也真是太容易被煽動了！

不過，我真的很慶幸今天有來上課，這麼一來總算能轉換心情，擺脫一千六百接力的陰影，轉身面對四百接力了。溝井，謝啦！

放學後，因為今天隊上沒有練習，我打算直接回家，意外地看到谷口若菜等在教室門口。

我不禁一驚。谷口有時給人畏畏縮縮的感覺，有時卻又意外地有決斷力，該怎麼說，就像她努力把自己的內向踩在腳下……有這種感覺。

「神谷……」她一如往常小聲地叫我的名字，雙眼直視著我，思索接下來該說什麼。我突然覺得好笑起來，谷口一輩子都會這樣嗎？變成老太太後也是？可能是因為我笑了的緣故，谷口露出鬆了一口氣的表情。

「原來你很有精神嘛。」谷口一臉開心，也笑了起來。

「一點也不好，身體渾身發軟又抖個不停，今天整整昏睡了六個小時。」我說。

「對，我每次來你都在睡覺。」谷口點頭說道。原來她已經來過好幾次了啊。「昨天晚上，原本想發簡訊給你，又不知道該寫些什麼，猶豫了半天，結果時間太晚，就沒寄了……」谷口說。

原來是這樣。昨天我泡澡時就開始昏昏欲睡，一躺到床上立刻就睡著了。今早檢查簡訊時，看到很多隊友傳來的簡訊，唯獨沒有谷口的，害我有點失望。

「其實，我現在也不知道該說什麼，不過沒關係。」說著說著，她突然開心地自己做了結論。

她以為我在沮喪，為我擔心，特地來為我打氣的吧。其實，昨天最痛苦的並不是我，只是我最出糗罷了。

「神谷，因為你太老實，你會想太多。」谷口突然說道。

「會嗎？」

「會啊。」她堅定地點點頭。

「沒問題了，我已經調整好心情了。」我說。「溝井逼我宣言要在關東大賽的四百接力奪冠。」

「哇噢！」谷口發出不像她的粗獷聲音叫了起來。那聲音很好笑，我又忍不住笑了。我就是喜歡她這種有一點機靈，又有點脫線的感覺。我們一起走到腳踏車停車場。

「那就這樣嘍，我要走路回家。」

「是為了特訓嗎？」

「不是。今早我媽叫我請假，還把腳踏車的鑰匙藏起來。」老媽也真是的……

「這樣啊。」

谷口若菜很驚訝，最後竟然提議要送我回家，叫我站在她的腳踏車後面。開什麼玩笑，男生載女生還差不多。

「我很重喔。因為有練過肌肉，會比看起來更重。」

「我也比外表看起來更有力啊，我也練過，兩條腿很有力。」

這……女子長距離選手的細腿怎麼可能有力氣載我？不過谷口很堅持，無論如何都不肯讓步，我只好站在她的腳踏車後面，手搭在她的肩上。不過好可怕啊！超可怕的！拜託不要蛇行！哇哇，這樣搖來晃去會跌倒的。哇哇！我忍不住在後面哇哇大叫。

「停！我來騎，拜託妳停下來。」我在谷口耳邊大吼。「我來騎！妳站後面。」

「可是我的腳踏車很小。」

「沒問題，就算是小孩子的腳踏車或三輪車我都騎。」

谷口很嬌小，她的腳踏車真的像小孩子的腳踏車，但至少不必擔心跌倒。我載著谷口騎到自家門口，用外八字走路（腿痛死啦……），感謝她送我回來。

……謝謝妳讓我忘記了身上的疲勞。谷口，謝啦。

儘管三輪老師命令我「禁止反省」，根岸叫我「不要在意」，谷口也提醒我「不要想太多」，我還是忍不住反省、在意、鑽牛角尖起來。

是我太得意忘形了——我檢討自己。發現自己每場比賽成績都有進步，因為能和仙波和連公平競爭，我逐漸陷入自己無所不能的錯覺。對，我以為自己無所不能。

一百公尺和兩百公尺問題還不大，如果昨天天氣涼快些，或許我也不至於虛脫；而且如果我一直惦記著一千六百接力的事，兩百公尺很可能會跑不好。正如三輪老師說的，四百公尺很可怕，那是我未知的距離。儘管都已經三年級了，我還是個經驗不足的新手啊。

不過，沒關係，這些都已經過去了。我開始思考有關「言語」的問題。

我很愛說話，總是盡量把自己的想法傳達給對方，相信自己的話可以改變一些事。而連卻從來不這麼做，他的這種態度有時會令我心浮氣躁。

昨天我搞砸比賽時，根岸、五島、三輪老師和連對我說的話，給了我很大的力量。如果沒有他們的安慰，我現在一定很想死。然而，無論多麼心存感激，這些體貼的話語都無法百分之百安慰我，任何話語都無法消除我內心的痛苦。如果明年還能和相同的成員再跑一次一千六百接力，順利挺進關東，或許還有機會，但這已經是不可能實現的奢望了。

我希望自己以後在開口前，能徹底檢視自己的作為，思考什麼是我能力所及的事，而什麼又是自己必須做到的事。在我說出「一起去關東吧！」這句話時，心中的確沒有半點虛假，然而，我卻無法為這句話付出全身全靈。我不想再犯相同的錯了。

人生就像接力賽，這個世界也是一場接力賽。任何人都無法獨立生活，必須藉由接力棒的傳遞和他人產生交集。可是，每個人在跑的時候都是孤獨的，沒人會幫自己，就算他們想幫也愛莫能助，沒有人能代替自己上場，也無法代替。我必須更加正視這份孤獨，我必須更加正視自己，那是一個沒有言語的世界——大概吧。

時序進入六月，鍵山終於正式歸隊。四月，在肌肉拉傷的患部癒合之前，他積極地健走、踩腳踏車、游泳、做伸展操，並加強鍛鍊沒有受傷的上半身。五月，終於獲得慢跑的許可後，他和我們一起練習在慢速的狀態下傳接棒，並視實際情況逐漸加快速度。同時，藉由後踢、下蹲、單腿下蹲等練習，鍛鍊腿後肌，強化肌力衰退的部分。五月中旬時，他已經消除了左右腿的肌力差異，可以用相當快的速度踩健身腳踏車，柔軟度也恢復了（如果在仰躺的狀態下，腿向上舉起張開九十度時不會感到疼痛，基本上就ＯＫ了）。讓他在沒換上釘鞋的情況下，以九成力試跑後，終於判定他沒問題了。

對他來說，這是條漫長的路，也是一項孤獨的作業。我們在參加地區預賽、縣賽的同時，持續關心他的復元情況。連不時也會檢查他的狀況，或許是這點奏了效。鍵山自己也很有恆心、不急不躁堅持到了最後。受重傷的時候，也許也是運動員專注面對自我的最佳時機吧。鍵山歸隊後，比他剛入隊時容易相處多了。

不過，他在傳棒方面還有很多問題需要克服。儘管在慢速的狀態下可以順利傳棒，但是全速練習時卻總是行不通，他總是用力過度。鍵山跑步時習慣用力擺動手臂，傳棒時總會不自覺地用力，以致常常揮棒落空……一次練習，頂多也只能練兩次全速傳棒，只要一揮棒落空，鍵山的反應總是很誇張，他會一屁股坐在地上，發出慘叫。每次看到他的誇張反應，就忍不住一肚子火。

「不要鬼叫！」我怒斥道。「傳棒最重要的是感覺，失敗時必須好好檢討是哪一步錯了。在你哇哇叫之前，先好好想清楚！」

「好……」看到我動怒，鍵山更加沮喪了。我為什麼不能好好跟他說呢？結果，我也不禁沮喪起來。

「既然你在慢速的情況下做得到，就代表你不是不會。」根岸補充說明。的確，如果以六、七成速度跑，他的傳棒還算差強人意。「還有時間，不要急。只要掌握訣竅，很快就能進步了。」

距離關東大賽已經不到三個星期了，在這半個月內，鍵山真的做得到嗎？我們真的可以練就成一支強隊嗎？

「好，鍵山，等一下你和我再練習一次。」我對他說。第二棒和第三棒得同時練習傳棒和接棒，不過第一棒和第四棒只要練其中一項就行，所以我陪鍵山再練一次也無妨。儘管傳棒的對象不同，但我的速度也不算慢，有練總比沒練好。

和鍵山一起練習，實際嘗到他以些微之差揮棒落空的滋味，我感受到一股強烈的恐懼。該怎麼說，好像之前辛苦累積的東西一下子崩潰了……我似乎看見四百接力邁向勝利的夢想，春野台第一次跑進全高運的夢想，這些偉大的夢想崩潰的情景。我知道事情並沒有那麼誇張。不過和他練習過後，我覺得彷彿連自己好不容易抓到的接棒感覺都被打亂了。

連一向是從狀況穩定的根岸手上接棒，對方突然換成鍵山，不知道他有什麼感覺。我很不安。雖然他沒說什麼，但這正是可怕的地方。太可怕了。恐懼的主因，是那場一千六百接力的噩夢，是我對正式比賽的恐懼，是對一翻兩瞪眼的比賽不可避免的失敗的恐懼。

練習結束後，我找了連和桃內到家裡，想私下和他們談一談。我的狗阿羅（也就是羅納度）很喜歡連，一直在他身旁打轉，由於實在太吵了，就把牠趕了出去，沒想到牠竟然在門外汪汪大叫。結果，只好委屈連忍受牠接連的舔臉攻擊。

「你是怎麼想的？就老實說吧。」我問連。

「沒想什麼……」連縮著脖子閃避阿羅的舌頭。「反正也只能這樣了。」

我和桃內交換了眼神。雖然沒有事先說好，但我們的想法應該一樣。

「關東大賽時，可以讓阿根上場啊。」我直截了當地說。「不需要冒這麼大的險，阿根跑第一棒沒問題的。關東大賽結束後，距離全高運還有一段時間，鍵山可以利用那時候慢慢適應。」

「我也這麼認為。如果由鍵山上場，風險太高了。他或許趕得上，但我們有必要冒這麼大的險嗎？」桃內激動地說。

連用雙手按住阿羅的頭，不讓蠢蠢欲動的狗兒有任何可乘之機，好像沒在聽我們的話。

「連？」我催促他。

「所以，要去找阿三，說希望讓阿根跑第一棒嗎？」

我和桃內點點頭。「因為接棒的人是你，他行不行你最清楚，所以你的意見最重要。如果你非要鍵山不可……」我沒有把話說完。

「我並不是非他不可。」連轉過頭，避開阿羅的舌頭回答道。「我不是這個意思，對方是阿根我反而輕鬆。」

我鬆了一口氣，正想說「那就沒問題了」，連卻搶先說道：「可是，這樣鍵山不是很可憐嗎？」我的心不禁一陣刺痛……一想到努力復健想要歸隊的鍵山的心情，我們這麼做的確很殘酷。不過，就只是關東大賽而已……

「不過他能參加全高運啊。」我說。

「如果我們參加得了的話。」連事不關己地說。

「我們參加不了嗎？」我忍不住吼道。

「正因為這樣，我們才在這裡討論可行性最高、最萬全的方法啊。」桃內在一旁安撫道。

比賽中根本沒有「萬全」這兩個字。不用提這次一千六百接力的失敗，四百接力的選手也很清楚接力賽有多可怕，在比賽中，根本沒有「絕對」這回事。

眾人保持沉默的期間，玩累的阿羅心滿意足地在連的腿上睡著了。

「如果想用最保險的方式突破關東大賽，當然是阿根上場。」連說。「可是如果目標是放在全高運上，那又另當別論了。」

「什麼意思？」我問。

「我的意思是要讓鍵山跑關東賽第一棒，才能讓這支隊伍成為夠格問鼎全高運的強隊。」連解釋說。雖然有些複雜，我馬上就聽懂了他的意思。也就是說，應該讓鍵山有更多機會融入團隊，先在關東大賽小試身手，才能讓這支隊伍有飛躍的進步。

「這是理想，問題是現實……」桃內說。

「我無所謂啦。」連點頭說。「去找阿三談也無所謂，不過要先和阿根說一下。」

這倒是。我打到根岸的手機，他說要過來，大家便繼續等他。我請老媽多準備四人份的晚餐，她嘴上慌張地責怪我：「怎麼不早說！」但還是喜孜孜地開始翻冰箱。

「我不跑。」根岸斬釘截鐵地說。「除非鍵山不能上場，否則我絕不跑。」

他說得太堅決了，其他人都被他的氣勢震懾，一時說不出話。

「如果不栽培他，春野台就無法稱霸全高運。」根岸發表了和連相同的意見後，瞪視著每一個人，凹陷的炯炯雙眼顯得很有威嚴。「四百接力是短距離選手的比賽。」

根岸的這句話挖起我內心的瘡疤。而我前不久才痛切體會到，一千六百接力是長距離選手的比賽。

「如果沒有其他人選也罷，問題是我們明明有跑得快的好手。」

「話是沒錯啦……」桃內原想插嘴，被根岸狠狠瞪了一眼後，立刻住嘴。

「你們太小心眼了，幹嘛說這種小鼻子小眼睛的話，不要採取守勢，而是要勇敢進攻。我也說過，我相信這支隊伍可以稱霸全國。可是如果我加入，就會毀在我手上，但鍵山卻有機會實現。難道你們沒有這個夢想嗎？」

稱霸全國？夢想？

「日本第一！」根岸咬牙切齒地說。「不只是參加全國比賽而已，最終目標是要在全國比賽中拿下冠軍。」

聽到根岸這番激動宣言，我感到內心有什麼東西崩壞了。

「這支隊伍有資格作這樣的夢！」

我心跳加速。阿羅被根岸的聲音吵醒，吠叫起來，這時老媽來叫我們吃晚餐。

席間，我們四人不發一語低頭吃飯。因為肚子餓了，我把眼前的食物拚命往嘴裡塞，不過根本食不知味。根岸的話一直在我腦海中回響。

——難道你們沒有這個夢想嗎？

由於所有人都悶不吭聲，老媽不安地在我們身後打轉。

「太好吃了。」桃內發現了老媽的舉動趕緊說道。「我們不請自來，還麻煩伯母張羅，太感謝了。原來神谷學長的無敵體力是來自伯母的愛心料理啊，之前神谷學長帶來的飯糰也很好吃。」

「真的很好吃，謝謝伯母。」根岸也低頭道謝。

「沒有啦，沒做什麼像樣的菜……」老媽聽到稱讚，整張臉都笑開了。「小連，你現在不會挑食了呢。真乖，好棒啊。」

彷彿被當成幼稚園小孩的連聽了不禁瞪大眼睛。大家都笑了起來。

豬肉炒青菜、烤鮭魚、蕈菇蛋包、味噌湯和白飯。我低頭看著差不多掃光的晚餐餐盤。

「你以前不吃魚，也不吃蔬菜吧？」老媽回想起往事說道。

「對，一年級的秋天，我外婆和阿三硬逼著我吃，真是太過分了。」連嘆著氣說道。

「小健幼稚園的時候也很偏食，我費了好大工夫才糾正過來。小新倒是什麼都吃。」老媽笑著說道。

聽到健哥的名字，連的表情變了。去年底，連去醫院探視健哥。當時，健哥不知道是太高興了還是正好寂寞，和他聊了很多事──足球、受傷、復健、運動員精神等等，說個沒完。而連只是一味聽著，之後也不曾聽他提起這件事。

「就這麼辦吧。」連沒頭沒腦地冒出這句話，就是這麼簡單一句。

「好，就這麼辦。」我立刻心領神會。我已經做好了心理準備。

桃內看看我，又看看連，終於緩緩點了頭。根岸這才露出開心的笑容。

2 感覺

我再次跟連和桃內確認——為了讓春野台的四百接力達到「最高水準」，我們必須竭盡全力，為此必須積極督促鍵山，即使在南關東大賽因為發生傳棒失誤而落敗，我們也無怨無悔。當然，最後還是必須由三輪老師決定。如果老師認為還是無法起用鍵山，就必須由根岸上場比賽。問題在於我們的心態，我們必須徹底拋開依賴根岸的想法。

從根岸的立場，他一定也想跑關東大賽吧，再加上之前的一千六百接力又發生了那種事。而且就算他的四百公尺和一千六百接力都跑進關東賽，他也不可能不想跑四百接力。不然他就不算田徑選手。然而即便如此，他還是願意主動退讓，推薦鍵山上場，說出了我們不敢說出口的偉大夢想。根岸口中的這個夢太美好，太強烈，正因為是出自根岸之口，所以顯得更加美好。我們彷彿被雷打到似的全身發麻，產生了共鳴。

連說：「就這麼辦吧。」我也回應說：「好，就這麼辦。」桃內也點頭同意。接下來，一切都要看鍵山了。

翌日清晨，我來到操場參加晨間練習，發現鍵山已經在那裡了。因為我家住得近，短距離組中通常都是我最早到校。

鍵山自己一個人拿著接力棒在操場上跑。當然，要接棒的連並不在。鍵山跑向空無一物的空間，把接力棒遞給假想的接棒者。從緩慢的節奏開始，他漸漸加快速度，一次又一次反覆練習。我默默地在一旁看著，發現即使他速度加快後，中間仍沒有停下來休息，就出聲叫他：

「中間要穿插休息。你這麼拚，腿會吃不消的。」

鍵山一臉驚愕地回頭看我。我知道他正在專心練習，卻不得不打斷他。

「雖然你已經痊癒，但畢竟剛受過傷，很容易復發。如果現在受傷，今年你就不用想參加比賽了，要小心點。如果沒有你，我們就無法在全高運上大展身手。」我說。

「全高運……嗎？」鍵山一臉納悶地問。

這也難怪，他現在滿腦子應該都是在那之前的關東大賽。我們原本也是這麼想的。「阿根沒和你說嗎？這是他的夢想。」

鍵山搖搖頭。

「他說要讓你完全融入團隊，以全高運冠軍為目標。」

「冠軍？」鍵山驚訝地反問道，我點點頭。原來根岸還沒告訴鍵山，可能是不想讓他操之過急吧。不過如果我們昨天沒向他提想換人的事，他可能也不會說出口。

「我們想實現阿根的夢想，我和連，還有桃內都是，要向最高的目標邁進。所以你也要小心點，不要累壞身體。」

「好。」

不過看到鍵山露出痛苦的表情，我開始後悔向他提起這件事。

「這不是目標，只是夢想啦。」我笑著說道。「阿根說我們有資格作這個夢。很厲害吧？你不覺得興奮嗎？」

鍵山仍是一臉緊張地點點頭。

「好，你繼續練吧，我在一旁看著。剛才是八成左右嗎？這次用九成的速度試試看。」

「好！」鍵山很有精神地回答後跑了起來。我一邊做伸展操，一邊看著。鍵山休息片刻後，再次全速奔跑，跑完後一臉緊張地看著我。他在等我的意見……他的表情簡直就像在等待挨罵的小孩子。

「基本上還不錯。阿根也說了，你的動作沒問題，接下來就要看實際配合時能不能如實做到。」

聽我這麼說，鍵山順從地點點頭。在高速傳棒時，往往會因為緊張而無法順利傳棒，更何況他要傳棒的對象是連。以前桃內曾說，要傳棒給連之前，內心會同時湧上「安心」和「不安」這兩種情緒——相信連一定會配合自己，又擔心自己追不上他的速度。和下壓傳棒法相比，上挑傳棒法傳、接棒者的距離很近，這或許也成了緊張的原因之一。

「你的腿沒問題了嗎？」

「沒問題了。」

「那我們來配合一下。等我暖身完，就和你試一下。」

這時，根岸和桃內也來了。沒過多久，連也到了。我把鍵山交給他們，將鍵山剛才的練習告訴連。

「我從明天開始也會早點來。」連對鍵山說。「即使每天早上只能練一次全速傳棒也好。」

「好。」鍵山緊張地回答。

鍵山個性容易目中無人，卻又很敏感。他很好勝，個性也很強，一旦受到打擊，很容易陷入沮喪。如今，他變得很神經質，整天戰戰兢兢的，為自己無法順利傳棒感到膽怯。雖然根岸、連和三輪老師在教鍵山時，並不至於太嚴厲，但他還是戰戰兢兢的……

連熱身完後，一棒、二棒做了一次全速傳棒。我、根岸和桃內在一旁看著。鍵山這次沒有揮棒落空，不過連在那樣接棒姿勢下無法直接加速。看來還有很長的一段路要走……

「好，很好。傳過去了，OK！」

我拍著手說。鍵山點點頭。根岸走過去指導他。我聽著根岸說的話，看著鍵山的表情，腦袋浮現一種模糊的想法，直到英語課的時候我才恍然大悟。

吃完午餐後，我去找根岸。他正準備回家。

「你下午沒課嗎？」我問。三年級下午大都是選修課，有時整個下午可能都沒課，在社團活動之前根本沒事可做；不是先回家、去社團辦公室看漫畫，就是去圖書館念書打發時間。部分在縣賽中落敗的三年級生已經退出，即使是要參加夏季北相模原大賽的人，也有不少人不再出席隊上練習。

「沒課。我打算先回家一趟。」根岸說。

儘管根岸不能參加關東大賽，仍是每天來練習，晨間練習也從不缺席。我很感激他，卻無法向他道謝。畢竟我們是同一支接力隊伍的成員，同坐在一條船上，向他道謝未免太奇怪了。

「是關於鍵山的事。」我告訴他今天早上想到的事。我們在指導學弟時，都會針對自己看到的缺點加以糾正。這裡不行，那裡要改。以為這樣就行了，因為學長和隊友也是這麼教我們的。我還曾經惹惱守屋學長，他當時瞠目結舌地說：「為什麼說了這麼多，問題反而越來越嚴重了？」

「我在想，指導鍵山時，或許不要說『你要改正把接力棒往前塞的動作』。因為這麼一來，他反而會對自己『往前塞』的動作留下印象，因而助長這個毛病。」

「呃……」根岸發出呻吟。

「你沒有這種經驗嗎？我倒是遇過很多次。集訓時，有的老師不是很凶，總是大發雷霆地說這不行、那不對的。可是老師越是這麼說，我反而越做不好，結果又惹惱了老師。」我回想起往事，忍不住笑了起來。「阿三很少對我們說這裡不對，那裡不行，也不會說『不可以』這樣做。他會告訴我們，『該這麼做』，『在腦中輸入正確的畫面』。現在鍵山變得很敏感，所以我們乾脆不要再點出他的不是，而是告訴他，應該這麼做，盡可能具體形容正確的動作。我知道這有點難。」

「呃……」根岸再度發出呻吟。「我懂了。」

「我也會跟連和桃內說，他們現在士氣正高昂，可能也願意指導鍵山。」

「我知道了。新二，你注意到很重要的一點。」根岸佩服地說。

「我的強項，就是清楚很多『做不到的事』。」我笑道。

「這方面我也很有自信。」根岸也笑道。

「你的學習能力很強啦。」我否定道。

「不過，我們能做的也只是輔助而已。」根岸說。「只要他乖乖聽阿三的指示就沒有問題。」

「傳棒靠的是感覺。阿根，一直是你傳棒給連，還是你最適合教他。」

「你不要給我壓力啦。」

「當然要給你壓力，誰叫你的夢想那麼大。」

根岸沒有說話。

「我們也在追求同一個夢。」

聽我這麼說，根岸拿起書包說：「好。那就晚點見嘍。」

在那之後，根岸盡量不用負面的字眼，而改用正面的話語來教導鍵山。當然，內容都是之前一再重複的老話，沒什麼特效藥咒語，只不過改用了更具體、更正確的表現來傳達。不過「往斜下方插下去」這個建議似乎對鍵山幫助很大，「不要把接力棒往上揮」這句話根岸之前說到嘴巴都快爛了，還是沒用。而當他改用正面的建議時，這句話打開了鍵山腦袋裡的開關。在一旁的我們可以明顯感受到他的動作改進了。

根岸把「輕輕放進去」這句話改為「拿棒子去碰連」，這招也奏了效。

「不要去想要把棒子交給連，而是要拿棒子去碰他，輕輕碰他。」

「阿根的說法很色耶。」連笑著說。「上挑傳棒法有那麼色嗎？」

絞盡腦汁指導鍵山的根岸發火了。

「那是因為你的腦袋太色了，你練習時都在想什麼啊！」

「鍵山，請你溫柔一點喔。」即使挨罵了，連還是胡鬧地說。「輕輕碰我就好。」

除了根岸以外，所有人都笑了，就連鍵山也笑了。

「輕輕地就好，要往斜下方插進來。」

鍵山漂亮地完成了傳棒，動作出乎意料地流暢。

一旦抓到了訣竅，接下來只要反覆練習，讓身體牢牢記住這種感覺。要練到即使不刻意意識，身體也能做出正確的動作為止。之後，他又和連進行微調，調整接棒時手的位置高低以及兩人之間的步數。

看到鍵山傳棒成功時，我總是會大聲稱讚他。很好！ＯＫ、ＯＫ！精神百倍地大聲稱讚、為隊友打氣是我的職責，也是我的專長。

根岸給鍵山的建議中，有一句話特別棒——不要只考慮自己，要為對方著想。不要急著完成自己的工作，而是要考慮如何傳棒才能讓接棒者順利加速。的確，如果從這個角度出發，就絕不可能會發生大力把接力棒敲進對方手裡的情況。

我能每次順利從桃內手上接到棒子，都是因為他一直為我著想。重新體會到這一點，我由衷地感到感激，信任他。

3　最後調整

傳棒大有進步。不光是一、二棒之間，所有的區間都大有進步。

「比賽是一跑定輸贏，不實際跑一下，永遠不知道問題在哪裡。總之不管發生什麼事，只要照練習時那樣跑就行了。」開會時，三輪老師一如往常懶洋洋地說道。他的這種態度令我感到輕鬆許多，緊繃的身體也舒展開來。不過也可能有其他的隊友會希望他更嚴厲點、更激動、更熱情一點吧。雖然他偶爾會冒出一些高不可攀的目標，不過說話時的他總是輕描淡寫地說著，讓人以為他在開玩笑。

「不過，先了解一下強隊的實力也不壞。」前面說了這麼多，三輪老師其實是為了講這句話。他把這次參加南關東大賽的各縣強隊資料發給我們，上面差不多有十所學校的縣賽最佳成績和選手棒次。

「不需要太放在心上，只要當作參考資料就好。」

不用說，最具奪冠希望的當然是縣賽中唯一跑出四十秒多紀錄的鷲谷高中；而千葉的佐倉開星、東京的昭和學館附屬高中和本校春野台，最佳紀錄都是四十一秒多。同在神奈川縣的松溪學園、新葉、千葉縣的成田南、東京的早稻田學園、山梨縣的駿大東洋等，大部分的學校成績都是四十二秒多。

「現階段，鷲谷占有領先優勢。照目前來看，本校、佐倉和昭和，最可能威脅鷲谷，不過會不會殺出黑馬很難說。」三輪老師說。「昭和是靠王牌赤津撐大局，他的狀況好壞足以決定勝負。去年他是跑第四棒，今年跑第二棒。如果準王牌的川崎狀況理想，他在關東大賽時應該會跑第四棒。」

赤津啊……我記得，就是那個「凱蒂貓」嘛，那個把女友親手做的凱蒂貓配件戴在身上、目中無人的笨男人。

「赤津也是個人一百公尺和兩百公尺的奪冠人選之一。他在縣賽的成績是十秒七六，風速是逆風〇．八公尺。」三輪老師看著連和我說。「佐倉的王牌是北見。他在縣賽一百公尺的紀錄是順風正二公尺，十秒五七。在全中運時期曾拿下一百公尺第三名，一之瀨，你應該知道他吧？」

連點點頭。「二年級時我們一起參加了全中運，他當時好像只跑進一百公尺準決賽。」

「你贏了吧？」根岸問。

「那時候啦，如果三年級的時候也參加，結果就不一定了。」連回答。

對了，連在國二時退出田徑隊，三年級沒有參加全中運。話說回來，他居然在國二時就跑進了全中運的百公尺決賽，未免太厲害了嘛！簡直令人難以置信！即使是北見和仙波，國二時也跑不進決賽耶。

「北見進高中後立刻受了傷，不過才一痊癒又受了傷，狀況時好時壞，很少參加比賽。去年秋天，他終於歸隊，參加了新人賽，表現馬馬虎虎。不過今年冬天以後他突然竄了上來。他本來就很有實力，如果不是因為受傷，表現應該和仙波差不多，不，甚至會超越仙波。」

仙波在國三時，拿下了全中運一百公尺亞軍，北見雖然落敗了，但在三輪老師眼中，他似乎比仙波更優秀……國中時代的我，對田徑世界一無所知，而連、仙波、北見、高梨、赤津和其他人則早已知道彼此。不，赤津參加的好像是棒球隊吧。我感到有些嫉妒。歷史——大家的歷史早在我不知道的時候就已經展開了。仙波和高梨始終對連另眼相看，或許是因為國二時對他印象深刻的緣故吧。如果連沒有中途脫隊，一直跑下去的話……我突然想。不過，以連的個性，應該很難吧。體力和決心都不足的連，和因為受傷而飲泣、至今沒有放棄田徑的北見，以及穩穩地邁向菁英之路的仙波，他們將在關東大賽上一決勝負，最後則是在全高運上碰頭。而我也將加入這場比賽，還有赤津和高梨。

「我想北見應該會跑第二棒，佐倉開星的其他三名選手都是十一秒多，第一、第二棒實力堅強，如果傳棒順利，成績應該很理想。」

老師又說起接力賽的事。對呀，我們本來就是在討論四百接力的事啊。

「我們的成績絲毫不比別隊遜色，名次將視傳接棒的狀況，如果順利，應該有機會擊敗鷲谷，拿下優勝。當然不允許有任何失誤，只要傳棒順利，卯足全力，我們很有機會進前六名。你們要對自己有自信！」三輪老師最後輕鬆地笑著說。

去年四百接力也跑進了南關東大賽，照理說應該和今年進行過相同的練習。只不過去年因為連受了傷，整支隊伍喪失了戰意，我不太記得當時的事了。而今年的狀況和去年完全不同，在我這一生中，從沒像現在這樣整天都想著傳棒的事。一年級時首次參加縣賽的四百接力前，我也是無論睡著醒著滿腦子都是接力棒，只不過當時是出自害怕，害怕失敗，而如今的我則是積極地去想該怎麼做才能有助於成功。

六月的前兩週，新人鍵山歸隊，為了增加四人的團隊默契，只要我、連、桃內和根岸的體力允許，就盡可能多陪他練習，協助他盡快融入團隊。而其中最拚命的，當然就是鍵山本人。

鍵山真的很努力，他掌握到訣竅後，進步神速。原本粗魯、不自然的動作漸漸變得流暢，充滿了自信。每個人應該都有過類似的經驗吧，那種從不會到會的過程總是令人樂此不疲，一點也不覺得辛苦。順利學會傳接棒後，鍵山又得意忘形起來，每次成功時總是誇張地大聲叫好，不過也因此提振了團隊的士氣。他遇到挫折時的誇張反應令人看了火大，相對地，成功時的聒噪卻一點也不讓人討厭。這是理所當然的吧。硬要挑剔的話，他一副好像全是靠自己學會的嘴臉，還是讓人有點火大。

鍵山總是在過度自信和毫無自信之間劇烈搖擺，相當極端，不過他真正的實力應該比他認為的要更接近中間。不過現在就讓他得意一下吧，這種讓學長火大的自信剛剛好，第一棒就是得狂妄一點，就像飆車族裡的特攻隊，否則比賽根本就不用跑了。一旦害怕，一切就完了。我在一年級跑第一棒時，簡直就嚇壞了，聽到起跑槍聲時，心臟差點從喉嚨跳出來，那種壓力有多大嘛……比參加個人一百公尺還緊張，站在接力區等待要好上一百倍，即使霸主仙波一也站在旁邊也無所謂。

正式比賽十天前，我們去體育場練習，使用兩個跑道同時練習傳接棒。在學校練習時，由於場地較小，通常只能分組練習。一旦習慣這種形式，正式比賽時看到隔壁跑道的選手起跑，稍不留神，就會跟著一起跑，犯下失誤；這項練習就是為了避免這種失誤設計的。

因此，這項練習的目的不是為了訓練速度，而是為了幫選手適應跑道上有他隊選手的情況。接力賽的練習，最注重傳棒的感覺，也就是掌握起跑和傳棒的時機。就算桃內的傳棒技巧再純熟，速度上還是我占了優勢，如果一不小心太早起跑，他很可能會追不上我。不過經過一次又一次的練習，再加上在比賽中累積而來的經驗，我的起跑也逐漸穩定，練習時已經幾乎不會再有傳接棒失誤的問題了。然而在正式比賽時，還是要隨時觀察桃內的狀況。如果是他狀況好，跑得太快，傳棒時和我距離過近，影響加速的話，問題還不大；就怕萬一他狀況不好追不上我，那就真的死定了。

「我只要稍微慢半拍起跑，一之瀨學長咻地就衝過來了；如果體力不支，最後衝刺時稍微慢了一點，神谷學長可能一眨眼就不見了。害我每次都得咬牙拚命跑，你懂嗎？你能體會這種壓力嗎？」

之前，桃內曾在鍵山面前發牢騷。不過，也可能是在炫耀啦。

「第三棒還真辛苦。」鍵山像是感觸良多地點頭附和。「不過桃內學長，這種壓力一定能讓你更進步的。川畑選手在雪梨奧運會上不是說過，傳棒給伊東選手讓他得到了很多難能可貴的經驗，因此成長許多嗎？」

「那還用你說。」

「可是那麼一來，今年秋天新人賽的一百公尺，我不就會輸給你了嗎？」

「笨蛋！誰叫你想那麼久以後的事了！把注意力集中在關東大賽上！」

鍵山和桃內儘管還是彼此看不順眼，但他們至少肯和對方說話了。

練習時，每個人不需要跑到一百公尺，前一棒只需要跑到跑出極速的六十公尺，而下一棒包含傳接棒，只要跑五十公尺左右。據我的經驗，當前一棒已經跑近自己時，即使對手就在眼前，也可以不受影響地把注意力集中在接棒上；然而，如果前一棒和自己的距離還很遠時，最好根本不要去注意對手，就當他不存在。

聽到根岸一聲令下，他們立刻起跑了。他們是採取站立式起跑，兩人的反應都很快，飛快地衝了過來——他們起跑後，我把注意力集中在桃內身上。他就快來了，我可絕不允許起跑時機有絲毫的閃失。我起跑了，然後聽到桃內的口令，手碰到接力棒，抓緊了！我順勢加速，直直地向前衝……達到極速後，才緩緩放慢速度。我沒空注意隔壁跑道的情況，不過確定他們沒有發生傳棒失誤。看鍵山笑得那麼開心，想必進行得很順利吧。

休息十五分鐘後，第二、第三棒開始練習從直線跑向彎道的傳棒，候補的根岸和後藤在外側跑道陪他們練習；我和鍵山則在一旁見習，鍵山的目光始終追隨著連的身影。最近的鍵山，似乎又找回了受傷前那個鋒芒畢露的他。在他受傷、傳棒不順利的那段時間，那道鋒芒曾經一度消失。隊上一直沒有像他那樣企圖心強的選手，不過他那股鬥志稍不留神，很可能就會往不好的方向發展……

如果選手的性格和能力無法穩定，起伏太大，往往潛伏著危機。尤其像鍵山經驗還不夠，又是傷後復出不久，再加上不夠機靈，就更加教人擔心了……他就像一把雙刃劍，既有可能帶我們邁向成功，也可能走向失敗。不過我已經做好了心理準備，我能做的，就是讓他保持激昂的鬥志來迎戰——當然也不能讓他太得寸進尺啦。

正式比賽六天前，我們到體育場進行最後的調整，為傳接棒做最後的把關。那天是星期六，下星期的這個時候，我應該正在為一百公尺預賽暖身吧，而且前一天還跑完了四百接力預賽，不知那時的我心情如何。我沒有不祥的預感和想像，雖然緊張，但更充滿期待。我自認狀況不錯，最重要的是，四百接力的四名成員也都處於最佳狀態。

雖然有兩項個人賽晉級，然而縣賽結束後，我滿腦子都是接力賽的事。反正短時間內能夠為個人項目所做的事有限，也最好不要輕舉妄動，只要調整好身體狀況，讓自己在最佳狀態下迎戰就行了。相反地，四百接力要做的事還很多。無論我、連還是桃內，都把注意力集中在鍵山身上。到時候到底會流淚或歡笑，一切都取決於他。我們為了想贏得最後榮耀，盡情大笑，選擇承受了可能伴隨眼淚的風險。而鍵山也努力回應我們的期待。當然，比賽的事誰都說不準，不過現階段能有這樣的成績，不管到時發生什麼事，我們都無怨無悔。

希望大家的傳接棒都能順利。接下來，我們將仿照正式比賽時的條件，實際跑跑看，這次也會測成績。不過我認為與其計較跑出幾秒的成績，更重要的是要把完美傳棒的感覺帶進關東大賽。可是鍵山就是說不聽，這傢伙向來對成績和輸贏很執著。

「重要的是傳接棒！」我一次又一次對鍵山重複這句話，他的耳朵恐怕都要長繭了吧。

「你只要順暢地把棒子交給連，只要這種氣勢能一直延續到我手上，成績不可能不好的。第一棒的氣勢很重要，會有加乘的效果唷。」我緊緊抓著鍵山的肩膀。「就交給你了，先鋒隊長！」

「好！」鍵山精神百倍地回答。

個子矮小的鍵山做好蹲踞式起跑的姿勢，一下子衝了出去，跑步十分輕快。他壓低上半身（他前傾的角度一向較大，再加上個子矮，看起來真的很貼近地面），輕快地加速。連曾告訴我，鍵山的速度變快了，以致他們的傳接棒有時會顯得侷促。連也說，今天會盡全力跑……換句話說，在這之前他都沒有盡力跑嗎？我完全沒有留意到。

連起跑了。我忍不住在心裡暗自驚呼。如果事先沒聽他說，可能看不出來吧。不，應該還是看得出來吧。他和之前不同，接棒前的助跑速度很快，鍵山追得上嗎？「接！」鍵山響亮的口令聲傳入我的耳朵，他伸直手臂，把接力棒插進連的手中。傳棒成功！幾乎就在同時，連已經在直道上飛奔而去。桃內看準了他的速度，也迅速起跑了。桃內的起跑向來很快，今天更是氣勢如虹，即使如此，連傳棒時他們還是靠得稍嫌近了一點。傳棒成功！桃內加速得很順利，似乎並沒有被剛才的接棒影響，他也變快了啊，一百公尺的成績和初春時比起來大有進步。他來了！我也用最高速度起跑，以桃內目前的速度，應該沒問題。他到最後都沒有放慢速度，順利傳棒給我，過程很快。我緊握接力棒，衝向終點。

這次的練習整體感覺很棒，傳棒也很順暢。將百分之一秒四捨五入，成績是四十二秒〇，比四天前縮短了〇．五秒。鍵山原以為能突破四十二秒，表情顯得有些沮喪。我向他再三強調，這樣的成績已經很理想了。

「正式比賽時成績很可能會縮短一秒，四十秒多的成績，足以和鷲谷爭奪冠軍了。」

「哇，太厲害了。」桃內一臉興奮地說。「真是太刺激了，我的心臟都快停了！兩位學長，你們正式比賽時會跑得更快吧？到時我追得上你們嗎？」儘管嘴上這麼說，但他說話時的雙眼灼灼發亮。

「桃小內，」我捶了一下桃內的頭。「你變快了！」

「真的嗎？」

「真的，真的。」我摸著他的頭說。「你一定追得上的，別擔心！」

根岸沒有和我們一起慶祝，獨自怔怔地站在原地。我走了過去。

「太好了……」根岸低聲說道。「你看到了嗎？連起跑時使出了全力。」他一臉快哭出來的表情。「我跑第一棒的話，他根本無法發揮實力，每次都是等我到了以後才開始加速，那根本稱不上四百接力。剛才你們跑的，才是貨真價實的四百接力。」

「嗯。」我點點頭。比起全高運的冠軍，這或許才是根岸最希望看到的。看到連不再需要放慢自己的速度，盡情奔跑；四百接力的成員都能跑出最高速度。這才是根岸的夢想啊。

連這時也走了過來，突然拋下一句：「可以再快半步。」

「你還可以再快嗎？」我驚訝地問。

「還可以啊。」連淺淺地笑了笑。

第五章　閃亮的跑道

1　全高運預賽（南關東大賽1）

終於到了出發的日子，我們將前往南關東大賽的舞台千葉。星期四，也就是比賽前一天，我們上午十一點在學校集合，三輪老師向老家借了一輛大廂型車，載著七名選手出發。開車的當然是老師。

為了在賽前先觀察賽場，我們提前出發。擔任陪同員的溝井、谷口和五島，將在放學後和副顧問內藤老師一起搭電車前往。內藤老師是我一年級的班導，教音樂的女老師。每次老師人手不足時，常會請她支援。

出發前，校長也來為我們送行，笑著向我們揮手說，他星期六會去現場加油。「我們會加油的！」我們也向校長揮手致意。

去年的六名選手也是坐這輛車前往埼玉，但那時的感覺比較像是去遠足，一點也不緊張，大家在車上打打鬧鬧、吃零食。不，其實我去年也很緊張，畢竟那是我第一次參加關東大賽。只不過，「志在參加」和要去「一決勝負」的感覺，一點也不能相提並論啊……

「居然一輛車就夠了。」三輪老師在駕駛座上嘀嘀咕咕。「原以為今年一輛車絕對不夠，內藤老師又不會開車，我還苦惱了半天，本來還想租一輛巴士，想說坐不滿也沒關係。」才剛出發，就說這種打擊士氣的話。這也只有阿三才做得出來啊。

「不過，」我在他後面的座位上接口。「我們可是精銳部隊，人數雖少，但個個都很強。」

「喔，這種話哪有自己說的？」

「當然要說！」我是真心這麼想的，不過其中也有想幫鍵山打氣的意思，便刻意答得理直氣壯。

「真不敢相信！」坐在副駕駛座的鳥澤粗聲粗氣地說。「我竟然不是去當啦啦隊。」

「對啊，妳要上場比賽。」三輪老師說話的語氣，就好像鳥澤自己不知道這件事似的。她深深地嘆了一口氣，一會兒像是在若有所思，一會兒又似乎想說些什麼。我還是第一次看到向來積極活潑的鳥澤這麼安靜。

沿途一路順暢。三輪老師說，即使嚴重塞車，車程也不可能超過四小時，順利的話，兩小時就到了。

一年級和二年級坐在最後一排，桃內和後藤正在聊我不知道的電玩遊戲；我喜歡射擊和格鬥遊戲，卻幾乎不玩角色扮演。鍵山則默不作聲地望向窗外，表情不像是緊張，卻也說不上放鬆。這時，我又意識到有個一年級學弟在場。去年桃內也是一年級的，但他很快就和我們打成一片。隊上相差一學年的學長學弟感情一向很融洽，可是如果相差了兩個學年，彼此難免有些距離。田徑的指導當然另當別論，我希望鍵山能多親近桃內他們，但也不敢太過奢望，畢竟他們原本水火不容的關係已經改善許多，有進步就好。

連睡著了；無論坐小客車、公車或是電車，他總是能倒頭就睡。鳥澤正在和三輪老師聊天。根岸在發呆，他說昨晚沒睡好。「奇怪，我緊張什麼。」其實一點也不奇怪，對根岸來說，或許自己上場反而比較輕鬆吧。昨晚我也沒睡好，整晚迷迷糊糊的，一直作些怪夢。

車上的音響正放著三輪老師最愛的奧田民生的CD。每次坐阿三的車，就只能聽他的歌。我想隊上的人如果去KTV，一定會唱好幾首民生的歌吧。〈三十騎手〉這首歌開始了。我很喜歡這首歌，每次聽到後半的副歌，都忍不住跟著哼唱起來。

「我們要自由　我們要青春　要盡情揮灑的汗水　要永不枯竭的淚水」

「讚喔，歌王！」桃內在後面起鬨，後來大家也跟著唱了起來。

「要寬闊的心　要無聊的創意　要輕鬆發笑的幽默　要一帆風順的機智　要不會沉睡的身體　要一切想要的欲望　如果說得誇張一點　就是這麼一回事　我們可以驕傲地說　就是這樣的感覺」

阿三的假聲很響亮，而且還大走音。大家都哈哈大笑。

「你們有沒有聽過神谷唱松浦亞彌的歌？還有aiko。他唱女生的歌很好玩。」

根岸竟然洩我的底！

「什麼？好想聽唷。」鳥澤轉頭說道。

我說話的聲音很普通，但唱歌時可以飆到很高音，常扯著嗓子或用假音唱偶像歌手的歌搞笑。我開始唱起松浦亞彌的〈Yeah!超級假期〉，淹沒了民生的歌聲。車內爆出一陣狂笑。

「神谷，吵死了！我都沒辦法聽歌了。」三輪老師抱怨著，但大家要求老師關掉音樂聽我唱歌，少數服從多數，老師很不情願地關掉了音響。結果後來車內演變成了歌唱大會，我不想一個人唱，就邀鳥澤一起唱，桃內和後藤也加入了，根岸面帶笑容地聽著，沒想到鍵山也意外地投入。他和桃內一起唱「糊里糊塗」(註)的歌，逗得大家鬨堂大笑。

「你的大阪腔很好嘛，你不是說討厭大阪腔嗎？」

鍵山被桃內敲了一下頭，一本正經地說：「唱歌跟說話是兩回事。」

大家又笑彎了腰。這片吵鬧聲中，連仍然呼呼大睡。過了一個小時，老師要其他人把他叫起來，因為他只要睡了午覺，晚上就會睡不著。被叫醒的連一臉不開心，所以我們也不再胡鬧，車內再度響起奧田民生的歌聲。

我們在中途吃了午餐，差不多花了三個小時，總算來到千葉綜合運動中心的田徑場。綜合運動中心還擁有棒球場和網球場，田徑場則位在中央，就在單軌電車車站旁。

我們從廂型車裡取出帳篷，先占好位置，然後再依次確認田徑場的出入口、集合站、廁所、看台……等位置。如果是熟悉的田徑場就沒有察看地形的必要，此舉讓我們深深體會到自己終於走出了神奈川，來到了更上一層樓的關東大賽。

千葉綜合運動中心很氣派，不過基本上和其他體育場並沒有太大不同；椅子座位的主看台、草皮座位的後看台、紅色跑道、綠色的田賽場地——零零星星的工作人員正在跑道上和田賽場地上忙碌走動。還沒有看見選手的身影。然而看在我的眼裡，眼前的一切是那麼地別具意

註：日本搖滾樂團。

義，就像是有生以來首次看到田徑場一樣。

從明天開始的四天期間，這裡將成為比賽的舞台。這裡是走向全高運的最後關卡，夢想的舞台。抓住夢想的人、失去夢想的人、守護夢想的人都將聚集一堂。同時，這裡也是全高運的比賽場地。當八月的燦陽照射在這裡的跑道和田賽場地時，我們也能站在這裡嗎？

全員的表情都變了。可能是看到明天即將踏上的戰場，內心都燃起了熊熊鬥志吧。

「真想早一點上場！」鳥澤興奮地說。「畢竟我還是第一次。」

「我一點也不覺得這是第二次。」桃內靠在看台邊的扶手上，探出身體嘟囔著說。

「關東賽每年舉辦的地點都不同。」三輪老師說。

「不，我不是這個意思。」桃內搖搖頭。「我是說真的，感覺好緊張啊，就像……就像是初戀一樣。」

聽到「初戀」兩個字，有人微笑，有人苦笑，但他的確說出了大家的心聲。

「真希望初戀能夠開花結果啊。」三輪老師事不關己地說，但語氣中透露出感慨。

鍵山一言不發地看著跑道。他臉上的表情不像是緊張，而是感動，所以我沒有打擾他。沒錯，有些感情不需要用言語表達，放在心裡比較好。我終於懂了這個道理。

「真想跑。」連突然說道。聽到連這麼說，大家才突然想到他還是首度參加關東大賽，我們都忘了這回事。

「我也想早一點跑。」鍵山有如大夢初醒般終於開口說話。

明天，我們春野台的接力棒就要在這紅色跑道上，由我們這四個人傳遞著。

我們住在千葉港車站旁的一間新飯店，平時這裡好像也舉辦婚宴，規模雖不大，裝潢很漂亮。今年住的是單人房；去年在熊谷比賽時，住在風化區附近的一家詭異飯店，記得那時住的好像是雙人房。

一行人搭電梯來到九樓。三年級男生和老師住在九樓，女生和一、二年級的都住八樓。房間雖小，卻很舒適，床罩和地毯的顏色都很時尚。從房間的窗戶看得見千葉港，我興匆匆地走到窗邊欣賞。

飯店前是站前廣場，從房間可以清楚看見來往行人，也看得到京葉線的鐵路，巨大的停車場後面是大海，還看得到一小塊的人工港灣。港灣邊停著一艘大船，海平面附近有幾艘小船的影子在移動。左側豎立的四方形細長銀棒應該就是這一帶的觀光名勝海港塔吧，後方的工業區飄著幾縷白煙。

景致雖然稱不上美麗，但偶爾看看這種人工風景也很有趣，搞不好還能看到剛進港的船隻。

我躺到床上去，突然強烈意識到房間裡只有自己一個人，明明連和根岸就在隔壁房間。接下來三天，我都要住在這裡。從明天開始的那三天，就是比賽的日子，而且還是大比賽，是我人生中最大的比賽。

手機不停地收到簡訊。我沒有理會，閉上眼睛。等一下，再給我一點時間，我想再獨自感受一下此刻空氣的重量。

後援部隊在五點多到達，我接到溝井的簡訊來到大廳時，其他人也紛紛下樓來了。我也發了通簡訊通知鍵山。不同於選手陣容堅強的強校，我們只有七名選手參賽，只要看到自己人出現，就感到格外安心。鳥澤看到谷口，衝過去緊緊抱住她。真讓人羨慕啊。就連我也覺得溝井滿是雀斑的臉今天看起來特別可愛，也想上前抱住他，但是更怕被他粗壯的手臂打一頓，只好打消這個念頭。

我沒有看谷口，她光是出現在這裡就已經令我小鹿亂撞了，但同時也感到安心。谷口有種令人安心的特質，只要有她在，氣氛頓時變得柔和起來。

大家在一樓的餐廳吃晚餐，以白色裝潢的餐廳一看就知道是為了婚宴設計的。我們平時就經常一起吃飯，不過今天卻有一種外出作客的感覺。鍵山和三個二年級的學弟坐在一起，看到他和其他人有說有笑的樣子，我總算鬆了一口氣。

「事到如今，應該不必我說了吧，不過還是提醒大家，今天晚上早點睡。」晚餐後，三輪老師提醒大家說。「一之瀨連，你聽到了沒有？」

聽到老師用全名叫他，連笑了一下。

「你該不會帶電玩來了吧。」

「對啊，用來打發時間。」

「我要沒收！」

「什麼？」連瞪大眼睛。「我不會玩太晚啦，玩一下就會睡了。」

「你的話不可信。」

「什麼？」

「你應該不止帶ＤＳ，還帶了ＰＳ〔註一〕吧。」

看到連為難的表情，大家都笑了起來。最後，三輪老師雖然沒有真的沒收，還是再三叮嚀他早點睡。

「好過分。」連事後嘀咕說。「我這麼沒信用嗎？」

我相信連不至於因為打電動而耽誤比賽，但也能理解老師無法百分之百相信他的心情。我把鍵山交給二年級的學弟照顧，大家互道晚安後，各自回房去了。

洗完澡，做完伸展操，我從窗戶看著港灣的夜景，景致比白天漂亮多了。這時心頭湧上一種幸福的感覺，我深深地覺得能走到這一步真是太幸福了。

　　　　＊

鳥澤的預賽中午十二點五分開始，所以早上八點就出發去體育場。三輪老師帶著谷口和鳥澤，三個人一早就出發，其他人在兩小時後和內藤老師搭單軌電車前往。號稱二十五歲，推測年齡四十歲的內藤老師對田徑一竅不通，似乎也不了解這次比賽的重要性，無論是吃飯店無限量供應的早餐，還是搭單軌電車時，都帶著好像外出旅行的輕鬆心情，開朗的她一路上說個不停。

「哇，真好玩，電車竟然吊在半空中〔註二〕耶。不會掉下去吧？」

「萬一掉下去，就會上國際新聞了。」根岸回答。

註一： SONY出品的光碟家用遊戲機。
註二： 千葉的單軌電車是採懸垂式系統，電車為懸在半空中行駛。

「你們的食量差好多，平時也是這樣嗎？」

「對啊。」

「要比賽的人應該要多吃一點吧？」

「也不一定啦。」

連和桃內昨晚似乎睡得很好，我也睡得很沉；鍵山似乎沒睡好，早餐也吃得很少。內藤老師叫連多吃一點，他也只是笑笑而已，不過鍵山卻毫不掩飾臉上的不耐煩。單軌電車在大樓之間穿梭，內藤老師似乎很開心，她的歡樂心情感染了大家，大家也跟著笑了起來，只有鍵山板著一張臉。他太緊張了。昨天看起來還很正常，但今天早上表情完全變了。這也難怪。我回想起自己一年級的時候，對他此刻的緊張感同身受。正式比賽前，得設法讓他放鬆才行……

單軌電車抵達運動中心後，我們前往昨天占好的地盤，帳篷已經搭好，就在集合站前的草皮廣場上。今天搭小型巴士來聲援的隊友也已經到了。在其他一年級的包圍下，鍵山似乎總算能放鬆了。真是太好了，看來還是和同期的隊友在一起最自在。

我做完第一次的暖身運動，回到帳篷休息片刻，就到看台上去為鳥澤的預賽加油。一天連續跑好幾場比賽固然辛苦，但像今天這樣，只有一場下午三點五十分開始的四百接力，對精神的負擔也很大，尤其是參加這種高手雲集的大比賽，一整天神經都處於緊繃狀態，總覺得等待的時間格外漫長。真希望趕快上場跑完啊。

鳥澤能發揮多少實力呢？以她目前的成績，很難擠進前六名，甚至很可能在預賽就遭到淘汰。不過她自己也說，不希望只是志在參加而已，至少要突破自己的最佳紀錄。希望這場比賽不是最後，而是她的開始，鳥澤應該會參加秋天的丹澤湖馬拉松接力賽吧。

我們大聲為她加油。今天鳥澤狀況不錯，不過畢竟關東大賽和縣賽水準大不相同，她無法擠進領先集團，到了中段開始一路落後。儘管心裡清楚很可能發生這樣的狀況，但親眼目睹時還是無法輕鬆釋懷……希望她至少能超越一個人，她做得到的。我們聲嘶力竭地大聲加油，鳥澤到達終點時，同樣是中長距離組的雙胞胎姊妹哭了。谷口擔任鳥澤的陪同員，想必也哭了吧。

「鳥澤全力以赴了吧？」我問入江。

「她很厲害。我想應該打破了她的最佳紀錄。」

入江點頭回答。他臉上向來沒什麼表情，很難看出他在想什麼，但想必此刻也是百感交集吧。他一定也想出場，再加上和鳥澤在中長距離組有許多同甘共苦的回憶，一定比我們短距離組的人感觸更多。

2　全高運預賽（南關東大賽2）

漫長的等待時間結束後，我們來到集合站。檢查完制服前後的號碼卡和釘鞋，領取腰牌（跑道的數字）貼紙，貼在短褲的右側後方。

在集合站的帳篷內看到許多熟面孔，神奈川縣總共有四所學校參加，也看到去年新人賽結識的他縣選手。「凱蒂貓」赤津也在，他好像又壯了一圈。我不認識北見，穿白色制服的那票人就是佐倉開星嗎？我看到了鷲谷的紅色制服。對了，高梨沒發簡訊給我，之前每次比賽前，他都會發簡訊給我。他是怎麼了？難道是進入南關東大賽後，即使是高梨也沒這種閒情了嗎？

不知道鷲谷在今天的預賽會跑出幾秒的成績，不對，現在不是擔心別人的時候，無論如何，今天一定要擠進前兩名！預賽分成三組，各組前兩名，以及成績排名前二名的隊伍可以進入決賽。

我們被分在第二組，和佐倉開星同組。運氣還不錯。我們曾在新人賽和赤津所屬的昭和學館附屬高中跑過，卻是第一次和佐倉開星交手。雖然他們之前也參加了新人賽關東選拔賽的四百接力，但因為在預賽就遭到淘汰，並沒有留下特別的印象。當時北見也還沒有那麼受到矚目。無論是什麼隊伍，只要實際較量過一次，大致就能掌握住狀況。預賽時最好不要遇到強校，問題是進入關東大賽後，隊隊都很強。昭和學館附屬高中在第一組，鷲谷在第三組。

在公布欄看到分組名單後，三輪老師小聲叮嚀我：「如果接力棒到你手上時候是第二名，你只要繼續保持就好。」老師的意思是，如果佐倉開星大幅領先，不需要勉強去追，否則毫無章法地亂跑導致失速，反而可能被第三名的學校超越。這次絕不允許發生這種情況，必須冷靜地判斷狀況，盡最大的努力，這是身為第四棒的職責。我特別容易激動，對我來說這是一個嚴峻的課題，無論如何，絕不能重蹈縣賽一千六百接力的錯誤。

「就照平時練習的方式跑吧。」三輪老師靜靜地說完，把我們送上跑道。「就照平時練習的方式跑吧。」我覺得自己應該沒問題，連應該也是，桃內的問題也不大。問題是鍵山……

我一直在注意鍵山的狀況，他似乎不太緊張，賽前的暖身運動也做得很仔細。還和連商量，決定傳接棒時要增加半步的距離。老實說，到了這一步，旁人已經幫不上忙了，頂多只能幫他打打氣、拍拍他，激勵他而已。

各組、各跑道、各棒次都有規定的座位，選手們或站著，或坐著。我根本坐不住，連卻一屁股坐了下來。他一如往常沉浸在自己的世界，桃內和鍵山也坐了下來，根岸不知道在對鍵山說什麼。我做著下蹲動作，觀察同組的其他學校，否則就無法安心。我這種性格恐怕一輩子都改不了。

我們是第三跑道，佐倉開星在第六跑道，他們的四名選手都坐著，坐在第二棒位置的就是北見嗎？他看起來很瘦，但肌肉很結實，不太像是天生的，應該是刻意練出來的。聽說他常受傷，可能是復健時也做了肌力訓練。北見全身散發出一種光環，剛才在人群中我就猜想是他，果然不出所料。他個子不高，長相很普通，卻有一種獨特的氣質格外引人注目。他神情十分專注，既不像仙波，也和連不一樣，他的光芒感覺像是發自內心深處的堅強。聽說其他三名選手的成績都是十一秒出頭，個個看起來都很快，那個肩膀很寬的平頭是第四棒啊……

東京的早稻田學園在第四跑道，第八跑道是同樣來自神奈川的松溪。根據以往的戰績，我們的對手會是這幾所學校，只要傳棒稍有閃失，被任何一所學校超越都不稀奇。每次賽前我都提醒自己，無論接力棒到我手上時是第幾名，都不能慌張。就算第一、二棒之間發生傳棒失誤，連應該可以大幅挽回；如果第二、三棒之間發生疏失，應該也不至於造成太大影響，只要第三、四棒能準確無誤地傳接棒，問題就不會太嚴重。內心重新燃起了鬥志，精神也開始集中起來，我總算能坐下來了。

進入跑道前，我向大家打了個暗號，一起走出集合帳篷，圍成一圈，把手搭在各自的肩上，齊聲說：「春野台加油！」舉行了簡單的例行儀式，打開三輪老師口中的「開關」。

ON！

所有選手從第一棒開始依次跟著高舉塑膠牌的工作人員進入跑道。

南關東大賽和北關東賽在同一個田徑場舉行。除了跳躍和投擲項目以外，徑賽都在同一個跑道上進行。今年由北關東先進行比賽。

當我們來到第四棒的起跑點時，場上正在舉行北關東第三組的四百接力，看台上喧鬧不已。我根本沒有餘力理會北關東的賽事，但像鷲谷那樣的強校得考慮到全高運的比賽，藉此機會了解北關東強校的情況吧。

第四棒在等待地點待命。縣賽的時候，不僅可以叫得出所有人的名字，對他們的跑法也知之甚詳，如今，有超過一半以上的人都不認識。雖然不認識，但我清楚他們一定都跑得很快。去年就曾經感受到這種不協調感和恐懼感，至少今年不會再因為這些因素感到害怕。我滿腦子只有一件事，就是從桃內手上接過接力棒後盡力奔跑。

南關東的第一組開始跑了。為了避免身體緊張，我一邊放鬆，一邊不時觀察。昭和學館附屬高中果然很強，那個叫川崎的第二棒跑得真快。第三棒在領先的狀況下把棒子傳給了赤津，他們跑得很從容。第二名是當地千葉縣的成田南高中，會場歡聲雷動。

好，輪到我們上場了。

我走進跑道後，步測後貼上了步點。第三、四棒的距離和平時一樣。我看著桃內揮了揮手，桃內也向我揮手。一切都和往常一樣。我也想向鍵山打招呼，但他似乎沒有餘力看我。加油——我只能用念力向他打招呼了。

起跑了。有人起跑犯規。槍聲響了兩次。緊張的空氣頓時鬆懈下來。第幾跑道？呃，是我們？真反常。鍵山對起跑的反應並不靈敏，原本還擔心他會起跑太慢，怎麼會犯規？難道是身體晃動了嗎？這代表他很緊張嗎？想到這裡，頓時覺得身體緊繃起來。不行，不行，如果我也緊張起來，不就搞砸了嗎？

第二次起跑。這次順利起跑了。無論如何、無論如何、無論如何都要把接力棒交給連，只要交給連就好。鍵山起跑很慢，可能著急了，一下子挺直了身體。步伐很重。他失常了，平時他不是這樣跑的。目前是倒數第三名，沒關係。關鍵在傳棒。傳棒能順利嗎？他們比賽前增加了傳接棒的距離，連有沒有注意到鍵山的狀況不佳？如果鍵山減速，很可能追不上連。

鍵山經過步點了，連停了一拍才起跑。連知道鍵山的狀況，他克制了自己的速度。傳棒……鍵山伸出手，把接力棒交給幾乎處於停頓狀態的連。傳棒了！成功了。雖然鍵山跑得不怎麼樣，但傳棒很到位。鍵山，幹得好！

連接棒時我們還在第七名，他在幾乎沒有助跑的情況下奮起直追。超越了幾個人？一個人、兩個人、三個人……第四名了，不過和桃內在傳接棒時的距離太近了。哇，撞到了。不過幸好接力棒沒有落地，名次落後一名，桃內跑在第五名。他可以保持住嗎？我必須追過三個人嗎？

我把第一名的佐倉開星拋在腦後。第二名的早稻田學園、第三名的松溪學園、第四名……是哪一所學校？好像是山梨的學校，我得超越他們才行。桃內跑過步點了，我按往常的時機起跑了。趕快把接力棒給我，如果不超越三個人，就無法進入決賽。但桃內的聲音並沒有在平時應該出現的時候響起，我沒有聽到「接！」的聲音，反而聽到了「等一下」，趕緊放慢速度。在我幾乎要停下的時候，桃內衝了過來，幾乎快撞上我。我不知道到底發生了什麼事，總之抓到了接力棒……簡直亂七八糟了！我們之前的苦練到底算什麼？實在令人火大！為什麼做不好？練習了那麼久，為什麼會這樣！

現在不是考慮這些事的時候。我前面有好幾名選手。到底有幾個人？我得超越他們，我要贏！王八蛋。一百公尺根本不夠，讓我繼續跑！

跑到終點時，前面還有兩個人。這種情景似曾相識。雖然狀況不同，但我知道這種絕望感。那是在一千六百接力失利時的心情。

為什麼？為什麼我無法再超越一人？為什麼……？我根本無法考慮其他事，腦中一直重複相同的問題，為什麼我無法再超越一個人呢？

「現在還不知道最終的結果。你們是第三名，和第二名只有些微之差，第一名的成績是四十一秒〇五，這一組的速度都很快。」

根岸說個不停。但我根本聽不進他這番話，茫然地站在終點看著第三組的比賽。這一組的成績可能產生決定性的影響，但畢竟是由鷲谷帶領全局的比賽，成績不可能太差。我的腦袋還無法正常思考。不知道哪一隊的接力棒掉了，我心一沉。雖然發生在其他隊身上，但好像我們之前所有四百接力的練習都在那一瞬間化為烏有，全都畫上了句點。

鷲谷率先到達終點，成績是四十一秒一五。對鷲谷來說，這樣的成績很普通。他們刻意控制速度嗎？他們跑得這麼從容。我們為什麼不能像他們一樣？

總之，只能等待結果了。我們回到看台，等待廣播。各組第三名中成績排名前兩名的學校可以進入決賽，不知能不能擠進。

鍵山在哭，桃內很難得的也哭了起來。根岸和三輪老師不知道在討論什麼，我說不出話，也沒有哭。我覺得並不是誰犯錯的問題。雖然第一棒出了差錯，但責任並不完全在他，大家都各有疏失，節奏完全打亂了，根本沒有傳好任何一棒。

我個人的反省……我沒有判斷正確桃內的狀況，「按正常的時機」起跑了。不，我甚至可能提早起跑了。當時我的確很心急。桃內的狀況也不太好，可能是因為和連傳接棒時距離太近，使他有點心慌，跑的時候一定亂了節奏。我當時在觀察其他隊的情況，一心想著要超越幾個人。其實我根本不需要去考慮這種事，我能夠做的，就是在最佳時機接棒，然後以最高速度奔跑。即使事先再怎麼計算，也無法增加超越的人數。我應該隨時觀察自己團隊的比賽，必須留意桃內的情況，我到底在幹什麼！

事後根岸對我說，那一刻的等待彷彿比他這一生都漫長，幾乎快發瘋了，但我並不覺得等待的時間太長。當時一半的我陷入茫然，一半的我在強烈反省，感覺一點也不真實。

我們擠進決賽了。我們的成績在第三名以下的團隊中位居第一。我既不覺得高興，也沒有鬆一口氣，當時，我第一次感到恐懼，第一次真實地感受到差一點失去什麼。我渾身顫抖起來。

隊上成員頓時沸騰起來。有人大叫，有人跳了起來，也有人相互擁抱。

「先這樣吧。」喧鬧聲中，三輪老師緩緩地對接力成員說。「這是預賽，明天才是決戰。」老師鐵青著臉說。我從不曾看過老師這種表情。他努力想要擠出笑容，但只做得出一個僵硬的表情，拚命搖著頭，好像要趕走什麼，一點都不像平時的阿三。以前，無論我們遇到再大的失敗、挫折或是疏失，阿三的表情都不曾這麼難看。即使曾經陪著我們哭，也不曾露出這樣的失魂落魄表情。

我突然想起阿三當年參加南關東的四百接力決賽時，曾經發生掉棒失誤的事。此時此刻之前，我完全忘了這件事。相同的事差一點在我們身上重演。不，不對，我們差一點連決賽都進不了就要打道回府！

「就是有可能會發生這種事。」三輪老師的話重重地擊在我的心上，「幸虧是發生在今天。」

然後，老師終於發自內心露出笑容。阿三剛才彷彿好像回到了從前，進入了他的高中時代，直到這一刻才回到現世，從在比賽中失誤的選手變回我們的老師。我鬆了一口氣，忍不住嘆息。

鍵山和桃內還在哭。當他們得知我們進入決賽後，再度哭了起來。

「真可怕。」連露出扭曲的笑容說，「接力賽真的好可怕。」

我點點頭，卻無法還以微笑。

平時比賽結束後，大家會聚在帳篷內召開檢討會，今天反正住飯店，再加上三輪老師認為等大家平靜之後再進行檢討比較理想，便決定回飯店再召開。啦啦隊更辛苦，他們要搭兩個小時的巴士回去，明天再趕回來。鳥澤和谷口、內藤老師一起搭巴士回去了。女子一千五百公尺的決賽也在同一天舉行，就算鳥澤順利晉級，也預定在今日打道回府。如果是男生，有可能會留下來繼續當陪同員，但因為還有兩天，三輪老師並沒有為她辦理延長住宿的手續。

雖然只少了鳥澤一個人，卻覺得回飯店的車子裡格外落寞。如果鳥澤是打進全高運才離開，可能還不至於那麼寂寞。輸了，就代表結束了，為高中三年畫下了休止符。四百接力今天也差一點就被迫畫下休止符。車子很快就回到飯店，一路上沒有人開口說話。

回房間後，我先去洗澡，花了一些時間泡澡，放鬆肌肉。溝井來為我按摩，幫我徹底放鬆肌肉。溝井的按摩技巧很好，但指力很強，連不喜歡，所以由溝井為我服務。

「你真的都不會受傷耶。」溝井慢慢按著我的小腿說道。「你的肌肉很硬，不過也很強壯。屬於不容易累積疲勞的類型。一之瀨的肌肉很軟，但只要一累就變得很硬，一摸就知道了。」

「他今天應該不硬吧？」

「不知道，等一下問後藤看看。」

「他明天要跑四場啊。」

「對啊，不過，都是一百公尺吧？」

投擲組的溝井可能不太了解，四場一百公尺並不是總計四百公尺這麼簡單而已。如果和連續跑三場兩百公尺相比，體力上的確比較輕鬆，但一百公尺賽後的疲勞很特殊，會強烈消耗跑者的體能和精神。更何況明天要面對的是從來不曾經歷過的高水準比賽。

晚餐後，我們在餐廳內舉行了檢討會。

「我相信各位有很多話想說，明天就是決賽，不是一個月後。所以，反省要實際、積極，不要情緒化。不需要說抱歉。」三輪老師說。

他已經徹底變回平時的阿三了。這時我第一次發現，當阿三不像阿三時，我內心有多麼不安。雖然他有時候會搞笑，也會和我們一起歡笑、哭泣，但這種慵懶、鬆懈和完全沒有架子的阿三，就像隨時可以溫柔而又徹底包容我的無敵緩衝器。我很仰賴這樣的阿三。

「要具體討論今天在哪裡犯了什麼錯，明天要怎麼做。尤其是傳接棒的兩個人之間要好好溝通。好吧，那我先大致總結一下。」

老師依次看著每一個接力賽的成員說：「鍵山，不要在意起跑犯規的事。當短跑選手，誰都遇過這種事，不必急著衝出去。做好起跑的姿勢，穩穩地起跑，只要身體不晃動就沒問題。今天怎麼了？你很緊張嗎？從什麼時候開始緊張的？」

「一踏上跑道的時候。」鍵山回答說。「之前也有點緊張，但裝完起跑器後，突然緊張起來……覺得自己眼睛好像看不到了，視野變窄，一片霧茫茫的，所有的感官都變遲鈍了，我以為自己聽不到槍聲，一下子慌了。」

老師笑了起來。「你的症狀還真嚴重，神谷，你也有經驗吧？」

「對啊。」雖然很不想在這個時候被點到名，但我還是乖乖回答道。我把社團中無人不曉的那件搞錯跑道的事告訴鍵山，之前為了安撫後藤，也曾經告訴他這件事，原本只是單純的失誤，如今似乎已經變成了新生訓話內容。

桃內也開口說：「我在比賽時不會特別緊張，但一年級參加縣賽跑第一棒時緊張得不得了，渾身僵硬。結果這傢伙高興死了，神谷學長雖然現在是很帥氣的選手，以前很容易緊張，賽前會一直跑廁所。看到我難得因為緊張沒有跑好就幸災樂禍。也不想想我們是同一隊的耶，他是不是很差勁？」

現在才發現，去年參加縣賽時的心情真的很輕鬆。

「是你治好了我緊張的毛病。」我對桃內說。

「才不是，我治好的是你的神經性腹瀉。」桃內說。

「用鈦貼布。」我笑著說。

「只要把鈦貼布貼在下腹，就可以有止瀉功能。」

「這也被稱為春野台的七大怪譚之一。」根岸說。

「話雖這麼說，但真的很有效。」桃內說。「如果你有什麼問題，我也可以幫你貼。」

鍵山眨了眨眼睛。

「如果過度緊張，可以貼在額頭上，像這樣一條橫，一條直的，貼成十字形。」桃內指著額頭說道。

「你可以幫我貼嗎？」鍵山一臉認真地拜託說。「明天請你幫我貼。」

「騙你的啦，」桃內皺起眉頭。「我在開玩笑啦，你也太笨了。」

看到鍵山一臉失望的表情，大家都笑了。

「沒關係，你明天就不會那麼緊張了，至少不會像今天這麼緊張，我們今天太糟糕了，你放心吧，不可能更糟糕了。」

三輪老師聽到桃內的話，「啪」的拍了一下手。

「沒錯！就是這樣。」他點著頭繼續說道：「今天的確糟透了，簡直就是失誤大會合。即使如此，你們還是順利把接力棒傳了下來，沒有掉棒或失誤。你們的成績是第六名。你們了解這代表什麼嗎？這代表你們已經知道如何處理危機，你們順利挽回比賽。當然毫無疏失是最好，但是比賽時很難做到這一點，難免會遇到突發狀況。一旦遇到這種情況，是否能挽回局勢就成了晉級的關鍵。你們今天做到了。」

是這樣嗎？

「以前，我在這個社團時參加的四百接力隊無法處理失誤，原先我以為你們會重蹈覆轍，在失誤中結束……但是，結果並不是這樣。比賽結果出來之前，我一直在思考，你們和當時的我們到底哪裡不同。這不是運氣好壞的問題，你們身上具備了在緊要關頭堅持下去的毅力，那正是我們以前缺乏的。」三輪老師嚴肅地說道。「鍵山，你雖然跑得不怎麼樣，不過你的傳棒很好，值得稱讚。」

聽到老師的話，鍵山偏著頭說：「那是……那是因為一之瀨學長。」

「沒錯，自從一之瀨加入社團後，成為穩定的第二棒，從沒發生接棒失誤，即使和前後兩棒跑者的速度差異大，他也不曾漏接，起跑時機掌握得十分精確。不過，這不光是他每次都能精確把握起跑的時機，而是他能配合對方進行微幅調整。他察覺危險的本能很敏銳，在感受到危險之前，已經付諸行動了。」

「因為他是野獸。」我說。

「你這算是稱讚嗎？」連說。

「我沒說你是禽獸啊。」

「現在沒時間聽你們說相聲了。」三輪老師制止了我們。「所以，鍵山。你可以百分之百信任他，雖然比賽沒有什麼絕對的事，但我完全相信一之瀨。」

連露出懷疑的表情。「你昨天還說要沒收我的電玩。」

「我是信賴身為選手的你！一旦離開賽場，你就完全不值得信賴。」阿三抱起手臂。「鍵山，我想要說的不是這個。一之瀨的接棒的確無懈可擊，但是你今天那麼緊張，跑得荒腔走板，傳棒卻很漂亮。老實說，我還以為你會像之前那樣猛衝過去，用力把接力棒敲過去，結果揮棒落空。不過，還好沒有發生這種情況，這代表你的身體已經記住了正確的傳棒方式。這很了不起，因為這是我們隊伍最薄弱的環節。」

聽完老師的話，鍵山點點頭。

「真的很了不起。」老師重複道。「桃內在接棒的時候距離太短，傳棒時差一點追不上，最後反而擠在一起，簡直就是一場噩夢，但你還是順利把棒子傳出去了。」

「呃……」桃內似乎不知道該怎麼回答。

「那種情況，掉棒的機率相當高，但因為是你，所以才沒有掉棒，大部分的人絕對會掉棒的。桃內的優點就在於緊要關頭可以化險為夷，韌性很強。雖然和一之瀨不同，但你也很機靈地完成了傳接棒。」

桃內點著頭。

「一下子擠在一起，一下子追不上……在今天的傳接棒中，你擔心的所有情況都真實上演了，真的是所謂噩夢重現。剛才你不是說了嗎？今天的是最糟糕的情況，即使在最糟的情況下，你們也能順利傳棒，實在太厲害了。」

「是這樣嗎？」桃內嘀咕說。

「沒錯，就是這樣。」三輪老師用力點頭。「一之瀨和神谷跑得很出色，充分證明了只要傳棒順利，完全可以靠實力來彌補。」

「但是──」我和連都偏著頭。

「沒關係，反正你們已經通過預賽了。」三輪老師用堅定的口吻斷言道。「當然，如果你們在接力區就順利加速，應該可以再追過一個人。」

之後，在三輪老師的要求下，我們檢討了各區間的傳棒情況。如果可以參加明天一百公尺決賽，接力賽將是我和連的第四場比賽，必須同時考慮到身體的疲累情況。不過，目前還很難討論到這個環節。

「關於這個部分，要靠明天的感覺和實際狀況來決定。」三輪老師說。

明天如果我們跑進一百公尺決賽，接力賽前就沒時間練習傳接棒。少了第二棒和第四棒，鍵山和桃內即使有時間，也沒辦法練習。總之，只能今天徹底反省，展望明天。

「我會不會太早起跑了？」我向桃內確認。

「呃，」桃內陷入思考。「對，可能吧，我覺得你太早起跑了，但也可能是我今天狀況不好，我無法順利衝刺，也不知道是怎麼回事，身體感覺很重……」

「可能是太緊張了吧。」

「是嗎？」

「被G制住了吧。」在個人賽的決賽中曾經多次體會的「G」。重力、重壓，會讓身體無法動彈。「總之，明天我會好好看你的表現，要像連一樣，充分發揮本能。」

「要變成野獸。」桃內笑著說。「我也要變成野獸，大家都要當野獸。」

「野獸……」目前為止，我們曾經無數次練習，只要按照練習的方式去做，應該可以得到理想的結果。但是，我們卻沒有做到。因此我們知道，比賽並不是按照練習的方式或是像平時那樣做就可以做到這麼簡單。比賽的過程瞬息萬變，四百接力更像脫韁的野馬。在關東賽決賽這個大舞台上，光靠平時的練習根本無法制服這匹野馬。在比賽時所發揮的直覺和本能，決定了能不能貫徹平時反覆練習的技巧。

「明天我可以跑得比今天好。」桃內語氣堅定地說。

「我也是。」

「就像平時那樣跑。」我們得出了結論，繞了一個大圈子，才得出這個理所當然的結論。

3　全高運預賽（南關東大賽3）

我醒了。或該說我以為自己醒了。此時我站在一百公尺起跑點，注視著紅色的跑道。我沒有做出起跑姿勢，只是站在那裡。馬上就輪到我上場了。看台上歡聲雷動，一場大賽就要展開。心臟不由自主地猛力收縮，我猛然張開眼睛，看著飯店的天花板。有好一會兒，我不知道自己身在何處，豎耳傾聽著響起的聲音。那是悠揚而熟悉的歌聲，是BUMP OF CHICKEN的〈鑽石〉。我慢慢清醒過來，那是我手機設定的鬧鐘歌曲，我很喜歡這首歌，很激勵人心，每次賽前都會聽。

今天是決戰的大日子。現在是決戰的早晨。我躺在飯店床上。我沒立刻按掉手機鬧鈴，整整聽完一分鐘，才慢慢準備起床，再度想起今天是決戰的日子。

今天是個決定性的大日子。我加入田徑隊兩年又兩個半月，今天將是一個重要的分水嶺。無論出現怎樣的結果，我都會繼續跑下去，但今天的比賽結果或許會決定我以後的道路。

個人一百公尺和四百接力能不能進入全高運？還是就此結束？這兩個結果似乎會帶我走向不同的世界，不同的宇宙。那是未知的大陸，無限的空間……

不過還是別想了，把事情想得太嚴重反而不好。

下樓吃早餐前，我敲了敲連的房門。他不習慣早起，所以要確認他到底有沒有起床。沒想到房門立刻打開，他已經穿好鞋子，把連衣帽搭在肩上，嘀咕了一聲「早安」，一臉惺忪地直接走了出來。桃內和鍵山只參加傍晚的接力賽，晚一點才會去會場。後發部隊由根岸負責照顧。

在餐廳吃自助式早餐時，看到連大口吃著麵包、水果、優格、玉米片和香腸，再度發現他真的改變了不少。一年級的時候，每次這麼早起床，他通常只喝得下飲料。二年級暑假集訓時，他也為早餐問題傷透腦筋。直到三年級後，他不管是體質和性格，都終於有了運動員的樣子。今天終於要讓他與生俱來的短跑選手資質開花結果了嗎……？我不想輸給他。希望連可以跑出最佳紀錄，同時我也會緊跟不放，然後超越他——這是我的夢想，可說是我一輩子的夢想。

「有沒有睡好？」已經吃下三大盤食物的溝井又端了滿滿一盤食物回來時問道。我和連都「嗯」了一聲。

「神谷，你怎麼吃那麼少？」溝井問。

「這種大日子怎麼可能吃得下。」我回答說。

「是嗎？」看到溝井露出納悶的表情，我不由得佩服起來，看來他在比賽的大日子食欲也是這麼好。真不愧是靠力氣定輸贏的選手。

七點半離開飯店，八點就到了體育場，啦啦隊的人還沒來，我們七手八腳重新搭好休息區的帳篷。距離做暖身運動還有一點時間，我和連一起躺在帳篷裡。

昨晚以我們能夠進入一百公尺決賽為前提討論了接力賽的事，但老實說，我覺得把我和連一視同仁實在有點困擾。雖然我在縣賽的表現和成績都不錯，但一百公尺只要有一點小疏失，就會一敗塗地。況且，今天的參賽者幾乎全是十秒多的選手。

我將在預賽時遇到北見。他以順風二．〇，十秒五七的成績進入關東賽。光看數字，他並沒有比仙波快。但他從國中開始就是明星選手，而且三輪老師認為他的資質可能勝過仙波。他和連一樣，都屬於前半段型的選手。早知道昨天四百接力的時候應該先觀察他的跑法。難得有機會一起比賽，但因為昨天太慌亂了，根本無暇觀察別人。佐倉開星在四百接力預賽拿下了第一名，一方面是因為鷲谷並沒有跑出太好的成績，再加上他們是地主隊，所受到的期待和矚目都是一等一。

我和北見被分到預賽的第一組，同組總共有四名十秒級的選手。和往年一樣，四組各有四名十秒級的選手。第一組中其他兩名十秒級的選手分別是昭和學館附屬高中的川崎和甲府第一高中的加藤。在關東大賽的預賽中，不是八名選手，而是六名選手比賽。各組的前三名和第四名以下成績前四名的選手可以進入準決賽，沒有人可以保證千葉縣和山梨縣的兩名十一秒級的選手不會追上來。事到如今，不需要什麼作戰方法，也不需要預測，只能拚命跑，相信會得到好成績。

我比連提早出去做暖身運動。連向來把預賽當成暖身，所以賽前只會稍微活動一下筋骨。然而對我來說，從第一場開始就是要全力以赴的決戰，必須充分做好暖身運動。我和溝井一起去輔助跑道，溝井帶著飲料和果凍等水分、營養補給品，以及衣服、毛巾和釘鞋等陪我過去。

我先在輔助跑道上步行，然後開始慢跑。在簡單做了體操後仔細做伸展運動，充分伸展肌肉。關節很柔軟，嗯，狀態還不錯，身體已經做好了萬全的準備。昨天溝井幫我按摩的時候，也曾經稱讚我的體能，接下來只要調整好心情就沒問題了。我在反覆練習後，喝著飲料，環視輔助跑道，仰望著天空。今天天氣真好，雖說是六月天，但溼度很低，可能是因為時間還早的關係。心情很暢快。天空很晴朗，風微微地吹。或許晚一點會變熱，但應該不至於有影響比賽的強風或下雨。不過，天氣的事實在很難說。

在輔助跑道上暖身的一百公尺選手越來越多。我看到了佐倉開星的制服。是北見。哇，佐倉開星有三名選手跑一百公尺嗎？難怪他們的四百接力那麼強。鷲谷也有三名選手參加，只有一年級的西在做暖身運動，仙波和高梨還沒有來。我穿球鞋跑了一圈，喝著果凍飲料補充營養時，連和後藤也來了。

直到我換釘鞋時，仙波才帶著陪同員姍姍來遲。仙波的鮮紅色運動服很顯眼，再加上很少有一百八十五公分的短距離選手，很引人注目。不過大家會盯著他看並不是因為這些原因。南關東神奈川縣鷲谷高中的仙波一也，北關東埼玉縣上浦高中的佐佐木紀宏，這兩個人都曾在二年級時就參加全高運，還跑進個人一百公尺和兩百公尺決賽。或許大家對在一百公尺中獲得亞軍的佐佐木更加印象深刻，他也是今年全高運最有希望奪冠的選手。這次佐佐木進入北關東賽的成績是十秒四三，但因為是一．六公尺的順風，所以他的成績和順風〇．八公尺，十秒五六的仙波並沒有太大的差異。當然，今天他們不會對決。只是分別先在南北關東賽中展現出各自的實力，為晉級全高運打好基礎。哇，佐佐木來了。雖然他個子沒有仙波高大，但感覺體格更健壯。一看到佐佐木，我內心湧起一股強烈的衝動。我要參加全高運！我想和他一起跑！

不要再東張西望了。一場、一場認真跑。這是我的座右銘。先跑好預賽，奮力向前衝！我穿著釘鞋跑了起來。

做完暖身運動，準備去集合站時，桃內、鍵山和根岸來了。他們剛到。看到桃內和鍵山都一副神清氣爽、滿臉開朗的表情，我總算鬆了一口氣。我問他們有沒有睡好，早餐有沒有吃飽，他們回答說吃飽睡足了。看樣子他們已經拋開昨天的打擊，以全新的心情迎接今天。

一場大戰即將拉開序幕。一想到之後還要參加四百接力，心裡感到很踏實。這和在縣賽跑完兩百公尺之後還要跑一千六百接力那時的心境不同。此刻，我要進行我的比賽，想到比賽結束後，將和隊友一起迎戰更大的比賽，心裡就格外興奮。

「我出發了！」我很有精神地和其他人打招呼。或許因為還是預賽的關係，連難得地對我笑了笑。

準決賽會按預賽成績分配跑道，但預賽的跑道分配和晉級成績完全沒關係。誰幸運誰就能分到中央的跑道，被分到角落的跑道也只能自認倒楣。在六名選手中，我被分到最靠近看台的外側第七跑道。北見在第六跑道。川崎是第二跑道，加藤是第三跑道。運氣真差。決賽時，觀眾會屏息觀賽，但預賽時通常十分吵鬧，看台旁的跑道特別容易分心。北見就在我旁邊，他的起跑速度很快，前半段通常會衝在前頭，我要避免受他影響。有機會一較高下的川崎和加藤離我太遠，根本看不到。真倒楣。算了，這也沒辦法。反正只能不顧一切往前衝，就當作其他人都不存在。

最後一次選手唱名結束坐在帳篷內的長椅上待命時，我看到一旁的北見專注地凝視著腳下的某一點。他在昨天四百接力預賽時也一樣，全身散發出「我在集中注意力」的氣氛。看到這種人，我總是忍不住好奇地打量起來。他集中的方式和連完全不同。連好像整個思緒早就飛到了宇宙的遠方，但北見集中注意力的方式更人性化，有一種表演給別人看的感覺。嗯，看樣子他的格局比連小。不過這和實力也沒有太大關係就是了。

看台響起一陣歡呼。跑道上正在舉行北關東男子一百公尺的比賽，似乎有人跑出了好成績。佐佐木是第幾組？算了，別管那麼多。集中注意力，集中注意力。

「第一組選手請進場。」

聽到廣播來到跑道時，有一種不可思議的解放感。終於可以上場了。做完暖身運動後，情緒慢慢高張，但壓力也像滾雪球般越來越大。集合至今的時間似乎格外沉重和漫長，如今全都煙消雲散了。一看到即將在上頭比賽的紅色跑道，整個心都開闊起來。

這時，我想起一年前在看台上看到跑道時的心情。連獲得出賽權卻因為受傷而無法上場，我則因為無法再超越兩人而沒有資格參賽。當時我們並肩坐在看台上，屏氣凝神地注視著跑道，悔恨幾乎撕裂了我的心，發誓明年一定要上場跑。而如今，我就站在這裡！即將輪到我出場了！

設置好起跑器後試跑了一下。即使是位置不佳的第七跑道，也是我為自己贏得的跑道，只有來自東京、神奈川、千葉和山梨四個縣、總共二十四名選手有資格踏上的跑道之一。如果旁邊沒有人，我真希望像勇奪奧運金牌的外國選手一樣親吻它。

「各就各位。」聽到這個指令，我們排在起跑線後。嘹亮的軍樂聲響起。

「接下來為大家介紹南關東男子一百公尺預賽第一組出場選手。」廣播聲後，從第一跑道開始介紹選手。「第七跑道，三一一號，神谷同學，春野台，神奈川。」

「神奈川」幾個字特別令我興奮。進入關東大賽後，廣播最後會介紹縣名。第一組中只有我一個人來自神奈川縣，所以格外激動。我舉起手，一鞠躬。看台上傳來「神谷！」的叫聲。我只分辨出鳥澤的聲音。大家都在看我。我將在最靠近你們的跑道上奔跑！

我輕輕地跳了一下，做了蹲地動作。很好，不會很緊張。風從後方吹來，不是很強。

「各就各位。」

我把腳放在起跑器上，努力平復激動的心情。頭腦頓時冷靜下來，身體熱了起來，雙眼注視著第一步將踏下的位置。

「預備。」

槍聲響起的同時，我用力蹬著起跑器，穩穩地踩下第一步。好，很順利。北見飛快地衝了出去，而我則按照自己的方式起跑。不用管北見，就讓他搶先吧。達到極速後，我挺直上半身。速度相當快。很好。我感受著速度、觸地的感覺和手腳的動作。當我回過神時，發現終點線就在眼前，放眼一看，附近只有北見而已。北見稍微快我幾步，後面沒有人。在很後面嗎？聽不到腳步聲。我放緩腳步，衝向終點。第二名。太棒了！

速報計時器上顯示十秒六八。哇，好快。預賽就跑這麼快嗎！看台上頓時人聲沸騰。風速為正〇點六公尺，北見的正式成績為十秒六九。我佩服不已，腦袋空空地一回頭，剛好和北見視線交會。「你跑得真快。」我向他打招呼，出乎意料的是，他對我露出親切的笑容。

「我聽到你的腳步聲。」

「真的嗎？」

「原本打算後半段放緩，結果還是慢不下來。」

「因為我沒有餘力，只能拚命跑，根本沒想那麼多。」

「我也是。」

「為什麼？你不是跑得像飛一樣嗎？」

「我是最近才變快的，這還是我第一次參加關東大賽。」北見謙虛地說，一點也看不出他是菁英選手。

「我也是第一次參加個人賽。不過你在國中時不是參加過了嗎？我們學校的人都知道你……」

「以前的事根本沒意義。受傷兩年，一切都歸零了，我是從零以下出發的。」

北見嚴肅地說。近距離觀察時，發現他不僅普通，還稍微有一點陰沉的感覺。雖然長相不帥，但利落的臉部線條很有個性。我差一點就問他：「你是不是很受女生歡迎？」幸虧及時想起我們是在聊正事。

我在終點後方的帳篷換完衣服，喝著溝井遞過來的百分之百純柳丁汁。

「一之瀨是不是你們學校的？」北見也喝著果汁，他問道。

「對啊。」

第二組的連起跑了。赤津也在那一組。站在我們的位置看不太清楚，但我們還是注意觀看比賽。連會怎麼跑？應該用不著替他擔心，不過畢竟是一跑定輸贏的比賽……他起跑後就衝在第一，我立刻就知道沒有人追得上他。在六十公尺左右，他放緩速度。穩居第二的赤津並沒去追他。

「之前聽說一之瀨放棄田徑時，我非常震驚……不過，他是不可能放棄得了吧。」北見說。

「我想，他應該不會再放棄了。」我笑道。

雖然連進入高中後也發生了很多事，但這種事提了也沒什麼意思。

連的成績是順風〇．二公尺，十秒七一，後半段完全放緩還可以跑出這種成績，代表他的狀況很好……看到連的成績和風速，北見突然露出凝重的表情。

「喲，厲害喔。」我上前迎接連。

「你通過了嗎？」他立刻問我。

我伸出兩根手指，比出V兼第二名的動作，連理所當然地點點頭。嗯，雖然認識他不是第一天了，但他和平時沒兩樣的鎮定態度還是令我吃驚。他和我的抗壓力落差實在太大了。

連不是第一次參加關東大賽嗎？他在高中時代只有在二年級時參加過縣賽和新人賽，中間曾經停了很長一段時間，也曾經受傷。他和北見的處境相同，態度卻迥然不同。我忍不住思考他們兩個人到底有什麼不同。連從來沒有懷疑自己的能力，北見剛才說「從零以下出發」，或許代表他曾經質疑過自己的實力。他可是從連、我，可能也包括仙波都不曾經歷過的地獄中爬出來的，或許是一個狠角色。一想到這裡，就覺得心裡毛毛的。

回帳篷後，我問了自己的成績。十秒七八，和縣賽準決賽時的成績相同。第三名是昭和學館附屬高中的川崎。預賽的第三組是千葉成田南高中的泉川領先，高梨以第三名進入準決賽，但沒有突破十一秒。他該不會是受傷了吧。我很在意他沒有發簡訊給我這件事，無法單純地認為「少了一個競爭對手太好了」，但說擔心他又或許有點太感情用事了。第四組的仙波以順風一．一公尺，十秒七〇的成績獲得第一名，順利進入準決賽。

由於我們都順利通過預賽，大家都高興地為我們祝福，但連和平時一樣，一臉事不關己的表情，使快樂沸點向來很低的我也無法享受喜悅。兩個小時後就是準決賽，我吃了香蕉補充營養，做完伸展操，請人幫我按摩。

編組名單終於公布了。我和仙波同在第一組，從第一跑道開始依次是大井、金城、川崎、仙波、我、泉川、山岸和田渕。連在第二組，從第一跑道開始依次是加藤、東、赤津、北見、連、小堀、海老原和高梨。前四名可以進入決賽，和成績沒有關係，因此被編進速度快的一組比較不划算，但其實心情也有很大的關係。比方說，如果討厭某一名選手，心情就會受到影響。我很慶幸自己編到第一組。連根本不在意和誰編在同一組，只瞥了一眼後藤從公布欄上抄來的名單。三輪老師也沒有特別針對個人叮嚀什麼。

「不用在意別人跑得快或是跑得慢。到了這階段，任何事都有可能發生。個人的實力、體能狀態、精神狀態這些因素將決定成績，但也可能會出現意想不到的結果。所以，現在想什麼都是多餘的，只要把精力集中在自己的比賽上，能夠跑出自己水準的人才能進入下一個階段。」

聽到老師說「多想也沒用」，我整個人頓時鬆懈下來。雖然老師沒說錯，但也不需要這麼鏗鏘有力特別強調吧。

預賽時，我並沒有刻意去追北見，不過我們那一組跑得特別快。北見和我都一鼓作氣拚到最後。而連在後段放慢了速度，赤津也跑得很從容，仙波應該也是。

準決賽時，我只要緊跟著仙波就好。之前曾經有多次和仙波比賽的經驗，我很喜歡和他一起跑，他的起跑不是很快，比較不會令我緊張。他習慣在中段之後加速，只要我緊追不放，通常都能跑出不錯的成績。和連一起跑的時候，如果不在起跑的時候叮嚀自己「他是他，我是我」，結果總是慘不忍睹。每次在前半段突然落後他一大截，儘管明知是無法改變的事實，還是難免會著急。由於北見和連一樣，屬於前半段型的選手，所以在剛才預賽時，我也拚命告訴自己不要在意他，才能跑出不錯的成績。

只要仙波不失常，在第一組中應該沒人可以超越他。當然，世事難料。啊，對了。如果像這樣胡思亂想，萬一到時發生出乎意料的情況就會措手不及，所以三輪老師才叫我們不要想太多吧……對喔。參加準決賽的選手速度都很快，真的是一跑定輸贏，前半段型跑者可能在起跑時失誤，後半段型跑者也可能在最後衝刺時失速。老師說得沒錯，不必理會其他人怎麼跑，只要專注在自己的比賽上，深入面對自己。這就是短跑選手的集中力。

去集合站的三十分鐘前，我和連一起去做暖身運動。由於已經跑過一趟了，所以稍微慢跑一下以後就開始加速。我同時確認了起跑器和徒步跑的起跑情況，和剛才一樣，只要在正確的位置、正確的時機穩穩地踏出第一步就好。然後，再順利跨出第二步、第三步。最初的幾步是否能夠按部就班地踏出去將決定整場比賽的表現。由於連在預賽中刻意放慢速度，所以現在正反覆練習衝刺。

軍樂聲響起。北關東的準決賽開始了。我們從集合站移動到起跑點後方的帳篷待命。橫向有兩張長椅，縱向有四排。預賽的時候有四組參賽，所有的長椅都坐滿了，但準決賽的選手只坐了前兩排，依跑道的順序各坐了八名選手。

一百公尺的比賽過程中，我最討厭這一刻。必須凝聚最後的注意力迎接比賽，把緊張變成專注，提升鬥志。動態的鬥志屬於外向型，就像活動身體，發出聲音，自我激勵；靜態的鬥志屬於內向型，就是注視著某一點，慢慢集中注意力。每個人的性格不同，無論用哪一種方式都可以。也有人不屬於任何一種類型，像我就是。想要集中注意力，身體就會僵硬；想放鬆，就會分心。我只能在祈禱可以趕快上場的同時，拚命想像自己跑一百公尺的感覺，想像正確的畫面。如果過程順利，代表精神狀態很理想；精神狀態不佳時，即使畫面浮現，也不覺得是自己在跑，大腦和肉體無法順利連結。

左側的仙波一派悠然，可以感受到他體內熊熊燃燒的鬥志。右側的泉川顯得心神不寧，輕輕抖動著腳，輕聲發出「呃！」的叫聲。我想去戳戳仙波，也很想揍泉川，腦子裡想著這些無關緊要的事，分散了專注力。我的狀況不好，呼吸很急促。我在緊張。很緊張。啊，慘了。好久沒這樣了。到底肌肉要緊張到什麼程度？怎麼了？現在才準決賽而已。G也來得太快了吧。我到底怎麼了？

因為我在想，也許可以贏。因為我在想，我一定要贏。

這種欲望宛如毒素，滲透到肌肉的每一個角落。因為這是準決賽。這不是決賽的G，是準決賽的G。是關東準決賽的G，是我不曾經歷過的G。

怎麼辦？我帶著無所適從的心情來到跑道，我的腦袋發熱，全身肌肉緊繃僵硬。如果這時有人叫我笑，恐怕我的整張臉都會散掉。

怎麼辦？我沒辦法跑。

低下頭時，視線看到自己的雙腳，穿著比賽用釘鞋的腳。釘鞋。CHRONO INX的釘鞋，那是健哥買給我的心愛釘鞋。

我的腦海中突然出現和眼前的跑道格格不入的足球軌跡——長傳的軌跡。從中線相當後方自隊的陣地，朝前線左側前方斜向踢出的一記長傳。那是去年夏天去看衛星聯盟時，健哥踢出的長傳，這個決定性的長傳在空中畫出優美的軌跡，令觀眾為之沸騰。

接著眼前又浮現健哥車禍後躺在病床上，全身包著繃帶的身影。

——我不會放棄。

健哥的聲音清楚地在腦海中響起。

——新二，小心不要受傷。

我全身劇烈地顫抖起來。我不會受傷。我帶著完好的身體走到了這一步。我可以跑。我要跑！

聽到我的名字，我挺直身體，舉起手。

「各就各位。」

做好準備姿勢後，全身各個角落都感受到舒暢的力量。我將集中所有的力量，揮灑在這條跑道上。

「預備。」

集中能量，達到最大值。

槍聲。

用力踏出一步，用力擺動手臂。一次又一次重複。太簡單了。跑步令人身心暢快。仙波就在旁邊。稍微在我前方。我要緊咬他。我一直想著要緊跟著他不放，結果真的讓我辦到了。不過在中段的地方我們稍微拉開了距離，我一度以為追不上了，幸好還是跟了上去，在最後關頭還稍微追上幾步。我知道自己不可能追上他，卻沒有讓他遙遙領先。我盡力了。即使無法稱得上和他「一決勝負」，至少做到了「和他一起跑」。

第二名吧。我沒有注意仙波以外的任何人。速報計時器上顯示十秒五五。風速是順風一・〇公尺。是喔。

我坐在長椅上準備脫釘鞋，仙波經過時看著我，噗哧地笑著說：「你這個人還真是死纏爛打耶。」

位居王者寶座的仙波，似乎稍微認同了我的實力。我聽了很高興。我不知道誰跑在我後面，看到泉川和大井開心的樣子，應該是他們進入決賽。川崎被淘汰了嗎？

「不知道還有誰。」仙波坐在旁邊的長椅上嘀咕著。

他在說下一場比賽。會是誰呢？「北見和……連嗎？」我問。

仙波點點頭。

「赤津呢？」

「不清楚。」仙波說。「如果是赤津……」

仙波沒有把話說完。如果赤津進入決賽，會對他造成威脅嗎？還是說，他根本不把這一組其他人放在眼裡？總之，現在仙波鎖定的似乎是北見和連。

我很想去看台仔細觀賞這場比賽。同樣是前半型的北見和連，誰的起跑更出色？誰可以掌握前半段的主導權？誰又會先抵達終點？換好衣服後，喝著百分之百純葡萄柚果汁，我思考著這些問題。

選手介紹已經結束了。起跑了，哇！仙波和我都情不自禁站了起來。回想起來，我從來沒有看過任何人在起跑後超過連。在縣賽時，根本沒有人追得上他從起跑開始加速的速度，就連仙波在前半段也被連拋在後面。連在起跑後，和北見兩人並排跑在一起。雖然看不太清楚，但他們幾乎不分前後。兩人開始前半段的加速，漸漸和其他選手拉開距離，速度相當驚人。我屏住呼吸。誰會領先？是誰？誰能在中段領先，誰就穩操勝券了。應該是這樣吧。他們都不是能在最後發揮耐力擊敗對方的選手，還是說，北見有這個能耐？

啊，連衝上去了！

「連！」我情不自禁大叫起來。「連！上吧！」

哇，太強了。連的速度更快。太驚人了。北見根本追不上他。他們已經比出了高低。在六十公尺左右比賽就已經決定了。連在最後二十公尺放慢速度跑向終點。北見也差不多在這個時候放慢腳步。第三名是赤津，但和前兩名差了一大段距離。高梨和小堀幾乎同時到達終點，掌下第四名。高梨挺起胸膛，感覺稍稍早一點到終點。

光是在一旁觀戰，就感受到一股像是自己跑完全程的疲勞感。真是一場驚心動魄的賽跑。速報計時器顯示的時間是十秒五七，順風〇．五公尺。我說不出話來。

「北見剛才的表現算好嗎？」我終於擠出這句話問仙波。

「我怎麼知道。」仙波說。

「可是你不是從小學就開始練田徑了嗎？既是菁英，又是高手。」我說。

「我只知道一之瀨跑得很好。至於北見，我沒有和他跑過，不過他中段開始有點緊張，動作不夠流暢。他從地區預賽一路跑來，應該是第一次碰到這種情況吧。一向在起跑後搶先的人可能不喜歡一開始就有人和自己競爭吧。我和他的類型不同，也不清楚。」仙波回答說。

「那高梨……」我的話才問到一半，高梨就走了進來。連也一起進來了。

連最後明明放慢了速度，但他瘦削的臉龐好像又瘦了一圈，這一場比賽似乎讓他耗損了不少體力。他整個人都放空了。我不禁猶豫，不知道該不該向他打招呼，剛好和高梨視線相遇。在這場大賽中，我第一次遇到高梨。他露出我從沒看過的表情笑了笑，我知道他狀況不是很好。我和他跑過幾次，心裡很清楚。如果此時此刻他身體帶傷的話，不知道會多麼痛苦。他不知道進得了決賽嗎？我無法開口對他說話，高梨也不出聲。仙波也默然不語。

4　全高運預賽（南關東大賽4）

按摩後，我躺在帳篷內等待決賽。連躺在我旁邊。每次都這樣，我們總是躺在一起，共同等待下一場比賽。我們既是同一學年，同樣都是短距離選手，這是理所當然的事，卻讓我深有感慨。

絕不能讓比賽就此結束。八月的全高運時，希望也可以像這樣並肩休息，我不想只是看著他跑而已。我的心情既激動，又平靜。預賽時和北見一起跑，準決賽時和仙波一起跑，雖然輸了，但我緊咬不放到最後。這兩場比賽令我產生了自信。

回顧這次的全高運比賽，在地區預賽中，我還在拚命摸索自己的跑法。邊思考邊跑，跑完之後再思考，並在縣賽中確認了從中學到的經驗。認真跑每一場，使身體完全牢記自己跑步的方式。每跑一次，世界就好像發生了改變，我可以感受到自己在不斷進步，同時也感到不安。因為我還無法把握自己所做的事，就得到好的成果，這正是令我感到不安的原因。我一直沒有自信下一次比賽也能正常發揮，每次都是不顧一切的向前衝。不過在剛才的準決賽，我第一次有了「我真的越跑越快了」的自覺。

希望決賽時可以好好發揮。預賽和準決賽都跑得不錯，希望接下來的這一場可以跑得更好，創造一個最棒的我。終點前絕對會有一場激烈戰，希望自己也可以參與其中，參與最後三十公尺的決戰。我的心情一陣激動，忍不住張開眼睛，身體也差一點彈坐起來。

「新二。」身旁響起了聲音，嚇了我一大跳。連從來不會在這種時候找我說話。我轉頭一看，發現連雙手抱在腦後，豎起膝蓋，看著帳篷頂，好像準備要做仰臥起坐。

「嗯？」我回答的同時，也感到擔心。連怎麼了？他喪失了平時的驚人專注力嗎？在這種緊要關頭？我不知道該不該和他聊天。

「我覺得心情超好的，」連說。「因為剛才贏了北見。」

「喔。」那還用說。

「我第一次有這種感覺。」連仍然盯著帳篷頂說道，他那雙炯炯大眼中散發出前所未見的光芒。

「我還想贏一次。」連突然冒出這句話。「不，我會贏的。」

我坐了起來。連仍然躺著，雖然說出這句充滿鬥志的話，臉上卻露出平靜的笑容。我不寒而慄，然後，感到胸口隱隱作痛。嫉妒。我嫉妒連，嫉妒北見。如果說我向上踏了一步，那麼，連也已經更上一層樓，已經和北見並駕齊驅。不……還有一個人。

「仙波呢？」

在我發問之前，這個名字已經脫口而出。連倏地坐了起來，好像盤腿般張開雙腿，雙手放在腿上，轉頭直視著我。

「我要贏他！」然後目不轉睛地又說：「還有你！」

要回望連的視線需要很大的意志力。我用力回視著他。

「我不會輸給你！」我說。

連默然不語地點點頭。然後，我們都躺下來不說話。這是我第一次有這樣的感覺。那感覺無法用言語表達。如果要說，就只有一句話——我要跑。

決賽前做暖身運動時，我重點做了伸展運動。渾身的鬥志激昂，我自己都感到意外，我慢慢地伸展肌肉，把這份激動化為寧靜的專注力。做完伸展操後就開始練跑。身體已經做好了準備，隨時可以全力奔跑。我衝刺了幾次後，走向集合站。

八名選手。終於只剩下八名選手了。縣賽的時候，我曾經為只剩下八名選手，而且自己名列其中感到高興。不過如今，已經沒有這份心情。這八名選手將爭取六個名額。我沒有想太多。我是來這裡比賽的，另外七個人都是我的對手。絕對要在終點決一勝負。我要贏！剛才連這麼說。我也說了。我要贏！

轉移陣地，來到起跑線後方的帳篷，按跑道的順序坐在長椅上。陪同員無法進入這裡，只剩下參加決賽的選手。我是第五跑道，左側是連，右側是仙波。坐在仙波旁第七跑道的赤津還是帶著凱蒂貓圖案的背包，看來他和女友的感情很穩定嘛。赤津隔著仙波對我說話。

「如果我沒記錯，你是神谷吧？」

你沒記錯，我就是神谷，但我沒有點頭。他不可能不知道我的名字。

「沒想到你也能進入決賽，簡直難以置信，你的僥倖撐得真夠久。」

他和同樣在比賽前找我說話的高梨完全不同，高梨只是想找人聊天，赤津卻故意想攪亂人心，找對方的麻煩，試圖打亂對方的步調。我沒有理會他。不僅是赤津，現在無論任何人對我說什麼，我都不想說話。他不僅騷擾我，仙波的心情也連帶受到了影響，正在氣頭上。看到我沒有反應，赤津又去找第八跑道的大井聊天。他們都是東京人。

北關東賽的決賽開始了，可以感受到「已經開始了」和「正在比賽」的氣氛。看台上傳來一陣不同尋常的喧譁，我正感到納悶，聽到廣播中傳來佐佐木以十秒四一的成績刷新北關東大賽的紀錄。不過，這和我沒有關係，我現在還不需要和佐佐木對決。

「哇，真厲害。仙波，你會在全高運上輸給佐佐木的。」赤津大聲地對仙波說。「你至少也要跑四〇左右吧。」

囉唆！這傢伙怎麼這麼惹人討厭！

而仙波並沒有忍氣吞聲。「不過你連八〇都有困難吧？」

仙波平時說話向來就給人目中無人的感覺，現在故意用盛氣凌人的態度說話，令人更加敬畏三分。我忍不住笑了起來。連似乎沒聽到，大井也笑了起來。真受不了赤津這種人……

幸好及時聽到廣播，我們來到跑道上。決賽時，我們有更充裕的時間能在跑道上做賽前準備，也有地方讓我們放東西，所以暫時還不需要脫下外衣、外褲。

設置好起跑器後，稍微練了一下衝刺。我已經熟悉這裡的跑道，但因為還有時間，更何況是決賽，我在自己的跑道上慢跑到終點，再慢慢走回來。雖然我全速衝刺了兩場比賽，卻完全不覺得疲勞，也不覺得身體沉重。每次做暖身運動時，都覺得今天身體的狀況特別好，肌肉有適度的緊張和彈性，關節很柔軟。

走回起點時，感受到輕微的風。天空一片晴朗。剛才廣播中報告氣溫是二十三度。天氣不悶不熱，十分理想。身體狀況很好，天氣很好。令人驚訝的是，我的心情也很平靜。暖身時感受到的異常激動已經平靜下來，選手唱名時也不至於太緊張。開朗、平靜而又充滿期待。由於心情太好了，反而令我有點擔心。畢竟我從不曾在賽前有過這樣的心情，更何況我正站在人生最大的舞台上。

第七跑道的赤津不時發出怪聲，做一些莫名其妙的動作，但我絲毫不以為意，也對身旁的仙波視而不見，更沒有注意第四跑道的連，只提醒自己在起跑時要特別小心，不要受到連的影響。

「時間到了，請各位準備。」

廣播響起，我們回到帳篷脫下T恤。終於到了這一刻。所有人都站在起跑線後，嘹亮的軍樂聲響起。

「現在舉行南關東男子一百公尺決賽。」看台上傳來怒濤般的掌聲和歡聲。「為大家介紹出場選手。第一跑道，二〇六號，高梨同學，鷲谷，神奈川。」

我由衷為高梨可以進入決賽感到高興。以加油聲整齊出名的鷲谷啦啦隊發出驚人的喝采。

「第二跑道，六九五號，泉川同學，成田南，千葉。」

「第三跑道，六七二號，北見同學，佐倉開星，千葉。」

介紹到千葉本地的選手時，看台上頓時沸騰起來。

「第四跑道，三二〇號，一之瀨同學，春野台，神奈川。」

看台上響起我們學校啦啦隊的聲音。

「第五跑道，三二一號，神谷同學，春野台，神奈川。」

我直直地舉起手，喊了一聲「有！」。各位在看台上的聲音，我聽到了！

「第六跑道，二〇五號，仙波同學，鷲谷，神奈川。」

為仙波加油的聲音並非只來自於鷲谷而已。他還真受歡迎。

「第七跑道，五十一號，赤津同學，昭和學館附屬高中，東京。」

赤津的動作很誇張。

「第八跑道，三十八號，大井同學，早稻田學園，東京。以上八名選手參加南關東男子一百公尺決賽。」

我深呼吸一次。沒問題。我準備好了。

「各就各位。」

我把腳放在起跑器上。

「預備。」

我抬起腰，等待槍聲。

我知道左側會有兩個人衝在我前面，卻沒料到右側有人衝得更早。不是仙波，而是他旁邊的赤津出人意料地很快衝了出去。嗯?我愣了一下，第二步的時候身體搖晃了，正當我心想

「慘了」的時候，又聽到一聲槍響。有人起跑犯規。對嘛，赤津的起跑未免太快了。

通過地區預賽後，在個人項目的比賽中第一次有人發生起跑犯規。昨天在四百接力中鍵山曾經犯規，不過由於我是第四棒，並沒有直接受到影響，但一百公尺的起跑犯規卻很傷。起跑前，必須集中專注力，不斷聚集能量，然後一口氣衝出去。一旦鬆懈後重來一次，影響很大。而且這一次，也就是第二次起跑犯規的選手將失去參賽資格，心理上會承受很大的壓力，對以起跑制勝的選手造成的影響更大。赤津並不擅長起跑，甚至屬於起跑稍慢的選手，為什麼會犯下這種莫名其妙的失誤？他有這麼緊張嗎？

回到起跑器後方時，看到隔壁跑道的仙波雙手扠腰地站著，一臉凶相地瞪著赤津。赤津目中無人地回望著仙波，嘻皮笑臉的。我頓時恍然大悟。

他是故意的嗎？

這是——他的戰略嗎？怎麼可能？怎麼會做這種事？在這個舞台上？正因為是這個舞台，才要這麼做嗎？如果我在第二次起跑時失去參賽資格……不，我不會，我絕對不會。一定要格外小心，即使起跑慢一點也沒有關係。赤津希望選手在後半段才展開競賽，他想牽制連和北見的起跑優勢。難道是因為剛才在準決賽見識到他們驚人的起跑速度和前半場的加速，知道自己沒有勝算才出此下策嗎？

這無法影響屬於後半型的仙波，但仙波怒不可遏。他的節奏受到影響，當然會生氣，然而他不光是為了這個理由生氣。赤津太卑鄙了。所謂比賽，應該是每個人發揮實力競爭，努力提升自己的成績。赤津到底想幹嘛？要光明正大的比賽！

「太好玩了。」左側傳來一個聲音，我嚇了一跳。是連在說話。我驚訝地轉頭一看，發現連一臉樂在其中的表情。這種表情我並不陌生，我曾經在他玩一些小兒科的惡作劇，或是享受荒唐的刺激時，多次見識過這種表情……不過連的話語和淘氣的表情都在轉眼間消失，他很快地又開始集中精神。

我知道連一定會勇往直前，他絕不會在起跑時畏縮，相反的，他會比平時更加迅速地起跑。不需要理論，不需要計算。他就是這種人。我了解他，世界上應該沒人比我更懂他了吧。這個蠢蛋可以在千鈞一髮之際騎著腳踏車闖過右轉的車子前。

有那麼一剎那，我想跟著他一起衝。因為實在太有趣了。我有預感絕不會落後，我也可以漂亮地起跑。反應時間的快慢對一百公尺的比賽整體並沒有太大影響，重要的是能不能當機立斷，只要稍有猶豫，起跑就會落後。

不行。我按捺下這股衝動。連是連，我是我。無論別人怎麼做，我要用自己的方式跑，跑出自己的姿態。即使有人設計起跑犯規，或者有人打算衝得更快，都和我無關。

「各就各位。」

號令響起。

因為起跑犯規而開始鼓譟的看台頓時安靜下來，全場的觀眾都被一百公尺決賽前那種既尖銳又凝重的沉默給吞噬了；就連風彷彿也停了，一切萬物靜止不動。

我把腳放在起跑器上，雙手放在起跑線上，直視前方。這是我的跑道，第五跑道。這是我前進的道路，筆直的道路。一百公尺，短距離選手的夢想之路。紅色的合成橡膠跑道在午後的陽光下閃閃發亮，不過在我的眼中，只有我的那一條跑道在發光。筆直、刺眼，美得直刺我心。我忘了一切，只看得到眼前這條閃亮的紅色跑道。

「預備。」

聽到槍聲後，我衝了出去，跑在閃亮的跑道上，跑在我應該前進的道路上，在一百公尺跑道勇往直前。我喜歡這條跑道勝於一切，我喜歡這種身體像飛一樣的感覺，我喜歡迎面而來的那陣風、我捲起的風、我身體衝破的風！我是個短跑選手，不需要其他東西，只要我的身體和這條跑道。

終點就在前方。左手邊可以看到連的背影，右側則是仙波的肩膀。我幾乎和仙波並排跑著。漸漸的，連的背影就在眼前，越來越近。我想追上他。身體好像快散了，手腳的動作開始不受控制。我得堅持住。掙扎地奮力繼續向前跑。

連還在前方，但我和仙波不分軒輊，他一超前，我又追上他，每跑一步就換人領先。仙波一跑前，我就追上去，超越他。我快喘不過氣來了，但差一點就追上連了。我想追上他，想和他一起跑。還差一點。仙波超越我了。絕對不能讓他得逞。我要超越他，我要追上連，只差一點了，還有一點……仙波又追上來了，我不會讓他過去的！絕不！

我衝向終點，整個人摔在終點後的跑道，腦筋一片空白，完全反應不過來，結束了。比賽，已經結束了。

跑完後有好一段時間我什麼都看不到，覺得世界從眼前消失了，連我自己也消失了，只隱約聽到周圍的嘈雜聲，感覺有人抱著我，有人拍我。漸漸地，漸漸地，我終於回來了，回到這個世界，回到自己身上。

不知不覺中，我已經換好鞋子，運動外套披在肩上，喝著百分之百柳丁汁，坐在終點後方的長椅上。各式各樣的人包圍了連，他似乎在接受採訪。連拿下了冠軍。是嗎?原來我輸了啊，我沒有追上他，原來如此……

「我第幾名?」我問溝井，結果被溝井笑了。「在我心中你是第二名，和仙波並列第二，你們是同時抵達終點的，你不記得了嗎?」

我點點頭。我不知道。對，我們一直不分軒輊，並駕齊驅。很辛苦，簡直可說太辛苦了，不過也有趣得不得了。是喔……原來我和大名鼎鼎的仙波一也同時抵達了終點啊。可惜終究還是無法追上連。

「神谷同學，也請你來發表感想。」包圍連的人群中，有個人走過來叫我。「請你和一之瀨同學合影。」

我的腦筋還迷迷糊糊的，還沒恢復過來，連也是一臉茫然的表情。在眾人的要求下，我們摟著肩膀，不禁彆扭起來，我和連互看了一眼，連笑了起來，我也笑了。真教人害羞啦。我們摟著對方的肩膀，開心地笑著，接受閃光燈的洗禮。亮光在眼前「啪」地閃過的同時，我感受到一股至高無上的幸福。

雖然最終無法追上連，但我們現在就站在一起，我從沒距離他這麼近過。比起那次在兩百公尺的勝利，這一次我終於和他進行了一場公平的競賽。我不知道自己的成績，甚至不記得比賽的狀況，但是記得我自己全力以赴，連應該也是如此，否則他不可能拿下冠軍。

「你是什麼時候確信自己能拿下冠軍的?」

聽到記者的發問,連笑著回答說:「完全不知道,直到最後一刻都不知道。」

「是嗎?你看起來很從容不迫。」

「後面的人一直追上來。」

「你知道神谷和仙波追上來嗎?」

「我聽到了。」

「聽到他們的腳步時,你有沒有慌張?」

「我每次都差不多在那個時候被仙波追上。」

「但今天他沒有超越你,你的狀況很好嗎?」

「狀況很好。」

「關於十秒五〇這個成績,你有什麼看法?刷新你的最佳紀錄了嗎?這是很棒的成績。」

「很高興最後能跑出好成績。」

「你的起跑很快,在比賽前段就決定了勝負。」

「我不顧一切地衝出去。」

「你不怕起跑犯規嗎?」

「因為這是比賽。」他竟然回答得這麼乾脆。

「神谷同學,你的起跑也很快。對你來說,這是一場怎樣的比賽?」

突如其來的問題令我慌了手腳。

「我一直在仙波旁邊……」我吞吞吐吐地回答，我真的什麼都不記得了。「連在前面……就這樣，我不記得了。只想超越仙波……想追上連。」

「你每跑一次，成績就進步一次，你的成長很驚人。接著就是全高運了，你希望在全高運中怎麼跑？」

全高運？對啊，我已經獲得全高運的出賽資格，只是還沒有真實感……

「一場、一場認真跑。」我把平時的目標說了出來。「努力發揮實力，跑出自己的實力，我會努力跑出一場優質的比賽。」

「一之瀨同學，也請你談一談對全高運的展望。」

「全力以赴。」連簡單答道。

擺脫採訪的人群後，我對連說：「恭喜你拿到冠軍。」

「謝謝。」連笑得很開心。

「你終於贏了仙波。」我說。

「對啊……」他若有所思地答道。

風速是順風〇．九公尺。仙波和我都是十秒五八，他似乎沒有完全發揮實力，儘管這次他只拿下亞軍，但他的能耐絕不僅如此而已。我是季軍，北見以十秒六五獲得第四名。北見的實力應該也不止如此，連剛才就是在想這個問題吧。

三輪老師接受完採訪後走了過來，雙手抱著我們的肩膀表達祝福。

「一之瀨，你太厲害了。」三輪老師說。「為什麼可以那麼不顧一切地衝出去呢？那時候我心臟都快停了，真是的……北見的起跑很謹慎，所以無法像平時一樣在前半段加速。仙波的起跑也比平時慢。一般人都會這樣吧。」老師停頓了一下。「不過，這不是他們的敗因，也不是你的勝因。你跑得無懈可擊，並不是微幅差異而已，雖然風向也幫了忙，但你跑出了五〇的成績，跑得太棒了，你是最棒的！你可是冠軍、第一名。你贏得了關東！」

連害羞地笑著，他每次受到稱讚都會露出這種表情。

「聽我說……你平時在跑第三場時體力都會跟不上，現在不是變強壯了嗎？我始終認為，只要你有足夠的體力，就不會輸給任何人。」

我還是第一次看到阿三這麼高興。

「神谷啊，你根本就是怪物吧。到底是怎麼回事？如果你這樣一直進步，到底會變成什麼樣？」

會怎麼樣？你就等著看吧。

「你們真是好搭檔。」阿三輪流看著我們的臉，語重心長地說。「我覺得這不是偶然，而是必然，這是命運。如果沒有神谷，一之瀨不可能堅持下來；如果沒有一之瀨，神谷也不可能這麼迅速成長。你們真是好搭檔！」

我們這兩個好搭檔互看了一眼。當眼神交會時，我們又忍不住笑了起來。好奇怪，被人要求摟著肩膀，說什麼命運之類的話，真的好奇怪。不過，阿三也說出了我一直以來的心聲。

因為要參加接力賽，所以無法上台領獎。我們按照先後順序排隊後，前往領獎後台，然後請人代理後，回到了帳篷。

決賽的名次依次是一之瀨、仙波、神谷、北見、泉川、赤津、大井和高梨。三輪老師說，按赤津平時的成績，應該可以獲得更好的名次，結果他自食惡果。聽說高梨腳底受傷了，所以無法發揮實力，真為他感到遺憾。

5　全高運預賽（南關東大賽5）

桃內和鍵山去做暖身運動了。雖然距離比賽只剩半小時，我和連還是決定先回帳篷休息片刻再去暖身。

渾身有種異樣的感覺。完全感受不到肉體的疲勞，神志清醒、神經緊繃，此刻彷彿連肉眼不可見的東西都看得見。心情依然激動不已，感覺沒有自己做不到的事。我很想立刻上場。但那是假象，並不是身體真正的訊息。因為身體不可能不疲倦。

連說不需要按摩，我則希望稍微按摩一下。在整場南關東大賽中，溝井彷彿已經變成我的專屬教練般照顧我，現在正在幫我按摩。他沒有用力按揉，力道很輕。平時按摩時，身心都可以獲得放鬆，今天卻不行。身體是放鬆了，但緊繃的心情無法放鬆。身體受到刺激，隨時可以上場賽跑，心情也做好了應戰的心理準備。保持這樣也不錯吧。

帳篷內，大家保持安靜，怕影響我們休息，氣氛卻完全不同。隊友們雖然不發一語，卻都

－分興奮，眼神和表情都和平時不一樣。只有興奮發源地的連獨自散發出格格不入的氣氛，靜靜地閉上眼睛。即使終於戰勝了勁敵仙波，登上了關東一百公尺冠軍的寶座，他仍然可以這麼鎮定自若嗎？

我想起之前高梨告訴我，仙波覺得連很可怕。雖然和連一起跑的時候，不覺得自己會輸，但總覺得他很可怕。當今天輸給連，這種可怕成為現實後，仙波不知道在想什麼。他應該不會認為真正的比賽是夏季的全高運，關東賽跑第二名也無所謂。他不是這種人……他的自尊心這麼強，此刻一定懊惱得身心扭曲。他一定會把這份懊惱百分百地投注在接力賽上，以驚人的鬥志跑第四棒。我也不能輸給他。仙波已經發狠了，我得比他更狠才行！

接力棒交到我手上時，會不會和鷲谷不相上下？如果高梨的狀況不佳，我們還可能會領先。發狠的仙波會來追我。如果被他追上了，眼前的這份喜悅就會打了折扣。不光是鷲谷，還有北見的佐倉開星、赤津的昭和學館附屬高中，我不想看到他們欣喜若狂地接受勝利採訪。

絕對不能讓連的勝利蒙上陰影。唯一的方法，就是勇奪冠軍。我們要拿下第一名。這是唯一的方法！

來到輔助跑道，桃內和鍵山衝了過來，興奮地對我們叫著「恭喜！」「你們太厲害了！」還說「剛才我們都哭了」。因為他們先去做了暖身運動，在一百公尺決賽結束後我們還沒見到面。看來他們的士氣十分高昂，感覺不錯喔。

然後，我們開始討論傳接棒距離的問題。

「怎麼樣？一之瀨，你還有餘力嗎？還是體力消耗得差不多了？你今天的狀況好得不得了，如果還有餘力衝得太快，到時候會接不到棒子的。」

聽到三輪老師的問題，連語氣堅定地回答：「再跑一次沒問題。」

「是嗎？鍵山的狀況也好得不得了，應該可以火力全開。」老師加重語氣說道。「桃內也處於最佳狀態。」

「放心吧，我會把預賽的分也補回去。」桃內信心滿滿地答完後，問我：「怎麼樣？要不要減少一步？你剛才和仙波競爭超激烈的。」

我想了一想。不過傷腦筋的是，我自己也不清楚目前的疲勞狀況。雖然我覺得沒問題，但身體可能會在緊要關頭停擺。當桃內火力全開衝過來時，如果我起跑太慢，我們就會擠成一團。在這種情況下，減少一步的確比較保險。

「就和平時一樣吧。」我說。

我還是不想保守地跑，我不想抱著退縮的心情投入最後一場比賽。

「我不想輸給任何一隊。」

「對啊，」連說。「我也不想輸。」

「沒錯，絕不能輸。」桃內認真地點點頭。「我剛才還在和鍵山說，我們絕不能破壞兩位學長讓我們大開眼界的這一天。」

「我們不能輸給兩位學長跑三次一百公尺的體力。」鍵山雙眼炯炯發亮地說。「一之瀨學長，請你增加一步，我一定可以追上你。」

的。」

連露出猶豫的表情。「一步？半步就夠了吧？就照預賽時那樣吧，不過我會卯足全力起跑

「最後一次調整時，我就覺得還有餘力。雖然預賽時失敗了，但只要我好好跑，一定沒問題。一之瀨學長，你處於最佳狀態，我也是最佳狀態，而且，這是我今天的第一場。」鍵山很乾脆地說道。

「好吧。」連接受了他的意見，「既然你這麼說，那就這麼做吧。」

「一之瀨學長，我們保持不變嗎？要不要我減少一步？這是你的第四場，最後可能會很辛苦吧？」桃內問連。

「我都說了，再跑一次沒問題！」連有點動氣地說。「你們一直說第四場、第四場，好像認定我已經累了。」

「這是因為我們體力充沛，想要體恤學長，想讓你輕鬆一下嘛。」

桃內慌忙解釋道，連笑了起來。

「我才不想讓學弟體恤，你就不顧一切地衝吧。」

「我真的會不顧一切地衝喔。」

「你大話說盡，萬一到時候和我擠成一團，小心我揍你。」連握著拳頭，做出打人的姿勢。

大家都笑了。然後，大家都看向三輪老師，老師點點頭。

「很好，那就奮力向前衝，展開攻勢吧。這種鬥志最重要。」

「是！」所有人都用力點頭。

我和連慢跑後稍微跑了一下，並練習了起跑的衝刺，簡單地暖身完畢。

「我就不多說了。你們就盡自己的力量，卯足全力衝吧。」三輪老師最後簡短、有力地做了結論。

「是！」

「那我們走了。」我們齊聲說道。

陪同員整理好所有東西，大家一起去集合站。在輔助跑道出口的地方，看到有三個人在向我們招手……

「守屋學長！浦木學長！小松學長！」

我不禁大聲叫了起來。他們是上一屆的短距離組學長，已經很久沒見了。我們快步跑上前去。他們穿著便服的樣子讓我很不適應，看到他們不穿運動服，感覺很奇怪。不過浦木學長的便服還是一樣色彩繽紛，格外花稍。

浦木學長和小松學長目前都是私立大學的學生，守屋學長則選擇重考，準備考醫科大學。

「你們太強了！」守屋學長大聲說道。「一之瀨！神谷！我渾身都起了雞皮疙瘩。你們好強，能夠看到決賽太好了。我們本來想一大早就趕來，不過臨時有些事。」

「謝謝！看到你們太高興了。」我真的很高興，沒想到此時此刻竟能看到幾位學長！

「太好了，終於趕上了。」小松學長說。浦木學長從背包裡拿出湛藍色的東西……

「頭帶？」我瞪大眼睛。

代表團隊顏色的頭帶上，印著春野台高中的全名。浦木學長一一遞給我們，根岸和後藤也有一條。

「雖然只有四個人上場賽跑，但團隊有六人，這是我的心意，畢竟我以前也常是候補。」浦木學長用懷念的脫俗語氣說道。

「那是當然的！謝謝學長！」

我低下頭道謝。如果沒有根岸，我們是不可能走到這一步的。根岸手上拿著頭帶，小聲地向學長道了謝，像在祈禱似的閉上了眼睛。

「縫線的地方不太好看啦，是浦木縫的。」小松學長笑著說道。「我們也去幫忙，不過還是他的手最靈巧。」

「他在縫製時好像還加進了不少念力喔。」守屋學長也笑著說。

「我還看了時辰和方位，希望你們可以獲得最強的運勢。」浦木學長自信滿滿地說。

「這是學長們親手做的嗎？」我感動得眼淚都快掉出來了。

「太高興了！」

「帥呆了！」連雙手拉開頭帶，高高舉起，對著相同顏色的天空端詳著。

「謝謝！」桃內和鍵山也笑容滿面地道謝。

「你們聽好了，」浦木學長說。「今天可是吉日。」他還想繼續說什麼，守屋學長打斷了他。「這種事誰不知道，還需要你說嗎？」

我們拿著頭帶，就在幾位學長的目送下走向集合站。

我一邊走，一邊想起和守屋學長、浦木學長一起跑過的那幾場接力賽。然後，又想起我們不認識的那些短距離組的學長們。我曾有緣見過其中的幾位，比方說，河野學長。而當年和河野學長一起跑四百接力的不是別人，正是三輪老師。

我沒有去想河野學長和三輪老師的接力團隊所發生的悲劇，也沒有懷著要實現阿三他們未實現的夢想，或是為他們報仇之類的想法。阿三對我們應該也沒有這種期待。過去是過去，而現在、等一下要做的事才重要。

不過，我也體悟到我們這支接力團隊並不是突然誕生的。在鍵山和桃內加入前，是守屋學長和浦木學長，更早之前……也有過各種不同的組合，有的在縣賽中失利，也有的在地區預賽中落敗。每一年，每一年，春野台田徑隊都有人參加接力賽，一路將接力棒傳承了下來。在全高運的系列比賽中，一路跑下來。

「阿三，」我加快腳步，走到老師身旁。「原來是一路傳承了下來。」

「嗯?什麼?」老師回頭看著我。

「從老師你們那時候開始，不，從更早之前，春野台的接力團隊就一路跑到了今天。」

「那當然。」

「我覺得接力棒是從阿三那時候一路傳下來，交到了我們的手上。」

「是嗎?」

「對。」

「這麼說，這支接力團隊還真壯大，到底有幾個人啊？」

阿三笑著嘀咕道。他的這番話令我感到心胸開闊起來，充滿了雄心壯志。

我們去集合站報到。由於昨天在預賽中挫敗，我們無法占到好的跑道，不過很幸運被分到了第七跑道。在預賽中和我們同組、比我們先到達終點的松溪學園則被分到第一跑道，我們的運氣真的很好。分跑道時，首先會根據預賽成績排入中央的四個主跑道，其他的隊伍分為內側和外側跑道，再由主辦單位抽籤決定跑道位置。

第一跑道是松溪學園，第二跑道是駿大東洋，第三跑道是早稻田學園，第四跑道是佐倉開星，第五跑道是昭和學館附屬高中，第六跑道是鷲谷，第七跑道是春野台，第八跑道是成田南。鷲谷就在旁邊……又要和仙波一較高下嗎？我求之不得！

第四棒的選手幾乎都是熟面孔，都曾在一百公尺時打過照面。鷲谷的仙波、昭和學館附屬高中的赤津、早稻田學園的大井、成田南的泉川、松溪的本莊。只有我們學校、佐倉開星和駿大東洋在第二棒安排了王牌選手，大部分學校都決定在第四棒一決勝負。

這八所學校在預賽中的成績都在四十一秒多，八隊的成績僅僅相差〇・八秒。在最後的直道，即使有多所學校展開拉鋸也不足為奇。今年神奈川的短跑選手水準都很高，在南關東的情況也一樣。昨天北關東四百接力的預賽成績中，只有四所學校跑出四十一秒多，第一名的成績和南關東第五名差不多，而超級短跑健將佐佐木所屬的學校並沒有進入決賽。

毫無疑問，南關東的決賽將會十分激烈，必須展開攻擊，全力以赴，如果採取安全、確實的守勢是無法跑進全高運的。

我繫上浦木學長他們製作的湛藍色頭帶，心情頓時振奮起來。坐在前面的三個人也分別綁上頭帶，我叫他們一起走出帳篷。

大家綁上印著春野台高中全名的湛藍色頭帶，看起來和平時完全不同。

「我們簡直帥呆了啊？」

聽到我的話，大家都笑了。鍵山和桃內顯得神采飛揚，連看起來也很有精神。ＯＫ，ＯＫ！大家的眼神都不一樣了啊。我們相互摟著肩膀，緊緊相擁。上下一條心！

「春野台，加油！」我用比平時更響亮的聲音喊道。

「春野台，加油！」大家異口同聲再次吼叫。

北關東的決賽結束了，我們來到跑道上。這是今天最後一場比賽。六月的白天很長，已經五點多了，天色仍然沒有變暗的跡象。風稍微強了一點，但並不至於影響比賽，很慶幸今天的天氣一直晴朗到最後。天空多麼蔚藍啊，而我們身穿和天空同色的制服，綁上了同色的頭帶。

我在距離藍線二十五步的地方貼上步點，和平時的距離一樣。一旦貼在這個位置，無論身體多麼沉重，都必須像平時一樣竭盡全力起跑，但今天也要記取昨天的教訓，必須仔細確認桃內的情況，準確無誤地判斷他的速度。其他就只能靠當時的隨機應變，要變成野獸，相信自己的本能，發揮平時練習中所累積的身為短跑選手的本能。

我很高興仙波在旁邊，而赤津在遠方。我不會輸給你們的！

我環視四百公尺的跑道。鍵山在這裡，連在這裡，桃內在這裡。我們不需要眼神交會，不需要相互揮手。因為我們是一體的。

軍樂聲響起。

「現在開始舉行南關東男子四百公尺接力賽決賽。」

看台頓時沸騰起來，個人賽和接力賽的氣氛完全不同。接力賽總令人熱血沸騰，無論是跑道上還是看台上，全都熱起來了。

從第一跑道開始介紹選手。

「第四跑道，佐倉開星，千葉……」

看台上的加油聲震耳欲聾。第二棒是北見，這是他今天和連的第三場比賽。預賽中因為鍵山失常，北見遙遙領先，接下來他們勢必將有一番激戰。佐倉開星在預賽的成績是四十一秒〇五，如果在決賽中表現理想，很可能跑出四十秒多的成績……

「第五跑道，昭和學館附屬高中，東京……」

第二棒的川崎在一百公尺準決賽中失利，會不會反而更激起他的鬥志？第四棒的赤津勉強擠進第六名，晉級全高運……他們的速度也很快，在預賽中的成績是四十一秒二四。

「第六跑道，鷲谷、神奈川。西同學、高梨同學、堺田同學、仙波同學，第六跑道，神奈川。」

一年級就跑進南關東一百公尺的西、負傷參賽的高梨、個人兩百公尺和四百公尺都晉級南關東大賽的二年級生堺田，還有仙波。他們在預賽的成績是四十一秒一五，最佳成績是四十秒多，是最有奪冠希望的隊伍。

「第七跑道，春野台，神奈川。鍵山同學、一之瀨同學、桃內同學、神谷同學，第七跑道，神奈川。」

當叫到我名字時，我高舉起手，看向看台的方向。大家請看著我，根岸、後藤、溝井、入江、谷口、鳥澤、橋本、山下、五島、雙胞胎姊妹……隊友們！各位學長、老媽、老爸，請看著我！

「第八跑道，成田南，千葉……」

跑吧！帶著接力棒跑吧！我們在這場接力賽中投注了太多東西，我們懷抱偉大的夢想，希望大家見證，感受我們的努力、我們的實力、我們的夢！

「各就各位。」

鍵山，衝吧。我相信你。

槍聲響起，我的腦袋頓時熱了，鍵山的身影突然模糊起來，西衝在第一個，佐倉開星第二，我好不容易才將焦點集中在第三名的鍵山矮小的身影上，他的節奏很輕快。雖然個子矮小，他的手臂擺動得很豪邁，跑得很棒。跑到極速時，追上了佐倉開星的選手，和西之間的距離也沒有太大。很棒喔。

鍵山超過步點，連起跑了。哇，他起跑速度好快。沒問題嗎……？鍵山沒有減速。接力棒以驚人的速度被吸入連的手中，在那一剎那，我的身體不由得顫抖。我們會贏！

因為剛才一起參加一百公尺的決賽，我沒有看到連的比賽。直到這一刻，我才見識到他驚人的速度，身體情不自禁地顫抖起來。我抖得這麼厲害，沒問題嗎？連接過接力棒不到三十公尺就超越了高梨，在五十公尺左右把北見拋在身後。他會一路衝到最後，還是會在最後關頭鬆懈？啊，他的速度有點慢下來了，不過，北見也沒有追他的力氣了。

桃內起跑了。很好，很漂亮的起跑。這樣的話，傳棒的時候就不會撞在一起。連沒問題嗎？最後會不會慢下來？沒問題。連伸出手了，和桃內的手握著同一根接力棒，接力棒很順暢地完成交接。桃內揮動抓住接力棒的手，完全沒有停頓，立刻進行加速。好快。桃內和預賽時判若兩人，比在縣賽時更快。勝利有望！

鍵山、連和桃內都跑得很棒，傳接棒極其出色，目前為止這是我們最完美的傳接棒。興奮不已的我仍是止不住顫抖。沒關係，起跑後就不會抖了吧，只要讓我拿到棒子就行了！

我把注意力放在桃內身上，完全不去看其他跑道，也不去理會第二名的隊伍現在跑到哪裡，和我們的差距有多少。別想這麼多了，我只要跑出我的實力，跑出我的最高速度。從桃內手上接過接力棒後，我將會跑出人生最快的速度。

桃內經過步點了，我奮力衝了出去。「接！」桃內叫道。我在全力向前跑的同時向後伸出手。接力棒的感覺。我接到了，我握住了，牢牢地握住了。接力棒在我手上，春野台的接力棒從鍵山手上傳到我手上了。勝利了！我們完成了我們的接力。我們贏了。我們克服了所有的壓力，所有可能的失誤和所有的弱點。我們贏了！

同樣的道路。紅色的跑道。和剛才跑一百公尺時相同的跑道。不過，不一樣。現在前面沒有人。這個世界是我的，我不會讓給任何人，這是屬於我們的！

在看台上激動的喧譁聲中，我仍然聽到仙波的腳步聲從左側傳來。他來了！他追上來了。

我知道他會追上來。來吧！趕快來吧。沒關係。來吧。我們並肩跑著。沒問題，我不會讓他跑在我前面的，連之前也聽到了仙波的腳步聲，但連並沒有被超越。這次輪到我了。我也不會讓他超越我的，絕不會！

我的頭腦一片空白，身體也失去了感覺，只是一個勁地跑！

跑！

終點。

仙波在我旁邊。

仙波人就在我旁邊。

我看著他。

誰先到終點？

然而仙波沒有看我。

終點計時器顯示四十秒九一。

無論上面顯示的是誰的成績，我們都跑出了四十秒多的紀錄。可以去全高運了，我們跑出了出乎意料的好成績。不過……

終點計時器上的成績消失了，片刻之後，才會亮出正式成績和第一名的跑道號碼。我目不轉睛地看著終點計時器，仙波沒有看，他看著跑道的方向。我也轉頭看向跑道，看到鍵山一副快哭出來的表情，右手指向天空，連滾帶爬地跑了過來。鷲谷的西沒有跑，他走了過來。他們跑完第一棒後，應該在終點看得最清楚……

看台上歡聲雷動。

終點計時器的燈亮了起來。

顯示的是第七跑道！

是我們！

贏了！贏了！我們得到了冠軍！

我雙手舉向天空，很自然地做出勝利姿勢，忍不住胡亂吼叫著。鍵山衝了過來，不一會兒，桃內也衝了過來。我們三個人抱在一起迎接跑向我們的連，四個人緊緊相擁。淚水奪眶而出。這是我有生以來，第一次為勝利而流淚。

正式成績是四十秒九〇，鷲谷的成績是四十秒九九，僅相差〇．〇九秒而已。鷲谷在高梨狀況不佳的情況下，還能夠跑出這樣的成績，只能說他們太厲害了。尤其是仙波的速度相當驚人，當時春野台看台上的啦啦隊激動得聲援和尖叫，幾乎把嗓子都叫啞了。如果是一翻兩瞪眼的一百公尺，我絕對會輸給仙波。我只是好不容易守住了前面三個人儲存的糧食，只要稍微有一點傳棒疏失，只要稍微有人跑慢一步，冠軍就會拱手讓給鷲谷。

第三名的佐倉開星是四十一秒一一。第四名是駿大東洋，第五名是早稻田學園，第六名是成田南，第七名是松溪學園，昭和學館附屬高中因為傳棒失誤失去參賽資格。

春野台跑出完美的四百接力獲得了優勝，不過當然不能只此一次而已，我們必須更進一步增進團隊合作，鞏固成績邁向全高運。高梨的傷一旦恢復，鷲谷的實力勢必銳不可當，佐倉開星也會奮起直追。不，南關東的前六名都是實力堅強的隊伍，會在全高運上再度相逢。我們一定要變得更強，再度迎向決戰！

頒獎儀式由優勝隊伍率先進入會場，而且是由從第四棒開始，所以我走在最前面。哇噢！春野台的所有隊員聚在頒獎台正面看台的前排，根岸和後藤綁著湛藍色的頭帶，三輪老師當然在，守屋學長他們也在。我看到了老爸和老媽。當我們進入會場時，大家紛紛歡呼起來，為我們熱烈鼓掌。

這份喜悅屬於這光輝的一刻。

原來竟是這麼幸福。

前六名接力團隊的所有成員列隊後，由最前排的第四棒代表各隊站上頒獎台。我站在最高的、第一名的位置上。

「冠軍是春野台高中，神奈川。鍵山同學、一之瀨同學、桃內同學、神谷同學，成績是四十秒九〇。」

場上響起如雷的掌聲。所有的比賽都結束了，不過看台上仍然有很多人留下來看頒獎儀式。

領取獎狀後，頒獎人員為我戴上獎牌。金牌耶，我舉起獎牌，讓看台上的觀眾都可以看到。

「小新，你太棒了！」老媽的女高音飆到最高音量。

千頭萬緒在我的胸口翻攪，好像裝了太多幸福的氣球，幾乎快爆掉了。我很想放聲大叫，很想跳起來。不，我更想跑，想再次全力奔跑，在那紅色的合成橡膠跑道上盡情奔跑。

「現在，將升起獲得優勝的春野台高中的隊旗，各位請轉向第四彎道的方向。」

隊旗是十九期的校友贈送的，在社團代表色的湛藍底色上，印上深藍色的校徽和春野台高中田徑隊的隊名。藍色的旗幟高高升起，在傍晚的風中飄揚，會場響起高中體育聯盟的歌曲。

報社和雜誌社的記者，還有隊友們對著我們拚命拍照，老媽也不甘示弱地猛按快門。我們四個人時而站在頒獎台上，時而摟著肩膀，時而咬著獎牌，時而搞笑，時而認真，拍了很多很多的照片。

終章

我從飯店房間看著窗外的夜景。已經過十二點了，飯店前的廣場上空無一人，只有中央高高聳立的路燈發出光芒，巨大的停車場掩入黑暗中，遠方是一望無際的黑色大海。右側的倉庫群浮現在綠色的寧靜燈光下，左側遠方的工業區亮著明亮的橘色燈光，停靠在港灣中的船隻也亮起了燈，為什麼在深夜中的燈火總是如此美麗呢？

我的身體疲憊不堪，心情卻很平靜，即使躺在床上也無法入睡，只好起床眺望著窗外。

明天還有兩百公尺的比賽。晚餐後，在各自回房前，三輪老師叫住我。「喂，神谷，讓我們見識一下縣賽的決賽成績到底是不是真的，我很期待看到你和一之瀨的對決唷。」

三輪老師難得地當著連的面說這種煽動性的話。在縣賽的兩百公尺決賽中，我有生以來第一次贏過連，不過那也是因為他為了接下來的一千六百接力儲備體力，並沒有發揮全力。那次比賽後，連向我宣戰：「關東大賽時，我不會輸給你。」

「一之瀨，你也不要只燃燒到今天啊。」

聽到老師的話，連用力點頭。

關東賽第二天結束了，明天還要進行第三天的比賽，不趕快休息不行。

不過，今天將成為我永生難忘的一天。在往後投入田徑的日子，不，即使有朝一日退出之後，每當站在人生的十字路口，我都會回想起這一天，踏出新的一步。不只是因為今天跑得很快，不光是因為贏了比賽，雖然說不上來，總覺得自己得到了很大、非常大的收穫。沒關係，即使沒辦法用言語形容也沒關係，我會永遠在心裡牢牢記住這個感覺。

連應該睡著了吧？對連來說，今天又是怎樣的一天呢？只是他人生中無數美好日子中的一天？還是也是令他難以忘懷的特別日子？不過我不打算問連這個問題。總之，明天的兩百公尺、全高運、進大學……往後的日子，連一定會繼續跑下去，而我也會繼續跑。我們會在田徑場上的不同跑道，踩著一樣的合成橡膠跑道，用各自的方式一直跑下去。

我拉上窗簾，躺在床上閉上眼睛。

紅色的跑道浮現在眼前。這是一百公尺起跑線前的風景，今天清晨醒來時，半夢半醒間在腦海中浮現的景象。不，不對，今天早晨我只是站在那裡，如今我的腳放在起跑器上，手放在起跑線前，以這個姿勢看著紅色的跑道，這是一百公尺決賽前的景象……在發生起跑犯規，重新做好起跑準備、第二次起跑前看到的跑道。八條跑道中，只有一條紅色跑道在閃閃發光。

那是我的跑道！

那條閃亮的跑道！

國家圖書館出版品預行編目資料

轉瞬為風／佐藤多佳子著；丁雍、王蘊潔譯. -
初版. -- 台北市：麥田出版：家庭傳媒城邦分公司發行, 2017.05
面； 公分. --（日本暢銷小說：38）
譯自：一瞬の風になれ
ISBN 978-986-344-448-0（平裝）

861.57 106004797

ISBN 978-986-344-448-0
Printed in Taiwan.
本書若有缺頁、破損、裝訂錯誤，請寄回更換

城邦讀書花園
www.cite.com.tw

日本暢銷小說 38

轉瞬

原著書名／一瞬の風になれ
原出版社／講談社
作者／佐藤多佳子
翻譯／丁雍（第1部－第2部第3章）、王蘊潔（第2部第4章－第3部）

編輯總監／劉麗眞
總經理／陳逸瑛
發行人／凃玉雲
出版／麥田出版
地址：10483台北市民生東路二段141號5樓
電話：(02)2500-7696
傳眞：(02)2500-1967
部落格：http://ryefield.pixnet.net
發行／英屬蓋曼群島商
家庭傳媒股份有限公司城邦分公司
地址：10483台北市民生東路二段141號11樓
網址：http://www.cite.com.tw
客服專線：(02)2500-7718；2500-7719
24小時傳眞專線：(02)2500-1990；2500-1991
服務時間：週一至週五09:30-12:00；13:30-17:00
劃撥帳號：19863813　戶名：書虫股份有限公司
讀者服務信箱：service@readingclub.com.tw
香港發行所／城邦（香港）出版集團有限公司
地址：香港灣仔駱克道193號
東超商業中心1樓
電話：+852-2508-6231
傳眞：+852-2578-9337
馬新發行所／城邦（馬新）出版集團
【Cite (M) Sdn Bhd】
地址：41-3, Jalan Radin Anum, Bandar Baru Sri Petaling, 57000 Kuala Lumpur, Malaysia.
電話：+603-9056-3833
傳眞：+603-9057-6622
電郵：services@cite.my
封面設計／莊謹銘
印刷／中原造像股份有限公司
排版／浩瀚電腦排版股份有限公司
□2017年 5月三版一刷
□2021年11月三版五刷
定價／420 元

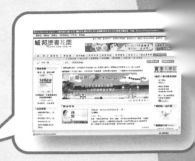

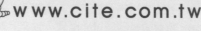

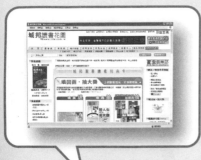